Der Pestengel von Freiburg

ASTRID FRITZ

Der Pestengel von Freiburg

Historischer Roman

Weltbild

Besuchen Sie uns im Internet:
www.weltbild.de

Genehmigte Lizenzausgabe für Verlagsgruppe Weltbild GmbH,
Steinerne Furt, 86167 Augsburg

Umschlaggestaltung: *zeichenpool, München
Umschlagmotiv: Getty Images, München
Gesamtherstellung: GGP Media GmbH, Pößneck
Printed in the EU
ISBN 978-3-86800-962-0

2015 2014 2013 2012
Die letzte Jahreszahl gibt die aktuelle Lizenzausgabe an.

Der Pestengel von Freiburg

Kapitel 1

Schwefelgelb türmten sich die Wolken gen Süden, als ein Donnerschlag die umliegenden Berghänge erzittern ließ. Die Bauersleute starrten fassungslos auf die Flamme, die dem Wolkengebirge entwich – eine Flamme von grellem, unwirklichem Blau, die allmählich größer wurde und auf die Menschen zuströmte. Eine Frauengestalt in weißem Gewand löste sich daraus, das offene Haar schimmerte silbern, die Augen glänzten, um die Stirn strahlte ein feuriger Kranz. Majestätisch hob sie die Hand und schwebte auf den Ersten zu, einen mageren Burschen, der aufschrie und doch keinen Laut herausbrachte. Schon schleuderte sie einen Pfeil aus bleicher Hand, schon ging der Junge in die Knie, bäumte sich auf und sackte leblos in sich zusammen. Der Altbauer war der Nächste in der Reihe, nach ihm seine beiden Knechte, die Mägde, seine Frau, die jüngsten Kinder – keinen verschonte die Todesbotin. Vom nahen Dorf her begannen die Hunde zu heulen, als sich der letzte der dreizehn Leiber in die Erde schmiegte und verstarb.

«Der Pestengel», entfuhr es Clara. Sie stellte den Milchkrug so heftig auf dem Tisch ab, dass er überschwappte, und bekreuzigte sich.

Ihr Mann zog die Augenbrauen zusammen. «Ein dummer Traum, nichts weiter.»

«Mag sein.» Benedikt wirkte noch immer verstört. «Aber

ich bekomme das entsetzliche Bild nicht aus dem Kopf. Und dann – jedermann weiß doch, dass Träume in die Zukunft weisen können.»

Heinrich Grathwohl warf seiner Frau einen missbilligenden Blick zu. «Das hast du jetzt von deinem ewigen Gerede von Zeichen und Träumen. Schau dir nur mal die Johanna an – ganz verschreckt sieht sie aus.»

Eine Zeit lang war nur das Knacken des Herdfeuers zu vernehmen. Sein flackernder Schein spendete das einzige Licht an diesem dunklen Wintermorgen.

Clara gab sich einen Ruck.

«Euer Vater hat recht. Manchmal träumt man auch von Sachen, die einem nicht aus dem Sinn gehen.» Sie betrachtete Benedikt, ihren Ältesten, voller Zuneigung. Schon als Knabe war oft die Phantasie mit ihm durchgegangen, hatte er sich in Träumereien verloren, wo andre Kinder auf der Gasse sich um einen Ball gerauft hatten.

«Bei euch auf der Baustelle wird viel geschwatzt», fuhr sie fort. «Wahrscheinlich hast du da irgendwas aufgeschnappt.»

Das herrische Klopfen draußen an der Haustür unterbrach ihr Gespräch. Solcherart pflegte sich nur der Gerichtsbote anzukündigen.

Der Hausvater zog eine Grimasse und verließ die wohlig warme Küche Richtung Haustür. In der Regel hatte ein Besuch des Boten nichts Gutes zu bedeuten, schon gar nicht zu so früher Stunde. Clara hörte, wie der Riegel zurückgeschoben wurde, dann die knarzende Stimme des Büttels. Als ihr Mann mit einem Schwall kalter Luft zurückkehrte, zerrte er Hut und Umhang vom Wandhaken.

«Ich muss zur Gerichtsschau. Ein totes Neugeborenes, im Weinkeller vom Spital.»

«Heilige Elisabeth, wie furchtbar!» Clara bekreuzigte sich zum zweiten Mal an diesem Morgen. «Willst du nicht wenigstens noch fertig essen?»

Heinrich Grathwohl schüttelte den Kopf. «Behaimer wartet schon. Ach, das hätt ich beinah vergessen.»

Er zog einen verschlossenen Tiegel vom Küchenbord und reichte ihn Benedikt.

«Eine Paste aus Eibischwurzel. Bring sie rasch zu den Grünbaums, ich hab es bereits für gestern versprochen. – Ihr Arzt ist mal wieder krank», fügte er, in Claras Richtung, fast entschuldigend hinzu. Dann war er auch schon aus der Küche verschwunden.

Clara riss ihrem Sohn das Töpfchen aus der Hand.

«Lass nur, ich mach das. Ich muss ohnehin nachher zum Apotheker und zum Markt.» Sie tat, als bemerke sie die Enttäuschung in Benedikts Blick nicht. «Und du, Johanna, geh die Kleinen wecken. Es ist ja schon helllichter Tag. – Was glaubst du, Benedikt», sie versuchte, ihrer Stimme einen munteren Klang zu geben, «wirst du heut nach der Arbeit wieder mit Meister Johannes zu Tisch gehen?»

Benedikt zuckte die Schultern. «Ich weiß es nicht.»

«Ach, mein Junge. Ich bin so stolz auf dich. In so kurzer Zeit schon Meisterknecht.»

Sie strich ihm über das dichte, wellige Haar, das mit den Jahren immer dunkler wurde. Als kleiner Junge hatte er goldblonde Locken gehabt, die ihm bis über die Schulter fielen, und es hatte ihr im Herzen wehgetan, dass sie sie eines Tages abschneiden musste. Die Gassenbuben hatten ihn nämlich als «Mägdelein» zu hänseln begonnen.

«Mutter!» Benedikt entwand sich ihrer Zärtlichkeit. «Ich bin kein Kind mehr.»

Clara zog ihre Hand zurück. «Ich weiß. Viel zu schnell werdet ihr alle groß.»

Sie betrachtete Johanna, die in zwei Jahren, wenn sie sechzehn wurde, Benedikts Kinderfreund heiraten würde, den Tucher Meinwart. Mit dessen Eltern war bereits alles abgesprochen. Clara unterdrückte einen Seufzer.

«Und vergiss nicht wieder deine Handschuhe. Es ist bitterkalt draußen.»

Als sie ihren Sohn zur Haustür brachte, musste sie an sich halten, ihm keinen Kuss auf die Stirn zu drücken. Benedikt hatte recht – am liebsten würde sie ihn noch immer hätscheln und umsorgen wie ein Kleinkind. Aber vielleicht wollte sie auch nur die Strenge ihres Ehegefährten ein wenig ausgleichen. Heinrich nämlich hatte nie verwunden, dass sein Ältester nicht in seine Fußstapfen getreten war und sich stattdessen in ungeahnter Starrköpfigkeit für eine Lehre als Steinmetz entschieden hatte. Dass der Junge in nur vier Jahren seine Lehrzeit durchlaufen hatte und bereits jetzt, mit gerade einmal zwanzig, vom Gesellen zum Meisterknecht berufen worden war und für die hochangesehene Kirchenbauhütte arbeitete, schien seinen Vater nur wenig zu versöhnen. Nicht einmal, dass er dereinst als Steinmetzmeister zu den bestbezahlten Handwerkern gehören würde.

Keine halbe Stunde später öffnete Clara das Hoftor und trat hinaus auf die Webergasse. Von hier waren es nur ein paar Schritte hinüber zur Großen Gass, wo die hiesigen Marktleute ihre Erzeugnisse feilboten. Eisiger Wind blies ihr entgegen, und sie schlang sich ihr wollenes Tuch enger um den Kopf. Die Holztrippen unter den Schuhen hätte sie sich heute ersparen können, so festgefroren war der Boden.

Jemand hatte das Trittbrett, das hier wie überall von der Haustür zu den Bohlen in der Straßenmitte führte, zur Seite gezogen. Das war sicher einer der Juden gewesen, die sich fortwährend darüber beklagten, mit ihren Karren nicht mehr durchzukommen vor lauter Brettern. Aber wie sonst hätte man in diesem bislang ganz und gar verregneten Winter aus dem Haus gekonnt? Die Böden waren am Ende völlig aufgeweicht und von tiefen Fahrrinnen durchzogen gewesen, nur mehr ein einziger Matsch aus Morast, Schweine-, Hunde- und Hühnerkot, der die Abwassergräben auf der Gassenmitte verstopfte. Und wie die Menschen nun mal waren: Sobald die Gassenfeger nicht mehr nachkamen, den durchnässten Unflat wegzuschaffen, kippten sie trotz strenger Verbote erst recht ihre Brunzkacheln und Essensreste aus dem Fenster und lockten damit noch mehr Viehzeug und Gestank an.

Clara schnaubte. Wenigstens hierin erwies es sich als Vorteil, Tür an Tür mit den Juden zu leben. Bei ihnen war es um einiges sauberer als in den restlichen Gassen der Stadt, wo man sogar über tote Säue und Katzen stolperte und sich die Misthaufen bis zu den Gräben häuften.

Sie schickte sich eben an, in Richtung Marktgasse zu gehen, als Johannas Rufen sie innehalten ließ.

«Du hast was vergessen, Mutter.»

Das Mädchen stand in der Haustür und hielt ihr den tönernen Tiegel entgegen.

«Ach herrje, die Paste. Ich dank dir, meine Liebe. Vergiss nicht, das restliche Kraut einzusäuern. Und wenn du Kathrins Verband wechselst, lass den Arm ein Weilchen an der frischen Luft. Das tut der Wunde gut.» Sie machte sich immer noch Sorgen um ihre Kleinste, die sich beim Spielen am Herdfeuer verbrannt hatte.

Johanna lächelte ihr feines Lächeln. «Ich weiß schon, Mutter.»

Clara nickte. Ihre Älteste war so ganz anders als Benedikt. So verständig und umsichtig, dazu fleißiger als jede Magd. Bald schon ein wenig zu uneigennützig, befand Clara. Einem Weib konnte das zum Schaden werden – und sie dachte dabei unwillkürlich an den jungen Tucher. Johanna hatte damals in das Eheversprechen eingewilligt, obgleich dem Mädchen der stille, schüchterne Sohn des Wollschlägers weitaus besser gefallen hatte. Aber als fünftes Kind einer ärmlichen Familie würde der wohl kaum jemals seine eigene Familie angemessen ernähren können. Meinwarts Vater hingegen war ein erfolgreicher Kaufherr, der seinen Handel bis nach Savoyen und ins Burgund betrieb. Zudem kannte man sich gut, da die Tuchers im Haus gegenüber gewohnt hatten und die Kinder miteinander aufgewachsen waren. Inzwischen allerdings waren sie in ein weitaus prächtigeres Haus am Markt gezogen – auch weil sie nicht länger am Eingang zum Judenviertel wohnen wollten. Und aus dem aufgeweckten, etwas wilden Knaben Meinwart war ein eitler Nichtsnutz und Daumendreher geworden, der jedem Weiberrock nachlief. Es war zu befürchten, dass er Johannas Selbstlosigkeit gehörig ausnutzen würde.

Als Clara ihren Mann einmal darauf angesprochen hatte, ob Meinwart wirklich der Richtige sei für ihre Tochter, hatte Heinrich gelacht. «Der Junge ist halt im Alter, wo er sich die Hörner abstößt. Besser jetzt als im Stand der Ehe. Unser Benedikt dürfte sich da ruhig was abschauen – so wie der sich immer nur in seine Arbeit vergräbt.»

Während der kurzen Wegstrecke hinüber ins Haus Zum Grünen Baum verlangsamten sich Claras Schritte. Sie verspürte keinerlei Lust, bei den Grünbaums vorbeizuschauen – aber immer noch besser sie selbst als ihr Sohn. Warum nur musste Heinrich immer gleich so voreilig seine Hilfe anbieten? Was ging es ihn an, wenn die Juden einen Arzt hatten, der selbst ständig krank war? Sollten sich die Grünbaums doch anderweitig um ihre Heilmittel und Kräuter kümmern.

Sie setzte ihren Einkaufskorb ab und rammte den goldfarbenen Türklopfer gegen das Holz. Dabei bemühte sie sich, ihren Blick vom rechten Türpfosten fernzuhalten, an dem, wie an allen Türen der Juden, eine längliche Metallkapsel befestigt war. Ihr Mann hatte zwar behauptet, sie enthalte einen Pergamentstreifen mit dem jüdischen Glaubensbekenntnis, aber sie hielt es eher mit dem, was die Leute hier munkelten. Das geheimnisvolle Ding nämlich habe mit Zauberei zu tun, die die Hebräer heimlich ausübten. Die Flickschneiderin von der Oberen Linde behauptete gar, auf jenem Pergament sei der Pakt mit dem Leibhaftigen besiegelt, und zur Bekräftigung des Bundes küssten die Juden dieses Ding beim Übertreten der Schwelle, indem sie die Fingerspitzen der rechten Hand an die Metallkapsel und dann zum Mund führten.

Clara selbst hatte im letzten Jahr mit angehört, wie der alte Moische ben Chajm, nach seinem Haus allgemein Grünbaum genannt, beim Anbringen der Kapsel beschwörende Worte gesprochen hatte, die klangen wie: *Bara Atah Adona.* Das sei Hebräisch, hatte Heinrich ihr weismachen wollen, die Sprache ihrer Vorväter. Aber warum sollte sie das glauben, wo ihr Mann doch kein Wort Hebräisch verstand? Sie waren ums Haar in Streit geraten, wie schon häufiger, wenn es um die Grünbaums ging.

Sie klopfte erneut, als die Tür auch schon aufsprang.

«Guten Morgen, Frau Nachbarin.» Das Dienstmädchen knickste höflich. «Kommt nur herein.»

Clara folgte dem Mädchen durch die düstere Eingangshalle die Treppe hinauf in die Wohnstube, an deren Türrahmen ebenfalls einer dieser metallenen Behälter hing. Mit gesenktem Blick ging sie daran vorbei und betrat das geräumige, hellerleuchtete Zimmer. Stickige Wärme schlug ihr entgegen.

Als ihr Blick durch den Raum schweifte, staunte sie einmal mehr über die prächtige Ausstattung im Innern des Hauses, das sich äußerlich so gar nicht unterschied von den eher schmucklosen Häusern in dieser Ecke der Stadt. Flauschige, bunte Teppiche aus dem fernen Morgenland bedeckten den Dielenboden, die Wände waren mit bestickten Vorhängen bespannt, auf den Bänken entlang der Wand luden dickgepolsterte Sitzkissen aus dunkelrotem Samt zum Ausruhen ein. Alles, was bei ihnen drüben aus blankem, rohem Holz gezimmert war, sah man hier mit weichen, warmen Stoffen überzogen, und wo nicht, boten sich dem Auge kunstvolle Schnitzereien oder kostbare Eisenbeschläge, wie bei den Türen und Truhen. Auf der Anrichte blitzte das Silber und Kupfer von Leuchtern und Trinkgefäßen, dazwischen fanden sich Dosen, Kästchen und Täfelchen, in die fremdartige Schriftzeichen geritzt waren. Allein die vielen Wachskerzen in den Leuchtern, die jetzt im Winter, wo die Fensterläden geschlossen waren, allesamt angesteckt waren, mussten ein Vermögen gekostet haben!

Ein röhrender Hustenanfall ließ Clara zusammenzucken. Auf einem gepolsterten Lehnstuhl, dicht bei der Ofenwandung, die mit jenen neuartigen, grünglasierten Kacheln verkleidet war, sah sie die Hausherrin sitzen. Kopf und Hals hatte sie mit einem dicken Tuch umhüllt.

«Grüß dich Gott, Deborah. Das hört sich gar nicht gut an.»

«Friede sei mit dir», krächzte die Frau.

«Hier, das soll ich dir von meinem Heinrich geben. Eibischwurzel gegen den Husten. Soll er heut noch nach dir sehen?»

Deborah winkte ab. «Er hat die Paste doch wohl hoffentlich so zubereitet, wie Moische es ihm erklärt hat?»

«Das musst du ihn schon selbst fragen. Ich kenn mich mit euren Speisevorschriften nicht aus.»

Clara stellte den Tiegel auf der Tischplatte ab und blieb unschlüssig stehen.

«Sonst noch was?» Deborah kniff misslaunig die Augen zusammen.

«Wann ist euer Arzt eigentlich wieder gesund?»

«Willst *du* das wissen oder dein Mann?»

Clara schob verärgert die Unterlippe vor. «Kannst du mir nicht einfach eine Antwort geben?»

Stattdessen wurde Deborah von einem neuen Hustenanfall geschüttelt. Clara griff zu dem Wasserkrug, der in der Mauernische stand, goss den Becher daneben halb voll und drückte ihn Deborah in die Hand, nachdem sie wieder zu Atem gekommen war.

«Du musst viel trinken. Und frische Luft solltest auch mal reinlassen. Das ist ja zum Ersticken hier.»

Dann wandte sie sich ohne Gruß zur Tür, wo das Dienstmädchen wartete, um sie hinauszugeleiten. Unten in der Eingangsdiele begegnete sie Esther, die freundlich grüßte. Das Mädchen, die einzige Tochter der Grünbaums, war ausnehmend hübsch. Das schmale, ebenmäßig geschnittene Gesicht mit den vollen Lippen und den dunkelblauen Augen hatte selbst jetzt, in seiner winterlichen Blässe, einen zarten mattbraunen Schimmer. Es glich den Marienbildnissen, wie sie die Kirchenmaler darzustellen pflegten, und strahlte dieselbe Herzensgüte aus.

«Seit wann leidet deine Mutter unter diesem bellenden Husten?»

«Die zweite Woche nun schon.» Das Mädchen zog sich den Schleier von ihrem dunklen Haar. «Nachts ist es noch schlimmer.»

«Habt ihr Salbei im Haus?»

«Ich denke, ja.»

«Dann koch einen großen Kessel davon auf. Statt Wasser soll sie tagsüber von dem Sud trinken, mit viel Honig gesüßt.»

Ester nickte. «Das mach ich.» Sie senkte den Blick, und ein Hauch von Röte überzog ihre Wangen. «Mein Vater lässt fragen, ob Benedikt heute Abend nach unserem Herd in der Küche sehen kann. Er zieht nicht mehr richtig, und Aaron ist bis morgen in Straßburg. Außerdem», jetzt wirkte sie noch verlegener, «fängt doch nach Sonnenuntergang der Schabbat an.»

«Benedikt hat keine Zeit. Ich werde meinem Mann Bescheid geben.»

Clara war froh, als sie wieder draußen in der Winterkälte stand. Irgendwie empfand sie die Besuche bei ihren jüdischen Nachbarn immer wieder als beklemmend. Das lag nur zum Teil an dieser ganz unverhohlen ausgestellten Pracht und Eleganz, denn das Gefühl von Neid war Clara fremd. Eher schon hatte es mit der Hausherrin zu tun. Vor allem Clara gegenüber verhielt sich Deborah auf eine nahezu streitbare Weise herablassend, ja feindselig. Und seit jenem Vorfall vor einem Jahr, als Deborah behauptet hatte, Clara habe bei einem ihrer Besuche einen kostbaren Kelch mitgehen lassen, war ihr Verhältnis endgültig verdorben. Deborah hatte sich nicht einmal entschuldigt, nachdem herausgekommen war, dass ihr früheres Dienstmädchen den Diebstahl begangen hatte.

Nicht zuletzt waren da all diese fremdartigen Feierlichkeiten und Riten, diese Gebote und Vorschriften, denen sich die Hebräer unterwarfen und dabei doch angeblich an den Einen, denselben Gott glaubten wie die Christenmenschen. Allein diese unbegreiflichen Speisegesetze: Koscher und damit erlaubt war das Rind, weil es wiederkäute und gespaltene Hufe hatte, nicht indessen das Kamel, das zwar wiederkäute, aber keine gespaltenen Hufe hatte, oder gar das als höchst unrein verrufene Schwein, das zwar gespaltene Hufe aufwies, dafür nicht wiederkäute. Hering durfte gegessen werden, nicht aber Aal. Geflügel war erlaubt, Raubvögel hingegen nicht. Auch durfte Fleisch kein Quäntchen Blut mehr enthalten und nicht mit Milch in Berührung kommen, Fleischiges und Milchiges mussten somit in getrenntem Kochgeschirr zubereitet werden. Das sollte ein Mensch begreifen! Und an ihrem Schabbat, ihrem heiligen Ruhetag, durften sie nicht einmal eine Kerze entzünden oder eine Schreibfeder halten.

Kopfschüttelnd nahm Clara ihren Korb unter den Arm und bog in die Große Gass ein, die sich allmählich mit Dienstmägden, Hausfrauen und Kindern, mit frei laufenden Hunden und grunzenden Schweinen füllte. An Tagen, an denen die aufgesteckte rote Fahne auch fremdem Gewerbe und Handel Marktrecht verlieh, wenn obendrein noch der Vieh- und Rindermarkt abgehalten wurde, gab es hier, auf der Hauptstraße der Stadt, kein Durchkommen mehr. Dann überschrien die Ausrufer sich gegenseitig, um Kundschaft anzulocken, priesen Quacksalber ihre Wundermittel, Zahnbrecher ihre blutigen Dienste an, und nicht selten präsentierten Spielleute und Artisten ihre Künste. An gewöhnlichen Vormittagen wie heute war indessen nicht mal die Hälfte der Krambuden und Verkaufsstände geöffnet, die sich wie Perlen an einer Schnur auf der Straßenmitte aneinanderreihten. Es ging gemächlich zu, und an den friedlich plätschernden Brunnen trafen sich die Frauen zum Klatsch und Tratsch.

Auch wenn einem das Weibergeschwätz zu viel werden konnte, liebte Clara diesen Gang zum Markt, zumal an einem Morgen wie heute mit seiner frostklaren Luft. Den Nachmittag würde sie wieder Heinrich bei seinen Krankenbesuchen begleiten und Stunde um Stunde in stickigen Kammern verbringen. Doch auch das tat sie gern, seit einigen Jahren schon, denn sie gehörte nicht zu den Frauen, die ihr Regiment auf das Reich zwischen Küche, Gemüsegarten und Hühnerstall beschränken mochten. «An dir ist ein halber Wundarzt verlorengegangen, schade nur, dass du eine Frau bist», neckte ihr Mann sie manchmal und nahm doch gern ihren Rat bei der Krankenvisitation an. Schlimm an seinem Handwerk war nur, dass es ab und an so abscheuliche Vorkommnisse gab wie heute der tote Säugling.

Unwillkürlich schwenkte ihr Blick hinüber zum Heilig-Geist-Spital, das an der Großen Gass einen gesamten Straßenblock einnahm und von den Bürgern nur Reiches Spital genannt wurde, seiner zahlreichen Besitztümer und der prächtig ausgestalteten Fassade wegen. Dort im Gewölbekeller frönten nun ihr Mann und dieser fettleibige Filibertus Behaimer, seines Zeichens Stadtmedicus wie auch gräflicher Leibarzt, ihrer traurigen Aufgabe. Wie immer würde Heinrich die Schmutzarbeit machen. Er würde den kleinen Leichnam auf tödliche Wunden untersuchen, währenddessen der studierte Physicus in gehörigem Abstand die anwesenden Ratsherren mit seinen spitzfindigen Erörterungen überschüttete. Clara wusste jetzt schon: Für den Rest des Tages würde ihr Mann mürrisch und schweigsam bleiben.

Seitdem Heinrich im letzten Jahr vor dem Rat der Stadt zum

geschworenen Wundarzt vereidigt worden war, musste er nicht nur regelmäßig zur Beschau der Aussätzigen ins Gutleuthaus, sondern auch, als Behaimers rechte Hand gewissermaßen, zu den gerichtlich angeordneten Wundbesichtigungen und Leichenschauen. Mal waren es arme Seelen, denen der Schädel zertrümmert, die Augen ausgestochen oder die Brust aufgeschlitzt worden war, dann wieder wurde er zu halbtoten Delinquenten in die Verliese der Stadt gerufen. Nach vollzogener Marter hatte er deren Wunden genauestens zu protokollieren, ohne sie behandeln zu dürfen. Letzteres nämlich war Sache des Scharfrichters.

Zwar bescherte ihnen dieses Amt ein stattliches Zubrot auf ihre Einkünfte, nämlich zweieinhalb Pfund Pfennige Freiburger Münze und ein Fuder Holz auf jede der vier Fronfasten, aber Clara hätte darauf gut und gerne verzichtet. Zu schwer lagen ihrem Mann diese Pflichten auf der Seele.

Während sie weiterging, grüßte sie geistesabwesend nach links und rechts, wich geschickt der Steirer Elsbeth aus, die einem mit ihren vielen Zipperlein die Ohren vollzujammern pflegte, und beeilte sich, ihre Einkäufe zu erledigen. Sie wollte noch zum Apotheker. Jetzt, am frühen Morgen, würde Christoffel Ceste noch die Zeit haben, eine neue Rezeptur zur Gichtbehandlung durchzusprechen. Sie mochte Meister Christoffel, der seine Kräuter selbst zog, in einem Apothekergärtchen vor der Stadtmauer. Und sie mochte die kleine, freundliche Apotheke in der Salzgasse, in der es immer so herrlich nach Gewürzen, Rauchwerk, Marzipan und Parfüm duftete. Ordentlich aufgereiht standen Heiltränke und Pulver, Pillen und Salben auf Regalen bis unter die Decke, verstaut in bunten Krügen oder in hübsch bemalten hölzernen Dosen und Kästchen.

Als Clara die Laube der Geldwechsler passierte, sah sie, wie

Moische ben Chajm zusammen mit Eli und Jossele, seinen beiden Jüngsten, ein schadhaftes Brett an ihrer Schranne austauschte. Jemand musste es in übelster Weise mit einer Spitzhacke malträtiert haben, denn das Holz war an mehreren Stellen gespalten. Clara wollte schon vorbeieilen, als ihr erst die Knaben fröhlich zuwinkten, dann der Vater den Kopf hob.

«Clara!», rief er und richtete sich auf. An seinem abgewetzten dunklen Mantel, der viel zu weit war für den schmächtigen Körper, hingen Eiskristalle und Holzspäne. «Gut, dass ich dich treffe.»

Sie trat näher. «Was ist denn mit eurer Bank geschehen?»

«Ein dummer Bubenstreich, nichts weiter.» Moische verzog sein bärtiges Gesicht zu einem Lächeln und nahm drei Silberpfennige aus einer Schatulle. «Das schuld ich noch deinem lieben Mann für die Behandlung. Und grüß ihn recht herzlich von mir.»

Sie nickte. «Ich war eben bei Deborah. Ihr Husten gefällt mir gar nicht.»

Moische wiegte bekümmert den Kopf. «Nu ja, ich weiß. Aber mit unserem guten alten Nathan – das wird wohl nicht mehr. Nächsten Monat schickt uns die Straßburger Gemeinde einen neuen Arzt, ein junges Grünschnabele namens Schlomo ben Jacob, genannt Gutlieb. Weißt, Clara, am liebsten würd ich bei deinem Heinrich bleiben. Aber du kennst ja meine Deborah …»

Clara zuckte nur die Schultern. «Da misch ich mich nicht ein. Das Geld kannst du Heinrich übrigens heut Abend selbst geben. Er soll doch nach eurem Ofen schauen.»

«Ich dacht eigentlich eher an euren Benedikt, das gute Jungele – ich will doch deinen Mann nicht belästigen – nur weil der Schabbes beginnt …» Vor Verlegenheit war Moische ins Stottern geraten.

«Benedikt hat keine Zeit», sagte sie schärfer als beabsichtigt. «Alsdann – ich muss weiter. Einen schönen Tag noch.»

«Dir auch, Clara, dir auch. Und Friede sei mit dir und den Deinen.»

Jetzt tat es ihr leid, dass sie dem alten Moische so über den Mund gefahren war. Eigentlich hatte sie nichts gegen die Grünbaums – von der selbstgefälligen, hochnäsigen Deborah einmal abgesehen. Der alte Moische ben Chajm war ein durch und durch sanftmütiger Mensch, seine beiden älteren Söhne höflich und sehr klug. Aaron arbeitete als Schulmeister und Schreiber in der Synagoge, der sechzehnjährige Jochai studierte in der Talmudschule zu Speyer, einer der drei heiligen jüdischen Gemeinden, um später Rabbiner zu werden. Nein, eigentlich hatte sie überhaupt nichts gegen die Hebräer, solange sie ihren seltsamen Gebräuchen in den eigenen vier Wänden nachgingen.

Hier in Freiburg, wie allerorten entlang des Rheins, lebten sie friedlich mit den übrigen Bürgern zusammen, als unauffällige, freundliche und sehr reinliche Nachbarn, die dieselbe Sprache sprachen, wenngleich ihr Jüdischdeutsch manchmal etwas seltsam klang und in diesen verschnörkelten Buchstaben geschrieben wurde. Man begegnete ihnen auf dem Markt, am Brunnen oder ab und an beim Spaziergang im Stadtgraben; die Männer durften ihre Tracht selbst wählen und mussten sich nicht, wie anderswo, gelbe Ringe auf den Mantel nähen lassen und gelbe Spitzhüte tragen oder gar des Freitags die Türen und Fenster ihrer Häuser geschlossen halten. Lediglich einmal im Jahr, von Karfreitag bis Ostern, dem höchsten Fest der Christenheit, durften sie die Gassen nicht betreten.

Gut ein Dutzend Familien mitsamt ihren jüdischen Dienstboten wohnte hier in der Webergasse, gleich hinter ihrem Haus, sowie in der benachbarten Tromlosengasse. Dort befand sich auch ihr Gemeinde- und Gotteshaus, Synagoge oder Schul genannt. Es war eine eigene, fremdartige Welt, an dessen Rande Clara mit ihrer Familie lebte. Zwar war das jüdische Viertel nicht, wie in manch anderen Städten, ummauert, aber man hatte ein eigenes Backhaus, einen eigenen Schlachter, Schächter genannt, eine Elementarschule und eine eigene Badestätte. Das war eine Art Tauchbad, tief drunten in einem Schacht.

Die Hebräer genossen den persönlichen Schutz der Grafen von Freiburg oben auf der Burghalde und durften sogar Haus und Weinberg besitzen. Doch trotz dieses äußerlichen Friedens waren sie bei einem Teil der Bürgerschaft nicht sonderlich beliebt. Da sie nämlich keinem gewöhnlichen Gewerbe nachgehen durften, von Ämtern und Handwerk ausgeschlossen waren, hatten sich die meisten auf Geldgeschäfte spezialisiert. Und Clara wollte gar nicht wissen, wer alles von den Bürgern bei ihnen verschuldet war.

Letzten Endes kümmerte sie das keinen Deut, schließlich konnten die Juden nichts für diese althergebrachten Gesetze. Nur: Musste ausgerechnet ihr eigener Mann sich ihnen als Schabbesgoi andienen, als der freundliche nichtjüdische Nachbar, der am Schabbat den Juden das Essen aufwärmte und den Ofen nachfeuerte? Vor allem aber beunruhigte sie, dass die junge Esther, mit der ihr Ältester aufgewachsen war und auf der Gasse gespielt hatte, von Tag zu Tag schöner wurde. Clara würde mehr denn je ein Auge auf Benedikt haben müssen – wenn es denn schon die Grünbaums ganz offensichtlich nicht für nötig hielten. Denn eine Liebesverbindung zwischen Christen und Juden war bei Strafe der Exkommunizierung verboten.

Auf Höhe der Metzgerlauben kreuzte der Karrenbäcker mit seinem rauchenden Öfchen auf dem Handwagen ihren Weg. Der verführerische Duft frischer Spitzwecken stieg ihr in die Nase. Sie beschloss, sich und den Kindern etwas Gutes zu tun, und kramte eine Münze aus ihrer Geldkatze.

«Vier von den hellen, Karrenbeck.»

«Hat dir dein Alter wohl nichts vom Morgenessen gelassen?» Der Mann grinste und reichte ihr vier besonders große Wecken. «Sag, Clara, könnt heut noch einer von euch nach meiner alten Mutter sehen? Ihr ist wieder die Hex' ins Kreuz gefahren.»

«Ja freilich, aber erst gegen Abend. Sie soll keinesfalls aufstehen, am besten die Beine hochlegen.»

«Sag ich ihr. Dabei hat die Arme eben erst ihren Winterkatarrh hinter sich. Na ja, wenn's nur das ist – jetzt grad hustet und rotzt ja die halbe Stadt.» Er hielt Clara am Arm fest. «Hast du schon von dem Totenschiff von Sizilien gehört?»

Sie schüttelte unwillig den Kopf.

«Da soll eine Galeere im Hafen eingelaufen sein, nur mit Toten und Sterbenden zwischen den Ruderbänken. Alle voll eitriger, ekliger Beulen und schwarzer Flecken! Und wer noch nicht hinüber war, der hat gebrüllt vor Schmerz. Du bist doch die Frau vom Wundarzt – was kann das für eine Krankheit sein?»

«Wer erzählt so was?»

«Ich hab's von Meisterin Margarete, der Siechenmutter im Spital.»

«Affengeschwätz!» Sie machte eine abwehrende Handbewegung. Immer wieder hörte man von tödlichen Pestilenzen in fernen Ländern, und die Leute schienen sich regelrecht zu ergötzen an dem Grauen.

«Außerdem ist dieses Sizilien weit weg von uns», fügte sie

hinzu, ohne es selbst genau zu wissen. Jetzt bereute sie, bei dem schwatzhaften Karrenbäcker angehalten zu haben. Erst im letzten Sommer hatte er auf dem Markt verbreitet, dass es in einem Land namens China giftige Würmer und Eidechsen gehagelt habe und dass hernach Feuerbälle groß wie Menschenköpfe vom Himmel gefallen seien. Wer nicht gleich tot umfiel, habe tagelang Blut gespuckt, unter qualvollen Krämpfen. Und durch den Gestank der Leichen sei das gesamte Land mit giftigen Dämpfen überzogen worden. Sie hatte bislang immer die Ohren vor diesen Geschichten verschlossen, doch mit Benedikts Traum heute Morgen fühlte auch sie plötzlich so etwas wie Angst in sich aufsteigen.

Sie starrte auf die knusprigen Spitzwecken in ihrem Korb. Der Appetit war ihr jedenfalls gründlich vergangen.

Kapitel 2

Das Angelusläuten vom Hauptturm der Pfarrkirche Unserer Lieben Frau verkündete den Feierabend. Im letzten Tageslicht, das durch das offene Tor der Werkstatt drang, prüfte Benedikt noch einmal das Stück, das er heute, gerade noch rechtzeitig, fertiggestellt hatte. Mit dem Frosteinbruch nämlich würde die Arbeit auf der Baustelle ruhen, mindestens bis zum Lenzmonat, und viele der auswärtigen Handwerker würden nun zu ihren Familien heimkehren und sich dort ihr Brot verdienen.

Fast zärtlich strichen seine Finger über den kühlen Stein und zeichneten die geschwungenen Linien der eichenlaubförmigen Blattknospe nach. Jetzt musste nur noch ein Loch für den eisernen Bolzen in die Stoßfläche geschlagen werden, dann konnte das Stück in die Helmkante des Turms eingefügt werden.

Schon etliche dieser Krabben, die nun Portale, Gesimse und Kapitelle zierten, hatte er aus dem roten Sandstein gehauen. Dazu Maßwerk für die Spitzbogenfenster, Kreuzblumen und andere Schmuckelemente für die Erneuerung der Seitentürme, die den Chor der Pfarrkirche flankierten. Die beiden Türme sollten der Schönheit des Hauptturms angeglichen werden, der im Jahr von Benedikts Geburt zum Abschluss gebracht worden war, nach den Plänen des Erwin von Steinbach, dem Baumeister der berühmten Straßburger Kirche.

Benedikt war mit dabei gewesen, als man begonnen hatte, die uralten Chortürme aufzustocken. Als Hüttendiener, wie man hier den Lehrknaben nannte, hatte er einst den Staub gekehrt und Handlangerdienste geleistet. Hatte später dann die rohen Blöcke, die auf Ochsenkarren hergeschleppt wurden, mit der Spitzhacke grob zurechtgehauen oder mit dem Hundezahn die Bossen abgearbeitet. Bis man ihn endlich eigenständig die Werksteine bearbeiten ließ, zunächst als einfacher Steinmetz für Bauquader und Profilsteine, später dann als Laubwerkmacher.

Noch waren die beiden Seitentürme hinter Gerüsten, Leitern und Seilzügen verborgen, doch Benedikt schlug jetzt schon das Herz bei dem Gedanken an den Augenblick, wo sie sich als würdige Begleiter des wohl schönsten und bislang höchsten Kirchturms auf Erden offenbaren würden. Schwerelos und kühn ragte der Hauptturm, ein Wunder der Baukunst, über dem Eingangsportal himmelwärts. Sein Helm, diese einzigartig feingliedrige, vielfältig durchbrochene Pyramide aus Rippen und Maßwerk, ganz ohne Gewölbe und Innenverstrebung, schien sich vollends von der Erde loszulösen.

In ein, zwei Jahren würde das Gerüst an den Chortürmen als auch im Innern des Langhauses, wo man gerade die Lichtgadenfenster farbig verglaste, abgebaut werden. Dann würde das Gotteshaus, das bereits jetzt von manchen Bürgern Münster genannt wurde, in seiner ganzen Herrlichkeit vollendet sein – vergleichbar nur noch dem in Straßburg, das gleicherweise in jener verwegenen, neuartigen französischen Baukunst der Spitzbögen und Strebewerke errichtet war. Scheinbar schwerelos wagten sich Turm und Gewölbe in eine bis dahin unvorstellbare Höhe und waren durch ihre Bögen und Pfeiler doch fest im Boden verankert. Auch im Kircheninneren strebte alles himmelwärts: die Pfeiler und Säulenbündel, die Spitzbögen und kostbaren farbigen Fenster, die wie Edelsteine funkelten und das irdische Licht in himmlisches verwandelten.

Benedikt erfüllte eine Art demutsvoller Stolz darüber, dass

er seinen Teil beitrug zu diesem Kirchenbau. Und dennoch brannte in ihm eine Sehnsucht, die bislang unerfüllt geblieben war. Einmal nur wollte er für dieses Freiburger Gotteshaus eine Skulptur schaffen. Etwas so Erhabenes wie die Mutter Maria am Pfeiler des Hauptportals, die liebevoll und mit geheimnisvollem Lächeln das Jesuskind in ihrem Arm betrachtete. Oder etwas so Geheimnisvolles wie die Wasserspeier, diese wundersamen Phantasiewesen halb Mensch, halb Vieh. Da gab es angsteinflößende Dämonen, gestaltgewordene Albträume, aber auch freche Wesen, wie etwa den Nasentrompeter oder die doppelköpfige Figur, die ihren nackten Hintern in die Luft streckte – eine Rache der Steinmetze, als sie einstmals monatelang keinen Lohn bekommen hatten.

So wahrhaftig und voller Leben, wie diese Skulpturen waren, würde auch er gestalten wollen. Doch dazu musste er erst Meister werden. Musste sich in den Entwurfstechniken vervollkommnen, den Goldenen Schnitt beherrschen mit seinen mathematischen Erscheinungen, dazu all die magisch zu nennenden Formeln zur Berechnung von Mauerdicke und Winkeln. All das lag ihm indessen weit weniger als das Gestalterische.

Mit einem wehmütigen Lächeln sammelte er sein Werkzeug ein, rieb es mit einem Lappen sorgfältig ab und verstaute es ordentlich in seiner Kiste. Währenddessen schweiften seine Gedanken ab zu Esther. Warum nur hatte sich seine Mutter heute Morgen erneut in seine Angelegenheiten eingemischt? Hatte Vater nicht ihn beauftragt, zu den Grünbaums zu gehen? Endlich hätte sich wieder einmal die Gelegenheit geboten, Esther zu sehen, vielleicht sogar ein paar Worte mit ihr zu wechseln. Aber nein – seine Mutter hatte ihn behandelt wie einen Schulknaben. Benedikt spürte, wie der Zorn, der ihm schon den ganzen Morgen verdorben und sogar diesen bedrohlichen Albtraum in Vergessenheit hatte geraten lassen, wieder in ihm aufflammte.

Als er sich umdrehte und die Werkstatt verlassen wollte, stand Meister Johannes vor ihm.

«In der Portalhalle ist eine der Figuren schadhaft. Ich möchte, dass du dir das im Frühjahr gleich als Erstes vornimmst. – Ich weiß, du kannst das», fügte er hinzu.

Benedikt errötete vor Freude und Verlegenheit. Er durfte sich tatsächlich als Bildhauer beweisen, dazu noch an einer der wertvollen Skulpturen des Kirchenportals! Augenblicklich war der Groll gegen seine Mutter verflogen.

«Morgen nach dem Gottesdienst wird dir der Parlier alles Weitere erklären.»

«Danke», stotterte Benedikt nur.

Er bewunderte Meister Johannes von Gmünd, der jener weitberühmten Baumeisterfamilie der Parler entstammte. Vor etlichen Jahren hatte man ihn geholt, damit er die alten Seitentürme erneuere und den Chor um eine Kapelle erweitere, und schon bald darauf hatte er Benedikt zu dessen unsagbarem Glück in die Lehre genommen. Den Moment, als der Meister ihn vier Jahre später feierlich in den Gesellenstand erhoben hatte, würde Benedikt nie vergessen. Vor dem Kirchenportal, in Anwesenheit aller Werkleute, hatte er sich mit dem Schwur auf die Hüttenordnung dazu verpflichtet, die Geheimnisse der Bräuche und der Baukunst stets zu wahren. Hatte sein Steinmetzzeichen erhalten und war damit in der Bruderschaft aufgenommen, jener stolzen, freien Handwerkerschaft der Steinmetze, die sogar ihre eigene Gerichtsbarkeit hatte.

Mit der Ledigsprechung war Benedikt auch das geheime Zureiseritual gelehrt worden, mit dem er sich auf allen Hütten, selbst in den Nachbarlanden, als zugehörig ausweisen konnte. Ihm war nun freigestellt, ob er wandern oder aber in seiner angestammten Hütte um Arbeit ersuchen wollte. Obschon ihm der Abschied von seiner Heimatstadt unsagbar schwergefallen war, hatte er sich für etliche Monate an die Straßburger Hütte verpflichtet und dort unschätzbare Einblicke in die Baukunst erhalten. Inzwischen konnte er sogar mit Zirkel und Winkel umgehen, vermochte damit Werkpläne auf den Reißboden zu übertragen, so sicher und akkurat, dass er in diesem Herbst zum Meisterknecht aufgestiegen war. Seinem Traum, als Steinbildhauer zu arbeiten, stand nun nicht mehr allzu viel im Wege.

Benedikt verließ die Werkstatt, diesen langgestreckten Holzbau, an dessen Südseite sich Fensteröffnung an Fensteröffnung reihte, um möglichst viel Licht hereinzulassen. Es dunkelte bereits. Morgen früh würden sie alle gemeinsam dem Herrgott danken, dass wieder ein Jahr ohne tödliche Unfälle vergangen war, und anschließend die Baustelle winterfest machen.

Obgleich es schneidend kalt war, durchquerte er ohne Eile den Werkplatz. Hinter dem Schlafhaus der Gesellen kam ihm der Parlier entgegen, vermummt bis auf Augen und Nasenspitze, und winkte ihn heran. «Ich nehm an, du machst dich mit unserm alten Daniel wieder an die Winterarbeit?»

Benedikt nickte. «Ja. So ist's mit dem Meister abgemacht.»

Er und Daniel waren die einzigen aus dem guten Dutzend Steinmetze, die hier in der Stadt ansässig waren. So würden sie nun schon den dritten Winter die Aufsicht über die Steinvorfertigung für das Frühjahr übernehmen und auch selbst mit Hand anlegen, wenn es um die Rohlinge für feines Maßwerk ging. Dies alles aus freien Stücken, auch wenn es ein reichlich stumpfsinniges Tun war. Doch mit dem alten Gesellen, einem ruhigen, gutmütigen Menschen, den Benedikt sehr mochte, ließ es sich gut arbeiten, und der Winter ging so wesentlich rascher vorbei.

«Gebt bloß mit dem Ofen in der Werkstatt acht», mahnte der Parlier. «Es wäre nicht das erste Mal, dass eine Hüttenwerkstatt in Flammen aufgeht. Übrigens – habe gehört, dass dich der Meister an die Portalhalle lässt. Nun, ich denke, da wirst du dich beweisen können.»

«Ich werde alles daransetzen, dass der Meister mit mir zufrieden ist. Welche Figur ist es denn?»

«Die Synagoge. Die hat wohl einen rechten Hieb abgekriegt. Wir müssen den linken Arm erneuern, den mit dem Buch, und am Gesicht ist auch was abgeschlagen.»

Benedikt war zusammengezuckt. Ausgerechnet die Synagoge! Diese Figur sollte dem Betrachter verdeutlichen, wie unterlegen das Judentum der christlichen Ecclesia war. In der Rechten hielt die junge Frauengestalt einen gebrochenen Stab, von ihrer Linken hingen die Gesetzestafeln kraftlos herab, wie auch ihre ganze Körperhaltung schwach wirkte. Zudem waren ihr die Augen verbunden zum Zeichen der Blindheit gegenüber dem Erscheinen des Messias.

Für einen Augenblick war Benedikt versucht zu glauben, dass man ihn mit dieser Aufgabe schmähen wollte. Schließlich hatte man ihm schon als Kind auf der Gasse «Judenfreund» hinterhergebrüllt. Dann aber schalt er sich einen Narren. Meister Johannes war alles andre als ein Feind der Hebräer. Schließlich ließ er sich regelmäßig von Grünbaums Nachbarn Noah Liebekind das Eisen für seine Werkzeuge aus Straßburg mitbringen.

Der Parlier schlug ihm auf die Schulter. «Kannst dich ja in

den nächsten Wochen schon ein bissel üben in der Bildhauerkunst.»

Benedikt nickte. Mit einem Mal wusste er, was er außer Steine vorfertigen den Winter über tun würde.

«Willst du mir etwa einreden, dass du als Meisterknecht von früh bis spät Steine klopfen musst?» Heinrich Grathwohl wurde ärgerlich. «Soll vielleicht Johanna das Brennholz hacken? Die Tür zum Hühnerstall hättest auch längst in Ordnung bringen sollen. Heut früh lag der halbe Stall voll Schnee. Und der Seilzug oben am Dach klemmt noch immer.»

«Ich kann doch das Holz machen.» Michel nahm der kleinen Kathrin den Löffel aus der Hand und kratzte den letzten Rest Milchbrei aus der Schüssel. «Bin grad so stark wie der Benedikt.»

Kathrin begann zu heulen, und Clara nahm sie auf den Arm. «Unsinn, Michel. Du sollst das Abc üben. Nächste Woche fängt die Schule wieder an. Und jetzt gib Kathrin den Löffel zurück.»

Der Junge legte den Kopf schief und sah seinen älteren Bruder herausfordernd an. «Dann will ich mit dir Schreiben üben. Du hast's versprochen.»

«Siehst du?», wandte sich Heinrich an Clara. «Nicht mal gegenüber den eigenen Geschwistern hält er seine Versprechen ein.»

Benedikt biss sich auf die Lippe.

«Also, was soll ich nun?», fragte er schließlich trotzig. «Holzhacken oder Schulmeister spielen?»

«Erst das eine, dann das andre.» Heinrichs Stimme hatte nun diesen Tonfall, der keine Widerrede duldete. Er erhob sich. «Du solltest dir ein Beispiel an deiner Schwester nehmen.

Johanna nimmt ihre Pflichten sehr viel ernster. Um die beiden Kleinen kümmert sie sich wie eine Mutter, und das neben der ganzen Haus- und Gartenarbeit.»

«Die ist ja auch nur ein Mädchen», kicherte Michel und erntete dafür von seiner älteren Schwester umgehend eine Kopfnuss. Ohne ein weiteres Wort zog Benedikt Handschuhe und Gugel über und verließ die Küche. Kurz darauf hörte man vom Hof her schnelle, kraftvolle Schläge.

Heinrich nahm seinen Umhang vom Haken.

«Ich muss nach dem alten Klingenschleifer sehen, er ist von der Bühne gestürzt. Und die Steirer Elsbeth will zur Ader gelassen werden. Die ist schon wieder verstopft. Begleitest du mich?», fragte er Clara. «Zuvor muss ich allerdings noch bei Behaimer vorbei, den neuen Aderlasskalender holen.»

Clara verzog das Gesicht. Sie konnte den Stadtphysicus nicht leiden. Bevor sie antwortete, bestürmte Michel seinen Vater: «Bitte, bitte, nimm mich mit! Du hast gesagt, wenn keine Schulstunden sind, darf ich mitkommen.»

Heinrichs grimmige Miene wurde sofort weich. «Ein andermal, mein Junge. Draußen stürmt und schneit es. Außerdem: Wer Wundarzt werden will, muss mühelos lesen und schreiben können.»

Clara drückte ihrer Ältesten Kathrin in den Arm und holte Kopftuch und Umhang. «Wenn du mich den Aderlass allein machen lässt und mir nicht fortwährend dreinredest, komm ich gern mit.»

«Ich versteh nicht, warum du immer so ungehalten bist mit Benedikt», sagte Clara, als sie hinaus in das Schneetreiben traten. «Dich bringt doch sonst nichts aus der Ruhe.»

«Er könnte wenigstens seinen Bruder beim Lernen unterstützen. Wofür habe ich ihn ein Jahr länger in die Knabenschule geschickt?»

Er schnaubte, und Clara unterdrückte ein Lachen. «Doch wohl, weil er in deine Fußstapfen treten sollte! Ich finde, du bist reichlich undankbar, lieber Mann. Als Meisterknecht hat Benedikt ein höheres Auskommen als jeder Geselle, und er gibt bis auf ein kleines Sackgeld jeden Pfennig ab.»

«Trotzdem. Jetzt in den Winterwochen könnte er uns hier im Haus zur Hand gehen. Ich frag mich, was er den ganzen Tag in der Werkstatt zu schaffen hat.»

«Du bist noch immer nicht drüber hinweg, dass der Junge kein Wundarzt werden wollte.»

«Wie sollte ich? Er hat geschicktere Hände als ich, die beste Grundlage für diesen Beruf. Stattdessen haut er damit Steine zurecht. Außerdem geht es um die Familienehre. Mein Großvater, der noch der Sohn eines armen Badknechts war, hat sich nicht nur die Gerechtigkeit für eine Badstube, sondern auch für die Kunst der Wundarzney teuer erkauft. Durch sein und meines Vaters Geschick haben wir uns den Übernamen Grathwohl verdient. Wie soll ich es da verwinden, wenn mein Ältester diese Tradition durchbricht?»

«Du vergisst, dass Michel dir nachfolgen will.»

«Der Junge ist erst acht. Und er besitzt nicht annähernd dieselbe Fingerfertigkeit wie sein Bruder.»

Sie hatten den Gewerbebach in der Schneckenvorstadt erreicht, wo Marx, der alte Klingenschleifer, seine Werkstatt betrieb. Kaum eine Stunde später hatten sie ihm einen Sud aus Weidenrinde und Mohn gegen die Schmerzen verabreicht, den gebrochenen Unterarm gerichtet und mit einem festen Verband gestützt. Im Gegenzug bekamen sie von Marxens Frau heißen Würzwein kredenzt. Nur unwillig machten sie sich danach auf den Weg zu Filibertus Behaimer, der das Haus Zum Roten Reh am Fischmarkt ganz für sich allein bewohnte. Der Stadtphysicus war ehe- und kinderlos, doch man munkelte, dass er gerne wohlfeile junge Weibsbilder empfing. Dabei war das weibliche Geschlecht für ihn nichts anderes als ein Fehlgriff des Herrgotts, gerade gut genug, um den Weiterbestand der Menschheit zu sichern oder eben dem Manne Erleichterung zu verschaffen. Zumindest Clara gegenüber pflegte er solcherlei Bemerkungen höchst gerne von sich zu geben.

Wie üblich, mussten sie mehrfach klopfen, bis der Knecht öffnete und sie in der Eingangshalle geraume Zeit warten ließ, ohne sie in eine der warmen Stuben zu bitten. Clara bereute schon, dass sie mitgekommen war.

Als der Hausherr endlich erschien, warf er Clara einen spöttischen Blick zu. Sein Aufzug – Morgenmantel und nackte Füße in feuerroten Filzpantoffeln – verriet, dass er zu dieser späten Stunde noch keinen Fuß vor die Haustür gesetzt hatte. Behaimer war klein und fast schon fett zu nennen. Mit seinem runden, nur von einem schmalen grauen Haarkranz umgebenen Schädel, der ohne Hals aus den Schultern zu wachsen schien, und dem bartlosen, breiten Gesicht, dessen Wangenfleisch schlaff nach unten zu einem ebenfalls kugelrunden Kinn sank, erinnerte er Clara immer an einen dieser Wasserspeier an der Pfarrkirche. Außerdem hatte er einige seltsame Angewohnheiten. So etwa schüttelte er, wenn er seinem Gegenüber zuhörte, sofern er das überhaupt länger als drei Atemzüge lang tat, ohne zu unterbrechen, immerfort den Kopf. Gleichsam als ob er das Gesagte von vornherein verneinen wollte.

«Also, mein braver Chirurgus – was gibt's?» In Behaimers Mundwinkeln hingen Reste von gebratenem Ei.

«Der neue Aderlasskalender.»

«Reichlich spät kommst du, reichlich spät. Du weißt, dass du ohne das neue Kalendarium nicht zur Ader lassen darfst. Die livores venena können nur dann dem Körper vollständig entzogen werden, wenn der Zeitpunkt präzis getroffen ist.»

«Vor drei Tagen hattet Ihr ihn noch nicht fertig», erwiderte Heinrich ungerührt.

«So?» Behaimer hielt mit dem Kopfschütteln inne. «Wie dem auch sei – ich brauche dich morgen auf dem Schloss. Der alte Graf leidet an einem Abszessus an seinem gräflichen Hinterteil. Halt dich also bereit.»

Er verschwand hinter einer der Türen und kam mit einer Papierrolle zurück.

«Hier. Studier sie gut, die neuen Vorgaben.»

Mit einem Kopfnicken nahm Heinrich die Rolle entgegen und steckte sie in sein Lederetui. Clara wusste, dass Behaimer, der mit den artes liberales auch die Astrologie studiert hatte, großen Wert darauf legte, alljährlich die Mondphasen und den Lauf der Gestirne neu zu berechnen. Diese Berechnungen hatte Heinrich dann umgehend auf seine Tafel mit dem Aderlassmännchen zu übertragen, die zu Hause in der Wohnstube hing und nach der sich Bader und Wundärzte zu richten hatten. Für jede Krankheit gab es die richtige Ader, jeder Körperteil war einem Tierkreiszeichen zugeordnet, und so schrieb der astrologische Kalender die günstigsten oder ungünstigsten Zeitpunkte beim Venenschlagen vor. Heinrich allerdings gab keinen Pfifferling auf die «hochwissenschaftlichen» Berechnungen seines Vorgesetzten, sondern verließ sich lieber auf seinen eigenen Verstand und Erfahrungsschatz.

Clara bemerkte, wie Behaimer sie durchdringend musterte.

«Du begleitest also deinen Mann wieder mal bei den Krankenbesuchen?»

«Spricht was dagegen?», gab sie schnippisch zurück.

«Nun – ich meine, eine anständige Frau sollte bei ihrer Haushaltung bleiben.»

«Das lasst nur meine Sache sein.»

«Da geht es um mehr. Heinrich hat einen guten Ruf als Chirurgus.» Sein Schädel begann wieder zu pendeln. «Einen sehr guten. Gerade als Arzt indessen ist so eine Reputation eine äußerst fragile Sache.» Sein Blick wurde strenger. «Zwei, drei Behandlungsfehler – ein Verletzter, der krepiert, ein tödlicher Wundbrand –, und Heinrichs Ruf ist ruiniert. Und das nur, weil du deinem Mann oder gar mir in die Kur pfuschst. Auch auf dem Feld der Laienmedizin sollte sich nicht jeder tummeln dürfen.»

«Statt meine Frau zu schmähen», sagte Heinrich ruhig, «könntet Ihr lieber all diesen Winkel- und Stümperärzten auf die Finger sehen, die an den Markttagen in die Stadt strömen. Jeder Quacksalber, jeder fahrende Schwachkopf kriegt doch seine Lizenz, wenn es nur das Stadtkässlein füllt.»

«Ich warne dich, Heinrich. Gib acht, was du sagst. Sonst bist du längstens geschworener Wundarzt gewesen.»

Nur mit Mühe konnte Clara ihren Zorn unterdrücken, und sie war froh, dass Heinrich sie beim Arm nahm und nach einem knappen Gruß mit ihr das Haus verließ.

«Dieser Pissprophet, dieser Maularzt!», stieß sie hervor, als sie sich auf den Weg in die Hintere Wolfshöhle machten. «Außer Pulsmessung und Urinschau kann der doch rein gar nichts.»

«Dafür weiß er, was in den Büchern Galens und all dieser Astrologen steht. Das beeindruckt die hohen Herren weit mehr, als wenn er Eiterbeulen aufstechen würde.»

«Ich versteh nicht, wie du bei diesem Mannsbild immer so

gleichmütig bleiben kannst. Das war doch eine blanke Drohung eben, das mit mir.»

Heinrich zuckte die Schultern. «Und wennschon – er weiß genau, dass er auf mich angewiesen ist. Diese Herren Doctores sind nur so gut wie der Wundarzt, der ihnen zur Hand geht.»

Nun, da sie die düstere Gasse am Fuße des Burgbergs erreichten, hatte wenigstens das Schneetreiben aufgehört. Heinrich blieb stehen und sah Clara an. Sein Blick war liebevoll und besorgt zugleich.

«Vielleicht ist es besser, wenn *ich* heute die Elsbeth zur Ader lasse. Du weißt ja, wie schwatzhaft die ist.»

«Nein, Heinrich! Jetzt erst recht.»

Wie ungewohnt still es in den Winterwochen war! Nur das Knirschen des festgefrorenen Schnees unter den Schuhen war zu hören, während Benedikt zwischen den verlassenen Stein- und Sandhaufen durch die Morgendämmerung schritt.

Vor vielen Jahrzehnten schon hatte man den Platz zwischen dem Chor der Pfarrkirche und den Häusern der Geistlichen mit Werkstätten, Häuschen und Schutzhütten überbaut, die zahllosen Menschen als Arbeits- und Lebensmittelpunkt dienten. Neben den Werkleuten der Steinmetzbruderschaft gab es da Maurer und Zimmerleute, Lastenträger und Mörtelmischer, Schmiede und Glaser, dazu Brotbäcker, Koch und Gesinde. Die Kirchenbauhütte bildete eine eigene Welt, in der nicht nur gearbeitet, sondern auch gegessen, geschlafen und gefeiert wurde. Jetzt lag diese Welt im Winterschlaf, die Kalkbrennöfen und Mörtelkästen waren verwaist, die Schmiedefeuer an der Kirchenmauer, wo sonst Werkzeuge, Beschläge und eiserne Verankerungen gefertigt wurden, erloschen.

Als Benedikt die Werkstatt betrat, hatte Daniel bereits

ordentlich eingeheizt. Eine Handvoll Taglöhner scharten sich um ihn und nahmen seine Anweisungen entgegen. Bald hörte man nur noch die rhythmischen Schläge der Spitzeisen auf die rohen Quader und hin und wieder einen kräftigen Fluch, wenn ein Schlag danebenging.

Als Meisterknecht hätte Benedikt gar nicht selbst Hand anlegen müssen. Ihm oblag, die Taglöhner zu überwachen und hin und wieder zu prüfen, ob sie den Vorgaben gemäß arbeiteten. Doch den andern nur über die Schulter zu sehen lag Benedikt nicht. Genau wie Daniel bearbeitete er einen Rohling nach dem anderen.

Verstohlen blickte er auf den Stein neben seiner Werkzeugkiste. Es war ein im Ursprung annähernd würfelförmiges Stück, mit einer Kantenlänge von gut einer Spanne, dessen obere Fläche er bereits abgerundet hatte. Nach dem Feierabendläuten würden die Männer ihre Sachen aufräumen und heimgehen, sodass ihm dann noch eine Stunde bis zur Dunkelheit blieb, um ungestört an seinem Werk weiterzuarbeiten. Mit viel Phantasie ließ sich bereits jetzt der Umriss einer Büste erkennen, mit Kopf, Hals und Schultern. Vor seinem inneren Auge traten aus dem Sandstein die feinen Züge von Esthers Gesicht hervor. Er sah ihre leicht schräggestellten Augen unter den hohen Brauen, die schmale, lange Nase, darunter die geschwungenen Lippen, die, wenn sie zu lächeln begannen, ihre tiefblauen Augen zum Strahlen brachten und zwei kleine Grübchen in die Wangen zauberten – die linke ein wenig tiefer und runder als die rechte.

Als er vor zwei Wochen begonnen hatte, den Stein in Form zu hauen, war ihm mit einem Mal zu Bewusstsein gekommen, wie viel ihm Esther bedeutete. Oder anders ausgedrückt: dass sie ihm mehr war als nur die Freundin aus Kindertagen, mit der er durch die Gassen getobt war, Blindekuh, Plumpsack und Reifentreiben gespielt, Boote und Dämme gebaut hatte an den Bächlein der Stadt. Er erinnerte sich plötzlich an so viele vergessen gewähnte Bilder und Eindrücke.

So war sie von allen Gassenkindern die geschickteste im Kreiselschlagen, und ihr Kreisel, mit gelben und roten Blumen bemalt, war der schönste von allen. Wie stolz war er gewesen, wenn sie ihm als Einzigem diesen Kreisel überließ. Als er dann neun oder zehn Jahre alt gewesen war, hatten sie sich von den andern Kindern oft abgesondert und in den Gärten hinterm Haus gespielt. Dort erfanden sie sich Landschaften und fremde Länder, in denen sie mit ihren Tierfiguren furchterregende Abenteuer erlebten. Zu dieser Zeit ging Esther bei ihnen ein und aus, sie war ja noch ein kleines Mädchen mit fast schwarzen, glänzenden Zöpfen. Auch ihn selbst hieß man bei den Grünbaums jederzeit willkommen. Er kostete ihre koscheren Speisen, die nach unbekannten Gewürzen dufteten, ihre dünnen, ungesäuerten Brotfladen zur Pessachwoche, lernte ihre oft wundersamen Riten und Zeremonien kennen, ihre fröhlichen Lieder und ausgelassenen Tänze.

In jenen Tagen sahen die Erwachsenen noch keine Gefahr darin, wenn Esther und er zum Spiel zusammenfanden, hatten nichts dagegen einzuwenden, dass der Sohn des christlichen Wundarztes mit der zwei Jahre jüngeren Tochter des jüdischen Pfandleihers und Geldwechslers ein Herz und eine Seele war. Die Alten ahnten nicht, dass sie, die Kinder, längst heimliche Berührungen und kleine Zärtlichkeiten austauschten, die sich beim Fangen und Versteckspiel ergaben. Im Stillen nannte Benedikt jeden Tag, an dem sie nicht beieinander waren, einen verlorenen Tag.

Einmal – und bei dieser Erinnerung musste Benedikt so

laut auflachen, dass Daniel ihn erschreckt ansah – hatte er vom Sohn des Karrenbecks erfahren, wie man Liebeszauber ausübte: einen Zauber, mit dem man die Angebetete auf immer an sich binden könne. Man müsse auf eine Haselnussrute nur die magischen Worte «pax + pix + abyra + synth + samasic» ritzen, dreimal der Begehrten damit auf den Kopf hauen, um sie in glühender Liebe entbrennen zu lassen! Schreiben hatte Benedikt damals längst gelernt, die Schwierigkeit lag eher darin, dass ein schlanker Haselstecken kaum Raum für so viele Buchstaben bot. So hatte er sich unten am Dreisamufer ein besonders kräftiges Exemplar gesucht, hatte stundenlang geritzt und geschnitten, bis er die Gelegenheit gekommen sah. Seine Mutter hatte ihn und Esther zum Eiersammeln in den Hühnerstall geschickt. Das Zauberwerkzeug hatte er neben dem Stall im Schuppen versteckt, und so bat er Esther, einen Augenblick zu warten, er habe eine Überraschung vorbereitet. Als er zurückkehrte und sie ihn erwartungsvoll anblickte, hatte er den Stecken hinter dem Rücken hervorgeholt und ihr damit drei Hiebe über den Kopf gezogen. Den entsetzten Blick aus ihren Augen würde er nie vergessen. Und auch nicht ihre klatschende Maulschelle, die ihm die Wange tiefrot anlaufen ließ. Danach hatte Esther wochenlang nicht mehr mit ihm gesprochen, und er war zu feige gewesen, ihr den Grund für seine Tat zu gestehen. Damals hatte er geglaubt, der Zauber sei nur deshalb missglückt, weil für die letzten drei Buchstaben kein Platz mehr gewesen war.

Ein andermal hatte er Esther überredet, nach einem heftigen Wolkenbruch mit ihm auf den Friedhof der Pfarrkirche zu gehen. Aus irgendeinem Grund hatte Benedikt ihren Mut auf die Probe stellen wollen, denn es dämmerte bereits an diesem kühlen Herbstabend, und mit der Nacht fanden sich Dämonen und Gespenster dort ein. Tagsüber war der Kirchacker durchaus ein Ort der Lebenden. Den Kindern war erlaubt, dort zu spielen, Handwerksgesellen trafen sich zu Versammlungen, Grempler boten ihren Kram an, Ziegen weideten zwischen den Grabstätten, und zu Festtagen wurden hier religiöse Schauspiele aufgeführt und hernach getanzt. Der ältere Teil des Friedhofs diente obendrein als Baustelle und Lagerstätte für den Kirchenneubau.

Das einzig Unheimliche zur hellen Stunde war der bucklige Totengräber, der auf dem Kirchhof seinen Verschlag hatte und der im Ruf stand, mit Geisterwesen umzugehen. Und dann war da noch das Beinhaus im Gewölbe der Andreaskapelle. Durch ein schmales Loch nahe am Boden konnte man die blanken Knochen und Schädel aus den alten Grablegen erkennen, allesamt sorgfältig aufeinandergeschichtet.

Zum Schutz gegen streunende Tiere war der neuere Teil des Friedhofs von einer mannshohen Bruchsteinmauer umgeben. Nächtliche Besucher indessen schien die Mauer nicht abhalten zu können. Jeder wusste, dass sich nach Einbruch der Dunkelheit zwielichtige Gestalten zu ebenso zwielichtigen Geschäften auf dem Friedhof trafen, Obdachlose ihr Lager aufschlugen, Dienstmägde zum heimlichen Stelldichein erschienen, Verschwörer und Verbrecher ihre finsteren Pläne schmiedeten. Und dazu kamen eben noch die Gespenster und Dämonen.

Auch Esther wusste von alledem, und ebenso wusste sie, dass Hebräer auf dem christlichen Gottesacker höchst ungern gesehen wurden.

«Hast du Angst?», hatte Benedikt sie gefragt, nachdem sie gezögert hatte.

«Nein.»

Das Tor war noch nicht verschlossen, als sie den Friedhof

erreichten, und der volle Mond, der sich durch die Wolkenfetzen schob, tauchte die Gedenksteine in silbrigen Schein. Sie schlichen an der Kapelle vorbei zur Friedhofslinde, deren Zweige noch vom Regenguss glänzten, und lauschten auf verdächtige Geräusche. Benedikt spürte Esthers Schulter an seiner.

«Was ist das?», flüsterte sie. Jetzt hörte Benedikt es auch. Rundum schmatzte und seufzte es leise, es klang wie das unterdrückte Schluchzen eines Kindes. Plötzlich bekam er es selbst mit der Angst zu tun. Erst als er die Tropfen spürte, die aus dem nassen Geäst auf sie herabfielen, begriff er. «Das ist nur der Regen, den das Erdreich aufsaugt.»

Sein Blick schweifte über die Gräberfelder, und hie und da glaubte er etwas Weißliches schimmern zu sehen. Mit Schaudern erinnerte er sich daran, was sein Vater ihm einmal erklärt hatte. Da ein eigenes Grab nur den Vornehmen und Geistlichen zustehe, lege man in den Gruben Leichnam über Leichnam. Die Erdschicht darüber sei so dünn, dass hier und da eine Hand oder ein Fuß herausragen könnte. Nach heftigen Regenfällen würden dann die Schädel und Leichenteile schon einmal an die Oberfläche gespült.

«Lass uns wieder gehen», murmelte er. Plötzlich ertönte hinter ihrem Baum ein leises Knurren. Er fuhr herum. Keine zehn Schritte entfernt stand ein zotteliger Köter. Sein Blick funkelte, und zwischen seinen Lefzen hielt er – einen Totenschädel!

Esther unterdrückte einen Schrei. Im selben Moment ließ der Hund den Schädel fallen, senkte den Kopf und fuhr fort zu graben. Kleine und große Knochenstücke schleuderte er aus dem Erdreich unter sich, auch ein Kinderschädel war dabei, gerade so groß wie eine Faust.

Esther packte Benedikts Hand und zog ihn eilig in Richtung

Tor. Doch das war nun mit einer Kette versperrt. Wehrhaft ragten seine Eisenspitzen in den nächtlichen Himmel.

«Wir müssen über die Mauer.» Benedikt faltete die Hände zu einer Räuberleiter. Er spürte ihren nackten, schmalen Fuß auf seinen Handflächen, roch für einen kurzen Moment ihren Duft nach frischer Milch und irgendwie auch nach Zimt, während sie sich dicht vor ihm auf die Mauerkrone schwang. Dann reichte sie ihm die Hand, und er zog sich hinauf.

«He! Lumpengesindel! Stehen geblieben!» Neben dem Ewigen Licht am Eingang zur Kapelle erschien der Bucklige.

Voller Schrecken klammerte sich Esther an Benedikt fest. Ihre Hand, die er immer noch in der seinen hielt, war eiskalt.

«Warte», flüsterte er. «Ich spring zuerst und fang dich dann auf.»

Geschickt ließ er sich auf der anderen Mauerseite zu Boden gleiten, rappelte sich auf und streckte ihr die Arme hin. Da fiel sie ihm auch schon entgegen, und beide stürzten unsanft auf die Erde.

Er half ihr wieder auf die Beine. «Hast du dir wehgetan?»

Sie schüttelte den Kopf. Dabei zeichnete sich auf ihrer Stirn eine blutige Schramme ab. Ihr Gesicht war so dicht vor seinem, dass er ihren Atem spürte. Ohne nachzudenken, küsste er sie auf den Mund, spürte für eine kleine Ewigkeit ihre weichen, warmen Lippen. Sie ließ es geschehen, und sein Herz pochte so heftig, dass sie es ganz gewiss hörte. Da begann das Friedhofstor in seinen Angeln zu quietschen. Sie ließen einander los und rannten auf dem kürzesten Weg nach Hause.

Dreizehn Jahre alt war er damals gewesen und hatte bald darauf seine Lehre begonnen. Damit und mit der ersten Beichte und Erstkommunion war seine Kindheit endgültig vorüber gewesen, jene unbeschwerte Zeit, wo sie sich zum Spielen und

Schwatzen trafen. Über den Kuss hatten sie nie wieder gesprochen, und Benedikt ahnte, dass sich dieses süße Glück nicht wiederholen würde. All das war für immer vorbei.

Jetzt ließ er Eisen und Klöpfel sinken und starrte vor sich hin. Eigentlich gab es seitdem nur noch verlorene Tage für ihn. Einzig der Schabbat war ihm geblieben. Wenn Esther zu Mittag von der Synagoge kam, wo die Frauen die sogenannte Weiberschul besuchten und über Gucklöcher den Gottesdienst der Männer verfolgten, trachtete er danach, ihren Weg zu kreuzen. Oder er versuchte sein Glück am Nachmittag im Stadtgraben, wo die Bürger, Christen wie Juden, bei schönem Wetter durch das Grün der trockengelegten Gräben spazierten. Das Höchste war, mit ihr ein paar Worte zu wechseln, sofern sie allein ging. War sie in der Obhut ihrer Familie, musste er sich mit einem Blickwechsel, einem Lächeln begnügen.

Ihn durchfuhr ein wehmütiger Schmerz. All diese Erlebnisse aus Kindertagen gehörten endgültig der Vergangenheit an. An ihre Stelle war etwas Neues getreten, an dem er nicht mehr teilhaben durfte: Esther war eine junge Frau geworden. Plötzlich wusste er, dass er sie noch inniger liebte denn je.

Kapitel 3

Clara kehrte vom Einkauf zurück, durchgefroren und reichlich missgelaunt. Es war ein Freitag, der Tag, an dem Heinrich schon frühmorgens die Läden im Erdgeschoss öffnete und das Banner mit dem Becken herauszuhängen pflegte, zum Zeichen, dass er fürs Scheren und Balbieren bereit war. Einmal in der Woche ging er noch diesem Handwerk nach. Zu den Stammkunden, die dann sein Häuschen am Eingang der Webergasse aufsuchten, zählten etliche Ratsherren, die vor oder nach ihrer freitäglichen Sitzung hereinschneiten. Dank ihnen wusste Heinrich über die Belange der Stadt recht gut Bescheid. Zumeist waren es Handwerksmeister oder auch Zunftmeister der achtzehn Freiburger Zünfte, angesehene Bürger also, die auf ein Jahr in den Rat der Neuen Vierundzwanzig gewählt waren. Auch Behaimer gehörte seit Johanni letzten Jahres dazu, doch der zog es vor, sich von Meister Günther, dem Hofbarbier der Grafenfamilie, rasieren zu lassen. Das taten auch die meisten der Freiburger Patrizier, jene reichen Kaufherren, Ritter und Edelfreie, die fast ausnahmslos auf Lebenszeit zum Alten Rat gehörten und alle irgendwie miteinander verschwippt und verschwägert waren. Sie allerdings holten sich Meister Günther in ihre Trinkstube im Haus Zum Ritter, einem der prächtigsten Häuser der Stadt am Kirchhof. Ihre Eheweiber hatten dort keinen Zutritt, wohl aber hübsche junge Dinger, die ihnen den Schertag mit ihrer Offenherzigkeit versüßten.

Auch wenn Clara sich in ihrem Heim noch so wohlfühlte –

an diesen Freitagen empfand sie es als überaus bescheiden. Das Haus Zum Schermesser war schmaler als die Nachbarhäuser der Juden und erst recht kleiner und niedriger als die vornehmen Stein- und Fachwerkbauten der Reichen, die die Marktgasse säumten. Man gelangte nicht von der Straße her hinein, sondern seitlich durch eine Hofeinfahrt mit gemauertem Rundbogen. Die Haustür, in deren Sturz das Hauszeichen, ein Schermesser, gemeißelt war, öffnete sich zu einer winzigen, dunklen Diele. Von hier gingen drei Türen ab. Die rechte führte in die Wohnstube, die mit zwei großen Fensteröffnungen zur Straße hin lag, geradeaus ging es in die Küche und links, zum Hof und Garten hin, in einen kleinen Stall. Dort hatte Heinrichs Großvater noch seine Milchkuh untergebracht, inzwischen beherbergte er die beiden Ziegen und einen Verschlag mit Stallhasen. In das Obergeschoss gelangte man von der Hofeinfahrt her über eine bedachte Außentreppe. Drei Schlafkammern gab es dort, einfache Räume mit losen Bretterböden, die dünnen Wände aus mit Lehm verputztem Flechtwerk. Die winzigen Fensterlöcher ließen nur wenig Luft und kaum Licht herein, und es stank immer ein wenig nach Ochsengalle und Essig, womit Clara regelmäßig die Bettladen einrieb. Ihrer Ansicht nach war dies das einzig brauchbare Mittel gegen Wanzen und Flöhe. Von ihrer eigenen Schlafkammer aus erreichte man über eine Bohlenstiege schließlich den hohen, steilen Dachboden. Der bot Platz für ihre Vorräte, die sich mit einer Seilwinde von außen heraufhieven ließen, diente bei Regenwetter zum Trocknen der Wäsche und in den warmen Monaten zum Dörren der Früchte.

Einen Keller wie die großen Bürgerhäuser besaß ihr Haus nicht. Bis auf das gemauerte Erdgeschoss war es aus Holz, auch das Dach mit seinen Schindeln, die mit Feldsteinen beschwert waren und die Heinrichs Vater einst rot gefärbt hatte, damit sie wie die Ziegel der Reichen aussahen. Doch der Regen hatte die Farbe längst ausgewaschen.

Auch wenn sie also fürwahr kein Patrizierhaus bewohnten, sagte sich Clara, dass sie zu Recht stolz sein durften auf ihren Besitzstand. Mit Benedikts Hilfe und Geschick hatten sie in den letzten Jahren einiges erheblich verbessert. So waren die Böden von Küche und Wohnstube inzwischen mit Ziegeln gefliest und somit gut reinzuhalten. Die ehemals offene, mit Lehm ummantelte Feuerstelle in der Küche hatte Benedikt durch einen gemauerten Herd mit Rauchhaube und Abzugsschlot ersetzt. Der Abzug wärmte die benachbarte Stube ebenso wie die Schlafkammern darüber ein klein wenig mit. Und seitdem Heinrich zu jeder Fronfaste einen zusätzlichen Lohn aus dem Stadtsäckel bezog, stapelten sich auf ihrem Küchenbord neben den irdenen Schüsseln mehr und mehr Kochgeschirre aus teurem Messing und Zinn. Auch waren die beiden Fenster der Stube mit neuen, hauchdünn gegerbten Häuten bespannt, die an freundlichen Tagen ausreichend Licht hereinließen.

Claras größte Freude indessen war der Blumen- und Kräutergarten zur Stadtmauer hin. Betrat man den Hof von der Küche her, lagen rechter Hand, überragt von dem mächtigen Turm des nahen Christoffeltores, der Brennholzschuppen und der Hühnerstall. Dazwischen versteckte sich, unter einem schützenden Bretterdach, der Abtritt über der Abortgrube. Wie bei den Vornehmen hatte Benedikt die Hofeinfahrt mit Bruchsteinen gepflastert, bis hinüber zum Schuppen und zu den Beeten entlang der Stadtmauer. Dort zog Clara ihre Gemüsepflanzen, gedeihten Zwiebeln, Kohl und Fenchel, Bohnen, Mangold, Pastinak. Dazwischen hatte sie allerlei Speisengewürze gepflanzt und in einem eigenen kleinen Heilkräutergarten alles, was sie für ihre Salben und Tränke als wichtig erachtete. Auch für das Schöne war gesorgt: Von den ersten blauen Duftveilchen zwischen gelbem Winterling über rote Rosen und Pfingstrosen, Akelei und allerlei Lilien bis hin zu den herbstlichen Bergastern grünte und blühte es bald das ganze Jahr über. Ihren kleinen Garten Eden nannte Clara es im Stillen, wenn sie sich im Sommer einmal die Muße gönnte und auf der Bank im Schatten des Apfelbäumchens den kräftigen Duft der Kräuter und den Anblick der bunten Blüten genoss.

Über einen eigenen Brunnen wie etwa Noah Liebekind verfügten sie selbstredend nicht, aber dafür hatte Heinrich vor vielen Jahren entlang der Traufseite des Daches eine hölzerne Rinne gezimmert, die das Regenwasser in einem mächtigen Fass sammelte. Das lehnte an der Mauer zu den Grünbaums. Clara würde nie vergessen, wie Benedikt darin als Kind einmal beinahe ertrunken wäre. Es war nach einem Sommergewitter gewesen. In einem wilden Sturzbach hatte das Wasser aus der Regenrinne das Fass binnen kürzester Zeit gefüllt. Als wenig später wieder die Sonne am Himmel stand, war Benedikt auf den Rand des Fasses geklettert, um über die Mauer zur Grünbaumtochter zu gelangen, die auf der anderen Seite im Garten spielte. Beim Hochhangeln auf die Mauerkrone war er mit seinen nassen Füßen abgeglitten und in die Wassertonne gerutscht. Clara hatte von der Küche her das Klatschen gehört, mehrfach hintereinander, indessen keinen einzigen Schrei, kein Rufen, nichts. Gleichwohl hatte es sie hinausgetrieben, gerade noch rechtzeitig. Eine kleine Faust schnellte aus der Tonne und verschwand wieder, sie streckte ihre Arme bis zu den Achseln in das Dunkel der Tonne, deren Rand selbst ihr bis über die Brust reichte. Es war gar nicht einfach gewesen, den glitschigen, zappelnden Körper zu fassen zu kriegen. Und als sie den

Jungen endlich heraußen hatte, war sie sich sicher: Ihr Ältester war tot!

Doch als Frau eines Wundarztes tat sie, ohne nachzudenken, das Richtige. Sie legte den Jungen auf die Seite, drückte und schüttelte ihn, bis er einen Schwall Wasser erbrach und die Augen aufschlug. Da war sie neben ihm zusammengebrochen und hatte unter Tränen ihre Dankgebete geschluchzt. Von seinem Vater hatte Benedikt am selben Abend allerdings eine Tracht Prügel für seine Dummheit bezogen, und Clara war hin und her gerissen gewesen zwischen Mitleid und Genugtuung. Vielleicht war das dem Jungen endlich eine Lehre, dem Nachbarmädchen nicht mehr wie ein Hund hinterherzulaufen.

Clara stellte ihren Korb ab und öffnete mit klammen Fingern das Hoftor. Seit kurz nach Weihnachten dauerte nun schon der Frost, ohne eine einzige Unterbrechung, und Clara fürchtete, wie jedes Jahr, dass ihre Vorräte an Brennholz vorzeitig zur Neige gehen könnten. Für die Reisenden freilich war dieses Wetter von Vorteil. Ungehindert kamen die Fuhrleute und Händler nun über die festgefrorenen Fahrwege von überall her und brachten ihre Waren und Neuigkeiten. Von Heinrich wusste sie, wie wichtig der Fernhandel für ihre Stadt war. Sie selbst hingegen war nie bis über den Rhein und die ersten Hügel des Waldgebirges hinausgekommen.

Als sie eben unter dem Stubenfenster vorbeigegangen war, hatte sie zwei Schatten hinter der Bespannung wahrgenommen. Heinrich hatte also Kundschaft. Sie verspürte keinerlei Neigung, einem dieser dünkelhaften Herren zu begegnen, die, kaum waren sie in den Rat gewählt, den gemeinen Mann auf der Straße nicht mehr zu kennen schienen. Zwar nahmen sie gern Heinrichs Dienste in Anspruch, doch in ihren Augen war er noch immer der Nachfahr eines einfachen Badknechts, nichts mehr.

Ihre Laune war für diesen Morgen ohnehin gründlich verdorben. Erst hatte am Rindermarktbrunnen eine schwarze Katze ihren Weg gekreuzt, danach war sie vor dem Backhaus ausgerechnet Thine begegnet, der Flickschneiderin von Oberlinden und zugleich ärgsten Schwatzbase der ganzen Stadt.

«Hast schon gehört? Euer Meinwart sitzt im Turm ein.»

«Was soll das heißen – unser Meinwart?»

«Ja sag bloß – ist denn deine Johanna diesem Tagdieb nicht zum Weib versprochen?» Thine sprach so laut, dass alle Umstehenden sie hören konnten.

Clara betrachtete sie mit kühlem Blick. «Da musst du was gründlich vermischt haben. Unsre Kinder sind zusammen aufgewachsen, das ist alles. – Wer die Wahrheit nicht kennt», fügte sie bissig hinzu, «sollte lieber einmal zu viel als zu wenig die Goschen halten. Damit du's weißt: Der Tuchersohn kümmert mich einen Muckenschiss.»

Das war schlichtweg gelogen. Innerlich war Clara alles andere als gefasst, brannte darauf, jede Einzelheit zu erfahren. Doch um nichts auf der Welt von dieser Frau, dazu noch inmitten eines Haufens geschwätziger Weiber. Beim Fleischer schließlich, einem besonnenen Mann, dem man Neuigkeiten eher aus der Nase ziehen musste, erfuhr sie das Restliche. Meinwart habe seinem Lehrherrn, dem dritten nun schon innerhalb weniger Jahre, eine Geldsumme unterschlagen. Habe wohl, nachdem er vom Würzkrämer Nussgeld in die Kunst der Buchführung eingewiesen worden war, mindere Einnahmen im Rechnungsbuch verzeichnet und den Rest in die eigene Tasche gesteckt.

Für diesmal würde es für Gottfried Tucher schwierig werden, seinen ungeratenen Sprössling herauszubekommen. Die beiden letzten Male, als Meinwart wegen nächtlichen Raufhändels und Trunkenheit auf der Gasse für drei Tage im Strafturm hätte einsitzen sollen, verschärft durch schmale Kost bei Wasser und Brot, hatte sein Vater die Schöffen noch zu einer Bußgabe von zwanzig Pfund Wachs umstimmen können.

Bei einem solchen Bubenstück wie Betrug freilich drohte die weit härtere Leibesstrafe, die zudem öffentlich nach dem Gottesdienst von der Kanzel verkündet und am Markttag ausgeführt wurde: im günstigen Fall Rutenstreiche, im ärgsten Fingerabschneiden mit anschließendem Stadtverweis. Das galt zumindest für den gemeinen Mann. Leute wie die Tuchers vermochten eine solche Strafe fast immer mit einer hohen Geldbuße abzuwenden.

Wie dem auch sei – Clara hatte endgültig genug von Meinwarts Possen. Sie würde Heinrich als Hausvater bitten, Rat zu halten. Dieses unglückselige Eheversprechen musste umgehend rückgängig gemacht werden. Leid tat ihr bei alledem nur Mechthild Tucher, die ihr in den Jahren der Nachbarschaft zur Freundin geworden war. Oft hatten sie Gartensamen und Stecklinge, Heil- und Küchenrezepte ausgetauscht. Eine gute Seele war die Tucherin, vielleicht ein bisschen zu fügsam und demütig für ihren selbstgefälligen Ehegenossen und ihre vier großspurigen, mehr oder minder missratenen Söhne. Sie würde wieder einmal alles ausbaden müssen.

Leise ließ Clara hinter sich die Haustür ins Schloss fallen.

«Clara? Bist du das?»

Sie unterdrückte ein Seufzen. Eigentlich hatte sie sich unbemerkt in die Küche schleichen wollen, nun aber musste sie wohl oder übel ihren Pflichten als gastliche Wirtin nachkommen.

Sie trat durch die angelehnte Stubentür und traute ihren Augen nicht. Es war der Schultheiß in Person, der da mit eingeseiftem Gesicht mitten in der Stube auf dem Scherenstuhl saß, jener Ritter Johann Snewlin, genannt der Grüninger, der das wichtigste Amt der Stadt innehatte. Zusammen mit der Schöffenbank aus städtischen Ratsherren richtete er über alles, was nicht ausdrücklich den gräflichen Stadtherren vorbehalten war. Und nicht nur das – der Snewlin'schen Sippschaft gehörte inzwischen das halbe Breisgau und eine der ergiebigsten Silbergruben am Gewann Schauinsland. Der höchste Adel stand in ihrer Schuld, allen voran die Grafen von Freiburg.

Jetzt, mit dem himmelblauen Umhang über dem Oberkörper und Heinrichs Schermesser vor Augen, wirkte der Edelmann indessen eher selbst wie einer seiner Delinquenten vor dem Verhör. Hinter ihm füllte Johanna, das Gesicht vor Eifer gerötet, frisches Wasser ins Waschbecken.

Clara deutete einen Knicks an. «Gott zum Gruße, Herr Ritter. Der gräfliche Hofbarbier ist doch wohl nicht ernsthaft erkrankt, dass Ihr unser bescheidenes Haus aufsucht?»

Sie konnte nicht vermeiden, dass sich leiser Spott in ihre Stimme mischte. Doch der Schultheiß schien es nicht zu bemerken. Dafür warf ihr Heinrich ob ihrer unbotmäßigen Neugier einen ärgerlichen Blick zu, das spürte sie genau.

«Gott zum Gruße, Grathwohlin», gab der Ritter zurück. «Nein, Meister Günther erfreut sich bester Gesundheit. Allerdings hatte ich ein paar Worte mit deinem Mann zu besprechen.»

«Liebe Frau, wärst du so freundlich, dem Herrn Schultheiß etwas Gebäck und Würzwein zu bringen? Johanna hat ihn schon heiß gemacht.»

«Aber gern.» Clara zwang sich zu einem Lächeln.

Als sie aus der Küche zurückkehrte, kniete der Schultheiß gerade auf den beiden Trittstufen des Waschtisches und hielt den Kopf mit dem schütteren Grauhaar über die Schüssel, während ihm Heinrich den restlichen Schaum aus dem Gesicht wusch. In dieser Haltung hatte der Ritter vollends jeglichen Anschein einer Respektsperson verloren, und sie musste an sich halten, nicht laut zu lachen.

Sie stellte Wein und Gebäckschale auf dem klobigen Stubentisch ab. Zuvor in der Küche hatte sie sich überlegt, ob sie Snewlin nach Meinwart ausfragen sollte, doch jetzt verwarf sie diesen Gedanken. Das Ganze war eine Familienangelegenheit, und sie wollte keine unangenehmen Gegenfragen auslösen. Oder war es womöglich genau das gewesen, was der Schultheiß mit ihrem Mann hatte bereden wollen?

«Ja, mein lieber Grathwohl», hörte sie ihn aus der Tiefe der Waschschüssel brummen, «ich habe es auch kaum glauben mögen, was diese beiden Handelsmakler mir gestern über die Levante erzählt haben.» Er wandte das Gesicht zur Seite und sprach in Claras Richtung weiter. «Von gewaltigen Erdbeben haben sie berichtet, in mehreren Ländern zugleich. Zur letzten Fastenzeit war das. Ganze Berge sind dabei eingesunken, riesige Seen aus dem Nichts entstanden, Mensch und Vieh haben die Fluten mit sich gerissen. Und dort, wo die Erde sich nicht aufgetan hat, ist sie in Trockenheit und sengender Hitze erstarrt, und die Menschen verhungern jetzt einer nach dem andern. Ich sage dir, Grathwohl, das ist eine Gottesstrafe. Und wer nicht blind ist, dem hat sie sich längst angekündigt, durch die höchst auffällige Konstellation der Gestirne. Der gute Behaimer, der ungemein firm ist in diesen Dingen, hat mir das im Übrigen bestätigt.»

Snewlins Vortrag ging in ein Gurgeln und Blubbern über, als Heinrich ihm ein letztes Mal mit einer Handvoll Wasser ins

Gesicht fuhr. Dann reichte er ihm ein Tuch zum Abtrocknen, und der Ritter richtete sich ächzend auf.

«Jetzt straft Gott noch die ungläubigen Sarazenen im Morgenland, bald aber wird es auch uns treffen. Auch die Menschen hier fallen vom Glauben ab, erst recht, seitdem das Oberhaupt unserer heiligen Kirche nicht mehr in Rom residiert und mehr den weltlichen als den geistlichen Freuden frönt. Der Palast des Papstes in Avignon soll ja einem wahren Bordell gleichen!»

Clara nickte nur, während sie zwei Becher mit dem dampfenden Würzwein auffüllte.

«Ihr verzeiht, edler Herr Schultheiß, wenn ich mich wieder in die Küche zurückziehe. Ruft mich nur, falls Ihr noch Wünsche habt.»

Einige Zeit später hörte sie den Schultheiß davonstapfen, und Heinrich betrat die Küche.

«So allmählich kann ich all das Gerede von Giftregen und Erdbeben nicht mehr hören», knurrte er. «Die Leute machen sich noch ganz verrückt mit diesen Schauergeschichten aus Ländern, von denen sie nicht mal wissen, wo in aller Welt sie liegen. Sollen sich lieber um ihre armen oder kranken Nachbarn kümmern.»

«Und wenn nun doch etwas Wahres dran ist?»

«Fängst du auch noch an? Mein Vater hat immer gesagt: Man soll den Teufel nicht an die Wand malen, sonst kommt er. Jetzt mach lieber noch einen Kessel Wasser heiß, gleich ist der Spitalschaffner zum Balbieren dran.»

«Warte, Heinrich – was genau wollte der Snewlin mit dir bereden?»

Kurz verfinsterte sich Heinrichs Blick. «Nichts von Belang.»

«Dann kannst es mir auch sagen.»

«Ach, nur wieder der alte Grempel – dass ich zulasse, dass

du eigenmächtig Behandlungen unternimmst. Dass ihn sogar der Herr Bürgermeister darauf angesprochen hätt. Das kann nur auf Behaimers Mist gewachsen sein.» Er strich ihr über die Wange. «Du weißt, dass mich das nicht rührt.»

«Und von Meinwart – von Meinwart hat er nichts gesagt?»

«Nein, warum?»

«Er sitzt im Turm. Verdacht auf Betrug. Heinrich, wir sollten das ernst nehmen. Ich will nicht, dass unsere Tochter durch ihn ins Verderben stürzt.»

Clara entzündete die Tramlampe, dann warf sie ihrem Mann einen auffordernden Blick zu. Von draußen hörte sie einen Hahn krähen, mehrmals hintereinander, und sie fragte sich, ob da ein Marder oder ein Fuchs sein nächtliches Unwesen in den Gärten trieb.

Heinrich räusperte sich.

«Ihr wisst nun also alle, was geschehen ist.» Er sah in die schweigsame Runde am Küchentisch. «Benedikt – du bist der Älteste. Sag freiheraus, wie du entscheiden würdest.»

«Du musst zum alten Tucher und die Verlobung auflösen. Gleich morgen früh.»

«Du weißt aber auch, dass ich dann unter Umständen die Hälfte der Mitgift schuldig bleibe.»

«Aber doch wohl nicht, wenn einer die Ehre verwirkt hat.»

«Das Urteil über ihn ist noch nicht gefällt, mein Junge. Du weißt ja: Gerechtigkeit fängt Fliegen und lässt die Hummeln durch.»

«Ist das noch wichtig? Ich hätte dir schon vor zwei Jahren sagen können, dass Meinwart der Falsche ist für meine Schwester. Aber derzeit hattest du mich nicht gefragt.» Aus Benedikts Worten klang Bitterkeit. «Damals hast du nur gesehen, in welch angesehenes Haus Johanna einmal einheiraten wird. Was soll der Kerl noch alles anstellen, bis ihr begreift, aus was für einem Holz der geschnitzt ist?»

«Na, na – zunächst einmal waren die Tuchers uns immer gute Nachbarn. Und Meinwart – war er nicht einmal dein bester Freund?»

«Das ist lange vorbei. Vielleicht hab ich ihn auch nur bewundert, weil er der Ältere und Stärkere von uns beiden war. Und bei den andern immer die Nase vorn hatte. Ein Spitzbub war er seit jeher.»

«Wie meinst du das?» Heinrich sah seinen Sohn erstaunt an, und Clara war nicht minder überrascht, wie hart Benedikt über seinen engsten Freund aus Kindertagen urteilte.

«Den jüdischen Kindern hat er die besten Murmeln abgeluchst und dem Sohn des Wollschlägers, dem armen Kerl, sein nagelneues Steckenpferd. Mit irgendwelchen schäbigen Wetten, bei denen nur er selbst gewinnen konnte. Und dann hatte er da diese Angel, eine kleine Bleiplatte an einem Zwirnsfaden, die war mit Vogelleim beschmiert. Damit hat er in der Kirche aus dem Opferstock die Münzen gezogen.»

«Davon hast du nie erzählt!»

«Wenn er doch mein Freund war. Außerdem ...»

«Außerdem hattest du Angst vor ihm», unterbrach ihn Johanna, die bislang geschwiegen hatte, leise. «Genau wie ich. Ich hab immer noch Angst vor ihm.»

Plötzlich begann sie zu weinen.

«Ach herrje!» Clara legte den Arm um ihre Tochter. Sie war ehrlich erschrocken. Warum nur hatte das Mädchen nie ein Wort gesagt? Gewiss, es war die Regel, dass die Eltern für ihre Töchter die Ehemänner auskundschafteten – aber wenn sie gewusst hätte, wie Johanna empfand, hätte sie der Heiratsabsprache niemals zugestimmt. Mit einem Mal machte sie sich Vorwürfe, dass auch sie selbst nur vor Augen gehabt hatte, welchen Einfluss die Tucherfamilie in der Stadt besaß, welch mannigfaltige Verbindungen in alle Richtungen.

«Warum nur hast du nie etwas gesagt?», wiederholte sie laut.

Johanna zuckte die Schultern und wischte sich die Tränen aus den Augen.

«Dann ist also beschlossene Sache», wandte Clara sich an ihren Mann, «dass du morgen zu den Tuchers gehst.»

In diesem Augenblick geschah etwas Ungeheuerliches: Die irdene Schale der Lampe vor ihnen auf dem Tisch fing an zu zittern und zu hüpfen, erst leicht, dann immer heftiger, während es zu ihren Füßen, aus den Tiefen der Erde, dumpf zu dröhnen anhob. Michel und Johanna stießen einen Schrei aus, auch aus den Nachbarhäusern drangen gellende Angstschreie herüber, und Clara starrte ungläubig auf den Türrahmen, der sich unter Ächzen und Knarren verbog. Sie sprang auf, riss die schlafende Kathrin aus ihrer Wiege, presste sie schützend an ihre Brust. Noch zwei, drei Male wölbte sich der Boden unter ihnen, wand und streckte sich wie der Rücken eines riesigen Tieres, dann war der Höllenspuk vorüber.

«Das Jüngste Gericht», entfuhr es Johanna, und sie begann wieder zu weinen.

«Ihr bleibt hier», befahl Heinrich und stürzte hinaus auf die Straße. Drang durch die offene Tür nicht seltsamer Schwefelgeruch von den Gassen herein? Niemand sprach ein Wort, bis der Vater zurückkehrte.

«Es ist alles gut», versuchte Heinrich sie zu beruhigen. «Ein kleines Erdbeben, nichts weiter. Bei den Nachbarn sind ein paar Ziegel von den Dächern gerutscht, sonst gibt es keine Schäden.»

Aber Clara beschlichen Zweifel, dass dies alles gewesen sein sollte. Ergaben jetzt nicht die vielen Gerüchte neuen Sinn? Was, wenn nun über die ganze Welt eine unbekannte Gefahr heraufzog?

Kapitel 4

Anderntags war die Stadt in heller Aufregung. In dichten Trauben sammelten sich die Menschen auf den Gassen und Plätzen, wo von nichts anderem mehr die Rede war als von den heftigen Erdstößen, die sogar ein Todesopfer gefordert hatten. Die alte Mutter des Zunftmeisters der Rebleute, bislang rüstig und gesund, hatte vor Schreck einfach zu atmen aufgehört.

Das sonst so geregelte Alltagsleben war für diesen Tag außer Kraft gesetzt. Die Läden der Werkstätten blieben verschlossen, die Bänke der Bäcker, Fleischer und Grempler leer, niemand sah sich mehr in der Lage, seine Pflicht und Arbeit zu erfüllen. Stand nicht womöglich das Weltende kurz bevor? So besuchten an diesem Samstagabend Alt und Jung, Gesunde wie Bresthafte die Vorabendmesse, um zu beten und die heilige Kommunion zu empfangen. Denn sie alle waren Sünder und auf Gottes Erbarmen angewiesen, wollten den Weltenrichter gnädig stimmen, durch ihre Gebete und Lieder, durch die Fürbitten der Heiligen, allen voran die der Schutzpatronin ihrer Kirche Unser Lieben Frau. Maria, die Muttergottes, war die Höchste, sie vermochte alles zu erlangen, erst recht die Gnade für einen reuigen Sünder beim Jüngsten Gericht, an dem ein jeder Rechenschaft ablegen musste.

Johanna wirkte noch immer bleich und hohlwangig wie der Sensenmann selbst, als sich Clara mit ihren Kindern in die Reihen der Kirchgänger drängte, die für diesen Tag das ganze Mittelschiff vor dem Kreuzaltar füllten. Etliche hatten sogar

Hunde, Ziegen und Federvieh mitgeschleppt. Und nicht nur das: An den zahlreichen Seitenaltären, wo die Vornehmen ihre eigenen Priesterpfründen gestiftet hatten, hielten die Kapläne zu deren Seelenheil eine eigene Messe ab, und auch droben vom Hochchor, der durch den Lettner vom Laienvolk abgeschirmt war und wo das riesige, aus Silber getriebene Kreuz von der Decke hing, hörte man gedämpft die gregorianischen Gesänge. Über dreißig Pfründenkapläne gab es inzwischen neben dem Stadtpfarrer, und so konnte mitunter ein rechtes Durcheinander herrschen hier im Gotteshaus.

An diesem Abend indessen lauschte man voller Inbrunst dem «Dies irae», und selbst wer nie eine Schulstube von innen gesehen hatte, wusste um die Bedeutung der lateinischen Worte. Dass nämlich der Posaunenschall die Toten wie die Lebenden dereinst vor den Richtstuhl rufen würde, alle in angstvollem Zittern vor dem Zorn des Weltenrichters, wenn er das große Buch aufschlagen würde, in dem alles verzeichnet stand. Denn jeder von ihnen ahnte: Nichts würde verborgen bleiben, kein Vergehen ungesühnt. Gleichwohl blieb die Hoffnung auf Rettung, auf die Barmherzigkeit Jesu, der um der Sünder willen gelitten hat.

Als Clara sich während der Gabenbereitung umsah, erblickte sie nicht wenige, die in Tränen aufgelöst waren. Selbst diejenigen, die die heilige Kommunion sonst nur zu Ostern empfingen, traten heute mit demütig gesenktem Haupt vor Pfarrer Cunrat, dem heimlichen Sohn des alten Grafen, und nahmen die Hostie entgegen. Auch der Opferstock war gewiss schon seit langem nicht mehr so großzügig gefüllt worden.

Bereits zwei weitere Tage später drang die Kunde nach Freiburg, was es mit jenem Schreckensereignis auf sich gehabt hatte. Zur selben Zeit hatte im fernen Kärnten, jenseits des

Alpengebirges, der Herrgott über die Menschen seinen ganzen Zorn ergossen. Dreißig Dörfer und dreißig Burgen waren durch ein gewaltiges Beben dem Erdboden gleichgemacht, von Bergstürzen zerschmettert, von mächtigen Flutwellen mitgerissen, von Bränden verzehrt worden. Nicht nur Clara dachte bei sich, dass Gott sie noch einmal verschont, sie gleichsam nur verwarnt hatte.

Die Unruhe der Menschen legte sich erst, nachdem auch Wochen später nichts weiter geschah und keine Gottesstrafe die Gegend heimsuchte. Nichts deutete mehr auf ein baldiges Zeiten- und Weltenende hin. Stattdessen zog der langersehnte Frühling übers Land zwischen Rhein und Waldgebirge.

Clara war eben dabei, ihre Beete mit der Krummhacke umzugraben und frischen Mist einzuarbeiten, als ihre Älteste mit Kathrin auf dem Arm den Hof betrat.

«Was ist mit dir, Johanna? Bist dem Leibhaftigen begegnet?»

«Die Wäscherin war eben da und hat das Weißzeug geholt. Sie hat erzählt, dass Meinwart freigesprochen ist, von jeglicher Schuld.»

Clara ließ die Hacke sinken. «Wie das?»

«Sein Lehrherr, der Nussgeld, hat wohl alles zurückgenommen, die ganzen Anschuldigungen, ein Versehen halt – und der Meinwart wär ganz und gar ohne Schuld …» Sie stockte. «Am Sonntag muss Nussgeld von der Kirchenkanzel herab öffentlich Widerruf leisten.»

«Ich hab es geahnt. Der alte Tucher kann alles erkaufen, sogar Gerechtigkeit. Wahrscheinlich wird er den armen Würzkrämer auch noch wegen Ehrverletzung anzeigen.»

«Mutter – muss ich den Meinwart jetzt heiraten?»

«Nein. Niemals. Ich werde mit deinem Vater sprechen. Lieber zahlen wir die drei Pfund Silber.»

«Drei Pfund Silber? Dafür kriegt man ja ein Pferd!»

Wider Willen musste Clara lachen. «Da siehst mal, wie viel du uns wert bist.»

Auf der Kirchenbauhütte hatte der Alltag wieder Einzug gehalten. Der rhythmische Klang der Spitzeisen und Schmiedehämmer, das Ächzen der Ochsenkarren, das Quietschen der Seilwinden, die Schläge der Zimmerer, die die Holzstämme für Gerüste und Arbeitsbühnen beilten – das alles vermischte sich mit dem Gesang der Werkleute bei der Arbeit, mit ihren Scherzworten und Flüchen. Hunde stromerten herum auf der Suche nach Essensresten, gegen einen Obolus spielten Fiedler und Pfeifer auf. Hie und da lenkten Hübschlerinnen, die sich durch ihre kurzen Mäntel zu erkennen gaben, die Männer von der Arbeit ab und versprachen ihnen schöne Stunden nach Feierabend. Anderswo beobachteten neugierige Kinder, wie die Teile eines Maßwerkfensters auf dem Boden zusammengelegt wurden, bevor das Tretrad im Innern des Turms sie in die Höhe hievte. Auch Eli und Jossele kamen manchmal hier heraus, an der Hand ihres großen Bruders, um den Steinmetzen staunend bei der Arbeit zuzusehen.

Wie alle anderen hatte Benedikt seine Arbeit unter freien Himmel verlegt. Nach den stillen Wintertagen genoss er das bunte und laute Leben rundum, am Fuße der Kirche aus diesem wunderbaren farbigen Gestein, das je nach Licht und Tageszeit bald feierlich und unnahbar in ernstem Rotbraun schimmerte, bald in warmer gelblicher Tönung, wie jetzt in der Frühlingssonne.

Die Büste mit dem Antlitz Esthers, an der er den Winter

über gearbeitet hatte, hatte er so gut wie fertig. Nur das offene Haar, in das er einen Blumenkranz eingearbeitet hatte, lag ihm noch nicht locker genug. Er dachte an vergangene Woche, als Meister Johannes auf die Bauhütte zurückgekehrt war und ihn bei der Arbeit daran überrascht hatte.

«Sag bloß, Benedikt – sitzt du an deinem Meisterstück?», hatte er gelacht und ihn mit kräftigem Handschlag begrüßt. Dann war er näher getreten, hatte die Augen zusammengekniffen und eine ganze Weile lang geschwiegen.

«Es ist noch nicht fertig», hatte Benedikt schließlich wie zur Entschuldigung vorgebracht.

«Das ist wahrhaftige Künstlerarbeit!» Meister Johannes hatte ungläubig den Kopf geschüttelt. «Die feinen, lebendigen Züge, der Ausdruck in dem angedeuteten Lächeln: Es scheint zerrissen zwischen Glück und Melancholie.»

Seine Fingerspitzen glitten über das Gesicht der Skulptur. Benedikt wollte etwas erwidern, doch das unerwartete Lob seines Meisters hatte ihm fast den Atem genommen.

«Hör, Benedikt, wir könnten es für die neue Kapelle verwenden. Es an eine der Konsolen am Portal einfügen, als Maria Magdalena. Was hältst du davon?»

Benedikt kämpfte mit sich. Endlich brachte er hervor: «Euer Urteil freut mich mehr, als ich ausdrücken kann. Und dass Ihr das Stück für die Kirche haben wollt, ehrt mich.» Er holte tief Luft. «Doch wenn Ihr erlaubt, Meister Johannes, würde ich es gerne selbst behalten.»

«Das ist deine freie Entscheidung, Benedikt. Aber überleg es dir nochmal.»

Jetzt, eine Woche später, fragte sich Benedikt, ob seine Entscheidung richtig war. Er hatte plötzlich das niederdrückende Gefühl, nie wieder so viel Inbrunst in die Gestaltung einer

Figur legen zu können. Die ganzen Winterwochen über, an denen er an Esthers Büste gearbeitet hatte, hatte er sich so leicht gefühlt, war er der Freundin so nah gewesen wie ehedem in Kinderzeiten. Ja, mehr noch: Er hatte seinem Gefühl ganz und gar nachgeben dürfen, indem er ihr Ebenbild schuf, und das in der plötzlichen Zuversicht, dass ihm alles offenstand. Solange Esther an keinen Mann gebunden war, würde er die Hoffnung nicht aufgeben. Er würde sie lieben, ohne etwas von ihr zu erwarten, und als Zeichen seiner Liebe würde er ihr diese Skulptur schenken, sobald sie vollendet war.

Doch warum vollendete er sein Werk nicht endlich, es fehlte doch nicht mehr viel? Womöglich, weil er gar nicht den Mut hatte, es Esther zu schenken? Zu Meister Johannes brauchte er dann auch nicht mehr zu gehen und sagen: Verehrter Meister, Ihr könnt die Skulptur nun doch haben!

Er ließ sich auf seinen Schemel sinken und betrachtete das Teilstück der Synagogenfigur, an der er gerade arbeitete. Ihn fröstelte, und das Gegröle und Geschwätz seiner Arbeitsgenossen verdross ihn mit einem Mal. Nein, er würde nie ein guter Steinbildhauer werden, wenn ihm nur ein einziges Mal etwas Außerordentliches gelang. Er hatte nämlich längst erkannt, wie viel Mühe ihm derzeit die Arbeit an der Synagoge bereitete. Einen Rohstein hatte er bereits verpatzt beim Heraushauen des neuen Unterarms, und wenn ihm auch der zweite Versuch fehlschlug, würde Meister Johannes ihn erst gar nicht an die Figur selbst lassen. Dort hatte nämlich der dichte Haarschopf über der rechten Wange eine deutliche Blessur erlitten, und seine nächste Aufgabe würde sein, die schadhafte Stelle abzuschlagen und stattdessen die Wange weiter herauszuarbeiten. Mit einem neuen Farbauftrag würde der Schaden nicht mehr zu sehen sein.

Missmutig starrte er auf die gezeichnete Vorlage, an die er sich zu halten hatte, auf diese strengen, ja bösen Gesichtszüge der Synagoge mit ihren herabgezogenen Mundwinkeln. Und da begriff er plötzlich, warum ihm diese Arbeit so sehr widerstrebte. Es war die ganze vermeintliche Schlechtigkeit des Judentums, die ihm da entgegenblickte.

«Nein», murmelte er, und abermals: «Nein.»

Selbst wenn er sich damit Ärger einhandeln mochte: Er würde dieser Figur ein anderes Gesicht geben.

Benedikt war so in die Arbeit vertieft, dass er das Mittagsläuten überhört hatte.

«He, Junge. Es ist Samstag. Die Woche ist vorbei.»

Er sah auf. Vor seiner Werkbank stand der alte Daniel. Die andern hatten bereits ihre Gerätschaften verräumt und sammelten sich in kleinen Gruppen, um in die Badhäuser oder in den Schnabel zu marschieren, eine kleine Schenke gleich um die Ecke. Einige hatten mit ihrem Umtrunk schon an Ort und Stelle begonnen. Bis zum Abend würde so mancher seinen Taglohn versoffen oder gar einen gesamten Wochenlohn im Haus Zur Kurzen Freud gelassen haben, dem Frauenhaus in der Vorstadt.

Benedikt legte ein Tuch über sein Werkstück und packte es in die mit Stroh ausgelegte Kiste unter der Werkbank.

«Was ist, Benedikt – trinkst einen Schluck mit uns?»

Der Geselle wies zu den Männern, die einen schweren Humpen umgehen ließen. Einer von ihnen stieß ein so dröhnendes Rülpsen aus, dass er anerkennendes Gelächter erntete.

Benedikt schüttelte den Kopf. «Ein andermal.»

«Hör mal», Daniels Stimme wurde leiser, «wir sind doch eine feste Gemeinschaft, hier auf der Hütte. Da kannst dich nicht so ausschließen, schon gar nicht als Meisterknecht. Ganz schnell wirst da sonst zum Vornehmtuer, und das ist schlecht für den Zusammenhalt. In die Badstuben bist auch schon ewig nicht mehr mit.»

«Hast ja recht. Ich bring noch mein Werkzeug weg, dann komm ich. Aber nur auf einen Schluck.»

Zwei Stunden später machte sich Benedikt auf den Heimweg. Die Sonne, die am wolkenlosen Himmel stand, wärmte bereits. Wieder einmal hatte er zu Hause das Essen versäumt, dazu stank sein Atem wahrscheinlich auch noch gotterbärmlich nach Bier! Seine Mutter würde schelten wie ein Rohrspatz. Da konnte er gleich ebenso gut einen Umweg über den Stadtgraben nehmen. An einem solchen Tag – auf einmal musste er lächeln – machte Esther mit den jüngeren Geschwistern dort sicher ihren Schabbatspaziergang.

Vor ihm wankten zwei Burschen, die noch einiges mehr verkostet haben mussten als er selbst. Nachdem der eine, ein schlanker, hochgewachsener Kerl, ins Stolpern geraten war und lautstark fluchte, erkannte Benedikt an der Stimme, dass es Meinwart war. Ausgerechnet Meinwart! Dann hatte man diesen Kerl also wieder auf freien Fuß gelassen. Benedikt blieb stehen, um den Abstand zu vergrößern. Er hatte weiß Gott keine Lust auf eine Begegnung mit dem einstigen Freund, der nach der Arbeit stets mit anderen Lehrknechten und Gesellen in den Gassen herumlungerte, auf der Suche nach Weibern oder nach Streit.

Doch zu Benedikts Überraschung verabschiedete sich Meinwart von seinem Kumpan. Der verschwand in einem schmalen Haus, über dessen Eingang der Laubkranz die geöffnete Trinkstube verriet, während Meinwart allein weiterschwankte, die Große Gass entlang, vorbei am herrschaftlichen Haus Zum

Rosbaum, in dem seine Familie wohnte. Nach einem kurzen Zögern bog er in die Schiffsgasse ab, wo sich sein Schritt beschleunigte. Unauffällig folgte Benedikt ihm, da dies ohnehin in seiner Richtung lag. Oder wollte Meinwart womöglich auch zum Stadtgraben?

Tatsächlich durchquerte der andere wenig später das Predigertor, nicht ohne den Wächter mit Handschlag zu begrüßen, und kletterte die steinernen Stufen zum Stadtgraben hinunter. Benedikt war verärgert. Seit wann vergnügte sich der Kerl am Wochenende im Grünen, statt sich mit seinen Genossen einen Rausch zu saufen? Er wollte umkehren, doch etwas an Meinwarts Verhalten erregte seine Neugierde. Also trat er hinter einen dichten Holderstock und beobachtete, wie Meinwart immer wieder stehen blieb und in alle Richtungen spähte, als ob er jemanden suchte. Dabei zog er eine kleine Lederflasche vom Gürtel und nahm ein paar kräftige Schlucke. Schließlich marschierte er weiter in Richtung Lehener Tor, nicht ohne zwischendurch ausgiebig gegen die Stadtmauer zu pinkeln.

Benedikt folgte ihm in gehörigem Abstand. Da plötzlich entdeckte er an einem Ententeich, halb hinter Sträuchern verborgen, Esther mit ihren jüngeren Brüdern. Er beobachtete, wie Meinwart mit lachendem Gruß auf sie zutrat, einen kleinen Ball unter dem Mantel vorzog und den Knaben zuwarf. Wie vom Blitz getroffen blieb Benedikt stehen. Das also war der Grund, warum der Kerl sich hier herumtrieb! Er hatte nach Esther Ausschau gehalten. Und dann durchfuhr Benedikt ein anderer, ein durch und durch widerwärtiger Gedanke. Waren die beiden womöglich zu einem Stelldichein verabredet? Voller Abscheu beobachtete er nun, wie Meinwart ihr von seinem Weinschlauch anbot und Esther den Kopf schüttelte. Dieser Blödkopf wusste nicht mal, dass Juden nur koscheren Wein tranken! Warum nur nahm Esther ihre Brüder nicht einfach bei der Hand und ging fort? Stattdessen ließ sie es zu, dass Meinwart vertraulich den Kopf an ihr Ohr beugte und ihr etwas zuflüsterte. Dabei schien er ihr etwas in seiner Handfläche zu zeigen.

Wie im Traum schritt Benedikt langsam näher. Jetzt konnte er Meinwart hören: «Nein, glaub mir, das ist ein echter Granatsplitter, in Silber gefasst. Hab auch noch ein Tigerauge.»

Was Esther entgegnete, verstand Benedikt nicht, aber was seine Augen sahen, war schlimmer. Meinwart legte tatsächlich seinen Arm um ihre Schultern, lachte wieder sein gockelhaftes Lachen, schob sie in Richtung des dichten Strauchwerks, während Eli und Jossele mit dem Ball beschäftigt waren.

Ein Gefühl der Verzweiflung durchfuhr Benedikt. Was tat Esther da, was hatte sie mit Meinwart zu schaffen? Ganz eng an dessen Brust schmiegte sie sich in diesem Augenblick, wand sich hin und her, halb war sie schon mit ihm hinter dem Busch verschwunden. Und da erst begriff er: Das war nicht das Tändeln zweier Verliebter, sondern das Gegenteil. Dieser hinterfotzige Abschaum war dabei, seine Esther auf widerwärtigste Weise zu bedrängen!

Benedikt rannte los. Er hörte Meinwart aufgebracht sagen: «Jetzt zier dich halt nicht so», als er das Gebüsch am Ententeich auch schon erreicht hatte. Meinwart hielt Esther, die vor Entsetzen die Augen weit aufgerissen hatte, fest im Griff und versuchte vergeblich, sie auf den Mund zu küssen.

«Dass dich das Höllenfeuer verbrenne, Meinwart Tucher!»

Als Meinwart sich erstaunt umdrehte, ließ Benedikt seine Faust vorschnellen, dem andern mitten ins Gesicht. Esther kam frei, da traf Benedikt auch schon der Gegenschlag am Kinn. Er wankte, sah, wie Meinwart sich davonmachen wollte, und stieß sich ab. Im Flug noch erwischte er ihn an den Beinen, sie stürzten beide mitten hinein in das Gesträuch. In enger Umklammerung wälzten sie sich auf dem Boden.

«Ich schlag dich tot, du Hurensohn», stieß Benedikt hervor. Der andere war einen halben Kopf größer als er und auch stärker, doch sein Hass verlieh Benedikt ungeahnte Kräfte. Im Wechsel bekamen mal er, mal Meinwart die Arme frei, um zum Fausthieb anzusetzen. Benedikt wusste nicht mehr, wer von ihnen beiden da so laut keuchte, doch nach und nach war er selbst es, der mehr einsteckte als austeilte. Schmerz spürte er keinen, nur etwas Süßliches zwischen den Lippen, als ihm ein Schlag gegen die Nase schier die Besinnung raubte.

Starke Arme rissen ihn von seinem Widersacher weg, wie hinter einem Schleier sah er eine breitschultrige Gestalt. Die warf sich jetzt auf Meinwart, mit der Kraft eines Stieres, drehte ihn auf den Rücken, setzte ihm das Knie auf die Brust und riss ihm am Haarschopf, bis Meinwart schrie und zugleich wimmerte: «Lass mich los! Ich hab nichts getan!»

Es war Aaron, Esthers ältester Bruder.

«Jetzt bittest du Benedikt und meine Schwester um Verzeihung.»

Aarons Stimme war fest und ruhig. In seinen dunklen Augen und dem bärtigen Gesicht stand nichts als Verachtung.

«Lass mich los», krächzte Meinwart. «Ich krieg keine Luft.»

«Sag zu ihnen: Bei der Güte unseres Herrn – es tut mir leid.»

Inzwischen hatte sich Benedikt aufgerappelt. Jeder Muskel tat ihm weh, die Nase brannte, sein Gesicht war blutverschmiert. Esther, die die ganze Zeit dabeigestanden hatte, wagte er kaum anzusehen. Er schämte sich, weil er seinen Gegner nicht allein bezwungen hatte, mehr aber noch, weil er tatsächlich geglaubt hatte, sie hätte etwas mit Meinwart zu schaffen. Das allein hatte nämlich verhindert, dass er früher eingegriffen hatte. Es war seine Schuld, dass Esther überhaupt in diese Lage geraten war.

«Los, sag es!»

«Niemals.»

Da schlug ihm Aaron rechts und links ins Gesicht, immer wieder, bis Meinwart keuchte: «Es – tut – mir leid.»

«Sag: Bei der Güte unseres Herrn.»

«Bei – Güte – Herr ...» Der Rest ging in Schluchzen über.

Aaron erhob sich.

«Tut es sehr weh?», fragte er Benedikt.

«Geht schon.» Benedikt trat zu Esther und nahm ihre Hand. «Es tut mir so leid. Ich wollte, ich hätte ...»

Er sah, dass sie am ganzen Körper zitterte. Plötzlich schlang sie ihm die Arme um den Hals und verbarg ihr Gesicht an seiner Brust. Lautlos begann sie zu weinen.

Eine Zeit lang war nichts zu hören als das Geschnatter der Enten. Schweigsam standen sie da, Benedikt, Esther, Aaron und die beiden Kleinen. Die neugierigen Gaffer, die auf der anderen Seite des Stadtgrabens herumlungerten, zerstreuten sich. Meinwart hatten sie fast vergessen.

«Du musst heim zu deinem Vater», sagte Aaron schließlich zu Benedikt. «Dein Gesicht sieht übel aus.»

«Danke, dass du mir geholfen hast.»

Aaron grinste. «War ja nicht das erste Mal, dass ich dir aus der Patsche geholfen hab. Wenn das letzte Mal auch bestimmt zehn Jahre her ist. Weißt du noch, wie du mal auf drei Gassenbuben zugleich losgegangen bist?»

Jetzt musste auch Benedikt grinsen, was reichlich schmerzhaft war. «Die wollten Esther ihr neues Windrad wegnehmen.»

Im Stillen dachte er: Wäre Aaron nicht Jude, wären sie wahrscheinlich von Anbeginn die besten Freunde geworden. Eigentlich jammerschade.

Währenddessen brachte sich Meinwart mühsam wieder auf die Beine. Sein braunes Haar war dreckverklebt, das ohnehin schiefgeschnittene Gesicht mit der kurzen stumpfen Nase war unförmig verschwollen und blutverschmiert, an der rechten Braue klaffte eine Platzwunde. Als er ausspuckte, sah man, dass ihm ein Schneidezahn fehlte. Benedikt fragte sich unwillkürlich, ob er selbst genauso furchtbar aussah.

Aus sicherem Abstand und mit hasserfülltem Blick auf Aaron zischte Meinwart: «Das wirst du mir büßen, du beschnittene Judensau! Beim nächsten Mal schneid ich dir die Eier ab und werf sie den Hunden zum Fraß vor. Das schwör ich dir bei deinem Judengott!»

Dann humpelte er davon.

Aaron nahm Jossele den Ball aus der Hand. «Der gehört uns nicht», sagte er beinahe entschuldigend und schleuderte den Ball Meinwart hinterher.

«Was machen wir nun?», fragte Benedikt. «Wir können diesen Hundsfott doch nicht einfach laufenlassen. Esther muss ihn beim Schultheißen anzeigen.»

«Nein.» Esther löste sich von ihm. Sie nahm Jossele und Eli bei der Hand. «Ein Judenmädchen gegen einen Tuchersohn – was soll das geben? Ich will nach Hause.»

«Meine Schwester hat recht. Wer würde ihr schon Recht sprechen wollen? Aber zumindest wird sich der Kerl nie wieder in ihre Nähe wagen. Gehen wir.»

«Geht ihr nur schon voraus. Ich möchte noch einen Augenblick verschnaufen.»

Benedikt sah den Geschwistern nach. Als sich Esther noch

einmal nach ihm umdrehte, glaubte er in ihrem Blick Bewunderung und Zuneigung zu erkennen. Dafür, wie sie ihn eben umarmt hatte, hätte er sich geradewegs noch ein zweites Mal geprügelt.

«Ich glaub es einfach nicht.» Clara war außer sich, als sie die Stube betrat. «Schlägst dich wegen diesem Mädchen halb tot.»

Benedikt kauerte auf dem Barbierstuhl und ließ sich gerade von seinem Vater das malträtierte Gesicht verarzten. Als der feuchte Lappen seine Nase berührte, schrie er auf.

«Das Nasenbein ist angebrochen», murmelte der Vater. «Tut mir leid, mein Junge – aber die Nase wird wohl auf ewig krumm bleiben.»

Er reichte ihm einen Becher, aus dem es nach Branntwein roch. «Trink das, mein Junge. Wir sind gleich fertig.»

Dann wandte er sich Clara zu. «Was redest du da? Mir hat er erzählt, er wäre die Stufen zum Stadtgraben hinuntergestürzt.»

«Ha! Da hab ich aber ganz andre Sachen gehört. Die halbe Stadt spricht schon davon, dass du gegen den Meinwart gegangen bist, weil der sich mit Esther getroffen hat.»

«Ist das wahr?», fragte sein Vater scharf.

«Das Schwein hat sie mit Gewalt hinter einen Busch gezerrt.» Mit den geschwollenen Lippen fiel Benedikt das Sprechen schwer. Er sah Meinwart vor sich, wie er versucht hatte, Esther zu küssen, und die ganze Wut stieg erneut in ihm auf. «Sie konnte sich gar nicht wehren. Sie war allein mit Jossele und Eli.»

«Und da musstest du den kühnen Ritter spielen, anstatt Hilfe zu holen!» Clara schüttelte den Kopf. «An einem solchen Tag wimmelt es doch im Stadtgraben von Menschen.»

«Da war niemand, der uns geholfen hätte. Frag doch Aaron.»

«Aaron, Esther … Bist du jetzt nur noch mit Hebräern zusammen?»

«Clara, bitte!» Sein Vater richtete sich auf und legte Lappen und Kräutertinktur beiseite. «Es ist eine heilige Christenpflicht, dem Bedrängten zu helfen.»

Erstaunt sah Benedikt ihn an. Die Strenge im Gesicht seines Vaters war wieder der Besorgnis von zuvor gewichen.

«Und außerdem – ein rechter Kerl schlägt sich auch mal für ein Mädchen. Hast du vergessen, liebe Frau, wie ich mich mal um dich geschlagen hab? Danach konnte ich drei Tage nicht mehr aufrecht sitzen.»

Benedikt merkte, wie seine Mutter vergeblich gegen ein kleines Lächeln ankämpfte. «Na ja, damals warst du halt noch sehr jung.»

«Du auch, meine Liebe. Und wunderschön dazu. Ich hätte alles getan, um deine Gunst zu erlangen.»

Eine leichte Röte überzog ihre Wangen. Plötzlich sah Benedikt die beiden mit ganz anderen Augen: jung, verliebt und fröhlich. Er erkannte, wie hübsch seine Mutter einst gewesen sein musste, von feingliedriger Gestalt, mit zarter, glatter Haut und perlweißen Zähnen, der Vater ein schlanker, aufrechter junger Mann mit strohblondem Haar. Er sah sie vor sich, wie sie lachten und scherzten, sich umarmten und leidenschaftlich küssten.

«Jetzt red nicht so daher», schnaubte seine Mutter. «Wir beide waren einander versprochen, und Esther ist unser jüdisches Nachbarmädchen. Das hat rein gar nichts miteinander gemein.»

Kapitel 5

Nach Claras Ansicht war es höchste Zeit, etwas zu unternehmen. Spätestens mit dieser Prügelei vor einigen Wochen waren ihr endgültig die Augen aufgegangen. Ihr Sohn liebte Esther. Wie hatte sie das nur so lange verkennen können? Schon damals, als der Totengräber ihr hinterbracht hatte, was an der dunklen Friedhofsmauer geschehen war, hätte sie Heinrich davon erzählen und Benedikt zur Rede stellen sollen. Noch besser: Sie hätte gleich ein ernstes Wort mit den Grünbaums reden müssen. Stattdessen hatte sie das Ganze als Kinderei abgetan und darauf gebaut, dass Benedikt erwachsen und vernünftig würde.

Mit einem unterdrückten Ächzen streckte sie den Rücken. Ein Trauerspiel, was sie da vor sich in den Beeten sah! Die frische Saat verkümmerte zusehends, weil durch die plötzliche Hitze in diesem Ostermonat inzwischen sogar der Morgentau ausblieb. Was nützte es da, wenn sie jeden Tag in aller Frühe die Beete mit Wasser besprengte, ganz vorsichtig, damit der Schwall die keimenden Saaten nicht wegschwemmte? Am Abend lag alles wieder schlaff auf der Erde, die hart wie Holz wurde.

«Bist du bereit?» Heinrich steckte den Kopf zum offenen Küchenfenster heraus. Das erwartungsfrohe Strahlen auf seinem Gesicht machte ihn um Jahre jünger.

«Ja, ich komme gleich.»

Sie verteilte das restliche Wasser aus dem Ledereimer, um

ihn dann im Schuppen zu verstauen. Nein, ich werde diesen Tag genießen, sagte sie sich. Die ganze Woche über hatte sie sich schon auf den Frühjahrsmarkt gefreut.

Seit zwei Tagen strömten die Fernhändler mit ihren Lasttieren und Wagen in die Stadt, um sich auf die Verkaufsstände zu verteilen, bis hinüber in Richtung Kirche, wo in jüngster Zeit einige überdachte Lauben an der Friedhofsmauer errichtet worden waren. Vierzehn Tage lang würden sie Spezereien und Farbpulver, Eisen-, Messing- und Kupferwaren, Seide aus Genf, flämische und englische Tuche, kostbare Felle feilbieten. Neben den Waren aus fremden Ländern brachten die Mercatores und ihre Ausrufer zudem etwas mit, was bei den hiesigen Bürgern mindestens ebenso begehrt war, nämlich neuartige Moden und vor allem Nachrichten. Dazu boten all die Gaukler und Spielleute eine willkommene und oft höchst wundersame Abwechslung vom Alltag, wenn sie ihre tanzenden Bären, Hunde und Ziegen vorführten, freche Possen rissen, auf dem Seil Purzelbäume vorwärts und rückwärts schlugen, Messer warfen, Steine zerkauten oder mit Taschenspielerkünsten das Publikum verzauberten.

Als sie mit Heinrich hinaus vor das Hoftor trat, drangen von der Marktstraße Trommel- und Pfeifenklänge herüber. Der Duft nach Bratwurst und gerösteten Zwiebeln lag in der Luft. Heinrich hakte sich bei Clara unter, und so schoben sie sich mitten hinein in das lärmende, ausgelassene Gewühl. Zu sehen war außer Köpfen und Rücken von Menschen erst einmal wenig, dafür zu hören – zum Beispiel der gellende Schmerzensschrei eines Mannes, nicht weit von ihnen.

«Aha. Der gute Bernardus ist auch wieder da», grinste Heinrich. Auch Clara musste lächeln. Dem schwarzlockigen Zahnkünstler lag die ganze Breisgauer Frauenwelt zu Füßen, und es ging das Gerücht, dass manches Weib sich einen gesunden Zahn ziehen ließ, nur um sich nach seinem Feierabend von ihm trösten zu lassen.

«Wohin willst du als Erstes?» Heinrich stupste sie in die Seite.

Clara überlegte. «Vielleicht zum Laienspiel? Es soll das Zehnjungfrauenspiel geben, drüben vor der Kirche. Nein», sie schüttelte den Kopf, «weißt du was? Wir gehen zum Maientanz. Einmal so richtig tanzen, bis uns die Luft ausgeht. Hernach gönnen wir uns einen Krug Wein. Und zur Handleserin würde ich gern auch einmal wieder – es heißt, die Rote Uta wär in der Stadt.»

«Nur das nicht! Das letzte Mal hat dir diese Närrin prophezeit, ich würd die Ehe brechen mit einer jungen blonden Frau, und dann bist du mir wochenlang heimlich nachgeschlichen.»

«Aber das Gegenteil hast mir auch nicht beweisen können», lachte Clara, und Heinrich drohte ihr mit dem Finger. Dann wies er nach oben: «Sieh mal!»

Am Eingang zur Kirchgasse war zwischen zwei gegenüberliegenden Fenstern ein Seil gespannt, in atemberaubender Höhe. Ein junger Mann in engem, buntscheckigem Kostüm spazierte dort oben, nur von seiner Balancierstange gehalten, hin und her, als sei dies das Alltäglichste der Welt. Er ging in die Knie, wippte in die Höhe, drehte sich um die eigene Achse, um ohne zu zögern den ganzen Weg rückwärts bis zur Hauswand zu tänzeln. Dabei verlor er nicht einen einzigen Lidschlag lang sein gelassenes Lächeln.

Der Ausschreier unter dem Seil bat mit einem Trommelwirbel um Aufmerksamkeit. «Höchstverehrtes Publikum! Nun folgt der Höhepunkt unseres Künstlers Bellino Bellini: Der Todessalto! Ist ein Wundarzt unter dem Publikum?»

«Der da!»

«Der Meister Heinrich!»

«Der renkt selbst Toten wieder den Arsch ein!»

«Das ist gut. Ihr müsst nämlich wissen, liebe Leut: Erst bei meinem letzten Herrn – Gott hab ihn selig – musste ich mit ansehen, wie der große Meister beim Todessprung gleich einem Plumpsack vom Seil stürzte.»

Der Ausschreier faltete die Hände und murmelte ein Gebet. Dann ließ er erneut seine Trommelschlägel über das Fell wirbeln, und die Menschen wichen respektvoll unter dem Seil zurück.

Clara griff nach Heinrichs Arm. «Lass uns weitergehen. Ich will das gar nicht erst sehen. Wie kann ein Mensch nur so das Schicksal herausfordern?»

«Du hast ja nur Angst, dass ich den Kerl wieder zusammenflicken muss.»

Damit hatte er nicht unrecht. Nur zu genau erinnerte sich Clara daran, wie Heinrich vor einigen Jahren einen Bärenführer vor dem Tod gerettet hatte. Die Pranke der wild gewordenen Bestie hatte dem armen Kerl die Bauchdecke zerfetzt, ein Gutteil des Gedärms war aus ihm herausgequollen. Noch an Ort und Stelle hatte Heinrich ihn versorgt, hatte sich Nadel und Faden, Warmwasser und sauberes Tuch bringen lassen, die freiliegenden Darmteile erwärmt, gespült und reponiert und was durchtrennt war über einer Gänsegurgel wieder zusammengefügt und vernäht. Der Mann hatte tatsächlich überlebt!

Während sie sich weiter die Große Gass entlangschoben, hielt Clara Ausschau nach der Tucherin. Hatten sie sich früher ab und an zu einem kleinen Tratsch besucht, blieben ihnen nur mehr zufällige Begegnungen bei Gelegenheiten wie heute. Zwischen Heinrich und Gottfried Tucher war es nämlich zum

Bruch gekommen, nachdem das Heiratsversprechen rückgängig gemacht worden war, und Tucher hatte Heinrich bös beleidigt: Er werde es noch einmal bereuen, wenn seine Tochter irgendeinen hergelaufenen Taglöhner heiraten werde, aber schließlich gebühre ihm ja auch nichts andres, als Nachkomme eines gemeinen Badknechts. Zudem hatte Tucher hartnäckig auf jeden Pfennig der hälftigen Mitgift bestanden und ihnen mehr als deutlich gemacht, dass die Familie Grathwohl in seinem Hause nicht mehr willkommen sei.

Mechthild Tucher hatte es sich dennoch nicht nehmen lassen, bei Clara vorbeizuschauen – bis zu jenem Tag, als Benedikt und Meinwart sich die Nasen blutig geschlagen hatten. Da hatte Gottfried Tucher ihr auch diese Besuche verboten, bei Androhung einer Tracht Prügel.

Bis zur Tanzdiele am Fischmarktbrunnen war ein mühsames Durchkommen. So vieles gab es unterwegs zu bestaunen: Hier ein Jongleur in rot-gelbem Mi-Parti, der seine Kunst mit bis zu sieben Bällen gleichzeitig darbot, da ein Feuerschlucker, dort zwei Spaßmacher, von jener Sorte, die in Windeseile die Rollen wechselten und mit Vorliebe den hochnäsigen Bürgersmann oder den tölpelhaften Bauern verulkten. Der eine von beiden war als vornehmer Ratsherr gewandet, der andere, mit langem, weinrotem Mantel und rotem Barett, ließ unschwer den gelehrten Medicus erkennen. Über dem Kopf hielt er ein kolbenförmiges Glas, wie es der Arzt für die Urinschau verwendete. Eine giftgrüne Flüssigkeit schwamm darin. Soweit Clara verstanden hatte, ging es hierbei um einen Liebestrank, nach dessen Einnahme dem Manne jedes Weibsbild ergeben zu Füßen liegen würde.

Der Rotbemantelte begann mit erhobenem Zeigefinger zu schwadronieren:

«Recipe Kampfer, Kupfervitriol,
auch Spießglas, Schwefel, Lorbeeröl,
gedörrte Kröte, Geierkralle,
Bocksblut, Kot und Ochsengalle.
Genieß nur einen Becher voll,
schon wird dein Weib ganz liebestoll,
schiebt dir den Busen an die Lenden –
greif also zu mit beiden Händen.»

«Verehrter Doctor Brunzius,
wie dürstet mich nach solch Genuss!
Mein Gold kriegt ihr und noch viel mehr,
gebt nur das Wundermittel her!»

Clara musste sich auf die Zehenspitzen stellen, um zu sehen, wie der Ratsherr dem Medicus einen gelbbemalten Klumpen überreichte und im Gegenzug das giftgrüne Zeug trinken durfte. Dabei entdeckte sie Johanna mit Michel an der Hand und der kleinen Kathrin auf den Schultern. Mit großen Augen und offenem Mund verfolgten sie aufmerksam das Geschehen. Durch Claras Brust fuhr ein warmes Glücksgefühl. Wie gut hatten sie es doch, und wie schön konnte das Leben sein!

Jetzt begann der vornehme Herr zu jauchzen:

«Wie wohl ist mir, o Brunzius,
und alle Weiber stehn bei Fuß!»

Tatsächlich hatten sich jetzt drei grellgeschminkte Weibsbilder mit offenem Blondhaar aus den Reihen der Zuschauer gelöst und umgarnten den Ratsherrn. Erst auf den zweiten Blick waren sie als verkleidete Männer zu erkennen, und die ersten Zuschauer prusteten vor Lachen.

«Doch ach, o weh, hört ihr das auch?
Mir ist, als platzt mir gleich der Bauch.»

Im nächsten Augenblick entwich dem Ratsherrn ein höllisches Gefurze, das gar nicht mehr enden wollte. Die Menge brach in grölendes Gelächter aus, während die vermeintlichen Weiber ohnmächtig zu Boden gingen.

«He, Meister», jemand schlug Heinrich auf die Schulter. «Hast nicht auch so ein Wunderwässerchen für mich?»

Heinrich grinste gutmütig. «Da solltest besser zum Behaimer gehen. Da kommen wenigstens studierte Fürze raus.»

Auch Clara hatte vor Lachen Tränen in den Augen. Sie hätte den beiden gern noch länger zugesehen, doch inzwischen war die Menschentraube so dicht, dass Clara nur noch Schultern, Hüte oder Kopftücher im Blickfeld hatte. Schließlich gingen sie weiter, nicht ohne einen Halbpfennig in den großen Hut am Boden geworfen zu haben.

Vor der Tanzdiele hatte ein Trickkünstler seinen Tisch aufgestellt, und Clara bat ihren Mann zu warten. Der schwarzgekleidete Meister zog eben eine weiße Rose aus dem Ärmel und hielt sie über eine dunkle Schale, unter der ein Licht brannte. Mit seiner Rechten fuhr er drei Mal über die Blume, sprach Zauberworte darüber und reckte die Blume hoch in die Luft. Die weiße Rose hatte sich in eine rote verwandelt!

Während Clara und die Umstehenden begeistert in die Hände klatschten, schüttelte Heinrich nur abschätzig den Kopf.

Derweil hatte der Mann drei rotwangige Äpfel vor sich auf den Tisch gelegt und begann auf einer Hirtenflöte zu blasen.

Sogleich erwachten die Äpfel zum Leben und tanzten aufs Fröhlichste hin und her.

Heinrich stieß Clara in die Seite. «Komm! Der Mann ist ein Anfänger, da lohnt das Zusehen nicht. Als Nächstes wird er Eier an einem Frauenhaar schweben oder einen toten Fisch aus der Pfanne springen lassen.»

Clara bemerkte den wütenden Blick des Trickkünstlers in ihre Richtung und gab dem Drängen ihres Mannes nach.

«Aber wie kann die Rose sich rot färben?», fragte sie, als sie am Eingang zur Tanzdiele standen. Das Geländer rundum war mit aufgestecktem Buchenlaub und Blumengirlanden liebevoll geschmückt, zahllose Paare drehten schon ausgelassen ihre Runden.

«In dem Gefäß war heißer Rotwein, und sein Dampf färbt die Blütenblätter.»

«Aber die Äpfel – wie kann das sein?»

«Da sind junge Mäuse drin, ob du's glaubst oder nicht. Ich könnte dir Dutzende solcher Kniffe erklären. Ich sag's ja: Spielleute und Lumpen wachsen auf einem Stumpen. – Darf ich bitten?»

Wie zu einem höfischen Reigen verneigte er sich vor ihr und zog sie auf die Bretter.

Sie tanzten, bis ihnen der Schweiß in den Nacken rann. Clara vergaß alles um sich herum, so herrlich war es, sich zu den Klängen der Trommler, Fiedler und Sackpfeifer zu bewegen. Irgendwann entdeckte sie Filibertus Behaimer, der ein blutjunges Mädchen mit aufgesteckten, flachsblonden Zöpfen im Arm hielt. Clara spürte, wie sie von seinen Blicken verfolgt wurde – nicht feindselig wie sonst, vielmehr begehrlich. Und einmal, als sie mit Heinrich dicht an ihm vorbeisprang, berührten sich ihre Schultern, woraufhin Behaimer die Zunge zwischen seinen fleischigen Lippen hervorstreckte und ihr zuzwinkerte.

Erschöpft suchten sie sich schließlich einen freien Platz in den Bankreihen, die zwischen Fischmarktbrunnen und Tanzboden aufgestellt waren. Nachdem Heinrich ihnen einen Krug vom guten Spitalwein geholt hatte, nahm Clara einen tiefen Schluck und gleich noch einen zweiten. Wie Samt lag der Wein auf der Zunge, und ihr wurde wunderbar leicht zumute.

«Hast du Behaimer gesehen, mit seiner blonden Metze?» Heinrich wischte sich mit dem Ärmel über den Mund. «Wie der dich angeglotzt hat – eigentlich müsste ich ihn zum Zweikampf fordern.»

«Du spinnst. Ich hab nichts bemerkt», flunkerte sie.

«Doch, doch. Ist aber kein Wunder, du hast getanzt wie ein junges Ding.» Er legte den Arm um sie und zog sie an sich. «Und schön bist immer noch.»

«Jetzt spinnst du erst recht. Ich bin alt und faltig und hab die ersten grauen Haare.»

Sie mussten sich ihre Worte ins Ohr schreien, so laut war es hier bei den Bänken. Derbe Scherze machten die Runde, mit Geschrei trank man sich über die Bankreihen hinweg zu, der eine fluchte, der andre rülpste ungehemmt in die Runde, und die Musikanten schienen bei jedem neuen Stück noch lauter aufzuspielen.

«Da ist ja die Tucherin – drüben, beim Ausschank.» Clara hob den Arm und winkte. «Mechthild!»

Die Tucherin sah in ihre Richtung. Sie trug ein Überkleid aus bestickter Atlasseide in vornehmem Dunkelblau. Das Gebende aus hellem Leinen, das mehrfach um Kopf und Kinn geschlungen war, ließ kaum ihr verhärmtes, blasses Gesicht sehen und war so eng geschlungen, dass Clara sich fragte, ob die

Ärmste überhaupt den Mund zum Essen und Trinken öffnen konnte.

Clara gab ihr ein Zeichen, herüberzukommen, doch Mechthild schüttelte nur traurig den Kopf. Neben ihr stand, fest untergehakt, ihr Ehewirt, der sich gerade mit Hug Ederlin, dem Freiburger Bürgermeister, unterhielt.

«Halt den Platz frei», bat Clara ihren Mann. «Ich hol sie herüber.»

Sie zwängte sich zwischen den Bänken hindurch zum Ausschank.

«Grüß euch Gott, alle miteinander.» Gegenüber dem Bürgermeister neigte sie den Kopf. Dann wandte sie sich an Mechthild. «Willst du dich mit Gottfried nicht zu uns setzen?»

Statt der Tucherin antwortete ihr Mann. «Damit der besoffene Pöbel mir in den Wein kotzt? Mach dich nicht lächerlich, Grathwohlin. Unsereins ist an den Tisch des Herrn Bürgermeister geladen.»

«Und wenn ich dir deine Frau eine Zeit lang entführen dürfte? Wir haben uns lang nicht mehr gesehen, Mechthild und ich.»

Clara musste sich alle Mühe geben, freundlich zu bleiben. Zumal Gottfried Tucher selbst schon einiges zu viel an Wein genossen haben musste, so wie er die Worte kaute. Jetzt aus der Nähe entdeckte sie die Schatten unter Mechthilds müden Augen, und die vom Tuch halb verdeckte rechte Wange schimmerte blaurot.

«Nichts da. Oder muss ich noch deutlicher werden? Ihr habt nichts mehr miteinander zu schaffen, du und meine Frau.»

«Kann sie das nicht selbst ...» Clara biss sich auf die Lippen. Wenn sie jetzt einen Streit vom Zaun brach, würde es Mechthild ausbaden müssen. Und auf welche Weise, konnte sie sich denken. Dass manche Männer ihre Eheweiber prügelten, nach dem Leitsatz: «Frau und Hund kannst schlagen ohne Grund», das wusste sie, aber sie hätte nie gedacht, dass auch der vornehme Handelsmann Gottfried Tucher zu dieser Sorte gehörte.

«Schade», sagte sie deshalb nur.

«Und im Übrigen», Tucher verzog verächtlich das Gesicht, «solltest besser auf deinen Ältesten achthaben. Nicht nur, dass er meinen Jungen hinterrücks niedergeschlagen hat – er tändelt auch vor aller Welt mit diesem Judenmädchen herum. Hier auf dem Jahrmarkt. Deine Familie sollt sich was schämen.»

Rasch drückte Clara Mechthilds Hand. «Gott schütze dich, meine Liebe», flüsterte sie ihr zu und kehrte zurück zu ihrem Mann. Der Tag war ihr verdorben.

«Was ist mit dir?», fragte Heinrich besorgt.

Sie schüttelte nur den Kopf. «Nichts. Lass uns nach Hause gehen.»

Als sie an diesem Abend zu Bett gingen, waren sie beide in gedrückter Stimmung. Auch Heinrich. Zuerst war er auf dem Heimweg mit einem dieser fahrenden Scharlatane in Händel geraten. Auf einer grellbunten Reklametafel hatte der sich, in Wort und Bild, als weithin besten Starstecher, Zahnreißer, Salben- und Liebestrankkrämer, Stein- und Bruchschneider gepriesen. Clara hatte Heinrich nicht daran hindern können, dem Mann bei seiner Behandlung argwöhnisch auf die Finger zu schauen – zumal es sich bei dem Kranken um einen Bekannten handelte, den alten Klingenschleifer Marx, der lauthals über seine starken Kopfschmerzen geklagt hatte. Daraufhin war ihm der Wanderheiler einige Male mit dem Finger über die Stirn gefahren, hatte ein Messerchen zur Hand genommen und damit zu einem kleinen Schnitt am Haaransatz angesetzt.

«Aha», hatte er triumphierend in die Menge gerufen. «Da haben wir ja die causa malefica. Ein Nägelchen.» Hatte die Ursache des Übels herumgehen lassen und die Hand zu seinem Lohn ausgestreckt. Da war Heinrich schon neben ihn getreten und hatte ihm in die aufgenähte Brusttasche gefasst.

«Hier hast du das Zeug schon mal auf Vorrat, du betrügerischer Winkelheiler.» Er zog ihm eine Handvoll kleiner Nägel und Steinchen aus der Brusttasche. «Ein Schnitt mit dem Messer, ein Griff mit der andern Hand in die Tasche – so bescheißt du diese gutgläubigen Leut.» Als Heinrich auch noch anhob, dem Publikum einen Vortrag über falsche Heiler zu halten, die einem nur das Geld aus der Tasche zögen, hatte der Fremde ihm einen Faustschlag aufs Auge versetzt; das wiederum hatte umgehend zu einem allseitigen Handgemenge geführt, dem erst drei Marktbüttel mit ihren Stöcken ein Ende setzen konnten.

Vor dem Reichen Spital dann waren sie von einem Menschenauflauf am Weitergehen gehindert worden. Ein Wanderprediger in dunkler Kutte hatte sich auf der Freitreppe zur Spitalskapelle aufgebaut und den Menschen von der Zeit der großen Sterbensläufe entgegengeschrien. Mit seinem hohlwangigen, bleichen Gesicht unter der Kapuze sah er selbst aus wie Gevatter Tod.

«So höret, meine Brüder und Schwestern, so höret mir zu! Erdbeben, Hunger und Seuchen werden uns heimsuchen, ganz wie uns das Evangelium prophezeit. Als grauenvolle Prüfungen und Plagen, als Vorboten des Antichrist. Italiens Küsten haben die Plagen schon erreicht, allerorten stranden dort Geisterschiffe mit eklig entstellten Leichnamen, es stinkt nach Fäulnis und Tod bis zum Himmel. Ihr glaubt, das geht uns nichts an?» Die Stimme wurde schrill. «Ihr glaubt, das ist weit weg? Ha! Ich komme von jenseits des Alpengebirges, schon hat die Pestilenz die stolzen Städte Venedig, Florenz und Genua erreicht und wird sie gänzlich vernichten! Allein in Florenz gibt es schon mehr Tote zu beklagen, als Basel, Straßburg und Freiburg Bewohner haben. Und über die Hafenstädte frisst sich die tödliche Seuche hinein ins Frankreichische und Hispanische und wird auch uns nicht verschonen. So höret, ihr meine Brüder und Schwestern: Kehret um auf euren sündigen Wegen und wappnet euch für das Weltenende. Ich sage euch fürwahr, der Antichrist wird kommen, wird drei und ein halbes Jahr über uns herrschen. Danach aber dürft ihr, die ihr Buße tut, das gerechte Reich Gottes erwarten.»

«Der Antichrist ist der Jud!», brüllte einer neben Clara los. «Er lästert gegen Gott.» Ein andrer: «Genau! Und wir dulden die Christusmörder auch noch in unsrer Stadt! Allein dafür wird uns der Herrgott die Pestilenz an den Hals schicken!»

Clara fuhr ein eisiger Schauer über den Rücken. Endlich hatten sie eine Lücke gefunden, durch die sie in eine der Seitengassen vorstoßen konnten. Von dort nahmen sie den nächstbesten Weg nach Hause.

Warum nur hatte dieser schöne Nachmittag eine derart böse Wendung nehmen müssen, fragte sie sich jetzt im Dunkel ihrer Schlafkammer und zog sich die Decke bis zum Hals. Und dazu auch noch das mit Benedikt. Sie war außer sich gewesen, als er am Abend nach Hause gekommen war: «Du bist zusammen mit Esther auf dem Markt gesehen worden! Ein anständiges Mädchen in ihrem Alter geht mit ihrer Familie aus und nicht allein mit einem Kerl.»

«Du weißt genau, dass die Juden sich bei Prozessionen und Jahrmärkten nicht hinaustrauen», hatte er mehr erstaunt denn verärgert erwidert.

«Ach ja? Und darum schlendert Esther mit dir herum? Womöglich Hand in Hand? Das ist ja noch schlimmer!»

Daraufhin war er zur Tür gelaufen, hatte ihr entgegengeschleudert: «Was bin ich froh, wenn ich meinen Meistertitel hab und endlich meine eigene Wohnstatt!», und war in der Dunkelheit verschwunden. Sie ahnte, dass er in den Schlafstuben der Werkleute übernachten würde.

Gleich morgen wollte sie dem Ganzen ein Ende setzen. Sie liebte ihren Sohn über alles auf der Welt, und Esther war nicht nur schön, sondern auch höflich und klug. Aber ein Christenmann und ein Judenmädchen gingen so wenig zusammen wie eine Hündin mit einem Kater! Nicht auszudenken, wenn die beiden bereits beieinandergelegen hatten! Die jungen Leute waren doch alle gleich in ihrer Unbedarftheit, zumal wenn Liebe und Leidenschaft ihnen die Vernunft vernebelten. Oder wenn sie sich gar auf diese zweifelhaften Methoden verließen. Damit war sie selbst oft genug guter Hoffnung geworden und hatte letztendlich neun Kinder ausgetragen, auch wenn nur vier die Stillzeit überlebt hatten. Plötzlich erinnerte sie sich wieder, wie Benedikt entstanden war. Es war noch vor ihrer Verheiratung gewesen, und Clara hatte den Rat einer älteren Freundin angenommen: Die Frau müsse sich nach dem Erguss des Mannes sofort erheben, herzhaft gähnen, mehrmals durch die Nase schnauben und mit lauter Stimme eine bestimmte Zauberformel rufen. Damit würde der Same wieder aus dem Uterus getrieben. Bei Clara hatte diese Prozedur dazu geführt, dass sie neun Monate später von einem strammen, gesunden Jungen entbunden wurde.

Sie griff nach Heinrichs Hand, der reglos neben ihr auf dem Rücken lag, mit einer Packung Johanniskraut auf dem Auge gegen die Schwellung. «Tut es noch sehr weh?»

«Es gibt Schlimmeres.»

«Morgen gehe ich zu den Grünbaums. Das geht so nicht mehr mit den beiden. Hast ja gehört, wie hier manche gegen die Juden hetzen.»

«Tu das, Clara. Das ist vernünftig. Und nun lass uns schlafen.»

Doch sein Atem und seine unruhigen Gliedmaßen verrieten ihr, dass er nicht einschlafen konnte.

«Woran denkst du, Mann?»

«Es macht mir Sorgen, das mit der Seuche in den südlichen Ländern. Weißt du von der justinianischen Pestilenz? Vor vielen hundert Jahren? In den Ländern rund um das Mittelländische Meer, bis herauf zu uns, hatte das große Sterben gewütet und die halbe Menschheit ausgerottet. Weder Gebet noch Arzney hatten etwas ausrichten können, weder Arm noch Reich blieben verschont. – Gebe Gott, dass sich das nicht wiederholt.»

Sie spürte, wie seine Hand ihre Hand fest umschloss. Dann drehte er sich zu ihr hin, nahm sie in die Arme, und sie liebten sich nach vielen Wochen zum ersten Mal – nicht in überbordender Leidenschaft, sondern zärtlich und in der Vertrautheit zweier Menschen, die in langen Jahren zu einer unauflöslichen Einheit zusammengewachsen waren.

Kapitel 6

Glaub mir, liebe Nachbarin, ich nehm das sehr ernst, was du uns hier offenbarst. Oi, oi, oi, was für ein Schlamassel!»

Moische Grünbaum, gewandet in Seidenkaftan, bestickte Pantoffeln und eine Art Turban, strich sich über seinen langen, schlohweißen Bart.

«Wenngleich ich zugeben muss, dass ich der Freundschaft zwischen unsern beiden Kinderchen niemals eine solche Bedeutung beigemessen hab. Bin halt doch zu viel unterwegs und auf Reisen. Was meinst du zu alldem, Frau?»

Clara, Moische und Deborah saßen bei weitgeöffneten Fenstern in der guten Stube der Grünbaums. Die beiden Kleinen hatten sie zum Spielen in den Garten geschickt, Esther arbeitete in der Küche.

«Das weißt du genau», fauchte Deborah und drapierte sich sorgfältig ihr Tuch um das dichte hellbraune Haar. «Seit zwei Jahren predige ich dir, dass Esther verheiratet gehört. Jetzt ist sie bald achtzehn und glaubt immer noch, sie könne tun und lassen, was sie will. Hättest längst Tachles reden sollen mit ihr.»

«Ich gehör halt nicht zu den Vätern, die die Kinder in eine unglückliche Ehe zwingen», erwiderte Moische sanft. «Die Mischna sagt: Ein Vater darf seine Tochter nicht verheiraten, solange sie klein ist, sondern erst, wenn sie groß ist und verkündet: Diesen Mann will ich.»

«Was für ein Schmonzes! Jetzt siehst ja, was dabei herauskommt. Treibt sich mit einem Goi vor aller Augen auf dem

Jahrmarkt herum – das ist doch die Höhe!» Deborahs noch immer hübsches Gesicht wurde rot vor Ärger. «Ich hätte Esther schon längst dem Sohn deines Straßburger Freundes versprochen – aber du hast dich ja geweigert. Und nur weil deine Tochter behauptet, der Uri ben Salomon sei strohdumm. Schon immer hast du ihr in allem nachgegeben. Aber du musst dir auf dem Markt ja auch nicht dieses Geschwätz anhören, von wegen, unsere Judenmetze soll die Finger von den Bürgersöhnen lassen. Was noch zu den harmlosen Bemerkungen gehört.»

Sie holte tief Luft, dann nahm sie einen Schluck Wein. Die aufgeschmolzenen Tropfen auf dem kostbaren Glas sahen aus wie Tränen, fand Clara. Sie selbst hatte den Wein, den die Dienstmagd ihnen aufgewartet hatte, bisher nicht angerührt.

«Dabei wird umgekehrt ein Schuh draus», fuhr Deborah fort und wandte sich Clara zu. «Du hast deinen Sohn nicht im Griff. Soll er sich doch eine junge Schickse suchen, anstatt sich an unsere Esther dranzuhängen und dann auch noch eine Prügelei im Stadtgraben vom Zaun zu brechen.»

Jetzt platzte Clara der Kragen. «Wär's dir lieber gewesen, der Tuchersohn hätte ihr Gewalt angetan?»

Moische wiegte missbilligend den Kopf. «Clara hat recht. Benedikt ist ein anständiges Jungchen, auf den lass ich nichts kommen. Trotzdem müssen wir Schlimmeres verhüten. Heut Abend noch will ich mit unserm Aaron darüber sprechen, als künftigem Familienoberhaupt. Und dann, denk ich, werden wir in dieser wichtigen Angelegenheit den Rebbe um Rat fragen müssen.»

Als Clara wenig später das Haus der Grünbaums verließ, war sie ein Stück weit erleichtert. Auch wenn sie sich wieder einmal über Deborah geärgert hatte: Moische Grünbaum würde schon das Richtige in die Wege leiten.

Den Nachmittag über hatten sich die Wolken dunkel zusammengezogen. Benedikt schaffte es eben noch, das Werkzeug aufzuräumen, als der Himmel seine Schleusen öffnete. Er zögerte einen Moment, ob er in der Werkstatt Schutz suchen sollte, machte sich dann aber doch auf den Heimweg. Nach der Trockenheit des Vormonats gebärdete sich der Weidemonat ungewöhnlich heiß und schwül, und die Abkühlung würde ihm guttun. Zudem war er in fast schon übermütiger Stimmung.

Nachdem er nämlich den Arm der Synagogenfigur zur Zufriedenheit von Meister Johannes fertiggestellt und sich ans Ausbessern des Gesichts gemacht hatte, hatte er allen Mut zusammengenommen und seinen Vorsatz wahr gemacht. An nur einem Tag hatte er nicht nur den Schaden am Haarschopf beseitigt, indem er die Wange stärker herausgearbeitet hatte, sondern mit wenigen vorsichtigen Schlägen dem Frauengesicht eine neue Mimik verliehen. Die Lippen wirkten nicht mehr böse zusammengekniffen, sondern voller und weicher, die Mundwinkel nicht mehr so herabgezogen. Bis Einbruch der Dämmerung hatte er gebraucht, dann war er fertig geworden.

Das war gestern gewesen. Vergangene Nacht hatte er kaum schlafen können vor Aufregung, da er wusste, dass der Meister gleich am nächsten Morgen das Werk begutachten wollte, bevor es frisch übermalt würde. Inzwischen hatte sich Benedikt mit seiner Mutter versöhnt und wohnte wieder im Elternhaus. Seither war der Name Esther bei Tisch nicht mehr gefallen. Den Eltern hatte er von seinem eigenmächtigen Handeln an der Figur der Synagoge nichts erzählt, und so hatte auch niemand verstanden, warum er weder gestern Abend noch heute früh einen Bissen herunterbringen konnte. Ihm war vollkommen bewusst, dass der heutige Tag sein letzter auf der Hütte sein konnte.

In banger Erwartung hatte er schließlich heute Morgen den Meister in die Vorhalle der Pfarrkirche geführt und mit gesenktem Kopf auf dessen Urteil gewartet.

«Nur ein Fachmann mit Adleraugen würde erkennen, dass der Arm ersetzt ist», sagte Meister Johannes mit anerkennendem Lächeln. Dann stutzte er.

«Was ist mit dem Gesicht?»

Er drehte sich zu Benedikt und starrte ihn verblüfft an. Der schwieg.

«Ich hab dich was gefragt. Was ist mit dem Gesicht?», wiederholte er streng.

«Es hat nicht gepasst», entgegnete Benedikt leise. «Nicht zu diesem jungen Mädchen und nicht zu diesem Sinnbild.»

Dann atmete er tief durch und sagte mit fester Stimme: «Es ist zu einfach, den jüdischen Glauben als böse abzutun, auch aus Sicht von uns Christen. Weil – dieser Glaube ist auch der Glaube unserer Stammväter. Und deshalb hab ich ihr ein eher trauriges Gesicht gegeben.»

«Beim heiligen Sebastian!» Meister Johannes schüttelte den Kopf. «Ich müsste die Bruderschaft einberufen und Gericht halten. Wegen unbotmäßigen Verhaltens. Du hast dich nicht an die Weisung gehalten.»

«Ich weiß, Meister Johannes. Aber ich konnte nicht anders arbeiten.»

Zu Benedikts Erstaunen kletterte Meister Johannes auf das Holzgerüst, das unter der Figur stand, und betrachtete die Synagoge noch einmal aus nächster Nähe. Seine Finger glitten über das steinerne Gesicht. «Ich glaub es nicht, ich glaub es nicht», murmelte er dabei.

Dann zauste er sich den Kinnbart und sagte laut: «Tatsächlich nur ein paar wenige Schläge, aber der Ausdruck ist völlig verändert.»

Er kletterte wieder herunter und schlug Benedikt hart gegen die Schulter. «Hör zu, Freundchen. Noch einmal solch eine Unverfrorenheit, und du brauchst dich hier nie wieder blicken zu lassen. Hast du verstanden?»

«Ja, Meister.»

«Was deine Arbeit betrifft: Behaupten wir einfach mal, mein Auftrag hätte gelautet, Gesichtszüge und Arm zu erneuern. Und den hast du wirklich meisterhaft erfüllt. – Du solltest es dir wirklich nochmal überlegen, das mit dem Relief fürs neue Chorportal.»

Als Benedikt jetzt durch den Sturzregen nach Hause stapfte, nass bis auf die Haut, musste er immer wieder an dieses Gespräch denken und dabei lächeln. Wenn er Glück hatte, würde er Esther auf ihrem Heimweg von der Weiberschul begegnen, denn heute war Samstag. Ganz gleich, ob sie in Begleitung war oder nicht – er würde sie bitten, sich die Figur der Synagoge baldmöglichst einmal anzusehen, ohne ihr zu verraten, warum. Denn im Grunde hatte er das alles auch für sie getan.

Bei dem Gedanken, Esther wiederzusehen, schlug sein Herz vor Freude schneller. Seit dem Jahrmarktsbesuch vor vier Wochen waren sie sich nur zwei- oder dreimal auf der Gasse vor dem Haus begegnet. Damals hatten sie beide geahnt, dass es zu Hause Ärger geben würde. Aber das hatte sie nicht davon abbringen können, wunderbare Stunden miteinander zu verbringen. Am Ende hatten sie sogar, im Schutz des Menschengedränges, gewagt, einander bei den Händen zu halten. Da war er kurz davor gewesen, ihr seine Liebe zu gestehen.

Als er jetzt den kleinen Umweg über die Tromlosengasse nahm, hörte der Regen auf. Er verlangsamte den Schritt, da er sah, wie sich das Tor der Synagoge öffnete. Erst kamen die Männer, dann die Frauen herausgeschlendert, sammelten sich in losen Gruppen. Er entdeckte Esther mit Eli, Jossele und Aaron, die sich anschickten, gemeinsam nach Hause zu gehen. Ihre Eltern blieben wie immer auf dem Vorhof stehen, um noch mit Nachbarn und Freunden zu plaudern.

Ungeduldig wartete Benedikt im Schatten eines Mauervorsprungs, bis die vier auf seiner Höhe waren. Dann trat er auf die Gasse.

«Grüß euch Gott!»

Esther fuhr erschrocken zusammen. «Benedikt!»

Er wischte sich mit dem Ärmel über das regennasse Gesicht und murmelte eine Entschuldigung.

«Ich wollt euch nicht erschrecken.» In wohlüberlegter Höflichkeit wandte er sich zunächst an den älteren Bruder. «Hör zu, Aaron, ich muss deiner Schwester etwas sagen.»

Aaron verzog den Mund zu einem Lächeln, aber sein Blick blieb ernst. «Dann los. Aber mach schnell, wir müssen weiter.»

Liebend gern hätte Benedikt Esthers Hand ergriffen, doch selbst vor ihren Geschwistern war das ein Ding der Unmöglichkeit.

«Du kennst doch die Figuren in der Kirchenvorhalle über dem Portal.»

«Ja – und?«

Jetzt erst bemerkte er, wie bleich ihr Gesicht war. Unter ihren schönen Augen lagen dunkle Schatten.

«Schau dir bitte einmal die Synagoge an und sag mir dann, was du davon hältst. Du auch, Aaron, du auch.»

Aaron stieß ein bitteres Lachen aus. «Damit ich sehe, wie die Gojim unseren Glauben verunglimpfen? Das muss ich mir wahrhaftig nicht antun.»

«Bitte!» Benedikt warf Esther einen flehenden Blick zu.

Sie nickte.

«Ist gut.» Ihre Stimme klang müde. «Ich muss jetzt nach Hause.»

Benedikt sah ihr enttäuscht nach. Sie schien sich über ihre Begegnung kein bisschen gefreut zu haben. Fast wäre er ihr hinterhergelaufen, um zu fragen, was mit ihr sei, aber da näherten sich bereits ihre Eltern. Verdrossen machte er sich auf den Heimweg.

Im Hof seines Elternhauses stieg ihm der Duft nach gebratenem Speck in die Nase, und sein ausgehungerter Magen begann zu knurren. Bis auf Johanna, die am Herd stand und die knusprigen Speckseiten in der Pfanne wendete, hatten sich alle um den Esstisch versammelt.

«Bist wie immer der Letzte», raunzte sein Vater.

«Ich komme, wenn die Arbeit fertig ist. So ist das eben», gab Benedikt unwirsch zurück. Die Freude über seinen Erfolg bei Meister Johannes hatte längst einen schalen Nachgeschmack bekommen. Er drückte sich neben Michel auf die Bank, und sie sprachen das Tischgebet.

Als Michel gierig nach dem Speck griff, schlug sein Vater ihm auf die Finger.

«Warte gefälligst!»

Benedikt sah verstohlen in die Runde. Für gewöhnlich war sein Vater nicht so schroff mit seinem Jüngsten, und bei Tisch herrschte ein fröhlicher Tonfall. Heute aber wirkten seine Eltern auffallend ernst. Und noch seltsamer war, dass sein Vater ihm am Ende ein zusätzliches Stück Speck zuschob.

«Iss, mein Junge. Du hast sicher eine harte Arbeitswoche hinter dir.»

«Danke.» Benedikt ließ sich das nicht zweimal sagen, doch unter den stummen Blicken der anderen mochte ihm die unerwartete Zugabe nicht schmecken. Er starrte durch die halboffene Luke des Küchenfensters nach draußen, wo es wieder in dicken Tropfen zu regnen begonnen hatte. Bald schon krachte der erste Donnerschlag, die nahe Stadtmauer gleißte auf vom Licht der Blitze.

«Michel, schließ die Luke und zünd die Lampe an. Ihr Kleinen helft Johanna beim Aufräumen. Benedikt, du kommst mit in die Stube. Wir haben was zu bereden.»

Während seine Mutter auch in der Stube Fenster und Läden schloss, steckte sein Vater die kostbaren Kerzen des Wandleuchters an. Auf dem Tisch standen drei Becher und eine Karaffe mit Wein bereit.

«Warum so feierlich?», fragte Benedikt argwöhnisch.

«Weil wir etwas Wichtiges mit dir besprechen wollen. Und dazu gehört immer auch ein guter Tropfen. Setz dich.»

Er räusperte sich.

«Was hältst du eigentlich von Jacoba, der Tochter des Apothekers Jecklin oben am Kirchhof?»

Verblüfft ließ Benedikt seinen Blick zwischen den Eltern hin- und herwandern.

«Was soll nun das bedeuten? Ich kenne Jacoba kaum.»

Sein Vater lächelte. «Das lässt sich ändern. Wir könnten sie sonntags nach dem Kirchgang einladen, und auch Jecklin ist recht angetan von dem Gedanken, dass ihr beide euch kennenlernt.»

«Warum wollt ihr mich so plötzlich verkuppeln? Ich hab noch nicht mal meinen Meistertitel.»

«Das wird nicht mehr allzu lang dauern. Ich habe mit Meister Johannes gesprochen.»

Allmählich dämmerte Benedikt, worum es hier in Wirklichkeit ging. Er starrte seine Mutter an. Sie hatte bislang kein Wort gesagt.

«Es hat mit Esther zu tun. Ist es das? Wollt ihr mich darum so eilig verloben?» Er lehnte sich zurück. «Ich brauche keine Jacoba an meiner Seite. Ich brauche überhaupt kein Mädchen.»

«Gut, dann wollen wir die Karten offen auf den Tisch legen.» Einigermaßen hilflos sah sein Vater zu seiner Mutter. Die nickte und fuhr an seiner Stelle fort:

«Die Grünbaums haben Esther verlobt. Mit Uri ben Salomon, einem jungen Mann aus der Straßburger Gemeinde.»

Benedikt schnellte von der Bank hoch. «Das ist nicht wahr! Esther kann diesen Hohlkopf nicht ausstehen. Das hat sie mir schon als Kind erzählt.»

«Es ist bereits alles abgesprochen. Esther ist einverstanden. Binnen eines Jahres werden die beiden in Straßburg heiraten.»

Fassungslos starrte Benedikt seine Mutter an. Jetzt wurde ihm einiges klar: die Heimlichtuerei bei ihren Besuchen im Nachbarhaus und bei ihren Gesprächen mit dem Vater, Moische Grünbaums ausweichende Blicke gestern, als er ihm auf der Gasse begegnet war, und erst recht Esthers seltsames Verhalten eben gerade.

«Das – das ist allein auf deinem Mist gewachsen, Mutter.» Brennende Wut stieg in ihm auf. «Nur um uns auseinanderzubringen, wird Esther ihr Leben lang unglücklich sein! Und du bist schuld!»

Seine Mutter erbleichte. «Glaub mir, Benedikt», stammelte sie und legte ihm ihre Hand auf den Arm. «Das alles …»

«Lass mich!», fauchte er und schlug ihre Hand weg. Dann

stürzte er zur Stube hinaus, hinauf in seine Kammer, packte hastig ein paar Kleidungsstücke und andere Habseligkeiten zu einem Bündel und machte sich ungeachtet des Gewitters, das noch immer tobte, auf den Weg in Richtung Kirchenbauhütte.

Kapitel 7

Bereits am unteren Burgberg hielt Filibertus Behaimer inne und japste nach Luft. Der Weg hinauf zum Schloss erschien ihm jedes Mal noch steiler. Aber er war ein Mann von Prinzipien und hatte sich nun einmal auferlegt, die Besuche beim alten Grafen und seiner Familie zu Fuß zu erledigen.

In letzter Zeit nämlich hatte er wieder einmal viel in seinen medizinischen Schriften gelesen und war zu der Erkenntnis gelangt, dass es höchste Zeit sei, die eigenen Körpersäfte wieder in Einklang zu bringen. Der regelmäßige Aderlass war das eine. Bei seiner Leibesfülle indessen gehörten hierzu auch Diätetik und ausreichende, wenn auch gemäßigte Bewegung. Da er dem Typus des Phlegmatikers angehörte, herrschten bei ihm eindeutig die Säftequalitäten kalt und nass vor, und so hatte er sich eine Reihe von strikten Speisevorschriften auferlegt. Schweinefleisch und erst recht Fisch waren zu meiden und durch Rindfleisch zu ersetzen, die Speisen mussten stärker gewürzt oder mit Wacholderbeeren gekocht werden. Dass sich heißer Gewürzwein und Zuckerwaren empfahlen, kam ihm sehr entgegen – weniger indessen die vom großen Galenus von Pergamon angetragene mäßige Bewegung, die die innere Hitze fördern sollte, ohne dass diese durch Schwitzen wieder abgeführt würde.

Bei dem Gedanken, dass auch der Geschlechtsakt, sofern gemächlich genossen, zu diesen Maßnahmen gehörte, musste er kichern. Erst gestern Abend hatte er wieder zwei der willigen jungen Huren aus der Neuburgvorstadt zu Gast gehabt. Was ihn hingegen leidlich verstörte, war, dass er seit dem letzten Jahrmarkt immer häufiger das Weib des Wundarztes vor Augen hatte. Allein ihre geschmeidigen Bewegungen beim Tanzen konnten, wenn er sie sich vor Augen führte, sein Membrum virile schon zum Schwellen bringen. Dabei waren seine Gespielinnen sonst an die zwanzig Jahre jünger als diese Frau. War es Claras Dreistigkeit, ihr forsches Mundwerk, was ihn so reizte? Nur allzu gerne hätte er sie einmal richtig herausgefordert und in ihre Schranken verwiesen.

Jetzt trat ihm tatsächlich der Schweiß auf die kahle Schädelpartie, was doch unbedingt zu vermeiden gewesen wäre. Im Schneckengang setzte er seinen Weg fort, Schritt für Schritt die Steige hinauf. Die gräfliche Burg lag an strategisch überaus günstiger Stelle. Dort, wo die uralte Salzstraße vom Schwabenland zum Elsass in die Rheinebene vorstieß, um die Straße von Basel nach Frankfurt zu kreuzen, thronte sie auf einem Bergsporn, mit freiem Blick ins Breisgau und ins Dreisamtal. Als eine der schönsten Burgen weit und breit galt das Castrum de Friburgo, mit seinen trutzigen Mauern und dem wahrhaft herrschaftlichen Palas, der sich mit Erkern, Türmchen und Fahnen schmückte.

Nun, da Behaimer endlich das Haupttor mit seiner Zugbrücke über der tiefeingeschnittenen Schlucht erreicht hatte, schwor er sich, für den Rest der warmen Jahreszeit wieder ein Ross zu mieten. Schließlich musste er dreimal die Woche hier herauf, und bei akuter Not auch öfter.

«Gott zum Gruße, Magister Filibertus.» Die beiden Torwächter verbeugten sich und hoben ihre Hellebarden. Der Größere der beiden stieß einen schrillen Pfiff aus. Sofort wandte ein Knabe, der am Brunnen zwei Pferden tränkte, den Kopf.

«Komm her, Franz, und bring den Doctor hinüber ins Schloss!»

Der Junge ließ die Pferde stehen und humpelte heran. Er war der Sohn des Stallmeisters, und der Wundbrand, das wusste Behaimer, hatte ihm voriges Jahr die Zehen am rechten Fuß gekostet. Er war selbst dabei gewesen, als Grathwohl sie ihm abgenommen hatte.

«Braver Junge.» Behaimer tätschelte ihm das struppige Haar. Er gab ihm seine Arzttasche zu tragen und folgte ihm über den Hof, vorbei am Backhaus und der Schmiede, aus der das rhythmische Klingklang der Hammerschläge drang.

Da das Schloss seit den Zähringern stetig erweitert worden war, durchzog das Innere ein Irrweg von düsteren Treppen und Winkeln. Überall zog es, und im Winter konnte es hier drinnen so kalt werden, dass einem der Atem unter der Nase gefror. Wieder einmal war Behaimer froh, dass er das Angebot des alten Grafen, auf der Burg eine Kemenate zu beziehen, ausgeschlagen hatte. Um wie viel angenehmer lebte es sich doch in seinem hübschen Stadthaus, das er vor drei Jahren ganz unerwartet und überaus günstig bei einer Versteigerung nach der Sonntagsmesse erworben hatte.

Heute erwartete der gräfliche Hausherr ihn im Kleinen Saal, denn es war ein Mittwoch, wo neben Urinschau und Pulsprüfen noch das Schröpfen angesagt war. Eigentlich wäre Letzteres die Sache von Meister Günther, dem Hofbarbier, gewesen. Doch seitdem der seinem Herrn beim blutigen Schröpfen eine hartnäckige Entzündung an einer der Hinterbacken beschert hatte, ließ der alte Graf nur noch das trockene Schröpfen zu, und das auch nur aus der Hand seines Leibarztes.

Die Tür zum Kleinen Saal stand weit offen. Franz zog sich noch vor der Schwelle zurück, nicht ohne sich artig für das Zuckerstück zu bedanken, das ihm in die Hand gedrückt wurde, und Behaimer trat ein. Der Saal war nur spärlich eingerichtet, doch an den Wänden spannten sich kostbare Wandteppiche, und der Boden aus Tonfliesen im Wappenmuster war mit Blumen und frischem Stroh bestreut.

Auf einer mit Fell bedeckten Holzbank lag bäuchlings und splitterfasernackt Cunrat von Freiburg. Da der Graf die Lebensmitte bereits um einiges überschritten hatte, wirkte seine Haut faltig und porös wie altes Pergament. Er schien zu schlafen, die Arme hingen rechts und links der Bank schlaff herunter.

Leise schloss Behaimer die Tür hinter sich. Trotz der warmen Frühsommerluft, die durch die geöffneten Fenster strömte, war es hier, hinter den dicken Mauern, fast schon kühl. Er räusperte sich vernehmlich.

«Nimm erst mal einen Schluck, Meister.» Ohne den Kopf zu heben, wies der Graf in Richtung Tisch, wo eine gläserne Karaffe nebst Bechern auf sie wartete. «Einen kräftigen Burgunder hab ich seit dieser Woche.»

Behaimer trat an den Tisch und schenkte sich und dem Stadtherrn randvoll ein.

«Wir haben abnehmenden Mond, lieber Graf. Da sollten wir den oberen Rücken schröpfen.» Er reichte ihm den Becher. «Habt Ihr schon die Matula gefüllt?»

«Vollgebrunzt bis obenhin!» Jetzt richtete sich Cunrat mit einem leisen Ächzen auf und streckte sich. Zwischen seinen Schenkeln ruhte winzig klein das gräfliche Gemächt. «Steht noch im Aborterker – falls mein dusseliger Diener sie nicht wieder ausgeschüttet hat.»

Behaimer hob seinen Becher. «Auf Eure Gesundheit!»

«Auf die Gesundheit, Behaimer.»

Behaimer schmatzte und leckte sich die Lippen. Der süße, schwere Wein war ganz nach seinem Geschmack.

«Wird denn Graf Friedrich heute nicht an unserer Consultation teilnehmen?», fragte er.

«Nein, mein Sohn ist mal wieder unterwegs in Sachen Zwistigkeiten, diesmal gegen den Schwarzenberger.»

«Nun gut.» Behaimer gab dem Grafen einen Wink, sich wieder hinzulegen, und begann, den ersten Schröpfkopf über der Lampe zu erhitzen. «Zunächst wie immer die Essenz meines medizinischen Kalenders für den Brachmonat, der heute angebrochen ist. Bäder sollte man wieder nehmen, den Aderlass hingegen meiden, ebenso häufige Kopfwaschung. Mit Essen aufhören, bevor völlige Sättigung eintritt, kein Wasser auf nüchternen Magen und Bier überhaupt keines.»

«Versteht sich von selbst. Dieses Gerstengebräu hab ich noch nie ausstehen können.»

«Und wie steht es um die Gesundheit Eurer ehrenwerten Ehewirtin und Eures Jüngsten?»

«Das Übliche bei Anna. Die Glieder sind ihr beim Aufwachen taub. Darum solltest sie auch, wenn wir hier fertig sind, drüben im Rittersaal aufsuchen.»

«Sehr gern.» Behaimer setzte den letzten Schröpfkopf.

«Was meinen Sohn Egino betrifft, so ist er nach wie vor ein rechter Stier. Die Bauernjungfer zuletzt hab ich ihm zum Glück ausreden können. Jetzt hat er ein Patriziertöchterlein unten in der Stadt. Nun ja, er muss sich eben noch austoben, bis zur Vermählung mit der Varenne de Neuchâtel.»

Innerlich schüttelte Behaimer über das Gehörte den Kopf. Eine solche Liebschaft vermochte neuerlich böses Blut zu schaffen bei den Bürgern. Unter den Bauern der Umgebung war der junge Egino längst zum Schrecken aller Väter und Ehemänner geworden. Dies unter den Freiburger Stadtbürgern zu wiederholen war höchst unklug. Zumal die Freiburger ob der Verschwendungssucht ihrer Stadtherren längst am Ende ihrer Geduld waren.

Auch der alte Graf schien in Gedanken versunken. Als er sich jetzt aufrichtete, war jegliche Heiterkeit aus seinem kantigen Gesicht verschwunden.

«Ach, Behaimer», begann er in jammervollem Tonfall, und Behaimer ahnte schon, dass sein Herr sogleich in einen seiner schwarzgalligen Gemütszustände fallen würde. «Manchmal wird mir das Ganze hier zu einer einzigen Last. Eben vorher war mein Schatzmeister bei mir und hat mir einen düsteren Rapport erstattet. Meine Sippschaft wirft das Geld zum Fenster hinaus, die Hofhaltung wird immer kostspieliger und die Freiburger Bürgersleut immer sperriger. Dazu all diese Fehden. Kaum ist hier ein Loch gestopft, reißt dort ein neues auf.» Er zog die Nase hoch. «Unsere halbe Herrschaft ist schon verpfändet und vergeben, unsere alten Hofstätten, Burgen und Dörfer – all das liegt längst in Händen der Herren von Snewlin, Ederlin, Munzingen, Tußlingen, Krozingen und wie sie alle heißen, mitsamt den Rechten an Zöllen und Zehnten. Am Ende bleiben uns nur noch die Hebräer und die Lombarden, um kurzfristig zu Silber zu kommen. Du ahnst nicht, Behaimer, wie hoch wir allein bei euren Juden verschuldet sind.»

«Wem sagt Ihr das? Ich habe neulich erst dem Grünbaum meine beiden besten Pelze verpfändet. Bleibt nur zu hoffen, dass ich sie bis zum Winter wieder auslösen kann.» Behaimer stutzte. «Ihr denkt doch nicht etwa daran, die jährliche Bürgerschatzung zu erhöhen?»

«Das ist es ja, Behaimer, das ist es ja. Wenn es nach mir ginge, würde ich an den Stadtzoll gehen und an das Ungeld für Salz und Bier. Denn ich bin der Ansicht, die vierhundert Mark Silber jährlich sind euch Bürgern Last genug. Graf Friedrich hingegen …» Er blickte Behaimer traurig an. «Sag selbst, Behaimer, sag es frank und frei heraus als mein Leibarzt und Vertrauter: Eine Erhöhung der Bürgerschatzung würde einen Aufruhr hervorrufen, nicht wahr?»

Behaimer nahm ihm behutsam die Schröpfköpfe ab und half ihm, sich das Hemd überzuziehen.

«Da Ihr eine ehrliche Antwort fordert, lieber Graf, muss ich Eure Befürchtung leider bestätigen. Die Freiburger würden das nicht hinnehmen.»

«Das dachte ich mir. Es ist nur», jetzt hatte der Alte tatsächlich Tränen in den Augen, «dass ich gegen Friedrich nicht mehr ankomme. Und in meiner eigenen Stadt habe ich nichts mehr zu vermelden! Die reichen Pfeffersäcke, auf die ich früher noch bauen konnte, werden immer weniger, stattdessen breiten sich im Rat die gemeinen Handwerksleute aus wie ein Geschwür. Immer mehr Rechte liegen inzwischen beim Rat der Stadt, jetzt auch noch das Münzrecht, das Ungeld auf Korn und Wein. Grad dass ich noch beim Amt des Kirchherrn und des Schultheißen mitreden darf, und ausgerechnet Letzterer ist mein größter Gläubiger! Laut meinem Schatzmeister droht nun auch der Erlös aus den Silbergruben zu versiegen. Was sind das nur für Zeiten!»

Behaimer fühlte sich zunehmend unbehaglich. Wieder einmal saß er zwischen allen Stühlen. Einerseits fühlte er sich als Leibarzt den beiden Grafen verbunden, zum anderen war er geschworener Stadtarzt und dazu selbst Ratsmitglied.

«Vielleicht solltet Ihr ja das Geld von den Juden holen?»

«Du denkst an das Judenregal?»

«Gewiss. Für den Schutz und Schirm, den Ihr den Hebräern

in Eurer Stadt gewährt, müssen sie nun eben eine höhere Steuer bezahlen.»

Der Graf schüttelte den Kopf. «Das hieße, das Ross beim Arsch aufzäumen! Meine jüdischen Gläubiger würd ich damit nur noch mehr gegen mich aufbringen. Und deine Ratscollegen auch. Ihr wacht ja mit Argusaugen über eure Juden.»

«Dann macht es doch wie damals, als Ihr den Hebräern diesen großzügigen Sicherungsbrief ausgestellt hattet. Bietet ihnen erneut sieben Jahre Freiheit von Abgaben und Diensten – und zwar genau wie seinerzeit gegen Schuldzinserlass und eine erkleckliche Summe guten Silbers. Nein, besser noch: Ihr verlangt mehr als damals.»

«Gar nicht dumm, Magisterlein.» Der Graf streifte sich Beinkleider und Tunika über. «Da wird auch mein Friedrich nicht nein sagen. Allerdings geht das nicht gegen den Willen der Stadt, das weißt du selbst. Du müsstest deinerseits ein wenig in diese Richtung wirken – du verstehst, was ich meine?»

Behaimer verstand diesen Wink sehr wohl, und sein Unbehagen wuchs. Er kam mit den Juden zurecht, und was ihre Bildung betraf, bewunderte er sie sogar insgeheim. Sah man einmal von den armen Hausierern und Viehhändlern auf den Dörfern ab, vermochten sie alle zu lesen und zu schreiben, selbst die Weiber, und die meisten Familien nannten kostbarste Folianten ihr Eigen. Zudem wusste er, als Mann der Buchmedizin, in welch gelehrter Tradition die jüdische Medizin stand. Nicht umsonst waren die Hebräer seit Jahrhunderten begehrte Leibärzte an den Fürstenhöfen, denn sie beherrschten die Ausübung der inneren wie der äußeren Medizin.

Doch hatte er sich andrerseits nicht schon oft genug geärgert über ihren stillen Hochmut? Was sonst war ihr geheimnisvolles Getue, ihr hartnäckiges Beharren darauf, anders zu sein? Nein, ein kleiner Dämpfer würde diesen Leuten nicht schaden.

Behaimer ergriff das Handgelenk des Grafen und zwang sich, sein Augenmerk auf Kraft und Qualität des Pulsschlags zu konzentrieren. «Regelmäßig, aber zu weich», murmelte er nach einiger Zeit. Dann trug er die Zahlen auf seiner Liste ein und setzte seine Kreuze unter die verschiedenen Pulsqualitäten, die der große Galenus unterschied.

«Wenn Ihr jetzt vielleicht Euren Diener rufen und die Matula holen lasst, lieber Graf? Noch die Urinschau, dann wäre ich meinerseits für heute fertig.»

«Nein, warte noch. Was – was hältst du von all diesen Berichten zu den gefährlichen Sterbensläufen im Süden? Ich meine gehört zu haben, dass die Seuche schon das ganze obere Italien erfasst haben soll und sich auf der anderen Seite, im Frankreichischen, bis nach Paris gewälzt hat. Unsere deutschen Lande hier sind damit gewissermaßen in die Zange genommen.»

Behaimer trat ans Fenster und sah hinaus. Unter einem bläulich dunstigen Himmel drängten sich die Häuser um den großartigen Kirchenbau, zu dem auch er sein Scherflein beigetragen hatte. Zur Linken schoben sich die Ausläufer des Waldgebirges heran, hinter der Stadt wand sich das glitzernde Band der Dreisam dem Rheintal entgegen. Es war eine schöne Stadt, dieses Freiburg, ein behaglicher Ort zum Leben, und er hatte nie bereut, von Köln hierhergekommen zu sein. Er wandte sich wieder dem alten Grafen zu.

«Als Astrologus studiere ich natürlich gewissenhaft die Gestirne und möchte mich der Meinung des berühmten umbrischen Arztes Gentile anschließen. Durch eine äußerst schlechte Konstellation von Mars, Jupiter und Saturn, den drei oberen Planeten, sind vor einigen Jahren verseuchte Ausdünstungen von Meer und Land in die Luft gesogen, erhitzt und hernach als verdorbene Winde zurück auf die Erde geschleudert worden. Diese Konstellation, als eindeutiges Zeichen höchster Gefahr, als Warnung», sein Schädel begann hin und her zu pendeln, «war dazumal leider von den wenigsten erkannt worden. Denn – und nun spreche ich als Physicus – wird ein solcher Pesthauch erst einmal vom Menschen eingeatmet, dann sammeln sich giftige Dämpfe um Herz und Lunge und verdichten sich dort zu einer Giftmasse, die diese Organe angreift. Zugleich kann durch ausgeatmete Luft der Nächste angesteckt werden. Gerade so, wie ein fauliger Apfel den andern Apfel faulig werden lässt. Könnt Ihr mir so weit folgen?»

Der Alte hatte ihm mit offenem Mund zugehört, und Behaimer glaubte ihm nicht ganz, als er jetzt nickte.

«Dann bedeutet das also, dass alle Menschen, die von diesen giftigen Dämpfen überrollt werden, dem sicheren Tod ausgeliefert sind?»

«Nicht ganz, lieber Graf, nicht ganz. Ihr müsst das so sehen: Der menschliche Körper selbst ist ja ein Mikrokosmos. Und wie ich Euch schon häufiger erläutert habe, hängt die Interaktion der Leibessäfte unmittelbar von astrologischen Einflüssen ab. Ist nun die eigene Umgebung von einem solchen Pesthauch betroffen, muss unverzüglich die Konstellation der Gestirne erfragt und die entsprechende Gegenmaßnahme für den menschlichen Körper eingeleitet werden. In jedem Fall gilt es, beim noch Gesunden Herz und Hauptorgane zu stärken sowie die giftige Fäulnis in der nächsten Umgebung des Erkrankten zu bekämpfen, da sonst eine Ansteckung unausweichlich ist.»

Nachdenklich kaute der Graf an seinen Fingernägeln. «Dieser – dieser Pesthauch, der im Westen und Süden tobt – wird er eines Tages unsere Gebiete erreichen? Auch für diesmal, mein liebes Doctorlein, erwarte ich wieder eine ganz und gar ehrliche Antwort.»

Behaimer zögerte einen Atemzug lang. Dann erwiderte er ruhig: «Ich denke nicht. Die giftigen Dämpfe befinden sich dem Boden nah, soweit man weiß. Da wäre das Alpengebirge ein unüberwindliches Hindernis. Und unser Rhein im Westen, als einer der mächtigsten Ströme der Welt, stellt gewiss auch eine sichere Grenze dar. Wir sollten also Ruhe bewahren.»

Der Sommer kam übers Land, mit verregneten Tagen und viel zu kühlen Nächten. Wie eh und je versorgte Clara mit Johannas Hilfe Haushalt, Feldstück und Garten, in dem allerdings nichts mehr so recht gedeihen wollte. Sie machte ihre Krankenbesuche und erntete dafür spöttische Bemerkungen von Behaimer, wenn sie ihm begegnete, was ihr allerdings nicht viel anhaben konnte. Denn inzwischen baten vor allem die Frauen darum, Heinrich möge doch sein Eheweib zum Venenschlagen schicken, mit ihr ergehe es ihnen hernach viel wohler.

Diesen Erfolg nahm Clara nicht ohne Genugtuung entgegen, schließlich hatte sie ihrem Mann mehr als einmal vorgeworfen, dass die Wundärzte gemeinhin zu viel Blut abnahmen und dass die häufigen Ohnmachtsanfälle nach dem Aderlass allein darauf zurückzuführen seien. Clara selbst hielt sich an die Empfehlung der Hildegard von Bingen. Bei einem gesunden, kräftigen Menschen sei einmal auf das Vierteljahr nur so viel Blut zu entziehen, wie ein durstiger ausgewachsener Mann auf einen Zug Wasser trinken könne, bei körperlich Schwachen sogar nur so viel, wie ein Ei von gewöhnlicher Größe fasse. Auf Heinrichs Frage, woher sie diese Erkenntnis habe, da sie doch gar nicht lesen könne und schon gar nicht auf Latein, hatte

Clara lachen müssen: «Du selbst hast mir das vor langer Zeit mal vorgetragen, aus einem deiner Traktate.»

«Vielleicht sollte ich mir doch deine Methode zu eigen machen», hatte Heinrich schließlich zugegeben. «Vielleicht hat deine Hildegard doch recht.»

Danach hatte er sie geküsst und sie eine kluge, geschickte Wundärztin genannt. Zu anderen Zeiten hätte Clara sich gefreut über dieses liebevolle Lob. Doch ihre täglichen Gedanken waren neuerdings zu sehr von Sorgen geprägt, wobei das Gerede der Leute über die ferne tödliche Seuche noch die geringste darstellte.

Da war zum einen ihre alte Freundin und Nachbarin Mechthild, die sie inzwischen nur noch beim Kirchgang traf. Dann standen sie dicht beieinander auf Seiten der Frauen, ausreichend fern dem Blickfeld des alten Tuchers, und unterhielten sich im Flüsterton. Clara wusste längst, dass diese zarte, stille Frau von ihrem Mann immer wieder Schläge einstecken musste. Eines Samstagabends kurz nach Sankt Margarethen war Mechthild mühsam in die Kirche gehumpelt gekommen, gestützt auf ihren ältesten Sohn Herrmann, das Gesicht fast ganz von ihrem Kopftuch verhüllt. Erst beim Credo erkannte Clara, wie übel der Freundin diesmal mitgespielt worden war. Ihr Wangen schillerten in Blau- und Grüntönen, das rechte Auge war geschwollen.

«War er das?», flüsterte Clara entsetzt.

Die Tucherin nickte verschämt.

«Du musst etwas unternehmen. Sprich mit Pfarrer Cunrat darüber.»

«Das hab ich bereits. Vor dem Gottesdienst.»

«Und? Was hat er dir gesagt?»

«Ich soll mein Leiden annehmen wie einst Christus und

beten, dass Gottfried sich ändert.» Ihr geschundenes Gesicht verzog sich in einer Mischung aus Schmerz und Verzweiflung. «‹Gevatterin›, hat er gesagt, ‹ertrage diese Schläge mit Geduld; denn es ist Gott unser Herr, der dir dieses Kreuz zu tragen gibt!›»

An diesem Abend hatte Clara die heilige Katharina als Schutzpatronin der Ehefrauen inständig angefleht, ihrer Freundin beizustehen, ohne dass es sie getröstet hätte.

Ihre andere große Sorge betraf Benedikt. Seit jenem Streit wegen Esthers Verlobung wohnte er endgültig im Gesellenhaus am Kirchhof, nahm seine Mahlzeiten mit Meister Johannes oder den Werkleuten ein und ließ sich nur noch blicken, wenn er etwas von zu Hause brauchte oder seinen Lohn ablieferte. Sein Gesicht war trotz der Arbeit im Freien blass, die hellblauen Augen wirkten müde und wichen ihrem Blick aus, wenn sie sich begegneten. Das abweisende Verhalten ihres eigenen Sohnes schmerzte sie jeden Tag aufs Neue.

Tief im Herzen tat Benedikt ihr unendlich leid. Schließlich wusste sie selbst, was Liebe bedeutete. Hatte sie doch das große Glück erfahren, das nur so wenigen Frauen zuteilwurde, und den Mann, den sie liebte, auch heiraten dürfen. Dennoch – Benedikt war alt genug, um seine Lage vernünftig einzuschätzen. Und jung genug, um noch vielen Frauen zu begegnen, denen er zugeneigt war und die zu ihm passten.

Vielleicht, sagte sie sich inzwischen, hatte sie ihn auch zu sehr verzärtelt, als ihren Erstgeborenen. Bei Johanna war das schon anders gewesen, und erst recht bei Michel und Kathrin. Hatte sie Benedikt in seinen Kinderjahren noch bei jedem nächtlichen Hüsteln oder Bauchkrampf in ihr Bett geholt, war sie ihm, kaum dass sie ihn aus den Augen verloren hatte, hinterhergerannt, so hatte sie bei Johanna und bei den beiden

Jüngsten alles viel gelassener genommen und auf den Herrgott vertraut. Schließlich hatte sie Arbeit zuhauf und konnte nicht überall sein. Bei Johanna lag es womöglich daran, dass sie ein Mädchen war – viel früher als Benedikt hatte sie Verantwortung übernehmen müssen. Sie war es, die auf die Jüngsten achtgab und mit ihnen spielte, sie war es, die erst Michel, dann Kathrin das Vaterunser, das Gegrüßest seist du, Maria und das Credo lehrte und ihnen beibrachte, sich morgens und abends zu bekreuzigen. Ja, es würde ihr schwerfallen, sie in ein, zwei Jahren aus dem Haus zu lassen, wenn sie dann mit ihrem Ehegefährten einen eigenen Hausstand gründen würde. Noch schwerer indessen fiel ihr der Abschied von Benedikt. Über ihren nächtlichen Grübeleien war sie zu einer erstaunlichen Erkenntnis gelangt: Im Grunde ihres Herzens wollte sie *gar* kein Mädchen für ihn. Weder eine Esther noch eine Jacoba, noch sonst irgendwen.

Kapitel 8

Benedikt kehrte vom Mittagessen in die Schlafstube zurück und war unschlüssig, was er bis zur Vorabendmesse tun sollte. Die Wochenenden und Feiertage waren das Schlimmste. Da dehnte sich die Zeit zur Ewigkeit. Nur selten raffte er sich an solchen Tagen auf, sich zu den anderen Werkleuten in die Trinkstube zu setzen oder durch die Gassen zu ziehen. Oder gar, wie jeden zweiten Samstag, das Klingelhut-Badhaus aufzusuchen, wo es sehr viel loser zuging als in den übrigen Badstuben der Stadt. Wohl hatte es auch für ihn Zeiten gegeben, in denen er das ausgelassene Treiben dort, mit viel Wein und in Gesellschaft von jungen und nicht mehr ganz so jungen Frauen, genossen hatte. Im warmen Wasser eines Badzubers hatte er denn auch seine Unschuld verloren. Beim zweiten Mal aber schon hatte er die zudringliche, dralle Badmagd von sich gestoßen, da er mitten in ihrer Umarmung nur an Esther hatte denken könne.

So zog er sich inzwischen lieber in diese schäbige Kammer zurück, die er mit drei anderen Gesellen teilte, lag auf seinem Strohsack und starrte an die Decke. Auch heute war er als Einziger hierher zurückgekehrt. Die anderen hatten sich nach der Mittagsmahlzeit eine weitere Runde Wein kommen lassen und wollten sich dann in den Stadtgraben aufmachen – Jungfern gucken, wie sie es nannten. Denn heute war endlich mal wieder ein warmer, sonniger Tag in diesem verregneten Sommer.

Als Benedikt die schwere Holztür zur Schlafstube aufschob,

stutzte er. Zu seinen Füßen lag ein zusammengefaltetes Papier mit seinem Namen, verschlossen mit blutrotem Siegellack.

Der Brief war von Esther! Dreimal hintereinander las er ihre Zeilen:

Die Figur der Synagoge ist sehr schön geworden. Können wir uns sehen? Ich bin heute Nachmittag an der Dreisam, draußen bei der Oberen Au. Esther.

Sein Herz schlug schneller vor Glück. Seitdem er von ihrer Verlobung erfahren hatte, an jenem Gewittertag vor zwei Monaten, hatte er keinen Versuch mehr unternommen, ihr zu begegnen. Er hatte die Hoffnung schon aufgegeben, überhaupt wieder von ihr zu hören.

Hastig faltete er das Papier zusammen, steckte es unter sein Kopfkissen und machte sich voller Erwartung auf den Weg hinüber zum Obertor, dem Ausfalltor in Richtung Waldgebirge. Ohne den Gruß der Torwärter zu erwidern, durcheilte er im Laufschritt den Zwinger, überquerte den Mühlgraben und stand kurz darauf an der Langen Brücke, einer breiten, gänzlich überdachten Holzbrücke, die zur Landstraße hinüber nach Schwaben führte. Der Wächter, den er aus Kindertagen kannte, winkte ihm freundlich zu, und Benedikt bog auf den sonnenbeschienenen Fußweg ab, der hier flussabwärts in Richtung Schützenrain führte. Er zwang sich, langsamer zu gehen, tief durchzuatmen, aber es fiel ihm nicht leicht, zu groß war seine Aufregung. Verwundert stellte er fest, wie viele Menschen an diesem Nachmittag unterwegs waren. Fast hatte er schon den Schießplatz der Armbrustschützen erreicht, als er Esther entdeckte. Sie saß im Schatten eines Kastanienbaums, nicht weit von ihr spielten Jossele und Eli mit Stecken an einer seichten Uferstelle.

Mit geschlossenen Augen hielt sie ihr Gesicht in den warmen Wind. Wie schön sie aussah! Er schlich sich von hinten heran, beugte sich über sie und legte ihr seine Hände über die Augen. Damit hatte er sie in Kindertagen immer erschreckt. Doch Esther begann zu lächeln, ohne seine Hände wegzunehmen. Wie gerne hätte er ihr über das offene Haar gestrichen, sie umarmt und geküsst! Stattdessen setzte er sich neben sie ins Gras und verbarg seine Hände, denn sie begannen zu zittern.

«Es ist schön, dich zu sehen», sagte er. Seine Stimme war rau.

«Dann hast du mein Brieflein gefunden?»

Er nickte. Die Menschen, die auf dem sandigen Uferweg in Gruppen herumstanden und schwatzten oder sich zum Würfeln und Kartenspiel auf der Wiese niedergelassen hatten, schienen plötzlich weit weg. Der Schatten des Baumes mit seinem dichten Blätterdach schirmte sie ab von der restlichen Welt. Allmählich wurde Benedikt ruhiger.

«Heute hab ich mir deine Figur in der Kirchenvorhalle angesehen», sagte Esther nach einiger Zeit des Schweigens. «Du hast ihr Gesicht verändert. Es sieht jetzt wehmütig aus, nicht mehr so – so hart.»

«Kanntest du die Figur denn vorher?»

«Ich kenne sie alle. Schon als Kind war ich oft in der Portalhalle. Am grausigsten fand ich immer den Verräter Judas, der am Strick baumelt. Seine Gedärme quellen aus dem aufgeschlitzten Bauch, und seine Seele wird von zwei grinsenden Teufelchen aufgespießt.» Sie strich sich das Haar aus dem Gesicht. «Mein Vater sagt, dass die ganze christliche Heils- und Weltgeschichte dort abgebildet ist.»

«Da hat er recht.»

Er warf ihr einen verstohlenen Seitenblick zu. Es drängte ihn, zu erfahren, was sie fühlte, wenn sie an das Eheversprechen mit Uri ben Salomon dachte. Ob sie sich damit abgefunden hatte. Und ob sie sich jemals wiedersehen würden, wenn sie denn erst einmal in Straßburg lebte. Stattdessen unterhielten sie sich nun über den Figurenschmuck seiner Pfarrkirche.

«Er hat sie mir alle erklärt», fuhr Esther fort. «Er hat mir auch gezeigt, dass unter den Peinigern des Jesus von Nazareth und bei seiner Gefangennahme Juden dargestellt sind.»

Benedikt schluckte. Worauf wollte sie hinaus?

Um ihre Mundwinkel zuckte es. «Wie könnt ihr uns Christusmörder nennen, wenn wir doch Jesus als einen der Unseren sehen? Er war Jude, war Lehrer und Rabbiner! Für euch ist er Christus, der Gottessohn, für uns nicht, denn wir warten noch auf den Messias. Das allein macht den Unterschied.»

Er wollte etwas erwidern, sich rechtfertigen, aber ihm fielen nicht die passenden Worte ein. Die Kirche hatte ihn gelehrt, dass die Juden durch ihre Leugnung von Jesus Christus als Messias, durch ihre Schuld an dessen Tod zum verworfenen Volk geworden waren. Dass die Söhne der Juden hinfort die Schuld ihrer Väter bis in alle Zeiten büßen mussten. Und dass ihre Demütigungen und ihre Zerstreutheit in alle Welt die sichtbare Strafe waren für den Irrtum ihrer Religion und für ihre Weigerung, sich bekehren zu lassen.

Aber er hatte auch die Worte seines Vaters im Ohr: «Dürfen wir diese Menschen verteufeln, nur weil sie an ihrem Glauben festhalten wie wir an unserem? Da für sie der Messias noch nicht erschienen ist, muss in ihren Augen unsere Lehre von der Dreifaltigkeit und dem gekreuzigten Gottessohn doch wahrer Götzendienst sein!» Bei diesen Worten war sogar seine Mutter nachdenklich geworden, die, seitdem er denken konnte, mit Esthers Mutter im Zwist lag.

«Ich würde euch niemals Christusmörder nennen», sagte er jetzt lahm.

«Ich weiß. Unser Rebbe sagt immer, wir Juden seien eure älteren Brüder. Unser beider Glauben hat ein und dieselbe Wurzel, und alles, was in den Evangelien geschrieben steht, erzählt von Juden und handelt von Juden. Sogar von unseren Bräuchen und Vorschriften habt ihr etliches übernommen. Unser rituelles Tauchbad wurde bei euch Christen zur Taufe. Auch euer Chrisam zur Salbung oder das Weihwasser zur Segnung entstammt unseren Riten.»

Benedikt unterbrach ihre Rede, indem er ihre Hand nahm.

«Bitte, Esther, lass uns nicht streiten.» Dann musste er lachen. «Es ist grad wie früher. Bloß haben wir uns da gestritten, ob die Farbe eures Ziegeldachs eher rot oder braun ist. – Sind eigentlich alle jüdischen Mädchen so klug? Bei uns machen sie sich Gedanken um Haus und Kind, gehen vielleicht dem Mann bei der Arbeit zur Hand – mehr soll es nicht sein.»

Auf ihrem Gesicht erschien ein Lächeln, aber es war eine Spur von Spott darin. «Auch bei uns führt die Frau das Haus. Aber warum soll sie deshalb dem Mann nicht eine kluge Frau sein? Eine, die lesen und schreiben kann und die heiligen Schriften und Gesetze kennt und versteht? Weißt du, eigentlich regieren bei uns die Frauen, nur lassen wir es die Männer nicht merken.» Sie wurde ernst. «Der Ewige will Mann und Frau als Gefährten. Und die Männer schätzen ihre Frauen. Du warst ja selbst schon dabei, wenn mein Vater am Freitagabend das Lob der tüchtigen Hausfrau singt.»

«Ich würde dir jeden Abend das Lob der Hausfrau singen!»

Esther wirkte verlegen.

«Weißt du eigentlich, dass deine Nase schief ist?» Sie fuhr

kaum spürbar mit ihren Fingern die Linie seiner Nase nach. «Und das nur, weil du dich für mich geprügelt hast.»

Er blickte in das dunkle Blau ihrer Augen. Es war die Farbe eines wolkenlosen Abendhimmels, wenn der Tag zu Ende ging.

«Bitte, Esther – heirate ihn nicht!», stieß er unwillkürlich hervor.

Sie starrte ihn an. «Und dann?», flüsterte sie so leise, dass er sie kaum verstand.

«Dann werde meine Frau!»

Sie wandte das Gesicht ab. «Das ist es ja, warum ich dir all das gesagt habe. Verstehst du denn nicht? Ein Jude bleibt immer ein Jude. Das Kind einer jüdischen Mutter bleibt jüdisch bis zu seinem Tod. Und einen Christen heiraten darf ich als Jüdin schon gar nicht.»

«Dann werde ich eben Jude. Ganz einfach.»

«Einfach?» Esther lachte auf. «Das sag mal unserem Rebbe. Bei uns wirst du nicht mit offenen Armen empfangen. Im Gegenteil – du musst dich beweisen. Du musst unsere vielen Gebote und Gesetze nicht nur kennen, sondern auch beachten. Und du musst dich beschneiden lassen.» Sie schüttelte den Kopf. «Deine Eltern würden das niemals ertragen. Du würdest alles verlieren, deine Familie, deine Freunde, deinen Beruf als Steinmetz. Und in den Augen deiner Kirche wärst du ein elender Ketzer.»

Störrisch schob Benedikt die Unterlippe vor. «Dann komm du zu unserem Glauben. Lass dich taufen und bleibe im Herzen Jüdin.»

«Benedikt! Ein Jude würde eher sterben als seinen Glauben verleugnen.»

«Aber das musst du gar nicht! Du kannst weiterhin glauben,

wie du es willst. Wie es deine Gebote vorschreiben. Unser beider Gott ist derselbe, er würde es verstehen. Es geht doch nur darum, dass – dass …» Er geriet ins Stammeln. «Ich würde es nicht ertragen, dich zu verlieren. Weil ich dich liebe.»

Jetzt war es heraus. Vom Flussufer her drang das Geschnatter aufgescheuchter Enten. Drüben am Weg brach eine Gruppe von Männern in lautes Lachen aus. Mit einer kühlen Brise kündigte sich der Abend an.

Esther nahm seine Hand. In ihren Augen schimmerten Tränen.

«Ich werde Uri ben Salomon heiraten. Aber ich möchte, dass wir Freunde bleiben. Auf immer und ewig.»

An diesem Abend hatte Benedikt eigentlich vorgehabt, nach langer Zeit zum ersten Mal die heilige Kommunion zu empfangen. Doch statt sich einzureihen in die Schlange vor dem Altar, blieb er an seinem Platz und kämpfte erneut gegen die aufsteigenden Tränen an. *Ich werde Uri ben Salomon heiraten*, hallte es in seinen Ohren. Dieser Satz übertönte das Dankgebet der Gemeinde, das «Ite missa est», den Schlusssegen des Pfarrers. Am Ende war er einer der Letzten, der die Kirche verließ.

Vor dem Kirchenportal wartete zu seinem Erstaunen seine Mutter auf ihn, inmitten der Grempler, die hier verbotenerweise Eier, Frühäpfel und Sommerbirnen anboten. Er wollte mit gesenktem Kopf an ihr vorübergehen, als sie ihn am Kittel festhielt.

«Was ist mit dir? Hast du geweint?», fragte sie leise.

Er schüttelte den Kopf.

«Es ist wegen Esther, nicht wahr? Ach Benedikt, mein Junge – es tut mir so leid für dich.» Sie strich ihm über die Hand. «Ich glaube, du liebst das Mädchen wirklich.»

Brüsk zog er seine Hand weg. «Was redest du da? Und überhaupt, was geht dich das an?»

Er spürte schmerzhaft, wie zerrissen er war zwischen der noch immer schwelenden Wut auf seine Mutter und der Sehnsucht nach seinem Zuhause, seiner Familie.

«Magst du nicht wieder heimkommen?» Ihre Stimme klang zaghaft.

Benedikt holte tief Luft. «Ich werde es mir überlegen.»

Kapitel 9

Der verregnete, viel zu kühle Sommer, der dem heißen Frühjahr gefolgt war, bescherte den Menschen am Oberrhein die dritte magere Ernte in Folge. Die Kornspeicher der Städte konnten nur halb gefüllt werden, und der Preis für ein Vierpfünderbrot stieg um das Doppelte, bald schon um das Dreifache. In dieser bedrückenden Lage baute sich am Horizont eine unfassbare und noch weitaus schlimmere Bedrohung auf: Gleich einer Flutwelle wälzte sich die große Seuche von Frankreich und Italien unaufhaltsam auf die südlichen deutschen Lande zu. Inzwischen war sie von Paris aus nach Britannien gelangt, hatte im Osten das Alpengebirge überquert und die ersten Opfer am bayrischen Inn gefordert.

Nachdem der Rat der Stadt seinen Bürgern befohlen hatte, jeden Morgen und jeden Abend zu beten, zumindest ein Paternoster, ein Ave Maria und ein Glauben, strömten die Menschen in Scharen in die Kirche. Die wenigsten teilten die Ansicht der Gelehrten, sofern sie denn überhaupt davon wussten, dass die Gestirne den Ausbruch von Seuchen hervorriefen. Vielmehr hielten sie es mit den Geistlichen, die darin eine Strafe Gottes sahen. Jeder Altar war besetzt, und hatte ein Kaplan seine Messe beendet, wartete bereits der nächste. Im Mittelschiff, wo sich das Volk versammelte, ließ Pfarrer Cunrat nicht nach in seinem Eifer, die Ursache der drohenden Pestilenz zu benennen. Mal brandmarkte er die Lästerung wider Gott und die Heiligen, mal all die abscheulichen Sünden wie Ehebruch, Sodomie oder

Wucherei. Nur wer bekenne und Buße tue, bleibe verschont von Gottes Zorn, werde Zuflucht finden unter seinen Fittichen und müsse sich nicht fürchten.

Selbst Clara, die sich sonst eher an den Leitsatz hielt, dass auch die tägliche Arbeit gottgefällig sei und dass der Herrgott dem Fleißigen ein paar Gebete weniger schon nachsehen würde, versäumte keinen Gottesdienst und fand Trost in den Worten der Psalmen, die der Pfarrer ihnen für diese Male in deutscher Sprache vortrug. Denn auch in ihr, die sich nicht einmal allein im Dunkeln fürchtete, machte sich eine unbestimmte Angst vor der todbringenden Seuche breit. Von ihrem Mann wusste sie, dass jeder, der die Krankheit erst einmal in sich trug, ihr wehrlos ausgeliefert war.

Aber auch etwas Wunderbares war in diesen Tagen, als der Sommer zu Ende ging, geschehen. Gottes Fügung hatte ihr Benedikt zurückgebracht. Dass es so einfach sein würde, ihn heimzuholen, hätte sie nie erwartet, und manchmal fragte sie sich, was geschehen war, dass er an jenem Abend nach der Messe so ohne Umschweife mit ihr nach Hause gegangen war. Sie würde es wohl nie erfahren. Vielleicht war er einfach nur vernünftig geworden, nachdem er viele Wochen Zeit zum Nachdenken gehabt hatte. Zwar wirkte er oft sehr bedrückt, aber das würde vorübergehen. Jedenfalls war sie überglücklich, ihren Ältesten wieder bei sich zu haben. Selbst wenn es nur eine Frage der Zeit war, bis Benedikt seinen Meistertitel haben und die eigene Familie gründen würde. Umso mehr wollte sie diese Zeit jetzt genießen.

Das ganze Haus war froh um seine Heimkehr, und sogar Heinrich verkniff sich seine oft abschätzigen Bemerkungen gegenüber dem Ältesten. Vor allem aber für Michel, der seinen großen Bruder über die Maßen verehrte, war es ein Geschenk des Himmels. Er musste nicht mehr allein im Bett schlafen, jetzt, wo die Nächte wieder kälter wurden, ließ sich von Benedikt bei seinen Schreib- und Rechenübungen helfen und lieferte sich mit ihm jeden Abend eine freundschaftliche Rangelei, bevor Benedikt ihn ins Bett scheuchte.

Noch etwas anderes hat sich zum Guten verändert, dachte Clara, als sie an diesem Samstagabend zu Beginn des zweiten Herbstmonats zu Bett ging. Ihr Verhältnis zu Deborah Grünbaum war sichtlich entspannter, seitdem feststand, dass Esther noch vor dem jüdischen Pessachfest im Frühjahr heiraten würde. Nicht nur, dass sich die beiden Frauen auf der Gasse inzwischen freundlich grüßten, sie halfen einander auch aus, wenn im Haushalt einmal etwas fehlte. Und für morgen, einem Sonntagnachmittag, waren sie sogar zum Laubhüttenfest eingeladen.

Seit Tagen schon wohnten die Grünbaums mehr oder weniger Tag und Nacht in dieser Hütte, die sie wie jedes Jahr aus Schilfrohr, Tuch und Zweigen in ihrem Garten errichtet hatten. An den Nachmittagen drangen fröhliche Kinderstimmen und die Gebete und Lieder der Erwachsenen herüber, gegen Abend dann spielte Musik zum Tanz auf. Es war ein unaufhörliches Kommen und Gehen im Garten der Nachbarn.

Clara erinnerte sich, wie Benedikt als Junge immer darum gebettelt hatte, für diese Tage bei den Grünbaums wohnen zu dürfen. Moische Grünbaum nämlich und die Kinder übernachteten sogar in der Hütte, sieben Tage lang, ganz wie es die Thora vorschrieb. Gegen das Versprechen, seine Schwester Johanna mitzunehmen und gut auf sie achtzugeben, hatten sie ihn schließlich jedes Jahr für ein, zwei Nächte ziehen lassen. Sie selbst waren stets des Sonntags zum Essen und Trinken eingeladen gewesen, zusammen mit einer Handvoll anderer

Christen. Einmal, Benedikt musste zehn oder elf gewesen sein, hatte ein nächtlicher Gewittersturm die halbe Hütte weggefegt, und sie und Heinrich hatten am nächsten Morgen geholfen, alles wieder aufzubauen. Danach hatte Clara sich geweigert, ihren Sohn jemals wieder dort übernachten zu lassen, und fortan waren sie auch nicht mehr eingeladen gewesen. Clara war sich seinerzeit sicher gewesen, dass Deborah dahintersteckte.

«Halt dich morgen bei den Grünbaums bloß mit deinen bissigen Bemerkungen zurück», hörte sie jetzt neben sich Heinrich aus der Dunkelheit herüber brummeln.

«Wo denkst du hin, Mann? Um ehrlich zu sein: Ich finde es schön, dass es wieder ist wie früher.»

Dabei wusste sie selbst, dass dem nicht so war. Benedikt nämlich würde als Einziger der Familie nicht mitkommen. Er hatte ihnen heute Mittag beschieden, dass er über das Wochenende ins Glottertal wandern wolle, um dort einen alten Freund aus seiner Zeit als Hüttendiener zu besuchen. Heinrich hatte ihn angeschnauzt, er sei feige und solle endlich den Dingen ins Auge sehen. Aber es war nichts zu machen.

Als sie sich am nächsten Tag, beladen mit einem Korb voll Obst als Gastgeschenk, zu ihren Nachbarn aufmachten, war der Himmel mit einem gleichmäßigen Grau überzogen. Doch immerhin war es windstill und regnete nicht, und so würde es sich im Freien gut aushalten lassen.

Deborah hieß sie am Eingang zu ihrem Garten willkommen.

«Friede sei mit euch!»

«Gott zum Gruß», gab Heinrich zurück, und Johanna überreichte ihre Gabe. Der Garten war bereits voller Gäste, um die

Laubhütte herum tobten die jüngeren Kinder beim Fangespiel. Clara gab Michel und Kathrin einen aufmunternden Klaps, woraufhin die beiden zu ihren Spielgefährten rannten.

Moische trat heran. «Ist denn der Benedikt nicht mitgekommen?»

«Er ist unterwegs zu einem Freund», gab Clara Auskunft.

«Das ist recht schad. Wo unser Jochai doch aus Speyer gekommen ist.» Er wies mit dem Kopf zu einer Gruppe junger Leute, die am Eingang der Hütte standen. «Er hat sich so auf euern Benedikt gefreut.»

Da erst entdeckte Clara den Zweitältesten der Grünbaums. Ums Haar hätte sie ihn nicht wiedererkannt. Jochai war unter den Söhnen der Einzige, der wie Esther das hübsche Gesicht der Mutter geerbt hatte, was ihn als Kind immer wie ein Mädchen hatte aussehen lassen. Jetzt aber war aus dem schmalen, zarten Knaben ein junger Mann geworden, dem ein richtiger Bart im Gesicht stand, wenn auch noch kein langer, spitzer Vollbart, wie ihn die erwachsenen Juden trugen.

«Wie groß er geworden ist!»

«Nicht wahr?» Moische nickte voller Stolz, und seine Äuglein hinter den faltigen Lidern strahlten. «Er ist jetzt sechzehn Jahr alt und einer der Besten in der Jeschiwa.»

Deborah klatschte in die Hände, als Zeichen, dass man sich in der Hütte zu versammeln hatte, und wies den Gästen ihre Plätze zu. Es wurde eng an der schmalen, langen Tafel, die mit gebleichtem Linnen bedeckt und mit Weinlaub und blauen Trauben reich geschmückt war. Clara kam neben Esther, Heinrich neben Moische zu sitzen. Ihr gegenüber saßen zwei fremde Männer mit langen Bärten, ein sehr junger und ein grauhaariger alter – die Einzigen, die Clara nicht wenigstens vom Sehen kannte. Das Grünbaummädchen neben ihr wirkte bedrückt. Außerdem fiel ihr auf, dass sie erstmals als einzige Christen eingeladen waren.

Nachdem Moische den Segen über den Wein gesprochen hatte, füllte die Dienstmagd die Becher aller auf, um sich anschließend selbst mit an den reichgedeckten Tisch zu setzen.

Der Hausvater ergriff das Wort. «Liebe Clara, lieber Heinrich, ich möcht euch heut zwei ganz besondere Gäste vorstellen: Salomon ben Ariel, den Vorbeter und Schulmeister der Straßburger Gemeinde, und seinen jüngsten Sohn Uri, dem unser Töchterle versprochen ist.»

Salomon ben Ariel erhob sich kurz zum Gruße, während sein Sohn nickte und dabei verschämt grinste. Heinrich schüttelte den beiden herzlich die Hand und stellte seinerseits sich und seine Familie vor.

Clara war verblüfft. Damit hatte sie nicht gerechnet. Wie gut hatte Benedikt daran getan, nicht herzukommen! Sie wusste inzwischen, wie heftig das Liebesleid ihn die letzten Wochen gequält hatte, wie schwer es ihm noch immer fiel, Esther zu vergessen. Den Anblick hier auf Grünbaums Fest hätte er nicht ertragen: eine Esther, zusammengesunken zu einem Häufchen Unglück, und ein linkischer, äußerst blasser junger Mann mit eingezogenen Schultern, der die Hände unter der Tischplatte im Schoß verborgen hielt, unentwegt hilflos lächelte und einem nicht in die Augen zu blicken vermochte. Natürlich konnte einem das unglückliche Mädchen leidtun, natürlich fühlte sie mit ihrem Sohn. Aber die beiden waren schließlich keine Kinder mehr, hatten genug Verstand, um zu begreifen, dass eine Liebe zwischen Juden und Christen ein Ding der Unmöglichkeit war. Sie spürte jetzt fast so etwas wie Zorn aufsteigen, über ihren Sohn, über Esther und über diese ganze verfahrene Situation.

Der Höflichkeit halber versuchte sie, während der Mahlzeit mit Uri ins Gespräch zu kommen, doch gab sie es bald schon auf. Der junge Mann antwortete auf jede ihrer Fragen nur mit Ja oder Nein, um anschließend wieder in verlegenes Schweigen zu fallen. Heinrich hingegen unterhielt sich lebhaft mit dem Straßburger Vorbeter. Der freute sich sichtlich, dass es sich bei seinem Tischnachbarn um den geachteten Freiburger Wundarzt handelte, von dem er schon so viel gehört habe. Mit halbem Ohr bekam Clara mit, wie Salomon ben Ariel ihren Mann darum bat, den neuen jüdischen Arzt Gutlieb ein wenig unter seine Fittiche zu nehmen. «Er ist sehr klug, hat fleißig studiert. Aber er ist noch blutjung und hat kaum Erfahrung im Umgang mit Kranken.»

Irgendwann kamen die beiden auch auf die Pestilenz zu sprechen, und Clara hörte den Vorbeter eine interessante Vermutung aussprechen: Zwar werde man wohl niemals ein ärztliches Mittel gegen die Seuche finden, gleichwohl seien die jüdischen Ärzte überzeugt, dass ein jeder in der äußersten Reinhaltung von Körper, Wohnstatt und Wasser eine wichtige vorbeugende Maßnahme treffen könne.

Gerne wäre Clara der Unterhaltung weiter gefolgt, doch in diesem Augenblick wurde sie von Esther angesprochen: «Wie geht es Benedikt?»

Clara schrak zusammen.

«Ich denk, es geht ihm recht gut.» Sie versuchte, ein ungezwungenes Lächeln aufzusetzen. «Er ist unterwegs im Glottertal, und ich soll dich von ihm grüßen.»

In Esthers Augen las sie, dass ihre kleine Lüge durchschaut war.

«Ach, mein Kind …» Clara unterdrückte ein Seufzen. «Es ist schon alles recht so, glaub mir. Du wirst sehen …»

Sie brach ab und schwieg. Dachte daran, dass Benedikt seit Wochen nicht mehr lachte, nicht einmal, wenn er mit seinen kleinen Geschwistern tobte. Er aß schlecht, tapste nachts ruhelos in Haus oder Garten herum, und von Michel wusste sie, dass er manchmal im Schlaf weinte.

Plötzlich vermochte sie das Essen nicht mehr zu genießen, und für diesmal lag es nicht an den ungewohnten Gewürzen. Als nach dem letzten Gang zum Tanz aufgespielt wurde, bot auch Heinrich ihr den Arm und führte sie in den Kreis der Tanzenden vor der Hütte. Noah Liebekind, Grünbaums Nachbar, spielte die Schalmei, sein Sohn die Zwerchpfeife, und Jochai Grünbaum strich die Fiedel. Mal tanzten sie, einander untergehakt, in Reihen, mal paarweise, immer jedoch, wie es bei den Hebräern Brauch war, nach Frauen und Männern getrennt. Und wie jedes Mal überraschte sie der schmächtige Moische, der tanzte und stampfte und umherwirbelte, als sei er eben einem Jungbrunnen entstiegen. Salomon, sein Gast aus Straßburg, stand ihm in nichts nach an Feuer und Beweglichkeit, auch er strahlte über das ganze Gesicht. Bald schon hielt es keinen mehr bei Tisch, selbst die Kinder kamen aus der Hütte und hopsten mit herum, in diesem fröhlichen Takt, der immer schneller wurde.

Clara, die für ihr Leben gern tanzte, gab sich alle Mühe, in das Spiel der Musikanten hineinzufinden. Doch immer wieder fiel ihr Blick auf die verwaiste Tafel, an der nur ein Einziger sitzen geblieben war: Uri ben Salomon. Teilnahmslos beobachtete er seine Braut, die als letzte der Frauen von ihrem Bruder Aaron in den Kreis der Tanzenden geholt worden war. Aaron tanzte ihr gegenüber und setzte alles daran, auf Esthers schwermütige Miene ein Lächeln zu zaubern, aber es gelang ihm nicht.

Da mühst du dich vergeblich, hätte Clara ihm am liebsten gesagt, du müsstest dich schon in Benedikt verwandeln. Schließlich bat sie Heinrich, bald nach Hause zu gehen, sie sei müde von dem schweren Wein. In Wirklichkeit wollte sie das alles nicht mehr mit ansehen, und als sie aufbrachen, fuhr ihr ein ganz und gar unbotmäßiger Gedanke durch den Kopf: Was für ein glückliches Paar hätten Benedikt und Esther in einer anderen Welt sein können!

Mit dem ersten Herbststurm drang eine schier unglaubliche Kunde in die Stadt. Clara und Heinrich hätten wohl kaum als eine der Ersten davon erfahren, wären an diesem Freitag kurz nach Martini nicht schon in aller Frühe zwei Ratsherren zum Bartstutzen erschienen.

Clara kehrte gerade vom Markt zurück und hörte die Stimmen der Männer aus der Stube. Durchnässt und verfroren ging sie geradewegs in die Küche, um ihren Umhang zum Trocknen aufzuhängen und sich am Herdfeuer zu wärmen. Ein prüfender Blick verriet ihr, dass Johanna bereits den Gewürzwein zubereitet und hinübergebracht hatte. Dann musste sie sich darum wenigstens nicht kümmern.

Nachdem die Kälte aus ihren Gliedern gewichen war, holte sie Besen und Kehrwisch aus der Kammer, um sich ans Fegen der Schafstuben zu machen. Da trat Johanna mit dem leeren Krug in der Hand in die Küche. Sie wirkte verstört.

«Was ist mit dir?»

Ihre Tochter stellte den Krug ab. «Die Juden – die Hebräer», stammelte sie. «Sie sollen schuld sein.»

«Schuld woran?»

«An dieser Seuche, die überall wütet.»

«Aber Johanna! Was redest du da?»

«Ich hab es doch selbst gehört, was die Herren Räte da eben gesprochen haben. In einem Land nicht weit von hier hätten die Juden die Brunnen vergiftet. Nur deshalb gibt es diese Seuche.»

«Das ist großer Unsinn, Mädchen.»

«Dann frag doch den Vater, wenn die Ratsherren weg sind.» Ihre Stimme begann zu zittern. «Was ist, wenn auch unsere Nachbarn …»

«Jetzt hör auf damit, Johanna. Du hast gewiss etwas falsch verstanden. Hier», sie drückte ihrer Tochter Besen und Kehrwisch in die Hand. «Geh nach oben und mach sauber. Ich kümmere mich um die Küche.»

Nachdem Johanna verschwunden war, ließ sich Clara auf die Küchenbank sinken. Nicht zum ersten Mal erlebte sie, wie den Juden etwas angehängt wurde. Bei jeder schlechten Ernte wurden Stimmen laut, dass es nur an ihnen lag, wenn das Korn auf dem Feld verderbe. Selbst an der großen Überschwemmung mit vielen Toten vor sechs Jahren und an den kalten, verregneten Sommern sollten die Juden schuld sein. Flugs wurden dann die altbekannten Geschichten aufgetischt, dass nämlich die Hebräer in ihren Synagogen, zu denen kein Christ Zutritt habe, geheimnisvolle Rituale und Hexenkunst pflegten. Auch Clara fand einiges an ihnen merkwürdig. Aber dass sie nun schuld an der Pestilenz sein sollten? Wer, der noch alle Sinne beieinanderhatte, konnte so etwas Ungeheuerliches glauben? Ihr fiel ein, wie erst kürzlich der Karrenbeck gekeift hatte, dass der Zorn Gottes die mächtigen Städte Italiens nur deshalb mit der Seuche heimsuche, weil dort so viele Juden lebten. Und alle Umstehenden hatten hierzu eifrig genickt. Dabei war doch bekannt, dass auch Städte und Dörfer, in denen keine Juden wohnten, von der Seuche betroffen waren!

Als Heinrich endlich zu ihr in die Küche trat, war er wachsbleich.

«Jetzt weiß man endlich um die Schuldigen.» Er stieß ein bitteres Lachen aus. «Kein Erdbeben oder Feuersturm hat den tödlichen Pesthauch über die Menschheit gebracht. Nein, allein der Jude hat das getan. Er vergiftet Brunnen und Quellen, damit faulige, verseuchte Dämpfe aufsteigen und uns alle vernichten.»

Seine Hände zitterten, als er sich den Rest Gewürzwein einschenkte. Clara starrte ihn entgeistert an.

«Aber das ist doch das reinste Affengeschwätz! Warum sollten die Hebräer ihr eigenes Wasser vergiften?»

«Das sagst du. Aber was meinst du, was ich mir heut Morgen von den Herren Neumeister und Pfefferlein alles anhören musste? Jetzt wisse man endlich, warum die reichsten der Juden ihren eigenen Brunnen hätten oder ihr Tauchbad im Keller.»

«Aber das sind doch nur einige wenige. Was glaubst du, wie viele jüdische Frauen ihr Wasser aus demselben Brunnen holen wie wir alle? Das hab ich doch täglich vor Augen. Wie lächerlich!»

Heinrich schüttelte den Kopf. «Das Ganze ist ernster, als es sich anhört. In Neuenstadt am Genfersee hat man einen jüdischen Arzt gefangen gesetzt. Er hat gestanden, dass ein Jude aus Toledo Giftbeutel an seine Glaubensbrüder verteilt und in alle Welt verschickt habe, um die Brunnen zu vergiften.»

«Das hat der Mann tatsächlich zugegeben?»

«Nach fortgesetzter Tortur, versteht sich. Aber man hat auch nicht versäumt, vor Gericht haltbare Beweise vorzubringen. Nachdem man sein Haus durchwühlt hatte, fand man nämlich dort das Gift. Wozu nicht viel gehört, bei einem Arzt.» Er schnaubte verächtlich. «Da könnte man geradeso hier oder bei Behaimer und den beiden Apothekern fündig werden.»

«Also beweist das überhaupt nichts! Und außerdem – waren denn unter den Opfern der Pestilenz keine Juden?»

«Natürlich, die werden ebenso dahingerafft wie die Christen oder die Sarazenen.» Heinrich wirkte verzweifelt. «Clara, begreifst du nicht – das ist erst der Anfang! Unser Rat steht seit einigen Tagen im engen Austausch mit den städtischen Eidgenossen in Bern und Straßburg, da gehen täglich reitende Boten hin und her. Man ist der festen Überzeugung, eine jüdische Verschwörung zur Vernichtung der Christenheit aufgedeckt zu haben.»

Clara konnte es noch immer nicht fassen. «Was – was haben unsere Ratsherren vor?»

«Man will die Juden hier scharf im Auge behalten und die Entwicklung der Dinge vorerst abwarten. Den Brunnenmeister haben sie bereits angewiesen, die Brunnen in der Stadt nicht mehr nur einmal, sondern dreimal am Tag zu inspizieren. Wie lächerlich! Bleibt nur zu hoffen, dass unser Graf Cunrat weiterhin seine schützende Hand über die Juden hält.»

Kapitel 10

*I*n den nächsten Tagen ging ein reger Schriftwechsel zwischen den Kanzleien der Städte im Elsass und am Oberrhein hin und her. Dabei wurde jede Einzelheit, die aus der Freiburger Ratsstube drang, zum Stadtgespräch. Nachdem schließlich die Juden von Neuenstadt wegen Brunnenvergiftung zum Feuertod verurteilt worden waren, machte sich als Nächstes die kleine Stadt Zofingen im Aargau daran, gegen ihre jüdischen Einwohner vorzugehen. Man fand nicht nur Gift im Hause eines Hebräers namens Tröstli, sondern marterte auch mit Zangen und brennenden Fackeln drei jüdische Männer und eine Frau. Und zwar so lange, bis sie gestanden, das Gift an Hunden, Schweinen und Hühnern erfolgreich ausprobiert zu haben.

Die Weltverschwörung der Juden gegen die Christen war hiermit bestätigt. Nicht ohne Stolz meldete der Zofinger Rat den Befund weiter nach Bern, Basel und Straßburg. Eine Welle von Verhaftungen kam hierdurch ins Rollen, zuerst in Bern und Solothurn, dann am Bodensee, in Stuttgart, Landsberg und Augsburg. Mittels Folter gelang es allerorten, vor Gericht haltbare Beweise für die Behauptung der Brunnenvergiftung beizubringen. Der Befund war stets derselbe: Die Juden hätten Giftbeutel in Brunnen und Quellen gelegt, ja sogar an Komplizen in ferne Gegenden gesandt – lederne und leinene Beutel, die eine Mischung aus Menschenblut, Urin, Pulver aus geweihten Hostien und geheimen Zauberkräutern enthielten.

Noch im selben Herbstmonat hatte man in diesen Städten

den Stab über die Angeklagten gebrochen. Wer nicht fliehen konnte oder sich freiwillig taufen ließ, wurde hingerichtet. Und nicht wenige der Flüchtigen wurden von den Bauern gefangen und hernach erschlagen oder ertränkt.

«Gilt denn das päpstliche Wort gar nichts mehr?», fragte Clara entsetzt ihren Mann. «Hat sich Papst Clemens in seiner Bulle nicht zum Schutzherrn der Juden erklärt? Und hat er nicht verboten, sie zu morden und ihre Habe zu rauben? Warum tut er dann nichts dagegen?»

Bei allen Vorbehalten gegenüber ihren jüdischen Nachbarn empörte sich ihr Gerechtigkeitssinn mehr und mehr gegen diese schier unglaublichen Vorkommnisse. Heinrich versuchte sie zu beruhigen. «Der Heilige Stuhl wird einen solchen Frevel nicht hinnehmen. Diese Unseligen werden ihre gerechte Strafe finden, glaub mir.»

Als Nächstes erfuhren sie, dass einer der in Bern gefolterten Juden gestanden hatte, das Gift nach Basel geschickt zu haben. Indessen war der dortige Rat bald schon von der Schuldlosigkeit der Juden überzeugt und verbannte sogar einige Ritter aus der Stadt, die Gewalttaten gegen Juden begangen hatten. Die Zünfte nahmen dies zum Anlass, vor dem Richthaus aufzumarschieren und die Vertreibung der Juden zu verlangen, auf zweihundert Jahre hinaus. Aber die Ratsherren gaben nicht nach.

Auch in der freien Reichsstadt Straßburg reagierten die Stadtherren erstaunlich zurückhaltend auf die Anklage der Brunnenvergiftung. Man hielt gegenüber den Juden am königlichen Schutzbrief fest – zumal Straßburg als freie Reichsstadt den größten Teil der Judensteuer einbehalten durfte – und ließ ihr Wohnquartier sogar von bewaffneten Stadtknechten bewachen. Sicherheitshalber und um der Gerechtigkeit Genüge zu tun, nahm man aber drei jüdische Männer fest und unterzog sie einer peinlichen Befragung, ohne indessen ein Geständnis zu erlangen. Damit war der Rechtsweg eingehalten, und man konnte ihnen die Freiheit zurückgeben. Zugleich forderte man aus Zofingen eine Probe des Giftes an, um damit ausgiebige Versuche zu unternehmen. Eine Kommission wurde eingesetzt und gezwungen, aus angeblich verpesteten Brunnen Wasser zu trinken, doch stellte man diese Versuche nach drei Wochen als ergebnislos ein. Vorsichtshalber ließ der Rat aber von nun an sämtliche Brunnen bewachen.

Heinrich und damit auch Clara waren über die Vorgänge in den Nachbarstädten bestens informiert, dank Heinrichs Verbindungen zu den Ratsherren Neumeister und Pfefferlein. Auch bei den Versammlungen der Malerzunft, der Heinrich als Wundarzt angehörte, war die Rede von nichts anderem mehr. Gleichwohl blieb es in ihrer Stadt zunächst ruhig. Wie in Basel und Straßburg war der Rat bemüht, das Volk im Zaum zu halten und einen Aufruhr wie in anderen Städten zu verhindern, wo Zusammenrottungen schon zu vielerlei Übel und Verwüstung geführt hatten.

Die Mehrheit der Menschen nämlich, vom Zunftmeister bis zum einfachsten Gemüt, glaubte nun zu wissen, dass die tödliche Seuche, die die Welt bedrohte, keine Gottesstrafe war, sondern eine von den Juden angezettelte, wahrhaft teuflische Verschwörung. Manch einer meinte sogar, mit der Bestrafung der Juden als Satansbrüder und Gottesmörder lasse sich die Gunst des Herrgotts gewinnen, auf dass er ihre Stadt vor der Seuche verschone.

«Was für eine Erleichterung muss es für diese Narren sein, endlich glauben zu dürfen, dass die Pestilenz nicht auf die eigenen Sünden, sondern auf das Böse im Juden zurückgeht», spottete Heinrich, als wieder einmal ein Bettelmönch vor der

Kirche die Vernichtung der Hebräer als gottgefälliges Werk predigte. Clara und er waren gerade auf dem Weg zu einem Kranken, der am Kirchhof wohnte, und sie hatten alle Mühe, sich durch das Menschengewühl vor dem Kirchenportal zu kämpfen.

«Seit Urzeiten sucht der Teufel sich Verbündete, um die Christenheit zu verderben», brüllte der Mann über ihre Köpfe hinweg. «Erkennt ihr nun endlich, wessen er sich neuerdings als Werkzeug bedient? Der Juden, als Meister der Schwarzen Kunst! Bei ihren heimlichen Treffen in den Synagogen hat der Satan es ihnen eingeflüstert, hat er sie angewiesen, mit ihrem Gift das Große Sterben in die Welt zu bringen.»

Die Zuhörer grölten ihr Einverständnis heraus: «Nieder mit dem Judenvolk! Lasst die Juden brennen!»

Clara schauderte. Zugleich schoss ihr ein Gedanke durch den Kopf, für den sie sich gleich darauf in Grund und Boden schämte. Sie dachte, welch ein Glück, dass es zwischen Esther und Benedikt endgültig vorbei war!

«Recht hat der Mann», rief ein Weib neben ihnen, und Clara erkannte die Flickschneiderin Thine. «Warum sonst ist das Pack von der Seuche so gut wie verschont geblieben?»

«Vielleicht, weil sie sich mehr waschen als du?» Clara ballte die Fäuste, und ihre Stimme wurde schrill. «Vielleicht, weil sie nicht jeden Fraß in sich reinstopfen und ihr Haus reinlicher halten?»

Sie stieß Thine grob zur Seite und bahnte sich ihren Weg durch die Menschenleiber. Heinrich hatte Mühe, ihr zu folgen.

«So kenne ich dich gar nicht», schnaufte er, als sie endlich vor dem Haus des kranken Handschuhmachers standen. «Ich meine, dass du dich zum Advocatus der Juden aufschwingst. Das war sehr mutig.»

Aber Clara verspürte keinen Stolz. Fast wunderte sie sich selbst, dass die Hetze gegen die Juden sie mehr und mehr aufbrachte. Es war tatsächlich so, dass in den letzten Wochen etwas mit ihr geschehen war. Immer heftiger quälte sie die Sorge um ihre jüdischen Nachbarn, immer häufiger schreckte sie nachts aus Albträumen auf oder fand erst gar keinen Schlaf.

Es gab in Freiburg indessen auch besonnene Stimmen, vor allem unter den Kaufherren. Seit jeher hatten sie sich um ein gutes Verhältnis zu den Juden bemüht, weil sie auf deren Geldverleih dringlich angewiesen waren, vor allem, was den Fernhandel betraf. Das Netz an jüdischen Wechselbänken und Leihhäusern nämlich reichte bis in die entlegensten Länder, ihre Beziehungen und ihr Sprachgeschick waren manchem Fernhändler unentbehrlich geworden. Überdies füllten sie mit ihren gesonderten Abgaben wie Neujahrs-, Synagogen- und Armenhausgeldern sowie Brücken- und Torgeldern die Stadtkasse nicht unerheblich. Zumindest für die Kaufmannschaft, die mit einigen Sitzen im Freiburger Rat vertreten war, gab es also genügend Gründe, am Judenschutz festzuhalten.

Dafür lag es für andere Bürger auf der Hand, warum der Rat hier, wie in Straßburg und Basel, nichts unternahm: Auf der Gasse munkelte man erst verhalten, dann immer offenherziger, dass einige Meister und Kaufherren, darunter auch Gottfried Tucher, sich von den Juden bestechen lasse, und bald erhoben sich die ersten Stimmen, man müsse die reichen Pfeffersäcke entmachten und des Volkes Willen durchsetzen.

In diesen Tagen begegnete Clara auf der Großen Gass ihrem Nachbarn Moische. Sie wusste genau, dass er sie gesehen hatte. Gleichwohl wandte er den Kopf ab und ging eiligen Schrittes weiter. Clara lief ihm nach und legte ihm die Hand auf die Schulter.

«Was tust du, Moische? Warum rennst du mir davon?»

«Ach Clara, ich will dir keinen Zores machen. Womöglich verliert ihr eure Kundschaft, wenn man uns zusammen sieht.»

Tatsächlich hatten sich einige Kranke schon geweigert, sich von Heinrich behandeln zu lassen, allen voran der Karrenbeck und die Flickschneiderin. Trotzdem hatten sie immer noch alle Hände voll zu tun, und Heinrich verbuchte die Abtrünnigen als verblendete Dummköpfe.

«Es wird schon nicht so schlimm werden hier in Freiburg», versuchte Clara ihn zu beruhigen, aber im Grunde war sie sich da selbst nicht so sicher.

Moische schüttelte den Kopf. «Das Volk Israel hat ein gutes Gedächtnis. Wir haben das Blutbad nicht vergessen, das die Kreuzritter in unseren Gemeinden angerichtet haben, die zufällig auf ihrem Weg ins Gelobte Land lagen. Wir erinnern uns noch gut, wie die Judenschläger unter Ritter Rintfleisch unsre Leut' in Franken ermordet haben und wie es grad vor zehn Jahren drüben im Elsass wieder aufs Neue geschehen ist.» Er wischte sich eine Träne von der Wange. «Nu ja, liebe Nachbarin, wir werden Freiburg bald verlassen. Zuerst geht unser Töchterchen. Dieses Jahr hier, nächstes Jahr in Jerusalem und dieses Jahr Knechte, nächstes Jahr freie Menschen – wie man bei uns sagt. Vertraglich ist alles geregelt, die Heiratserlaubnis erkauft, gleich nach Chanukka wird sie den Uri in Straßburg heiraten. Sobald als möglich wollen wir ihr nachfolgen. In Straßburg ist das Leben sicherer, und wir haben eine große, starke Gemeinde dort.»

«Das – das tut mir alles so leid», stammelte Clara. Unwillkürlich griff sie nach seiner Hand. «Ihr wart uns die besten Nachbarn, die man sich wünschen kann.»

In diesem Augenblick tauchten hinter Moisches Rücken drei junge Burschen auf, von denen einer der Tuchersohn war. Ehe Clara es sich versah, fegte Meinwart dem alten Mann den Hut vom Kopf und versetzte ihm einen heftigen Stoß gegen den Rücken, sodass Moische strauchelte. Clara konnte ihn gerade noch auffangen. Leicht wie ein Kind lag der hagere Mann in ihren Armen.

«Du elender Lump! Was soll das?», brüllte sie Meinwart an.

«Vorsicht, Gevatterin, nicht so vorlaut.» Er verzog abschätzig das Gesicht. «Was für ein Anblick! Der alte Grünbaum in den Armen der Grathwohlin. Weißt du denn nicht, dass so was zwischen Juden und Christen verboten ist?»

Der ältere von Meinwarts Kumpanen, ein drahtiger Kerl mit rotblondem Vollbart und dem langen Haar der Vornehmen, riss Moische weg von Clara. «Pfui Teufel, was für eine Brut! Der Sohn rammelt ein Judenmädchen, und die Mutter tändelt mit dem Alten.»

Eine Klinge blitzte in seiner Faust auf, während die beiden anderen Moische die Arme auf den Rücken drehten.

Clara begann zu zittern. «Steck das Ding weg!»

Doch da hatte der Bursche die Schneide schon an den Hals des alten Mannes gesetzt. Mit einem Streich hieb er ihm das lange Barthaar ab.

«Bist du von Sinnen!»

«Im Gegenteil. Das ist erst der Anfang. Wer einen Juden tötet, dem werden seine Sünden vergeben.»

Claras Blick irrte hilfesuchend über die Gasse. Der Fischhändler schob gerade seinen Karren vorbei, ohne sich um ihre Lage zu kümmern, zwei Gerber aus der Schneckenvorstadt schlurften ins Gespräch vertieft über den Kies, eine Magd, die Clara einst gegen bösen Grind behandelt hatte, senkte den Kopf und hastete in Richtung Christoffelstor davon. Nur eine Horde spielender Kinder äugte neugierig herüber.

«Lasst mich los, im Namen des Herrn», presste Moische zwischen den Zähnen hervor.

«Führ du nicht den Namen des Herrn im Mund, du Christusmörder», zischte der Bärtige. Die Schneide seines Messers drückte sich gefährlich hart gegen Moisches freiliegende Kehle, und der alte Mann schloss entmutigt die Augen.

Die Rettung nahte in Gestalt zweier Stadtwächter.

«He, Tucher, was ist da los bei euch?»

Die Burschen gaben Moische frei.

«Das war erst der Anfang, Jude.» Meinwart spuckte ihm vor die Füße und machte sich mit seinen Spießgesellen auf und davon.

Ohne ein weiteres Wort bogen die Stadtwächter in ein Seitengässchen ab. Moische straffte die schmalen Schultern und sprach mit fester Stimme über die leere Gasse hinweg: «Wie du getan hast, wird dir getan werden; deine Taten fallen auf dein Haupt zurück.»

Er wirkte verwirrt und begann zu singen.

«Komm, Moische, ich bring dich nach Hause.» Clara hob seinen Hut auf und nahm ihn beim Arm. «Vielleicht solltet ihr wirklich baldmöglichst nach Straßburg aufbrechen.»

Benedikt lag reglos auf dem Bett und starrte in die Dunkelheit. Neben sich vernahm er den ruhigen Atem von Michel. Es wurde immer schlimmer rundum, die ganze Welt schien sich in ein Narrenhaus zu verwandeln. Vor wenigen Tagen, zu Weihnachten, hatten Baseler Bürger den jüdischen Friedhof, der wie überall draußen vor der Stadt lag, vollkommen verwüstet. Nicht mal die Totenruhe war ihnen mehr heilig, und etliche Juden waren aus Angst um Leib und Leben aufs Land hinaus geflohen. Gestern nun hatte ein Wanderprediger unter dem Beifall der versammelten Menge hier mitten auf der Marktgasse den Talmud verbrannt – voll übler Gotteslästerungen sei dieser und müsse vernichtet werden, gerade so wie dieses verworfene Volk von Ungläubigen.

Wo Bücher brannten, hatte Benedikt sich gedacht, brannten vielleicht bald auch die Menschen. Und hier in Freiburg traute man den Hebräern inzwischen alles zu. Geweihte Hostien würden sie rauben und mit Messern und Nägeln martern, bis sie bluteten wie einst der Leib Christi. Kleine Kinder würden sie morden, um deren Blut bei ihren geheimen Riten aus schwarzen Kelchen zu trinken oder daraus ungesäuertes Brot für Pessach herzustellen. Nur noch solcherlei dummes Zeug war auf den Gassen zu hören, und es rührte einzig und allein daher, dass niemand die Juden und ihre Bräuche wirklich kannte. Sonst wüsste man nämlich, dass es für diese Menschen keinen größeren Gräuel gab als den Genuss von Blut. Neulich hatte Clewi, der Weißbäcker, sogar tatsächlich behauptet, die Hebräer hätten seinen Jüngsten entführt und gemordet, um Herz und Blut zu opfern. Bis zwei Tage später herausgekommen war, dass er den Jungen versteckt gehalten hatte, um einen Aufruhr unter den Bürgern anzuzetteln. Das Entsetzliche in Benedikts Augen war: Alle Welt hatte diese Lügengeschichte geglaubt, und Clewi war hierfür nicht einmal betraft worden.

Wie verblendet die Menschen waren! Inzwischen ging auch in Freiburg das Gerücht, dass die Juden jegliche Brunnen und Bäche der Stadt mieden – was ein klarer Beweis dafür sei, dass sie längst dabei waren, die Brunnenwasser zu vergiften. Dabei hatte es noch keinen einzigen Krankheitsfall gegeben. Manchmal konnte Benedikt es kaum fassen: Binnen kürzester Zeit waren die Juden ihren Mitbürgern zu leibhaftigen Ungeheuern geworden, die der Habgier und der Schacherei frönten, die dem Leibhaftigen ihre Seele verpfändeten, deren Synagogen Heimstätten des Bösen waren. Diese Glut der Dummheit wurde im Gottesdienst von Pfarrer Cunrat und seinen geistlichen Kollegen mit ihren Hetztiraden noch weidlich angefacht.

Jedes Mal, wenn Benedikt an Esther und ihre Familie dachte, war er vor Angst wie gelähmt. Ihm ging es längst nicht mehr um diese unselige Hochzeit, die nun, da das jüdische Lichterfest vorüber war, demnächst stattfinden sollte. Denn auch in Straßburg, genau wie anderswo, würden die Judenviertel bald brennen. Hatte er noch vor einigen Wochen ernsthaft daran gedacht, zum jüdischen Glauben überzutreten und Moische auf Knien anzuflehen, die Hochzeit zu verhindern und ihm Esther zur Frau zu geben, so gab es jetzt nur noch eine einzige Lösung: Er musste mit Esther fliehen, ganz gleich, wohin, ganz gleich, wie weit. Und sie hatten keine Zeit zu verlieren!

Heute Nachmittag hatte er ihr heimlich über Aaron eine Nachricht zukommen lassen und betete nun, dass Aaron sich als sein Freund, nicht als künftiges Familienoberhaupt verhalten und ihr sein Schreiben weitergeben würde. In eindringlichen Worten hatte er sie darin angefleht, sie möge morgen nach Einbruch der Dunkelheit zur Schlafstube ins Gesellenhaus kommen, es gehe um Leben und Tod. Und sie möge sich gut verhüllen, auf dass niemand sie auf der Gasse erkannte.

Nun blieb ihm nichts weiter übrig, als diese Nacht hinter sich zu bringen und zu hoffen, dass sie kam. Seine rasenden Herzschläge hinderten ihn einzuschlafen, er lauschte auf jedes

Knacken, jedes Rascheln im Haus, schwitzte trotz der eisigen Kälte, die in der kleinen Kammer herrschte. Er hatte keinerlei Vorstellung davon, was die Zukunft bringen würde, eines indessen wusste er: Er würde alles tun für Esther, sogar mit ihr zusammen in den Tod gehen.

Mit schweren Gliedern und rotgeränderten Augen schleppte sich Benedikt am nächsten Tag durch sein Arbeitspensum, dem Behau einer zierlichen, mannshohen Fiale mit zahlreichen Verzierungen, was sein ganzes Können erforderte.

Noch immer besaß er den Schlüssel zum Gesellenhaus am Kirchhof, noch immer bewahrte er dort die kleine Büste auf, die er für Esther geschaffen und ihr nie übergeben hatte. Neuerdings lagerten in seiner Kiste auch mehrere Papierrollen mit Reise- und Handelswegen darauf. Wie jeden Winter war nur eine Handvoll Leute auf der Hütte geblieben, und so hatte er die Zeichnungen ungestört studieren können. Blieb nur zu hoffen, dass heute Abend niemand von Esthers heimlichem Besuch erfahren würde. Wenn sie denn überhaupt kam …

«So, Männer, fertig für heut.»

Der Geselle Daniel klatschte in die Hände. Die drei Taglöhner räumten ihr Werkzeug auf, nahmen von Benedikt ihr Silber in Empfang und verschwanden nach draußen in die Dämmerung. Durch die geöffnete Tür sah Benedikt, dass sich milchiger Nebel über den Kirchplatz gelegt hatte.

Daniel schlug ihm auf die Schulter. «Kommst du mit? Ich geb einen Krug Roten im Schnabel aus.»

«Heute nicht. Ich muss noch was Wichtiges erledigen.»

Daniel zog belustigt die Brauen hoch. «Hast du endlich ein Mädel?»

«Aber nein.»

«Schad. Das hätt mich gefreut. Ein Kerl in deinem Alter sollte eine Braut haben.»

Benedikt versuchte zu lachen, aber es kam nur ein heiseres Husten heraus.

«Hast du denn eine?», fragte er zurück.

«Aber ja! Und da werd ich jetzt schnurstracks hingehen, wo du mich versetzt hast. Bis morgen also. Und mach das Feuer im Ofen aus.»

«Geh nur. Ich mach schon alles fertig für die Nacht.»

Erleichtert schloss Benedikt die Tür hinter dem Gesellen. Eine weitere Unwägbarkeit war vom Tisch. Er hatte sich nämlich schon gesorgt, dass Daniel früh zu Bett gehen könnte, wie so oft an kalten Winterabenden. Und Daniels Schlafkammer grenzte genau an seine, getrennt nur durch eine dünne Lattenwand. Erst jetzt, als ihm bewusst wurde, dass er an diesem Abend ganz allein im Gesellenhaus sein würde, ergriff ihn eine Mischung aus Anspannung und Freude.

Nachdem er die Werkstatt aufgeräumt hatte, ging er nach draußen, um die Fensterläden zu schließen. Inzwischen konnte man kaum mehr einen Steinwurf weit sehen, so dicht stand der Nebel. Nicht einmal die brennenden Pechpfannen entlang der Friedhofsmauer, die der Nachtwächter eben entzündet hatte, waren zu erkennen. Er hörte gedämpfte Stimmen aus den engen Traufgässchen, die auf den Kirchplatz mündeten, jemand grölte ein Trinklied, irgendwo kläffte ein Hund. Hoffentlich würde sich Esther bei diesem Wetter überhaupt nach draußen wagen. Von ihrem Elternhaus hierher war es zwar nicht allzu weit, doch bei Nebel und Dunkelheit trieb sich erfahrungsgemäß das übelste Gesindel herum.

Seine Unruhe wuchs, während er in der Werkstatt wartete, bis das Feuer im Ofen vollends heruntergebrannt war. Dann scharrte er die glühende Holzkohle in den Aschekasten, den er mit in die Kammer nehmen wollte. So würde es dort wenigstens nicht gar so eisig sein. Als er, mit dem Kasten in der einen und der Tranlampe in der andern Hand, das kurze Stück zum Gesellenhaus hinüberging, hatte er plötzlich das Gefühl, beobachtet zu werden.

Er stellte Kasten und Lampe vor sich ab, nestelte den Schlüssel vom Gürtel und lauschte. Bis auf das Miauen einer Katze war nichts mehr zu hören. Nachdem er die Tür aufgesperrt hatte und in die kleine Diele trat, wäre er bald zu Tode erschrocken. Eine schwarzverhüllte Gestalt huschte mit ihm ins Haus und stellte sich ihm in den Weg.

«Mach schnell die Tür zu», flüsterte die Gestalt. Es war Esthers Stimme!

Benedikts Herz tat einen Sprung. Eilig verriegelte er die Tür hinter sich und zog Esther in die Kammer, wo er seinen Schlafplatz hatte. Dort stellte er die Lampe auf den einzigen Holzschemel und war froh, dass das trübe Licht die Schäbigkeit dieses Ortes nur erahnen ließ. Der Fußboden war aus gestampftem Lehm, vier Bettladen mit Strohsäcken darauf und eine Holzkiste für jeden Schlafgast nahmen nahezu den gesamten Raum ein.

«Warte.» Benedikt zerrte eine derbe Wolldecke aus seiner Kiste und legte sie auf das Bett. Ans Fußende tat er den Aschekasten mit der glühenden Kohle. Esther hatte die ganze Zeit an der Tür gewartet und ihn beobachtet. Jetzt trat er zu ihr und zog ihr die Kapuze aus dem Gesicht. Wie lange schon waren sie sich nicht mehr begegnet, wie gern hätte er sie jetzt in die Arme genommen. Stattdessen murmelte er nur:

«Danke, dass du gekommen bist. Dann hat dir Aaron also meine Botschaft übergeben.»

Sie schwieg. Um ihre Mundwinkel zuckte es, als wolle sie etwas sagen. Verlegen wies Benedikt auf sein Bett.

«Setz dich doch.»

Sie schüttelte den Kopf. «Aaron wartet auf mich, drüben, beim Brunnen. Warum also hast du mich hergebeten?»

Plötzlich überkam ihn die ganze Verzweiflung der letzten Wochen. Er nahm sie bei den Händen und hielt sie so fest umklammert, dass Esther leise aufschrie.

«Du darfst nicht nach Straßburg gehen», stieß er hervor. «Dort wird es kommen wie überall. Bitte, Esther, ich will dich nicht verlieren.»

«Das mit Uri ist beschlossene Sache.»

«Nein, nein, das meine ich nicht. Dein Leben, euer aller Leben ist in Gefahr.» Er holte tief Luft. «Lass uns fortgehen von hier. Weit fort.»

«Du bist verrückt geworden.»

Er schob sie aufs Bett und zog die Karten mit den Wegenetzen aus der Kiste hervor. Mit fahrigen Händen breitete er alles neben ihr aus.

«Hier, schau! Es gibt zwei Möglichkeiten: Wir gehen nach Osten, in die Königsstadt Krakau, wo die Juden geschützt und gefördert werden. Oder nach Süden, ins Königreich Granada. Dort leben die Juden und Sarazenen seit ewigen Zeiten friedlich zusammen. Das weiß ich von deinem Vater.»

«Du bist verrückt», wiederholte sie nur. «Vollkommen meschugge.»

«Ich hab alles durchdacht. Es ist zu schaffen. Für den Anfang hab ich genug Geld.»

«Ich gehe nirgendwohin mit dir. Ich würde meine Familie nie im Leben verlassen.»

«Dann geht alle zusammen! Sprich mit deinem Vater. Es ist

nur eine Frage der Zeit, bis hier dasselbe geschieht wie in Bern oder Stuttgart oder sonst wo.»

«Das ist Unsinn. In Straßburg sind wir sicher. Straßburg ist freie Reichsstadt und untersteht damit König Karl. Und der hat erst im letzten Jahr den Straßburger Juden einen umfänglichen Schutzbrief ausgestellt.»

«Aber begreifst du denn nicht? Solche Schutzbriefe gab es vielerorts, und keine Seele hat sich drum geschert. Wollt ihr alle diesen Mordbrennern zum Opfer fallen?»

Esther schob die Papiere zusammen und erhob sich. «Ich muss zurück.»

«Warte noch.» Er war ebenfalls aufgesprungen und zog die steinerne Büste unter der Bettlade hervor. Vorsichtig stellte er sie neben die Lampe auf den Schemel. Der Buntsandstein schimmerte nun in warmer Ockertönung. «Das hab ich für dich gemacht.»

«Das – das bin ja ich!» Plötzlich wich der kühle Ausdruck in ihrem Gesicht einem Lächeln.

«Ja. Gefällt es dir?»

Ihre Augen glänzten, als sie nickte.

«Wir lassen die Büste hier, der Stein ist zu schwer für die Reise. Das ist dann wie ein Versprechen. Dafür, dass du eines Tages hierher zu mir zurückkommst.»

«Ach Benedikt, quäl mich doch nicht so. Ich werde Uri heiraten.» Sie wirkte verzweifelt. Das feine Lächeln auf ihrem Gesicht war verschwunden.

Benedikt starrte die Skulptur an.

«Ist das dein letztes Wort?»

«Ja.»

«Wann brecht ihr also auf?»

«Zwei Tage nach Sankt Silvester.»

Benedikt zählte nach. Das war bereits in fünf Tagen!

«Wenn du nach Straßburg gehst, dann gehe ich auch dorthin. Ich will in deiner Nähe sein, wenn etwas Schlimmes geschieht.»

«Es wird nichts geschehen.»

«Glaubst du das im Ernst? Hat dir dein Vater nicht erzählt, dass Meinwart und seine Kumpane ihm an die Kehle gegangen sind? Dass er vielleicht tot wäre, wenn nicht die Stadtwächter vorbeigekommen wären?»

«Ich weiß.» Esthers Lippen zitterten. «Ich weiß das alles. Und ich hab Angst.»

Plötzlich schlang sie ihre Arme um seinen Hals und begann zu schluchzen. Benedikt strich ihr übers Haar. Er zog sie neben sich aufs Bett und umarmte sie.

«Ich liebe dich», flüsterte er in ihr weiches, dunkles Haar. «Ich will lieber sterben als ohne dich sein.»

Er wartete, bis sie aufhörte zu weinen. Dann küsste er sie, wie er es damals als Junge an der Friedhofsmauer getan hatte. Nur öffnete sie diesmal ihre Lippen und ließ ihn ein. Benedikt schloss die Augen und glaubte sich auf einer Sommerwiese, im Licht der milden Nachmittagssonne. Als er die Augen wieder aufschlug, wusste er, dass es Esthers Haut war, die nach Wiesenblumen duftete.

Mit heiserer Stimme bat er sie, noch ein wenig bei ihm zu bleiben, und konnte es kaum glauben, als sie nickte.

Lange Zeit lagen sie da, ohne etwas zu sagen, teilten sich engumschlungen die schmale Bettstatt. Benedikt spürte die Wärme ihres Körpers und fragte sich, ob Aaron immer noch am Kirchenportal wartete. In diesem Augenblick richtete Esther sich auf, öffnete ihren Gürtel und zog sich ihr wollenes Gewand über den Kopf. Im schwachen Schimmer der letzten

Glut sah Benedikt ihre großen dunklen Augen fragend auf ihn gerichtet. Er zögerte, dann löste auch er seinen Gürtel und streifte sich die Tunika ab. In ihren dünnen Unterkleidern schmiegten sie sich vorsichtig aneinander, über sich die schäbige Pferdedecke.

«Ist dir warm genug?», fragte Benedikt.

«Ja.» Ihre Hände strichen über sein Gesicht. «Aber die Decke kratzt.»

«Warte.» Er drängte sich dichter an sie, versuchte, ihren zierlichen Körper ganz zu umfassen.

«Hörst du mein Herz klopfen?», fragte er sie.

«Nein.»

«Aber du musst es hören. Es schlägt wie ein Schmiedehammer.»

«Du hast recht.» Sie hatte ihr Ohr an seine linke Brust gelegt. «Man wird es draußen über den ganzen Kirchhof hören.»

Sie küsste ihn, und er spürte ihre runden Brüste an seiner Brust. Er ließ seine Hände unter den Stoff ihres Hemdes gleiten und langsam über ihren Rücken wandern. Zoll für Zoll erkundeten sie Esthers weiche Haut, fuhren den Linien ihrer Schulterblätter, der Wirbelsäule, der Rippenbögen nach und verharrten endlich auf der festen Rundung ihrer Hüfte, ihrer Oberschenkel.

Wenn er jetzt weitermachte, dann würde Esther seine Frau sein. Und nicht die von Uri ben Salomon. Es gab nichts, wonach er sich mehr sehnte – und doch: Er wollte, dass Esther entschied.

Er hielt inne, und die ganze Welt schien mit ihm stillzustehen. Ewigkeiten später vernahm er Esthers tiefe Atemzüge, spürte, wie sich ihre Hand unter sein Hemd schob und über die brennende Haut seines Rückens strich. Ihr Körper schob sich ihm entgegen, als wolle er ihn einladen, berührt und liebkost zu werden.

Von weit her hörte er sie flüstern: «Ich liebe dich auch, Benedikt.»

Da setzte er seine Erkundungen fort, ließ keinen Teil ihres Körpers aus, machte nur immer wieder halt, um zu warten, dass sie ihrerseits ihre Hände wandern ließ. Irgendwann entledigten sie sich ihrer Unterkleider, lagen schließlich nackt, wie Gott sie erschaffen hatte, unter der Decke, bewegten sich behutsam und doch voller Leidenschaft aufeinander zu. Benedikt wollte vorsichtig sein, streichelte immer wieder ihren warmen, feuchten Schoß, denn er wusste, dass es das erste Mal für sie war. Als sich ihre Schenkel endlich für ihn öffneten, stieß sie einen unterdrückten Schmerzensschrei aus. Er küsste ihr die Tränen von den Wangen, wartete ab, bis sie sich ihm wieder entgegenhob. Danach war ihm, als würde er auf Meereswellen schwimmen, in einem unendlichen Ozean, dessen Wogen ihn immer höher trugen, bis ihm schließlich Glück und Lust fast die Besinnung raubten.

Als sich ihr Atem allmählich wieder beruhigte, nahm er ihre Hand.

«Jetzt sind wir Mann und Frau», flüsterte er und konnte immer noch nicht fassen, was zwischen ihnen geschehen war. «Mann und Frau.»

Nachdem sie eine Weile engumschlungen dagelegen hatten und ihre Körper langsam zur Ruhe gekommen waren, richtete er sich auf und fragte sie:

«Möchtest du meinen Plan hören?»

«Ja.»

«Also gib acht. Du packst deine Sachen einen Tag vor eurer Abreise, aber nur das Nötigste. Das wird schon keinem auffallen.

Am Morgen nach Sankt Silvester werde ich vor Sonnenaufgang vor dem Haus auf dich warten. Ich besorge zwei Pferde für den Anfang, die ich draußen vor dem Stadttor lasse. Die beiden Wächter dort kenn ich gut. Sobald du eine Gelegenheit siehst, kommst du auf die Gasse heraus, und wir verschwinden.»

«Und wenn uns jemand aufhält?»

«Niemand wird uns aufhalten. Jetzt bleiben wir zusammen. Für immer. Versprichst du mir das?»

Sie drückte seine Hand. «Ja, Benedikt. Ich verspreche es.»

Kapitel 11

Leise, um Heinrich nicht zu wecken, stieg Clara aus dem Bett. Sie hatte eine unruhige Nacht hinter sich. Nicht nur des Wintersturms wegen, der um das Haus gefegt war und unablässig an den Läden gerüttelt hatte. Sie konnte nicht schlafen, weil das Lärmen und Grölen von der Großen Gass her nicht enden wollte. Zwar standen mittlerweile, nachdem Betrunkene eines Nachts die Häuser der Juden mit Steinen beworfen hatten, mit Spießen und Hellebarden bewehrte Wächter am Eingang zur Gasse, aber das war auch nicht wirklich beruhigend.

Als es dann draußen endlich stiller wurde, hatte sie von der Kammer nebenan Schritte gehört. Auch Benedikt schien nicht schlafen zu können. Unablässig hörte sie die Dielenbretter unter seinen Füßen knarren, kaum war Ruhe eingekehrt, hob das Knarzen von neuem an.

Sie beschloss sich anzukleiden und den Herd einzuheizen. Als sie die Außentreppe nach unten stieg, war der Nachthimmel sternenklar. Der Sturm hatte sich gelegt, die Stadt lag noch friedlich im Schlaf. Im Osten deutete ein erster heller Schein über den Hausdächern den Morgen an, den Morgen des Feiertags der Beschneidung des Herrn.

In der Herdglut des Vorabends entzündete sie einen Kienspan, der die Küche in sein spärliches Licht tauchte. Ihr Blick fiel auf die Tür der Vorratskammer. Hatte sie sie offen gelassen? Schon ihren Jüngsten hatte sie eingebläut, die Tür immer fest zu verschließen, der Mäuse und Ratten wegen. Als sie die Schwelle der Kammer betrat, bemerkte sie sofort, dass eines der Brote fehlte. Und ein Stück Hartkäse dazu. Verwirrt schloss sie die Tür und begann, den Herd anzufeuern. Da ließ ein gedämpftes Rumpeln von der Stube her sie zusammenfahren. Jemand war eingebrochen! Irgendwer schlich im Haus herum und machte sich an ihren Sachen zu schaffen!

Nach der ersten Schrecksekunde zog sie den Bratspieß vom Haken und trat beherzt hinaus in die Diele, den Spieß in der einen, den Kienspan in der anderen Hand. Hinter der Stubentür war alles still. Sie nahm ihren ganzen Mut zusammen und stieß mit dem Fuß die Tür auf. Im ersten Augenblick erkannte sie nicht, wer da vor ihr stand, mindestens ebenso erschrocken wie sie, mit einem Bündel unter dem Arm. Ums Haar hätte sie mit ihrem Bratspieß ausgeholt.

«Benedikt!»

Mit offenem Mund stand ihr Ältester vor ihr.

«Was tust du hier? Warst du an den Vorräten? Und was soll der Reisesack unter deinem Arm?»

«Lass mich, Mutter.» Benedikt schob sie zur Seite. Er wollte zur Haustür hinaus, doch sie stellte sich ihm in den Weg.

«Hiergeblieben. Erst beantwortest du meine Frage.»

«Bitte, lass mich gehen.»

Sie riss ihm den Sack aus der Hand und umklammerte seine Handgelenke. Er versuchte, sie abzuschütteln, aber mit einem Mal verfügte sie über eine Kraft, die sie selbst erstaunte. Unsanft zerrte sie ihn in die Küche.

«Wo wolltest du hin?»

Als er nicht antwortete, packte sie ihn bei den Schultern und schüttelte ihn.

«Antworte mir!»

«Ich konnte nicht schlafen. Und dann wollte ich ein paar Sachen rüber ins Gesellenhaus bringen.»

«Und dafür hast du Brot und Käse gestohlen? Du lügst doch.»

Trotzig verzog er das Gesicht.

«Lass mich endlich gehen. Esther wartet auf mich.»

«Esther? Hast du gesagt: Esther?» Ihre Stimme überschlug sich. Schlagartig hatte sie begriffen. Ihr Sohn war drauf und dran gewesen, mit Esther Grünbaum die Stadt zu verlassen!

«Na, warte. Das kannst du gleich deinem Vater erzählen.»

Ehe Benedikt reagieren konnte, hatte sie ihn bereits in die Vorratskammer gestoßen und von außen den Riegel vorgeschoben. Zur Sicherheit stemmte sie auch noch den Tisch gegen die Tür. Draußen auf der Treppe kam ihr auch schon Heinrich entgegen.

«Was ist das für ein Getöse hier unten?», fragte er.

«Benedikt – er wollte verschwinden – mit Sack und Pack. Komm rasch.»

Als sie in die Küche zurückkehrten, hörte sie Benedikt gegen die Vorratskammertür hämmern.

«Er wollte sich mit Esther davonmachen», stieß sie hervor. Ihre Hände ballten sich zu Fäusten. «Draußen in der Diele liegt sein Reisebündel.»

«Das glaub ich nicht.» Heinrich schob den Riegel zurück und zog Benedikt in die Küche. Dessen Gesicht sah grau aus, trotz des warmen Feuerscheins.

«Setz dich!»

Benedikt gehorchte stumm. Seine Bewegungen wirkten kraftlos, als er sich auf die Küchenbank sinken ließ.

«Wohin wolltest du mit dem Mädchen?»

«Weg von hier. Nach Krakau.»

«Nach Krakau», wiederholte Heinrich fassungslos. «Du und Esther.»

Benedikt nickte nur.

«Clara, du gehst jetzt gleich zu den Grünbaums rüber. Sag ihnen, was die beiden vorhatten. Ich bleib bei dem Jungen.»

Hastig warf sich Clara ihren Umhang über und lief hinaus. Als sie die Haustür öffnete, hörte sie in der Morgendämmerung vom Markt her eine Menschenmenge lärmen. Sie öffnete das Hoftor und begriff zunächst gar nicht, was da zu so früher Stunde vor sich ging. Eine ganze Horde Männer und Frauen, einige mit Knüppeln und Sensen bewaffnet, drängte in ihre Gasse, vorweg die städtische Scharwache, die vergebens versuchte, die Meute einigermaßen im Zaum zu halten. Hunde sprangen herum und kläfften, ein verschrecktes Huhn flatterte zur Seite, ein Kind kreischte. Clara erkannte den Karrenbeck und seinen Sohn, die Flickschneiderin Thine, Meinwart Tucher mit seinem ältesten Bruder Herrmann und zu ihrer Verblüffung die Steirer Elsbeth, die mit ihren angeblich doch so steifen Gliedern hurtig mithielt.

«Her mit dem Judenpack!», brüllte der Erste, und die anderen fielen ein.

Clara stellte sich einem der Stadtknechte in den Weg. «Was habt ihr vor?»

Doch der stieß sie grob zur Seite. «Lass uns unsre Arbeit machen.»

Da entdeckte sie Moische in der Toreinfahrt seines Hauses, im dünnen Nachtrock und mit angstverzerrtem Gesicht. Drei Burschen lösten sich aus der Menge und rannten auf ihn zu, zerrten ihn aus der Einfahrt, stießen ihn zu Boden und rissen ihm den Nachtrock vom Leib. Einer von ihnen war der, der Moische mit dem Messer bedroht hatte.

Jemand trieb ein buntgescheckte Schwein heran, andere stürzten sich auf das Tier und hielten es fest.

«Setzt ihn drauf!»

Die Burschen zerrten den halbnackten Moische, der sich nicht einmal wehrte, auf das strampelnde Schwein. Der Rotbärtige brach in Gelächter aus.

«Seht her, die alte Judensau!»

«Judensau» – «Judensau», brüllten die Umstehenden im Chor, während das Schwein auf seinen kurzen Beinen davonzugaloppieren versuchte und dabei durchdringend quiekte. Als es sich endlich befreien konnte, verloren die Umstehenden das Interesse und strömten gegen das Haus Zum Grünen Baum. Inzwischen war die Menge auf an die hundert Menschen angewachsen.

Clara stürzte zu Moische, der zusammengekauert im Dreck lag.

«Warte, ich helf dir.»

Einer der Scharwächter riss sie weg. «Verschwinde, Grathwohlin, oder ich sperr dich ebenfalls ein.»

«Wer soll hier eingesperrt werden?»

«Die Juden natürlich. Beschluss des Rats. Sie kommen zum Verhör. Und jetzt geh mir aus dem Weg!»

Benedikt tat etwas, was er nie für möglich gehalten hätte. Nachdem sein Vater ihm wütend und mit Donnerstimme vorgehalten hatte, dass er mit seinem kindischen Vorhaben beinah zwei Familien ins Unglück gestürzt hätte und dass er nun mal nicht den Lauf der Dinge anhalten könne, war von draußen durch die geschlossenen Läden das Geschrei hereingedrungen. Benedikt begriff sofort, was das zu bedeuten hatte. Er sprang auf, rannte an seinem Vater vorbei zur Küche hinaus. Der wollte ihn aufhalten, aber Benedikt wehrte ihn ab und versetzte ihm am Ende einen so harten Faustschlag gegen die Brust, dass er zu Boden ging. Da war er auch schon draußen im Hof, hörte aus dem Tumult heraus seine Mutter schreien, stürzte auf die Gasse, mitten hinein in die aufgebrachte Menge, die eben in die Hofeinfahrt der Grünbaums drängte und mit vereinten Kräften die Haustür aufbrach.

Er musste Esther da rausholen! Hinten, über den Garten, würden sie fliehen können. Er kämpfte sich durch die Menschenleiber, sah hinter sich, im Augenwinkel, seine Mutter den Arm nach ihm ausstrecken, hörte das Gebrüll der Menschen in seinen Ohren gellen. Endlich hatte er die Haustür erreicht, die halb geborsten und schief in den Angeln hing. Unmittelbar vor ihm drängte Meinwart ins Haus, der wie alle andern brüllte: «Raus mit den Juden!» – «Die Hebräer sollen brennen!»

Als Benedikt ihn zur Seite stoßen wollte, begann der andere höhnisch zu grinsen: «Jetzt holen sie deine Judenmetze!» Benedikt schlug ihm mit der Faust gegen das Kinn, doch der Gegenschlag kam prompt und mitten ins Gesicht. Funken tanzten vor seinen Augen, dann folgte der nächste Schlag, und er stürzte zu Boden, krachte mit dem Hinterkopf gegen eine der Treppenstufen. Um ihn herum verlor sich alles in schwerer, klebriger Dunkelheit.

Als er die Augen aufschlug, fand er sich mitten in der Wohnstube seines Elternhauses, auf ein weiches Schaffell gebettet. Über ihm schwebte das besorgte Gesicht seines Vaters.

«Er kommt zu sich.»

Benedikt wollte sich aufrichten, doch seine Glieder gehorchten ihm nicht.

«Bleib liegen, Junge. Die Meute hat dich niedergetrampelt. Kannst froh sein, wenn noch alle Knochen heil sind.»

Jetzt erst fiel Benedikt auf, wie still es draußen war.

«Was ist mit unseren Nachbarn?», brachte er mühsam hervor. Nicht nur sein Gesicht, sein ganzer Körper fühlte sich geschwollen an.

«Man hat sie gefangen genommen. Alle – Männer, Frauen und Kinder.»

Seine Mutter legte ihm die Hand auf die Schulter. «Du hättest tot sein können.»

Da erinnerte er sich wieder an jede Einzelheit. Wäre er nur ein halbe Stunde früher bei den Grünbaums gewesen – er und Esther hätten fliehen können!

«Fass mich nicht an!», schrie er seiner Mutter entgegen. «Du bist schuld, wenn Esther etwas geschieht. Du allein. Ich hasse dich.»

Kapitel 12

Schon bald nach der Gefangennahme der Juden war Filibertus Behaimer aufs Burgschloss bestellt. Für diesmal ging es dem alten Grafen nicht ums Schröpfen und Pulsmessen.

«Was hältst du von der Judenfrage?», kam er unumwunden zur Sache, nachdem Behaimer den Kleinen Saal betreten hatte.

Behaimer kauerte dicht beim Kaminfeuer, um sich die durchgefrorenen Glieder aufzuwärmen. Im elsässischen Benfeld nahe Straßburg tagten seit dieser Woche unter dem Vorsitz des Straßburger Bischofs die Vertreter der drei Städte Basel, Freiburg und Straßburg sowie die elsässischen Landherren. Auch Graf Friedrich, Cunrats Sohn, hielt sich dort auf, zusammen mit seinem Schultheißen und dem Freiburger Bürgermeister. Es ging darum, das weitere Vorgehen gegenüber den Juden abzusprechen. Behaimer wie auch die übrigen Ratsherren wurden täglich durch einen reitenden Boten über den Stand der Dinge auf dem Laufenden gehalten. So wusste er, dass die Mehrheit der Gesandten inzwischen dafür plädierte, sich der Juden zu entledigen, da es unter der Bevölkerung immer häufiger zu Tumulten kam, angestachelt von einigen Hitzköpfen. Zudem näherte sich Fastnacht – eine Zeit, die sich erfahrungsgemäß durch gesteigerte Angriffslust des gemeinen Mannes auszeichnete. Nur die Straßburger zierten sich noch. Sie wüssten keine Bosheit von ihren Juden, und deshalb wollten sie, dass das Gesetz gewahrt bleibe. Diese Haltung war allseits auf großen Unmut gestoßen. Gerade die Straßburger nämlich hatten kürzlich erst sämtliche Brunnen verschließen und die Eimer entfernen lassen.

Da Behaimer noch immer schwieg, setzte Graf Cunrat nach: «Warum zögert ihr Ratsherren eigentlich noch? Verdächtigt man die Juden nicht schon seit geraumer Zeit, unsere Brunnenwasser vergiften zu wollen?»

«Das schon, ehrenwerter Graf. Aber zwischen Wollen und Tun ist rechtlich gesehen ein großer Unterschied. Bis jetzt ist noch niemand zu Schaden gekommen. Außerdem – was uns Freiburger betrifft, kommt es auf die Ratsherren gar nicht so sehr an. Das letzte Wort als Stadtherr habt Ihr und Euer Sohn.»

Der Graf seufzte. «Du spielst auf den Schutzbrief an. Da sind Friedrich und ich leider nicht einer Meinung.»

«Ich will hier nicht gegen die Juden plädieren. Aber im Falle einer – sagen wir einmal – Vertreibung könntet Ihr Anspruch auf ihren Besitz erheben, zumindest in Teilen. Damit wärt Ihr fürs Erste Eure Geldsorgen los und erst recht Eure Schulden. Freilich müsste man auch die Patrizier und Zünfte zu einem Gutteil berücksichtigen – Ihr versteht gewiss.»

«Du sprichst wie Friedrich und mein Schultheiß. Ich hingegen gebe zu bedenken, dass wir auf lange Sicht auch unsere wichtigsten Geldgeber verlieren würden.»

«Dann holt Euch doch die Juden in fünf oder zehn Jahren wieder zurück. Nichts leichter als das – sofern Ihr ihnen gute Bedingungen bietet.»

«Die Juden haben ein gutes Gedächtnis. Wenn wir sie jetzt ohne Grund beseitigen, wird sich in unseren Mauern, mit uns als Stadtherren, kein einziger mehr niederlassen wollen.»

Behaimer begann zu lächeln. Ihm kam da ein Gedanke.

«Nun denn, dann braucht es eben einen Grund. Einen

handfesten, unumstößlichen Beweis für ihre Schuld. Einen Giftfund in den Brunnenstuben beispielsweise.»

«Du scherzt, Behaimer. Alle Freiburger Juden sind gefangen gesetzt. Wie sollen sie da noch irgendeinen Frevel begehen können? Ich hab nur zu deutlich im Ohr, dass der Rat der Stadt nicht grundlos gegen die Juden vorgehen wird. Allerdings ...» Ein Leuchten ging über das faltige Gesicht. «Dass ich darauf nicht früher gekommen bin! Du bist doch Arzt. Wer, wenn nicht du, kennt sich mit Giftkram aus?»

Behaimers Grinsen wurde noch breiter. Der alte Graf hatte angebissen. Gerade eben erst war ihm dieser Einfall gekommen, mittels dessen auch er selbst seiner Schulden bei Moische Grünbaum bald frei und ledig sein konnte. Und wenn der Graf diesen Einfall nun als seinen eigenen ansah, ihn gewissermaßen als gräflichen Befehl an seinen Leibarzt weitergab – umso besser!

«Lasst mich nur machen, lieber Graf. Und ich weiß auch schon, wen ich mir zu diesem Zweck vor den Karren spannen werde.»

«Mutter?»

Clara schrak aus ihren Grübeleien. «Hast du etwas gesagt, Johanna?»

«Ich hab gefragt, ob dir das Süßkraut nicht schmeckt? Diesmal hab ich Beeren hineingetan, die letzten Strauchbeeren vom Waldrand. Das heißt, Michel und Kathrin haben sie gepflückt. Ganz allein.»

«Das habt ihr wunderbar gemacht, ihr beiden. Und es schmeckt wirklich gut.»

«Aber du hast ja nicht mal versucht», maulte Michel.

«Ach herrje!»

Clara stach ihren Holzlöffel in die Schüssel mit Kraut und Rüben und nahm sich zwei, drei Bissen.

«Es schmeckt wirklich gut», murmelte sie und legte den Löffel wieder auf die Tischplatte.

Johanna hatte sie kopfschüttelnd beobachtet.

«Seit Tagen isst du nichts mehr, und Vater redet nicht – wenn er überhaupt zum Essen erscheint», sagte sie schließlich. «Das ist alles wegen der Juden, nicht wahr?»

Als Clara keine Antwort gab, hakte sie nach: «Was geschieht jetzt mit ihnen?»

Da hob Michel zu heulen an.

«Meine Freunde sagen alle, dass sie bald aufgespießt und verbrannt werden. Und dann sind Jossele und Eli tot!»

Clara sprang auf und drückte ihn an ihre Brust. «Das ist Unsinn, mein Junge, dummes Gerede. Der Heilige Vater und unser König halten ihre schützende Hand über sie. Und auch die Grafen von Freiburg sind Freunde der Juden. Hab also keine Angst.»

In diesem Augenblick ging die Küchentür auf, und Heinrich trat ein.

«Ich musste zu einem Krankenbesuch in die Neuburgvorstadt. Ist noch zu essen da?»

Verwundert sah er erst Clara, dann den schluchzenden Jungen an.

«Was ist mit ihm?»

«Er hat Angst um Jossele und Eli», erwiderte Clara. «Gibt es etwas Neues?»

«Dem Nachtwächter geht es schon wieder besser, und nachher muss ich nochmal in die Neuburgvorstadt. Das Kind, bei dem ich eben war, hat hohes Fieber.»

«Das meinte ich nicht.»

Heinrich nickte müde. «Ich weiß.»

Er streifte sich den Umhang ab und setzte sich ans Kopfende des Tisches. Lustlos begann er zu essen.

«Ich wollte, du hättest eine Stimme im Rat der Stadt», sagte Clara leise.

Heinrich sah auf. Sein Blick schien zu sagen: Das würde auch nichts nutzen.

«Ich habe Benedikt getroffen», sagte er schließlich. «Er wohnt bei Meister Johannes.»

«Wenigstens das.» Clara spürte, wie ihr ein Stein vom Herzen fiel. Sie setzte sich wieder an ihren Platz. «Besser als in den kalten Schlafstuben im Gesellenhaus.»

«Bleibt er jetzt für immer fort?» Michel kamen erneut die Tränen, und die kleine Kathrin weinte, wie sie es oft tat, gleich mit, ohne genau zu wissen, worum es ging.

«Jetzt ist aber gut!», brauste Heinrich auf. «Ihr tut ja grad, als sei das Weltenende hereingebrochen. Hör auf zu heulen, Michel. Du bist kein Kleinkind mehr. Oder brauchst du Benedikt noch immer als deinen Beschützer?»

Der Rest der Mahlzeit verlief in bedrücktem Schweigen.

Clara dachte an ihren Ältesten. Seit jenem verhängnisvollen Morgen vor vier Tagen hatte sie ihn nicht mehr gesehen. Seinen hasserfüllten Blick, nachdem er wieder zu sich gekommen war, würde sie nie vergessen. Warum bloß war das Schicksal so grausam? Wären die Grünbaums nur einen Tag früher nach Straßburg aufgebrochen, dann hätten sie ihrer Verhaftung entgehen können. Ihre einzige Hoffnung klammerte sich nun daran, dass man sie bald wieder freilassen würde. Es musste unerträglich sein, bei dieser Kälte in den Verliesen der Stadt zu sitzen und nicht zu wissen, was als Nächstes geschehen würde.

Immer wieder traten ihr Deborahs und Esthers angsterfüllte Gesichter vor Augen, als man sie weggeschafft hatte – auch dieses Bild würde sie nie vergessen. Das war, als Clara es endlich mit Hilfe einiger Frauen geschafft hatte, ihren bewusstlosen Sohn aus dem Hauseingang zu ziehen und hinaus auf die Straße zu schleppen. Während sie auf der kalten Erde neben Benedikts leblosem Körper kniete und darauf wartete, dass jemand Heinrich zu Hilfe holte, führte ein Büttel die Grünbaums und deren Dienstmagd in Handfesseln an ihr vorbei. Der immer noch halbnackte Moische taumelte vorweg, hinter ihm Esther im schlichten Kleid, Deborah im pelzverbrämten Wintermantel, danach der Rest der Familie. Die beiden Frauen wehrten sich nicht, sie wehklagten nicht, sie gingen aufrecht und mit erhobenem Kopf. Dann plötzlich – ein durchdringender Schrei: Esther hatte Benedikt am Boden erkannt. Sie stürzte nieder auf die Knie, wollte ihn berühren, als einer der Wärter sie auch schon erbarmungslos in die Höhe riss.

Clara hätte ihr gern etwas Tröstliches zugerufen, aber die Kehle war ihr wie zugeschnürt. Sie musste hilflos mit ansehen, wie der Pöbel erst Deborah den Mantel vom Leib, dann Esther das wollene Tuch vom Kopf zerrte, ohne dass die Stadtwächter eingeschritten wären. Endlich war Heinrich gekommen und hatte Clara geholfen, den Jungen ins Haus zu tragen.

Anderntags hatte sie erfahren, dass die Stadtwächter nur mit Mühe eine Plünderung der Häuser hatten verhindern können. Man hatte die Männer in die Kerker der Tortürme geschafft, die Frauen und Kinder, da die Gefängnisse nun übervoll waren, in den Spitalkeller. Clara war, als sei dies alles schon Jahre her, obwohl es doch erst vor kurzem geschehen war. Nur langsam fand sie zurück in das Jetzt, bemerkte mit Erstaunen, dass der Esstisch bereits abgeräumt war, dass Johanna sich mit ihrer

Handspindel ans Spinnen gemacht hatte und Heinrich mit zwei Bechern in der Hand vor ihr stand.

«Kommst du mit in die Stube? Du siehst blass aus, der Wein wird dir guttun.»

Schwerfällig erhob sie sich und folgte ihm in die Wohnstube.

«Hier, trink.»

Folgsam, wie eine ihrer hilfsbedürftigen Kranken, hob sie den Becher an die Lippen und trank den Wein in fast einem einzigen Zug leer. Heinrich zog einen angerosteten Schlüssel von seinem Schlüsselbund am Gürtel.

«Den hat Moische mir gegeben, am Tag, als Meinwart und seine Spießgesellen ihn bedroht hatten. Er hat wohl geahnt, was auf sie zukommen würde.»

«Was ist das für ein Schlüssel?»

«Unter ihrem Schuppen», Heinrich senkte die Stimme, «ist ein Erdloch. Dort hat Moische eine Kiste mit Schmuck und Geld versteckt. Das hier ist der Schlüssel für die Kiste. Moische hat gesagt, wir sollen sie in unsere Obhut nehmen, bis alles vorbei ist.»

«Wir müssen die Kiste zu uns schaffen.»

«Genau das wollte ich mit dir besprechen. Ich hab schon eine Grube hinterm Hühnerstall ausgehoben. Heute Nacht, wenn die Kinder schlafen, holen wir die Kiste zu uns.»

Clara nickte.

«Außerdem habe ich beim Rat der Stadt beantragt, die Gefangenen auf ihren Gesundheitszustand zu untersuchen. Erst wollte man nichts davon wissen, aber Pfefferlein und Neumeister haben mich unterstützt. Schließlich könne man nicht ausschließen, dass einer von ihnen eine ansteckende Krankheit habe. – Wirst du mitkommen?»

Wieder nickte sie nur. Sie fühlte sich elend müde.

«Aber es wird kein schöner Anblick sein. Ich wäre dir nicht böse, wenn du das nicht ertragen wolltest.»

«Nein, Heinrich, ich komme mit.» Dann fragte sie, genau wie kurz zuvor Johanna: «Was wird wohl jetzt mit ihnen geschehen?»

Heinrich verstaute den Schlüssel zuunterst in der großen Holztruhe der Wohnstube. Seine Stimme klang dumpf aus der Tiefe der Truhe.

«Einige der Männer sollen wohl verhört werden. Wir können nur beten, dass sich damit alles zum Guten wendet.»

Zwei Tage später machten sie sich auf den Weg hinüber ins Spital, ihrer ersten Station der Gefangenenbesuche. Heinrichs große Arzttasche war prall gefüllt. Neben stärkenden Kräuterelixieren und einer Dose mit Theriak hatten sie eine wollene Decke hineingestopft. Unter ihrem Umhang trugen sie jeder noch eine weitere Decke, gedacht für die Kinder, um damit die Winterkälte wenigstens ein klein wenig zu mildern.

Als sie gegen die Seitenpforte klopften, begann es in Claras Kopf zu schwindeln, und sie musste sich für einen Moment an ihrem Mann festhalten. Sie hätte es ihm gegenüber niemals zugegeben, aber die Furcht vor dem, was auf sie zukam, raubte ihr fast den Atem.

Der Spitalknecht öffnete ihnen.

«Ah, Meister Heinrich, Frau Clara – grüß Euch Gott! Kommt nur herein, ich führ Euch hinunter.»

Sie folgten ihm durch einen engen, düsteren Gang bis zu einer Treppe. Dort nahm der Knecht eine brennende Tranlampe vom Haken und führte sie zwei Treppen tiefer in einen Gewölbekeller. Am Ende des Ganges, vor einer eisernen Gittertür, hockte breitbeinig ein Wächter in Decken gehüllt auf seinem Holzschemel. Es stank nach Moder und Urin.

Erst auf den zweiten Blick erkannte Clara in dem Mann Rudolf, den einstigen Ratsboten. Vor langer Zeit, als das zwischen ihr und Heinrich seine ersten zarten Anfänge genommen hatte, hatte auch Rudolf ihr den Hof gemacht. Einstmals war er ein schmucker Bursche gewesen, mit vollem dunklem Haar, einem stets sorgfältig gestutzten Bart und eitel bis zur Halskrause. Jetzt indessen wirkte er reichlich heruntergekommen. Schüttere graue Strähnen klebten ihm am Schädel, seine Augen waren rot gerändert, und das Gebiss wies mehr Lücken als Zähne auf, als er sich jetzt erhob und breit grinste.

«Clara! Was für eine Überraschung!», rief er. Aus seinem Mund stiegen Atemwölkchen auf, so eisig war es hier unten. Er wollte sie umarmen, besann sich dann aber, angesichts Heinrichs warnenden Blickes, eines Besseren.

Clara reichte ihm die Hand. «Was machst du hier? Ich dachte, du hättest ins Elsässische geheiratet?»

«Hab ich auch, aber mein gutes Weib ist im vergangenen Jahr gestorben, und so hat es mich zurück in meine Heimatstadt gezogen. Nun ja, als Amtsbote tauge ich nicht mehr, das Augenlicht ist zu schwach. Und so verdien ich mir mein Altersbrot eben als Stockwärter.»

Clara hatte nur mit halbem Ohr zugehört. Ihr Auge schweifte durch den halbdunklen Raum hinter dem Gitter. Aus einer winzigen Öffnung hoch oben im Gewölbe drang ein Schimmer Tageslicht, der Boden war mit Stroh bedeckt, das einen beißenden Geruch verströmte, und in der hinteren Ecke zeichneten sich schemenhaft die Umrisse von Menschen ab, die sich dicht zusammendrängten.

«Ich muss sagen, Heinrich», fuhr Rudolf fort und klopfte

Heinrich gönnerhaft gegen die Schulter, «du bist immer noch zu beneiden um dein Weib.»

«Lass gut sein, Rudolf. Wir sind nicht zum Plaudern hier. Werden die Frauen und Kinder anständig versorgt?»

«Dass Schmalhans jetzt Küchenmeister ist, daran müssen sie sich gewöhnen. Die fetten Jahre sind halt vorbei für das Judenpack.»

«Sprich nicht so! Übrigens, wenn ich mich recht erinnere, hättest du dir dazumal ohne das Geld von Moische Grünbaum und Noah Liebekind deine protzige Hochzeit gar nicht leisten können.»

«Das mag sein – aber ich hab dafür auch teuren Zins bezahlt. Hör zu, Heinrich: Sie bekommen ausreichend sauberes Wasser und Brot, der Aborteimer wird auch jeden Abend geleert, und ansonsten ist das hier kein Rittersaal, sondern ein Kerker.»

«Ist jemand krank?»

«Ein paar von ihnen husten seit gestern.»

Clara war an die Gittertür getreten und griff nach der Lampe, die neben dem Schemel stand. «Dann lass uns jetzt hinein.»

Rudolf zuckte die Schultern. «Das ist doch grad für die Katz», brummelte er und zog seinen Schlüsselbund hervor.

Quietschend öffnete sich das Gitter. Clara folgte ihrem Mann in das Innere des Verlieses, ihre Beine wurden bleischwer. Der Gestank herinnen war kaum zu ertragen. Unter ihrer Hand erzitterte der Schein der Lampe, als sie sie jetzt in die Höhe hielt. Bei dem Anblick, der sich ihr bot, hätte sie am liebsten laut losheulen mögen. Im dreckigen Stroh, eng aneinandergekauert, erkannte sie Deborah mit ihren beiden Jüngsten im Schoß, Esther und das junge Dienstmädchen. Neben ihnen die Familie der Süßkinds, die reichsten Juden der Stadt, dann Noah Liebekinds Frau Rachel mit den beiden

Töchtern und ihren Hausmägden, die Lämmlins, die Fromolts, die Nases, die Vischelins, die Mannes sowie einige Frauen und Kinder, die Clara nur vom Sehen kannte. Sie alle starrten Clara und Heinrich mit ausdruckslosen Augen an. Nur über Esthers Gesicht huschte ein Lächeln.

Heinrich holte hörbar Luft. «Gut, fangen wir an. Ich werde den Puls messen und den Atem abhören. Sagt mir bitte, wenn ihr irgendwelche Beschwerden habt. Wir haben Arzney mitgebracht. Die Kinder zuerst.»

Clara warf einen kurzen Blick zu Rudolf. Er hatte sich, nachdem er das Tor hinter ihnen verschlossen hatte, wieder auf seinem Schemel niedergelassen. Jetzt zog er aus einer Mauernische einen Weinschlauch hervor und hob zu trinken an. Offensichtlich schien ihn das weitere Geschehen in der Zelle nicht mehr zu interessieren. Also zogen sich Clara und Heinrich die Decken unter den Umhängen hervor. Heinrich öffnete die Arzttasche und begann mit seinen Untersuchungen.

«Deckt euch damit zu», sagte Clara leise, nachdem sie Deborah die Decken überreicht hatte. «Ich weiß, es ist wenig genug, aber ihr könnt euch ja abwechseln.»

«Wozu? Wir brauchen dein Mitleid nicht. Es ist eh zu Ende.»

«Bitte, Deborah! Rede nicht so vor den Kindern.»

Zu jedem anderen Zeitpunkt hätte sie sich über Deborahs abweisende Worte geärgert, doch diesmal konnte sie sie nur allzu gut verstehen. Wie demütigend musste diese Situation für sie sein! Sie kniete sich vor ihr ins Stroh.

«Ihr dürft die Hoffnung nicht aufgeben. Ihr habt nichts Schlechtes getan, und deshalb wird man euch wieder freilassen. Bis ihr zurückkommt», sprach sie jetzt dicht an Deborahs Ohr, «bewahren wir eure Kiste bei uns auf. Mach dir also keine Sorge wegen Plünderern. Bekommt ihr genug Brot?»

Deborah gab keine Antwort. Stattdessen fragte Esther: «Was ist mit Benedikt geschehen?»

Clara spürte einen Stich in ihrem Herzen. «Er war nur ohnmächtig. Es geht ihm wieder besser.»

Esther sah kurz zu ihrer Mutter, dann beugte sie sich zu Clara vor und flüsterte: «Warum ist er nicht gekommen? Er hat mich holen wollen vor Sonnenaufgang.»

Clara biss sich auf die Lippen. Sie beschloss zu lügen.

«Davon weiß ich nichts. Ich habe ihn jedenfalls, als der Pöbel kam, erst wecken müssen.»

Kapitel 13

Benedikt hatte keine Hoffnung mehr.

Er stand vor der Kommode und betrachtete Esthers steinernes Konterfei, das er mit drei kostbaren Wachskerzen umstellt hatte. Wie vor einem Altar hatte er hier jeden Morgen und jeden Abend gekniet und gebetet, dass Esther und ihre Familie freikämen. Hatte die Augen geschlossen und sich an ihre zärtlichen Küsse, an ihre leidenschaftliche Umarmung erinnert, bis ihm jedes Mal die Tränen über das Gesicht gelaufen waren. Zugleich war er voller Hass gegen seine Mutter, die ihre gemeinsame Flucht im letzten Augenblick verhindert hatte. Nie wieder wollte er unter einem Dach mit ihr wohnen, mehr noch: ihr nie wieder begegnen.

Glücklicherweise war er an jenem Morgen der Verhaftung, als er mit schmerzenden Gliedern und zerschrammtem Gesicht durch die Gassen gehumpelt war, Meister Johannes begegnet, auch er nicht wenig verstört über die Ereignisse. Der Baumeister war gerade im Aufbruch nach Gmünd begriffen, wo er die restlichen Winterwochen bei seinem Vater verbringen wollte, und hatte ihm aus freien Stücken angeboten, seine Wohnung zu hüten.

Nun lebte er wieder, wie dazumal als Hüttendiener, in der Meisterwohnung neben dem Pfarrhaus. Nur musste er diesmal nicht unter der Stiege zum Dachboden schlafen, sondern durfte alles benutzen, wie es ihm beliebte, und hatte zudem ein breites Bett mit warmer Daunendecke zum Schlafen. Doch um seiner Mutter aus dem Weg zu gehen, hätte er auch in einem Kellerloch genächtigt.

Benedikt fegte die zu Stumpen herabgebrannten Kerzen von der Kommode, nahm die Büste hoch und schob sie tief unter die Bettlade. Es hatte alles keinen Sinn – es tat nur unnötig weh. Er würde die Figur Meister Johannes bei dessen Rückkehr anbieten. Sollte er damit machen, was er wollte. Da Gott sein auserwähltes Volk augenscheinlich endgültig aufgegeben hatte, brauchte es auch keine Gebete mehr.

Von seinem alten Freund Daniel hatte er heute erfahren, was in Basel geschehen war. Nach der Friedhofsschändung hatte sich die Lage zunächst beruhigt, bis vor zwei Tagen eine aufgehetzte Horde alle Juden, deren sie habhaft werden konnte, auf eine Sandbank im Rhein getrieben hatte. Dort war eine Holzhütte errichtet, die man, nachdem auch der letzte darin verschwunden war, verschlossen und angezündet hatte, sodass alle darin verbrannten oder erstickten – über hundert Menschen, darunter Frauen und Kinder. Nur die Jüngsten hatte man verschont. Sie wurden zwangsgetauft und in die umliegenden Klöster verschleppt.

Bis zum heutigen Tag hatte Benedikt nicht wissen wollen, wo die Freiburger Juden gefangen saßen. Er hätte es nicht ertragen, sich vorzustellen, in welchem Kerker Esther frierend und verzweifelt auf ihr weiteres Schicksal wartete. Doch jetzt, wo er ohnehin keine Hoffnung mehr sah, hatte er Daniel gefragt und erfahren, dass man die Frauen und Kinder in den Keller des Spitals gesperrt hatte.

Kurz entschlossen nahm er seinen Umhang vom Haken und ging hinaus in die frostige Dämmerung. Vom Kirchhof zum Spital waren es nur wenige Schritte. In der Seitengasse, etwa dort, wo er unter den Werkstätten den Keller vermutete, hockte er sich nieder, schloss die Augen und hielt stumme Zwiesprache mit Esther. Sie sollte wissen, dass er ganz in ihrer Nähe war. Wenn er nur fest genug an sie dachte, dann würde sie es ganz gewiss spüren.

Seine Glieder wurden nach und nach taub vor Kälte, und vielleicht wäre er ja erfroren, hätte ihn nicht der Nachtwächter aufgeschreckt und mit strengen Worten gerügt, weil er in der Dunkelheit kein Licht bei sich trug.

Behaimer stand frierend in einer düsteren Gasse der Au und wartete. Er hatte kein gutes Gefühl. Warum nur hatte er sich gegenüber dem alten Grafen so weit vorgewagt? Hätte er doch den Dingen ihren Lauf gelassen, statt selbst Schicksal zu spielen. Aber jetzt war es zu spät.

Gestern Abend, wenige Tage nach den Ereignissen in Basel, hatte ein Bote ihm ein versiegeltes Schreiben überbracht, das die Aufforderung enthielt, endlich zu handeln – dreißig dieser neuen rheinischen Gulden seien ihm hierfür versprochen, der Preis für ein edles Reitpferd. Zu Behaimers Überraschung war das Schriftstück nicht vom alten Grafen unterzeichnet, sondern von dessen Sohn sowie dem gräflichen Schultheißen Snewlin.

Wohl oder übel hatte er sich also an seinen Auftrag gemacht und den Tag über einen leinenen Giftbeutel gefertigt. Nach dem Abendläuten war er dann auf Suche nach Meinwart Tucher, diesem jungen Hitzkopf und Judenhasser, gegangen. Wie erwartet, hatte er ihn in einer der anrüchigsten Schenken der Neuburgvorstadt gefunden, im Kreise seiner Kumpane und einiger Hübschlerinnen. Es war noch vor Torschluss, der Junge wirkte halbwegs nüchtern, und so hatte Behaimer ihn von seinem Knecht hinaus auf die Straße holen lassen und in eine dunkle, verlassene Bresche zwischen den Häusern gezogen. Er wollte vermeiden, dass sie zusammen gesehen wurden.

«Wärst du bereit, dich um die Belange unserer Stadt verdient zu machen?», hatte er ihn gefragt.

«Kommt drauf an.»

«Es handelt sich um eine höchst delikate Angelegenheit, um einen Auftrag von ganz oben. Du musst Stillschweigen schwören, bei deinem Leben.»

Der Tuchersohn schien nicht sonderlich beeindruckt. Er fragte nur knapp: «Wie viel?»

«Ein neuer rheinischer Goldgulden.»

«Drei!»

«Zwei. Das ist mein letztes Wort. Sonst suche ich mir jemand anderen.»

«Als ob ich Euer Geld nötig hätte.» Er verschränkte die Arme. «Sagt mir erst, um was es geht.»

«Um die Juden.» Behaimer zog den Beutel unter seinem Mantel hervor. «Bring das zur Brunnenstube im Mösle und leg es vor eine der Deuchelleitungen. Die, die dem Brunnberg am nächsten liegt.»

«Aber die Lage der Brunnenstuben ist geheim. Niemand kennt sie.»

«Ich schon. Die besagte Stelle liegt unter einem losen Stück Erdreich. Ich habe sie mit einem hellen, runden Kiesel markiert.»

Der Junge schien endlich zu begreifen. «Dann geht es den Juden also jetzt an den Kragen? Da bin ich dabei!»

«Nicht so laut! Du tust nichts anderes, als was ich dir gesagt habe. Und kein Wort zu niemandem, sonst erlebst du den nächsten Tag nicht mehr. Geh jetzt. Ich warte auf dich in der Au, beim Klötzlinstor. Da kriegst du dann deinen Lohn.»

Zwei Stunden war das her, und Meinwart war noch immer nicht zurück. Unruhig trat Behaimer von einem Bein aufs andere, verzog dabei angewidert das Gesicht. Er mochte dieses wenig vornehme Viertel nicht, in dem Gerber, Fischer und Färber ihrem stinkenden Handwerk nachgingen. Inzwischen war es stockdunkel, und einmal schon war der Nachtwächter auf seiner Runde hier vorbeigekommen. Da hatte Behaimer sich eilends an die Brüstung zum Stadtbach gestellt und so getan, als müsse er pinkeln.

«So spät noch unterwegs, Herr Stadtmedicus?», hatte der Wächter ihn gefragt, und Behaimer hatte etwas gemurmelt wie: «Die Kranken kennen keine Nachtruhe.»

Bei einem zweiten Mal würde der gute Mann zu Recht Verdacht schöpfen. Rasch entzündete Behaimer sein Windlicht und erkannte in dem Moment auch schon die schlaksige Gestalt des jungen Tucher.

«Na endlich! Bist du unterwegs eingekehrt, oder warum lässt du mich hier so lange warten?», blaffte Behaimer ihn an.

«Nur mit der Ruhe, Doctor. Es ist alles erledigt.» Meinwart streckte die Hand aus. «Meinen Lohn!»

«Den einen Gulden bekommst du jetzt, den andern, wenn ich sicher weiß, dass der Auftrag erfüllt ist.»

Behaimer hob die Lampe vom Boden hoch und nestelte mit der Rechten in seiner Geldkatze. Dann drückte er Meinwart die schwere Münze in die Hand, wobei sein Blick auf dessen Gürtel fiel. Er stutzte. Aus der Messerscheide ragte ein Stück der Klinge hervor, die im Schein der Lampe dunkel und feucht glänzte.

«Was ist das?» Er wies mit dem Kopf auf das Messer.

«Nichts, was Euch angehen würde.»

Meinwart schob das Messer vollends in die Scheide und verstaute das Geld.

«Ich muss weiter, meine Freunde warten. Eine gesegnete Nachtruhe, Herr Stadtphysicus.»

Am nächsten Morgen wusste es ganz Freiburg. In den Brunnenstuben war ein Giftbeutel gefunden worden, mit den üblichen Ingredienzien aus Blut, Urin, gemahlenen Hostien und hochgiftigen Kräutern. Aber dem nicht genug: Der oder die Missetäter waren nicht davor zurückgeschreckt, den Knecht des städtischen Brunnenmeisters zu erdolchen! Der brave Mann hatte die Giftleger wohl aufgeschreckt und dafür mit dem Leben bezahlen müssen. Elendig verblutet war er, und nun weinten sein Weib und sieben halbwüchsige Kinder um ihn.

Am selben Tag noch wurden die ersten Gefangenen unter dem Vorsitz des Schultheißen, Ritter Johann Snewlin, peinlich befragt. Man hatte sich zunächst die jüngeren Männer herausgegriffen, wohl in der Überzeugung, sie hingen mehr an Leib und Leben als die älteren. Im Keller unter dem Rathaus hatte man ihnen mit Daumenschrauben die Finger gequetscht, bis die Nägel von den Kuppen sprangen, doch keiner von ihnen tat den Mund auf, um zu gestehen. Erst als der junge jüdische Arzt Gutlieb an der Reihe war, kamen die Inquisitoren der Sache ein Stück näher.

Das Gift habe wohl ein Jude zu Ihringen aus Jerusalem über das Meer nach Straßburg und Freiburg gebracht. Es sei eine Substanz, die für Juden unschädlich, für Christen aber tödlich sei. Aber er und die Freiburger Juden hätten damit nichts zu schaffen; ein geheimer «Judenrat» in Jerusalem habe die Brunnenvergiftung gesteuert und zur Ausführung Juden in alle Welt gesandt. Mit dieser Aussage ließ das Stadtgericht es fürs Erste bewenden.

Als gegen Mittag Heinrich in die Fragstatt beordert wurde, um den Zustand der jungen Männer, darunter auch Aaron Grünbaums, eidesstattlich zu bezeugen – da verweigerte Heinrich zum ersten Mal in seinem Leben den Befehl. Es gebe schließlich außer ihm noch einen zweiten geschworenen Wundarzt – solle man doch den Meister Arbogast holen. Es sei nämlich Freitag, und da habe er seine Stube fürs Scheren und Balbieren geöffnet.

In Wirklichkeit hätte es ihm das Herz zerrissen, die Geschundenen untersuchen zu müssen, ohne ihnen helfen zu dürfen. Das nämlich war Sache des Scharfrichters. Natürlich war an diesem Vormittag keine Menschenseele bei ihm erschienen. Alle Welt versammelte sich rund um Ratsstube und Kanzlei, um nur ja keine Neuigkeit zu verpassen, oder auch nur, um dem Schmerzensgebrüll der Delinquenten zu lauschen.

Als nach dem Mittagsläuten dann doch der erste Kunde zum Bartscheren eintraf, bat Heinrich Clara, für den heutigen Tag Johannas Aufgabe zu übernehmen und für frisches Wasser und Gewürzwein zu sorgen. «Das Mädchen leidet sehr unter der Geschichte», sagte er leise, nachdem er seine Tochter zum Fleischpökeln in die Küche geschickt hatte. «Ich möchte nicht, dass sie mit anhören muss, was den Juden heute geschehen ist. Du weißt ja, wie viel beim Balbieren getratscht wird.»

Clara hätte ihm gern entgegnet, dass auch sie das alles kaum noch ertrug, schwieg aber tapfer. Keine Stunde später erschienen die Ratsherren Pfefferlein und Neumeister, wie immer zu zweit und gesättigt von ihrer Mahlzeit im Bärenwirtshaus.

«Tja, Meister Heinrich, nun ist es also auch in unserer Stadt so weit», begann Neumeister, der sich als Erstes im Barbierstuhl niederließ. «Bis jetzt haben sich ja im Rat einige quergestellt, allen voran der Tucher.»

«Gottfried Tucher?», fragte Clara erstaunt.

«Aber ja. Ich habe seine Worte noch im Ohr, als die Nachricht aus Basel kam: Wie könne man nur so dumm sein, die Juden zu vernichten? Wie wollten die Kaufherren ohne deren weitreichende Handelsbeziehungen auskommen? Und wie die Bürger, wenn ihnen das Geld fehle für eine anstehende Hochzeit oder eine wichtige Anschaffung? Dergleichen hat er gesagt, unser Gottfried, und denkt wohl immer noch so. Dabei werden unter der Kaufmannschaft längst Stimmen laut, dass der Geldverkehr endlich unter eigene, christliche Kontrolle gebracht werden müsse.»

«Und er vergisst eines», ergänzte Pfefferlein. «Dass nämlich inzwischen ein Gutteil der Bürger, auch der Kaufherren, bis zur Halskrause bei den Hebräern verschuldet ist. Der Zins steigt und steigt, und die, die gegen Pfand geliehen haben, werden ihre Pelze und Schmuckstücke nicht so bald auslösen können.»

«Oder eben doch», grinste Neumeister. «Ich meine, spätestens, wenn sich der Mord am Brunnenstubenwächter und damit die Verschwörung der Juden bestätigt, wird der Pöbel nicht länger zu halten sein. Dann kommt es wie in Basel, wo das Volk losgestürmt ist, weil der Rat zu lange gezögert hat.»

«Das glaubt Ihr nicht im Ernst», sagte Heinrich mit ruhiger Stimme, aber Clara bemerkte, wie seine Hände beim Schleifen des Schermessers zitterten. «Ihr glaubt doch nicht im Ernst, dass das Morden der Juden eine Sache des Pöbels gewesen ist? Das war doch alles sorgfältig vorbereitet, dort in Basel. Das Holzhaus auf der Sandbank hatten die Zimmerleute wenige Tage zuvor erst errichtet, und das sicher nicht ohne Auftrag von oben.»

Neumeister sah ihn erstaunt an. «Man könnte grad meinen, du wolltest uns Ratsherren etwas unterstellen?»

«Nun – jeder von Euch Ratsherren hat gewiss seine eigene Sichtweise der Dinge, und jeder muss seine Entscheidung mit Gott und seinem Gewissen ausmachen. Aber eines lässt sich nicht abstreiten: Wären die Juden in Basel und anderswo arm und hätte keiner Schulden bei ihnen, würden sie nicht brennen müssen.»

«Grathwohl, Grathwohl …» Neumeister schüttelte missbilligend den Kopf. «Solche Worte solltest du besser nicht allzu laut verkünden. Und jetzt fang endlich mit dem Scheren an. Die Ratsglocke wird gewiss gleich zur Sitzung läuten.»

Nachdem Gutlieb, kaum dass er seine Aussage unterzeichnen sollte, widerrufen hatte, wurden in der folgenden Woche einer nach dem andern in die Marterkammer unter der Ratsstube geschleppt und verhört. Bei der kleinen Folter blieb es diesmal nicht. Wer von den Männern darauf beharrte, er wisse um all diese Dinge nichts und sei unschuldig, dem wurden mit Fackeln die Fußsohlen und Achselhöhlen verbrannt oder siedendes Pech in die aufgeschnittenen Waden gegossen.

Gleichwohl kamen Snewlin und seine Schöffen kaum einen Schritt voran. Denn gemäß dem üblichen Rechtsverfahren suchte man auch hier nach der durch ein Geständnis zu offenbarenden Wahrheit. Nach der Tortur aber, wenn es an das Unterzeichnen der Geständnisse ging, widerriefen auch all die anderen Männer ihre Aussagen, und die peinliche Befragung begann von neuem. Den beiden Greisen Lämmlin und Hirsch erging es bei der zweiten Marter so schlecht, dass ihr Herz mittendrin zu schlagen aufgehört hatte, woraufhin der Scharfrichter eine böse Rüge einstecken musste.

An jenem Tag weigerte sich Heinrich vergeblich, sein Amt auszuführen, und so musste er an Behaimers Seite die beiden Leichen beschauen. Nachdem er wieder zu Hause war, zog er sich für den Rest des Tages in seine Schlafkammer zurück, verriegelte die Tür und ließ nicht einmal Clara herein, als sie gegen Abend vorsichtig anklopfte. Von innen hörte sie ihn leise schluchzen.

Da wusste Clara, dass es für ihre jüdischen Nachbarn kein Entrinnen mehr gab. Dass es nur eine Frage der Zeit war, bis sie alle sterben mussten. Sie ließ sich vor der Türschwelle zu Boden sinken. Jede einzelne ihrer oft boshaften Äußerungen gegen Deborah reute sie jetzt, und sie erkannte, dass nicht etwa Gottes Fügung ihre jüdischen Nachbarn vernichtete, sondern dass jeder einzelne von ihnen, auch sie selbst, sein Scherflein dazu beigetragen hatte. Und für den Tod eines dieser Menschen würde sie ganz allein verantwortlich sein, sie, Clara Grathwohl höchstselbst. Hätte sie Benedikt an jenem Morgen nicht zurückgehalten, wäre es ihm gelungen, Esther Grünbaum rechtzeitig in Sicherheit zu bringen.

Diese Erkenntnis schmerzte sie plötzlich so sehr, dass sie sich wünschte, hier an der Schwelle zu ihrer Schlafkammer, in der eisigen Zugluft dieses schrecklichen Winters, an Esthers Stelle sterben zu dürfen. Doch schnell befreite sie sich von diesem Gedanken, denn schließlich trug sie Verantwortung für ihre Familie. Und als sie sich endlich dazu aufraffte, hinunterzugehen und ihren Kindern die Abendmahlzeit zu richten, schlich sich ein Gedanke in ihren Kopf, der einen winzigen Hoffnungsstrahl mit sich brachte.

Zum Ende des Wintermonats war es so weit: Zahlreiche Geständnisse waren von den Angeklagten rechtsgültig bekräftigt worden. Sie hätten, so die Examinierten, mit den Breisacher und Straßburger Juden verabredet, allerorten die Brunnen zu vergiften. Einer von ihnen habe sodann ein spannenlanges Säcklein mit Gift in die Brunnenstube der Stadt gelegt und dabei den Knecht des Brunnenmeisters gemordet. Als Begründung hieß es, man habe endlich Rache nehmen wollen dafür, dass die Christen ihre Glaubensgenossen immer wieder ins Verderben geführt hätten. Lange genug seien die Christen Herren gewesen, jetzt wollten sie, die Juden, an der Reihe sein. So und so ähnlich lauteten fast alle Aussagen, und die Rädelsführer dieser Verschwörung meinte man in Meir Nase, Jeckeli Jolieb, Noah Liebekind und dem jungen Arzt Gutlieb gefunden zu haben.

Draußen vor der Stadtmauer, auf einer Wiese am Dreisamufer, wurde ein Holzgerüst errichtet. Dort sollten am Freitag vor Lichtmess alle Gefangenen, mit Ausnahme der Schwangeren, Kleinkinder und christlich Getauften, verbrannt werden.

Kapitel 14

Schickt dich der Rat?»

«Nein.» Clara schüttelte den Kopf. Sie lauschte in das Dunkel hinter der Absperrung, doch weder Weinen noch der leiseste Klagelaut war zu hören. «Heinrich schickt mich. Ich soll nochmal nach den Frauen und Kindern sehen.»

Rudolf runzelte die Stirn, dann stieß er ein trockenes Lachen aus. «Da gibt's für dich nichts mehr zu beschauen. Morgen ist es vorbei mit ihnen. Aber trotzdem freut's mich, dich wiederzusehen. Dazu noch ohne deinen Heinrich.»

Er berührte ihre Wange, und Clara ließ es geschehen. Schließlich musste sie ihn bei Laune halten, auch wenn sie jetzt, wo der Spitalknecht wieder nach oben gegangen war, ein mulmiges Gefühl beschlich.

«Aber den Kindern – denen geschieht doch nichts?»

«Den kleineren nicht. Die kommen ins Kloster, auf dass rechte Christenmenschen aus ihnen werden.»

Seine Blicke klebten am Ausschnitt ihres Busens.

«Hör zu, Rudolf – ich will nicht lang drumrum reden.» Sie zog ihn mit sich in Richtung Treppe. «Wir waren doch einmal gute Freunde. Ich will dich um etwas bitten, was dein Schaden nicht sein soll.»

Sie zog einen Lederbeutel unter ihrem Umhang hervor.

«Das alles gehört dir und noch einmal die gleiche Summe, wenn es dir gelingt, Esther und Deborah Grünbaum hier herauszuschaffen, mitsamt den beiden Kleinen.»

Rudolf blickte sie verblüfft an. «Du spinnst doch», sagte er dann. «Wie soll das gehen?»

«Ganz einfach. Sobald ich weg bin, holst du den Knecht und bietest ihm an, einen Schluck mit dir zu trinken. Ich hab gesehen, dass du einen Weinschlauch versteckt hältst. Hier, ich hab zwei Becher mitgebracht. In den einen geb ich einen Schlaftrunk. Sobald der Knecht eingeschlafen ist, nimmst du seinen Türschlüssel an dich. Keine Sorge, er wird bis morgen früh schlafen wie ein Stein. Zum Torschlussläuten wart ich oben an der Tür auf dich, und du bringst die Frauen und die beiden Knaben zu mir herauf. Danach steckst du den Schlüssel wieder zurück an seinen Bund.»

«Und was sag ich morgen, wenn vier der Gefangenen fehlen?»

Darauf wusste Clara auch keine Antwort. «Keine Sorge», beruhigte sie mehr sich selbst als den Wärter. «Da drinnen stecken über vierzig Menschen. Niemand wird nachprüfen, ob jemand fehlt. Warum auch – schließlich gibt es keinen Grund, weshalb du Esther und Deborah hättest befreien sollen. Du kennst sie ja kaum. Aber gib acht: Wenn du Schwierigkeiten fürchtest, nimm hernach ebenfalls von dem Schlaftrunk, ich lasse dir noch was da. Dann wisst ihr eben alle beide von nichts, falls etwas herauskommen sollte.»

«Du bist noch immer wie früher», sagte er mit einem Leuchten in den Augen, «mit dem Kopf durch die Wand.»

Er nahm den Beutel an sich, öffnete das Band und ließ seine Hand hineingleiten.

«Das ist zu wenig.»

«Ich sagte doch – dasselbe noch einmal, wenn es vorbei ist.»

«Trotzdem. Wenn du willst, dass ich alle vier herauslasse, musst noch was drauflegen.»

«Mehr hab ich nicht. Was meinst, was mich der Wärter am Predigertor kostet, dafür, dass er wegschaut.»

Er befestigte den Beutel an seinem Gürtel und schob Clara nun gegen die Mauersteine neben dem Treppenaufgang.

«Das mein ich auch nicht», flüsterte er und befingerte ihre Brüste.

«Hör auf, Rudolf. Lass mich los.»

«Stell dich nicht so an. Du willst etwas von mir, ich will etwas von dir. Ein einfacher Handel, nichts weiter.»

Sein Atem roch alt und faulig, als er jetzt seine Lippen zu einem Kuss näherte. Seine Rechte umklammerte ihren Hintern und drückte ihn gegen seinen Schoß. Selbst durch die dicke Schicht Stoff spürte sie Rudolfs geschwollenes Geschlecht.

Clara riss den Kopf zur Seite und brüllte nach dem Knecht.

«Hältst du wohl dein Maul?», zischte Rudolf. Doch da erschien auch schon am oberen Treppenabsatz ein schwacher Lichtschimmer.

«Ist alles in Ordnung, Frau Clara?»

«Ja, keine Sorge, guter Mann», gab Clara zurück, wobei ihre Stimme zitterte. «Mich hat nur eine Ratte erschreckt.»

Mit einem leisen Fluch gab Rudolf sie frei und spuckte vor ihr aus. «Bist selber eine Ratte.»

«Ich warne dich, Rudolf. Fass mich nie wieder an. Sonst sage ich dem Spitalknecht, dass du mir mein Geld geklaut hast und mir Gewalt antun wolltest. – Und nicht nur dem, sondern aller Welt.»

Sie strich sich ihre Kleidung glatt.

«Du hast deinen Lohn bekommen, also erfüll auch deinen Auftrag. Zum Glockenschlag steh ich oben vor der Tür.»

*

«Wo willst du hin, zu so später Stunde?»

Clara wich Heinrichs Blick aus. «Ich hab bei der Steirer Elsbeth was vergessen. Bin bald wieder zurück.»

«Warte, ich begleit dich. Du sollst nicht immer allein im Dunkeln herumgeistern.»

«Nein, du musst nach Kathrin sehen. Sie hat wieder starke Bauchkrämpfe.»

«Du verheimlichst mir doch was.» Ihr Mann sah sie prüfend an.

Von der Pfarrkirche her verkündete die Turmuhr den baldigen Torschluss.

«Bitte, Heinrich, lass mich gehen. Kathrin wartet oben auf dich, es geht ihr wirklich schlecht.»

Damit schob sie ihn einfach zur Seite und trat mit ihrem Windlicht hinaus in den Hof, wo sie unter der Außenstiege ihr Bündel hinterlegt hatte: zwei alte, dunkle Umhänge und reichlich löchrige Schuhe für die Frauen, dazu zwei warme Wollkittel für die Kinder. Die hatte sie schweren Herzens Kathrin und Michel weggenommen, und sie würden ihnen fehlen in diesem Winter. Denn seitdem durch die Missernten der letzten Jahre alles so teuer geworden war, hatten auch sie keinen Pfennig mehr übrig.

Clara wusste, dass der Nachtwächter um diese Zeit bei Oberlinden seine Runde machte, um vom Bärenwirt noch einen letzten Trunk entgegenzunehmen. Damit war er weit genug vom Spital entfernt.

Unbehelligt erreichte sie die Seitenpforte, klopfte laut dagegen und betete, dass nicht der Knecht ihr öffnen würde, sondern Rudolf. Die Zeit dehnte sich qualvoll, und als sie kurz davor war, den Heimweg anzutreten, erschien Rudolf im Türrahmen, hinter ihm eine einzelne Gestalt. Es war Esther.

«Wo sind die andern?»

«Hab dir doch gesagt, es war zu wenig. Das hast du davon.»

Er schubste das Mädchen nach draußen und ließ hinter sich krachend die Tür ins Schloss fallen. Barfuß, in einem dünnen, fadenscheinigen Kittel, stand Esther vor ihr und rührte sich nicht. Sie zitterte nicht einmal, trotz der Kälte.

Clara war entsetzt über Rudolfs Wortbruch, doch es gab keine Zeit zu verlieren. Hier, mitten in der Stadt, konnten sie jeden Moment irgendwelchen Heimkehrern oder heimlichen Nachtschwärmern begegnen.

Also warf sie das bessere Paar ihrer Schuhe zu Boden. «Schlüpf da rein», befahl sie in strengem Ton, da Esther wie gelähmt vor ihr stand. Zugleich legte sie ihr die beiden Umhänge über die mageren Schultern, die wie Kegel aus dem dreckigen Kittel hervorragten, und zog ihr die Kapuze über den Kopf.

«Komm jetzt, schnell.»

Sie nahm die Laterne in die Linke, Esthers eiskalte Hand in die Rechte, und zog das Mädchen hinter sich her in Richtung Predigertor. Dabei umging sie das Quartier der Juden, um Esther den Anblick ihres Elternhauses zu ersparen, wo der Mob Fenster und Türen zerschlagen hatte. In der Schiffsgasse begegneten ihnen zu Claras Schrecken ein Trupp junger Männer, die aus einer Taverne kamen, und Clara musste all ihren Mut zusammennehmen, um freundlich und erhobenen Hauptes zu grüßen. Dann hatten sie das Stadttor erreicht, das den inneren Mauerring bewachte. Wie vereinbart, hatte der Torwärter die Seitenpforte offen gelassen und kehrte ihnen jetzt den Rücken zu. Die erste Hürde war genommen!

In ruhigerem Schritt durchquerten sie die spärlich besiedelte Vorstadt mit ihren Frauenklöstern zwischen Reb- und Gemüsegärten und den Badhäusern, die sich hier entlang des Stadtbachs reihten. Auch sie selbst war früher zweimal im Monat hier herausgekommen, zu Ederlins Frauenbad, doch seitdem in letzter Zeit immer häufiger Mannsbilder dort aufgetaucht waren, so gut wie nackt schon auf dem Weg dorthin, und sich in der Badstube mit unschicklichem Gebaren wie im Hurenhaus aufgeführt hatten, zog Clara das sittenstrengere Spitalbad vor.

Sie verzog das Gesicht, als sie daran dachte, und schalt sich zugleich eine herzlose Närrin, dass sie in solch einer Lage überhaupt an so etwas Lächerliches wie Badhausbesuche denken konnte. Fast hätte sie den Wiesenpfad verpasst, der zu einem Holzschuppen mit einem kleinen Feldstück dahinter führte, wo sie das Futter für ihr Viehzeug und ein wenig Korn anbauten. Im Schuppen lagerten Heu und Stroh, hier würde Esther sicher sein bis zum nächsten Morgen. Das Büggenreuter Torhaus, das von der Predigervorstadt hinaus in die Felder führte und in der Regel nur von Bauern und Trödlern benutzt wurde, war nämlich nachts verschlossen. Morgen früh würde Esther, wenn sie sich nur unauffällig genug benahm und der Herrgott ihr beistand, gewiss ungehindert das Tor passieren können.

«Wir sind da.»

Clara öffnete das niedrige Türchen und schob Esther hinein. Jetzt erst fiel ihr auf, wie erbärmlich das Mädchen stank. Aber so musste sie sich wenigstens keine Sorge machen, dass Rudolf irgendwas Schlimmes mit ihr angestellt hatte. Zugleich wurde ihr allmählich bewusst, welcher Gefahr sie sich selbst mit dieser Unternehmung ausgesetzt hatte. Und auch, dass Esthers Eltern und Geschwister nun dem sicheren Tod ausgeliefert waren, sofern sie sich nicht taufen ließen. Doch das war von den Grünbaums als Letztes zu erwarten.

«Mach dir ein Lager aus Stroh. Hinten an der Wand hab

ich dir eine Pferdedecke hingelegt und dicke Filzsocken. Da hast du's wenigstens warm in der Nacht. Frisches Wasser und etwas zu essen findest du auch. Du musst zu Kräften kommen bis morgen. Sobald es hell ist, machst du dich auf den Weg. Nach Straßburg, zu den Freunden deines Vaters. Du schaffst das, ganz gewiss. Geh nur rechtzeitig, bevor die Bader ins Horn blasen und ihre Stuben öffnen.»

Esther hatte die ganze Zeit über kein einziges Wort geredet. Jetzt stieß sie hervor: «Ich will zurück!»

«Bist du narrisch geworden?»

«Ich will mit den anderen sterben. Bitte lass mich gehen.»

«Nein, Esther.» Claras Tonfall wurde hart. «Du bist jung, du darfst nicht sterben. Gott hat dich bis hierher gebracht, also will er, dass du lebst. Und Eli und Jossele werden auch nicht sterben müssen. Sie kommen morgen in ein Kloster. – Hier», sie drückte ihr ein paar Münzen in die Hand. «Für alle Fälle.»

Als Clara sich von Esther verabschiedete, wunderte sie sich nicht, dass über die Lippen des Mädchens kein Dankeswort kam. Mit einem Mal fragte sie sich nämlich selbst, ob sie richtig gehandelt hatte. Ob sie Esther mit ihrer Flucht wirklich einen Gefallen getan oder nicht vielmehr ihr Leid noch unendlich vergrößert hatte. Aber dazu war es nun zu spät.

Am nächsten Morgen beeilte Clara sich, zu ihrem Schuppen zu kommen. Das Mädchen war nicht mehr da, der Wasserkrug geleert, Brot, Käse und Strümpfe verschwunden.

«Lieber Herrgott, ich danke dir!», flüsterte sie unter Tränen. Sie nahm die Decke, die Esther sorgfältig zusammengelegt hatte, unter den Arm und kehrte zurück in die Stadt. Die Gassen füllten sich mit Schaulustigen, die angesichts des bevorstehenden Spektakels alle in Richtung Große Gass drängten. Dort würden sich die Gefangenen sammeln, bevor man sie vor die Stadt brachte.

Hastig öffnete Clara das Hoftor, um all dem zu entkommen. Sie wollte nur eines: in ihrer Küche vor dem warmen Herdfeuer sitzen und Augen und Ohren verschließen.

«Clara! Wo warst du denn jetzt schon wieder?»

Vor ihr, in der offenen Haustür, stand Heinrich und musterte sie in einer Mischung aus Argwohn und Sorge.

Sie schüttelte nur stumm den Kopf und legte die Pferdedecke in der Diele ab. Als sie sich an ihm vorbeidrücken wollte, nahm er sie sanft, aber bestimmt beim Arm.

«Sie holen gerade die Männer aus dem Turm. Moische und Aaron sind auch dabei. Komm. Verabschieden wir uns von ihnen.»

«Ich – ich kann das nicht.»

«Bitte, Clara. Das ist noch das Geringste, was wir tun können. Es sind unsere Freunde.» Sie spürte, dass er recht hatte, und beschloss, ihn zu begleiten.

Auf dem kurzen Wegstück hinüber zum Rindermarkt fiel Clara auf, was für ein schöner Wintertag heute war. In makellosem Hellblau spannte sich der Himmel über die Stadt, die Sonne hatte sich über die Berge geschoben und ließ die beschneiten Dächer und gefrorenen Wege kristallgleich glitzern. Hob man das Gesicht ins Sonnenlicht, konnte man die Wärme des bevorstehenden Frühlings bereits ahnen.

Dem herrlichen Tag wie zum Hohn zerrte man eben gerade die Gefangenen aus dem Christoffelsturm. Die, die weder zu gehen noch zu stehen mehr in der Lage waren, wurden auf Eselskarren geladen. Einem jungen Burschen waren ganz offensichtlich die Beine gebrochen.

An Heinrichs Seite zwängte sich Clara durch die Menge

der Schaulustigen, den Blick starr zu Boden gerichtet. Als sie aufsah, entdeckte sie auf einem der Wagen Moische, mit merkwürdig verdrehten Armen, die Augen geschlossen. Man hatte ihn also aufgezogen und dabei beide Schultergelenke ausgerenkt. Aaron stand nahe bei ihm. Wie bei den anderen, die noch aufrecht gehen konnten, waren ihm bloß die Hände auf den Rücken gebunden. Leise sprach er auf seinen Vater ein.

Als Heinrich auf den Karren zusteuerte, stellte sich ihm einer der Wächter in den Weg.

«Lass mich durch, Bertschi.»

Der Wächter zögerte, dann trat er einen Schritt zurück. «Aber nur ein Paternoster lang, Meister.»

Clara beobachtete, wie Heinrich schnell ein Fläschchen aus der Tasche zog, es kurz schüttelte und zwischen Moisches blutige Lippen zwängte. Sie wandte sich unterdessen Aaron zu, ohne ihm dabei in die Augen zu sehen.

«Dein Vater wird gleich keine Schmerzen mehr haben.» Ihre Stimme zitterte. So leise als möglich fügte sie hinzu: «Sag deinen Eltern, dass Esther lebt. Sie ist auf dem Weg nach Straßburg.»

«So, das reicht», beschied jener Wächter, der Bertschi hieß. «Es geht los.»

Unbeholfen strich Clara dem alten Moische zum Abschied über die Wange. Ihre Augen füllten sich mit Tränen. «Wir beten für euch», stammelte sie, und: «Gott wird euch beistehen.»

Moische nickte fast unmerklich. Mit einem heftigen Ruck setzte sich der Karren in Bewegung. Dabei fiel sein Kopf zur Seite wie bei einer alten Stoffpuppe.

Bis hinüber zum Fischmarkt gaben Clara und Heinrich ihnen das letzte Geleit, gefolgt von einer immer größer werdenden Menschenmenge. Zweimal hatte Clara bislang eine

Hinrichtung erlebt. Einmal, als eine Kindsmörderin im Sack ertränkt wurde, ein andermal, als ein Mordbrenner qualvoll gerädert wurde, neben dem Galgen draußen vor der Stadt.

Heute hingegen war alles anders. Diente gemeinhin der Tod eines Verbrechers sowohl der Sühne als auch der Versöhnung mit Gott, so gab es für die Juden keinen Priester, der sie durch Beichte und Absolution erlöste und zum Frieden führte. Anstatt sie in den Chor der Kirche zu führen, wo sonst das gräfliche Blutgericht feierlich das Urteil sprach, wo über die Delinquenten der Stab gebrochen, ein letztes Mal die Glocke geläutet und ihnen auf ihrem Gang in den Tod vor der Spitalskapelle der Arme-Sünder-Kelch gereicht wurde, würde man diese Menschen wie Vieh vor die Stadt treiben und den Flammen übergeben.

Nur eines blieb sich gleich: Die Menge gaffte wie immer. Die wenigsten schweigsam, die Mehrheit mit Grölen oder rohem Gelächter – heute lauter und zufriedener denn je, hatten es die Grafen und der Rat der Stadt doch endlich über sich gebracht zu handeln!

Wie hässlich und voller Niedertracht konnte die menschliche Seele doch sein, dachte Clara, während sie sich an Heinrich klammerte. Wie begierig auf jede Grausamkeit, die man nicht am eigenen Leib spüren musste. Da nahm man sogar die Kleinsten mit zu solch einem Spektakel, drückte ihnen Rasseln und Rätschen wie zum Fastnachtsumzug in die Hand, labte sich an Wein und Spitzwecken, die an jeder Ecke angeboten wurden, und schubste und reckte die Hälse, um nur ja nichts von dem Leid, das sich einem darbot, zu versäumen. Und der Scharfrichter würde sich an dem großen Brennen eine goldene Nase verdienen.

Bei der alten Gerichtslaube am Fischmarktbrunnen gab es kein Durchkommen mehr. Die Stadtknechte mussten mit ihren Spießen den Weg frei machen und dabei den Steinen und Rossbollen ausweichen, die in Richtung der Gefangenen geschleudert wurden. Nachdem zuletzt auch die Frauen mit ihren Kindern am Brunnen angelangt waren, allesamt barfuß und in dreckige Lumpen gehüllt, drängte man die Menge zu einem großen Halbrund zurück.

Clara kam mit Heinrich in vorderster Reihe zu stehen. Es hatte geheißen, die zwölf reichsten Männer würden verschont, um in ihrem Namen die Schulden eintreiben zu können. Doch alle waren sie da, keinen hatte man laufenlassen, weder den alten Pfandleiher Moische noch den reichen Süßkind, noch den Vieh- und Getreidehändler Liebekind. Als sie nicht weit vom Brunnen Deborah mit ihren beiden Knaben entdeckte, spürte sie, wie ihre Kräfte schwanden.

Bürgermeister Hug Ederlin bestieg die Stufen der Gerichtslaube, hob die Arme und bat brüllend um Ruhe. Aus weiter Ferne und doch mit einer Stimme wie Donnerhall hörte Clara ihn fragen, wer von den Hebräern nun die letzte Möglichkeit ergreifen und mittels der christlichen Taufe den rechten Weg einschlagen wolle. Keiner der Gefangenen rührte sich, niemand hob auch nur den Kopf. Anschließend fragte Ederlin nach Weibern, die guter Hoffnung seien, doch auch da tat sich nichts. Dabei wusste Clara von mindestens zwei Frauen, die schwanger waren. Ganz offenbar wollten diese Menschen nichts anderes als gemeinsam in den Tod gehen.

Sie schrak zusammen, als unter den Gefangenen ein verzweifeltes Geschrei anhob. Zwei in Nonnentracht gewandete Frauen waren eben dabei, mit Hilfe der Stadtknechte die kleinsten der Kinder zu sich zu holen. Sie aus der Umklammerung ihrer Mütter zu lösen ging nicht ohne Gewalt. Clara hatte Deborah genau im Blick, sah ihre strenge Miene, hörte, wie sie Eli und

Jossele befahl, sie loszulassen. Im Gegensatz zu einigen anderen Müttern wollte Deborah, das begriff Clara sofort, ihre beiden Jüngsten vor dem Tod bewahren. Doch dann erstarrte sie. Nur Jossele wurde mitgenommen und zu den anderen Kleinkindern und Säuglingen gebracht, die sich um Pfarrer Cunrat scharten, teilnahmslos oder auch laut weinend. Eli hingegen, der ältere der beiden Knaben, wurde wieder an die Seite seiner Mutter geschoben. Deborah schüttelte den Kopf, schluchzte irgendetwas, versuchte, trotz ihrer gebundenen Hände den Jungen von sich zu stoßen – doch es half alles nichts.

«Das darf nicht sein!» Clara packte Heinrich beim Arm. «Sie wollen den kleinen Eli in den Tod schicken!»

«Wer älter ist als vier», hörte sie hinter sich einen Mann sagen, «muss ins Feuer. So ist das beschlossen.» Und eine Frauenstimme: «Recht so. Da ist nämlich die Seele schon gänzlich verdorben vom Judentum.» – «Die sollen doch gleich die ganze Brut verbrennen, vom Neugeborenen an.»

Clara schnellte herum: «Dass euch der Teufel das schändliche Maul stopfe! Ihr seid weniger christlich als diese armen Menschen dort.»

«Kannst ja eins der Bälger aufnehmen», rief die Frau des Wollschlägers ihr zu. «Sobald der Pfaffe es getauft hat. Die im Kloster sind froh um jeden Esser weniger.»

«Ist das wahr?»

«Gewiss. Jetzt, wo die Juden überall brennen müssen, da kommen ...»

Clara hörte der Frau nicht länger zu. Sie raffte ihren Rockschoß und rannte hinüber zu Pfarrer Cunrat.

«Die Grünbaumknaben kommen zu uns nach Haus.»

Verdutzt glotzte der Pfarrer sie an, dann winkte er den Bürgermeister heran. Die Umstehenden, die die Worte mitgehört hatten, höhnten: «Die Grathwohlin will Judenmutter spielen.» Einige beschimpften sie, und ein junger Bursche spuckte ihr gar vor die Füße.

«Ruhe!», donnerte Ederlin. «Ihr solltet euch lieber ein Beispiel nehmen. Ist nicht die Barmherzigkeit eine der Kardinaltugenden unserer christlichen Lehre? Meister Heinrich und seine Frau werden die Knaben in bestem christlichem Glauben aufziehen – das ist wahrer Gottesdienst! Nicht wahr, Herr Pfarrer?»

Der nickte zwar, doch seinem abfälligen Gesichtsausdruck war anzusehen, wie wenig er von Claras Rettungsversuch hielt. «Komm heute Nachmittag mit deinem Mann in die Kirche. Nach der Vesper werd ich das Jossele taufen. Hernach müsst ihr in der Kanzleistube die notwendigen Papiere für ihn unterschreiben.»

«Der Eli muss auch getauft werden.»

«Nein. Der ist bereits fünf.»

«Das ist nicht wahr. Wer sagt das?», wandte sich Clara wieder an den Bürgermeister.

«So steht es auf unserer Liste. Ich denke, die Angaben stammen von den Eltern selbst.»

«Dann muss der Schreiber sich verhört haben», begann sie mit dem Mut der Verzweiflung zu lügen. «Die Grünbaums sind unsre Nachbarn, ich kenne den Jungen seit seiner Geburt, und er ist erst vier. Ihr werdet sehen.»

Sie lief hinüber zu Deborah, die aus ihrer Teilnahmslosigkeit erwacht schien. Aus der Nähe, im hellen Tageslicht, sah sie noch elender aus als im Keller des Spitals.

«Deborah, sag es ganz laut und uns allen hier: Wie alt ist dein Eli?»

«Eli ist vier.» Die Stimme war nur noch ein Krächzen.

«Habt Ihr gehört, Herr Bürgermeister? Der Junge ist erst vier.» Clara beugte sich zu Deborah hinunter und küsste sie auf die Stirn. Ihre Haut war kalt wie bei einer Toten.

«Gott schütze dich, Deborah! Und ich verspreche dir», flüsterte Clara, «dass deine Söhne den Glauben ihrer Väter nicht vergessen werden. Wenn wieder Ruhe in die Welt kommt, bringe ich sie zu Esther. Sie ist in Straßburg.»

Deborah stierte sie ungläubig an, dann küsste sie ihren Sohn ein letztes Mal. Mit angstvollem Blick sah sie Clara an.

«Ich danke dir! Es ist gut, dass die Jüngsten das Leben weitertragen.»

Die Worte waren kaum noch zu verstehen. Clara hielt ihr Ohr dicht vor Deborahs Mund.

«Ich hatte nie Angst vor dem Tod – aber jetzt – jetzt hab ich. Die Totenverbrennung – schwere Sünde. Schlimmer als der Tod, weil – die Toten können nicht auferstehen – beim Erscheinen des Messias. Bei uns – warten die Toten in der Erde – in der Erde Israels.»

Die Stimme versagte ihr. Sie sackte in sich zusammen, als ein Wächter Clara und Eli von ihr wegzog.

Währenddessen drohte ein Tumult auszubrechen.

«Schafft die Juden endlich fort!» – «Ins Feuer mit ihnen!» – «Das wird ihr letzter Schabbatabend!»

Mühsam kamen die, die nach Marter und wochenlanger Gefangenschaft noch gehen konnten, wieder auf die Beine. Sie schickten sich an, loszumarschieren, als der junge jüdische Arzt zu schreien anfing: «Wartet – ich will mich bekehren lassen. Ich will zum wahren Glauben übertreten.»

Aaron trat auf Gutlieb zu, spie ihm mitten ins Gesicht und reihte sich mit versteinerter Miene wieder ein, während Gutliebs Fesseln gelöst wurden.

Dieser Aufbruch der Todgeweihten war das letzte Bild, das Clara von ihren einstigen Nachbarn haben würde. Mehr konnte sie nicht ertragen. Sie machte sich auf den Heimweg, jeder einzelne Schritt kostete sie unsagbare Mühe. Unter den Fenstern der Spitalskirche lehnte sie sich gegen die Hauswand. Heinrich, der ihr gefolgt war, zog sie in seine Arme.

«Ich bring dich heim. Halt dich nur fest an mir.»

«Nein, lass, es geht schon wieder. Nur ein kleiner Schwächeanfall, nichts weiter.»

Er trat einen Schritt zurück und betrachtete sie ernst. «Was hast du da eben zuvor mit den Grünbaumknaben ausgehandelt?»

«Die beiden kommen nach der Taufe zu uns – vorerst jedenfalls.»

«Du bist verrückt!»

«Ich hätte das mit dir beraten müssen, ich weiß. Aber – ich bin eine Mutter genau wie Deborah, und ich hätte auch gegen deinen Willen so gehandelt.»

Sie spürte, dass Heinrich verstimmt war über ihr eigenmächtiges Handeln. Doch hatte sie auf ihn keine Rücksicht nehmen können und sah auch jetzt keinen Anlass, ihn dafür um Verzeihung zu bitten. Zumal ihre Gedanken schon um etwas ganz anderes kreisten, um Deborahs letzte Worte nämlich. Von der Erde Israels hatte sie gesprochen, und Benedikt hatte ihr schon vor Jahren erzählt, dass die Grünbaums irgendwo in ihrem Keller tatsächlich ein Säckchen Erde aufbewahrten. Es stamme aus dem Land ihrer Vorväter, hatte er ihr mit feierlicher Miene erklärt. Und dass es der Traum aller Juden sei, irgendwann ins Land der Väter zurückzukehren oder zumindest in der Erde Israels begraben zu sein.

Damals hatte sie sich ein wenig lustig darüber gemacht, wie

denn ein paar Krümchen Erde ausreichen sollten, dass ein Toter sich wie im Schoße Israels fühle, und Benedikt war gehörig in Harnisch geraten: «Wie vermessen du bist! Was sollen da erst die Juden von uns denken, die wir in unseren geweihten Hostien den Leib Christi sehen und diesen auch noch essen?»

Ich verspreche dir etwas, Deborah, sagte sie sich innerlich, als sie jetzt am Hoftor angelangt waren. Ich verspreche dir, dass du und deine Lieben in der Erde Israels ruhen werdet. – Und bitte, Deborah, verzeih mir meine Schuld …

Allein mit drei Stadtknechten stand Benedikt beim Schießrain und wartete auf die zum Tode Verurteilten. Von den Männern misstrauisch beobachtet, verharrte er keinen Steinwurf entfernt von dem Holzgerüst, das mitten auf der Uferwiese errichtet worden war. Man mochte meinen, dass hier ein neues Haus entstand, dessen Balkenskelett als Nächstes mit Lehm und Bruchsteinen ausgefacht würde, bevor es ans Dachdecken ging. Wären da nicht im Innern die Reisigbündel und die sorgfältig geschichteten Holzscheite gewesen. Dieses Haus würde Wände und Dach nie erhalten. Zuvor nämlich würde es mitsamt seinen Bewohnern in Flammen aufgehen.

Benedikt war nicht gekommen, um Zeuge dieses grauenvollen Sterbens zu werden. Er war hier, um Esther nicht alleinzulassen. In vorderster Reihe würde er stehen, wenn das Reisig rundum Feuer fing, damit sie sah, dass er mit ihr war. Er war sich sicher, dass er den Schmerz beim Anblick ihrer Todesqualen nicht überleben, dass er mit ihr sterben würde, und das verlieh ihm jetzt, in diesem Augenblick, eine unerwartete Ruhe. Für alle Fälle hatte er einen Dolch dabei, den er sich, wenn es für Esther vorbei war und er noch immer am Leben sein sollte, ins Herz stoßen würde.

Lange bevor Benedikt die Meute sah, hörte er sie bereits, vernahm das Stimmengewirr zwischen den Trommelschlägen, einzelne laute Schreie, das Gebell von Hunden. Als Erstes schoben sich aus dem Dunkel des Schneckentors, hoch zu Ross auf glänzenden Rappen, der Schultheiß und der Bürgermeister ins Sonnenlicht. Dahinter folgten zu Fuß die Ratsherren, dann die Gilde der Kaufherren, die achtzehn Zünfte, sie alle noch wohlgeordnet und mit erhobenem Banner, und endlich, als wilder Haufen um die Gefangenen, der Pöbel. Von den eigentlichen Stadtherren, den beiden Grafen von Freiburg, war nichts zu sehen.

Äußerlich blieb Benedikt noch immer ruhig. Doch beim Näherkommen verschwamm der Menschenzug zu einem einzigen bunten Fleckengemisch, in seinen Ohren rauschten Stimmen, in seinem Kopf verwirrten sich die Gedanken. Wenn die Qual am größten ist, hörte er den alten Moische sagen, kommt unser Erlöser und bringt mit sich das Reich der Gerechtigkeit und des Friedens. Zugleich sah er im Geiste Esther traurig lächeln: Keiner von uns wird sich der Gewalt beugen und die Taufe über sich ergehen lassen, und Benedikt rief ihr zu: Dann tu es um unserer Liebe willen! Da begann sie zu schluchzen: Ich habe Angst!, presste sich an ihn, wie vor wenigen Tagen und tausend Ewigkeiten, und er konnte wieder deutlich ihren Duft nach Wiesenblumen riechen.

«Aus dem Weg jetzt!» Einer der Wächter drückte ihm den Schaft seiner Hellebarde gegen die Brust und schob ihn rückwärts gegen das Seil, das in gebührendem Abstand um die Hinrichtungsstätte gespannt war. «Dahinter wartest, wie alle andern auch.»

Der Zug war angekommen. Aus der unbestimmten Masse hinter den Reitern, die jetzt das Holzgerüst umrundeten, schälten sich nach und nach einzelne Gestalten heraus. Da waren Ratsherren und Bürger, die Benedikt gut kannte: Hier der alte Tucher, die Räte Pfefferlein und Neumeister, die Badermeister Ebnoter und Plattner, dort der Würzkrämer Nussgeld, der Stadtschreiber Heinerli aus der Nachbarschaft, der Bärenwirt Hanmann Bienger, der Fleischer Aberlin Lacher von der Oberen Metzig, bei dem seine Mutter immer einkaufte. Benedikts Blick saugte sich an diesen Bürgersleuten in ihrem so feierlichen Ernst fest, nur um nicht den Pöbel schauen zu müssen und die geschundenen Kreaturen, die da zu Fuß und auf Eselskarren herangeschleppt wurden – schätzungsweise an die hundert Männer, Frauen und ältere Kinder.

Seine Hände krampften sich um das Seil, bis die Knöchel weiß hervortraten. Das Stadtvolk wurde hinter die Absperrung zurückgetrieben, hie und da setzte es Schläge seitens der Wächter. Nichts und niemand verstellte Benedikt den Blick, als die Gefangenen nun ins Innere des Gerüstes getrieben, gezerrt, getragen wurden. Dort band man sie mit Stricken aneinander, die Familie des Rabbiners und all die Familien aus den Nachbarhäusern, die er seit seiner Kindheit kannte. Er entdeckte Deborah mit dem Dienstmädchen dicht neben sich, dann Aaron, an dessen Schulter sein Vater lehnte, und hörte sich beim Anblick des Freundes laut aufschluchzen. Er sah, wie ein Jude nach dem andern das Gesicht zum Himmel hob, um Psalmen zu singen, und die, die es noch vermochten, begannen zu ihren Liedern auf gespenstische Weise sogar zu tanzen. Wen er indessen nirgends entdecken konnte, waren Jossele, Eli und – Esther!

Der Scharfrichter und sein Knecht näherten sich mit flammender Fackel den Reisigbündeln. Für einen kurzen Augenblick wurde es still auf der Uferwiese, und man hörte deutlich die Worte: *Sch'ma Israel adonai – Höre Israel, der Ewige ist unser Gott, der Ewige ist einzig.* Das war das Glaubensbekenntnis der Hebräer, und Benedikt erinnerte sich daran, wie Aaron ihm einmal vom Märtyrertod, dem Kiddusch haShem, erzählt hatte, den sein Volk seit Urzeiten auf sich nahm, um in Würde einen Tod zur Ehre Gottes zu sterben und als Lohn das große Licht der Welt zu erblicken.

Nein, es gab keinen Zweifel: Esther war nicht dabei. Konnte es sein, dass sie und ihre Brüder als Einzige entkommen waren? Oder waren sie womöglich schon tot, im Kerker dahingerafft?

Als der Brandmeister den ersten Reisighaufen entzündete und ein Aufschrei durch die Menge ging, machte Benedikt verstört auf dem Absatz kehrt. Mit schierer Gewalt zwängte er sich durch die Masse der Gaffer, nur weg, nur fort von hier. Herr, du mein Gott, schrie es in ihm, warum hältst du nicht die Zeit an? Warum tust du nichts für diese armen Menschen?

Mit keuchendem Atem erreichte er schließlich das Stadttor. Aus dem Augenwinkel konnte er den riesigen Feuerschein in den Abendhimmel lodern sehen, Brandgeruch stieg ihm in die Nase, und je weiter er sich von diesem Ort des Grauens entfernte, desto deutlicher nahm er einen anderen Geruch wahr: den von verbranntem Fleisch.

Kapitel 15

Eine wahrhaft reiche Beute war zu verteilen. So reich, dass seit Tagen eine Ratsversammlung die andere ablöste und keine Einigung in Sicht war.

Bereits Tage vor der Hinrichtung hatten die Juden ihre Pfänder und Schuldverschreibungen herausrücken müssen. Die Rechte an ihrem Vermögen waren vorerst an den Rat der Stadt gegangen. Doch wie nun sollte dieser ungeheure Reichtum verteilt werden? Da waren die gutgefüllten Kassetten mit Münzgeld, das die Juden als Wechsler und Geldverleiher in großen Mengen bereithalten mussten, dazu Perlen, Gold- und Silberschmuck, wertvolle Pelze und Kleider, Vorräte an Wein und Getreide. Auch Wechselurkunden und Rechtstitel auf Gülten und Renten, auf Korn- und Weinernten sowie allerhand Liegenschaften in- und außerhalb der Stadt zählten dazu.

Der Alte und der Neue Rat der Vierundzwanziger, dem Filibertus Behaimer auch dieses Jahr wieder angehörte, stritten erbittert um die rechte Vorgehensweise. Zunächst war man verfahren wie anderswo auch. Der Rat hatte das gesamte Vermögen eingezogen, um sich anschließend hierüber mit den beiden Grafen als ihren Stadtherren zu verständigen. Man dachte daran, ihnen ihre Gesamtschuld bei den Juden zu erlassen und einen zehnten Teil des Vermögens sowie die Liegenschaften außerhalb der Mauern, die Rebgärten und den Friedhof vor der Stadt zu übergeben. Synagoge und Wohnhäuser wären vom Rat zu beschlagnahmen, um Letztere wohlfeil an verdiente Bürger zu veräußern. Der Mob stellte noch das geringste Problem dar. Man würde ihn damit abspeisen, dass seine widerrechtlichen Plünderungen an Leib und Häusern der Juden nicht geahndet würden. Alles Weitere dann sollte unter den Räten und Zünften verteilt werden.

Doch bereits mit Grund und Boden wurde es schwierig. Die Synagoge wollten die Herren Grafen den Freiburgern wohlwollend überlassen, ansonsten erhoben sie Anspruch auf sämtliche Wohnhäuser sowie die Hälfte des Vermögens. Ein Aufschrei der Empörung war da durch die Ratsstube gegangen, und man hatte die Sitzung am heutigen Tag, dem fünften nach der Hinrichtung, in lautstarkem Streit mit dem Schultheißen und dem gräflichen Schatzmeister beendet.

Nicht nur deswegen war Filibertus Behaimer mehr als verdrossen, als er sich auf den Heimweg zum Fischmarkt machte. So hatte er sich das Ganze nicht vorgestellt. Schon der Tod des Brunnenstubenwächters und auch die Hinrichtungen waren nicht in seinem Sinne gewesen. Es hätte vollkommen genügt, die Juden aus der Stadt zu jagen. Gleich morgen wollte er den Stadtpfarrer aufsuchen und der Kirche eine großzügige Spende vermachen, damit Pfarrer Cunrat ihn fürderhin in seine Gebete einschloss. Einen silbernen Messkelch etwa, mit einer hübschen Gravur, die auf ihn als Stifter hinwies, oder einen kostbaren Wandbehang mit biblischen Motiven. Oder noch besser war es, gleich eine Priesterpfründe auf einen der Altäre zu stiften, für sein tägliches Seelenheil.

Bei diesem Gedanken griff Behaimer sich an die Brust. Immer häufiger in letzter Zeit spürte er hier ein Gefühl der Enge, einen unangenehmen Druck, der sich in stechenden Schmerzen an Schulter oder Oberarm entlud. Womöglich war sein Ende näher, als er dachte.

Andrerseits: Warum sollte er allein die Verantwortung auf sich nehmen? Hatte man nicht schon bei den Beratungen im elsässischen Benfeld mehr oder weniger deutlich auf das Judenmorden hingearbeitet? Wäre es hier in Freiburg nicht auch ohne den Giftfund bei den Brunnenstuben so weit gekommen? Und eines war so sicher wie das Amen in der Kirche: Auch Straßburg würde dem Beispiel der anderen oberdeutschen Städte folgen. Es war nur eine Frage der Zeit.

Behaimer wischte sich die Schneeflocken aus dem Gesicht und schnaubte. Da hatte man also gleich drei Fliegen auf einen Streich zur Strecke gebracht: Viele waren, so wie er selbst, ihre Schulden los, ein paar wenige würden sich bereichern können, und das gemeine Volk hatte zumindest seinen Sündenbock für die wirtschaftlichen Nöte und die drohenden Sterbensläufe.

«Gott zum Gruße, Meister Filibertus.»

Vor ihm stand Clara Grathwohl. Ums Haar wäre er mit ihr zusammengeprallt.

«Ah, die heimliche Wundärztin! Wohin des Wegs, so spät am Tag?»

Augenblicklich spürte er, wie sich seine Stimmung hob. Sein Blick glitt von ihren geröteten Wangen über die kräftige Gestalt, deren Rundungen unter dem losen Umhang nur zu erahnen waren.

«Muss ich Euch hierüber Rechenschaft ablegen?», gab sie schnippisch zurück.

«Nun, das selbstredend nicht. Aber wie wäre es mit einem kleinen Austausch unter Kollegen? Ich habe von deiner neuen Methode des Venenschlagens gehört.»

«Hättet Ihr die Hildegard von Bingen gelesen, so wüsstet Ihr, wie uralt diese Vorgehensweise ist.»

Er schwankte zwischen Verärgerung ob ihrer Unverfrorenheit und Belustigung.

«Gute Frau, ich habe so viel gelesen in meinem Leben, dass längst nicht alles haftengeblieben ist. Aber wie wär es», er grinste breit, «wenn ich dich auf ein Krüglein Roten in den Bären einlade? Dann könnten wir ein wenig über die Heilkunde der streitbaren Klosterfrau disputieren.»

«Dazu fehlt mir die Zeit. Im Gegensatz zu Euch habe ich noch eine Haushaltung zu führen. Behüt Euch Gott, Herr Stadtphysicus.»

«Schade drum.»

Er sah ihr nach, wie sie aufrecht und erhobenen Hauptes durch das Schneegestöber schritt und gleich darauf um die Ecke zur Salzgasse verschwand. Unwillig dachte er daran, dass ihn zu Hause Irmel und Nese erwarteten, die beiden jungen Huren aus der Neuburgvorstadt. Er würde sie wieder heimschicken. Er hatte sie satt, all diese blutjungen Weiber, die ihm gegen ein paar Pfennige Wollust und Begehren vorgaukelten und dabei auch noch kicherten wie kleine Mädchen, wenn sie ihm die nackten Brüste entgegenstreckten.

Immerhin würde morgen diese vermaledeite Fastnachtszeit zu Ende gehen, die heuer, als habe das Judenbrennen das Volk vollends außer Rand und Band gebracht, von besonders unmäßigen Saufgelagen und Raufhändeln begleitet war. Sogar von den Ratsherren – er selbst mit eingeschlossen – waren nur die wenigsten nüchtern zu den Sitzungen gekommen, und so war es nicht verwunderlich, dass der Disput heute beinahe zu einer Schlägerei mit der gräflichen Partei geführt hatte.

Ab morgen, dachte Behaimer und stieß hörbar die Luft aus, ist es mit all diesen Ausschweifungen erst einmal vorbei. Dann würde der Pfarrer in der heiligen Messe die Asche der

Palmzweige segnen und damit den Gläubigen ein Kreuz auf die Stirn zeichnen. Nachhaltiger als jeder Stadtbüttel und Scharwächter würde die beginnende Fastenzeit für Ruhe in den Gassen sorgen, und auch seinen eigenen Säftehaushalt vermochte er dann endlich wieder in die richtige Ordnung zu bringen. Sein Bauch spannte schon von der Völlerei der letzten Wochen.

Vor seiner Haustür rempelte ihn ein Kerl so heftig von der Seite an, dass er strauchelte.

«He, du Tölpel! Hast du keine Augen im Kopf?»

Es war Meinwart, der sich augenscheinlich wieder einmal einen Rausch angesoffen hatte. Der Bursche hatte ihm gerade noch gefehlt.

«Ihr sssuldet mir noch einen Gulden, werter Herr Ssstadtphysscus», lallte er.

«Der Galgenstrick gebührt dir für das, was du getan hast! Kannst Gott danken, wenn ich dich nicht dem gräflichen Blutgericht ausliefere.»

Ein Ruck ging durch Meinwarts Körper.

«Wie? Ihr d-droht mir?» Seine Augen funkelten böse. «Wer hat mich denn an-angeschtiftet? Außerdem – der Dummkopf ist mir gradwegss inss Messer gerannt. Ein Unfall.»

Er trat dicht an Behaimer heran und blies ihm seinen Weinatem ins Ohr.

«Nur ein Wort darüber, Magissterlein, und die ganze Stadt erfährt, wer mir den Giftbeutel zugeschteckt hat. Und dann baumelt Ihr neben mir am G-Galgen.»

Clara kniete auf dem eisigen Steinboden der Kirche und blickte vom Gebet auf. Der Chorraum war verhüllt von dem riesigen Fastentuch, das in düsteren Farben aus dem Leben des

Heilands erzählte. Sie versank im Anblick des Gekreuzigten und begann, ihm Fragen zu stellen: Du bist für unsere Schuld gestorben, Herr Jesus Christus, hast dich um unserer Sünden willen geißeln und ans Kreuz schlagen lassen. Jetzt haben wir erneut große Schuld auf uns geladen, ich selbst habe Schuld auf mich geladen gegenüber meinem Sohn, gegenüber Esther Grünbaum. Herr Jesus Christus, warum ist dieses Volk der Juden so geächtet, dass es vernichtet werden darf? Ist es nicht auch dein Volk, selbst wenn es an dir zweifelt? So wie du an Gott gezweifelt hattest in deiner Sterbestunde? Warum also lässt du zu, dass sie allerorten brennen müssen?

All dies fragte sie den Gekreuzigten, doch sie erhielt keine Antwort. Dennoch nahm sie sich vor, weiterhin jeden Morgen hierher zum Gebet zu kommen, bis zum Ende der Fastenzeit, und jeden Tag eine Kerze zu entzünden für das Seelenheil der Juden und das ihrer Familie und ihrer Vorfahren. Vielleicht würde sie dann ja eines Tages Ruhe finden vor dem Bild, das sie jede Nacht quälte, dem Bild des rauchenden Totenackers.

Drei Tage hatte es gebraucht, bis das große Feuer endlich erloschen war. An jenem Nachmittag hatte sie lange mit sich gerungen. Allein der Gedanke an das Versprechen, das sie Deborah innerlich zum Abschied gegeben hatte, hatte ihr plötzlich Angst gemacht. Es war die Angst, die Stätte des Todes zu betreten. Wie gern hätte sie Heinrich um Beistand bei dieser schweren Aufgabe gebeten, doch der war dieser Tage von früh bis spät unterwegs. Etliche Brandwunden von Schaulustigen, die sich zu dicht ans Feuer gewagt hatten, galt es zu behandeln. Von Heinrich hatte sie auch erfahren, dass an diesem dritten Tag nach der Hinrichtung die Asche in den Fluss gekippt werden sollte, am Abend kurz vor Torschluss.

So hatte sie denn Jossele und Eli, die seit jenem unheilvollen Tag kein Wort mehr über die Lippen brachten, in Johannas Obhut gelassen und war allein zum Nachbarhaus gegangen. Unbewacht, mit seinen zerschlagenen Türen und Fenstern, ließ es jeden Fremden ein. Längst waren nämlich alle Schätze der Juden ins Zeughaus verbracht worden, kein Möbelstück, keinen Wandbehang, nicht den kleinsten Zierrat hatte man zurückgelassen. Das Haus war ebenso tot wie seine Bewohner, und Clara war heilfroh, dass sie es nicht betreten musste. In den tiefen Gewölbekeller gelangte man nämlich von der Gasse her.

Sie musste sich nicht lange umsehen. Auch im Keller hatte man fast alles beschlagnahmt, nur einige zerschlagene Gerätschaften, ein geborstenes Fass und eine Holzkiste waren übrig. Die war gefüllt mit Fichtenreisig zum Anfeuern. Zuunterst fand Clara, was sie suchte.

Wider Erwarten war sie von feierlicher Andacht ergriffen, als sie den schweren Lederbeutel heraushob. Darin also war Erde aus dem Gelobten Land Israel! Sie dankte Gott, dass sie nun ihr Vermächtnis würde erfüllen können, bat ihn um Kraft für das, was noch folgte, und machte sich auf den Weg hinaus zum Schießrain.

Noch immer lag Brandgeruch über der ganzen Stadt, doch hinter dem Schneckentor wurde er schier unerträglich. Solange das Feuer noch lichterloh gebrannt hatte, waren hier Tag und Nacht Wachen abgestellt gewesen, jetzt aber türmte sich auf der Uferwiese in aller Einsamkeit ein grauweißer Ascheberg unter den verkohlten Balken. Clara schossen bei diesem Anblick die Tränen in die Augen. Diese Asche war alles, was von ihren Nachbarn, von den jüdischen Mitbewohnern ihrer Stadt geblieben war! Jemand musste Jochai in Speyer benachrichtigen, kam es ihr in den Sinn, musste ihm sagen, dass seine Eltern und sein Bruder tot waren. Auch, dass seine Schwester und die Kleinen überlebt hatten.

Dicht vor der Hinrichtungsstätte hielt sie inne. Die Wärme schlug ihr wie aus einem riesigen Ofen entgegen, den jemand angezündet hatte, um den klirrenden Frost dieser Wintertage zu vertreiben. Überall schwelten noch Glutnester, und ein schwerer Balken, der einzeln und wie ein Fingerzeig gen Himmel aus dem Haufen ragte, krachte eben jetzt in sich zusammen. Clara unterdrückte einen Aufschrei.

«Mutter?»

Sie fuhr herum. Vor ihr stand Benedikt, mit schmutzigem Gesicht, die Augen gerötet. Seit Ewigkeiten hatte sie ihn nicht mehr gesehen. Sie ließ den schweren Beutel auf die Erde sinken und warf sich ihm an die Brust. Sein Körper fühlte sich stocksteif an.

«Ich begreife das alles nicht», schluchzte sie. «Was ist mit unserer Welt geschehen? Sag es mir.»

Bei den letzten Worten ergriff sie ihren Sohn bei den Schultern und schüttelte ihn. Benedikts Blick war stumpf.

«Esther war nicht dabei», sagte er tonlos.

«Hast du etwa alles mit angesehen?»

«Ich bin fort, bevor es gebrannt hat.» Seine Worte waren kaum zu verstehen. «Was haben sie mit ihr gemacht? Wenn du etwas weißt, sag es mir.»

Clara wischte sich die Tränen aus dem Gesicht. Sie hatte mit Rudolf Stillschweigen um ihrer beider Leben willen vereinbart. Jetzt aber musste sie reden. Sie durfte den Graben zwischen sich und ihrem Sohn nicht noch tiefer werden lassen.

«Sie konnte fliehen. Ich bete jeden Tag, dass sie in Sicherheit ist.»

«Fliehen? Woher weißt du das?» Jetzt war er sichtlich erregt und packte sie an den Schultern.

Sie zuckte die Achseln. «Man hört vieles, wenn man in den Gassen unterwegs ist. Mehr kann ich dir auch nicht sagen.»

Es tat ihr selbst weh, ihn anzulügen. Aber wenn sie ihm verriet, dass Esther in Straßburg war, würde er mit Sicherheit kopflos hinterhereilen. Und das konnte sie nicht riskieren. Sie deutete auf das Säckchen. «Hilfst du mir?»

«Was ist das?»

«Erde. Erde aus dem Land Israel. Ich habe den Beutel aus Grünbaums Keller geholt – du hattest mir mal davon erzählt, weißt du noch? Deborahs letzter Wunsch war, dass ihre Asche in der Erde ihres Gelobten Landes ruht. So, wie es für ihre Toten Brauch ist. – Auch wenn von den Toten nicht mehr viel geblieben ist …», fügte sie voller Seelenschmerz hinzu.

Jetzt trat Erstaunen in Benedikts leblosen Blick. Es sah aus, als wolle er sie etwas fragen, doch stattdessen bückte er sich, nahm den Beutel unter den Arm und schritt auf einem breiten, erloschenen Balken mitten hinein in die Stätte des Todes.

«Komm!», rief er ihr zu, ohne sich umzudrehen.

Sie spürte, wie Benedikt ihr Halt gab auf diesem schweren Weg. Silbern schimmerte nun, im letzten Tageslicht, die Asche zwischen den verkohlten Balken, im Westen verfärbte sich der Himmel purpurrot.

An einer Stelle, wo mehrere Holzstücke aufeinanderlagen, hielt Benedikt inne, legte den Beutel zwischen sich und seine Mutter und öffnete die Kordel.

«Vater unser im Himmel», begann er, und Clara fiel ein in sein Gebet. Dann griffen sie nacheinander mit beiden Händen in die helle, sandige Krume. Schwungvoll schleuderte Benedikt die Erde in alle Richtungen, vorsichtig, beinahe ängstlich verstreute Clara sie rings um ihren Körper. Unter ihren Schuhsohlen spürte sie die Hitze und fragte sich, welche Asche wohl zu Deborah, welche zu Aron und welche zu Moische gehören mochte. Erneut brach sie in verzweifeltes Schluchzen aus.

Als sie sich einige Zeit später auf den Rückweg machten, begegneten ihnen ein gutes Dutzend Stadtknechte und Arbeiter, mit schweren Schubkarren, Schippen und Kiepen bewehrt. Damit würden sie die sterblichen Überreste der Hingerichteten in den Fluss schaffen, bis nichts mehr von ihnen übrig war. Nur noch die verkohlte Grasnarbe der Uferwiese würde sichtbares Zeugnis dessen bleiben, was hier geschehen war.

«Begleitest du mich nach Hause?», fragte Clara. «Jossele und Eli sind bei uns. Vielleicht – vielleicht kannst ja du sie zum Sprechen bringen, wenn du hin und wieder bei uns bist. Sie mögen dich sehr.»

«Sind sie denn nicht im Kloster?»

«Nein. Man hat sie getauft, und gleich danach durften dein Vater und ich sie in der Ratskanzlei abholen.»

«Dem Herrgott sei Dank!» Seine Stimme wurde lebhafter. «Ich hatte große Angst um die beiden. Ich habe gehört, dass alle, die über vier Jahre alt …» Benedikt biss sich auf die Lippen.

«Eli ist fünf. Aber das braucht niemand zu wissen. Eine kleine Notlüge – der Bürgermeister hat mir sofort geglaubt.»

«Das hast du getan?» Benedikt hielt sie am Arm fest. «Du hast nicht vielleicht auch mit Esthers Flucht zu tun, Mutter?»

«Wie kommst du darauf?»

Sie machte sich los und strich ihm übers Haar. Sie war kurz davor, ihm zu sagen, dass Esther bei ihrem Verlobten in Straßburg war – so Gott ihr denn gnädig gewesen sein mochte. Stattdessen fügte sie nach einem Moment des Zögerns hinzu: «Ich hab gehört, dass Freunde der Grünbaums sie weit weg außer Landes gebracht haben.»

Als Clara sich jetzt, das Fastentuch mit dem Gekreuzigten vor Augen, an das Gespräch mit ihrem Sohn eine Woche zuvor erinnerte, quälte sie erneut das schlechte Gewissen. Warum nur hatte sie ihm nicht die Wahrheit gesagt? Weil sie fürchtete, er würde dem Mädchen hinterherlaufen? Weil sie wollte, dass Esther ein für alle Mal aus Benedikts Leben verschwand?

Mit traurigem Herzen machte sie sich auf den Heimweg, wo mit Jossele und Eli die nächste schwere Bürde auf sie warten würde. Die beiden Kinder hatten noch immer kein Wort gesprochen seit jenem Tag, als man ihnen die Eltern genommen hatte. Ob sie begriffen hatten, was mit ihrer Familie geschehen war, vermochte niemand zu sagen. Claras einzige Hoffnung war, dass sie noch klein genug waren, eines Tages alles zu vergessen. Zumindest würden sie mit dem Grünbaum'schen Vermögen, das in ihrem Garten vergraben war, eine sorglose Zukunft haben.

Als Clara die Eingangsdiele betrat, hörte sie nun zu ihrem Erstaunen aus der Küche Gesang. Zwischen hellen Kinderstimmen brummte eine tiefe Männerstimme, und sie erkannte das Lied vom Häschen und vom Fuchs.

Ungläubig stieß sie die Küchentür auf. Um den Tisch waren ihre sämtlichen Kinder versammelt, Jossele und Eli in ihrer Mitte, und am Kopfende stand Benedikt und schwang seinen Löffel als Taktstock. Das Erstaunlichste war, dass die beiden Grünbaumknaben mitsangen. Und sie hatten, das war ihren verschmierten Mündern anzusehen, ordentlich beim Morgenbrei zugelangt.

Clara wartete noch, bis die letzte Strophe verklungen war, dann klatschte sie Beifall.

«Schön habt ihr gesungen.»

«Stell dir vor», strahlte Michel, «sogar der Jossele kennt jetzt jedes Wort!»

Benedikt erhob sich. «Ich geh dann mal in die Werkstatt.»

«Wart, ich bring dich zur Tür.»

Clara war froh um jeden Augenblick, den sie ihren Ältesten um sich hatte.

«Es ist schön», sagte sie, während sich Benedikt draußen in der Diele Umhang und Kapuze überzog, «dass du zum Morgenessen gekommen bist. Dein Einfall, mit ihnen zu singen, hat ja Wunder gewirkt.»

«Schon recht. Michel hat erzählt, dass die beiden gestern beim Einschlafen zum ersten Mal geredet hätten.»

«Hat er gesagt, worüber?»

Ein Anflug von einem Lächeln zeigte sich auf seinem Gesicht. «Sie haben gefragt, ob sie am Palmsonntag wohl auch mal auf dem Palmesel reiten dürften.»

An diesem Abend kam Heinrich später als sonst nach Hause. Er wirkte bedrückt. Nachdem die Kinder zu Bett gegangen waren, schenkte er sich und Clara noch einen Becher Wein ein.

«In Straßburg gibt es einen Aufruhr. Die Metzger und Kürschner und einige andere Handwerker haben sich gegen die Patrizier im Rat der Stadt erhoben und sogar gegen ihre eigenen Zunftmeister.»

Clara verstand nicht ganz, weshalb ihr Mann sich hierüber so beunruhigte.

«Aber – was haben sie für einen Grund?»

«Weil der Rat der Stadt bislang so hartnäckig am Judenschutz festgehalten hat, deshalb. Die Aufrührer haben sogar die alten Adelsgeschlechter an ihrer Seite, weil die ihre Macht im Rat wieder zurückhaben wollen. In Wehr und Waffen sind sie mit den Handwerkern vor das Rathaus gezogen. Heute hat der Ammanmeister sein Amt aufgeben müssen, und die Aufrührer haben sich eigene Ratsherren gewählt.»

Heinrichs Hand zitterte, als er den Becher zum Mund führte. «Jetzt steht der Vernichtung der Straßburger Juden nichts mehr im Wege.»

Ihr schwindelte plötzlich, die Luft zum Atmen wurde ganz dünn.

«Clara – was ist mit dir? Du bist ja totenbleich.»

«Es ist wegen Esther – sie ist in Straßburg – ich dachte, dort wäre sie sicher.»

Es brauchte eine Weile, bis Heinrich begriff.

«Esther ist in Straßburg?»

Clara riss sich zusammen und holte tief Luft. «An jenem Abend vor der Hinrichtung, als ich bei Dunkelheit nochmals los bin, da hatte ich Esther heimlich aus dem Spital geholt. Hatte sie bei Rudolf sozusagen losgekauft und in unseren Schuppen in die Vorstadt gebracht. Von dort ist sie dann am Morgen weiter nach Straßburg. – Bitte verzeih mir, Heinrich, dass ich dir das verschwiegen habe! Aber ich musste Rudolf schwören, niemandem etwas zu sagen.»

Im Blick ihres Mannes las sie Enttäuschung und Traurigkeit.

«Hast du so wenig Vertrauen in mich?», fragte er mit tonloser Stimme. Dann straffte er die Schultern. «Wir müssen es Benedikt sagen, dass das Mädchen in Straßburg ist. Er muss sie dort wegholen. Wenn Gott will, ist es noch nicht zu spät.»

Zwei und einen halben Tag hatte es gebraucht, bis Benedikt endlich die Türme und Mauern Straßburgs vor sich aus dem Dunst auftauchen sah. Das Pferd, das er geliehen hatte, war ganz und gar erschöpft. Auf dem rechten Hinterhuf ging es lahm, und Benedikt bedauerte, es so erbarmungslos vorwärtsgetrieben zu haben. Er war kein guter Reiter, aber selbst dann hätte er es nicht eher schaffen können. Zu kurz noch waren die Tage jetzt im Hornung, und ihm stand auch nicht, wie den Reitenden Boten, ein Pferd zum Wechseln zur Verfügung.

Für die letzte Wegstrecke stieg er ab und führte das schweißnasse Tier hinter sich her. Zu jedem anderen Zeitpunkt hätte er sich gefreut, die mächtige freie Reichsstadt wiederzusehen, ihre herrliche, Münster genannte Kirche und die ihm noch aus seiner Gesellenzeit bekannten Gesichter auf der Hütte.

Doch für dieses Mal war alles anders. Er starrte auf die Umrisse der Stadt, während seine Schritte langsamer wurden, und plötzlich traf ihn die Gewissheit schmerzhaft wie ein Peitschenhieb: Er war zu spät gekommen! Seine Nase witterte denselben abscheulichen Geruch wie zwei Wochen zuvor in Freiburg, und was dort über den Hausdächern und Türmen hing, war kein Dunst, sondern zerstobener Rauch!

Die Zügel glitten ihm aus der Hand. Das Pferd sprang erschrocken zur Seite, als er voller Verzweiflung zu schreien begann. Er ging in die Knie, ließ sich kraftlos vornüberfallen, mitten auf dem matschigen Fahrweg.

Es war alles vergebens gewesen. Das ganze Leben war vergebens. Er würde hier liegen bleiben, bis der Tod Erbarmen zeigte und ihn holen kam.

«He du, was bist du für einer?»

Benedikt rührte sich nicht.

«Bist du verletzt? Ich dachte, ich hätte einen Schrei gehört.»

Jemand zog ihn in die Höhe, schleppte ihn an den Wegrand, klopfte ihm rechts und links gegen die Wangen. Widerstrebend öffnete Benedikt die Augen. Erst glaubte er, seinen Vater vor sich zu sehen, doch es war ein Bauersmann in dessen Alter, mit blondem, noch kräftigem Haarschopf, der von einzelnen grauen Strähnen durchsetzt war. Der Fremde betrachtete ihn eingehend. Neben ihm graste ein struppiger Esel.

«Wie heißt du, und woher kommst?», fragte der Mann.

«Benedikt Grathwohl.» Benedikt wunderte sich selbst, dass er noch zu sprechen vermochte. «Aus der Stadt Freiburg.»

«Sag bloß, du bist überfallen worden.»

«Nein. Es ist nichts. Bin nur müde.»

«Dem Himmel sei Dank. Neuerdings treibt sich hier eine Rotte Wegelagerer herum. Dein Pferd hab ich dort drüben festgemacht. Dem ist ein Eisen locker. Das musst du richten lassen.»

Der Bauer wollte sich schon abwenden, da hielt Benedikt ihn am Arm fest.

«Warte. Was ist in Straßburg geschehen?»

«Das weißt du nicht? Ein großes Judenschlagen. Sind alle verbrannt.»

«Alle verbrannt», wiederholte Benedikt.

«O ja! Das Stadtvolk hat sich endlich durchgesetzt.»

Die Miene des Mannes drückte Verachtung aus. Auch seine Stimme klang nicht so, als würde er das, was sich in Straßburg zugetragen hatte, gutheißen. Allein das veranlasste Benedikt nachzufragen. Er musste wissen, was genau geschehen war.

«Bist du dabei gewesen?»

«Einen Teufel hätt ich getan, mir einen solchen Frevel anzuschauen.» Seine Stimme wurde laut. «Sie haben nichts verbrochen, diese armen Seelen. Rein gar nichts. Was für ein

Blödsinn, dieses Gewäsch über Giftbeutel und Pestilenz! Unser Dorfpfarrer sagt: Die Seuche ist auch, wo keine Juden wohnen, und wo sie wohnen, sterben sie gleich wie die Christen.»

«Dann hast du nichts gegen die Juden?»

«Warum? Ich kenn einen Trödler, der Seligmann aus dem Nachbardorf, der bringt mir immer Schnüre und Nägel auf den Hof, beste Ware. Der ist Jude und ein feiner Kerl.»

Benedikt lehnte sich gegen einen Baumstamm und blickte in Richtung Stadt.

«Wann war es?», fragte er schließlich leise.

«Vorgestern, an Sankt Valentin. An ihrem heiligen Schabbat. Über tausend sollen tot sein. Sag bloß – warum schaust jetzt so erschreckt? Bist du am End selber ein Jud?»

Benedikt schüttelte den Kopf. «Ich – ich suche ein jüdisches Mädchen. Sie heißt Esther.»

Der Name brannte ihm auf der Zunge, als er ihn aussprach.

«Tut mir ehrlich leid, mein junger Freund. Mehr weiß ich nicht, als was ich grad gesagt hab. Das heißt …» Er zögerte. «Eine Familie hat wohl fliehen können, eben grad ins Nachbardorf zu meinem Trödler.»

Ein winziger Funken Hoffnung keimte in Benedikt auf. «Heißt jemand von den Leuten Salomon ben Ariel?»

Der Bauer zuckte die Schultern. «Da musst schon beim Seligmann selber nachfragen. Es ist nicht weit bis Illkirchen. Komm halt einfach mit mir, ich muss eh in die Richtung.»

Eine gute Wegstunde später, die sie schweigend nebeneinander hergetrottet waren, blieb der Bauer an einer Weggabelung stehen.

«Siehst du die große Dorfkirche? Zwei Häuser weiter wohnt der Seligmann. Sag ihm einen Gruß von mir, vom Schwarzhofer Henslin. Ich muss hier linker Hand weiter. Und bring dein Ross zum Dorfschmied.»

Benedikt bedankte sich bei dem freundlichen Mann und marschierte weiter auf Illkirchen zu. Dort wiesen ihm spielende Kinder den Weg zu dem geduckten Steinhäuschen in der Kirchgasse.

Nachdem Benedikt sein Pferd an einem Pfeiler festgebunden hatte, holte er einige Male tief Luft und klopfte gegen die Eingangstür. Er klopfte wieder und wieder, doch es tat sich nichts. Schon wollte er sich abwenden, als sich im Fensterladen neben der Tür eine kleine Luke öffnete. Ein zusammengekniffenes Auge starrte ihm entgegen.

«Wer bist du?»

«Benedikt Grathwohl aus Freiburg.»

«Was willst du?»

«Ich möchte Seligmann, den Trödler, sprechen.»

«Warum?»

«Ich bin auf der Suche nach einem jüdischen Mädchen. Nach Esther Grünbaum.»

Benedikt spürte, wie er gemustert wurde, dann sagte die Stimme: «Wart, ich mach dir auf.»

Gleich darauf wurde die Tür geöffnet, und Benedikt trat in den halbdunklen Wohnraum. Darin erkannte er ein schmächtiges Männlein, mit langem Bart und ganz ohne Haare auf dem glänzenden Schädel. Er hatte ihn offenbar beim Beten gestört, denn mitten auf dem Tisch lagen Gebetsmantel und -riemen wie eilig hingeworfen.

«Der Seligmann bin ich selbst.» Der Trödler strich sich über den langen Kaftan. «Nu ja, wie ein Stadtbüttel siehst nicht grad aus. Also, was willst du von dem Mädchen?»

«Esther ist – sie ist meine Freundin.»

Fast trotzig kam Benedikt diese Erklärung über die Lippen.

«Gehört sie zur Straßburger Gemeinde?»

«Nein, sie ist aus Freiburg. Aber sie soll nach Straßburg geflohen sein, und jetzt, wo auch dort …» Er brach ab.

«Nu willst wissen, ob dein Mädel das Brennen überlebt hat.» So grausam klangen diese Worte aus dem Mund des Trödlers! Zugleich wiegte er bekümmert den Kopf. «Ich kenne niemanden mit Namen Grünbaum. Tut mir sehr leid, mein Junge.»

«Aber vielleicht – es heißt, Ihr hättet Straßburger Juden aufgenommen.»

«Wer sagt das?», fragte Seligmann mit schneidender Stimme.

«Der Schwarzhofer Henslin. Von dem soll ich grüßen.»

«Ja, ist der denn meschugge? So einen Unsinn herumzuschwatzen – der bringt mich in Teufels Küche.»

«Ich glaub nicht, dass er herumschwatzt», versuchte Benedikt zu beschwichtigen. «Er hat's nur zu mir gesagt, ganz bestimmt.»

«Ich warn dich, Jungelchen. Kein Wort zu irgendwem, verstanden? Warte hier.»

Daraufhin verschwand er durch eine schmale Tür in einen Nebenraum, um wenig später mit einem hochgewachsenen, dunklen Mann zurückzukehren. Er stellte ihn als Joel ben Jochanan, genannt Goldstein, vor.

«Kennt Ihr Salomon ben Ariel, den Vorbeter der Straßburger Gemeinde?», fragte Benedikt, nachdem er sich vorgestellt hatte. «Oder seinen Sohn Uri?»

Um Goldsteins Mundwinkel zuckte es, als würde er gleich zu weinen beginnen. Schließlich sagte er bedächtig: «Recht wohl kenne ich den Vorbeter.»

«Konnte seine Familie fliehen?»

«Nein. Keiner von ihnen.»

Jetzt schwankte Goldstein gegen die Tischkante, hielt sich mit beiden Händen daran fest.

«Sie haben uns vor die Stadt getrieben, haben gesagt, wir müssten Straßburg auf immer verlassen. Auf unserem Friedhof sollten wir uns sammeln.» Sein Blick heftete sich auf den Gebetsmantel, als könnte der ihm Trost spenden. «Da hab ich von weitem das hölzerne Gerüst dort stehen sehen und zu meiner Frau und meinen Söhnen gesagt: ‹Lauft, was ihr könnt.› Außer uns hat es nur noch die Familie meines Vetters geschafft. Alle anderen wurden in den Friedhof gesperrt. Schon auf dem Weg nach Illkirchen haben wir das Feuer gerochen.»

Goldstein fing zu schluchzen an.

«Sie haben alle verbrannt, nur eine paar schwangere junge Frauen haben sie verschont und die kleinsten Kinder.»

Sie haben alle verbrannt, hallte es in Benedikts Ohren nach, und er begann am ganzen Leib zu zittern. Es kostete ihn unendliche Anstrengung, einen letzten Vorstoß zu machen. Vielleicht war ja Esther gar nicht nach Straßburg gegangen.

«Hatte der Vorbeter eine junge Frau zu Besuch, mit Namen Esther Grünbaum aus Freiburg?»

«Die schöne junge Braut vom Uri?» Goldstein wischte sich die Tränen aus dem Gesicht. «Ja, das Mädchen war bei ihnen zu Gast. Ich habe sie zwei-, dreimal dort gesehen. Aber jetzt sind sie alle tot.»

Kapitel 16

Mit dem Palmsonntag war der erste warme Frühlingstag ins Land gekommen. Clara und Heinrich reihten sich mit den Kindern in die Warteschlange vor der Friedhofsmauer ein – Heinrich mit Michel und Eli, dahinter Clara mit Kathrin und Jossele. Ihre Jüngste und Jossele waren inzwischen ein Herz und eine Seele, tobten ausgelassen durch Küche und Stube und waren abends kaum ins Bett zu kriegen. Eli hingegen zog es noch immer vor, die meiste Zeit des Tages zu schweigen. Nur bei Musik und Gesang ging ein Leuchten über sein verschlossenes Gesicht. Oder wenn Johanna ihm zum Einschlafen von Waldfeen, frechen Kobolden und Meerjungfrauen erzählte.

Wie jedes Jahr ging es in der Schlange nur schleppend voran. Wer nämlich von den Kindern erst einmal auf dem hölzernen Esel hockte, der in Schienen auf der Mauerkrone gezogen wurde, der gab seinen Platz nicht ohne Geheul wieder auf. Noch am Morgen, während der Prozession, hatte das lebensgroße Tier als Palmesel beim Einzug nach Jerusalem gedient. Unter Gesängen und Hosanna-Rufen, die Zunftgenossen in Reih und Glied vorweg, war er einmal rund um den Kirchplatz geführt worden, auf seinem Rücken die hölzerne Christusfigur, die die Rechte zum Segen erhoben hielt. Jetzt am Nachmittag diente der Esel den Kindern zur Gaudi. Gegen einen Halbpfennig durften sie auf ihm reiten.

Als es endlich wieder ein, zwei Schritte voranging, begann hinter ihnen jemand zu drängeln. Es war die Frau des Würzkrämers Nussgeld mit ihren beiden Jüngsten, und sie tat es nun schon zum wiederholten Male.

Ärgerlich fuhr Clara herum. «Du bist auch nicht schneller an der Reihe, wenn du mich schubst.»

«Ich wär wohl schneller dran, wenn du die Judenbälger daheimgelassen hättest», giftete die Nussgeldin zurück.

«Die Nussgeldin hat recht», keifte das Weib hinter ihr. «Die beiden haben hier nichts zu suchen.»

Clara würde wütend. «Haltet bloß eure Schandmäuler. Die Kinder sind in gleicher Weise getauft wie die euren.»

Eli ließ Heinrichs Hand los und fing zu weinen an. «Ich will nicht auf dem blöden Esel reiten.»

«Habt ihr's gehört?», belferte die Würzkrämerin von neuem. «Jetzt beleidigt der Bengel auch noch den Esel unseres Herrn!»

Eben da kam Heinrich an die Reihe. Der Messner, der auf einem Podest stand, um die Kinder besser auf das Tier hieven zu können, zögerte. Dann half er Michel hinauf, ohne Anstalten zu machen, sich auch um Eli zu kümmern.

Kurzerhand hob Heinrich den Grünbaumknaben selbst hinauf. «Jetzt zeigst du uns, wie gut du reiten kannst!»

Er strich ihm übers Haar, und Eli hörte auf zu weinen. Heinrich wandte sich an die Umstehenden.

«Ich hab für alle vier Kinder bezahlt», donnerte er los. «Noch ein Wort, und ich geh mich bei Pfarrer Cunrat beschweren.»

Angespannt hielt Clara die beiden Jüngsten fest an der Hand. Vielleicht wäre es doch besser gewesen, wenn sie die Knaben bei Johanna zu Hause gelassen hätten. Noch beim Morgenessen hatte Heinrich ihr zu bedenken gegeben, dass mehr und mehr Leute sie als Judeneltern schmähten und es darum Ärger geben könne in der angespannten Lage, die derzeit in der Stadt herrschte. «Dann grad erst recht», hatte sie ihm nur entgegnet.

Das Maulen rundum war jetzt zwar verstummt, aber den Gesichtern war anzumerken, dass nicht viel fehlte zu einem erneuten Tumult.

Clara dachte an vergangene Woche. Da waren Unmut und Zorn der Leute beinahe in einen handfesten Bürgeraufstand umgeschlagen. Auslöser war ein Ratsbeschluss gewesen. Von der Schuld der Bürger bei den Hebräern würden nur jeweils fünf Pfund Pfennige erlassen, hatten die Ratsherren verlauten lassen. Der Rest solle zum Nutzen der Allgemeinheit der Stadtkasse zufließen. Wer sich, wie etliche Bürger und auch die Grafen von Freiburg, bar seiner hohen Schulden gesehen hatte, kam nun also vom Regen in die Traufe. Bei den Betroffenen, zumal den gräflichen Stadtherren, die sich bereits den Besitz des jüdischen Vermögens erträumt hatten, war die Entrüstung immens. Der junge Graf hatte sogar gedroht, mit Waffengewalt gegen die Stadt vorzugehen, aber nicht einmal davon hatte sich der Rat umstimmen lassen. Man war der Grafenfamilie nur so weit entgegengekommen, dass man ihr die Judenschulden in Gänze für null und nichtig erklärte.

Allerdings hätte es für diesen Beschluss noch der Zustimmung der Zünfte bedurft. Auf den Gassen rotteten sich bereits die ersten wütenden Bürger zusammen, und Schultheiß Johann Snewlin, hochverschuldet bei den Juden und als Richter der Stadt die treibende Kraft bei deren Verurteilung, sah die Gunst der Stunde gekommen. Zusammen mit einem Gefolgsmann, dem Schuhmacher Henni Mattmann, hetzte er die Mehrzahl der Zünftigen gegen den Ratsbeschluss auf. Mit großem Erfolg, wie sich vor zwei Tagen gezeigt hatte.

Vor der Ratsstube hatten sich mehr und mehr Bürger versammelt, und es war zu lauten Krawallen und Raufhändeln gekommen, bei dem das einfache Volk nur allzu gern mitmischte. Snewlin und Mattmann, in vollem Harnisch und bewaffnet, hatten sich an die Spitze der Aufrührer gestellt und drohten dem Rat offen mit Gewalt. Doch selbst als die ersten Steine flogen, blieben die Ratsherren hart – allen voran die Kaufleute, darunter, zu Claras Erstaunen, auch Gottfried Tucher und Heinrichs treue Kunden Neumeister und Pfefferlein.

Sie ließen die mit Spießen und Knüppeln bewaffnete Scharwache aufmarschieren, und wer sich nicht zerstreute, wurde festgenommen. Etliche saßen seither im Strafturm, darunter auch die Rädelsführer Snewlin und Mattmann. Als Heinrich ihr heute Morgen berichtet hatte, dass die beiden auf zehn Jahre der Stadt verwiesen werden sollten, mochte Clara das kaum glauben. Gab es also doch so etwas wie irdische Gerechtigkeit?

Ein klein wenig hatte das ihre Verzweiflung der letzten Wochen gemindert. Jenen Augenblick, als Benedikt im strömenden Regen aus Straßburg zurückgekehrt war, würde sie nie vergessen. Kurz nach der Abendmahlzeit war er bei ihnen aufgetaucht, hatte nass bis auf die Haut im Türrahmen zur Küche gestanden, mit eingefallenen Wangen über dem unrasierten Gesicht, die Augen gerötet und glasig. Sie hatte die Kinder rasch zu Bett geschickt, und dann hatte Benedikt einen einzigen Satz zu ihr gesagt, bevor er wieder verschwunden war: «Dein Sohn will ich nicht mehr sein.»

Darüber war sie am Küchentisch zusammengebrochen. Sie hatte ihren Ältesten auf immer verloren. Und es geschah ihr nur recht. Schließlich hatte sie ein zweites Mal, aus reinem Eigennutz, verhindert, dass Benedikt rechtzeitig zur Stelle gewesen wäre, um Esther zu retten. Diese Schuld würde sie nie wiedergutmachen können.

«Was hältst du Maulaffen feil?», schnauzte in diesem Augenblick die Würzkrämerin sie an. «Du bist an der Reihe.»

Clara schüttelte den Alb von sich und drückte Kathrin und Jossele einen Kuss auf die Stirn.

«Habt viel Spaß beim Reiten. Und haltet euch schön fest, ihr beiden.»

Claras Hoffnung, der Lauf der Zeit und die Pflichten des Alltags würden ihrer Seele allmählich den Frieden zurückbringen, erwies sich als Trugschluss. Als die Tage länger und wärmer wurden, beruhigten sich zwar die Gemüter der Freiburger Bürger, und das Leben in der Stadt nahm wieder seinen gewohnten Gang. Doch für Clara war all das kein Trost.

Am Tage nach dem Osterfest hatte man tatsächlich den Schuhmacher Henni Mattmann und den Ritter Johann Snewlin auf zehn Meilen vor die Stadt verbracht, mit all ihrer Fahrnis. Zum neuen Schultheißen wurde sein Vetter Hanmann Snewlin berufen. Zugleich begann der Rat, die Häuser der Juden neu zu besetzen: Die Synagoge diente nun als Stapelhaus für Kaufmannswaren, der Friedhof vor der Stadt, ungeachtet des heiligen Gebots der Totenruhe, als städtischer Werkhof, wobei die Grabsteine sogleich Verwendung beim Ausbessern der Stadtmauern fanden. Die Wohnhäuser selbst wurden von den Freiburger Handelsleuten als Lager und Kontore genutzt, die einzelnen Stuben und Kammern unterm Dach an ledige Frauen oder Taglöhner vermietet.

Zum ersten Mal, seitdem sie im Haus Zum Schermesser lebte, bestellte Clara ihren Garten nicht mehr. Zunächst fiel das niemandem auf, nicht mal ihr selbst, bis schließlich Johanna ihr im vorwurfsvollen Tonfall sagte, dass kein einziges Kräutlein mehr im Beet stehe und alles von Nesseln und Unkraut überwuchert sei.

«Dann kümmer du dich doch darum. Ich hab keine Zeit hierfür.»

Das war gelogen. Früher hatte sie noch jedes Mal die Zeit gefunden, sich um ihre geliebten Blumenrabatten und Saatbeete zu kümmern. Der Grund war ein anderer: Es zerriss ihr das Herz, wenn sie von nebenan das Gekeife aus den Frauenzimmern hörte oder die Gespräche der Kaufleute, die durch die geöffneten Fenster der Kontore herausdrangen. Sie vermisste das Lachen der Grünbaumkinder, wenn sie im Garten gespielt hatten, die Gebete in diesem fremdartigen Singsang, die traurig-schöne Musik, die an Festtagen erklungen war. Nie wieder würde all das zu hören sein.

In der Kreuzwoche vor Christi Himmelfahrt dann wurde Heinrich mitten aus der Prozession geholt und in das Häuschen neben dem Armenspital gerufen, das Schlomo Gutlieb seit seiner Taufe bewohnte. Man habe es dort eine ganze Nacht lang rumpeln hören, berichteten dessen Nachbarn, auch jammern und heulen, und seither sei eine unheimliche Stille eingekehrt. Vielleicht sei der einstige Jud schwerkrank, zumal er sich auch nicht bei den Gottesdiensten dieser Tage habe sehen lassen. Heinrich möge doch nach dem Rechten sehen, wo er mit den Juden so gut bekannt gewesen sei.

Dabei hatten Clara und Heinrich den jungen Arzt seit dem großen Brennen nie wiedergesehen. Sie wussten nur, dass er unentgeltlich die Siechen im Armenspital behandeln sowie die Aussätzigen für das Gutleuthaus beschauen musste, gegen die jährliche Zuteilung einer kümmerlichen Menge an Korn und Wein.

Der Prozessionszug, der hinaus nach Zähringen gehen sollte, hatte die nördliche Vorstadt bereits halb durchquert. Von hier waren es nur wenige Schritte hinüber zum Armenspital.

«Ich komme mit dir», bot Clara an.

Vergebens klopften sie kurz darauf gegen die Tür des schäbigen Holzhäuschens, die von innen verriegelt war.

«Da stimmt was nicht», murmelte Heinrich, bevor er sein ganzes Gewicht gegen das morsche Holz rammte. Der Riegel sprang ab, und er stolperte ins Innere.

«Gutlieb? Bist du da?»

Niemand antwortete. Sie betraten das halbdunkle, einzige Zimmer des Erdgeschosses.

«Bah, was für ein Gestank.» Clara öffnete die Fensterläden. Der Raum, in dessen hinterer Ecke ein fleckiger Vorhang die Schlafstätte abtrennte, wirkte, als sei er schon lange Zeit verwaist. Das wenige Kochgeschirr beim Herd stand ordentlich gestapelt auf einem Wandbrett, auf dem Tisch fand sich kein Krümchen, der Dielenboden war sauber gefegt.

«So ärmlich hat der gute Mann gewiss sein Lebtag nicht gehaust», sagte Benedikt, während er sich umsah.

«Vielleicht ist er auf Reisen?»

«Da wird er wohl kaum die Tür von innen verriegeln können.» Er trat auf den Vorhang zu und zog ihn beiseite. Auch im Bett war niemand, die Decke lag zusammengefaltet auf dem Kissen.

Da stutzte Clara. Neben der Bettlade, vor der Leiter zum Dachboden, lagen zerbrochene, dunkle Holzstücke. Sie bückte sich. Es war ein in drei Teile geborstenes Kruzifix. Unwillkürlich bekreuzigte Clara sich: Das hier war nicht von allein in Stücke gegangen. Jemand musste es in großer Wut zerschmettert haben. Oder in Verzweiflung.

Zugleich wurde sie gewahr, woher der strenge Geruch kam: von oben, durch die geöffnete Luke.

Auch Heinrich hatte es bemerkt.

«Bleib du hier unten», befahl er und kletterte mit zusammengekniffenen Lippen die Sprossen hinauf. Sie hörte über sich seine Schritte hin und her gehen. Ein Paternoster lang blieb alles still, bis Heinrichs bleiches Gesicht wieder in der Öffnung erschien.

«Er hat sich am Dachbalken aufgehängt. Jetzt ist auch der Letzte tot.»

Clara starrte ihn mit offenem Mund an. Dann sagte sie leise: «Das ist nicht wahr. Jossele und Eli leben. Und sie sollen ein gutes Leben haben.»

Mit verbissener Miene schlug Benedikt die Nut in seinen Stein. Er stand neben Daniel in der Sonne, ohne die Wärme zu spüren.

«Stimmt es», hörte er ihn sagen, «dass deine Eltern den jüdischen Arzt gefunden haben? Der, der sich aufgehängt hat?»

Benedikt zuckte die Schultern. «Kann sein. Ich war schon länger nicht mehr bei ihnen.»

«Die armen Juden. Überall werden ihre alten Gemeinden vernichtet, dabei waren sie doch immer Teil unserer Städte. Die größten in Worms und Speyer sind schon ausgelöscht, es heißt, dass sich dort vierhundert Juden selbst verbrannt haben, nachdem der Rat ihren Feuertod beschlossen hatte. In Frankfurt und Mainz wehren sie sich noch mit Waffengewalt. Aber es wird ihnen nichts nutzen.» Daniel geriet in Rage. «Was ist das nur für eine Schande! Hernach gibt's dann vom König einen Amnestiebrief, der die Städte von jeglicher Schuld am Judenauflauf freispricht.»

Der Geselle legte Klöpfel und Eisen beiseite.

«Weißt du, was ich oft denke? Da ist die Seuche noch nicht mal bei uns angekommen, und schon hat sie Tausende von Opfern gefordert. Oder anders gesagt: Die Juden werden hingerichtet, und die Pest kommt trotzdem. So wie drüben in Villach oder Bern oder Genf, mit all diesen seltsamen Todesfällen.»

Benedikt schwieg ungerührt. Nur bei dem Namen Speyer war er zusammengezuckt. Dort besuchte Esthers jüngerer Bruder Jochai die Talmudschule – hatte besucht, denn auch er war nun mit Sicherheit tot.

«Aber das scheint niemanden mehr zu kümmern.» Daniel konnte sich kaum mehr beruhigen. «Dass das große Sterben näher rückt, meine ich. Erst ein großes Geschrei, das Weltende sei nahe, und jetzt wird um das Erbe der Hebräer gestritten, als hinge davon das eigene Überleben ab.»

Plötzlich stellte er sich neben Benedikt und legte ihm die Hand auf die Schulter.

«Darf ich dich was fragen?», er sah ihn aufmerksam an. «Seit Wochen redest du kaum ein Wort und bist nicht mehr mit dem Herzen bei der Arbeit.»

Benedikt hätte ihm am liebsten gesagt, dass sein Herz tot sei. Doch ihm war jedes Wort zu viel.

«Die Grünbaumtochter», fuhr Daniel fort, «die Esther – du hast sie sehr gemocht, nicht wahr? Du hast sie geliebt.»

Als Benedikt stumm blieb, zog der Altgeselle ihn in die Arme. Da auf einmal vermochte Benedikt zu weinen, zum ersten Mal seit dem großen Brennen. Er gab keinen Laut von sich, aber die Tränen strömten ihm über die Wangen, und seine Brust bebte, während Daniel ihm beruhigend übers Haar strich.

«Lass den Schmerz heraus, Junge. Er frisst sonst die Seele auf.»

Es brauchte lange Zeit, bis Benedikt wieder ruhig atmen konnte. Als er aufsah, bemerkte er die neugierigen Blicke, die die beiden Mörtelmischer von gegenüber ihnen zuwarfen.

«Manchmal denke ich», Benedikt wischte sich über das Gesicht, «dass ich mit ihr gestorben bin. Dass ich ein Toter unter lauter Lebenden bin. Dabei hätte ich sie retten können. Aber meine eigene Mutter hat es verhindert. Kannst du dir vorstellen, was das bedeutet? Nicht die andern, nicht die Freiburger Bürger sind schuld, dass Esther tot ist, sondern meine eigene Mutter.»

«So darfst du nicht denken. Deine Mutter ist ein guter Mensch. Nur wenige wären so kühn gewesen, die Grünbaumknaben aufzunehmen. Was immer sie getan hat – versuche ihr zu verzeihen.»

«Niemals!»

Wieder stiegen ihm die Tränen in die Augen, diesmal vor Zorn.

«Esther zuliebe», fuhr er fort, «hätte ich sogar meinen Glauben aufgegeben. Kannst du das verstehen?»

«Aber ja.» Daniel strich sich durch den Bart. «Auch ich hatte einmal mein Herz an ein jüdisches Mädchen verloren. Als ich noch jung war und drüben im Elsass gelebt hatte.»

«Und – was ist daraus geworden?» Es tat gut, wieder zu reden.

«Ich hatte nicht so viel Mut wie du. Hatte stattdessen mein Bündel gepackt und war hierher nach Freiburg gekommen. Aber vergessen konnt ich sie nie.»

«Hast du deshalb nie geheiratet?»

«Vielleicht.»

«Und warum bist du nie Meister geworden?»

«Ach, Junge, du weißt doch selbst, was da alles dazugehört.

Ich bin nicht begabt in solcherlei Dingen wie Arithmetik oder Baukunst. Aber du, du wirst dereinst ein guter Baumeister sein! Wenn das alles hier vorbei ist.»

«Was meintest du eben damit, als du von den Todesfällen in Bern und Genf gesprochen hast?» Benedikt senkte die Stimme. «Willst du damit sagen, dass das die Pestilenz ist? Davon hätten wir hier in Freiburg doch längst gehört.»

Daniel lachte bitter auf. «Die Herren Stadträte werden sich hüten, etwas laut werden zu lassen. Jetzt gilt es, die Ordnung aufrechtzuerhalten und die Bürger nicht in Angst und Schrecken zu versetzen. Von schweren Fällen der Schwindsucht ist noch die Rede, aber bald schon wird sich diese Lüge nicht mehr halten können. Nicht mehr lange, Benedikt, dann werden auch bei uns die Ersten dahingerafft werden. Ich weiß das.»

«Ich weiß es auch», stieß Benedikt hervor und dachte an seinen Traum vor langer Zeit. Deutlich sah er wieder die weißgewandete Jungfrau vor sich, die ihre tödlichen Pfeile schleuderte. Gleichwohl verspürte er keine Angst, vielmehr eine Art Genugtuung. Nun würden sie alle für diesen ungeheuren Frevel an den Juden bezahlen müssen. Und für sich selbst wünschte er sich nichts weiter, als dass es ihn als einen der Ersten treffen würde.

Kapitel 17

Zwei Tage nach Christi Himmelfahrt erschienen die Bußleute in der Stadt. Schon von weitem hallten ihre endlosen Litaneien von den Häuserwänden wider.

«Nun hebet eure Hände,
dass Gott dies große Sterben wende!
Nun hebet eure Arme,
dass Gott sich über uns erbarme!
Jesus, durch deine Namen drei
mach, Herre, uns von Sünden frei!
Jesus, durch deine Wunden rot
behüt uns vor dem jähen Tod!»

So hörte Clara sie singen. Sie hatte an diesem Morgen eine Gerberfrau aus der Schneckenvorstadt zur Ader gelassen und war gerade auf dem Heimweg, als sie der seltsamen Prozession kurz vor dem Untertor begegnete.

Hin und her gerissen zwischen Neugier und Widerwillen folgte Clara dem Zug von gut drei Dutzend Männern, in deren Mienen sich eine entrückte Demut spiegelte, als seien sie nicht von dieser Welt. Unrasiert und ungewaschen waren sie, barfuß, in grobes Sackleinen gehüllt. Allesamt trugen sie spitze, schwarze Hüte über ihren löchrigen Gugelkapuzen, die genau wie ihre Kleidung vor Dreck starrten. In Zweierreihen und schleppenden Schrittes zogen sie nun durch das weitgeöffnete

Stadttor, die Vordersten trugen hohe Kerzen, Kruzifix und eine Fahne vor sich her und sangen lauthals.

Immer mehr Menschen, anfangs vor allem Frauen und Kinder, dann auch Männer, die ihr Handwerk oder ihren Handel unterbrachen, folgten den Geißlern durch die Große Gass, bis sich Clara mittendrin in dem Gedränge fand. Als der Zug in Richtung Kirche abbog, wollte sie eigentlich nur noch nach Hause, doch es gab kein Entrinnen. Man schob und drückte sie, so dicht bei den schmutzigen Männern stolperte sie voran, dass sie bei einem das geschlitzte Ohrläppchen, bei einem anderen ein Stadtwappen erkennen konnte, das ihm auf die Stirn gebrannt war. Ganz deutlich stieg ihr jetzt der Gestank von Schweiß, Urin und geronnenem Blut in die Nase.

Clara wusste, dass inzwischen allerorten im Lande solcherart Bruderschaften von Stadt zu Stadt zogen. Wer sich ihnen anschließen wollte, musste sich auf dreiunddreißig und einen halben Tag, der Anzahl der Lebensjahre Jesu Christi, zu Buße, Keuschheit und bedingungslosem Gehorsam gegen die Meister verpflichten. Bei vielen Menschen galten die Geißlerbrüder als Vorboten des Todes. Denn sie suchten Orte auf, die noch frei von der tödlichen Seuche waren, um dort mit dem Volk zu beten. Sie beteten und flehten, vor dem Tod verschont zu werden, um Aufschub vor dem Weltende.

Auf dem Kirchhof machten die Bußleute halt, stellten sich im Kreis auf und entledigten sich ihrer Lumpen bis auf Gugel, Hut und einen schmutzigen Hüftrock. Ein Aufschrei ging durch die Menge, als ihre blutverkrustete, verschwollene Haut auf Brust und Rücken frei wurde und rot und blau im Sonnenlicht schillerte.

Glockenläuten setzte ein. Nacheinander warfen sich die Geißler in einem großen Kreis zu Boden, die Arme kreuzweise ausgebreitet. Sie riefen nach Gott, flehten um Vergebung ihrer Sünden, die sie durch eindeutige Gesten öffentlich machten – der Ehebrecher wälzte sich auf obszöne Weise im Staub, der Fastenbrecher hielt sich den Bauch, und der Meineidige lag auf der Seite und reckte die Schwurfinger in die Luft.

Während sich nun die Letzten zu Boden warfen, sprangen die Ersten schon wieder auf, stellten sich in die Mitte ihrer Bußgenossen und griffen nach ihren Geißeln, kurze Stöcke mit drei Riemen, deren Knoten mit Eisenstacheln gespickt waren.

«Trete her, wer büßen will», schrie ihr Meister den Umstehenden zu. «So entkommen wir der heißen Hölle. Lucifer ist ein böser Geselle. Wen er greifen kann, den stürzt er ins Elend.»

Erneut hoben die Vorsänger mit ihrem seltsam eintönigen Gesang an. Bei jeder Silbe peitschten sich die Männer die eisernen Stacheln gegen die nackte Haut. «Für Gott vergießen wir unser Blut, das ist für unsere Sünden gut.»

Bald schon platzten alte Wunden auf, rann das Blut in Strömen, spritzte hier und da zu Boden oder an die nahe Kirchenwand. Oft stak das Eisen so tief im Fleisch, dass man es kaum mehr herausbekam. Nicht wenige der Zuschauer weinten jetzt und fielen in die Gebete ein:

«Jesus Christus ward gefangen
und an ein Kreuz gehangen,
das Kreuz, das war vom Blute rot,
wir beklagen seine Marter und seinen Tod.»

Schließlich setzte sich der Zug wieder in Bewegung, zu einer gespenstischen Prozession rund um die Kirche. Clara vermochte sich dem blutigen Schauspiel nicht zu entziehen. Wieder und wieder, zum Rhythmus des aufrüttelnden Singsangs, hieben sich die Geißelbrüder ihre Stacheln ins Fleisch oder rissen die Arme gen Himmel. Auf ihren Gesichtern lag eine Mischung aus rauschhafter Verzückung und Schmerz.

Vor dem Hauptportal streckten sich alle auf ein Zeichen nieder, blutüberströmt und mit dem Gesicht zum Boden, schluchzten und jammerten. In ihre Mitte trat der Meister, ein Bär von einem Mann, und bat um Stille. Begann in seinem dröhnenden Bass einen langen Brief zu verlesen, den ein Engel vom Himmel gebracht habe und der die Menschen zur Umkehr mahne. Denn jüngst seien all jene Vorzeichen eingetreten, die auf das Weltenende deuteten: Erdbeben und Krieg, Hunger und Durst, Dürre und Überschwemmung, Reif und Frost, Blitz und Hagel, Plagen durch Käfer und Raupen, Mäuse und Heuschrecken.

Aufmerksam lauschten die Menschen seiner Predigt, die auch nicht jene höllischen Leute zu erwähnen vergaß, die die Seuche übers Land gebracht hätten. «So folget denn dem Himmelsbrief, ergebet euch der Buße und dem Fasten, betet für die Sünder und Seelen im Fegefeuer!»

Unter den Zuhörern fand Clara etliche bekannte Gesichter. So Meinwart und dessen Mutter Mechthild, die beide gleichermaßen gebannt das Geschehen verfolgten, und Filibertus Behaimer, der sich mit spöttischem Lächeln seinen Weg durch die Menge bahnte. Das Lächeln verschwand, als er neben dem jungen Tucher zum Stehen kam. Die beiden schienen in Streit zu geraten, denn der fast kahle Schädel des Stadtphysicus lief puterrot an.

Woher kannten sich die beiden plötzlich so gut, fragte Clara sich, und was hatten sie miteinander zu schaffen? Bereits zur Fastnacht, als Behaimer sie auf solch dreiste Art zu einem

Umtrunk hatte überreden wollen, hatte sie beobachtet, wie er und Meinwart vor seinem Haus aneinandergeraten waren. Innerlich schüttelte sie den Kopf. Das alles ging sie gar nichts an. Sie konnte weder den einen noch den anderen ausstehen. Nein, sie würde jetzt nach Hause gehen, das hier wurde ihr allzu zuwider.

In diesem Augenblick entdeckte sie Benedikt, nur wenige Schritte von ihr entfernt. Er lehnte an der Friedhofsmauer, an der Seite des Altgesellen, mit zusammengekniffenen Augen und verächtlicher Miene. Ihr Herz krampfte sich zusammen.

«Benedikt!», rief sie und winkte. Er wandte ihr sein Gesicht zu – erstaunt, verlegen und auch irgendwie wütend.

Sie versuchte, sich zu ihm durchzukämpfen, doch bis sie die Mauer erreicht hatte, waren ihr Sohn und sein Begleiter verschwunden.

«Benedikt», rief sie erneut, obschon er gar nicht mehr zu sehen war. «Wart auf mich! Mein Junge!»

Sie begann zu schluchzen. Ein mitfühlender Alter legte ihr den Arm um die Schultern.

«Komm, Weib.» Er hielt ihr eine Weidenrute hin und nickte dabei aufmunternd. «Auch du wirst Gnade finden, wenn du Buße tust und dich vor dem Herrn erniedrigst.»

Jetzt erst wurde Clara gewahr, dass sich die Bußleute wieder erhoben und fortgefahren hatten, sich zu geißeln. Dass auch in den Reihen der Zuschauer nicht wenige, darunter sogar Frauen und Kinder, sich mit Ruten, Stöcken und Lederriemen peitschten. Mit erhobenen Armen feuerte der Meister die Menge an: «Tut Buße! Tut Buße! Erniedrigt euch vor dem Herrn, damit er euch von euren Sünden losspreche! Tut Buße, damit es euch nicht ergeht wie den trostlosen Sündern in Basel, von wo wir gekommen sind und wo das Große Sterben nun Einzug hält.»

Also doch! Clara erstarrte. Dann war das heute von Seiten der Gerberin kein leeres Gerücht gewesen. Die ersten Pesttoten habe es in der nahen Bischofsstadt gegeben, hatte die Frau ihr angstvoll zugeflüstert.

Wortlos schlug Clara dem Alten die Rute aus der Hand. Während die Geißler unter Glockengeläut und Gesang durch das offene Portal in die Kirche zogen, lief sie los, rannte durch die leergefegten Gassen bis zur Stadtmauer unter dem Burgberg, wo sie Heinrich zu finden hoffte. Er hatte dort heute an einer Wehrübung seiner Zunft teilzunehmen.

Mit keuchendem Atem hielt sie im Schatten der Stadtmauer inne. Heinrich, in halbem Harnisch und Sturmhaube, umstand mit einigen anderen den Zunftmeister. Ihre Hellebarden und Schwerter hatten sie bereits abgelegt, das Zunftbanner lehnte an der Mauer. Ungeduldig wartete Clara, bis Heinrich sich verabschiedet und zum Gehen gewandt hatte. Dann trat sie ihm in den Weg.

«Clara! Was machst du hier?»

Sie zog ihn in eine Toreinfahrt.

«Die Geißelbrüder sind in der Stadt!»

«Dacht ich's mir. Den Lärm hat man bis hier gehört.»

«Die Seuche – sie sagen, in Basel gibt es die ersten Toten.»

«Ja, ich hab davon gehört. Du liebe Güte – du zitterst ja.» Er zog die Stirn kraus. «Jetzt beruhig dich, Clara. Das muss nichts heißen. Die Pestilenz ist wie ein verwöhntes Herrenkind: Über die eine Speise stürzt sie sich mit Heißhunger, die andre verschmäht sie. Warten wir erst einmal ab.»

Zwölf Tage blieben die Geißler in der Stadt. Jeden Mittag zogen sie los, mal um den Kirchhof, mal rund um die Stadt, mal hinaus aufs freie Feld. Wieder und wieder bekannten sie öffentlich ihre Sünden, um sich anschließend zur Buße zu geißeln. Mit der Zeit schlossen sich ihnen immer mehr Bürger und Hintersassen an, ja selbst Geistliche. Die Menschen weinten und beteten wie nie, spendeten Geld für Fahnen und Kerzen, boten den Geißlern Obdach und Nahrung, und manch einer trat ihrer Bruderschaft bei. Währenddessen wurden die Worte des Meisters immer drohender. Wer der Botschaft des Himmelsbriefes und ihren Warnungen nicht Glauben schenke, dem werde der Teufel Schwefel, Pech und Galle in den Rachen gießen. Verflucht sei, wer nicht Buße tue und in der Nachfolge Christi dessen Passion durchleide, verflucht sei, wer dem Meister nicht beichten wolle.

Mit Letzterem hatten die Geißler den Bogen überspannt. Pfarrer Cunrat untersagte dem Messner, den Brüdern fürderhin die Glocken zu läuten oder das Kirchenportal zu öffnen, und seinen Gläubigen verbot er bei Strafe der Exkommunizierung, dem hergelaufenen Laienprediger zu beichten, der zum Spenden des Bußsakraments mitnichten berechtigt sei. Um das Volk von diesen Leuten fernzuhalten, hielten er und die Kapläne tägliche Bittmessen ab. Auch sie mahnten zur Umkehr, flehten die Heiligen Sebastian und Rochus um Beistand vor der drohenden Seuche an, auch den heiligen Georg als Schutzpatron der Stadt. Indessen nur mit mäßigem Erfolg, denn die Menschen strömten lieber zu den blutigen Schauspielen als in die Gottesdienste ihrer Pfarrer. Unter den wenigen, die sich vor den Altären sammelten, war Clara. Nicht nur um Verschonung vor dem Großen Sterben betete sie, sondern auch um das Seelenheil ihrer jüdischen Nachbarn und um Versöhnung mit ihrem Sohn Benedikt.

In jener Woche drohte der Alltag in der Stadt erneut aus den Fugen zu geraten. Die Handwerker hatten ihre Werkstätten, die Händler ihre Läden geschlossen. Die Gassen waren mancherorts wie ausgestorben, dafür drängten sich die Massen dort, wo die Bußleute sich aufhielten. Immer hitziger wurde die Stimmung, immer unverblümter stachelte der Meister gegen die Freiburger Pfarrer auf: Die Priester würden ihr Amt nur um des üppigen Essens und Saufens willen ausüben und Gottes Wort gar nicht predigen. Gegen das Böse würden sie gar nicht ankämpfen wollen. Dabei dränge die Zeit bis zur Ankunft des Antichristen! Verflucht sei also, wer sich den Bußleuten entgegenstelle.

Als am Ende der Haufe immer größer wurde und Bauern und allerlei Gesindel aus dem ganzen Umland anzog, darunter Straßenräuber, Totschläger und liederliche Weiber; als die anfängliche Bescheidenheit der Bußleute in offene Bettelei, dreisten Diebstahl und wollüstige Ausschreitungen umschlug; als ihr Meister schließlich auf offener Straße Teufelsaustreibungen vornahm und ihre blutgetränkten Lumpen als Wunderheilmittel verscherbelte, da endlich handelten die Ratsherren. Die Geißler wurden aus der Stadt gejagt, die Tore waren ihnen auf immer verschlossen.

Benedikt hatte sich bald von alledem ferngehalten, besuchte weder die Bittgottesdienste, wo er seiner Mutter begegnen würde, noch die Prozessionen der Geißler, die er verabscheute. Er wusste: Gäbe es noch Juden in der Stadt – spätestens jetzt würden diese Unsinnigen den Mob gegen sie aufhetzen.

So klopfte er seine Steine auf dem halbverlassenen Werkplatz, ohne Rast und Pause, bis der Feierabend eingeläutet wurde. Danach pflegte er die Pfarrkirche aufzusuchen, die ihm zu dieser Tageszeit fast allein gehörte, und kniete vor dem Kreuzaltar nieder, um zu trauern und zu beten. In jenen Tagen geschah es auch, dass ihm beim Gebet zum ersten Mal Esther erschienen war. Sie war um ihn, war anwesend, ohne dass er ihre Gestalt irgendwo im Kirchenschiff hätte ausmachen können. Doch er konnte ihren Duft riechen, ihre Stimme hören, wenngleich er ihre Worte nicht verstand. Vor Dankbarkeit hatte er zu weinen begonnen.

Kapitel 18

«Wart auf mich, Heinrich.» Clara schlüpfte in ihre alten Holzschuhe, da ein Sturzregen die Gassen in kotigen Morast verwandelt hatte. «Ich begleite dich zum Bärenwirt. Ich hab die Biengerin schon lange nicht mehr gesehen und würd ihr gerne …»

«Bleib lieber hier. Das Unwetter könnte erneut losgehen. Außerdem will Hanmann Bienger, dass Behaimer bei der Untersuchung seiner Frau mit dabei ist. Es geht ihr wohl wirklich übel.»

Clara zog erstaunt die Brauen hoch. «Du ziehst doch nicht etwa den Schwanz ein?»

Einige Tage zuvor nämlich war Heinrich vor die Zunft geladen worden, wo man ihn in strengen Worten zurechtgewiesen hatte. Es ginge nicht an, dass seine Ehegenossin ohne jegliche Badergerechtigkeit die Bürger zur Ader lasse, wie es ihr grad beliebe. Zunächst hatten sie beide geglaubt, diese Rüge wäre auf Behaimers Mist gewachsen, und Heinrich hatte ihn umgehend zu Hause aufgesucht und zur Rede gestellt. Doch der Medicus hatte nur mit den Schultern gezuckt. «Ich hab damit nichts zu schaffen», waren seine Worte gewesen. «Auch wenn ich der Ansicht bin, dass das Reich des Weibes die Haushaltung ist, mit Kirchgang, Backhaus und ein bisschen Tratsch am Brunnen. Aber bestell deiner Frau doch recht schöne Grüße von mir.»

«Wir haben uns doch nie ins Bockshorn jagen lassen, warum jetzt?», fuhr Clara fort. «Außerdem hast du nichts anderes geloben müssen, als dass ich nicht mehr allein in die Häuser gehe. Wohin und weshalb ich dich begleite, braucht niemanden zu kümmern.»

«Ich geh allein, hab ich gesagt.» Sein Tonfall wurde streng. «Eli hat trockenen Husten, da solltest du dich besser um ihn kümmern», fügte er milder hinzu.

«Was soll das, Mann? Sein Husten ist längst vorbei.»

«Hör auf, mir zu widersprechen. Du bleibst hier, verstanden?»

Clara erschrak. In dieser Art hatte Heinrich noch nie mit ihr gesprochen.

«Ist ja schon gut», lenkte sie ein. Plötzlich kam ihr ein furchtbarer Verdacht. «Was genau ist mit der Bärenwirtin?»

«Ein plötzlicher Fieberanfall, nichts weiter. Wahrscheinlich ein Sommerkatarrh.»

Damit war er auch schon zur Haustür hinaus.

Kopfschüttelnd sah sie ihm nach. Dann ging sie hinaus in den Garten, um die vollgelaufene Regentonne abzudecken. Erst letzten Sommer war ein junges Kätzchen darin ertrunken.

Verdrießlich betrachtete sie die Beete, in denen die Pflanzen mehr verkümmerten als gedeihten. Es war bereits Ende des Weidemonats, da hätte alles schon viel weiter im Wachstum sein müssen. Als sie um den Schuppen bog, trat sie auf etwas Weiches, und sie stieß einen unterdrückten Schrei aus. Zu ihren Füßen lag ein ganzes Knäuel toter Ratten.

Als Heinrich einige Zeit später zum Nachtmahl heimkehrte, brachte er ihr und den Kindern Honigkuchen vom Feinbäcker mit. Ganz offensichtlich tat ihm seine Schroffheit von vorhin leid.

«Finger weg», wies Clara ihre beiden Jüngsten streng zurecht, die schon die Hände nach den klebrigen Süßigkeiten ausgestreckt hatten. «Erst wird die Suppe gegessen.»

«Lass sie doch.» Heinrich lachte gutmütig. Aber seine Heiterkeit wirkte angestrengt.

«Wie geht es der Biengerin?», fragte Clara.

«Die hat es bös erwischt. Vielleicht doch das Fleckfieber. Ich werde nach dem Essen nochmal bei ihr vorbeischauen müssen.»

Als sie an diesem Abend zu Bett gingen, sagte Heinrich: «In der Schneckenvorstadt lagen tote Ratten auf der Gasse.»

Clara schluckte. «Bei uns im Garten auch.»

«Hast du sie angefasst?»

«Nein. Ich hab sie hinter der Abortgrube vergraben und Kalk darübergestreut. – Heinrich, was hat das zu bedeuten?»

«Vielleicht gar nichts. Vor einigen Jahren gab es das schon einmal. Allerdings am Ende des Winters, und nicht wie jetzt, wo es für die Ratten Nahrung in Fülle gibt.»

In den nächsten Tagen fand man Rattenkadaver in der ganzen Stadt. Überall schienen sie mit letzter Kraft aus ihren Winkeln gekrochen zu sein, um auf der Straße zu verenden.

Am Morgen zu Sankt Justin war die Bärenwirtin, nach nur dreitägiger Leidenszeit, verstorben. Bald darauf, am Sonntag vor Sankt Veit, gab es die nächsten Todesfälle: ein alter Pfründner des Reichen Spitals, der kurz zuvor Besuch aus Basel gehabt hatte, ein Fuhrmann sowie eine junge Wäscherin aus der Neuburgvorstadt und schließlich, wie auf einen Streich, bald ein Drittteil der Sondersiechen im Gutleuthaus draußen vor der Stadt. Mit Ausnahme der Guten Leut, bei denen die Kranken und Bresthaften wie üblich von ihren Leidensgenossen gepflegt wurden, war es Heinrich gewesen, der sie behandelt hatte. Und der hilflos hatte mit ansehen müssen, wie sie binnen weniger Tage qualvoll gestorben waren.

Da erst begann er offen mit Clara zu reden. Es war ein sonniger, warmer Nachmittag, und er hatte Johanna mit den Kindern zum Grasschneiden auf ihr Feldstück geschickt.

«Es war bei allen dasselbe», fing er an. «Dieses hohe Fieber von heut auf morgen, mit rascher Auszehrung, Herzrasen, Atemnot. Dazu Bluthusten und stinkender Atem. Der Rachen und die Zunge sind ganz ausgetrocknet, schwarz wie Holzkohle, dabei blutig. Und am Ende sind sie alle qualvoll erstickt, ohne jeglichen priesterlichen Beistand. Gott sei ihren armen Seelen gnädig!»

Er bekreuzigte sich, und Clara tat es ihm nach. Als Frau eines Wundarztes brachte sie nichts so schnell aus der Fassung, doch dies hier ließ das Schlimmste vermuten.

«Was sagt Behaimer dazu?», fragte sie und gab sich Mühe, ihrer Stimme einen festen Klang zu geben. «Als Stadtarzt, meine ich.»

Heinrich stieß ein trockenes Lachen aus. «Er war nur bei der Bärenwirtin und dem Pfründner dabei. Meinte, er wisse nun genug. Ganz klar handle es sich hierbei um hitziges Fieber, um eine schwere Form des Sommerkatarrhs. – Was für ein Unsinn.»

«Wer sagt dir, dass er nicht recht hat?»

«Glaub mir, ich bin alle Möglichkeiten durchgegangen, alle tödlichen Krankheiten, die mir bekannt sind. Das hier ist weder Antoniusfeuer noch Nervenfieber, noch Schwindsucht. Außerdem hatten bis auf die Wäscherin alle eine Verbindung nach Basel.»

Er stockte für einen Augenblick.

«Da ist noch etwas. Ich war draußen im Gutleuthaus und

hab die Siechenmeisterin ein bisschen ausgefragt. Dort ist das Krankheitsbild ein ganz anderes. Blauschwarze Blattern, wie es auch die Leprösen haben, aber dazu kommen an Achseln und Leiste Beulen – so groß wie Eier oder Äpfel, die eitrig aufbrechen. Am Ende dann Umnachtungen, Traumgesichte und Albträume, alles unter unerträglichen Schmerzen. Es gibt nur eine Krankheit, die solcher Art in zweierlei Form auftritt», er hatte zu flüstern begonnen, obgleich sie allein im Raum waren, «und das ist die Pestilenz.»

Filibertus Behaimer war mehr als verärgert. Dieser halsstarrige Grathwohl – man sollte ihn aus der Stadt jagen! Kommt da mitten im Nachtmahl zu ihm hereingeschneit, um von ihm Knall auf Fall eine Beschau der toten Leprösen zu verlangen. Welch eine Impertinenz! Forderte darüber hinaus sogar, die Bürgerschaft über den Sachverhalt aufzuklären.

Behaimer wischte sich den Bratensaft vom Kinn und lehnte sich zurück. Grathwohl war ein Dummkopf. Erkannte er nicht, dass es jetzt in erster Linie galt, den Deckel auf dem Topf zu halten? Selbstredend hatte auch ihn die böse Nachricht aufgeschreckt, dass im Gutleuthaus die Beulenpestilenz aufgetreten war. Dass die Beurteilung der Siechenmutter korrekt war, daran zweifelte er nicht – die gute Frau verstand ihr Handwerk, da brauchte er nicht selbst vor Ort zu sein. Aber, sagte er sich, allemal besser dort draußen als hier in der Stadt. Zudem war es längst beschlossene Sache, dass die Sondersiechen ihre vier Wände nicht mehr verlassen durften, auch nicht für ihre sonntäglichen Almosenbittgänge zur Pfarrkirche. Man würde die Seuche dort schon im Keim ersticken.

Bis dahin musste Stillschweigen gewahrt werden. Meister Arbogast, der andere geschworene Wundarzt, war in dieser

Hinsicht um einiges verständiger. Viel einfacher zu handhaben war der. Für morgen früh war eine außerordentliche Ratssitzung einberufen, und da würde Arbogast bezeugen, dass es sich bei den hiesigen Todesfällen um eine schwere Influenza handle. Das hatte der brave Mann ihm auf Ehre und Gewissen versprochen. Und solange nicht das Gegenteil bewiesen war, wollte auch er selbst, Filibertus Behaimer, bei dieser Auslegung bleiben.

Heinrich Grathwohl hingegen stellte sich quer. Längst bereute Behaimer, dass er diesen respektlosen Sturkopf dereinst als städtischen Wundarzt vorgeschlagen hatte. Und dies auch nur, weil sein Vorgänger, Stadtphysicus Wernher von Buochheim, ihn als äußerst fähigen Chirurgus empfohlen hatte. Nein, dem Kerl musste nun endgültig das Maul gestopft werden, bei Androhung von Stadtverweis auf ewig. Blieb nur zu hoffen, dass sich der Rat hierin morgen einig würde.

Behaimer schenkte sich seinen Weinbecher randvoll nach und nahm einen kräftigen Schluck. Es würde schon alles seinen Gang nehmen. Denn dass die Einwohnerschaft nur ja nicht in unangemessenen Schrecken versetzt werden durfte, das sahen die anderen Ratsherren ebenso wie er. Schließlich hatte es in letzter Zeit genug Unruhen gegeben: erst der Judenauflauf, dann die Krawalle um Snewlin und Genossen, am Ende diese Brut von Geißelbrüdern. Die Stadt musste endlich zur Ruhe kommen. Da konnte die Kunde eines einzigen Falles von Pestilenz ausreichen, dass Ordnung, Handel und Verwaltung zusammenbrächen. Gerade jetzt, wo Kirchweih und Schützenfest bevorstanden und zu Michaelis dann die große Handelsmesse.

Dreifaches Klopfen riss Behaimer aus den Gedanken.

«Was gibt's?»

Der Knecht steckte den Kopf zur Tür herein.

«Verzeiht vielmals die Störung, Magister. Ihr mögt sofort zum Herrn Bürgermeister kommen.»

«Um diese Zeit?»

«Es ist dringend. Sein Küchenmädchen ist erkrankt.»

«Hör ich recht? Ich soll eine Küchenmagd behandeln?»

«Nun ja – der Herr Bürgermeister lässt ausrichten, es würd sich sozusagen um eine Geheimsache handeln. Und zwar um ein …» Er schien nach den richtigen Worten zu suchen. «Um ein gar seltsames Karbunkel auf der Haut.»

Behaimer fuhr so rasch in die Höhe, dass der Lehnstuhl hinter ihm wegkippte.

«Hast du hiervon irgendwem erzählt?», herrschte er den Knecht an.

«Aber nein, Magister.»

«Dann halt auch fürderhin den Mund, wenn dir deine Stellung lieb ist.»

In den letzten Tagen hatte sich der Sommer zunehmend schwül und heiß gezeigt, und eben gerade erst hatte ein kurzer Gewitterguss die ersehnte Abkühlung gebracht. Clara machte sich auf den Weg zur Kirchenbauhütte, um Benedikt zu holen. Heinrich wollte Familienrat halten. Er war inzwischen felsenfest davon überzeugt, dass die tödliche Seuche ihre Stadt erreicht hatte und sie bald schon fest in den Klauen halten würde.

Clara hatte alle Mühe, bei ihren täglichen Verrichtungen gegen die aufsteigende Angst anzukämpfen. Den Freiburgern indessen war nichts anzumerken, als sie jetzt, kurz vor dem abendlichen Angelusläuten, die Stadt durchquerte. Alte und Junge saßen bei ihrer Arbeit auf der Gasse, vor den weitgeöffneten Läden ihrer Werkstätten oder Wohnstuben, plauderten, scherzten, lachten. Sie genossen die frische, gereinigte Luft und schienen nichts zu ahnen von der drohenden Gefahr.

Wie sollten sie auch? Der Rat der Stadt hatte Heinrich heute früh einen Maulkorb verpasst, hatte ihn nachhaltig davor gewarnt, irgendwelche unhaltbaren Lügen zu verbreiten. Bei den jüngsten Todesfällen handle es sich nämlich lediglich um das bei diesem Wetter durchaus übliche hitzige Fieber, um eine heftige Form des Sommerkatarrhs also. Als Heinrich dennoch darauf gedrängt hatte, zur Vorsicht alle Neuerkrankten abzusondern, am besten in einem Haus vor der Stadt, wie man es seit Jahr und Tag mit den Leprösen draußen auf dem Feld hielt, und darüber hinaus die Kirchweih zum Ende des Monats abzusagen – da hatte man ihm schlechterdings das Maul verboten. Ob er von allen guten Geistern verlassen sei, hatte Bürgermeister Ederlin ihn angeschnauzt, die Bürger und Hintersassen solchermaßen in Schrecken zu versetzen? Der Todesstoß gegen Handel und Handwerksfleiß sei es, einen solchen Verdacht in Richtung Pestilenz auch nur auszusprechen. Zumal es wegen einer Handvoll Kranker zu diesem Verdacht gar keinen Anlass gebe. Der gesamte Rat der Vierundzwanzig hatte hierzu genickt, am heftigsten der Stadtphysicus selbst.

Außer sich war Heinrich von der Sitzung heimgekehrt. Diese feigen Hunde, hatte er geschimpft. Steckten den Kopf in den Sand und hofften, dass das Große Sterben über sie hinwegrollen werde, ohne einen von ihnen zu treffen. Sechs Menschen hier in der Stadt waren bis jetzt nahezu gleichzeitig auf dieselbe blitzschnelle Art dahingerafft worden. Zwar hatte Gevatter Tod seither innegehalten, dafür aber gab es nun, wie Heinrich wusste, einige Krankheitsfälle, zu denen ausdrücklich Meister Arbogast gerufen wurde und er keinen Zutritt hatte. Und wie es um die Bewohner des Gutleuthauses stand, war mit einem Mal nicht mehr herauszufinden – auf seine Anfragen hin erhielt er von Johans Malterer, dem Schaffner der Einrichtung, schlichtweg keine Antwort.

Als Clara auf den Kirchplatz einbog, sah sie ihren Ältesten schon von weitem, umringt von Michel, Eli und Jossele. Die drei Knaben kamen oft hier heraus, und Clara ahnte, wie sehr es gerade Michel schmerzte, dass sein großer Bruder sich nicht mehr zu Hause blicken ließ. Lautlos trat sie hinter die Kinder und beobachtete Benedikt bei seiner Arbeit an einer Konsole, die von Weinblättern umrankt wurde. Stück für Stück formte sich der Sandstein unter seinen sicheren Schlägen.

«Wie schön das wird», sagte sie voller Bewunderung.

Benedikt fuhr herum.

«Was tust du hier?»

«Vater will dich sehen.»

«Warum kommt er dann nicht selbst?»

«Weil ich mich angeboten hatte, dich zu holen. Deshalb.»

«Ich bin noch nicht fertig mit der Arbeit.»

«Dann warte ich eben.»

Sie setzte sich auf einen rohen Steinquader, der im Schatten lag, und ließ ihren Blick über den mächtigen und zugleich so anmutigen Kirchenbau schweifen. Auch der zweite Chorturm war nun beinahe fertiggestellt, ihm fehlte nur mehr der Helm, und an der Südseite des Chores hatte man mit dem Anbau der neuen Peter-und-Pauls-Kapelle begonnen. Wieder erfüllte sie ein unbändiger Stolz auf Benedikt, dass er mit seiner Hände Arbeit zur Pracht dieser Kirche beitrug.

«Gehen wir!»

Vor ihr schob sich Benedikts schlanke Gestalt gegen die Abendsonne. Sie stand auf.

«Wo sind die Kleinen?»

«Sind schon vorausgegangen.»

Schweigend machten sie sich auf den Weg. Dabei würdigte sie ihr Sohn keines Blickes. «Wie geht es dir?», fragte sie schließlich. «Bist du gesund? Hast du alles, was du brauchst?»

«Ja, Mutter!», gab er zurück, in solch barschem Tonfall, als wolle er sagen: Geht's dich was an?

Sie stieß einen kleinen Seufzer aus und schwieg den Rest des Weges.

Zu Hause hatte Johanna bereits das Nachtessen gerichtet. Nachdem sie Gott für seine Gaben gedankt hatten, eröffnete Heinrich mit ernstem Gesicht die Mahlzeit. Mehr oder weniger stumm löffelten sie ihre Rübensuppe, in die Johanna, auf Claras Anweisung hin, für diesmal reichlich Wurst und Speck geschnitten hatte. Doch Benedikt schien es nicht einmal zu bemerken.

Schließlich legte Heinrich seinen Löffel beiseite und räusperte sich. «Erinnert ihr euch», wandte er sich an seine Kinder, «an unsere Schutzhütte oben auf dem Wald? Über dem Dorf Ebnot? Letzten Herbst wart ihr mit, als wir dort Holz geschlagen haben. Nun ja, eure Mutter und ich haben entschieden, dass ihr dort die Sommerwochen verbringen werdet.»

Entgeistert starrte Johanna ihren Vater an. «In diesem dreckigen Loch sollen wir schlafen? Niemals.»

Die kleine Kathrin schob die Unterlippe vor und presste zwei Tränen zwischen den Augenlidern hervor. «Da hab ich Angst.»

«Das musst du nicht.» Clara legte den Arm um ihre Jüngste. Sie wusste genau, woran das Kind dachte. Ein heftiger Sturm hatte sie damals überrascht, als sie oben im Wald, wo ihnen seit Heinrichs Großvater ein Jauchart Holz in Erbpacht gehörte, ihr Winterholz hatten holen wollen. Von jetzt auf nachher war das Wetter aufgezogen, schwarzgrau hatte sich der Himmel verfärbt, bevor es über ihnen zu tosen begonnen hatte. Gerade noch rechtzeitig hatten sie alle miteinander die Schutzhütte erreicht, als schon die ersten Äste herunterprasselten. Einer hatte die Ecke des Dachs durchschlagen, ansonsten aber waren sie mit dem Schrecken davongekommen. Und eine gute Menge zusätzliches Holz hatte ihnen das Unwetter obendrein beschert, durfte man doch nur ernten, was auf dem Boden lag oder bis in Mannshöhe wuchs.

Michel stieß seine Schwester in die Seite. «Heulsuse! Ich fand es richtig schön gruselig.»

Er wandte sich an Eli und Jossele, die mit großen Augen zugehört hatten. «Da im Wald hat es wilde Tiere, und man muss sich mit Löwenblut einreiben, damit man sicher ist. In der Nacht sprechen die Bäume, und es kommen Dämonen, die sehen aus wie riesige schwarze Hunde und haben glühende rote Augen. Und wenn man ...»

Kathrin heulte lauter.

«Schluss jetzt!» Clara gab Michel einen Klaps hinter die Ohren. «Du machst den Kleinen ja Angst.»

Eine Zeit lang herrschte Schweigen, bis Johanna fragte: «Warum sollen wir dorthin? Da gibt es ja nicht mal ein Bett zum Schlafen und Kochgeschirr, und das Dach ist kaputt und ...»

«Weil ihr dort sicherer seid als hier in der Stadt», unterbrach Heinrich sie. Seine Stimme klang erstaunlich ruhig. «Mehr braucht ihr Kinder nicht zu wissen, und ihr solltet auch mit niemandem drüber reden. Es ist ja auch nicht für lange. Im Übrigen haben wir die Hütte längst wieder gerichtet. Mit einer frischen Strohschütte und warmen Decken werdet ihr ein wunderbares Nachtlager haben.»

«Wieso sagst du ‹ihr›? Kommst du denn nicht mit uns?»

«Nein, nur eure Mutter. Ich bleibe hier.»

Benedikt hob den Kopf. «Ich auch.»

Es waren die ersten Worte, die er an diesem Abend von sich gab.

«Nein, mein Sohn. Ich kann Johanna und deine Mutter nicht allein mit den Kleinen im Wald lassen. Da muss schon ein Mann dabei sein.»

«Das hättet ihr euch früher überlegen müssen», entgegnete Benedikt ungerührt. «Ich bin Meisterknecht und verwirke auf immer meine Anstellung, wenn ich mich jetzt davonmache. Für die Kinder ist es recht, aber ein Erwachsener, der sich jetzt aus dem Staub macht, ist nichts als feige.» Er warf Clara einen verächtlichen Blick zu.

«Feige?» Heinrichs Wangen liefen dunkelrot an. «Willst du sagen, deine Mutter sei feige? Nimm das sofort zurück!»

Benedikt zuckte die Achseln. «Nenn es, wie du willst. Ich jedenfalls bleibe hier in der Stadt und arbeite weiter, ganz gleich, was geschieht. Außerdem ist es Gottes Fügung, wenn die Pestilenz über uns kommt. Die verdiente Geißel für unseren Frevel an den Juden.»

Früher als gewöhnlich gingen sie an diesem Abend zu Bett. Heinrich war noch immer reichlich aufgebracht; zum einen über Benedikts Weigerung, seine Familie zu beschützen und mit zur Hütte zu gehen, zum andern, weil sein ältester Sohn vor den Geschwistern ausgesprochen hatte, was nicht für deren Ohren bestimmt war. Wäre Clara nicht dazwischengegangen, so hätte Heinrich wohl am Ende tatsächlich die Hand gegen seinen erwachsenen Sohn erhoben.

«Er hat es nicht so gemeint.» Clara schlüpfte neben ihn unter die Decke. «Und in einem hat er recht: Die Bruderschaft würde ihn ausschließen, wenn er sich einfach auf und davon machen würde.»

«Ich weiß ja.» Heinrich seufzte. «Aber ich mach mir eben Sorgen um euch, so ganz allein mitten im Wald. Außerdem hat es nichts mit Feigheit zu tun, dass ihr geht, sondern ist das einzig Vernünftige. Dass er immer so stur sein muss!»

«Wir sind ja nicht in der Fremde», beschwichtigte Clara ihn, «sondern grad mal einen Spaziergang entfernt von hier. Außerdem haben wir dieses Ungetüm zu unserem Schutz.»

Das Ungetüm war ein räudiger Hofhund, den Heinrich heute angeschleppt hatte. Doch wie sie jetzt so neben Heinrich, in der Wärme des gemeinsamen Bettes lag, wusste Clara nicht, ob sie mit diesen Worten ihren Ehegefährten oder sich selbst zu beruhigen suchte.

Als Heinrich ihr heute Mittag eröffnet hatte, sie müsse zusammen mit den Kindern die Stadt verlassen, war sie zunächst aus allen Wolken gefallen. Nur wegen einiger plötzlicher Todesfälle sollte sich die Familie trennen? Aber Heinrich hatte nicht viele Worte gebraucht, um sie zu überzeugen. Er sprach aus, was niemand, nicht einmal die Stadtoberen, auszusprechen wagten: Die Pestilenz war in Freiburg angekommen, und im nahen Basel gab es bereits Dutzende von Toten. So gerne auch sie die Augen vor dieser Tatsache verschlossen hätte, musste sie doch auf Heinrichs Erfahrung und Urteilsfähigkeit als Heilkundiger vertrauen. Ihr blieb nur die Hoffnung, dass Freiburg von größerem Übel verschont würde und sie bald schon zurückkehren könnten. Zwei, drei Sommerwochen auf diesem schönen Fleckchen Erde wären so schlimm schließlich auch nicht. Hatte sie doch dort mit Heinrich, als sie beide noch jung und närrisch waren, die herrlichsten heimlichen Stunden verbracht.

Clara kuschelte sich an seine Seite. «Erinnerst du dich, als uns dort oben ums Haar der Waldschütz erwischt hätte? Und wie wir uns dann im Bachbett unter dem Haselstrauch versteckt hatten und hernach klatschnass nach Hause mussten?»

Heinrich lachte leise. «Und ob! Dort oben im Wald haben wir schließlich Benedikt gezeugt. Noch vor der Hochzeit.» Er streichelte ihren Nacken. «Und alle Welt hat geglaubt, Benedikt sei vorzeitig auf die Welt gekommen.»

«Deine Mutter doch nicht. Die hat es immer gewusst. Ach, Heinrich – das Einzige, was ich kaum aushalten werde, ist, ohne dich zu sein. Wir waren seit unserer Hochzeit noch nie voneinander getrennt.»

«Glaube mir: Wüsste ich was Besseres, um euch zu schützen, so würde ich es tun.»

Schweigend lagen sie nebeneinander. Von draußen klang die Stimme des Nachtwächters herauf, der die letzte Stunde ausrief. Clara hing ihren Gedanken nach. Auch sie wollte ihre Kinder keiner Gefahr aussetzen. Nur – ergab es wirklich Sinn, die Stadt zu verlassen? Was wussten sie schon über diese grauenhafte Krankheit? Weder, wie sie entstand, noch, wie sie zu Ende ging. Nur dass sie sich über Miasmen verbreitete, vergiftete Luftschwaden, die sich über große Landflächen hinweg ausbreiteten. Und deren Verlauf möglicherweise von den Gestirnen gelenkt war.

«Warum nur», fragte sie leise, «sollten wir oben auf dem Wald sicherer sein als hier, in unseren vier Wänden?»

«Eben das ist die Frage.» Heinrichs Stimme klang mit einem Mal müde und erschöpft. «Weißt du, wie du mich die letzten Tage gescholten hast, weil ich mir die Nächte bei teurem Kerzenlicht um die Ohren geschlagen habe? Da habe ich Berichte studiert über die Seuchen in alten Zeiten und über die Sterbensläufe in Italien. Auf zweierlei bin ich immer wieder gestoßen. Zum einen, dass die Seuche häufig an kalten Tagen ein Ende findet, zum andern, dass unsere herkömmliche Ansicht von riesigen Giftwolken überdacht werden muss. Wie kann es beispielsweise sein, dass unter derselben verpesteten Luftschicht die eine italienische Stadt einem Totenfeld glich, ihre nahe Nachbarstadt hingegen verschont blieb?»

«Davon hast du gelesen?»

Heinrich nickte. «Auch von zwei arabischen Ärzten, die der Ansicht sind, dass nicht Luftschwaden und Gestirne den Verlauf beeinflussen, sondern wie dichtgedrängt die Menschen miteinander leben. Desgleichen, wie gesund oder ungesund sie zuvor gelebt haben. Und sie nehmen an, dass die Krankheit sehr rasch ausbricht. Nach einigen Stunden oder wenigen Tagen schon.»

«Dann ist das mit dem Pesthauch also Unsinn?»

«Wohl nicht ganz. Ich bin überzeugt, dass etwas Unfassbares, Unsichtbares die Krankheit weiterträgt. Nur glaube ich nicht, dass sich der Gifthauch droben in einer Luftschicht ausbreitet, sondern ganz nah bei uns, von Mensch zu Mensch. Genau darum müsste man die Kranken von den Gesunden absondern, genau wie bei den Sondersiechen. Und also», fügte er abschließend hinzu, «hat es Sinn, aus der Enge der Stadt aufs Land zu fliehen.»

«Hast du das alles heute früh dem Rat vorgetragen?»

«Ja, aber man wollte nichts davon hören.»

«Dann musst du eben die Grafen aufsuchen. Schließlich sind sie immer noch unsere Stadtherren.»

Heinrich schnaubte. «Was meinst du, was ich nach der Ratssitzung getan habe? Nicht einmal vorgelassen hat man mich auf dem Burgschloss. Ich stand da wie ein Bettler vor dem Tor. Nein, Clara, wir müssen jetzt auf eigene Faust handeln.»

In Claras Kopf überschlugen sich die Gedanken.

«Wenn sich die Seuche von Mensch zu Mensch verbreitet, dann bist gerade du in höchster Gefahr! Dann könnte es dich bei jedem Krankenbesuch treffen.»

«Du übertreibst. Außerdem soll es schützen, sich mit Essigwasser und stark riechenden Gewürzen einzureiben. Das werde ich freilich tun. Trotzdem solltet ihr im Wald keinesfalls anderen Menschen nahe kommen und erst recht nicht ins Dorf hinuntergehen. Das musst du den Kindern einschärfen. Da kann einer vollkommen gesund aussehen und trägt die Seuche doch schon in sich.»

«Was glaubst du, wie lange wird das gehen?»

«Ich weiß es nicht. In manchen Berichten ist die Rede von wenigen Wochen, in anderen von etlichen Monaten. Aber keine Sorge. Benedikt wird ja jeden Sonntag herauskommen und euch mit dem Notwendigsten versorgen. Aber auch von ihm haltet Abstand.»

«Das meinst du nicht im Ernst. Er ist mein eigener Sohn, der Bruder seiner Geschwister!»

«Himmel, Clara – verstehst du denn nicht? Jeden hier kann es treffen, dem die Seuche bloß nahe genug kommt.» Seine Stimme bebte. «Wir können nur beten, dass es ihn nicht trifft. Das einzig Gute ist, dass aus unserem Sohn ein solcher Eigenbrötler geworden ist, der wenig unter Menschen geht.»

Clara unterdrückte ein Schluchzen. «Und was ist mit dir? Wirst du uns gar nicht besuchen kommen? Selbst wenn wir monatelang dort oben hausen müssen?»

«Nein. Das wäre mehr als leichtfertig.»

«Weil du dich angesteckt haben könntest?»

«Wenn es denn so in Gottes Absicht steht: ja, weil ich mich angesteckt haben könnte.»

Die Tränen schossen ihr in die Augen. «Warum soll ich weiterleben, wenn mein Mann und mein ältester Sohn sterben könnten?»

«Bitte, sei vernünftig. Hier geht es nicht um dich oder mich. Hier geht es um die Kinder. Um ihretwillen musst du fort von hier.»

Kapitel 19

Am übernächsten Tag, einem Sonntag, brachen sie in aller Herrgottsfrühe auf. Die Nacht hatte die stickige Hitze des Vortages kaum mildern können, und fast freute sich Clara auf die Frische oben im Wald.

Benedikt begleitete sie hinaus, während Heinrich, um keinen Verdacht zu erregen, in die Frühmesse gegangen war. Gegen Mittag dann wollte er ebenfalls herauskommen und noch den einen oder anderen Hausrat mitbringen. Sie hatten nur das Allernötigste in eine Handkarre gepackt: zwei Lederbecher, einen irdenen Topf, Löffel und Messer, Mörser, Feuerstein und Zunder, ein Handbeil, lange Mäntel als Decken und Wetterschutz. Dazu Säckchen mit Hafergrütze, Dinkelmehl, Dörrobst, Brot, Käse und eine mit Würzwein gefüllte Wasserflasche.

Allein damit war die Karre prall gefüllt und erregte prompt den Argwohn der beiden Wächter vom Obertor. Zumal ihr Begleithund sofort die Zähne zu fletschen begann, als sich die Männer ihnen näherten.

«Was veranstaltet ihr für einen Aufzug, am heiligen Sonntag?», fragte der Ältere, den Clara vom Sehen her kannte. «Bist du unter die Grempler gegangen, Grathwohlin?»

Clara versuchte zu lächeln.

«Eine Base von mir, drüben in Ebnot, hat sich beide Arme gebrochen. Da wollen wir ihr ein wenig zur Hand gehen.»

Der andere zeigte auf Jossele und Eli. «Sind das die beiden Judenbengel, von denen die ganze Stadt redet?»

«Sie sind Christenmenschen wie du», gab Clara schärfer als beabsichtigt zurück.

«Dann hat ihnen der liebe Gott wohl auch wieder was an den Schniedel genäht!»

«Können wir jetzt weiter? Meine Base wartet.»

«Geht nur. Aber gebt auf eure Schätze acht. Wegelagerer halten keine Sonntagsruhe.»

Sie durchquerten rasch den Vorhof der Toranlage, wo sich der stinkende Unrat der halben Stadt aufhäufte und darauf wartete, in den Fluss gekippt zu werden. Sorgenvoll beobachtete Clara die beiden Grünbaumknaben. Was mochte wohl in ihren Köpfen vorgehen? Dass sie im Gegensatz zu den anderen Jungen ihres Alters beschnitten waren, war ihnen längst aufgefallen. Wie aber nahmen sie es auf, dass die Leute in ihrer Gegenwart ungehemmt irgendwelche unsinnigen oder auch boshaften Bemerkungen machten? Schlimm genug, dass ihnen trotz der christlichen Taufe der amtliche Beiname «Jud» verpasst worden war.

Ihre Kinder waren für Jossele und Eli zu Geschwistern geworden, denen sie vertrauten, mit denen sie spielten, stritten und rauften, wie es eben so üblich war. Sie selbst und Heinrich hingegen ernteten nur selten ein Lächeln von den beiden, und vor allen übrigen Erwachsenen fürchteten sie sich.

Auch jetzt drückten sie sich schutzsuchend an Benedikts Seite, während Michel mit dem Hund am Strick vorausstürmte. Er war der Einzige, der ihren Umzug in den Wald als ein großes Abenteuer zu genießen schien.

Sie ließen die letzten Häuser der Oberen Au rechter Hand liegen, überquerten den Mühlbach und nahmen den schmalen Pfad talaufwärts, immer den Floßgraben längs. An Wochentagen schossen hier die Baumstämme aus dem Waldgebirge von

Stellfalle zu Stellfalle, vorwärtsgeschleudert von einem mächtigen Schwall Wasser. Jetzt waren die Stauwehre geschlossen, und auf dem ruhigen, flachen Wasser tummelten sich Myriaden von winzigen Mücken in der Morgensonne. Wie friedlich und ruhig es hier draußen war! Außer ihnen war keine Menschenseele unterwegs. Und besser konnten sie es auch nicht treffen, dachte Clara, denn es brauchte niemand zu wissen, wohin sie unterwegs waren.

Eine halbe Wegstunde später, bei den Mönchszellen der Kartäuser, verließen sie das Dreisamtal auf einem schmalen, steilen Weg hinauf in den Ottilienwald. Hier im Schatten war es angenehm kühl, dafür schien ihre Handkarre auf dem holprigen Untergrund dreimal so schwer zu werden.

«Erzähl uns von der heiligen Odilia und ihrem bösen Vater», bat Michel seine Mutter.

«Nur, wenn du Johanna beim Schieben hilfst.» Clara trat neben Benedikt an die Deichsel und begann:

«Vor uralten Zeiten wurde einem Herzog drüben im Elsass eine Tochter namens Odilia geboren. Sie kam blind zur Welt, und ihr Vater, ein gewalttätiger Mann, wollte sie töten lassen. Ihre Mutter aber konnte sie retten und ließ sie weit weg in ein Kloster bringen. Dort schenkte ihr ein Engel das Augenlicht zurück. Nach zwei Jahren ließ sie ihr Bruder, der sie sehr liebte, wieder nach Hause holen. Darüber geriet der Vater in solchen Zorn, dass er den eigenen Sohn totschlug.»

Sie hielt inne, um zu verschnaufen.

«Odilia nun erweckte den Bruder wieder zum Leben und musste deswegen abermals vor dem Vater fliehen. Der verfolgte sie mit seinen Mannen bis hierher, in diesen Wald. Als er sie schon beinahe erreicht hatte, da tat sich nicht weit von hier wie durch Zauberhand ein Felsspalt auf, in dem sie sich verstecken konnte. Die herabstürzenden Steine verwundeten den Vater schwer, sodass seine Männer ihn forttragen mussten. Als sich Odilia wieder ins Freie wagte, entsprang dem Felsen eine heilende Quelle. Seither verspricht ein Besuch dieses Brünnleins uns Menschen Linderung bei allen Augenleiden.»

«Ist der böse Vater dann zur Strafe gestorben?», fragte Eli. Er hatte aufmerksam zugehört und war dabei immer dichter an sie herangetreten, bis seine kleine Hand in ihre geschlüpft war. Claras Herz schlug schneller vor Freude.

«Nein, aber er hatte die Verfolgung aufgegeben und war auf seine Burg ins Elsass zurückgekehrt. Viele Jahre später wurde er sterbenskrank und wollte mit Odilia Frieden schließen. Da sie ein gutes Herz hatte, besuchte sie ihn, und er schenkte ihr zur Versöhnung eine Burg auf einem himmelhohen Berg. Darin gründete sie ein Frauenkloster, holte ihre alten Eltern dorthin und pflegte sie bis zu deren Tod. Heute ist die heilige Odilia die Schutzpatronin der Menschen im Elsass, und um unsere Quelle hat man eine kleine Kapelle gebaut.»

«Mit so einem bösen Vater hätt ich nie im Leben Frieden geschlossen», sagte Michel wie jedes Mal am Ende dieser Geschichte.

«Das ist auch der Unterschied zwischen dir und einer Heiligen», spottete Johanna.

«Darf ich die Quelle sehen?», fragte Eli.

«Später», beschied Clara und dachte daran, ob ihr Ältester jemals Frieden mit ihr schließen würde. Dabei wünschte sie sich nichts sehnlicher.

Mittlerweile hatten sie nach einem letzten steilen Anstieg ihr Ziel erreicht: eine flache Lichtung, an deren Rand, im Schutze mächtiger Tannen, ihr Schuppen stand. Eigentlich war es mehr als ein Schuppen, nämlich eine aufgelassene Waldarbeiterhütte, die sie dazu gepachtet hatten, mit stabilen Wänden und einem richtigen Dach. Sie selbst hatten irgendwann noch einen Bretterboden eingezogen.

Clara staunte nicht schlecht. Benedikt und Heinrich hatten die Hütte im Frühjahr fürwahr in Ordnung gebracht! Die Tür hing nicht mehr schief in den Angeln, ein neuer Riegel war angebracht, und die Ritzen waren sorgfältig mit Moos und Wurzelwerk ausgestopft. Auch das Dach schien neu gedeckt. Den Sommer über würde man es wohl darin aushalten können.

Während ihre Geschwister auf der Lichtung herumtobten, schoben Johanna und Benedikt den Wagen unter das Vordach. Clara band den Hund an einem Baumstamm fest. Es war ein mächtiges Tier mit zottigem, dunkelbraunem Fell und kräftigem Gebiss. Der Bauer, von dem Heinrich ihn geholt hatte, hatte ihnen versichert, dass das Tier mit Kindern friedlich, ansonsten aber, was Haus und Hof betraf, ein scharfer Wachhund sei. Während Clara ihn betrachtete, hob er wie zur Bestätigung leise zu knurren an, und sie trat eilig einen Schritt zurück.

«Er wird sich schon noch an uns gewöhnen», sagte Johanna und kramte in dem Beutel mit der Wegzehrung. Mit einem Knochen in der Hand näherte sie sich dem Hund, strich ihm über den Kopf und hielt ihm den Leckerbissen hin.

«Hat er eigentlich einen Namen?»

Clara zuckte die Schultern. «Ich glaube nicht.»

«Er braucht aber einen, wenn er bei uns bleiben soll», entschied Johanna. «Was meinst du, Benedikt – wie sollen wir ihn nennen?»

«Ist mir gleich.»

Johanna zog die Stirn kraus. «Soll ich dir mal was sagen? Seit Ewigkeiten schleichst du herum wie ein verirrtes Nachtgespenst, wenn man dich überhaupt einmal zu Gesicht bekommt. Ich weiß nicht, was mit dir ist, aber eines weiß ich: Ich hab deine schwarzgallige Laune gründlich satt!»

Clara starrte ihre Tochter an. Einen solchen Tonfall kannte sie von Johanna gar nicht. Auch Benedikt schien verwirrt. Dann straffte er die Schultern und brachte so etwas wie ein Lächeln zustande.

«Nennen wir ihn Cerberus. So hat das alte Volk der Griechen den Höllenhund genannt, der den Eingang zur Unterwelt bewacht.»

Den Rest des Vormittags verbrachten sie damit, alles Nötige für ihren Aufenthalt vorzubereiten. Mit Hilfe der Kleinen schaffte Clara die Holzscheite aus der Hütte und richtete mit Mänteln und frischem Stroh die Bettstatt, die nun nahezu den gesamten Raum ausfüllte. Reichlich eng würden sie es haben, zu sechst nebeneinander, dafür aber umso wärmer.

Anschließend nahm sie den Ledereimer vom Wandhaken und ging zum Wasserholen an den nahen Bergbach oberhalb der Hütte. Quellen gab es hier im Wald ausreichend, das Wasser aus der Ottilienquelle allerdings durfte nicht zum Trinken und Waschen verwendet werden. Clara hockte sich dicht ans Ufer und tauchte ihre Arme in das erfrischende Nass. Aus der Ferne klang das Lachen der Kleinen herüber; auf der anderen Seite des Baches streiften ihre beiden Ältesten durch das Unterholz. Sie waren auf der Suche nach geeigneten Stellen für die Kaninchenfallen. Ein wahrhaft kleines Paradies war das hier oben im Sommer, viel schöner noch als ihr Garten – wären da nicht die schrecklichen Umstände, die sie hierhergezwungen hatten.

Keinen Steinwurf von Clara entfernt kniete Benedikt nun nieder und erklärte seiner Schwester, wie man die Fallen aufstellte. Seine Stimme klang ruhig, sehr männlich und auch ein wenig stolz. Es war sein Einfall gewesen, das mit den Kaninchenfallen. So würden sie sich hoffentlich ab und an über dem Feuer ein Stück Fleisch braten können, und für ihren Wachhund fiele auch etwas ab. Dazu bot der Wald eine Vielzahl von frischen Früchten, Kräutern und Nüssen, wenn man nur wusste, wo sie zu finden waren. Clara kannte eine versteckte Wiese zum Dreisamtal hin, auf der allerlei Wildgemüse wuchs. Verhungern würden sie gewiss nicht, zumal die Gegend im frühen Herbst von Pilzen und Blaubeeren übersät war.

Unwirsch schüttelte sie sich die Wassertropfen von den Armen und erhob sich. Nein, bis in den Herbst hinein würden sie hier ganz gewiss nicht bleiben.

Kurz nach dem Mittagsläuten, das vom Ebnoter Kirchturm heraufklang, war der Vater mit weiteren Vorräten in seiner Rückentrage angekommen. Während Johanna an der Feuerstelle neben der Hütte einen großen Topf Getreidebrei kochte, hatte er ihre Unterkunft inspiziert und dabei angestrengt versucht, eine fröhliche Stimmung zu verbreiten. Doch Benedikt war nicht entgangen, wie angespannt er war und dass seine Hände beim Essen gezittert hatten.

Als er jetzt, einige Stunden später, mit seinem Vater auf dem Heimweg war, jeder in seine Gedanken versunken, gab sich Benedikt einen Ruck.

«Es ist doch die Pestilenz, nicht wahr?»

Sein Vater blieb stehen. Er nickte.

«Heute ist die Küchenmagd des Bürgermeisters gestorben. Ein ganz junges Ding. Sie hatte stinkende Beulen am Körper.»

«Hast du sie gesehen?»

«Wo denkst du hin? Man holt mich ja nicht mehr. Hinter

verschlossenen Türen ist sie gestorben. Aber ich stand bei der Frühmesse hinter dem Bürgermeister, und er hat ein wenig zu laut mit seinem Nachbarn gesprochen. – Hör zu, Benedikt. Noch kannst du zurück zu den anderen. Ich weiß nicht, was uns in der Stadt erwartet, aber ich fürchte, meine schlimmsten Ahnungen werden sich erfüllen. Ich rate dir: Geh zurück.»

«Nein», entgegnete Benedikt knapp.

«Ist es wegen deiner Mutter? Glaubst du noch immer, sie sei schuld an Esthers Schicksal?»

Benedikt schwieg. Das Gesicht seines Vaters verfärbte sich, und die Adern an seinen Schläfen schwollen an.

«Was glaubst du eigentlich, wer du bist?», donnerte er los. «Der Weltenrichter? Der über Gut und Böse befinden kann? Gar nichts weißt du! Wie ein dummes, bockiges Kleinkind benimmst du dich. Du siehst weder, wie rührend sich deine Schwester um die Grünbaumknaben kümmert, noch, was deine Mutter auf sich nimmt um der Familie willen.» Schweiß trat auf seine Stirn. «Diese Liebschaft zwischen dir und Esther war von vornherein zum Scheitern verurteilt. So etwas ist in unserer Welt nicht vorgesehen, begreifst du das nicht? Das sehe ich genauso wie deine Mutter. Mit welchem Recht quälst du sie so? Nicht nur, dass sie Eli vor dem Feuertod gerettet hat – sie war es auch, die Esther zur Flucht aus dem Gefängnis verholfen hat. Sie war es, die dein Mädchen heimlich vor die Stadt gebracht hat, damit es sich nach Straßburg retten kann. Was danach geschehen ist, war Gottes Wille und nicht ihre Schuld.»

«Das ist nicht wahr, was du da erzählst. Du lügst.»

Da holte sein Vater aus und gab ihm eine schallende Ohrfeige.

«Komm endlich von deinem hohen Ross herunter», fauchte er, und seine Stimme bebte nicht minder als seine Hand. «Vergräbst dich in deiner schönen Baukunst, frönst der Anmut deiner steinernen Blattwerkornamente und Maßwerkfenster, verkünstelst dich mit magischen Formeln und Goldenem Schnitt. Wärst nur hin und wieder mitgekommen in die Krankenstuben, so wie deine Mutter es niemals gescheut hat! Dann hättest du ein wenig mehr vom Leben gesehen und wüsstest, wie elend es anzusehen ist, wenn der Körper mit eitrigen Schwären und blutigen Wunden überzogen ist und kein Arzt der Welt mehr helfen kann. Wenn ein Kind vor den Augen der verzweifelten Eltern qualvoll stirbt, wenn im Wochenbett eine …»

«Hör auf!» Benedikt presste sich die Hände gegen die Ohren. Sein Vater wandte sich um und ging mit wankenden Schritten weiter. Den Rest des Weges trottete Benedikt schweigend hinter ihm her. Immer wieder kämpfte er gegen die Tränen an.

Als sie die Stadtmauer erreichten, verfärbte sich der Himmel im Westen bereits rot. Um nicht wieder den Torhütern begegnen zu müssen, nahmen sie eine der unbewachten Schlupfpforten, durch die die Bürger zu ihren Gärten und Viehtränken gelangten. Die Gassen lagen jetzt friedlich und still, die meisten Bewohner saßen wohl bei ihrem sonntäglichen Nachtmahl oder in einer der zahlreichen Schenken und Trinkstuben.

Als sie in der Webergasse ankamen, hatte sich zu ihrer Verblüffung eine Menschenmenge vor ihrem Haus zusammengerottet.

Der Vater blieb stehen. «Das heißt nichts Gutes.»

«Da kommen sie», rief der Erste, und Benedikt erkannte in ihm Cunrat Heinerli, den Stadtschreiber. Neben ihm stand der Bärenwirt, der sich jetzt aus der Menge löste und auf sie zueilte.

«Sag uns die Wahrheit, Grathwohl!» Hanmann Bienger

packte den Vater bei den Schultern. «Sag du uns wenigstens die Wahrheit! Woran ist mein Weib gestorben?»

Heinrich Grathwohl schob ihn zur Seite.

«Lasst uns ins Haus. Wir sind müde.»

Doch die Menschen schoben sich wie eine Schutzwehr vor ihre Hofeinfahrt.

«Nichts da.» Es war Badermeister Ebnoter, ein entfernter Vetter seines Vaters, der jetzt das Wort ergriff. «Mich kannst du nicht für dumm verkaufen. Schließlich kenn ich mich aus in der Wundarzney. Nie und nimmer ist das ein Sommerkatarrh, wie uns die Ratsherren weismachen wollen.»

«Nie und nimmer!», bekräftigte Thine, die alte Klatschbase von Oberlinden, mit schriller Stimme. «Warum sonst hättest heut deine Familie aus der Stadt geschafft? Weil du nämlich weißt, was die Glocke geschlagen hat. Und wir andern sollen hier verrecken!»

Benedikt ahnte, wie sein Vater mit sich kämpfte, während die Männer und Frauen ihnen bedrohlich eng auf den Leib rückten. Sie rochen nach Schweiß – nach Angstschweiß, schoss es Benedikt durch den Kopf.

Heinrich Grathwohl holte tief Luft.

«Gott allein kennt die Wahrheit. Aber ich rate euch allen: Haltet Abstand von jeglichen Kranken und bewahrt Ruhe. Holt stattdessen mich oder einen anderen Wundarzt ins Haus. Es könnte die Seuche sein, das will ich nicht verleugnen.»

Kapitel 20

Behaimer bedauerte zutiefst, dass er zu Johanni nicht wieder in den Rat gewählt worden war. So hatte man ihn heute lediglich als Stadtarzt und Zeugen vorgeladen, zusammen mit Heinrich Grathwohl und Heinrich Arbogast, den beiden geschworenen Wundärzten. Alle drei traten sie sich in der Diele vor der Ratsstube die Beine in den Bauch und warteten ab, welche Schlüsse die Ratsherren aus ihren Aussagen zu den gegenwärtigen Krankheits- und Todesfällen ziehen würden.

Auch wenn Behaimer dieses Stehen vor verschlossener Tür als reichlich entwürdigend empfand: Er war sich sicher, dass auch ohne ihn die richtige Entscheidung getroffen würde. Jedem dort drinnen war schließlich klar, wer Schuld an dem neuerlichen Aufruhr hatte, der zwei Tage zuvor drunten im Stadtgraben, beim Tanz ums Johannisfeuer, seinen Ausgang genommen hatte.

Fast musste Behaimer grinsen, als er daran zurückdachte. Die Ratsherren waren eben dabei gewesen, unter den Klängen der Musikanten auf ihren Bänken Platz zu nehmen, als das Volk auch schon zu maulen und zu grölen begonnen hatte. Lügenbeutel und Erzlumpen hatte man sie gescholten und lautstark gefordert, die Karten offenzulegen. Jeder in der Stadt wisse längst, dass die Seuche von Basel her über ihre Stadt gekommen sei.

Die ersten Männer und Frauen hatten bereits das mit Girlanden geschmückte Ehrenpodest gestürmt, während Bürgermeister und Schultheiß vergeblich versuchten, die aufgebrachten Gemüter zu beruhigen. Schließlich hatte man ihn, Behaimer, heraufgeholt, und mit seiner durchaus kräftigen Stimme war es ihm gelungen, sich in dem Tumult Gehör zu verschaffen. Nein, es drohe ganz und gar keine Seuchengefahr, hatte er der Menge entgegengebrüllt. Nur um ganz vereinzelte Fälle handle es sich, die möglicherweise und eventualiter auf Pestilenz hinweisen könnten. Umso mehr seien nun Ruhe und Besonnenheit als erste Bürgerpflicht gefordert.

Geschosse aus Rossbollen und rohen Eiern hatten ihn am Weiterreden gehindert, einige Burschen hatten begonnen, brennende Prügel aus dem Feuer zu ziehen und den Bretterboden anzuzünden, der sogleich wie Zunder brannte. Eilig waren die Ratsherren nach allen Seiten vom Podest gehüpft und unter bösen Flüchen aus dem Stadtgraben geflohen. Er selbst hatte sich in eine Nische der Stadtmauer gedrückt und mit sozusagen wissenschaftlicher Neugier die Unbotmäßigkeiten des Pöbels beobachtet. Es fesselte ihn jedes Mal aufs Neue, welch aufrührerisches und gesetzloses Ungestüm doch im gemeinen Manne steckte.

Dieweil die Stadtknechte sich daranmachten, Podest wie Johannisfeuer zu löschen und das Tanzfest für beendet zu erklären, streckten ihnen nicht wenige der aufgebrachten Männer und Frauen den nackten Arsch entgegen oder brunzten ungeniert gegen den qualmenden Bretterboden. Erst die herbeigeeilte Scharwache mit ihren Spießen vermochte ganze Arbeit zu leisten. Sie nahm sämtliche Rädelsführer und Brandstifter fest, darunter auch – wie sollte es anders sein? – Meinwart Tucher. Dem Rotzbengel gehörte endlich einmal gehörig eins über die Mütze, hatte Behaimer noch bei sich gedacht, bevor er den Schauplatz gemessenen Schrittes verlassen hatte.

Indessen war der Krawall hiermit noch nicht beendet gewesen. Nachdem die Gefangenen in den Christoffelsturm verbracht worden waren, zog die restliche Meute vom Stadtgraben zum Rindermarkt, nicht ohne sich vorher einen gehörigen Rausch anzusaufen. Die halbe Nacht war der Radau unter dem Tor weitergegangen, mit Rätschen, Fastnachtströten und Topfdeckeln zu einem Höllenlärm gesteigert, sodass noch vor Morgengrauen die Gefangenen ihre Freiheit zurückhatten.

Auch heute war, unter den Fenstern der Ratsstube, der Haufe wieder versammelt, fürs Erste allerdings ruhig und gesittet. Der Bürgermeister hatte seinem Stadtvolk nämlich versichert, es bis zum Mittagsläuten über die tatsächliche Lage sowie über die zu treffenden Maßregeln und Vorkehrungen ohne Beschönigung zu unterrichten. Behaimer indessen bezweifelte, dass Hug Ederlin dies einhalten würde. Warum sollte er auch? Das Volk, so zeigte es sich immer wieder, wollte betrogen und belogen sein, sofern die Lüge nicht allzu offensichtlich war. Und sofern einer wie Heinrich Grathwohl – er warf dem Wundarzt erneut einen giftigen Blick zu – sein Maul zu halten wusste.

«Ist Euch irgendwas, Magister Filibertus?», fragte Grathwohl und streckte ihm herausfordernd das Kinn entgegen.

«Wirst schon sehen, du Stümperarzt», zischte Behaimer.

In diesem Augenblick öffnete der Gerichtsdiener die Tür und rief sie herein. Die Sonne, die durch das Waldglas der Butzenscheiben fiel, tauchte den Saal in grünliches Licht, wodurch die Gesichter der Ratsherren allesamt siech und krank wirkten. Nachdem die Tür hinter ihnen ins Schloss gefallen war, gab Hug Ederlin, der am Kopfende des langgestreckten Tisches saß, dem Schreiber einen Wink. Der erhob sich und begann zu verlesen:

«Wir, der Schultheiß und der Bürgermeister, der Rat der

alten wie der neuen Vierundzwanzig zu Freiburg im Breisgau, tun kund all jenen, die diesen Brief sehend oder hörend lesen, jetzt oder hernach, dass zum heutigen Freitag auf Sankt Johanni Anno Domini 1349 die hier Versammelten einstimmig und ohne Contra befunden haben», der Schreiber holte tief Luft und fuhr dann ohne Stocken fort, «dass Heinrich Grathwohl, geschworener Wundarzt zu Freiburg, die Folgen seiner Widersetzlichkeit gegenüber den ratsherrlichen Weisungen in voller Verantwortung zu übernehmen habe. Die Freveltaten im Einzelnen seien zu benennen als zum einen mutwilliger Verrat amts- und gerichtsmedizinischer Angelegenheiten, als zum andern leichtfertige Anstiftung zu Volkes Aufruhr. Zu sühnen sei dies nach einstimmigem Beschluss der beiden Räte mit Verbannung auf zehn Jahr und einen Tag aus unserer Stadt Freiburg mitsamt ihrer Vorstädte über zehn deutsche Meilen hinaus, in Ledigsprechung aller Rechte an Eigen und an Erbe.»

Während der Schreiber ein neues Blatt hervorzog, bemerkte Behaimer nicht ohne Häme, wie das Gesicht des Wundarztes erbleichte.

«Indessen neigen wir, der Schultheiß und der Bürgermeister, der Rat der alten wie der neuen Vierundzwanzig, angesichts der respektablen Leistungen des vormals Erwähnten im Dienste der Stadt zur Milde.»

Verärgert runzelte Behaimer bei diesen Worten die Stirn.

«Die Verbannung mag ausgesetzt werden, sofern der vormals Erwähnte willens ist, seine Bestallung als geschworener Blattern- und Pestarzt der Stadt Freiburg anzunehmen und dies zu beeiden unter den sieben Zeugen Ritter Heinrich von Fürstenberg, Cunrat der Druchsess, Ritter Johans der Turner, Bürger Johannes von Kippenheim, Rudolf Geben der Münzmeister, Filibertus Behaimer der Stadtphysicus, Heinrich Arbogast der

Wundarzt und genügend anderer ehrbarer Leute. Des Weiteren ist der vormals Erwähnte aufgerufen, seine Ehegenossin Clara zurück in die Stadt zu holen, damit diese ihm fürderhin in seinem Amt zur Hand gehe.»

Behaimer war verblüfft über diesen wahrlich bemerkenswerten Winkelzug. Wenn Grathwohl nicht seine und seiner Familie Ehre verlieren wollte, blieb ihm nichts anderes, als einzuwilligen und sich freiwillig zum Pestarzt zu verpflichten. Jeder hier hatte schließlich vor Augen, wie es dem ehemaligen Schultheißen Snewlin ergangen war: Als Mitglied einer der angesehensten Familien im ganzen Breisgau hatte er die Schmach der Verbannung nicht verkraftet und war kürzlich erst schwer gedemütigt verstorben.

Dabei hätte die Verpflichtung zum Pestarzt ebenso gut ihn, als Stadtphysicus, treffen können, wie Behaimer aus anderen Städten wusste. Nur mit Mühe konnte er ein schadenfrohes Grinsen unterdrücken. Jetzt hatte Grathwohl ganz umsonst seine Familie in den Wald geschafft. Erst recht freute ihn, dass er der guten Clara künftig wieder begegnen würde, wenn er es nur geschickt einrichtete.

Eine Handbewegung des Schultheißen bedeutete ihm und Arbogast, nach vorne zum Gerichtsschreiber zu treten, wo sie sich zusammen mit den anderen ehrwürdigen Zeugen um Heinrich Grathwohl scharten. Der legte mit unbewegter Miene seine Linke auf das dargereichte Kruzifix, hob die Rechte zum Schwur und war kein Paternoster später kraft seiner Worte, seines Eides und seiner Zeugen zum städtischen Pestarzt gesprochen.

Mehr als befriedigt verließ Behaimer das Rathaus und drückte sich in der brütenden Mittagshitze durch die Menschenmenge. Oben, am geöffneten Fenster, sah er Schultheiß und Bürgermeister sich in Positur stellen, um das Stadtvolk über die künftigen Maßnahmen zu unterrichten. Mit halbem Ohr nur hörte Behaimer dem Ausrufer zu: Bei jeder neuen Erkrankung, und mute sie noch so harmlos an, seien Türen und Fenster der Krankenstube zu schließen und der Fall umgehend dem Rat der Stadt anzuzeigen. Plötzlich Erkrankte seien von Heinrich Grathwohl und nur von ihm und seinem Weib zu beschauen. Hingegen in der Wundarzney sei jener fürderhin nicht mehr hinzuzuziehen, wohl aber alle anderen Wundärzte, Scherer und Bader der Stadt. Hohe Strafe drohe bei Zuwiderhandlung. Durch striktes Einhalten erwähnter Maßnahmen sei ein Ausbruch der Seuche erst gar nicht anzunehmen. Daher fänden Kirchweih und Schützenfest heuer wie jedes Jahr statt, die Stadttore blieben wie in allen Friedenszeiten tagsüber geöffnet. Streng geahndet hingegen würden hinfort Zusammenrottungen auf der Gasse und vor dem Rathaus, desgleichen jegliches Lärmen und Pöbeln in Gruppen, desgleichen …

Endlich hatte Behaimer das Menschengewühl hinter sich gelassen und blieb stehen, um zu verschnaufen. Rock und Beinkleider klebten ihm auf der Haut, von Stirn und Nacken rann ihm der Schweiß wie Wasser herab, und höchstwahrscheinlich hingen ihm jetzt auch noch Läuse und Flöhe in Massen am Leib. Widerlich!

Plötzlich legte ihm jemand die Hand auf die Schulter. Es war Heinrich Grathwohl.

«Meinen Glückwunsch, großer Meister. Nun seid Ihr fein heraus, sollte die Seuche zum Ausbruch kommen.»

«Was willst du damit sagen?»

«Das wisst Ihr so gut wie ich. Allein beim Verdacht auf die Seuche seid Ihr von allen Pflichten entbunden und müsst eine Krankenstube nicht mal mehr betreten. Ihr schickt einfach nach dem alten Grathwohl, der wagt sich dann schon in die Höhle des Löwen. Und das auch noch unentgeltlich, denn ein Honorar darf ich als geschworener Pestarzt nicht verlangen.»

«Was beklagst du dich? Bekommst du nicht ein Fuder Holz mehr aufs Jahr für dieses Amt? Außerdem: Selbst dir steht frei, einen Kranken weiter zu behandeln, sollte er zweifelsfrei an Pestilentia erkrankt sein. Dann hast du nur noch die Pflicht, nach dem Priester zu rufen.»

«So mögt Ihr vielleicht handeln. Ich aber gebe einen Kranken nicht auf, solange noch der geringste Funken Hoffnung besteht. Aber darum geht es mir nicht.»

«Warum also stiehlst du mir dann meine kostbare Zeit?»

«Kostbar könnte sie fürwahr werden, Eure verbleibende Zeit. In Basel, keine zwei Tagesritte von hier, sterben die Menschen wie die Fliegen, ganze Häuserzeilen sollen schon leer stehen. In allen Einzelheiten wisst Ihr als Stadtarzt hierüber Bescheid, genau wie jeder dieser braven Ratsherren. Ist es nun Einfalt oder Hochmut, dass Ihr die Freiburger für dumm verkauft? Ich würde sagen: beides. Und ein Verbrechen obendrein. Pfui Teufel!» Grathwohl spuckte aus. «Geht mir am besten künftig aus dem Weg, Filibertus Behaimer.»

Als sie die kleine Kapelle verließen, die unverschlossen für jedermann offen stand, fühlte Clara sich spürbar ruhiger. Wie ein schützender Mantel umgab die Ottilienkapelle das Brünnlein, und gleichermaßen beschützt hatte sich Clara gefühlt, während sie vor dem Bildnis der Heiligen ihre Gebete verrichtet hatte.

Sie beschloss, jeden Tag hier herauf zu kommen. Vielleicht würde sie dann nachts wieder schlafen können. Nicht zuletzt war dieses Fleckchen Erde, wo sich einst der rettende Felsen für die verfolgte Herzogstochter aufgetan hatte, einzigartig schön.

Das Waldheiligtum befand sich am oberen, sonnigen Ende eines tief in den Hang geschnittenen Tobels, auf luftiger Höhe. Von hier schweifte der Blick frei wie der eines Vogels über das Dreisamtal und die dunklen Bergrücken dahinter.

Auch die Kinder schienen mit dem Besuch der Ottilienquelle ein wenig abgelenkt zu sein von ihrem Heimweh. Bis auf Michel und Johanna kannten sie das Heiligtum nicht, und so hatten Kathrin, Eli und Jossele mit großen Augen um das helle, zerklüftete Felsgestein gestanden, aus dem das wundersame Wasser sprudelte. Clara erklärte ihnen, dass die Quelle weder bei Hitze versiegte noch bei großer Kälte gefror, vielmehr das Wasser in stetem Gleichmaß floss.

«Jetzt hab ich noch etwas Schönes für euch», sagte sie, nachdem sie die Kinder zum Abstieg zusammengerufen hatte. «Ein Fuchs ist in die Falle gegangen, und so wird es nachher einen Festschmaus geben.»

Die Kinder brachen in Jubel aus, und Clara freute sich mit ihnen. Die anfängliche Begeisterung der Kleinen über das abenteuerliche Leben im Wald war nämlich längst verebbt. Drei Tage und drei Nächte hatten sie bislang in ihrer Verbannung verbracht, und schon kam es Clara vor, als sei dies eine Ewigkeit. Nach den schlaflosen Nächten vermochte sie vor Müdigkeit kaum noch auf den Beinen zu stehen. Sie war ein Stadtmensch, gewöhnt an die täglichen Geräusche in den Gassen, wo die Kinder tobten und sich die Waschfrauen und Marktweiber zankten, die jungen Burschen ihre Lieder und Zoten grölten, die Ausrufer ihre Waren priesen und die Gerichtsboten die neusten Ratsbeschlüsse bekanntgaben. All das begleitet vom Lärm der Werkstätten und Schmieden, von den Rufen der Türmer und Nachtwächter, der schrillen Musik von Ratstrompetern und Stadtpfeifern, dem ständigen Geläut der

Kirchenglocken, das nur verstummte, um sogleich erneut zum Markt, zum Gericht oder zur Ratssitzung zu rufen. Eine Stadt schien bis zur Nachtstunde niemals zur Ruhe zu kommen.

Hier draußen hingegen war es gerade umgekehrt. Höchstens zartes Vogelgezwitscher und das Rauschen des Windes in den Baumwipfeln waren tagsüber zu hören. Dafür erwachte der Wald in der Nacht. Mal ertönte ein Käuzchenruf, mal der Paarungsschrei wilder Katzen, dann wieder ein fremdartiges Keckern und Krächzen, ein Schnauben oder schrilles Fiepen. Und unablässig knackte oder raschelte es irgendwo im Unterholz.

Dabei war die erste Nacht die schlimmste gewesen. Wie die Heringe im Salzfass lagen sie in ihrer Hütte, die Füße zur Tür, an Claras Kopfende griffbereit das Beil. Während die Kinder alsbald nach dem Nachtgebet eingeschlafen waren, hatte sie in das Dunkel gelauscht. Immer häufiger und deutlicher hatte sie rundum die Geräusche vernommen, und ihr Wachhund Cerberus, der draußen vor der Tür angebunden lag, schien ebenso wenig zur Ruhe zu kommen wie sie. Er knurrte und bellte abwechselnd, bekam wohl auch ab und an die Fährte eines Marders oder Fuchses in die Nase. Jedermann wusste, wie gefährlich die Nacht war. Nicht nur gegen menschliche Eindringlinge mussten Tür und Tor verriegelt werden, es war auch die Zeit der Dämonen und Gespenster. Erst recht im dunklen Wald.

Clara, die sich ansonsten weder von aufdringlichen Mannsbildern noch von keifenden Weibern ins Bockshorn jagen ließ, kämpfte nun gegen die Angst an. Sie versuchte sich damit zu beruhigen, dass Gott schon seine schützende Hand über sie halten würde. Auch hatte sie selbst alles Erdenkliche unternommen: Beim Einzug in ihre Hütte am ersten Tag hatte sie ein Häufchen Salz über die linke Schulter geworfen und ein geweihtes Kräuterbüschel aus getrocknetem Arnika und Bärlauch über der Tür befestigt, um Dämonen und Wetterhexen vom Haus fernzuhalten. Zudem hing über ihrer Bettstatt ein Lochstein, der für ruhigen Schlaf sorgen sollte, denn auch er hielt das Böse ab. Und um die Kinder auch außerhalb der Hütte zu schützen, trugen sie ein Zweiglein Rosmarin um den Hals gebunden.

Aber all das half nichts. Sie lag wach und lauschte und lauschte. Als gegen Morgen, ganz in der Nähe, Wolfsgeheul ertönte, war es endgültig vorbei mit ihrem Gottvertrauen. Sie schnellte in die Höhe, und auch die Kinder waren sofort hellwach. Da hatten sie gemeinsam zum heiligen Joseph von Nazareth gebetet, dem Schutzpatron der Familien, Reisenden und Verbannten, hatten sich hernach in den Armen gelegen, bis endlich die ersten Sonnenstrahlen durch die Bretterritzen drangen.

Die nächsten beiden Nächte wurde es nicht viel besser. Wenn Clara denn einmal in den Schlaf fand, dann sah sie sich durch Krankenstuben irren, in denen mit Schwären und Furunkeln besetzte Leiber qualvoll stöhnten. Mittendrin Heinrich, der verzweifelt zu lindern und zu helfen versuchte. Zwar hatte Clara noch nie einen Pestilenzkranken gesehen. Doch einmal hatte Heinrich ihr ein Bild gezeigt, in einem der kostbaren Folianten und Schriften, die Behaimer ihm hin und wieder in einem Anfall von Großmut auslieh. Darauf war ein Mann abgebildet gewesen mit schwarzen Flecken und Geschwüren am ganzen Leib, und aus aufgeplatzten Beulen quoll klebrige Flüssigkeit.

Sie schien ihre Ängste auf die Kinder zu übertragen, denn bald schon wollte sich keines von ihnen weiter als zehn Schritte von der Hütte entfernen. Sogar Johanna, die sonst kein Hasenfuß war, blieb in Rufweite. Clara gab sich alle Mühe, sie zu beschäftigen, indem sie ihnen wie zu Hause zahlreiche Aufgaben übertrug. Aber mit Reisigsammeln, Feuermachen, Wasserholen oder Kräutersuchen war der Tag nicht ausgefüllt. Und zu den Spielen, die sie vorschlug, hatte niemand Lust.

Heute Morgen nun, zu Beginn des vierten Tages, war geschehen, was sie befürchtet hatte: Die Kleinen wollten nach Hause. Während der Mahlzeit war ein einziges Quengeln und Jammern, bis Kathrin zu heulen anfing und Michel, mit dem ganzen Trotz eines Neunjährigen, sogar drohte auszureißen.

«Wart nur ab.» Er verschränkte die Arme und sah seine Mutter aus zusammengekniffenen Augen an. «Wenn du mal nicht achtgibst, lauf ich den Berg runter bis zum Fluss. Und von da find ich ganz allein nach Hause.»

Wie gut konnte Clara ihn verstehen. Zu ihren schlaflosen Nächten kam, dass sie bereits jetzt fast verging vor Sehnsucht nach Heinrich. Und erst recht vor Sorge. Wie sah die Lage in Freiburg aus? Wie viele neue Todesfälle hatte es inzwischen wohl gegeben? Welcher Gefahr setzte sich Heinrich bei seinen Krankenbesuchen aus? Ihre Hoffnung, dass die Seuche schnell an Freiburg vorüberziehen würde, war nahezu erloschen.

«Jetzt sei tapfer und halt aus.» Sie reichte Michel einen Kanten Brot. «Ihr müsst nur noch viermal schlafen, dann kommt Benedikt zu Besuch. Er bringt euch gewiss eine kleine Leckerei mit. Und damit euch nicht die Langeweile überkommt, gehen wir nach dem Essen zu dem Felsen, wo der heiligen Odilia das große Wunder widerfahren ist.»

Kapitel 21

Behaimer strich mit verstohlener Befriedigung über seine prallgefüllte Geldkatze und deutete eine Verbeugung in Richtung des Ritters und dessen Ehegefährtin an.

Bis jetzt war die Angst der Leute vor der Pestilentia sein Schaden nicht. Und auch nicht die seines alten Freundes Jecklin, der am Kirchhof die größere der beiden Freiburger Apotheken führte. Seit jener denkwürdigen Ratssitzung letzte Woche fand Behaimer sich jeden Morgen im Haus Zum Elephanten ein, wo Jecklin ihm einen guten Tropfen Roten kredenzte, während seine bildschöne Tochter Jacoba am Arbeitstisch stand und den Tagesvorrat an Theriak abwog, für den er gut und gern den Monatsverdienst eines Taglöhners verlangen konnte. Behaimer hätte nicht sagen können, was ihn jeden Morgen mehr erfreute: die Aussicht auf guten Gewinn in den Häusern der Patrizier und Edlen, der samtig-würzige Geschmack des Weines auf der Zunge oder aber der Anblick des Mädchens mit seinen drallen Brüsten unter dem engen Gewand und dem goldblonden Haar, das in kecken Locken unter dem Tuch hervorlugte.

In Gedanken entschied er sich für Letzteres, während er dem Ritter Walther von Valkenstein durch die Eingangshalle zur Haustür folgte. Viel zu lange schon hatte er sich nämlich keine Weiber mehr ins Haus geladen. Das würde er gleich heute ändern.

«Ihr seid Euch also wirklich gewiss, Magister Filibertus, dass wir hiermit gefeit sind gegen die Pestilentia?»

«Aber ja, ehrenwerter Freund. Nehmt nur regelmäßig von dem Theriak. Täglich die Menge einer Haselnuss geschluckt sowie dergleichen Menge in die Nasenlöcher gestrichen, wirkt wahre Wunder! Und wie gesagt: Lasst bei Südwind alle Türen und Fenster verschlossen. Ansonsten kann ich nur immerfort wiederholen: Ein Überschuss an Hitze und Feuchtigkeit – im Körper wie in der Natur – erhöht die Gefahr der Fäulnis, und verpestete Miasmen oder faulige Nahrung könnten ein Übriges tun.»

Behaimer legte dem Ritter die Hand auf die Schulter – eine Geste der Vertraulichkeit, die er sich als ärztlicher Berater der Reichsten und Vornehmsten inzwischen erlauben durfte.

«Zu Eurer Beruhigung: Da bei Euch als ausgesprochener Melancholiker die kalte und trockene schwarze Galle überwiegt, seid Ihr weit weniger gefährdet. Gleichwohl sollte der Bader Euch zur Prophylaxe baldmöglichst zur Ader lassen. Erst recht die Frauen in Eurer Familie. Ihr wisst ja, das weibliche Geschlecht neigt per se an gewissen Tagen zu einem Übermaß an Feuchtigkeit.»

Als Behaimer wenig später hinaus auf den Kirchplatz trat, ging sein Blick unwillkürlich nach oben. Ausnahmsweise spannte sich heute der Sommerhimmel in klarem, wolkenlosem Blau über die Stadt. Warum nur war dieser verfluchte Pesthauch unsichtbar? Lag er womöglich genau über ihnen? Wäre er doch dunkel wie eine Gewitterwolke, dann hätte es der Mensch so viel leichter, seinen Hals zu retten.

Vielleicht, dachte er, als er sich durch die Mittagshitze auf den Heimweg machte, sollte ich nun doch das Angebot des alten Grafen annehmen und eine Kemenate oben auf der Burg beziehen. Zu viele Tote hatte es hier unten bereits gegeben, deren verfaulte Ausdünstungen den tödlichen Hauch in den engen Gassen nur noch mehr mit giftigen Stoffen anreicherte.

Benedikt blickte dem Altgesellen hinterher, der zum Hüttenschmied schlurfte, um sich neues Werkzeug abzuholen. Wie alle Steinmetze war auch Daniel von kräftiger, muskulöser Statur, doch in letzter Zeit wurde sein Rücken immer krummer.

Er wandte sich wieder seinem Stein zu. Nach der ersten Aufregung ging hier auf dem Werkplatz wie überall sonst das Leben wieder seinen gewohnten Gang, doch geblieben war ein gewisses Misstrauen. Die Menschen, hatte Benedikt den Eindruck, hielten mehr Abstand zueinander, bei der Arbeit wurde weniger gesungen und gelacht, immer wieder gingen die Blicke zum Himmel, als könne man dort entdecken, wie es um die Stadt stand.

Dabei schien die Seuche fürs Erste, ganz gemäß den Verharmlosungen der Ratsherren, tatsächlich an Freiburg vorübergezogen zu sein. Bis zum Ende des Heumonats war kein neuer Todesfall verzeichnet worden, und Benedikt, der nicht wusste, ob er sich mehr um seinen Vater in den Krankenstuben oder um den Rest der Familie oben im Wald sorgen sollte, hatte schon aufgeatmet. Wenn bis morgen, zum heiligen Sonntag, kein Todesfall hinzukommen würde, so hatte sein Vater ihm beschieden, dann wolle man die anderen wieder in die Stadt zurückholen.

«Freust du dich?»

Daniel trat neben ihn. In den schwieligen Händen hielt er einen blitzblanken Satz neuer Eisen.

Im ersten Moment wusste Benedikt nicht, wovon der Geselle sprach. Dann fiel es ihm ein: Nächste Woche sollte die Kreuzblume als Schlussstein auf den zweiten Chorturm aufgesetzt werden, mit einer großen Festveranstaltung für die ganze Stadt.

«Gewiss freue ich mich.»

«Das wird eine schöne Feier geben! Ein Bankett für alle mitten auf dem Kirchplatz und am Nachmittag dann Tanz und Musik. Sogar die Grafen werden kommen. Graf Friedrich will eigens dafür seine Sommerjagd unterbrechen. Ein wahrlich schönes Fest wird das geben.»

Benedikt entging nicht der düstere Unterton in Daniels Worten.

«Was ist mit dir?», fragte er den Gesellen.

«Ach, Benedikt – du wirst es ja ohnehin demnächst erfahren. Mit diesem Fest wird meine Zeit als Steinmetz zu Ende gehen.»

«Was sagst du da?»

«Jetzt glotz mich nicht an wie ein Maulaff'. Dass ich nicht mehr der Jüngste bin, ist dir wohl nicht entgangen. Die Arbeit ist mir zu schwer geworden. Und so mancher Schlag ist mir in letzter Zeit gründlich danebengegangen. – Jetzt musst halt die Peter-und-Pauls-Kapelle ohne mich fertigstellen», versuchte er zu scherzen.

«Aber – was wirst du stattdessen tun?»

«Der Parlier hat mir leichtere Arbeiten zugewiesen. Die Werkstätten sauber halten, kleinere Ausbesserungsarbeiten – all solches Zeug. Du wirst mich also nicht so schnell los, keine Sorge.»

Benedikt schüttelte den Kopf. «Das ist nicht dasselbe. Mit wem soll ich jetzt zusammenarbeiten? Seitdem ich auf dieser Hütte bin, arbeiten wir beide Hand in Hand.»

«Ich weiß doch. Mir tut es auch leid. Aber du wirst sehen …»

Das Läuten der Hüttenglocke unterbrach ihr Gespräch. Erstaunt sahen sie sich an: Das war nicht das Zeichen zum Feierabend, sondern der Ruf zu einer Zusammenkunft aller.

Rasch räumten sie ihr Werkzeug in die Kisten und schlossen sich den übrigen Werkleuten und Arbeitern an, die nun vor das Haus des Meisters strömten. Johannes von Gmünd und sein Parlier erwarteten sie dort mit besorgten Gesichtern.

«Liebe Männer, liebe Brüder unserer Steinmetzbruderschaft», begann der Parlier. «Ich muss euch eine schlechte Nachricht kundtun.»

Er stockte und sah zu Meister Johannes. Der nickte ihm aufmunternd zu.

«So hört also. Eben hat mir Meister Grathwohl, der Wundarzt, überbracht, dass allein heute und in der letzten Nacht ein Dutzend Menschen an der Seuche gestorben sind, drüben in der Neuburgvorstadt. Gott sei ihren Seelen gnädig.»

Er bekreuzigte sich, und die anderen Männer taten es ihm mit schreckensbleichen Gesichtern nach.

«Des Weiteren sind auch etliche Bewohner im Stadtinneren erkrankt. Der Allmächtige in seinen unerforschlichen Ratschlüssen hat unser Freiburg also doch nicht verschonen mögen von der Geißel. Auch hier will er die Menschen prüfen.» Nachdem seine Stimme immer leiser geworden war, brach er an dieser Stelle ab. Er kämpfte gegen die Tränen an.

Meister Johannes legte ihm beruhigend die Hand auf den Arm und übernahm das Wort. «Zum Mittagsläuten wird es daher einen Bittgottesdienst geben. Der Rat wird die Bewohner der Stadt über die Lage und die zu ergreifenden Maßnahmen unterrichten. Ihr wisst, dass wir Werkleute durch unser Hüttengesetz nur an den zu errichtenden Kirchenbau gebunden sind und keinerlei Verpflichtungen gegenüber dem Gemeinwesen der Stadt und deren Beschlüssen haben.» Er räusperte sich. «Viele von euch sind hier nicht beheimatet, haben ihre Familien und Anverwandten in der Ferne. Ich habe mich mit eurem Parlier beraten und Folgendes beschlossen: Jedem von euch steht frei, die Stadt zu verlassen, bis die Gefahr vorüber ist. Auch ich selbst werde nach Gmünd zurückkehren. Wer von euch gehen will, hebe nun die Hand.»

Benedikt sah in die Runde. Nach einigem Zögern ging bei einem Großteil der Werkleute die Hand in die Höhe. Daniel neben ihm rührte sich nicht.

«Willst du bleiben?», flüsterte er ihm zu.

«Wo soll ich hin? Außerdem – ich bin alt. Ich hab keine Angst vor dem Tod.»

«Wir machen die Gegenprobe», fuhr der Meister fort. «Wer bleibt in der Stadt?»

Mit Benedikt und Daniel meldeten sich nur sieben Männer, darunter der Hüttenschmied und der Koch. Beide stammten zwar aus dem Eidgenössischen, hatten aber inzwischen, wie Benedikt wusste, eine Liebschaft vor Ort.

«Gut. Die Arbeit auf dem Werkplatz wird bis auf die Steinvorfertigung für die neue Kapelle ruhen. Du, Benedikt, übernimmst als Meisterknecht die Aufsicht und Verantwortung hierfür. Daniel, du arbeitest in dem Maße, wie es deine Kräfte erlauben. Die andern gehen ihren üblichen Aufgaben nach oder holen sich Anweisungen von Benedikt. Das war's erst einmal. Verräumt ordentlich euren Kram und kommt pünktlich zum Gottesdienst. Danach wird es einen Abschiedsumtrunk geben.»

Cerberus zog die Lefzen zurück und begann zu knurren. Erst verhalten, dann immer lauter. Clara stellte den Wassereimer ab.

Kamen die fremden Männer von gestern Nachmittag etwa zurück?

«Rasch, hol die Kleinen», befahl sie Johanna. «Sie spielen am Bach.»

Kurz darauf schob sie die maulenden Kinder in die Schutzhütte.

«Keinen Mucks, bis ich euch wieder herauslasse. Johanna, du passt auf.»

Sie befahl ihr, die Tür von innen zu verriegeln, und löste Cerberus' Strick vom Baum. Bewaffnet mit dem Handbeil in der rechten und dem böse knurrenden Hund an der linken Hand trat sie an den Rand der Lichtung, wo sich zwischen dichtem Buschwerk der Pfad vom Tal heraufwand. Sie zwang sich, ruhig zu bleiben, doch das Ungemach von gestern steckte ihr noch immer in den Knochen.

Aus heiterem Himmel waren da am späten Morgen plötzlich zwei schwarzbärtige Kerle auf der Lichtung erschienen, mit einem Greis in ihrer Mitte. Clara war vollkommen ins Murmelspiel mit den Kindern vertieft gewesen, als Cerberus sich an seinem Strick wie ein Rasender zu gebärden begann. Da hatten die Männer auch schon neben der Feuerstelle gestanden. Die beiden jüngeren glichen sich wie ein Ei dem andern: Beide hatten sie schwarzes, halblanges, fettiges Haar und ungestutzte Bärte, ihre Kleidung war die von Bürgersleuten, indessen zerschlissen und fleckig. Dafür trug einer von ihnen nagelneue teure Stiefel an den Füßen, der andre einen Hut mit karmesinroter Feder wie ein Edelmann. Sie waren auch nicht nach Art der Bauersleute mit Axt oder Knüppel bewaffnet, sondern mit Dolchen. Alles andere als vertrauenerweckend sahen sie jedenfalls aus. Der Greis hingegen wirkte fast schon hinfällig, so mager war er. Den Kopf hatte er zu Boden gesenkt.

«Potzblitzsackerment», begann der eine, der den vornehmen Hut trug. «Seid ihr Einsiedler oder was?»

«Erst einmal Gott zum Gruße, gute Leut», versetzte Clara schnippisch. «Hier bei uns grüßt man sich als Fremde und sagt, woher man kommt.»

«Jetzt schau dir dieses Weibsbild an, Brüderchen! Hat ein ganz schön großes Mundwerk. Oder hat man dich etwa mit deinem Stall voll Kindern aus der Stadt verwiesen, dass du hier oben hausen musst?»

«Ich wüsste nicht, was dich das angeht.»

Der Mann grinste. Sein Blick ging zu Johanna, die er von oben bis unten musterte. Ein begehrliches Glitzern erschien in seinen Augen.

«Und wo hast du deinen Mann versteckt?», wandte er sich wieder an Clara.

«Der schlägt Holz.»

Clara musste an sich halten, nicht den Hund loszubinden, der das Ganze mit gebleckten Zähnen verfolgte.

«Hör zu, Weib», sagte der andere. «Wir sind arme Pilger und kommen von weit her. Hast du ein Stück Brot?»

Clara gab ihrer Ältesten einen Wink, woraufhin Johanna in der Hütte verschwand und mit einem Kanten Brot zurückkehrte. Clara reichte es dem Alten, dem das Brot sofort aus der Hand fiel.

«Unser Vater kann nicht sehen», erklärte der mit den blitzblanken Stiefeln und bückte sich nach dem Brotkanten. «Deshalb sind wir hier.»

Clara fiel ein Stein vom Herzen. Keine Wegelagerer, sondern tatsächlich harmlose Pilger waren das, auf der Suche nach der Ottilienquelle. Allerdings – von weit her kamen sie nie und nimmer, denn sie sprachen unüberhörbar mit dem Zungenschlag der Hiesigen. Sofort kehrte ihr Misstrauen zurück.

«Da seid ihr falsch. Zur heiligen Quelle hättet ihr vom Mühlbach aus einen anderen Weg nehmen müssen. Geht am besten wieder ein Stück zurück, den Berg hinunter bis zu einer Gabelung, und dort dann rechts hinauf.»

«Wenn wir euch aber», begann wieder der mit dem Federhut, «erst noch ein bisschen Gesellschaft leisten wollen?»

Der Greis hob den Kopf. Seine Augen waren stumpf. «Geht's nun endlich weiter? Ich bin müde.»

«Ja, Vater. Wir gehen.» Der mit den Stiefeln hakte den Alten unter. «Habt Dank für das Brot.»

Sein Bruder schwenkte den Hut. «Wir sehen uns bestimmt ein andermal, gute Frau.»

Kurz darauf waren sie hinter der Böschung verschwunden, und Clara murmelte ein «Herr, ich danke dir».

«Was, wenn sie wiederkommen?», stieß Johanna hervor. Das Unbehagen war ihr im Gesicht abzulesen.

«Das glaube ich nicht. Außerdem haben wir unseren Cerberus. Der hätte die Burschen in Stücke gerissen, wenn wir ihn losgemacht hätten.» Dabei zweifelte sie selbst an ihren Worten. «Jetzt lasst uns wieder Murmeln spielen. Und morgen ist Sonntag, da kommt zu Mittag Benedikt herauf.»

Den ganzen Nachmittag und Abend hatte Clara auf jedes verdächtige Geräusch gelauscht, in der Sorge, die beiden Brüder könnten wahrhaftig zurückkehren. Zum Glück aber hatte sich niemand blicken lassen, doch als jetzt, am Sonntagmorgen, Cerberus erneut zu knurren anfing, war sie zu allem entschlossen. Sie würde sich mit den Kerlen erst auf gar kein Gespräch einlassen, sondern ihnen gleich mit dem

Hund drohen. Und das Beil würde sie im schlimmsten Fall auch einsetzen.

Doch es war nur eine einzelne schlanke Gestalt, die da den steilen Weg heraufkam, mit schwerbepackter Rückentrage und zwei Ziegen am Strick. Cerberus beruhigte sich augenblicklich.

«Benedikt! Was bin ich froh! Ich dachte, du kommst erst zu Mittag.»

Sie ließ Cerberus los und wollte ihren Sohn in die Arme schließen, doch Benedikt streckte abwehrend die Hände vor. Das Lächeln auf seinem Gesicht wirkte gequält.

«Geht es euch gut?», fragte er. «Wo sind die anderen?»

«In der Hütte. Aber warum bringst du unsere Ziegen herauf?»

«Die Ziegen …» Benedikt starrte die Tiere an, als sehe er sie zum ersten Mal. Er drückte ihr den Strick in die Hand. «Es tut mir leid, dass ich keine besseren Nachrichten bringe. Die Seuche ist in der Stadt. Vater sagt, es kann lange dauern, bis ihr zurückkönnt. Da würdet ihr froh sein um die Milch. Außerdem haben wir gar keine Zeit, uns um sie zu kümmern. Und im Notfall könnt ihr sie …» Er brach ab und ging in großen Schritten auf die Hütte zu.

«Warte, mein Junge. Wie geht es Vater? Ist er gesund?»

«O ja. Er ist stark und störrisch wie ein alter Baum. Jetzt haben sie ihn zum Pestarzt verdonnert. Und du sollst ihm laut Ratsbeschluss dabei zur Seite stehen. Auf einmal sollst du ihn zu den Kranken begleiten.» Er schnaubte verächtlich. «Du kannst dir denken, dass sich Vater um diese Order keinen Deut schert.»

«Zum Pestarzt?», wiederholte Clara. «Dann – dann schicken sie ihn jetzt von Amts wegen zu den Pestkranken …?» Sie begann zu stottern. «Und was, wenn er sich dabei selbst die Seuche holt? Heilige Mutter Maria, ich muss sofort zu ihm! Ich kann ihn doch jetzt nicht alleinlassen!»

«Das geht nicht!» Benedikt blieb stehen. «Vater will, dass du hierbleibst, bei den Kindern. Jetzt erst recht. In der Stadt herrscht höchste Gefahr.»

Er befreite sich von seiner schweren Rückenlast mit den neuen Essensvorräten.

«Das sollte reichen für die nächste Woche.»

«Nein, nein, eine Frau gehört an die Seite ihres Mannes. Wir werden heut noch alle miteinander in die Stadt zurückkehren.»

«Aber begreifst du denn nicht?» Benedikt sah sie vorwurfsvoll an. «Das große Sterben hat längst angefangen. Willst du die Kinder in den Tod führen? Ihr bleibt hier!»

Seine Stimme war laut und hart geworden. Clara betrachtete ihn verwundert. Wie unsagbar erwachsen Benedikt mit einem Mal wirkte.

«Entschuldige.» Sie griff sich an die Schläfen, die schmerzhaft zu pochen begannen. «Du hast recht, Benedikt, du hast recht.»

«Glaub mir, Mutter. Eigentlich hatte ich euch heute nach Hause holen wollen. Aber es ist anders gekommen.»

Clara nickte nur. Im Grunde ihres Herzens hatte sie es geahnt.

Wenig später kehrte Benedikt vom Bach zurück, wo er sich erfrischt und seinen Durst gelöscht hatte. Ausgelassen und voller Erwartung tanzten die Kinder um ihn herum.

«Kriegen wir jetzt unser Geschenk?», fragten Michel und Kathrin gleichzeitig.

«Erst, wenn mir jeder von euch erzählt hat, was sich hier so alles zugetragen hat. Sag mal», wandte er sich an Johanna, «warum hat euch Mutter eigentlich in die Hütte gesperrt, als ich kam?»

«Da waren gestern zwei Fremde hier oben, mit einem alten blinden Mann.» Auf Johannas Wangen zeichneten sich rötliche Flecken ab, wie immer, wenn sie aufgewühlt war. «Die waren seltsam, ein wenig dreist auch. Sie haben gesagt, dass sie vielleicht wiederkommen. Deshalb sind wir in der Hütte geblieben.»

Und deshalb hatte seine Mutter ihn mit Beil und Hund bewehrt empfangen, dachte Benedikt. Er runzelte die Stirn. Sein Vater machte sich etwas vor, wenn er glaubte, Clara und dieser zottige Hund könnten irgendwelche Wegelagerer in die Flucht schlagen. Und die Gefahr wuchs, je länger sie hier allein blieben.

Ihre Hütte lag zwar nicht weit von der Stadt, und von der nächsten Lichtung aus konnte man sogar die Kirchturmspitze des Dörfchens Ebnot sehen – gleichwohl würde ihnen hier kein Mensch zu Hilfe kommen, wenn etwas Schlimmes geschah. Wohl waren sie nicht die Einzigen, die im Wald einen Jauchart Holz gepachtet hatten. Doch die Freiburger Bader, die das Holz zum Heizen der Badstuben brauchten, hatten ihre Parzellen dicht bei der Stadt, im Herdermer Wald oder nahe der Oberau. Hier im Ottilienwald waren sie die Einzigen, was daran lag, dass der Urgroßvater sein Badhaus einst in Ebnot betrieben hatte.

Er schalt sich einen Dummkopf, dass er so vorschnell die Aufsicht über die Baustelle angenommen hatte. Hätte er als Ältester nicht die Pflicht gehabt, seine Familie zu schützen? Jetzt aber gab es kein Zurück mehr, er hatte dem Meister sein Wort gegeben.

Ganz plötzlich kam ihm in den Sinn, wer als Beschützer in Frage kam. Als Aufseher war ihm schließlich anheimgestellt, wie und wo er die wenigen verbliebenen Werkleute einsetzte. Auch wenn er ihn an seiner Seite vermissen würde – für seinen Freund Daniel wäre es hier oben gerade das Richtige. Der alte Geselle hatte noch immer eine beeindruckende Statur und konnte mit Schwert und Armbrust umgehen wie kaum ein anderer.

Als sie alle zusammen zur Feuerstelle zurückkehrten, war seine Mutter gerade dabei, einen Gemüsebrei zu kochen.

«Habt ihr schon Hunger?», fragte sie ihre Kinder. Sie schien wieder zu ihrer alten Gelassenheit zurückgefunden zu haben.

«Ja», rief Michel. Sein Gesicht strahlte wie seit Tagen nicht mehr. «Aber erst will ich wissen, was Benedikt uns mitgebracht hat.»

«Will – will – wer will, kriegt gar nichts», wies seine Mutter ihn zurecht.

«Also gut, gebt acht.» Benedikt lachte. «Ich hab euch unsre Ziegen mitgebracht, ein Säckchen Mehl, getrocknete Äpfel, Zwiebeln und Rüben, zwei Wurstringe …»

«Wurst!», jubelte die kleine Kathrin, während Michel zu maulen begann: «Nein, ich mein doch das Geschenk für uns.»

Benedikt trat an die inzwischen halbleere Trage, die an der Hüttenwand lehnte, und zog fünf rot und weiß geringelte Zuckerstangen hervor.

Den Kindern blieb der Mund offen stehen. Gab es doch so etwas Köstliches sonst nur zu ganz besonderen Gelegenheiten.

Benedikt verteilte die Leckereien. «Aber erst nach dem Essen, verstanden?»

Es wurde noch ein schöner Tag, dort oben im kühlen,

schattigen Wald. Benedikt begleitete seine Geschwister und seine Mutter hinauf zur Kapelle, baute mit den Knaben einen Staudamm am Bach und tobte mit dem Hund, der sich als verspielter, gutmütiger Kerl erwies, auf der Lichtung herum. Als es an den Abschied ging, wurde ihm das Herz schwer. Zumal er den ganzen Tag vergebens versucht hatte, seiner Mutter unter vier Augen zu begegnen. Er hatte in den letzten Tagen viel über die Worte seines Vaters nachgedacht und wollte seiner Mutter gern sagen, wie unrecht er ihr in seinem Zorn getan hatte. Aber bis jetzt hatte sich keine Gelegenheit ergeben.

«Nächsten Sonntag komme ich wieder.» Er schulterte seine leere Rückentrage. «Und morgen früh schicke ich meinen Freund Daniel zu euch herauf. Dann habt ihr jemanden, der euch unliebsame Besucher vom Hals hält.»

«Was soll das, Junge?» Seine Mutter schüttelte den Kopf. «Wir brauchen keinen Leibwächter. Und überhaupt – wo soll er schlafen? In der Hütte ist kein Platz.»

«Wenn man das alte Holz von der Seitenwand wegräumt, ist sehr wohl noch Platz.»

«Nein, das ist nicht schicklich. Ich bin eine verheiratete Frau.»

«Mutter! Erstens lege ich für Daniel die Hand ins Feuer, und zweitens fragt hier im Wald kein Mensch danach, was ehrenhaft ist oder nicht. Johanna hat mir von den fremden Männern erzählt, und sie hat recht mit ihrer Sorge. Ich bin sicher, dass auch Vater das gutheißt.»

«Bitte!» Johanna fasste ihre Mutter beim Arm. «Mir wär viel wohler, wenn Daniel hier wäre.»

«Also gut. Aber nur, wenn euer Vater einverstanden ist.»

Benedikt nickte. «Das wird er. – Begleitest du mich noch ein Stück? Bis zur nächsten Wegkreuzung?»

«Ja.» Die Augen seiner Mutter leuchteten. «Komm, Cerberus.»

Sie hatten bereits die Gabelung, von der der Weg ins Tal hinunter abzweigte, erreicht, als Benedikt noch nach den richtigen Worten suchte.

«Alsdann – passt gut auf euch auf», sagte er.

«Gott schütze dich, mein Sohn. Ich bete jeden Tag für dich und deinen Vater. Und auch», fügte sie leise hinzu, «für Esther und ihre Familie.»

Einen Moment lang hielt Benedikt inne. «Ich wollte dir noch was sagen, Mutter. – Bitte verzeih mir.»

«Wofür?»

«Vater hat mir erzählt, was du alles für die Grünbaums getan hast. Nicht nur, dass du die beiden Kleinen zu dir genommen hast. Auch das mit Esther und ihrer Flucht aus dem Gefängnis.»

Als seine Mutter schwieg, fuhr er fort: «Ihr hattet recht. Esther und ich wären niemals zusammengekommen, das weiß ich jetzt. Aber es tut so weh, wenn man jemanden liebt und nicht lieben darf. Und wenn dann die Frau, für die man das eigene Leben lassen würde, sterben muss …» Seine restlichen Worte gingen in Schluchzen über.

«Ich weiß doch, Benedikt, ich weiß», flüsterte sie. Sachte strich sie ihm übers Haar.

Da warf er sich ihr in die Arme, ungeachtet der Anweisung seines Vaters, niemandem zu nahe zu kommen, und presste sich an sie wie einst als kleines Kind, wenn er ihren Trost gesucht hatte.

«Mein armer Junge», hörte er sie murmeln. Festumschlossen hielt sie ihn, er spürte ihren Herzschlag, roch den Duft nach Moos und frischem Harz an ihrer Kleidung.

Nach und nach beruhigte er sich.

«Manchmal, nach dem Gebet, höre ich ihre Stimme», sagte er leise, wie zu sich selbst, und löste sich aus ihrer Umarmung. «Dann spricht sie zu mir. Manchmal sehe ich sie sogar. Meist lächelt sie, als ob sie mich trösten will. Oder aber sie weint still vor sich hin. Das ist dann ganz furchtbar.» Er starrte seine Mutter an. «Heißt das, dass ihre Seele keine Ruhe finden kann? Ist es wirklich so, dass sie als Jüdin auf ewig verdammt ist, wie es uns die Kirche weismacht?»

«Nein, Benedikt. Jeder Mensch kann Gnade vor Gott finden. Weil wir nämlich alle seine Kinder sind. Dass die Verstorbenen in Träumen oder Visionen erscheinen, geschieht vielen Menschen. Vielleicht ist es eine Art von Abschiednehmen. Irgendwann wird das vorüber sein.»

Benedikt schüttelte den Kopf. «Es geht nicht vorüber. Es wird immer mehr, und ich sehe und höre sie immer deutlicher. Es ist grad so, als sei sie gar nicht tot.»

Kapitel 22

Benedikt trat aus der Werkstatt und schloss das Tor hinter sich. Unter dem tiefen, hellgrauen Himmel lag die Baustelle menschenleer und aufgeräumt wie sonst nur im Winter. Nach der Versammlung am vergangenen Samstag hatten die meisten Werkleute die Stadt noch am selben Tag nahezu fluchtartig verlassen, hatten nicht einmal Bittgottesdienst und Abschiedsumtrunk abgewartet.

Meister Johannes von Gmünd war deswegen sogleich vor die obersten Herren der Kirchfabrik zitiert worden und musste ihren Zorn über sich ergehen lassen. Mit scharfen Worten hatte erst der Kirchenschaffner, als Geschäfts- und Rechnungsführer verantwortlich für den Bau, ihm ins Gewissen geredet, dann hatten mit lautem Gebrüll die Herren Kirchenpfleger auf ihre Autorität als Vertreter der städtischen Bauherrschaft gepocht. Meister Johannes indessen war ungerührt bei seinem Beschluss geblieben: Er und seine Mannen seien freie Handwerker und nicht Sklaven der Stadt Freiburg. Sowenig wie sie im Kriegsfall die Mauern der Stadt zu verteidigen hätten, so wenig müssten sie sich der tödlichen Gefahr einer Pestilenz aussetzen. Man möge sich bis auf bessere Zeiten gedulden oder sich nach einem neuen Meister umsehen.

Der Festakt zur Einweihung der Chortürme war damit selbstredend hinfällig geworden, und kurz darauf beschloss der Rat, auch Kirchweih und Schützenfest abzusagen. Stattdessen waren, wie schon im vergangenen Herbst, als die Seuche das christliche Abendland erreicht hatte, die Bürger angehalten, jeden Morgen und jeden Abend zu beten. Zudem ordnete man sieben Buß- und Fastentage an, mit täglichen Bittprozessionen um die Stadt, an deren Abschluss ein jeder aufgerufen war, öffentlich von der Kirchenkanzel seine Sünden zu bekennen. Die Menschen drängten ins Gotteshaus, schon allein, weil niemand sich entgehen lassen wollte, wie die Nachbarin oder der eigene Dienstherr unter Tränen bekannte, gegen Gott geflucht, den eigenen Bruder verleumdet oder den Handelsgenossen betrogen zu haben. Um anschließend Penitenz zu tun, die darin bestand, mit ausgestreckten Armen eine brennende Zweipfünderkerze in jeder Hand zu halten, bis die Messe vorüber war.

Benedikt selbst nahm weder an den Prozessionen noch an den Messen teil. Sein Unbehagen an dieser Art Gottesdienst hatte sich zu einem regelrechten Widerwillen gesteigert. Er verstand plötzlich die Begeisterung der Menschen für die Geißler, die in ihrer eigenen Sprache zum Volk redeten. Kaum jemand vermochte doch den lateinischen Gebeten und Wechselgesängen der Priester zu folgen! Während die Pfarrer und Ministranten im Altarraum ihre heilige Messe zelebrierten, stand das Volk im Kirchenschiff und betete bestenfalls seine eigenen Gebete. Viel häufiger indessen schwatzte man mit dem Nachbarn oder schloss Geschäfte ab. Da war keine Verbundenheit im Glauben, kein Mitfeiern an den heiligen Ritualen der Priester. «Herrenkirche» nannte man hier den Chorraum und «Leutekirche» das Kirchenschiff, streng getrennt durch den hohen Lettner – allein dies verhinderte doch bereits eine echte Gemeinschaft der Gläubigen!

Einmal hatte Benedikt den Pfarrer darauf angesprochen und gefragt, warum man den Dienst an Gott in einer Sprache abhalte, die kaum einer verstehe. Pfarrer Cunrat hatte ihn nur verwundert angesehen: Was er da nur rede! Bei gegebenem Anlass würde man einen Teil der Schriftlesung fürs Volk sehr wohl in deutscher Sprache vortragen. Ansonsten möge sich der gemeine Mann darauf beschränken, die Messe mit Andacht zu hören, ganz wie es von ihm verlangt werde. Seither besuchte Benedikt die heilige Messe nur noch an den hohen Feiertagen.

Als er jetzt an den erloschenen Feuerstellen der Hüttenschmiede vorüberging, hörte er aus dem Kircheninnern liturgische Gesänge. Die morgendliche Prozession fand gerade ihren Abschluss. Benedikt ließ sich auf einem Steinquader nieder und wartete. Sobald das Gotteshaus wieder leer und still war, wollte er es zum Gebet aufsuchen. Würde sich vor dem Kreuzaltar niederlegen und Gott um Hilfe und Schonung für seine Familie bitten. Und hernach vielleicht mit Esther sprechen können.

Voller Erwartung und mit klopfendem Herzen machte er sich mittlerweile zu diesen seltenen Gebetsstunden auf, wie ein Bräutigam, der sich mit seiner Liebsten traf. Doch nicht immer begegnete er ihr, denn das Ganze war nicht willentlich herbeizuführen.

Benedikt schloss die Augen, lauschte den Chorälen, in denen sich die hellen Knabenstimmen deutlich abhoben, und dachte an den vergangenen Sonntag. Das Gespräch mit seiner Mutter hatte ihn sehr erleichtert. Es hatte so gutgetan, sich wieder als Kind fühlen zu dürfen, geborgen im Schoß der Mutter. Endlich war wieder alles gut zwischen ihnen. Am selben Abend noch hatte er seinen Vater aufgesucht. Einsam und blass hatte der in der Küche vor seinem Topf Milchbrei gesessen, und eine Welle von Mitleid hatte Benedikt erfasst, die ihm schier die Tränen in die Augen trieb. Er hatte ihm von seinem Besuch im Wald berichtet und von seinem Einfall, Daniel hinaufzuschicken. Wie erwartet, hatte der Vater zugestimmt. Auch die Versöhnung mit seiner Mutter hatte er nicht unerwähnt gelassen und dem Vater dafür gedankt, dass er ihm die Augen geöffnet hatte. Da meinte Benedikt ein glückliches Leuchten im Blick seines Vaters erkannt zu haben. Dann hatte Benedikt ihm enthüllt, was er sich auf dem Heimweg in den Kopf gesetzt hatte. Er wolle ihn gern nach Feierabend bei seinen Krankenbesuchen begleiten.

«Nein, mein Sohn, das ist nichts für dich», hatte der Vater abgewehrt, doch war ihm anzusehen gewesen, wie sehr er sich freute.

Gestern nun hatte Benedikt ihn erneut gefragt – fast schon angefleht. Seit drei Tagen war Daniel oben auf dem Wald, und von den wenigen Werkleuten, die in der Stadt geblieben waren, hatte sich bald schon keiner mehr blicken lassen. Seither war Benedikt mutterseelenallein auf dem Werkplatz, fühlte sich wie der Letzte auf einem sinkenden, führerlosen Schiff. Die Stunden dehnten sich zu Ewigkeiten, wenn er da an seinem Werkstück saß, und bald schon sah er zwischen den verlassenen Steinhaufen und Gerätschaften Schatten, wo keine waren, hörte Stimmen, wo doch alles still war. Zu tun hatte er nichts anderes als die zugewiesenen Steine in stumpfsinnigen Schlägen zu bossieren, hin und wieder streunende Hunde oder Schweine zu verjagen und die Türschlösser der verriegelten Gebäude zu prüfen. Er fürchtete, verrückt zu werden, wenn dies noch Wochen so weiterginge, zumal des Nachts, wenn er kaum Schlaf fand so allein in seiner Kammer im Gesellenhaus.

«Ich werde darüber nachdenken», war die verhaltene Antwort des Vaters gewesen, und während Benedikt jetzt hier vor der Kirche saß und die Zeit totschlug wie seit Tagen, fragte er sich, ob sein Vater seinen Wunsch überhaupt ernst genommen hatte.

«Gehet und gießet aus die sieben Schalen mit dem Zorn Gottes», hörte er eine vertraute Stimme sagen. «Der erste Engel ging hin und goss seine Schale aus auf die Erde, und es ward ein böses und arges Geschwür an den Menschen.»

Eine Hand legte sich auf seine Schulter, und Benedikt öffnete verwirrt die Augen.

«Vater!» Er stand auf. «Warst du in der Messe?»

«Nein, ich komme von einem Kranken.»

«Warum hast du mich nicht mitgenommen?»

«Du kannst mich jetzt begleiten. Aber ich warne dich: Es ist kein schöner Anblick für zartbesaitete Seelen.»

«Das weiß ich selbst. Wer ist es?»

«Der alte Tucher. Ich habe mir gedacht, du könntest Mechthild trösten. Sie hat dich immer sehr gemocht. Ehrlich gesagt – es wäre mir sogar sehr recht, wenn du dabei wärst. Zum ersten Mal trifft es eine Familie, die ich gut kenne.»

«Ist es – ist es die Seuche?»

«Was glaubst du? Wegen eines eingeschlagenen Schädels oder eines verbrühten Arms holt man mich nicht mehr. Kommst du also mit?»

«Ja. Ich muss nur noch mein Werkzeug wegschließen.»

Es war nicht weit hinüber zur Großen Gass, und so blieb Benedikt kaum Zeit, sich innerlich auf das, was ihn erwartete, vorzubereiten. Die Gassen waren so gut wie menschenleer, bei den meisten Werkstätten und Verkaufslauben waren die Läden zugezogen.

«Hör gut zu, mein Sohn. Ein junger und gesunder Mensch wie du kann sterben, wenn er dem Atem des Erkrankten zu nahe kommt. Vielleicht sogar seiner Ausdünstung oder Kleidung. Halte also Abstand, mindestens einige Schritte, und tu allein das, was ich dir sage. Hast du verstanden?»

Benedikt nickte beklommen. Sie waren vor dem herrschaftlichen Haus Zum Rosbaum angekommen.

«Warte.» Sein Vater zog zwei Baumwolltücher aus der Umhängetasche und tränkte sie mit einer gelbgrünen Flüssigkeit. «Binde dir das vor Mund und Nase, wenn wir im Haus sind. Es hilft gegen die Miasmen.»

Er schlug dreimal den Eisenring gegen die Haustür.

«Bist du immer noch bereit mitzukommen? Ich würde es verstehen, wenn du es dir anders überlegt hast.»

«Nein, ich will dabei sein.»

Die schwere Eichenholztür öffnete sich mit einem Ächzen, und Tuchers Hausmagd winkte sie herein. Die Eingangshalle mit ihrer steinernen Innentreppe lag fast im Dunkeln, nur zwei flackernde Wandleuchter spendeten spärliches Licht. Die Luft war zum Schneiden und roch nach Weihrauch und anderem Räucherwerk.

Sein Vater stieß ihn in die Seite. «Das Tuch.»

Rasch banden sie sich die Tücher um den Kopf. Der Gestank nach Essig und anderen scharfen Ingredienzien stieg Benedikt schmerzhaft in die Nase.

«Ich weiß, es stinkt!», kam die Stimme seines Vaters dumpf unter der Maske hervor. «Aber glaub mir: Die Pestilenz stinkt noch viel grauenhafter.»

Die Magd starrte sie verschreckt an. Sie mussten aussehen wie vermummte Wegelagerer.

«Wenn Ihr mir folgen wollt. Die Herrin wartet oben bei der Schlafkammer.»

Sein Vater hielt sie zurück. «Bleib du nur hier. Ich kenne den Weg.»

Zu zweit stiegen sie die Stufen hinauf in das dritte Stockwerk. Benedikt spürte seinen Herzschlag bis in die Schläfen. Da sah er vor der verschlossenen Schlafkammertür die Tucherin sitzen. Sie lehnte aufrecht mit dem Rücken zur Wand, die Hände zusammengepresst, und schluchzte lautlos vor sich hin.

«Ist er bei sich?», fragte sein Vater.

Sie schüttelte den Kopf. Dabei entfuhr ihr ein kleiner spitzer Schrei, der dem Quieken eines Ferkels ähnelte, und sie sackte in sich zusammen.

«Gott schütze dich und deinen Mann», stammelte Benedikt, nur um überhaupt etwas zu sagen. Dann folgte er seinem Vater, der die Tür zur Schlafstube aufstieß.

Als Benedikt in die abgedunkelte Kammer trat, stockte ihm der Atem. Selbst durch seine Maske hindurch konnte er den Gestank nach Schweiß, Urin und Kot riechen – und nach Fäulnis!

«Bleib an der Tür stehen und atme nicht zu tief», befahl ihm der Vater. Er öffnete das Fenster, das mit kostbaren Butzenscheiben verglast war, stieß die Läden auf und ließ Licht und frische Luft herein. Jetzt erst konnte Benedikt den Kranken richtig sehen. Er hätte Gottfried Tucher niemals erkannt!

Sein abgemagerter Körper war bis über die Brust von einem befleckten Laken bedeckt, seltsam zusammengekrümmt lag er auf der Seite und zitterte. Selbst im Tageslicht wirkte sein unrasiertes Gesicht unnatürlich aschgrau, das halblange Haar klebte ihm schweißnass am Schädel. Mund und Augen waren wie unter starken Schmerzen zusammengepresst, um die Nasenlöcher und im schütteren Kinnbart klebte geronnenes Blut. Seine bloßen Oberarme wiesen überall schwarze Flecken auf, und unter der Achsel quoll eine hässliche dunkle Beule in der

Größe eines Apfels hervor. Entsetzt starrte Benedikt den alten Mann an. Der hob an zu krächzen und zu stammeln.

«Hinfort, du Bestie!» Tuchers Hand krampfte sich am Bettrand fest. «Du Schlange, du Gewürm – nein – bringt sie weg ...» Der Rest ging in unverständliches Brabbeln über.

«Er hat Traumgesichte.» Sein Vater zog vorsichtig das Laken vom Leib des Kranken. «Sein Geist ist umnachtet.»

Auch in der Leistengegend fanden sich große blauschwarze Geschwüre. So widerwärtig der Anblick war, so konnte Benedikt seinen Blick doch nicht lösen von dieser schwarzfleckigen, zitternden, von der Seuche gemarterten Kreatur. Auch das war Gottes Schöpfung, dachte er, während sein Auge jeden Zoll des Körpers musterte. Auch das musste in Stein gehauen werden, wollte man das menschliche Dasein darstellen, auch das sollte seinen Platz haben in der Heils- und Weltgeschichte.

Ein Anflug von Befriedigung überkam ihn beim Anblick dessen, wie elendig der sündhafte Mensch zugrunde gehen konnte. Vielleicht würde es ja bald schon ihn selbst treffen.

«Ich werde die Karbunkel aufschneiden», hörte er den Vater sagen. «Besorge einen Korb mit sauberen Tüchern, zwei frische Laken, eine leere Schüssel und einen Topf mit heißem Wasser. Das Gesichtstuch behältst du hier im Haus auf.»

«Ja, Vater.»

«Und Mechthild soll eine Karaffe mit zwei Teilen Essig und einem Teil Würzwein richten. Damit sollen sich alle hier im Haus Hände und Gesicht waschen.»

Tuchers Frau schien froh, etwas zu tun zu bekommen. Als sie jetzt zusammen mit Benedikt in die Küche hinabstieg, hatte sie zu weinen aufgehört. Mit ruhiger Stimme gab sie ihre Anweisungen an die Hausmagd, die die notwendigen Utensilien zusammensuchte.

«Wie geht es Meinwart?», fragte Benedikt. «Ist er noch in der Stadt?»

«Ja. Aber er war schon lang nicht mehr hier», antwortete die Tucherin, «dass sein Vater krank ist, kümmert ihn nicht. Weder ihn noch meine anderen Söhne.»

Das Wasser im Kessel über dem Herdfeuer schien nun heiß genug, sodass sie mit Benedikts Hilfe einen Topf voll abfüllen konnte.

«Weißt du, bei uns ging es immer schon anders zu als bei euch. Ständig gab es Zank und Streit. Du kannst Gott und deinen Eltern danken für den Frieden und die Geborgenheit in eurem Haus.»

Benedikt nickte ein wenig beschämt.

«Ich weiß.»

«Und wie geht es deiner Mutter und deinen Geschwistern oben auf dem Wald? Hat sie keine Angst, so allein?»

«Mein Freund Daniel, ein Steinmetzgeselle, ist jetzt bei ihnen. Einen Wachhund haben sie auch. Weißt du was, Gevatterin? Ich bring dich zu ihnen, du solltest auch raus aus der Stadt.»

«Ich muss meinem Mann zur Seite stehen, das hab ich Gott bei unserer Vermählung geschworen. Vielleicht wird er mit deines Vaters Hilfe gesund.»

Als Benedikt in die Schlafkammer zurückkehrte, lag der Kranke ruhiger als zuvor. Auf der Anrichte neben dem Bett hatte sein Vater die Instrumente ausgebreitet.

«Stell alles auf dem Boden ab. Ich ruf dich wieder herein, wenn ich fertig bin mit dem Schneiden.»

«Aber warum? Ich möchte dabei sein.»

«Geh jetzt! Ich hab keine Zeit zu verlieren.»

Benedikt gehorchte, wenn auch widerwillig. Er setzte sich

im Flur auf den Hocker. Mechthild war in der Küche geblieben. Von unten hörte er Geschirr klappern. Als der Kirchturm zu Mittag schlug, rief sein Vater ihn wieder herein.

Gottfried Tucher lag nun reglos auf dem Rücken, bis zum Hals in ein sauberes Laken gehüllt. Er schien mit offenen Augen zu schlafen. Der Korb vor der Bettlade war mit schmutzigen Tüchern gefüllt, auf dem Grund des Eimers stand eine widerliche, stinkende, gelbgraue Masse.

«Ist er tot?»

«Nein. Trag den Korb in den Hof hinunter, ich bring den Rest. Es muss alles vernichtet werden.»

Benedikt tat, wie ihm geheißen, und hatte alle Mühe, sich nicht vor Ekel zu übergeben.

Wenig später fanden sie sich bei Mechthild in der Küche ein.

«Wird er sterben?», fragte sie leise.

Sein Vater zuckte die Schultern. «Ich weiß es nicht. Aber du solltest nach dem Priester rufen. Morgen früh will ich wieder nach ihm sehen.»

«Was kann ich für ihn tun?»

«Versuche, ihm hin und wieder Wasser einzuflößen. Aber sieh zu, dass du ihn und das Bett nicht berührst. Wenn du die Kammer betrittst, binde dir ein Tuch mit Essig vors Gesicht, genau wie wir. Und hinterher reinigst du dir Gesicht und Hände mit dem Essigwein.»

Danach verabschiedeten sie sich. Auf der Schwelle nach draußen riss sich Benedikt seine Maske herunter und holte tief Luft. Seine Mundwinkel brannten von der Essigsäure.

«Ich hätte ihr verbieten sollen, das Krankenzimmer zu betreten.» Sein Vater wirkte mit einem Mal erschöpft. «Aber es hätte nichts genützt.»

«Warum hab ich nicht dabei sein dürfen, als du die Beulen aufgeschnitten hast? Glaubst du, ich hätte es nicht ausgehalten?»

«Nein. Aber es wäre zu gefährlich gewesen. Das tödlichste Gift steckt in den Beulen, im Blut und im Eiter. Ein Spritzer davon genügt, und die Seuche hat ein neues Opfer gefunden.»

Sie überquerten den Markt. Vor der Spitalkirche blieb Benedikt stehen.

«Ich möchte mehr wissen von dieser Krankheit. Alles, was du weißt», bat er. Auf dem bärtigen, müden Gesicht seines Vaters erschien ein kurzes Lächeln.

«Jetzt hab ich hierzu keine Zeit. Ich muss noch zu Meister Christoffel, dem Apotheker. Aber warum ziehst du nicht einfach wieder in unser Haus? Es ist ziemlich einsam dort, so ohne deine Mutter und die Kinder. Außerdem – was willst du noch auf deiner verlassenen Baustelle?»

«Du hast vergessen, dass der Meister mir die Aufsicht übertragen hat.» Für einen kurzen Moment stieg der alte Trotz in ihm hoch, der Ärger darüber, dass sein Vater nie anerkannt hatte, was er tat. «Wenn ich auch nur noch so eine Art Nachtwächter bin», fügte er versöhnlicher hinzu, «der aufpasst, dass keiner was klaut oder beschädigt.»

Sein Vater schlug ihm auf die Schulter.

«Du hast recht. Jeder von uns hat seine Pflichten. Aber komm doch wenigstens des Abends zu mir zum Essen. Da haben wir dann Zeit füreinander.»

So oft wie möglich begleitete Benedikt von nun an den Vater bei seinen Krankenbesuchen. Abends beim Essen und oft noch lange danach saßen sie beisammen, und sein Vater beantwortete ihm all seine Fragen. Benedikt hatte bei einem Händler teures Papier erstanden und war dazu übergegangen, sich alles aufzuschreiben. Er lernte nun, wie man zweierlei Erscheinungsformen der Seuche unterscheiden konnte: Erstere schlug auf die Lunge, die zweite, mit Hautflecken und Beulen, aufs Gehirn. Während erstere in kürzester Zeit unweigerlich zum Tod führte, barg die zweite, so qualvoll sie war, die Möglichkeit der Genesung – so Gott es denn vorgesehen hatte und der giftige Eiter rechtzeitig aus den Beulen nach außen entweichen konnte.

Inzwischen war Heinrich Grathwohl fest davon überzeugt, dass sich die tödlichen Miasmen keinesfalls in irgendwelchen Giftwolken übers Land verbreiteten, sondern über giftigen Menschenatem. So ähnlich, wie sich der Aussatz durch Berührung von Mensch zu Mensch übertrug, so konnte der Pesthauch eines Kranken durch dessen Atemluft in den Körper des Gesunden eindringen und die inneren Organe verfaulen lassen.

In Sachen Ansteckungsgefahr hielt Grathwohl nichts von dem Rat der studierten Ärzte, die Fenster geschlossen zu halten und Sonnenlicht und Südwind zu meiden. Eher schon von der Empfehlung, den Kranken auf einem Hochbett zu lagern, da die giftigen Ausdünstungen und Atemwolken in ihrer Wärme nach oben stiegen und damit nur die oberste Luftschicht des Raumes verpesteten. Das Allerwichtigste indessen schien ihm, möglichst wenige mit dem Kranken in Berührung kommen zu lassen. Diejenigen, bei denen es unumgänglich war, wie die Priester und Ärzte, mussten jene Vorkehrungen treffen, die er Benedikt bei seinem ersten Krankenbesuch gezeigt hatte.

«Es scheint, dass Essig und Wein in ihrer Säure einen Schutz gegen die Miasmen bilden, und sie sollten mittels getränkter Schwämme oder Tücher vor Nase und Mund gehalten werden», diktierte er seinem Sohn in die Feder. «Starkriechende Stoffe oder Aromen mögen diese Wirkung unterstützen. Ist man mit einem Kranken in Kontakt getreten, so sind hernach gründliche Essigwaschungen an Gesicht und Händen vorzunehmen.»

Von Aderlässen, die das schädliche Blut abführen sowie von Einläufen, die Fäulnisgase und faulige Speisereste aus dem Körper treiben sollten, hielt sein Vater indessen gar nichts, da sie den Erkrankten nur zusätzlich schwächten.

Einmal war Benedikt bei einer Frau dabei gewesen, die dem Tod geweiht war, und er musste den Priester holen. Bei der jungen Weißnäherin hatte das Aufschneiden der Beulen nichts mehr genutzt. Zu seinem Erstaunen befahl der Vater den Angehörigen, den Pfarrer mit der Sterbenden allein zu lassen. Auch er selbst verließ das Zimmer und erklärte ihnen den Grund. Die Kranke solle bei der Beichte nicht flüstern müssen, sondern laut und vernehmlich reden. Nur so könne der Pfarrer weit genug entfernt stehen und sich vor Ansteckung hüten.

Je mehr Zeit Benedikt mit seinem Vater verbrachte, desto mehr bewunderte er ihn. Er bewunderte den Mut, mit dem er die Unglückshäuser betrat, die Zuversicht, mit der er seine Behandlungen durchführte, und die Gelassenheit und Demut, wenn er am Ende doch nicht hatte helfen können. Wie stumpfsinnig kam ihm jetzt sein tägliches Steineklopfen, das Säubern und Hüten des Werkplatzes vor angesichts der schier unmenschlichen Aufgabe, die sein Vater auf sich genommen hatte. Zum ersten Mal fragte er sich, welchen Sinn all sein in Stein geschlagener Zierrat, ja all die Herrlichkeit des Kirchenbaus hatte angesichts dieses Albtraums einer alles vernichtenden Seuche.

Inzwischen sehnte er sich schon beim Erwachen jeden Morgen danach, seinen Vater zu unterstützen, auch wenn er nicht mehr als Handlangerdienste verrichten und die Angehörigen im richtigen Umgang mit der Krankheit belehren durfte. Das heißt, da gab es noch etwas, was er zu leisten vermochte. Bald schon hatte Benedikt gespürt, wie tröstlich es seinem Vater war, wenn an Tagen, wo er mit seiner Heilkunst nichts mehr ausrichten konnte, Benedikt bei ihm war. Besonders hart traf es Grathwohl, wenn er zu einem der selteneren Fälle von Lungenpestilenz gerufen wurde. Meist fanden sie dann nur noch den Leichnam vor.

«Gibt es denn bei dieser Form gar kein Mittel, um das Gift rechtzeitig nach außen abzuführen?»

«Nein, mein Junge. Und es wird niemals eines geben. Der Verlauf ist zu schnell, als dass man eingreifen könnte. Spuckt der Kranke erst einmal Blut, ist der Tod gewiss.»

Kapitel 23

Filibertus Behaimer ließ sein Messer mit dem zarten Hühnerbruststück auf der Spitze sinken und lauschte. Selbst durch die geschlossenen Fenster des Kleinen Saals drang das Läuten der Totenglocken von Unserer Lieben Frau herauf. Und das, wo er morgen wieder auf Krankenbesuch in die Stadt hinuntermusste, zum Bürgermeister, der über Schmerzen im linken Bein klagte.

Seitdem Behaimer auf die Burg gezogen war, mitsamt seinem Knecht und all seinen Büchern und Schätzen, führte er nur noch selten Consultationen in der Stadt durch. Da mussten schon die Vornehmen und Amtsträger nach ihm rufen, und auch das ließ er sich, angesichts der Pestgefahr, mit einem saftigen Honorar entlohnen. Hierzu traf er alle erdenklichen Sicherheitsvorkehrungen: Während er seinen Knecht mit der Matula, die mit einem vierfachen Leintuch umhüllt war, in die Krankenstube schickte, wartete er in der Eingangshalle, die zuvor gut gelüftet sein musste. Von den Angehörigen oder Dienern ließ er sich das Krankheitsbild beschreiben, um hernach den Urin zu beschauen. Das Glas hielt er dabei mit dicken Handschuhen umschlossen. War es doch einmal unumgänglich, den Puls zu fühlen, so tat er dies mit abgewandtem Gesicht und in Begleitung eines Fackelträgers, damit der Qualm eine Schutzschicht gegen die Miasmen bilden konnte.

Am liebsten würde er gar nicht mehr behandeln, schließlich warfen der Mietzins für sein schönes Haus am Fischmarkt und der Lohn als gräflicher Leibarzt genug ab. Doch da er noch immer das Amt des Stadtarztes innehatte, durfte er sich nicht gänzlich verweigern.

Behaimer warf einen verstohlenen Blick auf den alten Grafen, der ihm am anderen Ende der Tafel gegenübersaß. Seit einiger Zeit pflegten sie beide gemeinsam die kleine Zwischenmahlzeit zu Mittag einzunehmen, fern der gräflichen Familie und seiner Berater.

Jetzt schien auch Graf Cunrat das Totengeläut gehört zu haben. Er legte das Messer beiseite und verzog das hagere Gesicht.

«Schon wieder ein Todesfall unten in der Stadt.»

«Sorgt Euch nicht, lieber Graf. Die Feuerpfannen vor den Gemächern und rund um den Palas halten den Pesthauch von uns ab.» Behaimer verlieh seiner Stimme einen betont munteren Klang. «Schließlich hat der Papst auf diese Weise mitten im verpesteten Avignon die Seuche überlebt.»

In Wirklichkeit hatte er diesbezüglich ein ausgesprochen unbehagliches Gefühl. Zwar glaubte inzwischen, nachdem die Juden als Sündenböcke tot waren, selbst der dümmste Kloakenkehrer an die Vorstellung von Pesthauch und Giftwolke. Er selbst hingegen begann daran zu zweifeln. Vor allem aber hatte er die Gefahr unterschätzt: Sogar das hohe Alpengebirge war von den giftigen Dünsten überwunden worden, und der Rheinstrom war nicht nur kein Hindernis gewesen, sondern hatte die Verbreitung von Süd nach Nord nur noch beschleunigt.

«Nun – der Heilige Vater verfügt vielleicht über die bessere Verbindung zu unserem Herrgott», murmelte der Graf. Die Angst stand ihm ins Gesicht geschrieben.

«Ach was. Ihr wisst doch: Man soll von der Pest weder sprechen noch an sie denken, da allein die Angst vor der Seuche und das Reden hiervon krank machen können. Halten wir uns lieber an die Empfehlung des großen Galenus. Zum Ausgleich der Temperamente, als wirkungsvollste Prophylaxe gegen jederlei Krankheit, möge man lachen, scherzen und gesellig feiern.»

«Und schlemmen und saufen! Recht hast du.» Der Graf bedeutete dem Mundschenk, ihnen die hübsch ziselierten Zinnbecher mit Wein aufzufüllen. «Sofern ein rechter Genuss bei deinen strengen Speisevorschriften überhaupt möglich ist.»

Er grapschte mit seinen fettigen Fingern nach einem weiteren Senf-Ei – das fünfte schon, wie Behaimer mit Stirnrunzeln bemerkte. An die Hofküche hatte er, kraft seiner Autorität als gräflicher Leibarzt, die strikte Order gegeben, der Seuchengefahr wegen kein blutiges Fleisch mehr auszugeben, desgleichen keinen Fisch und keine Früchte, die schnell faulen konnten. Stattdessen mehr trockenes Huhn und Ei, in Wein getunktes Herrenbrot und Süßigkeiten. Dazu musste alles gut gezuckert oder stark gewürzt werden, vorzugsweise mit Ingwer und Gewürznelken, oder mittels Campher stark riechen. Anfangs hatte der Alte lautstark dagegen protestiert, dass ihm sein zweitliebster Zeitvertreib so verleidet würde, doch bald schon hatte er sich an die neue Kost gewöhnt.

«Allzu sehr darben müsst Ihr nicht, wenn ich mir die zuhauf gefüllten Essensplatten jeden Mittag ansehe.» Behaimer griff sich die letzte der gebratenen Wachteln. «Von der Speisenfolge am Abend ganz zu schweigen. Habt Ihr denn Euren Theriak heute schon genommen?»

«Brav wie immer, Doctorlein. Und vom Wacholder- und Lorbeerkauen den ganzen Tag ist mein Maul schon lahm. – Dafür stinke ich wie eine Wildsau», fügte der Alte maulig wie ein kleines Kind hinzu, «seitdem du warme und heiße Waschungen verboten hast.»

«Aber Ihr bleibt gesund, lieber Graf.» Behaimer lächelte triumphierend. «Oder wollt Ihr, dass die Miasmen durch die erweiterten Poren eindringen?»

Nun verzog auch der Graf den Mund zu einem breiten Lächeln. «Apropos eindringen – bist du bereit für den Nachtisch?»

«Wenn Ihr es seid, Graf?»

«Aber immer doch», kicherte der Alte. Er entkorkte ein unscheinbares dunkles Fläschchen und träufelte sich und Behaimer einige Tropfen in ihren Wein. Es war ein Liebestrank aus Lorbeersamen, Muskatnuss und Petersilie in einem Sud aus Alraune.

«Auf die schönste aller Leibesübungen!»

Der Graf hob den Becher und trank ihn in einem Zug leer.

«Was geht es uns doch gut, Behaimer! Ja, so ist das Leben. Der eine scheißt in den Topf, der andere daneben.»

Behaimer leerte ebenfalls seinen Becher und lehnte sich grinsend zurück. Als Prophylaxe gegen Ansteckung empfahlen die alten Gelehrten, Sonne und Frischluft zu meiden, tagsüber nicht zu schlafen, dafür mäßige Leibesübungen in geschlossenen Räumen durchzuführen, um die warmen Körpersäfte durch Schwitzen abzuführen. Hiermit allerdings war er bei seinem Herrn auf Granit gestoßen. Weder hatte der auf seinen Mittagsschlaf verzichten wollen noch sich mit irgendwelchen kindischen Übungen quälen. Da hatte Behaimer ihm vorgeschlagen, sich die Süßspeise doch von appetitlichen Weibsbildern servieren zu lassen, er wolle sich gern darum kümmern. So hatte sich eingebürgert, dass ihre gemeinsame Mahlzeit nicht in den Mittagsschlaf, sondern in eine ganz besonders anregende Form des Nachtischs mündete.

Meist waren es junge Hübschlerinnen aus dem Haus Zur

kurzen Freud, die Behaimer auf die Burg bestellte und die er allesamt zur Genüge kannte. Doch hin und wieder, wenn der Alte die Mädchen über Egino, seinen Jüngsten, besorgen ließ, tauchten neue Gesichter auf: dralle, kräftige Bauernweiber, die sich für nichts zu schade waren und Behaimers Puls zum Rasen brachten. Allzu oft durfte das nicht geschehen, schließlich war der geschlechtliche Verkehr, sofern er zu leidenschaftlich durchgeführt wurde, äußerst schädlich. Zudem neigte er neuerdings dazu, allzu schnell in Erregung zu geraten und seine Pfeile vorzeitig abzuschießen. So wie gestern, als ihn die üppige Blonde mit den riesigen Brüsten gerade erst auf den Rücken geworfen und bestiegen hatte. Da war das Vergnügen für ihn bereits vorbei gewesen, während sich der nackte Graf auf dem Türkenteppich noch eine halbe Ewigkeit mühte und wälzte, um zur Erfüllung zu gelangen. Die redlichen Anstrengungen der Blonden, Behaimer und sein bestes Stück wieder ins Geschäft zu bringen, hatten leider nicht gefruchtet, und so hatte er sich irgendwann ob des auf- und abschwellenden Gestöhns neben sich die Ohren zugehalten.

Heute indessen würde ihm das bestimmt nicht widerfahren. Er hatte Irmel und Nese herbestellt, sehr zu Graf Cunrats Freude, denn die beiden waren die jüngsten Huren, die er kannte. Somit war der Effekt gerade gegenteilig: Der alte Graf vermochte angesichts deren Jugend kaum an sich zu halten, während Behaimer das Ganze, da es ihm vertraut war wie aus langen Ehejahren, äußerst geruhsam angehen konnte.

Voller Vorfreude läutete der Graf jetzt dreimal die Tischglocke, zum Zeichen, dass man bereit sei für die Süßspeise. Die Tür sprang auf, und die Mädchen traten ein, die eine mit einem Silbertablett voller Mandelkuchen, die andere mit einer Schale kandierter Früchte. Beide waren sie in hellrote, ungegürtete

Gewänder gekleidet, unter denen sie, wie Behaimer wusste, nackt waren, mit einem Ausschnitt so tief, dass er Schultern und Busen fast gänzlich den Blicken freigab. In ihr unverhülltes Haar hatten sie gelbe Bänder eingeflochten.

Während sie zur Tafel schritten und dort ihre Last abstellten, kicherten sie wie stets kindisch vor sich hin, was Behaimers Appetit sofort um einiges dämpfte. Doch inzwischen hatte er ein Mittel gefunden, sich trotz allem in Fahrt zu bringen. Er feuerte sich selbst und den Alten, während sie ihre Buhlerei trieben, mit unflätigen und höchst respektlosen Ausdrücken an. In anderer Lage hätte er sich damit um Lohn und Brot oder gar Schlimmeres gebracht, doch Graf Cunrat schien hierüber jedes Mal höchst entzückt.

Die beiden Mädchen machten zunächst, rechts und links ihres Herrschers, einen ehrerbietigen Knicks, wobei sie ihren Rocksaum für einen kurzen Moment bis weit übers bloße Knie lupften. Angesichts dieses Vorgeschmacks auf das Kommende entfuhr dem Grafen wie jedes Mal ein kleines Grunzen, und wie jedes Mal schloss er in diesem Moment die Augen.

«Irmel, serviere mir eine glacierte Kirsche. Und du, liebe kleine Nese, ein Stückchen Mandelkuchen.»

Gehorsam nahm Irmel, nicht ohne sich zuvor mit einem Augenzwinkern an Behaimer eine Dattel in den eigenen Mund zu stecken, die runde rote Frucht und legte sie sich in ihren Ausschnitt. Dasselbe tat Nese mit dem Kuchen. Beide drückten sich eng an den Alten, der seine Nase nun direkt auf Höhe ihrer Brüste hatte. Mit geschürzten Lippen holte er sich erst bei Irmel, dann bei Nele den so appetitlich dargebotenen Leckerbissen, wobei er nicht nur genüsslich schmatzte, sondern auch die Busen abzulecken begann, um sie schließlich mit zitternden Fingern in ihrer ganzen Fülle ins Freie zu zerren.

Behaimer, der ihn beobachtete, wusste genau, was als Nächstes folgte. Der Alte legte den Kopf in den Nacken und öffnete seinen Mund mit den wenigen gelbbraunen Zähnen.

«Nun füttert mich, wie es die lieben Vögelchen tun», hörte er ihn sagen.

Abwechselnd boten ihm die Mädchen ihre Süßspeisen von Mund zu Mund, und Cunrats Bart und Wangen glänzten bald von mit Speichel vermischten Zucker- und Teigresten. Es war ein einziges Geschmatze und Gesabber, indessen die Hände des Grafen nicht untätig blieben. Sie wanderten zwischen den Beinen der jungen Huren hinauf, auf dass ihre Röcke bis über die Hüften geschoben waren, was Behaimer den Anblick ihrer blanken Hinterteile verschaffte. Spätestens jetzt wurde er unruhig, da seine Männlichkeit erwachte. Aber noch musste er sich gedulden. Erst wenn der Alte aus seinem Lehnstuhl taumelte und sich zwischen den zahlreichen Kissen auf dem weichen Türkenteppich niederließ, erst wenn der Mundschenk ihm und den Mädchen noch einmal zur Stärkung die Becher vollgeschenkt und sie mit auffallend zittrigen Händen verteilt hatte, erst wenn ihre Gespielinnen sich die Gewänder über den Kopf gestreift hatten, um anschließend in ihrer schamlosen Nacktheit den Grafen zu entkleiden – erst dann entschied sich, welches der Weiber nun auch den Leibarzt erfreuen durfte. Für dieses Mal war es Nese.

Behaimer selbst verzichtete auf solcherlei Vorspiel und Tändelei. Lieber labte er sich zwischendurch an dem guten Rotwein, den er mit Nese aus einem Becher trank. Die Beinkleider hatte er bereits ausgezogen, das sollte genügen, als Nese sich jetzt mit ihm auf dem zweiten Teppich niederließ und sogleich ihren Kopf unter seine Tunika steckte. O ja, die Gute wusste, was ihm gefiel!

Während es zwischen seinen Schenkeln arbeitete, winkte er den Mundschenk heran, ihm den Becher aufzufüllen.

«Danke, Heintzmann!» Er grinste den dürren, hochgewachsenen Diener an. «Ich denke – ah, Nese, nicht so schnell – ich denke, Ihr dürft nun ein wenig an Euer eigenes Vergnügen denken.»

Mit rotem Kopf schnaufte der junge Mensch ein Danke heraus, zog sich eiligst in das Halbdunkel einer Zimmerecke zurück und legte, wie Behaimer jedes Mal aufs Neue mit Neid beobachtete, sein riesiges pralles Gemächt frei, an dem er sogleich zu hantieren anfing.

Behaimer wandte den Blick ab in Richtung des Grafen, von dem er nur den mageren Rücken und das faltige Ärschlein sah. Der Alte hatte sich inzwischen rittlings auf sein Mädchen gesetzt und schwang, während seine Hüfte vor und zurück wippte, den rechten Arm in der Luft, als würde er in eine Schlacht reiten.

«Trötet nur feste ins Horn, lieber Graf!» Behaimer zog Nese am Haarschopf aus ihrem Versteck. «Stecht zu mit Eurer edlen Lanze. Das Weib will ordentlich gevögelt werden.»

Behaimer hörte, wie der Graf seine Worte mit einem tiefen Stöhnen quittierte. Auch er selbst würde bald so weit sein, und so brachte er Nese in die Position des Vierbeiners, um sie von hinten zu nehmen. Er musste langsam vorgehen, denn heute plagte ihn wieder dieser schwere Atem.

In diesem Augenblick krachte es dreimal gegen die Türflügel.

«Sackerment – was soll das?», ächzte der Graf.

Sein Kammerdiener steckte den Kopf zur Tür herein. «Verzeiht vieltausendmal die Störung, edler Herr, aber der Stallmeister – sein Sohn – es ist höchst dringend!»

Mehr als ärgerlich stand Behaimer auf und strich sich den Rock glatt.

«Beendet Ihr nur Euren Ritt, Graf Cunrat. Ich kümmere mich.» Auf nackten Beinen tappte er zur Tür. «Was erdreistet Ihr Euch, den Grafen in seiner Mittagsruhe zu stören?»

Das Gesicht des Kammerdieners war blass.

«Der Franz – der Sohn vom Stallmeister – er hat ganz plötzlich hohes Fieber. Dazu Krämpfe und kalte Glieder.»

«Still!», unterbrach Behaimer ihn brüsk. Er zog ihn hinaus in den Gang und schloss die Tür hinter sich.

«Hat er galligen Durchfall? Dunkle Flecken auf der Haut? Oder irgendwelche Schwellungen?»

«Das weiß ich nicht, ich war nicht bei ihm. Sein Vater lässt fragen, ob Ihr ihn nicht untersuchen könnt. Er hat Angst, dass …»

«Unsinn. Zunächst muss ich seinen Harn prüfen, ob er schwarz ist oder auffällige Sedimente aufweist. Er soll versuchen, in einen Becher zu pinkeln. Derweil fragt seinen Vater nach jeder Einzelheit: nach trockener Zunge, Nasenbluten, Irrereden, Schmerzen jeglicher Art. Habt Ihr alles verstanden?»

Der Diener nickte voller Entsetzen.

«Der Stallmeister soll sich nicht unnötig verrückt machen. Bringt mir in einer Stunde den Bericht, dann sehen wir weiter. Noch ist nicht heraus, was der Franz sich da geholt hat.»

Dabei war sich Behaimer hierüber fast sicher. Als er in den Kleinen Saal zurückkehrte, hatte der Alte gerade sein Werk vollbracht, während Nese noch immer in derselben Stellung wie zuvor verharrte. Behaimer war jegliche Fleischeslust vergangen.

«Steh auf und zieh dich an», befahl er ihr barsch.

Er setzte sich an den Tisch und schenkte sich Wein ein,

wobei seine Hände zitterten. Der noch immer splitternackte Graf rappelte sich von seinem Teppich auf. «Was ist mit dem Franz?»

Der Anblick des Grafen und der beiden Weiber widerte Filibertus Behaimer plötzlich an. Geradeso wie der Weihrauchgestank überall im Burgschloss und die Fressgelage zu jedem Mittag.

«Ein böser Infekt, nichts weiter. Und jetzt kleidet Euch besser an, lieber Graf. Sonst holt Ihr Euch womöglich auch noch etwas.»

Kapitel 24

Daniel führte ein strenges Regiment. Ohne seine Begleitung durfte keiner Hütte und Lichtung verlassen, und jeden Abend, bevor sie sich schlafen legten, machte er mit dem Hund, der ihm mittlerweile aufs Wort gehorchte, einen Rundgang zur Kontrolle. Anfangs hatte sich Clara lustig gemacht über den alten Mann, der aus ihrem Waldstückchen so etwas wie eine wehrhafte Burganlage machen wollte. Als Erstes hatte er die Büsche abgeschlagen, die den Blick auf den in ihre Lichtung mündenden Pfad versperrten. Nun konnte man weitaus schneller erkennen, wer sich ihnen näherte. Als Nächstes errichtete er aus einer flachen Schicht trockener Zweige eine Art Schutzwall rundum, die verräterisch knackten, sobald sich jemand der Hütte unbemerkt nähern wollte. Seine Armbrust lehnte griffbereit neben der Tür, und täglich machte er seine Schießübungen im Wald.

Dass sein Schutz und all diese Maßnahmen durchaus nötig waren, zeigte sich bereits eine Woche nach seiner Ankunft. Bisher hatten sie hier in völliger Einsamkeit gelebt, und abgesehen von den beiden zwielichtigen Burschen mit ihrem blinden Vater hatten sie nie wieder einen Fremden zu Gesicht bekommen. Doch um dieselbe Zeit, in der Daniel zu ihnen gestoßen war, hatte man immer wieder unterhalb der Lichtung, vom Hauptweg her, Stimmen vernehmen können. Da war Clara denn doch froh, dass ein Mann an ihrer Seite war, zumal einer, der jahrelang als einer der Besten in der Schützenbruderschaft galt.

«Ob das Wilderer sind?», hatte sie den alten Gesellen gefragt.

«Mag sein», entgegnete er in seiner bedächtigen Art. «Könnte aber auch bedeuten, dass immer mehr Menschen vor der Seuche in den Wald fliehen. Wir müssen wachsam sein.»

«Nun ja, sie werden uns schon in Ruhe lassen.»

«Sei dir da nicht so sicher, Clara. Nur die Ärmsten ziehen freiwillig in den Wald, wo sie kein Obdach haben. Und für die leben wir doch wie im Garten Eden, mit unserer Hütte und unseren Vorräten.»

Zwei Tage nach diesem Gespräch, als sie nach dem Morgenessen alle miteinander die heilige Quelle aufsuchten, fanden sie den Ort zu ihrem Schrecken von einer Gruppe Menschen besetzt. Schon von weitem hatten sie laute Stimmen und Rufe vernommen und sich daher vorsichtig über einen halb zugewachsenen Nebenpfad genähert. Ein gutes Dutzend zählten sie, allem Anschein nach entlaufene Knechte und Mägde, die sich rund um die Kapelle aus Stöcken und alten Tüchern ihre Zelte errichtet hatten.

«Die werden wohl länger hierbleiben», flüsterte Daniel und bedeutete ihnen, den Rückzug anzutreten. Er selbst wolle noch bleiben und herausfinden, woher diese Leute kamen und ob es sich nicht doch um eine Bande Wegelagerer handle.

«Bleibt alle zusammen mit Cerberus in der Hütte, bis ich zurück bin. Es wird nicht lange dauern.»

Gegen Mittag war der Geselle noch immer nicht wieder aufgetaucht, und Clara machte sich ernsthafte Sorgen.

«Was, wenn sie ihn erschlagen haben?», fragte Johanna leise.

Clara antwortete nicht. Dasselbe hatte sie eben auch gedacht. Und daran, dass Benedikt damit seinen einzigen Freund verloren hätte.

Kurz darauf hörten sie die Flugrufe des Schwarzspechts. «Krrü-Krrü», klang es ganz in der Nähe.

«Er kommt!», rief Michel, der diesen Ruf, ihr Erkennungszeichen, inzwischen bald ebenso gut nachmachen konnte wie Daniel. Cerberus fing an zu wedeln, ein untrügliches Zeichen dafür, dass auch er die Schritte seines neuen Herrn gehört und erkannt hatte. Clara atmete auf, und sie traten ins Freie.

Da tauchte Daniel auch schon hinter der Feuerstelle auf.

«Wo warst du nur so lange?» Clara hätte ihn vor Freude am liebsten umarmt, doch war sie, genau wie der alte Geselle, streng auf Schicklichkeit und Abstand bedacht. Schließlich war Daniel ein Mannsbild, und für sein Alter kein unansehnliches.

«Es war nicht ganz einfach, so nahe heranzukommen, dass ich etwas verstehen konnte. Wegelagerer sind es jedenfalls nicht, sondern Freiburger wie wir.»

Dann berichtete er, dass es acht Männer und fünf Frauen waren, die der Neuburgvorstadt entflohen waren, der ärmlichsten und schmutzigsten der drei Vorstädte. Und dass sie wohl vorhatten, bei der Waldkapelle auszuharren, bis die Seuche vorüber war.

«Ich denk, heut Nacht können wir ruhig schlafen. Sie sind allesamt ordentlich am Saufen – und bei anderen Vergnügungen», fügte er mit einem Grinsen hinzu.

In Claras erste Erleichterung mischte sich Wut. Nun würde dieser heilige Ort entweiht werden, und zum Beten würden sie auch nicht mehr hinaufkönnen.

«Was sind das nur für Zeiten?», stieß sie hervor. Und sehnte sich zugleich so sehr nach Heinrich, dass es schmerzte.

Die nächsten Tage blieb alles ruhig, und Claras Anspannung wich. Dafür hing sie umso mehr ihren Gedanken nach. Sie hatte die Tage, die sie von ihrem geliebten Mann getrennt war, nicht gezählt, aber es kam ihr wie eine Ewigkeit vor. Wann würde sie wieder an seiner Seite, in seinen Armen einschlafen dürfen? Seinem leisen, zufriedenen Schnarchen lauschen, wenn sie nachts einmal wach wurde? Des Morgens von seinem Kuss auf die Wange geweckt werden?

Auch Benedikt war, entgegen seinem Versprechen, nicht wieder auf Besuch gekommen. Zu groß war wohl seine Angst, er könne die Pestilenz zu ihnen herausbringen. Zweimal bislang war Daniel hinunter an den Mühlbach gewandert, um dort, auf halbem Wege, von Benedikt neue Vorräte in Empfang zu nehmen und die wichtigsten Nachrichten auszutauschen – in sicherer Entfernung von drei Schritt Abstand!

Jetzt ging also auch Benedikt in den Häusern der Pestkranken aus und ein. Über diese Nachricht war Clara mehr als bestürzt gewesen. Auch wenn sie von Daniel wusste, dass dies Benedikts eigener, erklärter Wille gewesen sei, machte sie Heinrich insgeheim heftige Vorwürfe. Ihr Mann war Wundarzt. Den Kranken zu helfen, sie zu heilen war seine angestammte Aufgabe in diesem Leben. Doch wie konnte er zulassen, dass ihr eigener Sohn sich nun ebenfalls dieser tödlichen Gefahr aussetzte? Was für ein hoher Preis dafür, dass Vater und Sohn nun endlich zueinandergefunden hatten.

Ihr letztes Gespräch mit Benedikt, bei seinem Abschied von der Waldhütte, hatte sie sehr aufgewühlt. Noch lange waren ihr seine Worte im Ohr geklungen: «Esther und ich wären nie zusammengekommen, das weiß ich jetzt. Aber es tut so weh, wenn man jemanden liebt und nicht lieben darf.»

In ihrem Versuch, ihn zu trösten, hatte sie nicht noch Öl ins Feuer gießen wollen. Hatte daher lieber unausgesprochen gelassen, wovon sie inzwischen überzeugt war. Es gab die tiefe, dauerhafte Liebe zwischen Mann und Frau. Und sie war

Gott unendlich dankbar dafür, dass er ihr mit Heinrich als Ehegefährten diese Erfahrung geschenkt hatte. Auch wenn die meisten Eheleute nicht in Liebe, sondern bestenfalls in Vernunft und Freundschaft miteinander lebten, ohne dass dies das Schlechteste sein musste, so gab es auch das andere. Und war die Liebe nur stark genug, so fand man auch zueinander. Auch Benedikt und Esther hätten einen Weg gefunden, ihre Liebe zu leben – an einem anderen Ort, in einem anderen Land. Wenn sie, die eigene Mutter, ihnen nicht alles vereitelt und durchkreuzt hätte.

Wie gerne hätte Clara über all das mit jemandem gesprochen. Sie war kein Mensch, der die Dinge in sich hineinfraß, aber vor den Kindern konnte sie unmöglich darüber reden. Mehr und mehr sehnte sie sich in diesen Tagen nach einer Gefährtin und dachte dabei immer häufiger an Mechthild, die Freundin aus alten Zeiten. Erst recht, nachdem sie erfahren hatte, dass auch Mechthilds Mann an der Pestilenz erkrankt war. Sie hätte sich so gewünscht, ihrer Freundin mit Kraft und Zuversicht beistehen zu können. Nun blieb ihr nichts anderes, als auch sie in ihre Gebete mit einzuschließen.

Wider Erwarten war der Freiburger Gesindehaufe drei Tage später weitergezogen, ohne sie zu behelligen. Dafür tauchten an diesem Morgen drei Männer auf ihrer Lichtung auf.

Es war wieder einer dieser schwülheißen Hochsommertage, die einem bei jeder Anstrengung den Schweiß aus den Poren trieben. Daniel war kurz zuvor von der Ottilienkapelle zurückgekehrt, hatte sich am Bach erfrischt und berichtete ihnen gerade, was er an der Quelle beobachtet hatte.

«Sie haben ihre Zelte abgebrochen. Es sieht aus wie auf dem Schlachtfeld. Die Weiber haben wohl die Kapelle als

Schlafstube und Küche genutzt – alles dort ist rußgeschwärzt und …»

Plötzlich wurde er von Cerberus' wütendem Gebell unterbrochen. Seit Benedikts Freund bei ihnen war, durfte der Hund frei herumstromern, denn er blieb ohnehin immer in Daniels Nähe. Und ging doch einmal die Jagdlust mit ihm durch, brachte er ihnen, sofern er erfolgreich war, die Beute sogar vor die Hütte.

Jetzt war er an den Rand der Lichtung geprescht und schien, mit gefletschten Zähnen, das Nackenhaar gesträubt, jemandem den Weg zu versperren.

«Hallo? Ist da wer?», rief es von unten herauf.

Daniel packte seine Armbrust und stellte sich abschussbereit mitten auf die Lichtung, während Clara die Kinder zusammenrief. Nur Eli war wieder einmal nicht zu finden. Ab und an überfiel den Jungen die Schwermut, und dann versteckte er sich irgendwo im Unterholz.

«Wer seid ihr, und was wollt ihr?», hörte sie unterdessen den alten Gesellen in drohendem Unterton fragen.

«Rechtschaffene Bauern aus dem Dorf Ebnot. Wir haben nichts Böses im Sinn. Jetzt pfeift schon euren Köter zurück.»

Daniel nickte Clara zu. Sie holte den Strick und band ihn dem Hund um den Hals. Über der Böschung tauchte ein rotblonder Haarschopf auf, der zu einem kräftigen älteren Bauern gehörte. Clara trat mit dem Hund an ihrer Seite ein paar Schritte zurück. Cerberus knurrte noch immer vor sich hin.

«Was wollt ihr also?», fragte Daniel erneut.

«Mit euch reden. Wir sind in Not.»

«Kommt herauf.»

Hinter dem Bauern erschienen zwei junge Burschen – der eine etwa in Benedikts Alter, der andere in Johannas. Sie folgten ihm gesenkten Kopfes, während der Rotblonde mit offenen Armen auf Daniel zuschritt.

«Das hier sind meine Söhne», erklärte der Bauer. Er wischte sich mit dem Hemdsärmel den Schweiß von Nacken und Stirn. «Frau und zwei kleine Töchter hab ich auch noch, sie warten unten im Tal. Ihr müsst uns helfen.»

Daniel ließ die Armbrust sinken. «Warum sollten wir Fremdlingen helfen?»

«Weil ihr Christenmenschen seid. Bei uns im Dorf hat sich rumgesprochen, dass ihr vor der Seuche aus Freiburg geflohen seid und hier oben in der alten Baderhütte lebt. Jetzt hat's uns in Ebnot auch erwischt. Zwölf sind schon tot, und gestern nun war unsre eigene Magd dran.»

Erschrocken wich Clara zurück. «Dann bleibt uns bloß vom Leibe und verschwindet wieder. Die alte Baderhütte, wie du es nennst, ist unser Eigen.»

Der Bauer schüttelte den Kopf. «Wir brauchen einen Unterschlupf grad so wie ihr.»

Schaufend ließ er sich auf die grobe Holzbank sinken, die Michel mit Daniels Hilfe zusammengezimmert hatte.

Clara dämmerte, worauf der Mann hinauswollte. «Ja, und? Soll das unsre Sorge sein?», entgegnete sie giftiger als beabsichtigt. Dann lenkte sie ein. «Nehmt halt den Weg nach Sankt Peter zu. Dort oben gibt es Waldarbeiterhütten. Vielleicht findet sich da ja was für euch.»

«Das ist zu weit weg. Wir können unsern Hof nicht gänzlich im Stich lassen. – Hör zu, gute Frau.» Er lächelte, während er seine Geldkatze in der Hand wog. Doch das Lächeln wirkte falsch. «Euer Schaden soll's nicht sein. Ihr lasst uns bei euch wohnen, und wir begleichen das mit gutem Freiburger Silber.»

«Hast du nicht verstanden?», übernahm Daniel wieder das Wort. «Ihr sollt verschwinden.»

Der Bauer erhob sich langsam, sein Blick wurde finster. «Wie ihr wollt.»

Dann ging alles rasend schnell. Der ältere Sohn sprang Daniel wie eine Wildkatze an den Hals, wobei die Armbrust in hohem Bogen ins Gebüsch flog, der jüngere riss Clara den Hundestrick aus der Hand, während der Altbauer ihr die Arme auf den Rücken drehte und sie zu Boden stieß. Doch sie hatten den Kampfgeist des Hundes unterschätzt. Mit lautem Gebell riss sich Cerberus los, stürzte sich auf Claras Angreifer und verbiss sich in dessen Arm.

«Du Mistvieh, ich stech dich ab!»

Mit der Linken zerrte der Altbauer sein Messer aus dem Gürtel und erwischte Cerberus am Schenkel. Der Hund jaulte kurz auf, dann biss er erneut zu. Derweil kämpfte Daniel einen ungleichen Kampf mit seinem sehr viel wendigeren Gegner, und Clara erkannte, dass von dieser Seite kaum Hilfe zu erwarten war. Sie rappelte sich auf, stieß den jüngeren Sohn zur Seite und warf sich mit dem Mut der Verzweiflung gegen den erhobenen Arm des Bauern, bevor der erneut auf den Hund einstechen konnte. Zugleich rammte sie ihm ihr Knie zwischen die Beine. Mit einem gurgelnden Laut klappte der Mann zusammen, sodass sich Clara dessen Messer schnappen konnte. Mit der Waffe in der Hand starrte sie auf Daniel und dessen Angreifer, die sich fluchend und stöhnend im Gras wälzten. Sollte sie zustechen?

«Matthis, wo bleibst du?», brüllte in diesem Moment der Jüngere, während er versuchte, den rasenden Hund von seinem Vater wegzuzerren.

Sie hatte einen Atemzug zu lange gezögert, denn jetzt trat

ein dritter Kerl auf die Lichtung – in seinem Arm einen kalkweißen Eli. Seine Augen waren verheult, und er hatte eine Messerklinge gefährlich dicht an seinem Hals.

Clara stieß einen Schrei aus.

«Los, Weib, lass das Messer fallen und binde die Bestie an einem Baum fest. Sonst schlitz ich deinem Jungen den Hals auf.»

«Hab keine Angst, Eli», stammelte Clara und tat, wie ihr geheißen. «Es geschieht dir schon nichts.»

«Hast du gehört, was deine Mutter gesagt hat? Tut nur alle recht brav, was ich euch sage.»

«Die da ist nicht meine Mutter», stieß Eli hervor.

«Halt's Maul», entgegnete der, der Matthis hieß, und schob den Knaben Schritt für Schritt vor sich her über die Lichtung. Clara betete zu Gott und allen Heiligen, dass Eli die Ruhe bewahrte. Diesem Matthis war alles zuzutrauen.

Er war wohl der älteste der drei Brüder, denn der Bauer, der jetzt mühsam wieder auf die Beine kam, schimpfte: «Reichlich spät, mein Sohn.»

Matthis sah seinen Vater verächtlich an. «Konnte ich ahnen, dass ihr drei nicht mal mit einem Weib und einem alten Mann fertig werdet? Zudem musste ich erst dieses Kerlchen zur Ruhe bringen. Mit seinem Geheul hätt er uns nur verraten.»

Dann wandte er sich an Daniel, der inzwischen hilflos im Schwitzkasten seines Gegners steckte: «Wer ist da noch in der Hütte?»

«Niemand», presste der Geselle zwischen den Zähnen hervor.

«Du lügst!» Matthis versetzte ihm einen Fußtritt. «Es hat geheißen, dass ihr hier mit einem Stall voll Kinder haust.»

«Die sind alle im Wald, beim Beerenpflücken.»

«Stimmt das, Weib?»

«Natürlich stimmt das. Und jetzt gebt mir den Jungen zurück. In Gottes Namen.»

«Er bleibt unsere Geisel. Hol mir einen Strick, damit ich ihn endlich fesseln kann. Diese kleine Mistkröte hier hat mir meinen nämlich auf einen Baum geschleudert.»

«Geisel? Was soll das heißen?»

«Ganz einfach: Das ist fortan unsre Hütte, bis diese Scheiß-Pestilenz vorbei ist. Und ihr verschwindet von hier. Damit die Sache klar ist und auch klar bleibt, behalten wir den Jungen bei uns für diese Zeit. – Genug geschwatzt. Hol mir endlich einen Strick.»

«Bin ich deine Dienstmagd?» Claras Stimme zitterte vor Wut. Und vor Angst, aber das würde dieser Erzhalunke kaum unterscheiden können. «Hol ihn dir selber, da liegen welche neben der Hüttentür.»

Etwas verdutzt sah Matthis sie an, dann schob er den Jungen mit festem Griff am Arm vor sich her zum Eingang der Hütte. Dort legte er das Messer zu Boden und blickte sich um.

«Hier liegen keine Stricke.»

«Dann mach die Augen auf. Vor deinen Füßen.»

In diesem Augenblick öffnete sich hinter ihm die Tür, und jemand schmetterte ihm eine Holzlatte gegen den Schädel. Lautlos sackte Matthis in die Knie und ging zu Boden, während Johanna nach Eli griff, ihn ins Innere der Hütte zog und die Tür wieder verriegelte.

Daniel nutzte den Moment der Verblüffung und befreite sich von seinem Widersacher. Ein gezielter Faustschlag gegen die Nase seines Peinigers ließ diesen vor Schmerz aufheulen. So kam der Geselle wieder auf die Beine und begann voller Zorn, den Burschen mit Fußtritten zu traktieren, während Clara sich eilends erst das Messer zu ihren Füßen, dann das von Matthis vor der Hüttentür schnappte und Cerberus wieder losband. Der ging erneut auf den Bauern und seinen jüngsten Sohn los und verbiss sich in die Wade des Alten. Clara warf Daniel eines ihrer Messer zu.

«Lasst uns gehen!», kreischte jetzt der Jüngste mit hoher Stimme. «Beim heiligen Christophorus: Lasst uns gehen!»

«Erst, wenn ich euch der Reihe nach die Eier abgeschnitten habe, ihr Hurensöhne», zischte Daniel und hob seine Hand mit dem Messer.

«Nein!»

«Lass gut sein, Daniel.» Clara packte den heulenden Kerl am Haarschopf. Seine Beinlinge waren an der Innenseite der Schenkel dunkel gefärbt. «Der hier hat sich schon in die Hosen gepisst.»

Als Nächstes zog sie Cerberus von seinem Opfer weg. Das dunkle Fell am Hinterbein glänzte von Blut.

«Genug, Cerberus. Das hast du brav gemacht.»

Sie funkelte den Bauern an.

«Lasst euch nie wieder hier blicken. Sonst bringen wir euch um.»

Nur mühsam kam der Mann wieder auf die Beine. Seine linke Wade blutete stark. Voller Entsetzen flackerte sein Blick zwischen seinen drei Söhnen hin und her: Sein Ältester war eben wieder zu sich gekommen und krümmte sich jetzt stöhnend im Staub vor der Hüttentür, der Jüngste stand heulend und mit schlotternden Beinen vor ihm, und dem Dritten rann Blut aus der Nase, während sein rechtes Auge veilchenfarben zuschwoll.

«Ihr seid mit dem Leibhaftigen im Bunde», flüsterte der Bauer schließlich und bekreuzigte sich.

«Ganz recht», bestätigte Daniel. «Erzähl das ruhig weiter in eurem Dorf oder wo auch immer eure Drecksfüße euch hintragen.»

Kein Ave Maria später humpelten die vier Männer von der Lichtung. Daniel blickte ihnen nach.

«Die sind wir auf immer los. Und zwei neue Messer haben wir obendrein.»

Clara hatte Mühe, gegen die Tränen anzukämpfen. Das alles war zu viel gewesen. Daniel legte ihr den Arm um die Schultern.

«Du bist die tapferste Frau, die ich kenne!»

Dann holte er die Kinder aus der Hütte. Währenddessen besah sich Clara Cerberus' Stichwunde, die sich als glatt und nicht sehr tief erwies. Sie würde von selbst wieder heilen. Erleichtert setzte sie sich zu den anderen ans Feuer.

«Hört her», rief Daniel in die Runde. Die Kinder, allen voran Eli, wirkten verstört. «Wir haben die Schlacht gewonnen, und jeder hat dazu beigetragen. Ihr seid Helden, alle miteinander. Vor allem du, Johanna, mit deiner Klugheit – einfach die Tür aufstoßen und dem Kerl eins überbraten. Wie hast du das geschafft?»

Johanna errötete vor Verlegenheit. «Ich hab durch eine Ritze alles beobachtet.»

«Und du, Eli», Daniel stand auf und setzte sich neben den schmächtigen Jungen ins Gras, «bist auch ein großer Held. Du hast nämlich alles richtig gemacht.»

Er drückte den Jungen an sich, bis endlich ein Lächeln auf dessen blassem Gesicht erschien.

«Wisst ihr überhaupt, wie stolz ihr alle auf euch sein könnt? Ich finde, das sollten wir feiern. Was ist, Clara, haben wir nicht noch einen Rest Rauchfleisch und süßen Würzwein?»

Nach und nach löste sich die Anspannung. Die Kinder übertrumpften sich gegenseitig mit ihren abenteuerlichen Schilderungen dessen, was geschehen war, und auch Clara spürte, wie der Wein ihr die schweren Gedanken nahm.

«Ich bin dir so dankbar, Daniel. Ohne dich wären wir den Männern ausgeliefert gewesen.»

«Sag das nicht, Clara. Ich glaube, du könntest eine ganze Rotte Wegelagerer in die Flucht schlagen. Nicht mal meine Armbrust haben wir dazu …»

Er unterbrach sich und lauschte. Von Osten her hörte man dumpfes Grollen. Auch Clara hatte es vernommen. Mit einem Mal war all ihre Leichtigkeit verflogen. Donner im Osten bedeutet Übles, verwies er doch auf zahlreiche Tote in Bälde.

Sie schloss die Augen. Wann endlich würde diese schlimme Zeit ein Ende finden? Sie wünschte sich nur noch eines: wieder mit ihrem Mann vereint zu sein.

Kapitel 25

Bis zum Hochsommer hatte die Stadt schon über dreißig Seuchenopfer zu beklagen, darunter auch Gottfried Tucher und den alten Klingenschleifer Marx mitsamt seiner Frau. Dann war die schwülwarme Witterung nach einem plötzlichen Unwetter ins Nasskalte umgeschwenkt, mit böigen Winden aus dem Norden, und das Große Sterben schien innehalten zu wollen. Zumindest einige Tage lang kam es zu keinen neuen Erkrankungen.

«Jetzt sieht sich unser guter Behaimer gewiss bestätigt mit seiner Südwind-Theorie», knurrte Heinrich Grathwohl, obwohl er insgeheim froh war, dass es zurzeit keine neuen Schreckensnachrichten gab. Er und Benedikt saßen beim Nachtmahl, während der Wind von draußen an den Läden rüttelte. «Aber noch ist nicht aller Tage Abend.»

Benedikt war müde. Der erneute Sturm vorgestern Nacht hatte Bäume entwurzelt und Dächer abgedeckt, und heute hatten sie beide den ganzen Nachmittag damit verbracht, die Schäden an ihrem Dach auszubessern. Hoffentlich war im Wald nichts passiert. Morgen früh, so hatte er es mit dem Vater abgesprochen, wollte er hinaus, um nach dem Rechten zu sehen. Aus gebotenem Abstand heraus, selbstverständlich, und das stimmte ihn traurig. Denn schließlich konnte er die Seuche längst in sich tragen.

Was sein eigenes Leben betraf, so machte ihm das Unheil, das über der Stadt lastete, keine Angst. Im Gegenteil. Sollte er doch kommen, dieser räudige Gevatter Tod. Er würde ihm seine Wut schon entgegenschleudern. Mehr noch: Ihm gefiel die Nähe zum Tod, denn damit war er Esther auf neue Weise verbunden. In letzter Zeit nämlich war sie ihm gar nicht mehr erschienen. Hatte seine Mutter also recht, und es war vorbei? Hatte Esthers Seele endgültig zur Ruhe gefunden?

Als er am Nachmittag auf dem Dach gestanden und hinunter in Grünbaums Garten geblickt hatte, hatte es ihm schier das Herz zerrissen. Restlos verwahrlost war das Anwesen inzwischen, übersät mit Gerümpel und zerbrochenem Hausrat. Doch vor seinem inneren Auge wurde es wieder zu jenem kleinen Paradies, in dem er als Kind so viele Stunden mit Esther verbracht hatte. Plötzlich erinnerte er sich wieder daran, wie er sie manchmal heimlich aus seiner Dachluke beobachtet hatte, wenn sie mit ihren jüngeren Brüdern Fangen und Verstecken spielte und ihr langes, dunkles Haar vom Rennen zerzaust war. Oder wenn sie hatte Wäsche aufhängen müssen. Dann konnte man, sobald sie sich streckte, die hellbraune Haut ihrer Beine bis zu den Kniekehlen sehen, und Benedikts Herz hatte jedes Mal schneller zu schlagen begonnen.

Ganz in Gedanken löffelte er von seinem Hirsebrei, bis er bemerkte, dass sein Vater keinen Bissen angerührt hatte.

«Hast du keinen Hunger?»

«Nein, mir ist nicht recht wohl.» Heinrich Grathwohl griff zittrig nach seinem Becher und trank.

«War wohl zu viel für mich, da oben auf dem Dach. Bin ja auch nicht mehr der Jüngste. Morgen früh wird alles wieder im Lot sein. Kommst du dann und holst die Vorräte für den Wald?»

«Vater? Du siehst gar nicht gut aus.»

«Unsinn. Ein wenig erhitzt – von der Arbeit – es ist stickig hier herinnen …» Er unterdrückte einen Hustenanfall.

«Kann ich irgendwas für dich tun?»

«Lass nur. Ich geh gleich schlafen. Schlaf hilft immer.»

Als Benedikt hinaus in die Abenddämmerung trat, beschlich ihn ein ungutes Gefühl. Er hätte die Nacht über beim Vater bleiben sollen. Aber nachdem vor zwei Tagen schon wieder irgendwelche Halunken Bruchsteine vom Werkplatz gestohlen hatten, musste er dort nach dem Rechten sehen. Zwar wohnten seit kurzem auch der Hüttenschmied und der Koch wieder im Gesellenhaus, nachdem ihre Liebsten ihnen den Laufpass gegeben hatten. Doch die beiden waren vom Nachmittag an meist sturzbetrunken und daher als Aufpasser wenig geeignet.

Auf der Großen Gass begegnete ihm ausgerechnet Filibertus Behaimer. Benedikt wollte schon die Straßenseite wechseln, doch der Medicus hatte ihn bereits entdeckt.

«Ah, der junge Grathwohl! So spät noch unterwegs?»

«Dasselbe könnte ich von Euch sagen.»

«Nun – ich komme meiner Pflicht als Stadtarzt nach. Da kommt der Feierabend oft erst spät.»

Benedikt verzog das Gesicht. «Seitdem Ihr oben auf der Burg wohnt, kommt Ihr dieser Pflicht nicht allzu häufig nach.»

«Na, na! Was erlaubst du dir? Fühlst dich wohl selbst schon als Arzt?»

«Was meint Ihr damit?»

«Habe gehört, dass du jetzt deinem Vater zur Seite stehst. Hast wohl nichts mehr zu tun auf deiner Kirchenbauhütte?»

Benedikt zuckte nur die Achseln. Er wollte weitergehen, doch der andere hielt ihn beim Ellbogen fest.

«Nicht so gehetzt, junger Freund. Wie geht es deinem Herrn Vater? Ist er wohlauf?»

«Was kümmert Euch das? Ihr seid ja fein heraus, da hoch droben auf der Burg.»

«Du vergisst, dass ich auch der gräflichen Familie verpflichtet bin. Aber glaub mir: Deinem Vater gilt meine ganze Hochachtung. Grüße ihn doch beim nächsten Mal von mir.»

Das werde ich ganz sicher nicht tun, dachte Benedikt, und ließ den selbstgefälligen Stadtarzt ohne ein weiteres Wort stehen.

Behaimer blickte dem jungen Grathwohl hinterher. Was für ein seltsamer Bursche. Begleitete seinen Vater freiwillig in die Häuser der Pestkranken, anstatt wie seine Altersgenossen möglichst viel Spaß bei Geselligkeit und Weibern zu haben. Er korrigierte sich: wie alle Welt es tat, denn nicht nur die Jungen wollten ihren Spaß. Schon bei seinem letzten Gang in die Stadt war ihm aufgefallen, dass Freiburg aus seiner Angststarre erwacht schien, dass aus den Häusern wieder Gelächter und Gezänk drang, sich die Trinkstuben füllten, die Schornsteine der Badhäuser rauchten. Auch die Läden der Werkstätten waren wieder geöffnet, die Verkaufslauben und Stände an Markttagen besetzt, wenn auch hie und da Lücken klafften.

Doch Behaimer wusste ebenso gut, dass das nicht der gewöhnliche Alltag war. Die, die hier in den engen Gassen lebten, hatten Angst, als Nächstes an der Reihe zu sein. Und zu ertragen war diese Angst nur, wenn man den Kopf in den Sand steckte und es sich ansonsten gutgehen ließ, sich am besten mit allen erdenklichen Vergnügungen ablenkte. Bereits am helllichten Mittag hatte er heute etliche Handwerker und Händler betrunken bei ihrem Tagwerk beobachten können oder gar in den Armen von freien Frauen, die inzwischen wohl zu jeder Stunde ihre Dienste anboten.

Immer darauf bedacht, ja keinem Menschen zu nahe zu kommen, machte er sich auf den Weg in Richtung Obertor, wo sein Pferd auf ihn wartete. Er lächelte vor sich hin. Wie hatte es Jacoba vorhin ausgedrückt? Falls ich schon morgen an die Himmelspforte klopfen muss, dann wenigstens mit einem gutgefüllten Bauch und einem ergötzlichen Leben zuvor.

Dieses kleine Luder! Er schüttelte den Kopf. Als heute früh Jecklins Dienstmagd ihn um eine dringliche Consultation im Apothekerhaus ersucht hatte, da die junge Herrin schwerkrank sei, hatte er sich in großer Sorge sogleich auf den Weg machen wollen. Doch die Magd hatte abgewehrt: Nicht vor der Nachmittagsstunde möge er kommen, die Jungfer Jacoba habe eben erst einen Schlaftrunk zu sich genommen.

So hatte er sich wenigstens die Zeit nehmen können, um sich frisch zu machen, von Meister Günther den Bart stutzen zu lassen und einen neuen Leibrock anzulegen. Viel zu bald war er am Haus Zum Elephanten angelangt und beschloss daher, zuvor noch ein wenig mit seinem alten Freund Jecklin zu plaudern. Aber in der Offizin traf er nur dessen Gesellen und Jacobas Mutter an. Sie waren gerade dabei, aus einer klebrigen, grünbraunen Masse kleine Mengen abzuwiegen. Sein geschultes Auge erkannte sofort, dass es sich dabei um jene Ingredienzien handelte, nach denen das Volk so gerne verlangte: gedörrte und gepulverte Kröten und Maulwürfe, dazu Hühnermägen, Geierhirn, Vogelkrallen, Hechtzähne, Krebsaugen und solcherlei mehr.

Nach einem freundlichen Gruß fragte er: «Ist Euer braver Mann denn gar nicht da?»

«Der ist heut Nachmittag drüben in Waldkirch, bei unserm Arzneykrämer. Und das, wo ich alle Hände voll zu tun hab.»

«Nun denn, eigentlich komme ich zu Eurer kranken Tochter. Sie hat Eure Magd nach mir geschickt.»

«Davon weiß ich gar nichts.» Die Apothekersfrau rollte erstaunt die großen, grünen Augen – das Einzige übrigens, was sie ihrer Tochter vererbt hatte. Ansonsten war die dürre Frau nicht gerade mit Schönheit gesegnet.

«Ist sie denn nicht krank?»

«Ein wenig unpässlich, seit gestern. Aber krank? Wartet, ich läute nach der Magd.»

Kurz darauf erschien das Hausmädchen.

«Was soll das? Was ist mit Jacoba?», fuhr sie die Magd an. «Warum weiß ich nichts davon, dass sie nach dem Herrn Medicus geschickt hat?»

Ihre Stimme war schrill geworden, und Behaimer sah ihr an, welch angsteinflößender Gedanke in ihr aufstieg.

«Es ist nichts Arges, gnädige Herrin. Nur starke Kopf- und Brustschmerzen.»

Das hatte Behaimer bereits auf der Burg erfahren. Auch, dass kein Fieber im Spiel war und er somit gefahrlos die Krankenstube würde betreten können.

«Führ mich jetzt zu ihr», drängte Behaimer. Ihm war nicht wohl in seiner Haut, als er der Magd quer durch das Laboratorium hinüber ins Wohnhaus folgte. Wie sah das aus? Wegen lächerlicher Kopfschmerzen den Stadtarzt zu rufen – und das im Hause eines Apothekers, wo es hierfür alle erdenklichen Salben und Mittelchen gab! Er würde der Jungfer eine kleine Rüge erteilen müssen.

Am Treppenaufgang holte die Apothekerin ihn ein.

«Wartet noch, Behaimer!» Sie war außer Atem. «Falls es – falls es die Pestilenz ist – so sagt mir die Wahrheit. Ich weiß nicht, ob Jecklin es Euch bereits eröffnet hat. Aber wir werden die Stadt verlassen. Bald schon. Jecklin hat einen Vetter in Frankfurt, dort ist noch alles ruhig. Keine Sorge», beeilte sie sich hinzuzufügen, «unser Geselle wird die Apotheke so lange weiterführen. Ganz in unserem und in Eurem Sinne. Und jetzt rasch, schaut nach meinem Töchterlein. – Ich würd Euch ja gern begleiten, aber ich weiß nicht, wo mir der Kopf steht vor lauter Arbeit.»

Als er die Kammer betrat, die in Kerzenschein getaucht war, schien das Mädchen noch zu schlafen. Sie lag unter einem blütenweißen Leintuch, das goldblonde Haar ergoss sich in dichten Wellen über das Kissen. Wie schön sie aussah! Und wie unschuldig in ihrem Schlaf.

«Jacoba?»

Sie öffnete die Augen und hob den Kopf. Über ihr rundes, rosiges Gesicht ging ein Lächeln.

«Der Herr Stadtphysicus! Wie gut, dass Ihr gekommen seid.»

Mit einer Handbewegung bedeutete sie der Magd zu gehen.

«Diese Kopfschmerzen. Und nachts klopft das Herz, dass ich nicht schlafen kann.»

Sie reichte ihm den Arm, damit er den Puls fühlen konnte. Behaimer trat an ihr Bett und nahm ihr schmales Handgelenk zwischen die Finger. Nein, dachte er erleichtert, das Mädchen hatte kein Fieber. Zugleich verschwand sein Vorsatz, sie zu tadeln, im Nichts. Wie jammerschade, wenn er das schöne Kind schon bald nicht mehr vor Augen haben würde bei seinen Arzneyeinkäufen!

Er untersuchte sie, und nachdem er alle Werte in sein Büchlein eingetragen hatte, strich er ihr noch einmal väterlich über die Hand. «Das alles mag von der schlechten Luft kommen. Jetzt, wo Nordwind ist, sollte eure Magd das Haus wieder ordentlich lüften.»

«Es ist nicht nur das.» Jacoba richtete sich auf und schlug die Decke zurück. Sie trug nur ein leichtes Hemd, das vorne zu knöpfen war. Deutlich zeichneten sich darunter ihre Rundungen ab.

«Es sticht mir auch so in der Brust. So heftig manchmal, dass ich keine Luft bekomme.»

Ehe sich's Behaimer versah, hatte sie ihr Hemd aufgeknöpft und bot ihm ihre kleinen prallen Brüste dar.

«Hier …» Sie winkte ihn heran, nahm seine Hand und legte sie sich auf die linke Brust. «Da, wo das Herz schlägt, sticht es. Könnt Ihr etwas spüren?»

Sie rieb seine Hand auf ihrer nackten Haut hin und her. Da war nichts. Dafür spürte Behaimer unmissverständlich, wie sich im Schritt seines Beinkleides etwas regte.

«Es ist alles bestens», entgegnete er mit rauer Stimme. Er wollte seine Hand wegziehen, war aber nicht in der Lage dazu. Stattdessen umgriff er ihre Busen nur noch fester. «Deine Brust wächst noch, da ist es üblich, dass es ab und an spannt und sticht.»

«Auch im Unterleib?», hauchte sie. Ihre herzförmigen roten Lippen zitterten.

«Nun, mein Kind – vielleicht solltest du für diese Dinge doch besser nach der Hebamme rufen.»

«Könntet Ihr nicht doch einmal prüfen, ob alles seine Richtigkeit hat? Ihr habt doch die Medizin studiert?»

Behaimer zog seine Hand weg und erhob sich hastig vom Bettrand. In diesem Augenblick zog sich Jacoba ihr Hemd über den Kopf und bot sich ihm in ihrer ganzen schamlosen Nacktheit dar.

Ein Stöhnen entfuhr ihm. Rasch packte er alle Utensilien in seine Tasche und eilte zur Tür.

«Bitte, liebster Behaimer. Bleibt bei mir. Ich habe solche Angst vor dieser grässlichen Seuche.»

«Das geht nicht», murmelte Behaimer, ohne sich umzudrehen.

«Kommt her zu mir und sagt mir, dass mir nichts geschehen wird. Seht nur her, ich bin schon wieder bedeckt. Wie es sich für eine Jungfrau geziemt. Ich brauche Euren väterlichen Rat und Trost.»

Tatsächlich hatte sie sich das Leintuch bis zum Hals gezogen, als er sich nun langsam umwandte. Gehorsam wie ein Hündchen trottete er an ihr Bett. Es war zu spät. Seine Gier war geweckt. Eine Jungfrau, so unschuldig noch, so unerfahren, so hilflos, bettelte um ihn, um seinen Schutz als gestandener Mann.

«Meine Jacoba – du mein liebes Kind. Ja, ich will dir beistehen.» Er ließ sich auf ihrem Bettrand nieder. «Dir wird nichts geschehen, hab keine Angst. Ich werde dich beschützen, wie ein Vater sein eigenes Kind.»

Er konnte nicht länger an sich halten, riss ihr das Laken weg und bedeckte ihren weißen Leib mit seinem.

Als Behaimer jetzt daran zurückdachte, musste er unwillkürlich innehalten, um Atem zu holen. Wieder einmal wurde ihm die Brust eng, und er dachte daran, ob er sich in letzter Zeit nicht zu viel zumutete, mit diesen Weibergeschichten als Nachspeise. Doch sein Trieb ließ ihn kaum zur Ruhe kommen, gerade so, als wolle er sich noch einmal aufbäumen vor den Jahren des Greisenalters. Und das mit dem Apothekerstöchterlein – welches Mannsbild hätte da schon standhaft bleiben können? Dabei war dieses kleine Biest wahrhaftig keine Jungfrau mehr gewesen, da konnte man ihm kein X für ein U vormachen. Ums Haar wäre auch noch die Mutter hereingeplatzt. Gerade war er fertig geworden, mit einem ins Kopfkissen gewürgten

Aufschrei, als er von draußen die Dielen hatte knarren hören. Hatte eben noch rechtzeitig aus dem Bett springen und sich die Kleider richten können, als es auch schon gegen die Tür geklopft hatte. Die gute Frau war rasch zu beruhigen gewesen. Dem Mädchen fehle nichts Ernsthaftes, hatte er ihr gesagt und bei sich gedacht, dass sie lieber besser achthaben solle auf ihr verdorbenes Töchterchen.

Schade eigentlich. Diese höchst aufregende Episode würde sich wohl kaum wiederholen, wenn Jacoba nun tatsächlich mit ihrer Familie nach Frankfurt ging. Vielleicht sollte er ja beim Rat dagegen intervenieren? Schließlich hatte auch Jecklin als Stadtapotheker seine Pflicht zu erfüllen.

Aber wer von den Stadtoberen scherte sich noch um seine Pflichten? Da konnte man es dem gemeinen Volk nicht verdenken, wenn es seinerseits weder die christlichen Gebote noch die strengen Stadtverordnungen mehr befolgte. Statt demütig und fleißig seiner Arbeit nachzugehen, soff man lieber und fluchte, lotterte und sündigte, um hernach beim Vespergottesdienst oder bei der Frühmesse zu beichten. Behaimer musste an den jungen Grathwohl denken: Der lebte wie ein Bettelmönch, kümmerte sich um Todgeweihte und dazu, in beinahe lächerlicher Ernsthaftigkeit, um eine verwaiste Baustelle! Und das alles wahrscheinlich nur, weil ihm dieses hübsche Judenmädchen – hieß sie nicht Esther? – einst das Herz gebrochen hatte.

Der Tag hätte noch so schön ausklingen können, wäre ihm nicht kurz vor dem Stadttor dieser vermaledeite Tuchersohn in die Quere gekommen. Trotz der späten Tageszeit wirkte er für diesmal vollkommen nüchtern.

«Was denkt Ihr, werter Medicus – wie viele wird es bei uns treffen?» Meinwarts langes, dunkles Haar hing ihm in Strähnen ins Gesicht. «In Basel soll schon die halbe Stadt verreckt sein.»

Täuschte er sich, oder lauerte der Bursche ihm in letzter Zeit auf? Schon bei seinen letzten beiden Krankenbesuchen hatte er ihn in seiner Nähe bemerkt, und so klein war die Stadt nun auch wieder nicht.

Behaimer wurde zornig.

«Lass mich in Ruhe! Ich hab mit dir nichts zu schaffen.»

«Wirklich nicht?» Meinwart straffte den Rücken. Um nahezu zwei Köpfe überragte der junge Tucher ihn, was Behaimer nur noch wütender machte. Dazu glotzten jetzt etliche Leute wie die Maulaffen zu ihnen herüber.

«Da hat man wohl», fuhr Meinwart mit lauter Stimme fort, «umsonst die Juden geschlagen, was, Doctorlein? Mausetot sind sie alle, und die Pestilenz haben wir trotzdem in der Stadt. Nun ja, Ihr braucht Euch darum ja nicht mehr zu sorgen. So wenig, wie Ihr Euch um meinen kranken Vater gekümmert habt.»

«Verschwinde!», zischte Behaimer.

Meinwart umklammerte sein Handgelenk so fest, dass es schmerzte. Zugleich beugte er sich herunter an sein Ohr und flüsterte: «Eine Mark Silber – oder die ganze Stadt kriegt spitz, wer das Gift beschafft hat. Um mich ist's mir nicht bange. Ob ich nun am Galgen sterbe oder an der Pest – wenigstens will ich's mir bis dahin rundum gutgehen lassen.»

«Du bist ja von allen guten Geistern verlassen.»

Behaimer schüttelte ihn ab wie eine lästige Schmeißfliege und eilte durch das Tor.

«Eine Mark Silber, sage ich nur. Ich geb Euch drei Tage», hörte er ihn noch rufen. Behaimer hatte Mühe, sein Reittier zu besteigen. Dieser Maulheld, dieser Schaumschläger! Niemals würde er einen solchen Verrat wagen. Zudem würde Aussage gegen Aussage stehen.

Doch je näher er dem Burggraben kam, desto unsicherer

wurde er. Seitdem er bei der Grafenfamilie wohnte, war der Rat der Stadt ihm nicht mehr allzu sehr gewogen. Schließlich war man dort sogar gegen den Snewlin gegangen, den eigenen Schultheißen.

Nein – Meinwart musste für immer von der Bildfläche verschwinden. Und plötzlich wusste er auch, wie. Es gab da einen, dessen Hass grenzenlos sein würde, wenn er erfuhr, wer das Judenschlagen dereinst in Gang gebracht hatte.

Benedikt hatte eine schlaflose Nacht hinter sich. Kaum dass der Tag dämmerte, sprang er aus dem Bett und kleidete sich an. Den Weg vom Kirchplatz zum Elternhaus legte er im Laufschritt zurück, beruhigte sich damit, dass sein Vater sicher schon in der Küche saß und den Morgenbrei bereitete. Doch als er das Haus betrat, war alles still im Erdgeschoss.

«Vater?»

Von oben hörte er trockenes Husten. Er rannte die Treppe hinauf und stieß die Tür zur Schlafkammer auf. Trotz des leichten Nieselregens stand das Dachfenster weit offen. Vor Schreck erstarrt blieb Benedikt im Türrahmen stehen. Fiebrig und am ganzen Körper zitternd lag sein Vater unter der dünnen Decke, sein Atem rasselte, die Lippen waren blau verfärbt, die Augen glasig und weit geöffnet, auf Gesicht und Hals zeichneten sich rote Flecken ab.

«Bleib – weg.»

Ein heftiger Hustenanfall folgte. Als sich der Kranke mit dem Ärmel über den Mund wischte, erschien dort ein dunkelroter Fleck.

Die Worte seines Vaters schossen ihm durch den Kopf: Spuckt der Kranke erst einmal Blut, ist der Tod gewiss. Und, als hätte der Vater ihm eine seiner prüfenden Fragen gestellt:

Was ausgespuckt wird, ist aus der angegriffenen Lunge zur Kehle heraufgestiegen und hat bereits den ganzen Körper in Fäulnis versetzt.

«Bleib – weg», hörte er ihn erneut röcheln.

«Ganz ruhig, Vater. Ich hole dir zu trinken.»

Er hatte Mühe, den schweren, bis oben gefüllten Krug die Treppe hinaufzubringen, so sehr zitterten ihm die Arme. Im letzten Augenblick noch hatte er ein Baumwolltuch mit Essig getränkt und sich vor das Gesicht gebunden. Weniger aus Angst vor Ansteckung als aus Gehorsam gegenüber dem Vater.

Nachdem er ihm den Kräutersud eingeflößt hatte, atmete der Vater ein wenig ruhiger. «Hab keine Angst, ich bin bei dir», murmelte Benedikt unablässig, und tatsächlich schien der Kranke einzuschlafen.

Den ganzen Vormittag über blieb Benedikt neben seinem Bett sitzen. Gegen Mittag kam der Vater wieder zu sich, sein nackter Körper glühte jetzt, die Hände waren zu Fäusten gekrallt. Benedikt wechselte die Bettdecke, flößte ihm erneut zu trinken ein. Trotz seiner Essigmaske roch er den fauligen Atem des Kranken.

Nach einem Hustenanfall flüsterte sein Vater mit geschlossenen Augen: «Arbeite weiter – an unsrer schönen Kirche. Wenn alles vorbei ist, braucht der Mensch das Schöne – mehr als alles andre …»

Wieder hustete er, diesmal mit schwarzblutigem Auswurf.

«Du – machst es richtig – ein guter Steinmetz – ein guter Sohn – bin stolz auf dich.» Er rang krampfhaft nach Luft, und Benedikt sah, dass Rachen und Zunge ausgetrocknet waren, dazu schwarz und blutig. «Wenn ich jetzt gehe – du sollst wissen – wie sehr ich dich liebe – euch alle – deine Mutter.»

«Du wirst nicht sterben, Vater! Du bist stark.»

«Nein … Gevatter Tod … Er winkt schon …»

«Halt aus, bitte! Ich hole Mutter.»

«Bleib – bei – mir.»

Diesmal erbrach sich ein ganzer Schwall aus seinem aufgerissenen Mund. Benedikt wusste nicht mehr, was er zuerst tun sollte: ihm die Stirn kühlen, zu trinken geben, den Auswurf aus seinem Gesicht und vom Kopfkissen entfernen. Zugleich versuchte er, den Kopf seines Vaters höher zu lagern, um ihm das Atmen und Abhusten zu erleichtern, doch sein Zustand verschlimmerte sich rasend schnell.

Zu sprechen vermochte er bald schon nicht mehr, seine verzerrten Gesichtszüge verrieten die Schmerzen, die er haben musste. Benedikt wusste nun, er würde sterben.

«Soll ich den Priester holen?»

Hinter einem Tränenschleier sah er seinen Vater kaum merklich nicken.

«Ich bin gleich zurück, Vater. Geh noch nicht – warte auf mich …» Benedikts restliche Worte gingen in verzweifeltes Heulen über.

Mit tränennassem Gesicht, immer wieder laut aufschluchzend, stürzte er hinaus und rannte im Laufschritt hinüber zur Pfarrkirche. Dort fand er Pfarrer Cunrat in der Sakristei.

«Mein Vater, er stirbt», keuchte er. «Ihr müsst kommen, sofort!»

Pfarrer Cunrat zog sich die Stola von den Schultern und legte sie sorgfältig zusammen.

«Heinrich Grathwohl, der Pestarzt?»

«Bitte – es eilt!»

Das Gesicht des Geistlichen versteinerte.

«Hat er die Pestilenz?»

Benedikt wagte nicht, ihm offen ins Gesicht zu lügen: «Ja.»

Pfarrer Cunrat wich zurück und bekreuzigte sich. Dann sagte er mit fester Stimme: «Vertraue nur auf unseren Herrn. Auch eine schlimme Krankheit hat einen Sinn im Heilsplan Gottes. Und nun geh, mein Junge. Ich komme gleich nach.»

Für den Rest des Tages blieb Benedikt nichts anderes mehr, als am Bettrand zu sitzen, seines Vaters Handgelenk zu umklammern und dabei mit anzusehen, wie der ausgezehrte Körper, der einst so kraftvoll war, seinen letzten vergeblichen Kampf führte. Er hatte ihm Mohnsirup verabreicht. Das betäubte und nahm die Schmerzen. Manchmal lag sein Vater schon wie tot, dann wieder kehrte das Leben in ihn zurück, er wand sich in heftigen Krämpfen, und der rissige Mund spuckte Blut.

Nachdem der Pfarrer auch nach einer Stunde nicht erschienen war, hatte Benedikt erkannt, dass dieser feige Hundsfott seinen Vater ohne Beichte und Absolution, ohne Kommunion und Letzte Ölung sterben lassen würde, und so hatte er selbst begonnen, um das Seelenheil des Todgeweihten zu beten. Da endlich wich Benedikts Verzweiflung einer Ruhe, die ihn selbst überraschte. Er erinnerte sich plötzlich, wie er beim Sterben seiner Großeltern und zweier seiner Geschwister dabei gewesen war. Aber damals war er noch ein Kind gewesen und hatte nichts begriffen. Jetzt hingegen hatte er den Eindruck, dass ein Teil seiner selbst mit dem Vater starb. Und dass dieser Teil den Vater auf seiner letzten Reise begleiten würde.

Er begann mit ihm zu sprechen. «Ich liebe dich, Vater. Über alles in der Welt. Du hast mich so vieles gelehrt, warst immer für uns Kinder da. Gott wird dich bei sich aufnehmen, hab keine Angst. Ich bin bei dir, auf dem letzten Wegstück deiner Reise. Du bist nicht allein.»

In dieser Weise redete Benedikt mit gefasster Stimme auf den sterbenden Vater ein und war sich sicher, dass er gehört wurde. Einmal noch musste er haltlos weinen, als er daran dachte, dass Esther im Tod niemanden aus ihrer Familie gehabt hatte, dass sie in der Fremde unter Fremden hatte sterben müssen. Da hatte der Dämon der Verzweiflung ihn erneut gepackt, und er hatte wieder zu beten begonnen.

Die Turmuhr schlug die sechste Nachmittagsstunde, als ein Beben durch den Körper des Kranken ging und sich die Brust in großer Eile hob und senkte. Benedikt drückte die Hand des Vaters, sah, wie sich dessen Augen öffneten und seinen Blick suchten. Als er sich über ihn beugte, erkannte er, dass sein Vater ihn anlächelte. Und er wusste: Das war der Abschied. Rasch nahm er das kleine Kruzifix von der Wand und legte es dem Sterbenden an die Lippen. Schon im nächsten Augenblick schleuderte ein starker Krampf den Vater zur Seite, der aufgerissene Mund röchelte und würgte und bekam doch keine Luft. Dann trat plötzlich Stille ein. Es war vorbei.

Benedikt schloss dem Toten Mund und Augen, legte ihn behutsam auf den Boden, entzündete eine Kerze, sank neben ihm auf die Knie und bat mit lauter Stimme die Nothelfer um Fürsprache bei Gott. Danach entfernte er das verschmutzte Bettzeug und ging in die Küche, um sich mit Essigwasser und verdünntem Rotwein zu waschen, wie es der Vater ihn gelehrt hatte. Als er mit einem Eimer in der Hand in die Schlafstube zurückkehrte, hatte es zu nieseln aufgehört, die Sonne schien schräg in die Kammer, geradewegs auf den leblosen Leib. Die Qual des Sterbens war ihm nicht mehr anzusehen. Trotzdem brach Benedikt in Tränen aus, denn jetzt erst wurde ihm die Endgültigkeit des Abschieds bewusst. Und sie schmerzte ihn mehr als alles andere.

Lange Zeit betrachtete er das, was von seinem Vater geblieben war. Schließlich gab er sich einen Ruck. Er würde nun den Toten waschen, ihm sein letztes Hemd anlegen, Räucherwerk für die Kammer besorgen und einen Boten nach der Waldhütte schicken. Er selbst wollte hierbleiben und die Totenwache halten.

Kapitel 26

Von unten hörte Clara ihren Ältesten in der Küche hantieren, hin und wieder ertönte die tiefe Stimme des Pfarrers. Bald würden sie Heinrich holen kommen.

Sie kniete auf dem Dielenboden unter dem Dachfenster und betrachtete die eingefallenen Gesichtszüge ihres Mannes, aus denen jeder Blutstropfen entwichen war. Benedikt hatte alles getan, um den Verstorbenen zu richten. Gewaschen und nach Spezereien duftend, im weißen Büßerhemd, die Arme in Gebetshaltung über der Brust gekreuzt – so lag er vor ihr auf dem Boden. Durch das offene Dachfenster hatte seine Seele entweichen können.

Doch wo war seine Seele in diesem Augenblick? Was geschah mit ihr? Sie wusste, das Leben war nur von Gott geliehen, jeder Herzschlag, jeder Atemzug ein Geschenk. Und war das Stundenglas des Lebens abgelaufen, gab man seine Seele Ihm zurück. Doch was folgte dann? Was geschah zwischen dem eigenen Tod und dem Jüngsten Tag, an dem alle Menschen, tot oder lebend, vor dem Weltenrichter Rechenschaft ablegen mussten? Hatten ihre Gebete, die Gebete des Pfarrers ausgereicht, um Heinrichs Seele in das Reich der Ruhe und des Lichts zu bringen? Oder war es vielmehr so, wie es die Geistlichen allerorten predigten? Dass nur die Heiligen sogleich ins ewige Paradies gelangten, der sündige Mensch indessen in jenem Zwischenreich, Fegefeuer genannt, verharren musste, um dort eine Zeit der Läuterung zu durchleben? Eine Zeit der

Höllenqualen in Feuerschächten und siedenden Pechströmen, wo nach Gut und Böse getrennt wurde?

Clara unterdrückte einen Aufschrei bei dieser Vorstellung und brachte erneut ihre Fürbitten an die Heiligen vor. Aber es nutzte nichts. Grauenvolle Bilder suchten sie heim, in ihrem Kopf mischte sich alles, was sie je gehört hatte über den Vorhof der Hölle. Dorthin fiel, wer auf dem schmalen Steg zum Himmel ausglitt. Und sank umso tiefer in die kochende, klebrige Masse, je größer die ungesühnte Schuld. Wen es ganz und gar in den Höllenschlund riss, den quälten auf ewig Hitze, Kälte, ekliger Gestank. Zwischen grässlich entstellten Leibern tummelte sich dort das Böse in Gestalt wilder Löwen und Schlangen, mehrköpfiger Drachen und Sirenen, Schakale und Hyänen. Gehörnte Teufel peitschten die Rücken der Verdammten, tauchten sie mit Bratspießen in das siedende Pech, der dreiköpfige Höllenfürst Luzifer zermalmte mit jedem Maul einen Sünder …

Nein! Clara schüttelte heftig den Kopf. Sie wollte nicht lassen von ihrer Überzeugung, dass Gott am Ende jedem verzieh und ihn in seine Gemeinschaft aufnahm, erst recht einen Menschen wie Heinrich. Da mochte Pfarrer Cunrat reden, was er wollte. Ohnehin war sie maßlos enttäuscht von ihm. Erst am nächsten Vormittag nämlich war er erschienen, kurz nach Claras Ankunft, mit violetter Stola über dem Priestergewand und in Begleitung eines jungen Messdieners.

Wie lächerlich hatte sein vermeintlicher Trost gewirkt.

«Der Herr gibt, und der Herr nimmt», so hatte er sie begrüßt und den Leichnam mit Weihwasser besprengt. Nachdem er Psalmen und andere Gebete über dem Toten gesprochen hatte, hatte er Clara und Benedikt ermahnt, sich nicht allzu sehr der Trauer zu überlassen. Dies verrate nur den mangelnden Glauben, schließlich sei der Tod keine Strafe, sondern eine Gnade Gottes.

«Wer im Totenbett nur inbrünstig genug bereut hat, vermag es auch, durchs Fegefeuer zum Heil zu gelangen», waren seine abschließenden Worte gewesen.

Da hatte Benedikt nicht länger an sich halten können.

«Ihr als Gottesmann habt meinen Vater ohne Absolution und ohne den Segen der Kirche sterben lassen!» Sein Gesicht war rot vor Zorn. «Ihr redet von inbrünstiger Reue – wie soll das gehen ohne Beistand des Priesters, ohne Beichte und Absolution? Ihr sprecht von Fegefeuer – aber geradewegs dorthin habt Ihr die Seele meines Vaters geschickt. Und das nur, weil Ihr Angst hattet, einen Pestkranken aufzusuchen.»

Für einen Moment sah es aus, als würde Benedikt vor Empörung ausspucken. Beschwichtigend legte Clara ihm die Hand auf den Arm.

Pfarrer Cunrat kräuselte die Lippen.

«Vorsicht, mein Sohn! Schmerz und Trauer haben dir die Sinne vernebelt, dass du so mit mir sprichst. Ich hab für deinen Vater getan, was ich vermochte, habe die ganze Nacht hindurch gebetet. Was glaubst du eigentlich, wie viele meiner Schäfchen in dieser Zeit meinen Rat, Beistand und Trost brauchen? Was nützt ihnen da ein toter Seelenhirte? Ich werde als Lebender von den Lebenden gebraucht. Nebenbei: Auch dir, als Laien, hätte dein Vater in diesem Notfall seine Sünden bekennen können, ganz gemäß Apostel Jakobus: *Bekennet einander eure Sünden.*»

«Dann gewährt ihm jetzt die Absolution.» Benedikt stellte sich vor die Zimmertür, gleichsam als ob er verhindern wollte, dass Pfarrer Cunrat sich davonmachte. «Ich weiß, dass das auch ohne Beichte möglich ist. So wie bei den Menschen, die im Krieg oder bei Unfällen zu Tode kommen.»

«Das ist richtig.» Die Miene des Pfarrers wechselte zwischen Erstaunen und Verärgerung. «Es erfordert freilich von Seiten des Priesters höchste geistliche Anstrengung, im Nachhinein Gott zu versöhnen und den Schuldigen zu erlösen. Und von Seiten der Angehörigen demütiges Gebet und flehentliche Fürbitte an die Heiligen.»

Benedikt nickte nur und kniete vor dem Leichnam nieder. Clara tat es ihm nach. Nach langer Zeit endlich hörten sie die Worte der Lossprechung *Ego te absolvo a peccatis tuis. In nomine Patris et Filii et Spiritus Sancti* und sprachen gemeinsam das Amen. Nachdem Pfarrer Cunrat ein letztes Mal den Weihwasserwedel geschwenkt hatte, strebte er auch schon mit dem Messdiener zur Tür hinaus. Benedikt folgte ihnen, um ihnen, wie es Brauch war, in der Küche etwas zu essen und zu trinken anzubieten und den Pfarrer auszubezahlen. Wie hatte Heinrich immer gesagt? Sobald ein Priester seine Stola anlegt, erwartet er eine Gebühr. Auch über die Stiftung einer Seelenmesse, über Kerzen- und Armenspendung zum Seelenheil des Verstorbenen würde Benedikt mit ihm reden müssen. Heinrich hätte sich gewiss eine Jahrzeitmesse gewünscht, mit Zuwendung von Brot, Wein und Fleisch an die Siechen auf dem Felde.

Clara war froh, dass ihr Sohn das Gespräch mit dem Pfarrer übernommen hatte und sie noch ein letztes Mal mit Heinrich allein sein durfte.

Niemand war bislang in ihr Haus gekommen; nicht zur Sterbestunde, nicht zur Nachtwache und auch heute Morgen nicht. Kein Glockengeläut hatte vom Eintritt des Todes gekündigt, kein Wehgeschrei der Klageweiber. Zu anderen Zeiten hätte die große Hosiannaglocke die Menschen schon vorher zur Kirche gerufen, damit sie den Pfarrer bei seinem Versehgang zum Sterbenden begleiten und mit ihren Fürbitten zu einem seligen

Tod beitragen konnten. Angehörige und Freunde, Nachbarn und Zunftgenossen hätten sich am Sterbelager versammelt, um einander zu trösten und zusammen zu beten, um Bußlieder zu singen und ihre gemeinsame Trauer durch Tränen und Klagerufe kundzutun. Doch nicht einmal ihre nächsten Nachbarn zur Großen Gass hin, die Familien des Stadtschreibers Heinerli und des Goldschmiedemeisters Stülinger, waren erschienen. Dabei hatten sie immer in Einvernehmen und Freundschaft mit ihnen gelebt.

Clara konnte ihnen nicht einmal grollen. Wahrscheinlich hatten sie Angst. Oder gar selbst ein Seuchenopfer zu beklagen. So würden sie Heinrich Grathwohl ganz allein zum Friedhof begleiten müssen.

«Mutter?» Benedikt stand plötzlich vor ihr. Hinter seinem Rücken erkannte sie den Altardiener. «Es ist so weit.»

«Er fehlt mir so sehr», sagte sie nur.

«Mir auch.» Benedikt nahm ihre Hand und half ihr auf. Der Messdiener reichte ihnen den Leinensack. Während sie den Leichnam darin einhüllten, sagte Clara leise: «Ich habe es gewusst. Ich habe es gestern schon gewusst, noch bevor dein Bote mich geholt hat.»

Benedikt sah sie fragend an.

«Gestern, am späten Nachmittag», fuhr sie fort, «ist dein Vater mir erschienen, um sich von mir zu verabschieden. Er hatte schlohweißes Haar und hat gelächelt. Ich hab's nicht wahrhaben wollen, aber als dann heut früh der Bote kam …»

Sie unterdrückte ein Schluchzen, das lauter wurde, während sie den Sack am Fußende zunähte. Zu dritt trugen sie den verborgenen Leichnam über die Stiege in den Hof, wo neben der Bahre der Pfarrer auf sie wartete. Das Vortragekreuz hielt er abmarschbereit vor die Brust.

In diesem Moment klopfte es heftig von außen gegen das Hoftor.

«Meister Heinrich, seid Ihr da? Macht schnell auf, es eilt!»

Verwirrt öffnete Clara das Tor. Vor ihr stand Ulmann Mittnacht, der Käskrämer aus der Predigervorstadt. Der stierte nun auf den Leichensack, schlug das Kreuzzeichen und murmelte mit aufgerissenen Augen: «Gütiger Herr im Himmel …»

Sein Blick ging zwischen Clara und Benedikt hin und her.

«Ist er – tot?»

«Ja», antwortete Benedikt knapp.

«Gott sei seiner Seele gnädig.» Wieder bekreuzigte er sich. «Aber – was soll ich jetzt tun? Meine Grede hat die Beulen!»

«Es tut mir leid, Mittnacht. Wir müssen heut meinen Vater unter die Erde bringen. Aber vielleicht schaue ich später am Tag noch bei euch vorbei.»

Am Tag, als Heinrich Grathwohl gestorben war, hatte der Rat der Stadt beschlossen, die Totenglocken nicht mehr läuten zu lassen. Zu viele Todesfälle hatte es inzwischen gegeben.

Clara erkannte, dass das Sterben nicht mehr öffentlich sein durfte. Hatte es schon bei Heinrich keinen Versehgang mehr gegeben, so erst recht keinen Leichenzug. In letzter Minute war ein einziger Zunftgenosse erschienen, in Vertretung des Zunftmeisters, der zusammen mit Benedikt die Bahre getragen hatte, während Pfarrer und Messdiener mit Kerze und schwingendem Weihrauchfässchen vorangeschritten waren. Bei ihrem Gang durch die Gassen hatte Clara deutlich all die mitleidigen Blicke gespürt, mit denen die Menschen aus ihren Fenstern oder halbgeöffneten Türen den armseligen Zug verfolgt hatten.

Nicht einmal eine Totenmesse in der Kirche hatte es gegeben, kein Aufbahren zwischen Kerzen, um ein letztes Mal Abschied zu nehmen. Stattdessen hatten sie Heinrich ohne Umwege zum Gottesacker gebracht, vor die Grube, die der Bucklige bereits freigeschaufelt hatte. Dort hatten sie noch einmal gebetet, den Leichnam in die Grube gelegt, wo er ein letztes Mal mit Weihwasser besprengt und beräuchert wurde, und ihre Schaufeln mit Erde geworfen, einer nach dem andern, Clara zuletzt. Damit war alles vorbei gewesen.

Den Nachmittag hatten sie zu zweit in der Küche verbracht. Während Benedikt einen Hirsebrei bereitete und heißen Gewürzwein aufsetzte, saß Clara wie versteinert auf der Bank, unfähig, sich zu rühren oder zu sprechen.

«Weißt du noch», sagte er, nachdem er den ersten Schluck Wein genommen hatte, «wie Vater einmal den Fleischergesellen verdroschen hatte, weil er dir auf dem Tanzboden auf den Hintern gehauen hatte?»

Sie nickte. Das war vor Jahren auf dem Frühjahrsmarkt gewesen, und sowohl der Geselle als auch Heinrich hatten erheblich einen über den Durst getrunken. Der halbe Tanzboden war schließlich in die Rauferei verwickelt worden.

«Und mich hat er mal verhauen», fuhr Benedikt fort und lächelte plötzlich, «weil ich in die Regentonne gefallen war.»

«Dein Vater konnte recht aufbrausend sein», entgegnete sie leise und nahm einen ersten Löffel Brei. «Darin seid ihr euch ähnlich.»

«Ich war immer sehr stolz auf Vater. Aber ich hab es nicht zeigen können.»

Jetzt musste Clara wider Willen lächeln. «Weil ihr zwei Sturköpfe seid. Er war geradeso stolz auf dich, auch wenn du es nie gemerkt hast.»

«Jetzt weiß ich es. Er hat es mir gesagt.»

Und Benedikt berichtete ihr von den letzten Worten seines Vaters auf dem Sterbebett.

Bis in den frühen Abend erzählten sie einander von ihren Erinnerungen an den toten Ehegefährten und Vater, sprachen über lustige wie aufregende Augenblicke aus dessen Leben, lachten und weinten dabei. Als die Kirchturmuhr die sechste Stunde schlug, sprang Benedikt auf.

«Ich muss zum Mittnacht Ulmann. Ich hab es ihm versprochen.»

«Nein, Benedikt. Du bleibst hier. Ich hab schon meinen Mann an diese Seuche verloren. Nicht auch noch meinen ältesten Sohn. Ich gehe zur Grede.»

«Aber – du musst zurück zu den Kindern. Da kannst du jetzt nicht in die Stube eines Pestkranken.»

Sie schüttelte bestimmt den Kopf. «Ich geh nicht zurück. Ich werde hierbleiben und Heinrichs Aufgabe übernehmen.»

Kapitel 27

Dieser Entschluss, so unvermittelt er bei dem Gespräch mit Benedikt über sie gekommen war, fiel ihr nicht leicht. Aber sie spürte, dass sie etwas Sinnvolles tun musste, etwas, das über ihr eigenes kleines Familienleben hinausging. Und was gab es Sinnvolleres in diesen Wochen, als Heinrichs Vermächtnis anzunehmen und die Pestkranken zu versorgen? War sie schon nicht bei ihrem Mann gewesen, als er den letzten Atemzug getan hatte, so war sie ihm zumindest schuldig, seine Aufgabe weiterzuführen. Und wer weiß – vielleicht vermochte sie damit auch ein kleines Stück ihrer Schuld an Esther abzuarbeiten.

Benedikt war hierüber entsetzt gewesen, hatte sie indessen nicht abbringen können von ihrer Entscheidung, nicht einmal, als er auf ihre Pflichten als Mutter pochte. Clara wusste, dass Daniel die Kinder verteidigen würde wie seine eigenen. Und Johanna war die tapferste und verlässlichste junge Frau, die sie kannte. Allein, wie sie sich bei der Nachricht von Heinrichs Tod verhalten hatte! Sie hatte am heftigsten geweint von allen, hatte dann aber die Geschwister um sich geschart, um zu beten und sie zu trösten, und am Ende ihre Mutter aufgefordert, in die Stadt zurückzukehren. «Nimm Abschied von Vater und bring ihn unter die Erde», waren ihre Worte gewesen. «Wir kommen zurecht.» Mit Benedikt war sie schließlich übereingekommen, dass er alle zwei, drei Tage im Wald nach dem Rechten sehen sollte.

In kürzester Zeit schon hatte sich in den Gassen herumgesprochen, dass fortan bei Pestilenzverdacht die Grathwohlin zu holen sei. Hätte man sie noch ein Jahr zuvor wegen Kurpfuscherei und Amtsanmaßung vor die Zunft und vor das Stadtgericht gezerrt, so war aus dieser Richtung nun kein Mucks mehr zu hören. Vielleicht lag es daran, dass auch in den Reihen der Stadtoberen die ersten Opfer zu beklagen waren. So hatte die Lungenpestilenz kurz nach Heinrichs Tod den Ratsherren Pfefferlein dahingerafft.

Drei Tage später hatte Clara dann der armen Grede die Augen schließen müssen, und täglich gab es zwei, drei neue Erkrankungen dazu. Umso mehr wunderte es sie, dass die Stadt nicht in Erstarrung verfallen war. Noch auf ihrer Waldhütte hatte Clara manchmal von einer kleinen Lichtung aus hinunter auf das Dörfchen Ebnot geschaut und den Glocken gelauscht, die den bösen Geist der Seuche bannen sollten. Hatte beobachtet, wie die Menschen Notfeuer entfachten, Gräben um ihr Dorf zogen und in Bittprozessionen durch die Gassen schritten. Bald schon hatte man begonnen, die Häuser der Verstorbenen kurzerhand anzuzünden.

Mit diesen Eindrücken war sie nach Freiburg zurückgekehrt und hatte die Stadt in Totenstarre erwartet, mit Bewohnern, die unaufhörlich jammerten und weinten. Das gab es zwar auch. Doch wo in der einen Gasse Wehgeheul und Schmerzensschreie zwischen den Häuserwänden hallten, da war schon in der nächsten lautes Gelächter zu hören, saßen Männer beim Würfelspiel, feilschten Krämer um ihre Preise, tändelten junge Burschen mit ihren Liebschaften.

Es schien, als lebten und arbeiteten diejenigen, die nicht betroffen waren, wie eh und je. Selbst von der Kirchenbaustelle hallten wieder die Hammerschläge, brannte das Schmiedefeuer, und ihr Ältester hatte wieder gut zwei Handvoll Männer unter sich, die Steine für die neue Kapelle vorfertigten. Es brauchte einige Tage, bis Clara erkannte, dass sich das Leben schleichend, aber grundlegend verändert hatte. Das Verbot von Sterbeglocken und Klageweibern, die neue Verordnung, dass nur noch engste Angehörige der Totenbahre folgen durften, ja überhaupt der Umgang mit dem Sterben waren nicht das Einzige an Althergebrachtem, das auf einmal nichts mehr galt.

Immer häufiger hörte sie bei ihren Krankenbesuchen die Klagen, dass die Menschen ihren Lohn nicht mehr erhielten oder ein Käufer seine Waren nicht bezahlte. Ein Wort, ein Handschlag galt nichts mehr. Dazu soffen vor allem die Männer sich oft schon am helllichten Tag einen Rausch an, pfuschten bei ihrem Handwerk oder ließen ihre Arbeit ganz und gar ruhen. Und vor den Altären predigten die Pfarrer und Kapläne nur noch ein und dasselbe. Die Seuche sei ein Gottesfluch, und dass die Heilkunst versage, sei nur ein Beweis hierfür. Der ekelerregende Anblick der Pestkranken sei dem Gesunden eine letzte Mahnung an die eigene Hinfälligkeit und Sündigkeit, eine letzte Aufforderung zu Umkehr und Buße. Denn nur der Gerechte erfahre Gnade, den Bösen würden die bösen Engel mitnehmen.

Leider fielen diese mit Donnerstimme vorgetragenen Warnungen auf wenig fruchtbaren Boden, auch wenn die Kirchen mit jedem Tag voller wurden. Sie selbst gab sich alle Mühe, dem hässlichen Wandel im Verhalten der Menschen keine Beachtung zu schenken, ebenso wenig wie den Momenten der Trauer und der Niedergeschlagenheit, die sie immer wieder heimsuchten. Sie ging ihrer Arbeit nach, versuchte zu helfen und zu lindern, wo es nur ging. Und sie spürte, wie sehr sie das tröstete.

Mehrfach am Tag durchquerte sie die ganze Stadt, marschierte mit ihren Utensilien in der schweren Tasche von der Schneckenvorstadt im Süden bis zur Neuburg im Norden, von der Hinteren Wolfshöhle im Osten bis in die Predigervorstadt im Westen. Standen einmal keine Krankenbesuche an, kochte und buk sie für Daniel und die Kinder oder bereitete ihre Salben, Tinkturen und Tränke aus frischen Ingredienzien, die sie täglich in Meister Christoffels Apotheke besorgte oder vor der Stadtmauer sammelte. Über die Kräuter sprach sie nicht nur Gebete, sondern für alle Fälle auch Beschwörungen wie: «Beim Blut Christi, Amen. Ich beschwöre dich, Kraut, beim Herrn Petrus, beim Mond und bei den Sternen, lass mich siegen, besiegen sollst du alle Feinde des Menschen und alle, die gegen mich arbeiten.»

Auf teuren Theriak verzichtete sie, da ihn sich die meisten ihrer Kranken ohnehin nicht leisten konnten. Stattdessen flößte sie ihnen Kräuteraufguss, Rotwein und Wasser ein und hielt penibel Sauberkeit. Wichtige Anregungen zur Krankenbehandlung bekam sie von Benedikt, der wann immer möglich zum Abendessen in sein Elternhaus kam. Da berichtete er von seinen Besuchen im Wald, und sie sprachen dann über die einzelnen Krankheitsfälle. Hierzu las er ihr aus seinen Aufzeichnungen vor oder berichtete, was er von seinem Vater gehört hatte. An einem dieser Abende erkannte Clara auch, warum Grede Mittnacht hatte sterben müssen.

Clara hatte zwar bereits zuvor um die gefährliche Bedeutung jener Beulen an Gelenken und Leisten gewusst, wo sich die verklumpten, vergifteten Körpersäfte sammelten und unerträgliche Schmerzen verursachten, um schließlich das tödliche Fäulnisfieber zu verursachen. Hatte auch gewusst, dass eine Möglichkeit auf Heilung nur bestand, wenn sich die Beulen öffneten und der giftige Inhalt nach außen abging. Bei Grede hatte sie erstmals solche Beulen aufgeschnitten und war entsetzt gewesen über die stinkende, eitrige Masse, die sich daraus ergoss. Doch dann war Grede gestorben, ganz offensichtlich an Wundbrand.

Nachdem Benedikt ihr erzählt hatte, wie Heinrich vorgegangen war, verfuhr sie fortan anders: Nach dem Aufschneiden reinigte sie die Wunden nicht nur mit Essig oder Rotwein, sondern legte eine Kompresse aus warmem Zwiebelmus auf, die sie täglich erneuerte. Dabei vergaß sie nicht, über jede Wunde einen Heilspruch im Namen der Dreifaltigkeit zu sprechen und dies, wo es ihr nötig schien, durch Bekreuzigungen und Gebete zu verstärken. Einige wenige hatte sie schon vor dem Tod bewahren können, doch die Mehrzahl, zumal wenn es sich um die Lungenpestilenz handelte, starb ihr unter den Händen weg. Indessen ließ sie sich nicht entmutigen.

«Es gibt Augenblicke, da ist mir, als würde dein Vater noch leben», sagte sie einmal zu Benedikt, und die Tränen traten ihr in die Augen. «Als würde er neben mir stehen und Anweisungen geben. Wie gut, dass du alles aufgezeichnet hast!»

Benedikt nickte. «Ja, ich konnte in dieser Zeit viel von ihm lernen. In dieser viel zu kurzen Zeit.»

Auch er kämpfte gegen die Tränen an. Clara nahm ihn in den Arm.

«Bitte, Mutter – lass mich mitkommen. Ich könnte dir in so vielem helfen.»

«Fang nicht wieder damit an.» Schon bei Grede Mittnacht hatte er sie begleiten wollen. Aber sie blieb unnachgiebig. Höchstens wenn es galt, einen Toten zu versorgen, nahm sie ihn mit. Denn waren die Leichname erst einmal mit Essigwasser gereinigt und lagen nackt oder in frischem Büßerhemd in ihrer Stube, konnten sich die Miasmen nicht mehr verbreiten, dessen war sie sich sicher.

«Dein Platz ist auf der Kirchenbauhütte und bei deinen Geschwistern. Du hilfst mir auch, wenn wir hier abends zusammensitzen und miteinander sprechen. Außerdem: Der Herrgott und sämtliche Schutzengel haben dich bislang vor Ansteckung bewahrt. Du darfst dein Schicksal nicht noch mehr herausfordern.»

«Aber du forderst es doch auch heraus!» Benedikt biss sich trotzig auf die Lippe.

Sie schwieg für einen Moment. Dann sagte sie: «Ich bin alt, und du bist jung. Denk an deine Geschwister und an Eli und Jossele. Sollte es mich treffen, brauchen sie dich als Familienoberhaupt. – Außerdem habe ich ja jetzt Mechthild, die mir zur Hand geht.»

Keine Woche nach Heinrichs Tod nämlich hatte ihre alte Freundin sie aufgesucht und ihr allen Ernstes ihre Hilfe angeboten. Clara war gerührt gewesen, hatte aber abgelehnt.

«Das ist viel zu gefährlich.»

Mechthild war hartnäckig geblieben. «Was soll ich mich fürchten vor dem Tod? Mein Leben war nicht besonders schön, und seitdem Gottfried nicht mehr ist, tanzen mir meine Söhne noch mehr auf der Nase herum. Und wer weiß, vielleicht kann ich mir hiermit ein Plätzchen an der Seite des Herrgotts verdienen.»

Am Ende hatte Clara eingewilligt und war schon bald heilfroh um Mechthilds Unterstützung. Die Krankenpflege bedeutete oftmals schwere körperliche Arbeit, und zu zweit kamen sie wesentlich besser damit zu Streich. Da Clara sich für ihre Freundin verantwortlich fühlte, nahm sie die Gefahr der Ansteckung nun noch ernster. Mehr und mehr kam sie zu dem

Schluss, dass die zwei Formen der Pestilenz auch zwei Ursachen haben mussten – die erste, die Beulenpest, hing irgendwie mit Schmutz zusammen, die zweite, unausweichlich tödliche, holte man sich über den Atem, wobei erstere Form in die zweite übergehen konnte. Auch wenn man sich gegen die Miasmen in Atem und Ausdünstungen nicht sicher schützen konnte, so konnte man doch gegen den Schmutz vorgehen. Mit Mechthilds Hilfe ging sie fortan dazu über, sämtliche Krankenzimmer mit Essigwasser und aromatischen Substanzen zu reinigen. Ebenso verfuhr sie mit Bettwerk und Kleidern. Alles, was nach Müll und Lumpen aussah, ließ sie nach draußen schaffen und verbrennen – nicht selten gegen den Protest der Angehörigen. Dazu hüllten sie und Mechthild sich vor jedem Krankenbesuch in einen bodenlangen Umhang, den sie mit Wacholder und Bibernelle eingeräuchert hatten, und legten, wie schon Heinrich und Benedikt es getan hatten, essiggetränkte Tücher vor das Gesicht.

«Ich glaube, ich stinke sogar schon inwendig nach Essig», sagte Mechthild, als sie wieder einmal eine ihrer Reinigungen beendet hatten. «Ich bekomme den Geruch von der Haut gar nicht mehr weg.»

«Umso besser! Eigentlich sollte man bei einer neuen Erkrankung das ganze Haus mit Essigwasser reinigen. Wenn man die Leute nur zu mehr Reinlichkeit bringen könnte!»

Sie lehnten am Rand des Oberlindenbrunnens und gönnten sich eine Ruhepause, bevor sie zu einem besonders schweren Gang aufbrechen würden: zu den beiden jüngsten Kindern von Marti, dem Nadelmacher.

Um sie herum strömten die Männer zum Feierabend in die Trinkstuben. Eine Gruppe junger Kerle pöbelte herum. Einer von ihnen streckte ihnen die Zunge heraus, griff sich in den

Schritt und wiegte obszön den Unterleib in ihre Richtung. Sein Kumpan stellte sich breitbeinig gegen Meister Christoffels Apotheke, nestelte sein Glied unter der Tunika hervor und pisste ungeniert gegen die Eingangstür.

«Was bin ich froh, dass ich eine alte Frau bin», stöhnte Mechthild. «Als junges Ding mag man sich in jetziger Zeit ja gar nicht mehr auf die Gasse trauen. Und meine eigenen Söhne gehören zu den schlimmsten Rüpeln.»

«Vermisst du eigentlich deinen Gottfried noch ab und an?», fragte Clara.

Ihre Freundin senkte den Blick. «Manchmal denk ich, ich bin froh, dass er tot ist. Ich bete täglich um sein Seelenheil, aber trotzdem vermisse ich ihn nicht.»

«Er hat dich oft geschlagen, nicht wahr?»

«Halbtot hat er mich schon geprügelt, sodass ich tagelang nicht vor die Haustür konnte. Dabei war er so ein ruhiger Mensch, als ich ihn kennenlernte. Aber ich hab ihm halt nie was recht machen können.»

Mechthild benetzte sich Stirn und Nacken. Sie sah müde aus. «Aber das ist nun vorbei. Dir zum Dank, Clara, habe ich eine wichtige Aufgabe vor Gott. – Weißt du, was ich manchmal glaube?», lenkte sie ab. «Die Menschen sind zu faul und zu einfältig. Statt sich selbst ein wenig reinlich, statt mit Mühe und Sorgfalt ihr Haus sauber zu halten, geben sie lieber ihren letzten Pfennig für sündhaft teure Amulette aus. Hängen sich Alraunmännchen oder Pestkreuze um den Hals, mit Zaubersprüchen und magischen Zeichen, und dann holt Gevatter Tod sie doch.»

Clara nickte, obwohl sie fest an die verstärkende Wirkung von Segenssprüchen und Beschwörungen glaubte. Viel ärgerlicher als die Trägheit der Leute fand sie diese Winkelheiler, die, wer es sich leisten konnte, ins Haus bestellte. Mit Tinkturen aus Krötenlaich und Knabenurin, aus Menschenblut und Gamskugel hantierten die herum oder drückten lebende Hühner auf die Pestbeulen. Die machten oft alles nur noch schlimmer.

Dabei würde jetzt, wo die Seuche die Stadt im Griff hatte, nur noch nutzen, was schon Heinrich dem Rat nahegelegt hatte: Jeder neu Erkrankte musste angezeigt und in ein Pesthaus vor die Stadt gebracht werden. Die Gassen mussten sauber gehalten, die Tierkadaver regelmäßig entfernt, die Spelunken, Bordelle und Bäder geschlossen werden. Denn wer die Krankheit in sich trug, brachte sie dort, wo man sich versammelte, erst recht unter die Menschen. Genau wie – und diesen Gedanken wagte Clara fast nicht zu Ende zu denken – bei den noch immer täglichen Massengottesdiensten und Bittprozessionen um die Stadt.

Sie selbst betete jeden Morgen und jeden Abend zu den Heiligen Christophorus und Barbara, die für einen guten, sanften Tod standen. Seite an Seite arbeitete sie inzwischen mit dem Sensenmann, er war zu ihrem ständigen, vertrauten Begleiter geworden. Und dennoch gab es Stunden, da hatte sie große Angst vor dem Sterben – vor diesem qualvollen, vergeblichen Kämpfen und Ringen, das sie in den letzten Wochen oft genug zu sehen bekommen hatte.

Kapitel 28

Mittlerweile war der Erntemonat angebrochen. Benedikt fürchtete, dass die ohnehin schlechte Ernte erst gar nicht eingebracht werden konnte, wenn es so weiterging mit dem Großen Sterben. Dann würde obendrein noch eine Hungersnot ausbrechen.

Mehrmals die Woche schleppte er Vorräte in den Wald. Gott sei Dank hatte sich außer ein paar Bettlern niemand mehr bei der Hütte blicken lassen, sodass die Familie halbwegs wohlauf zu sein schien. Auch wenn immer dieselben kargen Zutaten in den Topf kamen, hatten sie genug zu beißen, und jetzt im Spätsommer gab es zudem vielerlei Waldfrüchte und die ersten Pilze. Die Kleinen sahen inzwischen aus wie Bauerskinder: braungebrannt, barfüßig, schmutzig, mit Hut und Stock, im verschlissenen Leinenkittel.

Es zog Benedikt jedes Mal das Herz zusammen, wenn er bei der Lichtung ankam, seine Rückentrage abstellte und den alten Freund und die Kinder begrüßte. Man hätte ein Pferd zwischen sie und ihn stellen können, so weit voneinander entfernt tauschten sie ihre wichtigen und weniger wichtigen Neuigkeiten aus. Einmal hatte Michel nicht an sich halten können und war auf ihn zugerannt. Mit einem Satz war Johanna hinter ihm her und hatte den heulenden Jungen am Kittel zurückgerissen.

Benedikt wäre es leichter gefallen, wenn seine Mutter ihn begleitet hätte, aber sie hatte entschieden abgewinkt. Sie habe keine Zeit hierfür, zu viel Kranke und Sterbende gebe es bereits, die ihre Hilfe bräuchten. Außerdem, und das war entscheidender, wolle sie ihre Lieben nicht einer zusätzlichen Ansteckungsgefahr aussetzen. Als er ihr dann eines Abends erzählte, dass Daniel neuerdings Michel das Schießen lehrte, der Junge mit erstaunlicher Begabung dabei sei und sich nichts sehnlicher wünsche, als sein Können baldmöglichst der Mutter vorzuführen – da war sie unvermittelt in Tränen ausgebrochen. In dem Moment erst erkannte Benedikt den wahren Grund, warum seine Mutter nicht mit ihm kam. Sie hätte die jammervolle Situation auf der Lichtung niemals ertragen.

Trotzdem war er froh über jede Stunde, die er draußen in der Natur verbringen durfte. In der Stadt nämlich verlor sich das tägliche Leben so langsam in heilloser Unordnung. In einigen Gassen, vor allem in der engen Neuburgvorstadt, standen bereits ganze Häuser leer, bald wusste man nicht mehr, wer geflohen und wer gestorben war. Dabei waren es in der Regel nur die Reichen, die sich eine Reise mit Sack und Pack zur fernen Verwandtschaft leisten konnten oder sich, mit teurem Theriak eingedeckt, auf ihre Sommersitze auf dem Lande begaben. Dem einfachen Volk stellte sich die Frage, wohin es fliehen sollte, erst gar nicht. Die umliegenden Dörfer und Städte, die noch verschont waren, ließen nämlich keine Fremden mehr ein. Ihre Tore waren geschlossen, die Mauern und Palisaden schwer bewacht.

Zum ersten Mal, seit Benedikt sich erinnern konnte, gab es mehr Arbeit als Arbeitsuchende in seiner Stadt, was zur Folge hatte, dass ihm auf dem Werkplatz nach und nach die Kontrolle entglitt. Er wusste nie, wer von seinen Steinhauern morgens erschien und in welchem Zustand, ob nüchtern oder – wie so oft – betrunken. Der Koch bereitete das Morgen- und Nachtessen, wie es ihm beliebte – oder gar nicht, wenn er wieder einmal sturzhagelbesoffen vor dem Herd auf dem blanken Fußboden lag. Sie waren hier auf der Kirchenbauhütte zwar nur noch ein knappes Dutzend Männer, aber auch die hatten Anspruch auf täglich zwei Mahlzeiten. Als schließlich selbst Peterhans, der einzig verbliebene Schmied und bislang sein zuverlässigster Mann, kam und ging, wie es ihm beliebte, beschloss Benedikt, die Löhne einzubehalten.

Noch am selben Tag, dem Samstag vor Mariä Himmelfahrt, suchte er deswegen den Kirchenschaffner auf, der von Seiten der Stadt nicht nur für die Bauaufsicht zuständig war, sondern als Rechnungsführer und Buchhalter auch für die Löhne. Wobei die Bezahlung der Männer aus der Hand von Benedikt erfolgte.

In der Schaffnerwohnung am Kirchplatz traf er Paulus Überslag nicht an, doch seine Magd verwies ihn an Ritters Badstube draußen am Mühlbach. Da er ohnehin nichts anderes zu tun hatte an diesem leidlich warmen Samstagnachmittag, machte er sich auf den Weg hinaus vor die Stadt, wo sich kurz hinter der Grafenmühle das Badhaus befand. Nach seinem Begründer, Ritter Gerhart von Bahlingen, hieß es allgemein Ritters Badstube, obgleich der Bahlinger längst verstorben war. Und tatsächlich traf sich hier, fernab vom Stadtvolk, wer Rang und Namen hatte.

Als Benedikt zusammen mit zwei Burschen, die nur ein loses, kurzes Hemd über den nackten Beinen trugen, durch das offene Hoftor trat, schlug ihm fröhlicher Lärm entgegen. Ein Teil der Badegäste labte sich unter dem Blätterdach der beiden Kastanien, halbnackt oder gleich so, wie Gott sie geschaffen hatte, an Wein und Bier. Paulus Überslag war nicht darunter.

«Ist der Kirchenschaffner hier?», fragte Benedikt in die Runde, zu der sich eben noch drei Weiber in kurzem, triefend nassem Badschurz gesellten. In einem erkannte er Adelheid, die älteste Tochter von Ratsherr Neumeister. Unwillkürlich blieb sein Blick an ihren üppigen Rundungen hängen, die sich unter dem nassen, hauchdünnen Stoff fast noch deutlicher abzeichneten, als wenn sie nackt gewesen wäre. Wie eine in Stein gehauene Skulptur, schoss es Benedikt in den Kopf. Es sah sehr schön aus.

«Was glotzt du so?» Adelheid schob spöttisch die Unterlippe vor. «Hock dich zu uns oder scher dich weg.»

«Hast doch gehört, dass er zum Schaffner will.» Ein kräftiger Kerl, dem der Schweiß aus allen Poren drang, zog das Mädchen zu sich heran. «Der Paulus ist, glaub ich, noch im Bad.»

Benedikt wandte den Blick ab und sah durchs Fenster nach unten in die Badestube, konnte aber in dem dampfgeschwängerten Halbdunkel niemanden erkennen. Er hatte diesen Ort satt und wäre am liebsten umgekehrt. Doch der Ärger über seine Arbeiter ließ ihn mit energischem Schritt die Stufen hinunter in den Vorraum gehen.

«Schwitzbad oder Wasserbad?», fragte ihn die Magd und hielt ihm die offene Hand für den Badpfennig entgegen. Auch ihr kurzes Hemd gab mehr preis, als es verhüllte. Ganz gegen seinen Willen spürte er, wie eine erste warme Erregung in seine Lenden fuhr.

Er schüttelte heftig den Kopf. «Ich will nur den Kirchenschaffner sprechen.»

Die Magd wies mit dem Kopf zu einem der großen Holzzuber, wo sich Paulus Überslag und Stadtphysicus Behaimer gerade mit zwei Weibern vergnügten, die Benedikt nicht kannte. Ein quer über den Wannenrand gelegtes Bord teilte den Bottich in zwei Hälften und bot Platz für Weinkrug, Becher und eine Platte mit Hühnerschlegeln. Zu Benedikts Überraschung tauchte jetzt auf der anderen Seite des Brettes, knapp über dem Wasser, das hochrote Gesicht von Pfarrer Cunrat auf. Dem albernen Gekicher und Gepruste nach war keiner von ihnen mehr nüchtern.

Als der Duft der gebratenen Hühner Benedikt in die Nase stieg, fing sein Magen an zu knurren. Seit dem frühen Morgen hatte er nichts mehr gegessen. Was ihn allerdings weitaus mehr aus der Fassung brachte, war das lustvolle Treiben der Badegäste, auch wenn ihn der Anblick, der sich ihm da bot, gleichermaßen anzog wie abstieß. Seit jener Nacht mit Esther hatte er nie wieder eine Frau in den Armen gehalten. Keiner der fünf, das hatte er erst auf den zweiten Blick erkannt, trug eine Badehr oder einen dieser knappen Lendenschurze, wie es für die Badhäuser der Stadt vorgeschrieben war. Von den Badehüten abgesehen, waren alle miteinander, Männlein wie Weiblein, splitterfasernackt.

Natürlich hatte er davon gehört, dass es inzwischen in den Badstuben, entgegen sämtlichen Vorschriften, herging wie im Bordell. Aber jetzt sah er erstmals mit eigenen Augen, dass die alten Grenzen von Anstand und Schicklichkeit tatsächlich nicht mehr zu gelten schienen. Zwar hatten die Wannen- und Dampfbäder noch nie allein der Körperpflege gedient und waren immer schon ein Ort der Geselligkeit und feuchtfröhlichen Vergnügungen gewesen, ganz getreu dem Leitsatz: «Außen Wasser, innen Wein, lasst uns alle fröhlich sein». Zumindest auf das Klingelhut-Badhaus, in dem vor allem Gesellen verkehrten, traf das zu. Aber selbst dort hatte Badermeister Ebnoter streng darauf geachtet, dass Bruch oder Badehr getragen wurden und Mann und Weib auf verschiedenen Seiten der Wanne badeten. Was dann unter der dampfenden Wasseroberfläche oder auch im Schwitzbad nach jedem Aufguss geschah, war seinem Blick natürlich verborgen gewesen, und die nicht wenigen Gelegenheiten, bei denen er zum Schröpfen oder Venenschlagen im Nebenraum verschwand, hatte man weidlich ausgenutzt. Benedikt hatte sich oft gefragt, ob Ebnoter wusste, was da hinter seinem Rücken geschah.

Eine solche Frage stellte sich indessen gar nicht mehr. Nicht nur der Medicus und der Schaffner, die jetzt ihren beiden Badegenossinnen die bloßen Brüste betatschten wie Kleinkinder den ersten Ball, gaben sich ungehemmt ihrem Treiben hin. Auch zu Pfarrer Cunrat stieg jetzt eine nicht mehr ganz junge Frau ins Wasser, um ihn zu küssen und zu herzen. Im Bottich dahinter, wo ein Spielmann die Laute schlug, ging es nicht weniger zügellos her.

«Wenn du den Schaffner sprechen willst», riss ihn die Badmagd aus seinen Beobachtungen, «musst dich schon ausziehen. So kommst mir hier nicht in die Stube.»

«Kannst du ihm vielleicht Bescheid geben, dass ich oben auf ihn warte? Es ist wichtig.»

«Das kann aber dauern.» Das Mädchen grinste. «So schnell stoßen die alten Böcke nicht.»

«Ich habe Zeit.»

«Schade!» Sie strich sich eine Haarsträhne aus der Stirn. «Mit dir wär endlich mal was Frisches zwischen die faltigen alten Säcke gekommen.»

«Gott zum Gruße», entgegnete er hierauf nur und machte sich auf den Weg hinaus in den Hof.

«Dir auch einen schönen Tag», hörte er sie noch rufen.

Im Hof hockte er sich abseits der ausgelassenen Zecher auf eine Handkarre und wartete. Etliche spöttische Zurufe musste er ertragen, und wie um ihn noch mehr zu reizen, wurde das

Getändel unter den Kastanien immer brünstiger und schamloser. Es fiel ihm schwer, nicht hinzustieren.

Endlich erschien Paulus Überslag. Immerhin hatte er sich ein langes Hemd übergeworfen, wohl im Bewusstsein seines Amtes als Kirchenschaffner.

«Was gibt es so Dringliches, dass du mich sogar im Badhaus störst?»

«Scherereien auf dem Werkplatz. Die Männer machen ihre Arbeit nicht mehr. Man sollte ihren Lohn einbehalten.»

«Ja, wundert dich das?», blaffte Überslag los. «Ist die Katze außer Haus, tanzen die Mäuse. Ich sag dir was, Meisterknecht: Dein Johannes von Gmünd und sein Parlier sind elende Feiglinge. Machen sich vom Acker, und ein Bürschchen wie du soll alles Weitere richten. Das konnte ja nicht gutgehen. Dieser Baumeister wird was erleben, wenn er zurück ist.»

Überslags Blick ging in Richtung Kastanienbäume. Sofort begannen seine Augen beim Anblick der halbnackten Weiber dort zu glitzern.

«Und jetzt lass mir meine Ruhe, Meisterknecht. Komm am Montag nach Feierabend wieder, da können wir wegen der Löhne meinetwegen reden.»

Benedikt war verärgert. Wie einen Schulbub hatte der Schaffner ihn abgespeist. Vielleicht sollte er einfach alles hinwerfen. Er wollte sich schon abwenden, als Filibertus Behaimer den Hof betrat.

«Sieh da, sieh da – der junge Grathwohl! Suchst du jetzt Arbeit als Badknecht?»

Er trug lediglich einen knappen Lendenschurz, über dem eine mächtige bleiche Speckwulst hing, sein spärlicher Haarkranz klebte nass am Schädel. Mehr als lächerlich sah er aus.

Der Schaffner lachte laut auf. «Wär gar nicht dumm, jetzt,

wo ihm seine Männer davonlaufen.» Sein Lachen ging in Husten über.

«Hab gehört», fuhr Behaimer fort, «du wohnst neuerdings ganz vornehm in der Wohnung des Baumeisters? Na ja, im Gesellenhaus soll es nachts ja auch zugehen wie in Sodom und Gomorrha.»

Benedikt überhörte Behaimers Bemerkung. Er wusste, dass sich einige das Maul über sein neues Domizil zerrissen, vor allem seine Taglöhner. Aber das war ihm gleich. Schließlich hatte Meister Johannes es ihm freigestellt, dort oder bei den Gesellen zu wohnen. Zudem hatte er von der Wohnung aus den Werkplatz weitaus besser im Blick.

«Dann also bis Montagabend, Herr Kirchenschaffner. Gott zum Gruße, die Herren», verabschiedete er sich.

«He, wart mal!» Behaimer watschelte auf seinen teigigen, nackten Füßen neben ihm her in Richtung Hoftor. «Bist du nicht befreundet mit Meinwart Tucher?»

«Wer sagt das?»

«Ich dachte nur. Ihr seid doch zusammen aufgewachsen.»

«Ja und?»

«Ich dachte, du könntest mir vielleicht Auskunft geben. Es heißt, er habe allerhand Dreck am Stecken und schrecke vor nichts zurück. Hat er nicht einmal deine Judenfreundin angegriffen?»

Nach der Abendmahlzeit mit Mechthild und seiner Mutter kehrte Benedikt in die Wohnung des Baumeisters zurück. Auf Höhe seiner Werkstatt stellten sich ihm plötzlich Degenhart, der Hüttenkoch, und drei seiner Arbeiter in den Weg, die ihm offensichtlich aufgelauert hatten.

«Du elender Speichellecker», schnauzte Degenhart. Sein

Atem stank nach Branntwein. «Hast dich bei oberster Stelle über uns beschwert!»

«Geht mir aus dem Weg.»

«Nichts da.» Der Koch, der einen knappen Kopf kleiner war als Benedikt, aber dafür mehr als doppelt so breit, drehte ihm blitzschnell die Arme auf den Rücken. «Wir kennen deine Lügen. Der Schaffner will uns nicht mehr auszahlen.»

«Andersrum wird ein Schuh draus. Ihr bekommt euer Geld, wenn ihr ordentlich arbeitet.» Benedikt zwang sich, ruhig zu bleiben, auch wenn er ahnte, was gleich folgen würde. «Und jetzt lasst mich los. Sonst seid ihr den letzten Tag hier auf dem Werkplatz gewesen.»

«Du willst uns drohen? Du Muttersöhnchen, du aufgeblasener Möchtegern-Baumeister! Auf, Männer, geben wir diesem Judasbruder den Lohn, den er verdient.»

Vergebens versuchte Benedikt, sich freizukämpfen, als ihn auch schon der erste Schlag ins Gesicht traf. Wie mit Eisenklammern hielt Degenhart ihm die Arme auf dem Rücken, während die Schläge der andern auf ihn eindroschen – ins Gesicht, gegen Brust und Schultern. Als ihn ein Fausthieb in der Magengrube traf, klappte er vornüber, rang nach Luft, wurde wieder hochgerissen. Da endlich gab ihn Degenhart frei, um ihm im nächsten Augenblick seine Faust gegen die Schläfe zu schmettern. Benedikt hörte sich einen grunzenden Laut ausstoßen, dann versank die Welt in Dunkelheit.

Als er wieder zu sich kam, lag er bäuchlings im Staub vor der Werkstatt. Alles war still, er war allein, nur ein Hund streunte schüchtern um ihn herum. Vorsichtig streckte Benedikt seine Glieder, bewegte die Hände. Gebrochen war offenbar nichts, dafür schmerzte sein Schädel schlimmer, als hätte er zwei Nächte lang durchgesoffen. Auf den Lippen schmeckte er Blut.

«Verdammte Hurensöhne», fluchte er und versetzte dem Hund, der seine Beine beschnüffelte, einen Tritt. Mit einem Stöhnen richtete er sich auf und betastete sein Gesicht. Von der Stirn bis zum Kinn schien alles geschwollen, eine Augenbraue blutete, die Oberlippe war aufgeplatzt.

«Verdammte Hurensöhne», wiederholte er. Humpelnd machte er sich auf den kurzen Weg zu seiner Wohnung. Dort fand er zu seiner Verwunderung eine Nachricht unter der Tür durchgeschoben, ein vierfach gefaltetes Papier, mit Wachs versiegelt.

Er hob es auf und legte es auf den Küchentisch. Wer übergab ihm auf solch umständliche Art einen Brief? Hinter seinen Schläfen dröhnte es stärker. Nachdem er sich mit einem nassen Tuch notdürftig das Gesicht gereinigt hatte, setzte er sich auf die Bank, brach das Siegel und faltete das Papier auseinander. Die ungelenke Schrift flimmerte vor seinen Augen. Nur mit Mühe vermochte er die Worte zu entziffern:

Das waren nicht die Juden, die wo das Gift gelegt haben und die wo den Brunnenstubenwächter gemeuchelt haben. Das war der Meinwart Tucher. Er ist schuld, dass deine Esther tot ist.

Als Benedikt am Montag nach dem Sechsuhrläuten den Kirchenschaffner aufsuchen wollte, war Paulus Überslag tot, in kürzester Zeit von der Lungenpestilenz dahingerafft.

Benedikt war nicht wenig erschrocken. Sofort hatte er wieder das Bild aus der Badstube vor Augen – wen würde es als Nächstes treffen? Die Badmagd? Den Pfarrer? Oder gar den Stadtarzt selber? Doch dann wanderten seine Gedanken wieder zu der verstörenden Nachricht, die ihn das Wochenende kaum einen klaren Gedanken hatte fassen und den feigen Hinterhalt seiner Arbeiter fast vergessen lassen. Mittlerweile bezweifelte er nicht mehr, dass die Worte des unbekannten Absenders wahr waren, wer immer es sein mochte. Auch er traute dem einstigen Freund aus Kindertagen inzwischen alles zu.

Es gab nur einen Weg: Er musste Meinwart aufsuchen und zur Rede stellen, hätte es gleich am nächsten Tag tun sollen. Was ihn am Ende davon abgehalten hatte, war die Angst, dass Meinwart womöglich alles zugegeben hätte, mit diesem abfälligen Lächeln auf den Lippen, das Benedikt nur allzu gut kannte. Denn wenn dem so war, so würde er dem Tuchersohn ohne zu zögern sein Messer in den Hals rammen.

Kapitel 29

Clara schloss die Stubentür hinter sich.

«Wir können nichts mehr tun», sagte sie leise zu Mechthild und lehnte sich gegen die Wand. Es fiel ihr jedes Mal aufs Neue schwer, diesen Satz auszusprechen oder auch nur zu denken. «Die Pest sitzt in der Lunge. Hol du den Pfarrer, ich gebe in der Küche Bescheid. Damit man sich von dem Mädchen verabschieden kann.»

Mechthild nickte. Immer noch mit Tüchern vorm Gesicht, stiegen sie die Treppe hinunter, vorbei an der Tür zur Wohnstube, hinter der alles still war.

«Haben die Neumeisters nicht einen eigenen Kaplan?», fragte Mechthild.

«Ich weiß es nicht. Schau einfach, wen du findest.»

Unten in der Küche hockten die Magd und die Köchin tatenlos auf der Bank und starrten zu Boden.

«Adelheid wird sterben», sagte Clara.

Die beiden älteren Frauen sahen auf. Zu ihrem Erstaunen konnte Clara in ihren Gesichtern weder Erschrecken noch Anteilnahme ausmachen.

«Adelheids Eltern und Geschwister sollten sich jetzt von ihr verabschieden», fuhr Clara fort. «Vorher aber will ich die Kammer reinigen, wegen der Ansteckung. Ich brauch von euch Essig, Rotwein und heißes Wasser, dazu genügend Lappen und …»

«Es ist niemand mehr da», unterbrach sie die Magd.

«Was soll das heißen?»

«Die Neumeisters sind weg, hinauf nach Villingen.»

Clara war fassungslos. Wie konnten Eltern ihr todkrankes Kind alleinlassen?

«Wann sind sie zurück?»

Die Köchin stieß ein verächtliches Lachen aus. «Gar nicht. Oder besser gesagt, wenn die Pestilenz vorbei ist. Wir müssen hierbleiben und das Haus hüten.»

Die Frau erhob sich und ging zur Speisekammer.

«Weißt du was, Grathwohlin?», hörte Clara sie aus der Tiefe der Kammer brummeln. «Auf diesen Befehl würd ich gradwegs scheißen – wenn ich nur wüsst, wo ich hinkönnt. Aber so bleib ich halt hier und werd auch sterben.»

Beladen mit Wurstringen, Herrenbrot und einer Karaffe Wein kam sie zurück.

«Alles haben sie zum Glück nicht mitnehmen können.» Sie nahm drei Zinnbecher vom Bord und schenkte Wein ein. «Die Vorratskammer ist noch voll bis oben hin. Schlagen wir uns also den Wanst voll. Los, greif zu, Grathwohlin. Ausbezahlen können wir dich nicht, weil Geld haben sie uns keines gelassen.»

Clara mochte es noch immer nicht glauben. Vor allem über die Neumeisterin war sie entsetzt. Wie konnte eine Mutter so herzlos sein? Was machten diese Zeiten nur aus den Menschen?

Sie schnitt ein Stück Wurst ab und kaute ohne jeden Appetit darauf herum. Warum, fragte sie sich nicht zum ersten Mal, traf diese Geißel Gottes weitaus mehr junge Menschen und Frauen? Warum gerade die, die das Leben noch vor sich hatten oder es weitertrugen? Wollte der Herrgott die Menschheit als Ganzes strafen, wie in Moses Zeiten mit der Sintflut?

Wenig später stand Mechthild in der Küchentür. Ihre Augen funkelten wütend.

«Der Pfarrer kommt nicht. Auch kein Kaplan und kein Vikar. Keiner von ihnen will mehr ein Pesthaus betreten. Weißt du, was der Pfaffe mir gesagt hat?»

Sie setzte sich und nahm einen tiefen Schluck aus Claras Becher.

«Unser Papst hätte allen Pestopfern eine Generalabsolution erteilt. Ein Christ bräuchte die Pest also nicht zu fürchten.»

Die Köchin zog die Mundwinkel nach unten. «Das hat er uns letzten Sonntag auch schon gepredigt. Der Pesttod wär ein Märtyrertod, eine besondere Gnade Gottes. Er würd einem nämlich die Hölle ersparen, und man käme schnurstracks ins Paradies.»

Gleich am nächsten Morgen erlebte Clara ein weiteres Mal, wie die Geistlichkeit neuerdings ihre Aufgaben zu verrichten gedachte. Es war Mariä Himmelfahrt, der Tag, an dem in der Kirche die Kräuter gesegnet wurden. Sie hatte, wie viele andere Frauen und Mädchen auch, ihre Sträuße gleich körbeweise vor den Altar geschleppt. War doch die Heilkraft der Kräuter in solchen Zeiten wichtiger denn je!

Nicht nur ihr als Heilerin lag der Segen dieser Gewächse besonders am Herzen. Krankem Vieh wurden geweihte Kräuter ins Futter gemischt, oder man warf sie zum Schutz vor Blitzschlag beim Gewitter ins offene Feuer. Sie schützten vor allen möglichen Krankheiten und bösen Zaubern, verhalfen zu Eheglück, Kindersegen und vielem mehr. Das ganze Jahr über nahmen die Menschen von diesen Büscheln, und besonders heilkräftig sollten die Kräuter sein, wenn man sie zusammen mit Weihrauch räucherte.

Indessen war an diesem Hochfest kein einziger Geistlicher zu sehen. Dafür war der Kreuzaltar mit brennenden Kerzen bestückt, die Kommunion und das heilige Krankenöl lagen aus. An den anderen Altären sah es nicht anders aus.

«Was hat das zu bedeuten?», fragte Mechthild verblüfft.

Clara zuckte die Schultern. Mehr und mehr Menschen, in der Mehrzahl Frauen, fanden sich ein und blieben fassungslos vor dem Altar stehen.

«Potzhundertgift! Was für ein Schelmenstück!» Die Frau des Fleischers Aberlin Lacher hatte sich nach vorne geschoben und schlug mit der Faust auf den Altar. «Lässt man uns in unsrer Not jetzt ganz allein? Sollen wir uns Segen und Sakramente etwa selber spenden?»

Unmut wurde laut, bis jemand rief: «Holen wir den Pfaffen halt her.»

«Genau – der Kerl hat sich bestimmt in der Sakristei versteckt.»

Mechthild und Clara folgten den anderen hinüber zur Sakristei, doch die Tür war verschlossen. Wütend hämmerten die, die vorne standen, gegen die Tür, bis sie aus den Angeln sprang. Der kleine Raum war leer.

«Auf ins Pfarrhaus!»

Unter aufgebrachtem Gezeter strömten die Kirchgängerinnen zum Portal, wo sich ihnen prompt der Kreuzbruder entgegenstellte.

«Wenn ihr Pfarrer Cunrat sucht: Der hat sich auf die Burg verzogen.» Der alte Mann schnaubte verächtlich. «Ich denk, so schnell seht ihr den nicht wieder.»

Das Geschrei nahm zu, jetzt wurden böse Schimpfworte laut wie «Kuttenbrunzer», «verhurter Pfaff» und «Grafenbastard».

«Dann ziehn wir halt vor die Burg», rief die Lacherin. «So

leicht soll der uns nicht davonkommen! Holen wir von daheim Töpfe und Deckel und dann los. Wer kommt mit?»

Clara stieß ihre Freundin in die Seite. «Gehen wir nach Hause. Das ist doch viel Lärm um nichts.»

«Du hast recht. Ihrem Radau werden nur die Füchse und Hasen lauschen. Bis die am Burgtor sind, ist die Zugbrücke hochgezogen und das Gitter unten.»

Mit ihren Körben unterm Arm überquerten die Freundinnen den Kirchplatz hin zur Großen Gass, während die meisten Frauen und Kinder in Richtung Burgberg zogen. Männer waren in dem Haufe keine zu sehen.

«Bis die zurück sind, werden sich ihre Mannsbilder einen schönen Rausch angesoffen haben», sagte Mechthild. Clara nickte nur. Ihr Blick glitt die Häuserzeilen entlang. Wo wohl lauerte die Pest als Nächstes? Hinter welchen Fenstern lag schon ein weiterer Todgeweihter? Plötzlich fürchtete sie sich vor dem Alleinsein.

«Wollen wir zusammen Salben und Tinkturen bereiten?», fragte sie.

«Gern.»

«Fein. Und hernach kochen wir etwas, ich hab noch einen Rest Salzfleisch. Sag, Mechthild – warum ziehst du nicht einfach ganz zu mir?»

Mechthild hielt kurz inne und schien ernsthaft über Claras Vorschlag nachzudenken. Dann aber winkte sie ab. «Nein, nein, einen alten Baum verpflanzt man nicht. So wie es ist, ist es schon recht. Außerdem will ich das Feld nicht ganz meinen Söhnen überlassen. Aber ich komme gern noch ein Stündchen mit zu dir. Bin ja auch froh, nicht allein sein zu müssen.»

Sie waren gerade auf der Höhe des Neumeister'schen Hauses

angelangt, als sie in der Toreinfahrt deren Magd sitzen sahen. Ihr offenes Haar war zerzaust und schmutzig, die Augen rot geweint.

«Was ist mit dir?», fragte Clara erschrocken.

«Sie haben alles mitgenommen – den Wandspiegel, das silberne Salzfässchen, das gute Zinngeschirr, den Vogelkäfig, sogar die Stühle und die Federbetten. Alles ist weg.»

«Wer?»

«Plünderer. Mindestens fünf an der Zahl. War allein im Haus und konnt mich grad noch im Hof in einem Bretterverschlag verstecken. Mitten in der Nacht haben sie alles weggetragen.» Sie begann wieder zu weinen. «Was wird jetzt meine Herrschaft sagen?»

«Es ist nicht deine Schuld», tröstete Clara sie. Zugleich fragte sie sich, wie ein Haus, das weithin sichtbar am Eingang zur Großen Gass stand, unbemerkt ausgeraubt werden konnte. Tat denn der Nachtwächter nicht mehr seine Runde?

Als hätte Mechthild dasselbe gedacht, flüsterte sie: «Da ist keine Ordnung mehr in der Welt.»

«Wo war die Köchin, als es passierte?», fragte Clara.

Die Magd zuckte die Schultern. «Sie kommt und geht. In der Nacht war sie nicht im Haus.»

«Vielleicht zu ihrem Glück. Hör, willst du bei mir wohnen? Da herinnen wirst ja wohl nicht bleiben wollen.»

«Nein, hab vielen Dank. Ich geh weg aus der Stadt. Besser als hier ist es überall.»

Da entdeckte Clara aus den Augenwinkeln ihren Ältesten, wie er das nahe Wirtshaus zur Krone verließ, die Straße überquerte und in einer kleinen Schenke verschwand. Sie runzelte die Stirn. Benedikt gehörte nicht zu den Kerlen, die sich an Feiertagen schon mittags in den Schankstuben herumtrieben.

Allmählich machte sie sich ernsthaft Sorgen um ihn. Vor ein paar Tagen erst war er mit einem völlig verschwollenen Gesicht bei ihr zum Nachtessen aufgetaucht.

«War das nicht eben dein Benedikt?», fragte Mechthild.

Da kam er auch schon wieder heraus, trat auf eine Gruppe junger Männer zu, die müßig am Fischmarktbrunnen herumlungerten, und schien sie etwas zu fragen. Der eine nämlich wies mit dem Arm in Richtung Lehener Tor, woraufhin sich Benedikt eilends auf den Weg machte. Ganz offensichtlich war er auf der Suche nach jemandem.

Clara wandte sich wieder der Magd zu, die inzwischen aufgestanden war und sich den Staub aus Gewand und Haaren schüttelte.

«Jetzt kommst erst einmal mit zu uns und überlegst in Ruhe, wie es weitergehen soll.»

Je länger Benedikt in der Stadt herumirrte, desto mehr steigerte er sich in ein Gefühl von Hass hinein. Fast sämtliche Wirtshäuser und Schenken hatte er bereits nach Meinwart abgeklappert, bis er schließlich im Haus Zur kurzen Freud gelandet war, von dem er gehört hatte, dass es neuerdings sogar an einem Tag wie Mariä Himmelfahrt geöffnet habe. Bislang nämlich war es dem Frauenwirt verboten gewesen, an Sonn- oder Feiertagen Gäste einzulassen, ja selbst an den Abenden vor Festtagen hatte er die Türen geschlossen zu halten und nachts ohnehin. Dass dies alles nichts mehr galt, wunderte Benedikt schon lange nicht mehr.

Zwar waren heute das Haupttor wie auch sämtliche Fensterläden verschlossen, und er musste mehrmals heftig gegen die Hintertür klopfen, doch von innen hörte er deutlich Stimmengewirr und ausgelassenes Gelächter. Und eben jetzt, hinter einem geschlossenen Laden im oberen Stockwerk, brandete brünstiges Stöhnen auf.

Die Tür öffnete sich langsam. Durch den Spalt schob sich das graubärtige Gesicht des alten Frauenwirts. Noch ehe Benedikt sein Anliegen vorbringen konnte, schnauzte der: «Was willst du? Weißt du nicht, dass heut ein hoher Feiertag ist?»

«Ich bin ein guter Freund von Meinwart Tucher», erwiderte er.

Der Bärtige nickte, und die Tür schwang tatsächlich auf.

Benedikt war erst ein Mal hier gewesen, am Tag seiner Ledigsprechung. Da hatten ihn die Gesellenbrüder hierher entführt, hatten ihm wohl eine Freude machen wollen, wie es schon der Name des städtischen Bordells versprach. Doch das Ganze war zu einem einzigen Reinfall geworden. Zuerst hatte er sich, unter dem Zuspruch seiner Gefährten, Mut angesoffen. Als er dann einer langbeinigen Blonden, deren Lippen in der Farbe von Walderdbeeren glänzten, nach oben in die winzige, muffige Kammer gefolgt war, hatte er kaum noch aufrecht gehen können. Trotz der Bemühungen der Hübschlerin hatte sich rein gar nichts bei ihm geregt, und am Ende hatte er erst ihr spöttisches Mitleid, dann die Häme der Gesellen ertragen müssen. Seither hatte er das Frauenhaus gemieden wie der Teufel das Weihwasser.

Mit dieser unbehaglichen Erinnerung betrat er nun den Schankraum, der gut gefüllt war mit männlichen Gästen. Sechs, sieben Lustweiber kümmerten sich um deren Wohlbefinden und boten ungehemmt ihre Dienste an, während der Frauenwirt eifrig Wein nachschenkte. Rasch ließ Benedikt seinen Blick durch den spärlich erleuchteten Raum schweifen. Meist teilten sich zwei oder gar drei Männer ihre Vorfreude auf das Kommende, indem die Hure dem einen breitbeinig auf dem Schoß hockte, den Nachbarn zur Linken mit Küssen und anzüglichen Berührungen lockte und dem zur Rechten die Brüste darbot, die aus dem freizügig geschnittenen Gewand lugten. Obwohl die Stadtverordnung nur dem ledigen Mann den Bordellbesuch erlaubte, entdeckte Benedikt nicht wenige Ehemänner unter den Anwesenden und in der dunkelsten Ecke sogar einen Kaplan. Nur Meinwart konnte er nirgends sehen. Vielleicht war er ja oben und hatte dort seinen Spaß.

Er ging auf die nächstbeste Hübschlerin zu, die gerade einen Freier in Richtung Stiege entführte.

«Ist Meinwart Tucher bei euch?»

«Der gewiss nicht. Dem sein Geldsäckel ist so leer wie die Eier von einem Greis, seitdem er dem Glücksspiel verfallen ist. Und für umsonst macht's dem großgoscherten Prahlhans hier keine.» Sie schenkte ihm ein verführerisches Lächeln. «Bei dir wär's schon was andres. Vielleicht würd's ja für diesmal besser klappen mit deinem besten Stück.»

Bei den letzten Worten glitt ihre Hand in seinen Schritt. Benedikt spürte, wie ihm eine flammende Röte in die Wangen stieg. Ausgerechnet an die mit den Erdbeerlippen war er geraten! Er hatte sie zunächst gar nicht erkannt, da ihre Gesichtszüge in den letzten paar Jahren um einiges gealtert waren.

Er bemühte sich zu grinsen. «Ein andermal vielleicht. Ich muss weiter.»

Draußen auf der engen Gasse holte er tief Luft. Er war verwirrt. Weniger von dem Treiben drinnen im Hurenhaus als vielmehr davon, dass für einen kurzen Augenblick heftiges Verlangen nach dieser Frau in ihm aufgeflackert war und er ums Haar auf ihr Angebot eingegangen wäre. Er dachte an Esther, an ihr einziges und wunderschönes Zusammensein, und kämpfte mit den Tränen, als er sich erneut auf die Suche nach

Meinwart machte. Jetzt blieben nur noch die Schenken in der südlichen Vorstadt.

Im Wirtshaus Zum Schnecken wurde er endlich fündig.

«Ja, der junge Tucher war hier – voll wie tausend Mann», gab ihm die Schankfrau Auskunft. «Eben grad ist er raus, zusammen mit einem Saufkumpan und der Tochter vom Leinwandkrämer. Die wollten wohl noch einen Abendspaziergang machen.»

«Hab Dank und behüt dich Gott.»

Benedikt überlegte. Vielleicht waren sie zum Fluss gegangen. Im Laufschritt durchquerte er das Schneckentor, das die Vorstadt zur Dreisam hin abschloss. Die beiden Wächter, die am Boden hockten und würfelten, sahen nicht einmal auf, als er an ihnen vorbeilief. Kurz vor der überdachten hölzernen Brücke hielt er inne. Er hatte Stimmen gehört, vermochte aber nicht zu sagen, woher.

Das Abendlicht ließ das Band der Dreisam rötlich glänzen, im Laub der Uferbäume spielte der Wind. Vielleicht hatte er sich ja getäuscht, denn außer seinem eigenen Atem und dem Rauschen der Blätter und des Flusses war jetzt nichts mehr zu hören.

Er wollte schon umkehren, als er erst ein helles Kichern, dann Männerstimmen vernahm. Es kam aus Richtung Schießrain, dessen Eingang keine zehn Schritt von ihm entfernt lag. Das Tor neben dem Schützenhäuschen war mit einem Riegel und einer Kette versperrt, doch nun hörte er die Stimmen dahinter ganz deutlich. Sie stammten von zwei Männern und einer jungen Frau.

So lautlos als möglich schlich Benedikt den Zaun entlang, bis er fand, wonach er gesucht hatte. Zwei lose Bretter boten einen bequemen Durchlass ins Innere des umzäunten Schießplatzes der Armbrust-Schützen. Jetzt hörte er das Mädchen leise jammern, jemand fluchte. Kurz darauf Meinwarts Stimme, in der unterdrückter Zorn schwang: «Blöde Metze – was bist dann überhaupt mitgekommen?» Nach einem Moment der Stille war ein Rascheln zu hören, dann ein lautes Aufheulen, das schnell erstickt wurde.

Benedikt schlüpfte durch die Lücke. Was sich da seinem Blick unter dem nahen Baum darbot, ließ ihm das Blut in den Adern stocken. Meinwarts Begleiter, in dem Benedikt einen seiner Taglöhner erkannte, hielt die Krämerstochter von hinten umklammert, im Mund des Mädchens steckte ein Stück Tuch. Sie hatte die Augen vor Angst weit aufgerissen. Meinwart selbst stand mit dem Rücken zu ihm, fingerte an seinem Gürtel und riss sich die Beinkleider herunter. «Wollen wir dem Hurenloch doch mal zeigen, was eine echte Rute ist», hörte Benedikt ihn sagen.

In diesem Augenblick sah er rot. Unter dem Baum stand nicht die Tochter des Leinwandkrämers, sondern Esther, die sich verzweifelt gegen Meinwart zu wehren versuchte. Gegen jenen Mann, der meuchlings den Brunnenstubenwächter erstochen und die Saat gelegt hatte für den Mord an über hundert unschuldigen Menschen. Der ihm das Liebste auf der Welt genommen hatte.

Mit dem Gebrüll eines wilden Tieres stürzte sich Benedikt auf den Widersacher. Der war nicht gefasst auf diesen Angriff und ging sofort rücklings zu Boden. Schon kniete Benedikt auf ihm, schlug mit der geballten Faust wieder und wieder in das verhasste Gesicht, um endlich den Hals des Gegners mit beiden Händen zu umschlingen und zuzudrücken. Während Meinwart zu würgen und zu röcheln anfing, sah Benedikt aus den Augenwinkeln, wie Meinwarts Spießgeselle die Flucht ergriff. Das Mädchen stand reglos da und starrte ihn an.

«Du hast das Gift gelegt und den Wächter erstochen», stieß er hervor. «Wegen dir musste Esther sterben!»

«Lass mich», keuchte der unter ihm, und die Augen traten ihm aus den Höhlen. «Behaimer – sein Auftrag – hat mich bezahlt.»

Benedikt drückte fester zu.

«Ich – kann's – beweisen.»

Sein Griff lockerte sich.

«Ich schwör's – Behaimer – *sein* Giftbeutel war's – hab ihn nur versteckt.»

Benedikt spuckte ihm ins Gesicht. Noch einmal drückte er zu, bis sich der Körper unter ihm nicht mehr wand und bog. Dann zog er mit seiner Rechten das Messer vom Gürtel.

«Auge um Auge, Zahn um Zahn.»

Meinwart riss Mund und Augen auf, als Benedikt ihm die Schneide an den Hals legte.

«Flehe zu Gott, dass er dir verzeiht», zischte er. Der beißende Gestank nach Urin stieg ihm in die Nase. Der Kerl hatte sich tatsächlich vollgepisst.

Ganz langsam zog Benedikt die Messerschneide über die Haut. In einer Kette kleiner roter Perlen traten die ersten Blutstropfen hervor. Gleich würde er Meinwart Tucher die Kehle durchschneiden und ihm voller Genugtuung beim Ausbluten zusehen, bei seinen letzten Zuckungen im Todeskampf.

«Tu's nicht», hörte er eine Mädchenstimme flüstern. Er blickte auf, sah die Krämerstocher, die die Hand vor den Mund hielt und immer noch zu ihm herüberstarrte.

Nach kurzem Zögern nahm er das Messer von Meinwarts Hals, riss ihm den Kittel auf und versetzte ihm mit sicherer Hand einen kreuzförmigen Schnitt mitten auf die schweißglänzende Brust. Wie mit feinem Pinselstrich gemalt zeichnete sich das rote Kruzifix auf der hellen Haut ab, bis mehr und mehr Blut nachkam und sich mit Schweiß und Schmutz zu einem hässlichen großen Fleck vermischte.

Benedikt erhob sich. Ihm schwindelte.

«Nimm das Kreuz als Zeichen der Warnung. Wenn du morgen noch in der Stadt bist, stech ich dich ab wie der Fleischer die Sau.» Er gab Meinwart einen Tritt in die Seite. «Los, steh auf und verschwind.»

Während Meinwart sich auf die Seite wälzte und wie ein kleines Kind wimmerte, stieß Benedikt ihm die Schuhspitze zwischen die nackten Schenkel, sodass der andere gellend aufschrie.

«Das war ein Gruß von dem Mädchen hier, du Scheißhaufen. Vergiss nicht, sie hat dein Geständnis mit angehört.»

Benedikt musste den Blick abwenden, so sehr ekelte ihn vor diesem gekrümmten Leib. Dann trat er zu der Krämerstochter, der die Tränen übers Gesicht liefen.

«Alles ist gut. Komm, ich bring dich in die Stadt zurück.»

Sie nickte.

«Ach ja – und danke auch, dass du mich abgehalten hast, ihn umzubringen. Der Schelm ist's nicht wert, dass man eine Todsünde begeht.»

«Wovon redest du?», stammelte sie. «Meinetwegen hättest du ihm den Kopf abschneiden können.»

Da begriff Benedikt, dass es Esthers Stimme gewesen war, die er gehört hatte.

Am nächsten Morgen schleppte er alles, was irgendwie von Wert war, aus den Werkstatträumen und Lagerschuppen hinauf in die Wohnung des Baumeisters. Am Ende stand die kleine Stube voller Kisten, die angefüllt waren mit Schlag- und

Spitzeisen in allen Größen, etlichen Klöpfeln, Winkelscheiten und Zirkeln, Spitzhacken und Meißeln und was sonst noch an Werkzeug zu finden war. Selbst die Seilwinden hatte er von den Gerüsten montiert, und was er an schwerem Gerät wie Mörtelkasten und Hebewerkzeuge, Beschläge und Eisenanker nicht die Treppen hinaufbrachte, transportierte er auf Handkarren in den kleinen Innenhof des Hauses.

Die fertig behauenen Werksteine oder die guten Balken für Gerüste und Arbeitsbühnen mochte seinetwegen klauen, wer wollte. Er hatte aufgegeben. Wer wusste schon, ob Meister Johannes und der Parlier jemals zurückkehren würden. Vielleicht waren sie bereits tot. Ob die Peter-und-Pauls-Kapelle oder der geplante mächtige Chorumgang jemals fertiggestellt würden, stand in den Sternen. Vielleicht brauchte es das alles gar nicht mehr, wenn ohnehin ein Bürger nach dem andern wegstarb.

Er stellte sich vor, wie alle Menschen in den deutschen Landen von der Pest dahingerafft würden und das ehrwürdige Freiburger Gotteshaus nach und nach von Schweinen und Hunden, Pferden und Ziegen bevölkert würde. Im Lichtgaden würden Tausende von Schwalben ihre Nester bauen, unter dem Gewölbe und im Turm hätten Fledermauskolonien ihr Reich, Gräser und Distelgewächse würden sich ihren Weg zwischen den Steinfugen bahnen. Die Menschheit wäre vom Erdball vertilgt, die Natur würde sich das, was der Mensch ihr abgerungen hatte, wieder zurückerobern.

Nein, er hatte mit der Baustelle nichts mehr zu schaffen. Lieber wollte er sich um sein Elternhaus kümmern, das zunehmend verwahrloste, da seine Mutter keine Zeit mehr für Haus und Garten fand. Er musste Nahrung beschaffen für sie und die Kinder, da es auf dem Markt kaum noch etwas zu kaufen gab. Dazu würde er sich irgendwo eine Milchkuh aus einem der verlassenen Ställe holen – man hörte sie ja schon von weitem schreien, wenn das Euter fast platzte, weil niemand mehr kam, um sie zu melken. Er würde ihren kleinen Acker vor dem Predigertor bestellen, den einen oder anderen dazu – es lag ja so vieles brach dort in der Predigervorstadt und draußen vor den Stadtmauern.

Gegen Mittag machte er sich daran, eine Inventarliste zu erstellen, die er heute noch dem Kirchenpfleger übergeben wollte. Was danach geschah, lag nicht mehr in seiner Hand. Sollten der Hüttenkoch doch aus dem Gesellenhaus ein Bordell machen und die Arbeiter bleiben, wo der Pfeffer wächst – ihm war das gleichgültig.

Nachdem er seine wenigen Habseligkeiten zusammengepackt hatte, kehrte er sorgfältig Küche und Schlafstube aus. Als Letztes zog er die steinerne Büste unter dem Bettladen hervor. Er würde sie auf die Konsole der Peter-und-Pauls-Kapelle stellen, deren Portal so gut wie fertig gemauert war – mit dem Gesicht nach Süden, wo er das heilige Jerusalem vermutete.

Am selben Nachmittag noch verriegelte er Tür und Tor, sicherte sie mit einer Kette und suchte die Blonde mit den viel zu roten Lippen im Frauenhaus auf. Dort wartete er geduldig, bis sie ihren Freier fertig bedient hatte und ihn in ihre schäbige kleine Kammer hereinrief. Für diesmal versagte Benedikts Männlichkeit nicht, doch zurück blieb ein Gefühl der Trauer.

Kapitel 30

«So ist also beschlossene Sache, dass Gräfin Anna und Eure Söhne mitkommen?» Filibertus Behaimer räumte seine Utensilien weg.

Der alte Graf nickte. Er erhob sich aus dem Behandlungsstuhl und ließ sich auf Behaimers ungemachtes Bett sinken. Er wirkte sehr müde in letzter Zeit. Vielleicht war es falsch gewesen, ihn zur Ader zu lassen.

«Und was ist mit Eurem Sohn Cunrat?», hakte Behaimer nach. Er konnte den heimlichen Sprössling des Alten nicht leiden. «Als Kirchenrektor und Stadtpfarrer wird er seine Schäfchen doch nicht ganz aufgeben wollen?»

Der Graf zuckte die Schultern. «Soll er allein den Helden spielen, wo schon sämtliche Kapläne auf und davon sind? Immerhin hat er sich um zwei Nachfolger gekümmert, die der Seelsorge für die Bürger nachkommen.»

Behaimer wiegte missbilligend den Kopf hin und her.

«Hergelaufene Winkelpriester sind das, die die Liturgie nicht beherrschen», konnte er sich nicht verkneifen zu erwidern. «Ich hab gehört, dass sie nicht einmal anständig Latein sprechen. In nomine patria et filia!» Er kicherte plötzlich. «Wisst Ihr, was das heißt? Im Namen das Vaterland und die Tochter!»

Doch der Graf verzog keine Miene. Da erst fiel Behaimer ein, dass der Alte ebenso wenig Latein verstand wie ein Bauersknecht.

«Nun denn – es gibt Wichtigeres als die Kenntnis der Kirchensprache», lenkte er ein, um nun endlich zum Kern seines Anliegens vorzudringen. «Ist denn Eure gräfliche Verwandtschaft zu Fürstenberg bereits verständigt?»

«Der reitende Bote wird morgen zurückerwartet. Hoffentlich mit guten Nachrichten.»

Behaimer schenkte sich und dem Grafen zwei Becher mit Rotwein ein. «Soweit ich weiß, ist die Baar bislang verschont von der Seuche.»

«Das meinte ich nicht. Will sagen: Hoffentlich heißen uns die Fürstenberger willkommen, wenn wir uns mit halbem Hofstaat bei ihnen breitmachen. Ach, Behaimer», er leerte den Becher fast in einem Zug, «ich will gar nicht weg von hier, schon gar nicht in diese kalte Gegend. Das ist mir alles zu viel. Aber Anna drängt auf baldigen Aufbruch. Dabei hatten wir hier auf der Burg erst einen einzigen Todesfall.»

Behaimer stellte sich an das offene Fenster seiner Kemenate und atmete die frische, kühle Luft ein, die der Nordwind brachte. Er dachte ungern an diese Sache zurück. Damals hatte er sich geweigert, den Sohn des Stallmeisters zu behandeln. Doch wie durch ein Wunder hatte Franz überlebt. Seine Beulen waren von allein aufgeplatzt, dafür war seine Mutter, die ihn gepflegt und versorgt hatte, hernach an der Seuche gestorben. Seitdem ging, trotz Feuerpfannen und Räucherwerk allerorten, die Angst um auf der Burg.

«Ein Todesfall zu viel», murmelte Behaimer. Dann sagte er mit fester Stimme: «Gräfin Anna hat recht. Schon der große Galenus hat gesagt: Das einzig probate Mittel gegen die Pestilenz ist es, schnell und möglichst weit zu fliehen.»

Jetzt erhob sich der Alte und trat neben Behaimer ans Fenster. «Ist meine Stadt nicht einzig schön? Ich will nicht aus ihr fliehen. Hier oben will ich sterben, dort unten begraben sein.

Und mein Stundenglas ist ohnehin bald abgelaufen, das fühle ich.»

«So dürft Ihr nicht reden!» Behaimer war ehrlich erschrocken.

«Papperlapapp. Ich habe keine Angst. Weder vor dem Sterben noch vor dem Richterstuhl. Was habe ich mir vorzuwerfen? Ich habe gut gelebt, mitunter über die Stränge geschlagen, gewiss, aber die paar lässlichen Sünden wird mir der Herrgott schon verzeihen.»

Er legte Behaimer den Arm um die Schultern.

«Nein, ich habe keine Angst vor dem Tod. Nur davor, elendig dahinsiechen zu müssen. Aus diesem Grund möchte ich ja auch, dass du an meiner Seite bleibst.»

Jetzt war endlich heraus, was Behaimer wissen wollte, was ihn die letzten Tage, seitdem vom Umzug der gräflichen Familie die Rede war, gequält und ihm den Schlaf geraubt hatte.

«Heißt das, Ihr wollt mich mitnehmen?»

«Aber ja. Hatte ich dir das nicht gesagt?»

«Bestimmt, lieber Graf. Ich muss es überhört haben.» Innerlich tat er einen Luftsprung. Nichts anderes als weg von hier wollte er, zumal sein Plan mit dem jungen Grathwohl nicht aufgegangen war. Laut seinem Knecht, dessen Bruder eine schäbige, kleine Taverne im Paradiesviertel betrieb, erfreute sich dieser Meinwart noch immer bester Gesundheit. Zumindest war ihm bislang nichts Gegenteiliges berichtet worden. Und solange dieser Kerl nicht ausgeschaltet war, hing sein Schicksal hier an einem seidenen Faden.

«Ein Hindernis aber», Behaimer wiegte den Kopf hin und her, «sehe ich noch. Als Stadtarzt darf ich Freiburg ohne Genehmigung der Stadträte nicht länger als einen Tag und eine Nacht verlassen. Ansonsten verliere ich das Bürgerrecht.»

«Von welchen Räten sprichst du? Soweit ich weiß, ist die Hälfte dieser ehrbaren Herren schon auf und davon! Nicht zuletzt brauch ich meinen Leibarzt, wenn ich auf Reisen gehe. Und das ist ein Befehl, mein liebes Doctorlein.»

Behaimer zwinkerte gerührt mit den Augen. Fast schon übermütig, machte er einen weiteren Vorstoß. «Könnten wir Irmel und Nese nicht mitnehmen? Irgendwie sind mir die zwei ans Herz gewachsen.»

Dem war wirklich so. Inzwischen verzichtete er zwar auf den fleischlichen Verkehr mit den beiden, weil es ihn langweilte, doch hatte er sich an sie gewöhnt wie ein Mann an seine Ehegefährtin. Niemals hätte er es über sich gebracht, sie hierzulassen und den tödlichen Fängen der Seuche auszusetzen.

Über das faltige Gesicht seines Gegenübers ging ein Leuchten.

«Nun ja, nun ja – das könnte schon angehen. Vorausgesetzt, du würdest das vor meiner Ehewirtin als deinen Einfall deklarieren. Die gute Anna wird im Alter zunehmend eifersüchtig. Erst recht, seitdem die beiden Mädchen hier auf der Burg leben.»

Behaimer nickte zustimmend. «Das werde ich der Frau Gräfin schon erklären können. Für wann ist der Aufbruch geplant?»

«Wenn mein Fürstenberger Vetter einverstanden ist, reisen wir in einer Woche, von heute an.»

«Dann bleibt ja ausreichend Zeit, alles bestens vorzubereiten. Ich denke, ich werde mein Haus in der Stadt verkaufen.»

«Ein guter Einfall. Wenn wir dann zurückkehren, wirst du ganz gewiss ein ungleich prächtigeres Haus erwerben können. Und das für einen Apfel und ein Ei.»

«Das ist wohl wahr. Wenn Ihr erlaubt, werde ich die nächsten Tage einiges in der Stadt erledigen.»

Der alte Graf drohte ihm mit dem Finger. «Aber bring uns nur nicht die Pest hierherauf!»

«Habt keine Sorge, ich werde mich fernhalten von den Bürgern.»

Dabei entsprach das nicht ganz der Wahrheit. Es gab da jemanden, den würde er mit Sicherheit aufsuchen: Grathwohls Witwe Clara. Sie lebte, wie er gehört hatte, ganz allein im Haus Zum Schermesser. Und dort lag noch immer ein wertvolles Regimen sanitatis, das er einmal an ihren Mann verliehen hatte und sich jetzt zurückholen wollte. Darüber hinaus – und bei diesem Gedanken setzte für einen Augenblick sein Atem aus – würde er sich endlich erfüllen, wonach er schon so lange dürstete.

Clara war glücklich, dass Benedikt in sein Elternhaus zurückgekehrt war. Ein Stück weit half ihr das über den schmerzvollen Verlust ihres Mannes und die Einsamkeit in diesem leeren, stillen Haus hinweg. Am ärgsten war es nachts. Da schrak sie auf, weil alles so still um sie war. Weil da kein zufriedenes Schnarchen mehr neben ihr war, kein warmes Bein, das sich an ihres schob, kein Arm, der sich ihr schlaftrunken um den Leib legte. Sie schrak auf und lag da und spürte den Trennungsschmerz wie eine Wunde, die nicht heilen wollte. Mit Benedikts Rückkehr fanden wenigstens ihre nächtelangen Grübeleien ein Ende, die sich meist um ein und dieselbe Frage gedreht hatten: Ergab das, was Mechthild und sie taten, überhaupt noch einen Sinn? Es war so erschreckend wenig, was sie diesem Fluch der Menschheit entgegensetzen konnten. Außer ihnen beiden wagten sich nämlich nur noch eine Handvoll Regelschwestern in die Stuben der Erkrankten und Sterbenden – fromme Frauen, die ihren Gottesdienst in Form von tätiger Barmherzigkeit, von Armen- und Krankenpflege verwirklichten. Doch mit Benedikts Rückkehr begann Clara wieder frischen Mut zu fassen. Eines Tages würde die Seuche besiegt sein, und bis dahin zählte jedes einzelne Menschenleben.

Benedikt und sie hatten es sich zur Gewohnheit gemacht, gemeinsam zu Abend zu essen und bis zur Nachtruhe zusammenzusitzen, wann immer es möglich war. Ansonsten sahen sie sich den ganzen Tag über kaum. Clara war mit Mechthild unterwegs zu den Kranken, beim Kräutersammeln oder im Haus des Apothekers Christoffel Ceste, während Benedikt sich, neben der Versorgung der Kinder, um ihren Garten und ihr Feldstück, um die Hühner, sauberes Wasser und Feuerholz kümmerte. Ganz ohne Hilfe hatte er das Korn geschnitten, gedroschen und gesiebt, mit Freude, wie ihr schien, obgleich an ihm nie ein Ackerbürger verlorengegangen war. Die Ernte war diesmal noch spärlicher ausgefallen als sonst, trotzdem hatte er etliche Säcke in die Mühle gebracht. Sie konnte sich denken, dass die Ausbeute nicht allein von ihrem Feld stammte, untersagte sich indessen jedes Nachfragen.

Nein, Clara war ihrem Sohn dankbar dafür, dass sie und die Kinder oben auf dem Wald nicht darben mussten, denn für ihre Krankendienste erhielt sie immer seltener eine Entlohnung. Ohnehin drohten jetzt, im vierten Monat des Großen Sterbens, Handel und Wirtschaft vollends aus dem Ruder zu laufen. Immer mehr Werkstätten blieben geschlossen, immer mehr Marktlauben leer. Ganze Dörfer waren im Breisgau schon verödet, auf den Feldern blieben die Früchte liegen, und was nicht gestohlen wurde, fiel dem herrenlosen Vieh zum Fraß. Brot und Wein hatten sich inzwischen maßlos verteuert, Eier und Milch gab es überhaupt nicht mehr zu kaufen.

Dafür kam es jetzt so gut wie jede Nacht zu Plünderungen. In allen Gassen Freiburgs fanden sich aufgegebene Weinkeller, Scheunen und Wohnhäuser, deren Türen und Tore offen standen und deren Inneres leer geräumt war von Diebesgesindel, das weder Mitgefühl noch Respekt vor fremdem Eigentum besaß. Was nicht niet- und nagelfest war, wurde weggeschafft, wer sich in den Weg stellte, niedergeknüppelt. Selbst Dielenbretter, Fensterrahmen und Türblätter waren herausgerissen, und dies, obwohl neuerdings mehr Nachtwächter und Büttel ihre Runden drehten als je zuvor. Manchmal fragte sich Clara, ob nicht die Hüter der Gesetze selbst des Nachts zum Gesetzesbrecher wurden, und war heilfroh, als Benedikt Schloss und Riegel an ihrem Hoftor anbrachte. Ganz zu Anfang waren Vergehen wie Plünderung noch hart bestraft worden, mit Staupenschlag und Stadtverweis oder gar mit dem Tod am Galgen draußen an der Landstraße nach Basel. Inzwischen aber hatte Clara den Eindruck, dass jedermann tun und lassen konnte, was er wollte. Die Ratsherren jedenfalls, die in ihren eigenen Reihen längst zahlreiche Tote zu beklagen hatten, kümmerte dieses Treiben immer weniger.

Überhaupt schien die Menschheit sich zu scheiden in Wölfe und Lämmer, wobei schon anderntags der Wolf zum Opfer, das Lamm zum Wolf werden konnte. Die einen verloren alles, die anderen schlugen Gewinn aus dem Leid ihrer Nachbarn. Wer heute reich geworden war, verschleuderte morgen sein Vermögen, wer heute arm war, wurde morgen zum Verbrecher. In einigen Städten, so hatte Clara gehört, ließen sich die wenigen verbliebenen Priester, Ärzte und Wundärzte ihre Dienste schandbar teuer bezahlen und lebten wie die Fürsten. Sie selbst hingegen hatte schon lange keinen Silberpfennig mehr in der Hand gehalten.

Mit Benedikt war sie darüber gleich am Tag seines Einzugs in Streit geraten.

«Du und Mechthild, ihr lasst euch ausnehmen wie die Weihnachtsgänse», hatte er geschimpft. «Ihr setzt Leib und Leben aufs Spiel und seht so gut wie keinen Lohn dafür. Das wenige, was ihr einnehmt, tragt ihr zu Meister Christoffel in die Apotheke, der Tag für Tag mehr verlangt für seine Mittelchen.»

«Und was sollen wir deiner Ansicht nach tun?», entgegnete sie.

«Euch nehmen, was euch zusteht. Hier einen Zinnteller, dort ein gutes Leintuch – was weiß ich? Selbst der Totengräber ist schlauer als du. Schau dir doch bloß sein teures Gewand und die vornehmen Schuhe an.»

«Wie kannst du so etwas nur denken?», hatte sie sich empört. «Steht nicht geschrieben: *Du sollst nicht stehlen*? Steht nicht geschrieben: *Du sollst nicht begehren deines Nächsten Haus*?»

Drei Tage später brachte Benedikt sie noch weitaus mehr aus der Fassung. Mechthild war zum Nachtmahl vorbeigekommen, und nachdem die beiden Frauen eine Weile auf den Jungen gewartet hatten, hatten sie zu essen begonnen. Clara war guter Dinge. Der jüngste Sohn von Stadtschreiber Heinerli, der im Haus gegenüber wohnte, hatte das Aufbrechen der Beulen gut überstanden und war auf dem Wege der Genesung.

«Ist dir aufgefallen», fragte Clara Mechthild, «dass es bei den Gerbern unten in der Au noch keinen einzigen Seuchenfall gab?»

Ihre Freundin zuckte die Schultern.

«Ich meine», fuhr Clara fort, «mit Reinlichkeit und gesunder Lebensweise wie bei den Hebräern kann es nichts zu tun haben. Es muss vielmehr gerade an dem Gestank dort liegen und an den Gerbstoffen. Ähnlich wie scharfer Essig oder starkes Räucherwerk scheint dies die giftigen Miasmen zu neutralisieren. – Hörst du mir überhaupt zu?»

Mechthild fuhr zusammen. «Doch, ja.»

Plötzlich füllten sich ihre Augen mit Tränen.

«Ach herrje!» Clara sprang von ihrem Schemel auf und setzte sich neben Mechthild auf die Bank. «Was ist mit dir? Heut Mittag warst du noch so guter Dinge.»

«Es ist wegen Meinwart.» Ihre Freundin wischte sich über die Augen. «Ich weiß, es sollte mich längst nicht mehr kümmern, was dieser missratene Kerl treibt. Aber trotzdem bleibt er mein Sohn.»

«Jetzt erzähl schon.»

«Meinwart ist fort, aus der Stadt geflohen.»

«Sei doch froh drum», entfuhr es Clara.

«Vorhin kam er zu Hause vorbei, nach langer Zeit zum ersten Mal. Er wirkte vollkommen verwirrt und sah furchtbar aus, blutig und mit Würgemalen am Hals. Stell dir vor, jemand hat ihn zu meucheln versucht!»

«Was? Wer war das?»

«Das wollte er nicht sagen. Und dann – dann hat er mich bedroht. Wollte einen Beutel Silber von mir, für die Reise. Ich hatte plötzlich solche Angst vor ihm, ich war doch allein im Haus. Als ich mich geweigert habe, hat er erst die Tür zum Kontor aufgebrochen und sich an unserer Schatulle bedient und anschließend aus der Wohnstube alles mitgenommen, was von Wert ist. Selbst das Erbstück meines Vaters, den vergoldeten Trinkbecher, hat er in seinen Reisesack gesteckt. Und dann ist er gegangen.»

Jetzt konnte sie die Tränen nicht länger zurückhalten.

«Vielleicht ist es wirklich besser so», murmelte Clara und legte den Arm um ihre Freundin.

So saßen sie schweigend auf der Bank, bis Benedikt eintrat.

«Was ist mit euch?», fragte er.

«Nichts.» Mechthild erhob sich. «Ich gehe jetzt besser nach Hause.»

«Aber du hast noch gar nichts gegessen», erwiderte Clara.

«Ich hab keinen Hunger. Ich bin nur müde.»

Nachdem Mechthild gegangen war, fragte Benedikt: «Ist sie krank?»

«Nein. Meinwart ist aus der Stadt verschwunden. Und zuvor hat dieser Erzschelm die eigene Mutter beraubt.»

«Ist das wahr?» Benedikt wirkte weniger entsetzt als vielmehr erleichtert.

«Jemand hat wohl versucht, ihn zu ermorden. Hast du vielleicht davon die Leute reden hören? Ich meine, du kommst ja viel herum in den Gassen.»

Er schüttelte den Kopf und setzte sich an den Tisch. Als er seinen Löffel in den Topf mit Gemüsebrei steckte, bemerkte Clara, dass seine Hand zitterte.

Sie beobachtete ihn eine Zeit lang beim Essen, dann hakte sie nach.

«Du weißt wirklich nichts über diese Sache?»

«Himmel – nein!» Der Löffel fiel scheppernd auf die Tischplatte. «Aber wer immer diesen Scheißkerl hat umbringen wollen – er hätte gut daran getan!»

«Benedikt! Wie kannst du so reden? Er ist Mechthilds Sohn.»

«Ein Mörder ist er!» Sein Gesicht lief dunkelrot an. «Ein hundertfacher Mörder, und er soll verflucht sein auf ewig.»

Clara starrte ihn an. Sie kannte ihren Sohn gut genug, um zu erkennen, dass da etwas hinten und vorn nicht stimmte.

«Sag mir die Wahrheit: Was hast du damit zu tun?»

Da berichtete er ihr mit stockender Stimme von der geheimnisvollen Botschaft und von jenem Abend draußen am Schießrain. Am Ende ließ er den Kopf auf die Tischplatte sinken und murmelte: «Bald wäre ich selbst zum Mörder geworden.»

Sie strich ihm übers Haar. «Der Herrgott hat es verhindert, dafür musst du ihm ewig dankbar sein.»

Sie stutzte. «Was genau hat Meinwart dir gesagt?», hakte sie nach. «Er hätte nur im Auftrag gehandelt?»

Benedikt sah auf. «Ja. Erst hab ich gedacht, er wollte sich nur rausreden. Aber jetzt glaube ich ihm. So viel Hirn hat der Kerl gar nicht, als dass er …»

«Im Auftrag von Behaimer?», unterbrach sie ihn.

«Sag ich doch. Dieser hinterfotzige Teufel von Stadtarzt. Er hat auch das Giftsäcklein angefertigt.»

Plötzlich begann sich in Claras Kopf alles zu drehen. Was hatte Heinrich ihr einmal gesagt, als diese ersten Gerüchte mit den Giftbeuteln aufgekommen waren? «Da könnte man geradeso hier oder bei Behaimer und den beiden Apothekern fündig werden.» Dieser feige, selbstgefällige Filibertus Behaimer also hatte den Aufstand gegen die Hebräer in ihrer Stadt angestiftet! Mag sein, dass es auch ohne diesen abscheulichen Komplott zum Mord an den Juden gekommen wäre; vielleicht aber hätten die Freiburger sie auch nur aus der Stadt vertrieben, wie mancherorts geschehen.

Ein Gefühl stieg in ihr auf, das ihr bislang fremd gewesen war: unbändiger Hass. Wäre sie ein Mann, sie wüsste nicht, wozu sie im Augenblick fähig gewesen wäre. Jetzt blieb ihr nur eines: Sie würde Behaimer zwingen, das zu tun, was Heinrich das Leben gekostet hatte, nämlich als Pestarzt seine Pflicht zu erfüllen. Falls er sich weigerte, würde sie in der ganzen Stadt verbreiten, was für eine Schandtat er begangen hatte.

Kapitel 31

Nach langem Feilschen war Behaimer mit dem Mann, der sein Haus kaufen wollte, handelseinig geworden. Hundertfünfzig rheinische Goldgulden würde er erhalten, weniger als gefordert zwar, doch das Angebot an freigewordenen Häusern wurde täglich größer. Ohnehin wunderte er sich, wie ein armseliger Leinwandkrämer ein solches Vermögen aufbringen konnte, doch das musste ihn nicht kümmern. Er war in bester Stimmung, hatte er doch von dem guten Mann erfahren, dass der Tuchersohn auf Nimmerwiedersehen aus der Stadt verschwunden war, nicht ohne seine eigene Mutter noch aufs schändlichste beklaut zu haben. Nun brauchte er diese elende Schmeißfliege nicht mehr zu fürchten.

Schon zu Mittag, vor dem Verkaufsgespräch, hatte er bei Clara Grathwohl angeklopft, doch da war sie noch unterwegs gewesen. Jetzt, zur vierten Nachmittagsstunde, versuchte er es erneut. Notfalls würde er vor ihrem Hoftor warten, er hatte schließlich Zeit. Seine Kisten waren gepackt, in drei Tagen sollte es losgehen, hinauf auf die Baar.

Gerade als er von der Marktstraße her in das schmale Gässchen einbog, sah er sie das Hoftor aufschließen. Sie trug einen verblichenen hellblauen Umhang, in dem er sie schon einige Male in die Häuser der Kranken hatte gehen sehen. Zunächst wartete er noch, bis sie drinnen verschwunden war, dann schlug er den schweren Eisenring gegen das Holz des Tores.

«Wer da?», hörte er sie von der Haustür her rufen.

«Filibertus Behaimer. Ich komme wegen einer Handschrift, die ich deinem Mann einst geliehen habe.»

«Kommt morgen früh wieder. Ich hab jetzt keine Zeit.»

«Liebe Clara – nur auf einen kleinen Augenblick.»

Kurz darauf hörte er, wie nacheinander zwei Riegel zurückgeschoben wurden. Das Tor öffnete sich einen Spaltbreit.

«Was für eine Handschrift soll das sein?»

Von ihrem Gesicht waren nur Nasenspitze, Mund und Kinn zu sehen. Sofort fiel ihm auf, was für volle Lippen sie noch für ihr Alter hatte. Er räusperte sich.

«Ein Regimen sanitatis, ein kleines Büchlein. Kann ich hereinkommen?»

Sie schien zu zögern. Endlich öffnete sich der Torflügel, und Behaimer folgte ihr durch die offene Haustür in die Küche. Wie ärmlich es hier aussah, dachte er. Er war schon lange nicht mehr in einfacher Leute Häusern gewesen. In einiger Entfernung von ihr blieb er stehen.

«Du bist am Salbenbereiten?» Sein Blick glitt über die Tiegel, Schälchen und mit Kräutern gefüllten Kästchen, die über den Küchentisch verteilt standen. «Du weißt aber schon, dass das nur dem Apotheker erlaubt ist?»

«Sagt Ihr mir nicht, was erlaubt ist und was nicht.» Jetzt begannen ihre hellbraunen Augen doch tatsächlich zornig zu funkeln. Es stand ihr gut, fand Behaimer, es hatte so etwas Leidenschaftliches. Und ihr braunes Haar, das sie am Hinterkopf hochgesteckt hatte, war noch immer voll und kräftig, mit nur wenigen silbergrauen Strähnen. Hatte er bis dahin den Gedanken, sie könne die Pestilenz in sich tragen, nicht unterdrücken können, so war jetzt jeder Zweifel verflogen: Diese Frau verkörperte das blühende Leben!

Er lächelte besänftigend. «Wo denkst du hin, liebe Clara?

Ganz im Gegenteil. Hier», er zog ein dunkles Fläschchen aus seiner Tasche, «ich dachte mir, ein wenig Baumöl könntest du in deiner Kräuterküche gut brauchen. Ich weiß schließlich, wie teuer es inzwischen ist.»

«Ich brauch keine Geschenke von Euch.»

«Sieh es nicht als Geschenk, sondern als kleines Almosen an all die armen Kranken, die du behandelst. Großartig, wie du die Mission deines Heinrich – Gott hab ihn selig! – weiterführst.» Er bekreuzigte sich flüchtig. «Ich hoffe nur, du weißt dich zu schützen vor der Seuche. Ach, was rede ich da – ganz gewiss weißt du das. Eine Frau wie du!» Er holte tief Luft. «Ach Clara, ich habe dich immer schon bewundert. Vielleicht bin ich dir ja manchmal ein wenig grob erschienen, aber so sind wir Männer nun mal. Wenn eine Frau außergewöhnliche Fähigkeiten an den Tag legt, so wie du als Heilkundige, dann ist das für uns …»

«Hört auf, mir Honig ums Maul zu schmieren. Kommen wir lieber zur Sache. Ich habe Euch nämlich auch etwas Wichtiges zu sagen.» Er hörte ein leichtes Zittern aus ihrer Stimme heraus. «Was die Schrift betrifft – ich glaube nicht, dass sie noch hier im Haus ist, das müsste ich wissen. Aber ich schau gerne noch einmal in der Stube nach. Wartet hier.»

Er sah ihr nach, wie sie aufrecht und erhobenen Kopfes die Küche verließ. Sie wirkte nicht mehr ganz so rundlich wie früher, aber auch das stand ihr gut.

Leise schlich er hinterher. In der Stube fand er sie halb gebückt vor einer offenen Truhe, ihr Hinterteil zeichnete sich deutlich unter dem moosgrünen Stoff des Kleides ab. Behaimer musste an sich halten, sie nicht augenblicklich zu umfassen.

Das Dielenbrett unter seinen Füßen knarrte, und Clara fuhr herum.

«Heinrich muss es Euch zurückgegeben haben. Hier ist nichts.»

«Nun, dann werde ich wohl nochmal in meinen eigenen Sachen nachsehen müssen. Aber nichts für ungut, Clara – es hat mich sehr gefreut, dir mal wieder begegnet zu sein. Ist es nicht jammerschade, dass wir beide so wenig Gelegenheit hatten zusammenzukommen? Uns auszutauschen über unser Fachgebiet? Das hätte doch äußerst fruchtbar werden können. Gerade jetzt, wo du dich in diesen schlimmen Zeiten als Wundärztin bewähren musst.»

Er trat einen Schritt näher.

«Weißt du eigentlich, wie manche in der Stadt dich nennen? Der Pestengel von Freiburg! Denn immer, wenn du in deinem hellblauen Umhang ein Haus aufsuchst, weiß man, dass dort der Tod Einzug gehalten hat.»

Deutlich nahm er die Verunsicherung in ihrem Blick wahr. Als sie schwieg, fuhr er fort: «Glaub mir, ich bewundere deinen Mut. Tag für Tag bietest du diesem leidigen Gesellen die Stirn und weißt doch ganz genau, dass er dich jederzeit mit sich nehmen könnte. Umso mehr solltest du das Leben genießen. Was ich dir jetzt sagen möchte, kommt aus tiefstem Herzen.»

Unwillkürlich legte er sich die Hand auf die Brust, wo sein Herz jetzt tatsächlich heftig zu pochen anfing. Fast ein wenig zu heftig.

«Ein Weib wie du, so reif, so klug, so schön, sollte nicht allein bleiben. Das ist wider die Natur.» Er ergriff ihre beiden Hände. «Wir beide – du und ich – wir könnten uns zusammentun. Komm mit mir auf die Baar, ins Fürstenbergische. Der Graf wird nichts dagegen haben, wenn du uns begleitest.»

Er wunderte sich selbst über diesen letzten Satz, meinte ihn aber in diesem Augenblick durchaus ernst.

«Was soll das, Behaimer? Lasst mich sofort los.»

Er gehorchte und schenkte ihr ein strahlendes Lächeln. «Verzeih meinen Überschwang, Clara. Aber Mann und Frau sind nun einmal dafür geschaffen … Oder willst du etwa für den Rest deines Lebens den Freuden der Liebe entbehren?»

Sein Atem ging schneller.

«Ich glaube kaum, dass es mir mit Euch eine Freude wäre!», fauchte sie. «Ihr – Ihr frevlerischer Betrüger, Ihr schändlicher …»

Er riss sie an sich.

«Herr im Himmel – du stellst dich schlimmer an als eine Nonne!»

Jetzt presste sich sein Mund auf ihre Lippen, während er ihr die Arme auf den Rücken bog. Ihre Haut um Hals und Busen verströmte einen betörenden Duft nach frischen Wildkräutern. Mit all seiner Kraft drückte er sie zu Boden und legte sich auf sie. Sie wehrte sich, wand und zappelte unter ihm, aus ihrem Mund unter seinem kamen seltsame Laute. Dabei waren ihre Augen groß und dunkel geworden, funkelten wie im Fieber. Oder vor Erregung, vor Begierde?

«Du willst es auch, nicht wahr?», keuchte er und schöpfte Atem. Sein geschwollenes Glied schmerzte fast unter dem engen Stoff des Beinkleides. «Hast schon lange keine Rute mehr in dir gespürt. Warte, halt still.»

Mit seiner Rechten nestelte er hastig an seiner Kleidung, nahm die Linke zur Hilfe, da es ihm nicht schnell genug ging. Weich und warm lag dieses Weib unter ihm, jetzt plötzlich regungslos, schien ihn zu erwarten, sich nichts mehr zu wünschen, als dass er ihr als Nächstes den Rocksaum hinaufstreifen und es ihr besorgen würde wie noch keiner vor ihm. Ihm schwindelte, als sein Glied endlich freikam, als zugleich ein bittersüßer

Schmerz ihm die Brust zusammenzog und ihn aufstöhnen ließ. Er war am Ziel seines Begehrens, doch warum bekam er nun keine Luft mehr? Warum nur – er riss die Augen auf – umklammerte Clara seinen Hals so fest wie eine Ertrinkende den rettenden Balken?

Nicht gar so wild, wollte er ihr sagen, doch zum Sprechen fehlte ihm der Atem. Der Schweiß brach ihm aus sämtlichen Poren, speiübel wurde ihm plötzlich, und der Schmerz loderte in Schultern, Armen und Bauch. Diese Enge, dieser Druck, nicht nur um seinen Hals, nein, sein ganzer massiger Leib schien von einer Riesenfaust umschlossen, er spürte noch, wie sich sein Körper bäumte und krampfte gegen den Druck, nahm es beinahe verwundert wahr, gleichsam als ob sein Körper nicht mehr zu ihm gehörte, sah noch Claras erstaunten Blick und plötzlich sich selbst, seinen bleichen, halbnackten, schweißgebadeten Leib – dann war es vorbei.

Clara befreite sich von ihrer Last und holte tief Luft. Sie zitterte, als sie sich neben ihren Angreifer kniete und einen Finger an dessen Hals legte, um dann seinen Puls am Handgelenk zu fühlen. Es gab keinen Zweifel: Filibertus Behaimer war tot, das rote Gesicht mit den aufgerissenen Augen, dem weitgeöffneten Mund nur noch eine Maske.

Sie hörte sich selbst einen spitzen Schrei ausstoßen. Was hatte sie getan? Sie erinnerte sich an diesen Schwall von Ekel und Hass, der über sie gekommen war, nachdem Behaimer sie zu Boden gebracht und mit Gewalt hatte nehmen wollen. Im ersten Moment war sie von seinem Angriff vollkommen übertölpelt gewesen, dann aber hatte dieses Gefühl von Abscheu ihr die Kraft verliehen, sich von seinem Gewicht zu befreien und ihm die Luft abzudrücken.

Erschrocken starrte sie erst ihre Hände an, die diese Tat begangen hatten, dann die hellen Abdrücke an Behaimers Kehle. So fest hatte sie doch gar nicht zugedrückt. Dazu nicht einmal ein Vaterunser lang.

«Gütiger Himmel – Mutter! Was ist hier geschehen?»

Clara blickte auf. Im Türrahmen der Stube stand Benedikt.

«Er ist tot», flüsterte sie. Noch immer kauerte sie neben dem Leichnam. Sie wollte sich erheben, aber ihre Muskeln gehorchten ihr nicht. Benedikt half ihr auf die Beine, und sie schwankte gegen seine Brust.

«Er ist tot, und ich hab ihn erwürgt.»

Benedikts Gesicht wurde erst bleich, dann lief es rot an.

«Hat er – hat er dir Gewalt angetan?»

Clara schüttelte langsam den Kopf. Da erst nahm sie wahr, in welch unziemlichen Zustand Behaimer da auf dem Dielenboden lag. Sein Rock war halb aufgerissen, die Beinkleider nach unten verrutscht, sodass ein weißlicher Streifen Haut von der Hüfte bis zu seinem geschrumpften Geschlecht zu sehen war. Abrupt wandte sie sich ab, trat ans Fenster und öffnete einen Flügel. Die frische Luft roch zum ersten Mal nach Herbst.

«Es kam nicht mehr dazu», sagte sie, «aber er hatte es vor. Was machen wir jetzt bloß?»

Benedikt griff über ihre Schulter hinweg durch das offene Fenster und zog die Läden zu.

«Erst mal braucht niemand zu wissen, was hier vorgefallen ist.» Sein Tonfall war hart. «Der Kerl ist in deinem Hause gestorben, weil er alt, krank und viel zu fett war. So werden wir es den Grafen und dem Bürgermeister vermelden.»

Erst jetzt wagte Clara es, sich wieder umzudrehen. In dem spärlichen Licht, das durch die Ritzen der Fensterläden drang, war der Anblick erträglicher. Sie beobachtete, wie sich Benedikt herunterbeugte und dem Toten Mund und Augen schloss. Dann wälzte er ihn auf den Rücken, brachte seine Kleidung wieder in Ordnung und legte ihm die Hände über der Brust ineinander.

«Weißt du was? Einen solch gelinden Tod hat das Schwein gar nicht verdient. Gerädert und gevierteilt hätte er gehört, nach allem, was er verbrochen hat. Ich hoffe nur, dass ihn im Tod der Höllenfürst persönlich abgeholt hat.»

«Benedikt!»

«Hast du etwa noch Mitleid mit ihm?»

«Begreifst du denn nicht?» Ihre Stimme wurde schrill. «Ich habe ihn gemordet, mit eigenen Händen!»

«Mutter, er hat dich bedroht! Er wollte dir Gewalt antun. Du hattest gar keine Wahl!» Er sah ihr fest in die Augen.

Doch Clara ließ sich nicht beirren, beugte sich über die geöffnete Truhe und wühlte darin herum.

«Was tust du?», fragte Benedikt.

«Ich suche eine Kerze. Wir müssen für ihn beten. Er ist ohne Beichte und Absolution verstorben.»

«Dann tu das, aber ohne mich.» Seine Stimme klang nun böse. «Ich geh derweil auf die Burg und geb Bescheid, dass man ihn holen kommt. Und unser guter Pfarrer Cunrat soll sehen, was er noch für Behaimers Seelenheil ausrichten kann. Soll er sich halt anstrengen.»

Mit großem Gefolge, unter Totengeläut und lautem Klagegeschrei hatte Pfarrer Cunrat den Leichnam am frühen Abend abgeholt und zur Aufbahrung in die Burgkapelle gebracht, wo er auch bestattet werden sollte. Weder der Pfarrer noch der alte Graf hatten im Übrigen an Benedikts Darstellung von Behaimers Todesstunde gezweifelt.

Der Stadtarzt habe seine Mutter aufgesucht wegen einer medizinischen Schrift, ganz kurzatmig sei er da bereits gewesen, kaum habe er die Stube betreten. Er selbst, Benedikt Grathwohl, sei Zeuge hiervon gewesen. Dann habe sich der Mann unter Stöhnen an die Brust gegriffen und sei zu Boden gesunken. Mit lautem Röcheln habe er nach Luft gerungen, sich in seiner Verzweiflung an die Kehle gegriffen. Seine Mutter und er hätten mit vereinten Kräften versucht, ihn wieder auf die Beine zu bringen, da sei er in ihren Armen gestorben.

Mit ruhiger Stimme hatte Benedikt dies alles vorgetragen, nachdem er endlich vom alten Grafen und seinem illegitimen Pfaffensohn empfangen worden war. Fassungslos hatten die beiden ihm gelauscht, der Pfarrer mit Kopfschütteln, Graf Cunrat mit Tränen in den Augen. Am Ende war der Alte in Schluchzen ausgebrochen und hatte gestammelt: «Ich hab's geahnt, ich hab's geahnt – sein schwaches Herz!», und Benedikt war froh gewesen, als er wieder draußen im Burghof stand, zwischen den vollbepackten Karren, Mauleseln und Planwagen.

Nachdem Benedikt ihr Bericht erstattet hatte, vermochte Clara endlich zu glauben, wovon ihr Sohn von Anfang an überzeugt war und was die Heilkundige in ihr bereits vermutet hatte. Nicht etwa kraft ihrer Hände war Filibertus Behaimer zu Tode gekommen, sondern weil er mit seinem Leben in Völlerei und Ausschweifungen einem schwächlichen Herzen zu viel zugemutet hatte. Mochte nun der Herrgott über ihn und seine Freveltaten richten.

Kapitel 32

In den folgenden Wochen steigerte sich die Seuche zu ihrem grauenvollen Höhepunkt. In jeder Gasse wütete sie, zog von Haus zu Haus, wo sie sich selten mit einem Opfer begnügte, ließ hier und da eines aus oder schlug nach kurzem Innehalten am andern Ende der Gasse zu – dort, wo gerade gefeiert, getrauert, geboren wurde. Den Hüttenschmied Peterhans traf es, die Flickschneiderin Thine mit ihren beiden Jüngsten, den alten Karrenbeck und Rudolf, den Gefängniswächter. Auch vor den Mauern der zahlreichen Freiburger Klöster, Regelhäuser und Beginenhöfe machte die Seuche nicht halt.

Derweil errichteten die städtischen Büttel an jeder Straßenecke große Scheiterhaufen aus Eichen- und Wacholderholz, um die Luft von den giftigen Pestdünsten zu reinigen. Die Hausbewohner taten das Ihre und verbrannten Blutwurz, Baldrian und Bibernell im Herdfeuer oder draußen vor der Türschwelle. Tag und Nacht loderten die Feuer, und manches Holzhaus wurde ein Raub der Flammen. Der Gestank nach Rauch und Verwesung war kaum noch zu ertragen, und wer es sich leisten konnte, band sich Tücher mit Rosen- und Veilchenduft vor Mund und Nase oder rieb sich morgens mit Balsam und Myrrhe ein.

Für Clara und Mechthild, die tapfer an der Seite ihrer Freundin blieb, begann ein letzter, vergeblicher Kampf. Fast täglich malten sie zehn, zwanzig Kreuze mit gelber Kreide auf die Türrahmen – ein Kreuz für jeden Pestkranken. Sie wollten, dass die Menschen um die Seuche Bescheid wussten, und taten dies eigenmächtig, entgegen den Anordnungen der Stadtoberen, die die Kunde vom Massensterben möglichst wenig verbreitet wissen wollten. So durften die Leichname nur noch nachts aus den Häusern geholt werden, und in jeder Gasse standen hierzu Bahren und Bretter bereit. Die Räder der Leichenkarren mussten mit dicken Lumpen umwickelt sein, um den Tod unhörbar zu machen.

Das Sterben selbst indessen ließ sich nicht zum Schweigen bringen. Aus den verlassenen Häusern drangen Hilfeschreie, wer sich noch irgendwie erheben konnte, klammerte sich ans offene Fenster und flehte verzweifelt um Wasser und Essen. Nachbarn und Angehörige überließen die Sterbenden, ja sogar die eigenen Kinder sich selbst, kein Notar setzte mehr ein Testament auf, kein Geistlicher spendete mehr die Sakramente. Das Sterben war zur einsamsten Sache der Welt geworden. So machten Clara und Mechthild bald schon keine Krankenbesuche mehr, sondern durchwanderten einfach von früh bis spät die Gassen, geleitet von den Hilferufen, die manchmal nur ein kaum hörbares Wimmern waren, und erleichterten den Todgeweihten die letzte Stunde, indem sie ihnen die zersprungenen Lippen benetzten, Mohnsaft gegen die quälenden Schmerzen verabreichten oder einen letzten Becher starken Weines einflößten und dabei eine Kerze entzündeten und mit ihnen beteten.

Von diesen Gebeten abgesehen, verrichteten Mechthild und Clara ihre traurige Arbeit inzwischen in völliger Schweigsamkeit. Zur Hand gingen ihnen und den wenigen verbliebenen frommen Schwestern und Ordensbrüdern nur noch die Pestknechte mit ihren Karren. Diese Männer gehörten zu den Ärmsten der Armen: ehemalige Bettler, Elende und Vagabunden, Gesetzesbrecher und aus den Dörfern geflohene Knechte, die von der Stadt für jeden Leichnam einen Obolus erhielten. «Bringt eure Toten heraus!», ertönte nachts ihr Ruf unter den Fenstern. Doch zuallermeist brachte niemand die Toten heraus, und die Männer mussten selbst die nackten, blutgeschwärzten Leichname aus den Häusern tragen, oft mehrere auf ein Brett gepackt. In manchen Nächten stapelten sich die Toten an den Straßenecken, bevor der nächste oder übernächste Pestkarren sie aus der Stadt schaffte.

Längst nämlich war der Friedhof vor der Pfarrkirche, wo es trotz dicker Schichten Sand und Erde erbärmlich stank, überfüllt, und man hatte draußen vor den Mauern fünf Fuß tiefe Gruben ausgehoben, in die man die Leichen warf und mit Kalk überschüttete. Keiner folgte mehr den alten Bräuchen, niemand trug die Toten mehr zu Grabe. Zu schnell ging das Sterben, und mehr als einmal erlebte Clara, wie im Morgengrauen ein Mensch laut klagend und weinend am Rand des Pestackers kauerte und schon am Abend selbst tot war. Mehr als einmal musste sie mit ansehen, wie Alte und Junge auf offener Straße zusammenbrachen, mit einem letzten müden Blick zum Himmel, bevor das Auge brach.

Niemand wusste, wem der Tod als Nächstes seine Knochenhand auf die Schulter legen und mit sich nehmen würde. Wen er noch verschont hatte und wer noch wagte, auszuharren in dieser Stadt der Toten, der ergab sich seinem Schicksal und Gottes Willen – ein Morgen schien es nicht mehr zu geben, und damit fand man sich ab. Der eine tat dies unter Tränen und Wehgeschrei, der Nächste in dumpfer Teilnahmslosigkeit, und der Dritte, im Glauben an Gott und die Kirche erschüttert, spottete und lachte nur mehr. Von dieser Art gab es nicht wenige, Männer ebenso wie Frauen, und sie hetzten von

Vergnügen zu Vergnügen, lechzten nach Ausschweifung und Reichtum, wie um diesem flüchtigen Leben noch eine letzte Freude abzupressen.

Immer häufiger, wenn Clara und Mechthild sich abends erschöpft auf den Heimweg machten, vernahmen sie aus den Schankstuben laute Musik, Gesang und Gelächter. Bis weit in die Nacht waren die Trinkstuben und Tavernen inzwischen geöffnet, und dass es dabei nicht nur ums gesellige Zechen ging, um Würfel- und Glücksspiel, zeigte sich mit einem einzigen Blick durch die geöffneten Fenster. Seitdem auch der Frauenwirt der Pestilenz zum Opfer gefallen war, strömten die Huren in die Wirtshäuser und setzten sich gänzlich ungeniert mit ehrbaren Bürgern an einen Tisch, ließen sich öffentlich küssen und begrapschen, und nicht selten waren Mönche und geistliche Herren mitten dabei. Ganz offensichtlich bekümmerte sich niemand mehr um seinen guten Ruf.

Einmal, an einem Samstag gegen Ende des ersten Herbstmonats, wurde Mechthild darüber so wütend, dass sie in eine der Schenken stürmen wollte, um den Wirt zur Rede zu stellen. «Dass die Obrigkeit nicht einschreitet! Nebenan sterben die Leut, und hier ergeht man sich in Saufgelage und Buhlerei. Pfui Teufel!»

Nur mit Mühe konnte Clara sie zurückhalten.

«Lass gut sein. Sie würden dich nur auslachen. Außerdem: Welche Obrigkeit? Unser Schultheiß ist mit den Grafen und dem Pfarrer auf und davon, der Bürgermeister ist seit neuestem auch spurlos verschwunden, und unter den Ratsherren gibt es schon etliche Tote.»

Sie selbst hatte für dieses schamlose nächtliche Treiben keinen Gedanken übrig. Viel eher verzweifelte sie an der Hartherzigkeit der Menschen. Auf der Straße ging man sich tagsüber aus dem Weg, und wenn einer erkrankte, sagte der andre: Ich geh Hilfe holen!, versperrte leise die Tür und kam nie wieder. Trat dann der Tod ein, erfuhren die Nachbarn erst durch den fauligen Gestank davon. Manchmal hielt sie all das kaum noch aus.

«Vielleicht hast du recht.» Mechthild strich sich das graue Haar aus der Stirn. «Ich frage mich nur, ob die Welt noch dieselbe ist, wenn das alles hier vorbei ist.»

Clara lehnte sich gegen die Hauswand. «Vielleicht erleben wir das gar nicht mehr.»

Sie fühlte sich unendlich müde, sehnte sich plötzlich so sehr nach einem einzigen Tag der Ruhe, nach einem Sonntag wie früher, wenn sie mit Heinrich und den Kindern nach dem Kirchgang durch den Stadtgraben geschlendert war oder Hand in Hand mit ihm im Garten gesessen hatte. Doch Gevatter Tod scherte sich nicht um kirchliche Fest- und Feiertage, und so würde sie auch morgen wieder nach den Kranken und Sterbenden sehen. Dabei war die Sehnsucht nach ihren Kindern, die Sorge um sie kaum noch auszuhalten.

«Was ist mit dir?», fragte Mechthild. «Du bist ganz blass.»

«Es geht schon wieder.» Clara zog sich den Umhang fester um die Schultern. «Gehen wir nach Hause.»

Sie hakte sich bei ihrer Freundin unter. Ich bin nur erschöpft, sagte sie sich, bräuchte einfach mal ein bisschen Ruhe. Wären da nur nicht diese rasenden Kopfschmerzen, die ihr den Schädel zu zersprengen drohten.

Als Benedikt am nächsten Tag von der Waldhütte zurückkehrte, war er mehr als besorgt. Die Nächte wurden schon kalt, der kleine Eli litt an einem hartnäckigen Husten, und Daniel hatte sich bei der Jagd auf einen Fuchs den Fuß verstaucht.

Zwar hatte Benedikt ihnen eine Lage Decken mitgebracht, die er in der Stadt aufgetrieben hatte, aber die würden kaum etwas gegen die Bodenkälte ausrichten können. Zudem wurde es immer schwieriger, genügend Essensvorräte für sechs hungrige Mägen aufzutreiben. Das, was in den Lauben der Großen Gass auslag, war nicht mehr Markt zu nennen, so spärlich war das Angebot. Von den drei Getreidemühlen arbeitete nur noch die Paradiesmühle, gegen einen unverschämt überhöhten Mahllohn, und was auf ihrem eigenen Feldstück an Herbstgemüse, an Äpfeln und Birnen gedieh, wurde von Fremden, kaum war etwas halbwegs herangereift, gestohlen.

So war Benedikt seinerseits dazu übergegangen, sich zu holen, was er und seine Familie notwendig brauchten. Anfangs hatte er nur die mehr oder minder verwahrlosten Gärten der Vorstadt aufgesucht, heimlich und noch vor Morgengrauen. Doch hierbei war er nicht der Einzige, und mehr als einmal hatten ihm finstere Gestalten seine Ausbeute unter Prügelschlägen wieder abgenommen. Er erkannte schnell, dass Gegenwehr zwecklos war. Schon ein Säckchen Äpfel oder Nüsse konnte zu Blutrunst, Wund- und Totschlag führen, und so gab er ab, was er hatte, wenn ihm jemand in die Quere kam.

Bald nahm er immer weitere Wege in Kauf, war stundenlang unterwegs, um die Felder der umliegenden Dörfer zu durchstreifen. Mit etwas Glück traf er auf herrenloses Federvieh, dem er, wenn er sich unbeobachtet glaubte, gleich an Ort und Stelle den Hals umdrehte, oder auf eine entlaufene Milchkuh, deren pralles Euter er voller Gier melkte. Er hätte sie auch mitnehmen können, in den alten Kuhstall daheim. Nur, wie hätte er sie nähren sollen?

Was seine Mutter nicht wusste: Mittlerweile hatte er keinerlei Hemmungen mehr, einsame Schuppen oder Scheunen aufzubrechen. So war er heute Morgen sogar, auf dem Weg in den Wald, in die verödete Grafenmühle eingedrungen. Leider war er nicht der Erste gewesen, und so waren ihm nur letzte Korn- und Mehlreste geblieben, die er aus der Bütte und vom Boden aufklaubte.

Lange konnte das nicht mehr so weitergehen. Zwar hatte der Freiburger Rat angekündigt, verbilligtes Korn aus den Vorratsbeständen des Spitals auszugeben, doch bislang war nichts dergleichen geschehen. Wahrscheinlich war das meiste längst zu Wucherpreisen an die Reichen gegangen. Sogar Bahren und Decken wurden knapp, und seit einigen Tagen gab es weder Totenkerzen noch Wachs mehr zu kaufen, worüber seine Mutter schier in Verzweiflung geraten war. «Und wennschon – Wachs kann man nicht essen», hatte er ihr gesagt, und über diese Bemerkung waren sie fast in einen handfesten Streit geraten. Dafür hatte es keinen Mangel an aufgegebenen Häusern, Scheunen und Gärten, die zu Spottpreisen zum Verkauf standen.

Als Benedikt sich jetzt dem Stadttor näherte, zögerte er. Sollte er einen Umweg über die Obere Würi machen, eine Ansammlung von kleinen Bauernhöfen und Hütten auf der anderen Flussseite? Von dort würde er sicher nicht mit leeren Händen heimkehren, denn die Höfe waren inzwischen allesamt aufgegeben. Doch beim Gedanken an seine Mutter beschloss er, dies auf den Nachmittag zu verschieben. Es ging ihr nicht gut. Ganz entgegen ihrer Gewohnheit war sie heute früh nicht mit ihm aufgestanden. Als er schließlich den Kopf in ihre dunkle Kammer gesteckt hatte, hatte sie ihm nur müde zugeraunt, sie wolle noch ein wenig liegen bleiben, nur ein klein wenig ausruhen an diesem heiligen Sonntag. Da hatte er leise die Tür wieder geschlossen und sich auf den Weg gemacht.

Während er nun die Stadt durchquerte, sorgte er sich mehr

und mehr um sie. Viel zu hart war sie mit sich selbst, gönnte sich keine Ruhe, kein Verschnaufen und wurde dabei immer schmaler im Gesicht. Vielleicht hätte er sie heute gar nicht allein lassen sollen.

Im letzten Moment bog er in die Schustergasse ein, um sich den Weg über den Kirchplatz zu ersparen. Nicht der unerträgliche Gestank des Friedhofs schreckte ihn ab, sondern der traurige Anblick seiner verwaisten und verwahrlosten Baustelle. Obendrein hatten vor einigen Tagen Brandstifter die Werkstatt abgefackelt, wohl aus Zorn, weil sie im Innern nichts von Wert hatten finden können.

«Mutter? Bist du da?», rief er, kaum dass er die Haustür aufgestoßen hatte. Da niemand antwortete, betrat er die Küche. Dort kauerte Mechthild am Tisch, mit eingezogenen Schultern und geröteten Augen. Über dem Herd kochte Wasser im Kessel.

«Wo ist meine Mutter?»

«Oben. Es geht ihr nicht gut.»

«Was soll das heißen?»

«Sie hat hohes Fieber.»

«Hat sie Schüttelfrost?» Seine Stimme wurde schrill. «Starke Kopf- und Gliederschmerzen? Spricht sie unsinniges Zeug?»

Er schwankte gegen die Tischplatte. Alles, was er über die Seuche wusste, wirbelte ihm durch den Kopf.

«Bitte, Benedikt, hör auf damit. Wir dürfen nicht gleich das Schlimmste denken. Deine Mutter arbeitet seit Wochen wie ein Pferd, schläft zu wenig, isst schlecht. Da kann es schnell zu Auszehrung oder einem schweren Katarrh kommen. Und bislang deutet nichts auf etwas anderes hin.»

«Das glaubst du wirklich? Gerade du, die du mit meiner Mutter in den Pesthäusern ein und aus gehst?»

Ihr Blick wich ihm aus. «Hilf mir lieber, Kräutersud aufzusetzen. Und dann besorg irgendwo starken Rotwein. Sie muss wieder zu Kräften kommen.»

Kapitel 33

Den Sonntag und Montag über blieb Claras Zustand unverändert. Durch das Fieber schwitzte sie stark, wirkte benommen und wollte außer Flüssigkeit nichts zu sich nehmen. Mechthild und Benedikt wechselten sich in der Pflege ab, gaben ihr zu trinken, legten Wadenwickel an und versuchten ihr hin und wieder süßen Milchbrei einzuflößen. Um an Honig zu kommen, hatte Benedikt beim Apotheker einen wertvollen Zinnteller eintauschen müssen.

Noch immer wollte ihm Mechthild einreden, dass es sich um einen Katarrh handle, selbst als zum Schüttelfrost auch noch gallige Durchfälle und Nasenbluten hinzukamen. Doch sein Gefühl sagte ihm etwas anderes. Mehrmals am Tag bat er die heilige Elisabeth, als Schutzpatronin der Kranken, um Fürbitte für seine Mutter, flehte sie an, für seine Mutter einzustehen. Er hätte es nicht ertragen, nach dem Vater nun auch noch die Mutter an die Pest zu verlieren.

Am Dienstagmorgen erwachte er noch vor Sonnenaufgang. Er hatte unruhig geschlafen und am Ende einen seltsamen, zugleich wunderbar tröstlichen Traum gehabt. Nach langer Zeit zum ersten Mal war ihm Esther wieder erschienen, so leibhaftig, als würde sie vor ihm stehen in seiner kleinen Schlafkammer. Sie hatte älter ausgesehen, als er sie in Erinnerung hatte, reifer, und ihr Gesicht hatte alles Jungmädchenhafte verloren. Dabei war sie schöner denn je.

Aus der Finsternis der Nacht trat sie auf ihn zu, im Schein

eines rosenfarbenen Lichtes, und sagte ihm, dass sie in seiner Kirche gewesen sei, um sich dort ihr Bildnis anzusehen. «Du hast einen guten Platz dafür gefunden, aber er wird nicht für die Ewigkeit sein. Doch deswegen bin ich nicht gekommen. Ich bin gekommen, um dir zu sagen, dass du keine Angst haben musst. Deine Mutter ist stark, so stark wie du.» Sie nahm ihn in die Arme, und er konnte ihren warmen, weichen Körper spüren. Über ihre Schulter hinweg sah er die Gestalt seines Vaters, der ihm zulächelte und nickte. Da hatte er im Traum zu weinen begonnen und war aufgewacht.

Wie gerne hätte er seiner Mutter von diesem Traum erzählt, sie gefragt, was es damit auf sich hatte. Vermochten Tote mit den Lebenden zu sprechen? Wussten sie mehr als die Lebenden?

Während er Mühe hatte, in die Wirklichkeit zurückzufinden, lauschte er der Dunkelheit. Von nebenan drang schmerzvolles Stöhnen herüber. Mit einem Satz war er aus dem Bett, streifte sich sein Hemd über, entzündete die Lampe und klopfte an die Nachbarkammer. Das Stöhnen wurde lauter. Voller Angst riss er die Tür auf. Im Schein der Lampe sah er seine Mutter sich hin und her wälzen, sie hatte die Decke von sich geworfen und war schweißgebadet. Plötzlich hielt sie inne.

«Bleib – weg!», keuchte sie.

Da entdeckte er die blauschwarzen Flecken in ihrer rechten Armbeuge.

«Nein!», entfuhr es ihm als ein verzweifelter Schrei. Er hörte sie etwas flüstern, was wie «Hol Mechthild her!» klang.

«Hab keine Angst, Mutter – ich bin gleich wieder da.»

Er rannte zurück in seine Schlafstube, kleidete sich an und stolperte die Treppe hinunter in den Hof. Das erste Morgenlicht tauchte die umliegenden Mauern und Häuser bereits in silbriges Grau. Es war bitterkalt. Vom Haus der Grünbaums nebenan hörte er dumpfes Poltern und Klopfen. Es klang, als würde jemand die Dielenbretter herausreißen, aber darum konnte er sich jetzt nicht kümmern.

Das kurze Stück bis zum Haus Zum Rosbaum rannte er, so schnell er konnte, während ein vollbeladener Pestkarren mit gedämpftem Rumpeln an ihm in Richtung Christoffelstor vorbeizog. Die hochgewölbte Plane verriet die Ausbeute dieser Nacht. Ansonsten war die Straße menschenleer und still, bis auf das Knacken der Feuerstellen ringsum.

Er unterdrückte ein Schluchzen. Warum jetzt auch noch seine Mutter? Warum konnte die Seuche seine Familie nicht in Frieden lassen, wo sie sich den Vater doch schon geholt hatte? Er hämmerte den Eisenring gegen den Türflügel des herrschaftlichen Hauses, das er zum letzten Mal zusammen mit seinem Vater betreten hatte, als der alte Tucher erkrankt war. War das wirklich erst drei Monate her? Ihm kam es vor wie Jahre.

«Mechthild – Gevatterin – mach auf!», rief er. «Ich bin's, Benedikt.»

Der Gestank, der über der Gasse lag, verursachte ihm plötzlich Übelkeit, während er klopfte und klopfte und dabei nach Mechthild rief. Was, wenn auch sie die Pestilenz hatte? Einen Knecht oder eine Magd, die ihm öffnen würden, gab es im Tucher'schen Haus schon lange nicht mehr.

Endlich ging im oberen Stockwerk ein Fenster auf. Zu Benedikts Überraschung schob sich das verschlafene Gesicht von Herrmann Tucher, Meinwarts ältestem Bruder, über die Fensterbank.

«Hast du einen Sparren zu viel, halb in der Nacht so einen Radau zu machen?»

«Wo ist deine Mutter?»

«Im Bett, wo sonst?»

«Weck sie auf, es ist dringend.»

«Einen Teufel werd ich tun.»

Das Fenster schlug wieder zu. Kein Vaterunser später öffnete sich die Haustür. Mechthild stand vor ihm, fertig zum Ausgehen in langem Umhang und Lederschuhwerk. Das Leinengebende um den Kopf ließ ihr blasses Gesicht noch kleiner und zarter erscheinen. Ihre hellen, runden Augen blickten ihn erschrocken an.

«Steht es schlecht um Clara?»

«Ja – diese schwarzen Flecken …»

«Habt ihr noch ausreichend Essig und Wein im Haus?»

«Ich weiß nicht.» Benedikt musste an sich halten, nicht in Tränen auszubrechen.

Mechthild wandte sich um in die dunkle Eingangshalle. «Herrmann?»

Von oben war ein unverständliches Maulen zu hören.

«Los, komm runter. Ich brauche deine Hilfe.»

Auf nackten Beinen, das kurze Hemd voller Flecken, tapste Herrmann bald darauf heran. Sein verquollenes Gesicht sah aus, als hätte er die ganze Nacht durchgesoffen.

«Was soll das? Kann man in diesem Haus nicht mal ein paar Stunden am Stück schlafen?»

«Hol das Fässchen Essig aus dem Keller und bring es ins Haus der Grathwohls.»

«Jetzt? Bin ich denn dein Knecht?»

«Jetzt sofort! Noch ist das hier mein Haus», herrschte sie ihn an, und Benedikt wunderte sich über den Tonfall der schmächtigen Frau. Tatsächlich verschwand Herrmann ohne Widerworte im Dunkel der Diele.

«Sein Meister hat ihn aus dem Haus gejagt», sagte sie leise zu Benedikt. «Seither liegt er mir wieder auf der Pelle.»

Entschlossen nahm sie ihre Tasche unter den Arm, zog die Tür hinter sich zu und ging energischen Schrittes voran in den nasskalten Morgen. Benedikt ahnte, dass ab jetzt sie das Zepter in der Hand halten würde. Das hatte fast etwas Beruhigendes.

Zurück in seinem Elternhaus, schob sie ihn in die Küche. Im Stockwerk über ihnen war alles still.

«Mach Feuer und setz Wasser auf. Wo habt ihr sauberes Bettwerk?»

«In der kleinen Truhe in Mutters Schlafkammer.»

«Gut. Ich bring dir nachher die alte Wäsche herunter, wir müssen sie kochen.»

Aus ihrem Lederschlauch goss sie Essigwasser in ein Schälchen und tränkte darin das Tuch, das sie sich anschließend vor das Gesicht band. Dann legte sie dünne lederne Handschuhe an.

«Hat sie ausreichend zu trinken?»

Benedikt nickte. Als sie die Küche verließ, wollte er ihr folgen.

«Du bleibst hier und wartest auf Herrmann. Wenn er das Essigfass gebracht hat, musst du mir helfen, die Schlafkammer zu reinigen und zu räuchern.»

Während Benedikt die Glut anfachte und Holz nachlegte, versuchte er sich einzureden, dass die Verfärbungen am Arm seiner Mutter auch vom Liegen kommen konnten oder weil sie sich im Schlaf irgendwo gestoßen hatte. Vielleicht hatte er sich die dunklen Flecken ja auch nur eingebildet?

Aber als Mechthild keine halbe Stunde später in die Küche zurückkehrte, genügte ein Blick auf ihre Miene, und sein letztes bisschen Hoffnung war geschwunden.

Zwei Tage nachdem Benedikt die Hautflecken entdeckt hatte, bildeten sich unter den Achseln Beulen, und es wurde zur Gewissheit, dass die Pestilenz nun auch seine Mutter in ihren Fängen hielt. Er war gerade beim Holzhacken, als Mechthild ihn hereinrief und ihm wortlos ein Stück Kreide in die Hand drückte: «Geh hinaus und mach ein Kreuz auf euer Hoftor.»

Sehen durfte er seine Mutter nicht. Schon die Tage zuvor hatte Mechthild ihn nicht mehr zu ihr gelassen.

«Aber warum? Was soll das?», hatte er aufbegehrt.

«Du fragst, warum?» Ihre Stimme war hart, während in ihren Augen Tränen standen. «Weil du nicht der Nächste sein sollst, darum. Weil deine Mutter vielleicht schon morgen tot ist und du dann für deine Geschwister sorgen musst.»

Mechthild hatte inzwischen die Kammer der Kinder bezogen und mit Benedikts Hilfe ihre persönliche Habe sowie sämtliche Essensvorräte, die sie noch zu Hause hatte, herbeigeschleppt. Um Tag und Nacht in der Nähe der Schwerkranken zu bleiben, verließ sie das Haus nicht mehr. Stattdessen gab sie Benedikt Anweisungen, was er zu tun habe: für frisches Wasser und Brennholz sorgen, nach einem Bäcker suchen, der noch Brot backte, ein Huhn fangen und schlachten, damit sie daraus eine kräftigende Brühe kochen konnte. Als er einmal zu Meister Christoffel in die Apotheke sollte, leuchtete ihm auch dort das Pestkreuz entgegen, und er musste unverrichteter Dinge umkehren.

Zu Daniel und seinen Geschwistern zu gehen, wagte er in diesen Tagen nicht. Er hätte es nicht über sich gebracht, ihnen die Wahrheit zu sagen. Sie würden die nächste Zeit ohne seine Unterstützung auskommen und im Notfall eben auch die zweite Ziege schlachten müssen – wahrscheinlich hatte ja ohnehin alles keinen Sinn mehr.

Wenn Benedikt seine Handlangerdienste erledigt hatte, irrte er oft den halben Tag ziellos durch die Gegend, mal draußen vor der Stadt, mal durch die verschlammten Gassen, durch die die ersten Herbststürme pfiffen und kalten Regen brachten. Ihm war, als suche er nach etwas, nach Spuren aus früheren Zeiten, die ihm zeigten, dass das Leben weiterging. Aber abgesehen von dem herrlichen Kirchturm, der sich wie eh und je majestätisch über die Dächer erhob, fand er nichts. An jedem dritten Haus prangten Pestkreuze wie Kainsmale, Werkstätten und Verkaufslauben waren mit Brettern vernagelt, einst stolze Bürgerhäuser standen aufgebrochen und geplündert.

Das hier war nicht mehr sein Freiburg, seine geliebte Heimatstadt – zu vieles hatte sich verändert. Menschen, die er seit seiner Kindheit gekannt hatte, gab es nicht mehr, dafür stierten ihn aus den Häusern der Nachbarschaft fremde Gesichter an. Er traf auf keine Kinder mehr, die auf der Gasse oder vor den Stadttoren spielten, niemand tratschte mehr am Brunnen, niemand rief mehr seine Waren oder die neuesten Stadtverordnungen aus. Sogar die Hühner, Schweine und Hunde, die früher so zahllos durch die Gassen gestreunt waren, waren verschwunden. Stiller war es geworden und zugleich lauter, denn jeder Schmerzensschrei, jeder Raufhändel, jedes trunkene Gelächter war nun weithin zu hören.

Manchmal wurde er unterwegs von Betrunkenen angepöbelt, manchmal musste er sich gegen Beutelschneider und Strauchdiebe wehren. Oder auch gegen aufdringliche Huren, die ihre Freier mitten am Tag in eine der düsteren Brachen zwischen den Häusern zogen, wo knöcheltief der Matsch stand, um dort an einer Schuppenwand im Stehen ihre Liebesdienste anzubieten.

Zumeist aber beachtete ihn überhaupt niemand. Weder

wurde er mit einem freundlichen Gruß bedacht noch zum Schwatz angehalten, wie früher, wenn er durch die Stadt gegangen war. Er fühlte sich wie in einem fremden Land, dessen Sprache er nicht verstand. Und er verstand die Menschen wahrhaftig nicht mehr. Die, die litten, zogen sich zurück in ihre Häuser oder in die Kirche zum Gebet, die anderen ergaben sich in schamloser Putz- und Verschwendungssucht und stellten ihren neuen Reichtum in den Gassen und Wirtshäusern zur Schau.

Wo die einen in Lumpen gingen, stolzierten nun andere wie die Pfauen umher, Männer wie Frauen in Kleidern so eng, dass sie sich kaum darin bewegen konnten, in Schnabelschuhen so lang, dass sie über die eigenen Füße stolperten. Der einfache Handwerker kleidete sich plötzlich wie ein adliger Geck in Gewändern aus vierundzwanzigerlei Tuch oder im vornehmen, goldbestickten Karmesinrot. Ehefrauen bedeckten ihr Haar nicht mehr auf der Straße, sondern ließen es offen über die Schultern fallen wie die Hübschlerinnen, der Ausschnitt ihrer Gewänder verbarg die Brüste nicht einmal mehr halb. Sogar auf Bauern war Benedikt getroffen, die feine Schnallenschuhe trugen, grünes und rotes Tuch aus Gent, das Wams modisch eng mit weiten Prunkärmeln dran, die Gürtel mit Metall beschlagen, mit Täschchen dran für Geld und Gewürze und dazu schreiend rote Hüte.

Eines Sonntags, genau eine Woche nachdem seine Mutter krank geworden war, begegnete Benedikt in der Gerberau einem seiner ehemaligen Taglöhner mit riesigen bunten Federn am Hut und silbernen Borten am Rock. Über die Hände hatte er sich statt seiner wollenen Fäustlinge venezianische Lederhandschuhe gezogen. Er hieß Jösli und hatte ihn dazumal zusammen mit Degenhart, dem Koch, verprügelt.

Zwar war das lange her, und Jösli hatte sich bei ihm als Einziger der Beteiligten hernach entschuldigt, aber jetzt versetzte der Anblick dieses Gecken Benedikt in Wut.

Mit einem einzigen Fausthieb fegte er ihm den albernen Hut vom Kopf.

«Kommst dir wohl vor wie der Graf von Freiburg, was?»

«He, was soll das?»

Jösli bückte sich nach dem Hut, der in einer schlammigen Pfütze gelandet war. Bevor er ihn aufheben konnte, hatte Benedikt seinen Fuß auf die Krempe gesetzt.

«Hast dir also auch ein Stück vom Kuchen abgeschnitten? Welcher tote Bürgersmann war es denn, den du bestohlen hast? Den eitlen Münsterschaffner vielleicht? Oder den Apotheker aus der Salzgasse? Den Ratsherrn Pfefferlein? Für solche wie dich muss unsre Stadt ja grad eine wahre Goldgrube sein.»

«Gib mir den Hut zurück. Ich hab ehrlich gearbeitet dafür.»

«Ha, dass ich nicht lache! Sag mir, wo man heut noch ehrliche Arbeit findet, und ich such mir augenblicklich auch was. Im Gegensatz zu dir kann ich mich nämlich nicht in Samt und Seide kleiden.»

Benedikt zog den Hut mit der Ferse durch den Schlamm. Die buschigen Federn wurden zu einem graubraunen Klumpen.

«Hör auf damit!» Jösli blickte sich hilfesuchend um, aber sie waren allein auf der Gasse. Nur zwei Frauen, die jenseits der Holzbrüstung unten am Stadtbach Ziegenhaut schabten, glotzten neugierig herauf.

Als Jösli die Hand austreckte, um wenigstens den Hut zu retten, trat Benedikt ihm mit voller Wucht auf den Handrücken. Der Taglöhner jaulte auf.

«Du Dreckskerl.»

Benedikt lachte nur. «Schlag mich doch, hau drauf. So wie damals mit Degenhart. Was ist? Hat dich der Mut verlassen, so allein mit mir?»

Jösli streifte seine Handschuhe ab und rieb sich den schmerzenden Handrücken.

«Ich hab doch schon gesagt, dass es mir leidtut wegen damals.»

«Ja, das hast du. Ach herrje – da sind ja jetzt ganz ekelhafte Flecken auf deinen feinen Lederhandschuhen. Zeig her.»

Er riss ihm die Handschuhe weg und warf sie über die Holzbrüstung, den Frauen genau vor die Füße.

«Die könnt ihr wohl brauchen für euer raues Handwerk», rief er hinunter. Die Frauen lachten und bückten sich nach der unverhofften Gabe.

Als Benedikt sich wieder umdrehte, fuhr ihm Jöslis Faust gegen das Kinn. Der Schlag war nicht allzu hart, aber er genügte, um endgültig Benedikts Zorn auf die ganze Welt zu entfesseln. Er schlug zurück, zwei-, dreimal dem andern mitten ins Gesicht, dann in die Magengegend, sodass Jösli zusammenklappte, riss ihn schließlich zu Boden, wälzte sich mit ihm im Dreck und prügelte dabei in rasender Wut auf ihn ein. Er hörte erst auf, als er merkte, dass der Kerl sich nicht mehr wehrte.

Schwankend kam Benedikt wieder auf die Beine und wischte sich das Blut von der Nase.

«Ich denke, das reicht für heute», zischte er. Jösli wimmerte nur noch leise vor sich hin. Da bückte sich Benedikt, riss ihm die Schnallen von den Schuhen, die silbernen Zierknöpfe von der Tunika, schleuderte alles in die braune Brühe des Bachs und klaubte zu guter Letzt einen Silberpfennig aus Jöslis Geldkatze. Dafür bestellte er sich, verdreckt, wie er war, wenig später in einer Taverne ein Krüglein Wein. Ein schlechtes Gewissen hatte er nicht, im Gegenteil. Das Ganze hatte unglaublich gutgetan.

Als Benedikt an diesem Nachmittag heimkehrte, überraschte er Mechthild in der Küche, wie sie angespannt auf ein kleines, blitzblankes Messer starrte, das vor ihr auf der Tischplatte lag.

«Was tust du da?», fragte er.

Sie schrak auf. «Um Himmels willen – wie siehst du denn aus? Bist du überfallen worden?»

«Nein. Ich hatte nur eine Rechnung zu begleichen.»

«Das scheinst du in den letzten Monaten öfter zu haben.» Sie sah ihn prüfend an.

«Wie geht es meiner Mutter?», fragte er.

«Schlecht. Du musst mir helfen und für uns beide beten. Ich werde die Beulen aufschneiden.»

«Hast du das denn je gemacht?» Er konnte nicht verhindern, dass seine Stimme zitterte.

«Nein. Aber es ist die letzte Möglichkeit, sie zu retten.» Sie ging zum Herd und tauchte das Messer in kochendes Wasser. «Außerdem hab ich ihr oft genug dabei zugesehen, wenn auch nur von weitem.»

«Mein Vater hat mir gesagt, wie gefährlich das ist. Wenn dich der giftige Eiter berührt, musst du sterben.»

Sie lachte plötzlich, und es klang sogar echt: «Ja nun – dann bekomm ich vielleicht ein Plätzchen im Himmelreich.»

Kapitel 34

Clara schlug die Augen auf. Das Erste, was sie über sich erblickte, war das Gesicht eines jungen Mannes mit Bartstoppeln und eingefallenen Wangen, der sie aus hellblauen Augen voller Sorge betrachtete.

«Mutter? Bist du wach?»

Die Welt kehrte zu ihr zurück.

«Mein Junge», murmelte sie. Sie spürte etwas Warmes unter ihren Achseln, wollte den Kopf heben, fand aber nicht die Kraft dazu. Auch tat das helle Tageslicht ihr in den Augen weh. Hatte sie doch eine Ewigkeit im Reich der Finsternis verbracht, wo höllische Schmerzen und brennender Durst regiert und Dämonen und tierische Fratzen sie heimgesucht hatten. Gleichwohl war da auch noch etwas anderes gewesen: Ihr geliebter Heinrich war am Ende gekommen, um sie zu trösten.

«Du bist – nicht tot – nein?», presste sie mühsam hervor.

«Nein, Mutter. Und du auch nicht. Du wirst jetzt gesund.»

Über die Wangen ihres Sohnes rannen unaufhörlich die Tränen.

So gern hätte sie dieses vertraute Gesicht weiterhin betrachtet, aber das Licht war gar zu grell. Mit einem Lächeln schloss sie die Augen wieder und lauschte Benedikts Stimme, die gar nicht aufhören wollte zu reden.

«Ohne Mechthild hättest du es nicht geschafft. Sie hat alles für dich getan, sogar die Beulen aufgeschnitten. Vorsicht, ich hebe jetzt deinen Arm an, ganz langsam. Wir legen immer eine

Kompresse aus warmem Zwiebelmus auf die Wunden, so, wie du sie es gelehrt hast.»

Sie spürte seine wunderbar warmen Hände auf ihrer Haut.

«Jetzt musst du nur noch zu Kräften kommen. Du musst wieder essen, auch wenn es schwerfällt. Soll ich die Fensterläden schließen? Ich wollte nur kurz frische Luft hereinlassen. Heute regnet es einmal nicht, weißt du. Es ist nämlich längst Herbst, und die Nächte sind schon bitterkalt. Mechthild wird auch gleich nach dir sehen, sie ist noch unterwegs bei den Kranken. Heute zum ersten Mal. Sie war nämlich Tag und Nacht in deiner Nähe.»

«Ach, Benedikt, mein Junge», unterbrach sie seinen Redefluss. «Ich bin so glücklich, dass ich wieder bei euch bin.»

Von diesem Tag an übernahm Benedikt ihre Pflege. Ihr Zustand besserte sich nur allmählich, abgemagert und geschwächt, wie sie war. Doch die Wunden unter der Achsel und am Hals heilten sichtbar. Und das Erstaunlichste war: Mechthild hatte sich nicht angesteckt. Dafür war Benedikt dem Herrgott unendlich dankbar.

Wenige Tage nachdem Clara wieder zu Sinnen gekommen war, kehrte Mechthild von ihrem Rundgang durch die Stadt früher als erwartet zurück. Sie wirkte durcheinander, irgendwie fassungslos, als sie zu Benedikt in die Küche trat. Er war gerade dabei, Hühnerklein abzukochen, von der mit Sicherheit letzten Henne, die in den Freiburger Gassen aufzutreiben gewesen war.

«Es gab heute keine Pesttoten.» Mechthild bekreuzigte sich mit bebenden Fingern. «Schon gestern nicht. Und auch keine neuen Erkrankungen.»

Benedikt starrte sie an.

«Du meinst – es ist vorbei?»

«Vielleicht.»

«Dann müssen wir es Mutter sagen, jetzt gleich. Das wird sie schneller gesund machen. Und Daniel und die Kinder kann ich dann auch wieder holen. Am besten heut noch!»

Sie schüttelte den Kopf. «Nein, Benedikt, warten wir noch ein paar Tage ab. Damit wir Gewissheit haben. Ich kann es einfach noch nicht glauben.»

Clara saß aufrecht im Bett, während sie ihren Becher Hühnerbrühe schlürfte.

«Jetzt hast du allmählich wieder Farbe im Gesicht», sagte Mechthild. Sie hatte einen Schemel neben das Bett gerückt und sah ihr beim Essen zu.

Clara nahm einen letzten Schluck, dann reichte sie den Becher ihrer Freundin.

«Du hast mir das Leben gerettet. Und hättest dein eigenes sogar dafür geopfert.»

«Unsinn. Durch Gottes Gnade hast du überlebt, nicht durch mich.»

Clara schüttelte hartnäckig den Kopf: «Heinrich wäre stolz auf dich. Und dir unendlich dankbar, genau wie ich.»

Mechthild stellte den Becher zu Boden. «Du hättest dasselbe für mich getan.»

Clara schwieg. Jedes Mal, wenn sie an ihren Mann dachte, versetzte ihr das einen Stich ins Herz. Warum nur hatte er das Ende der Seuche nicht mehr erleben dürfen? So plötzlich die Pestilenz gleich einem göttlichen Strafgericht über sie hereingebrochen war, so schnell schien sie nun tatsächlich ein Ende gefunden zu haben. Dann dachte sie an die Kinder. Die Ungewissheit, wie es um sie stand, hatte sie die letzten Tage kaum zur

Ruhe finden lassen. Benedikt hatte ihr nämlich nach einigem Zögern gestanden, dass er seit ihrer Krankheit nicht mehr bei ihnen gewesen war. Morgen endlich wollte er sie holen gehen.

«Hoffentlich sind die Kinder gesund. Ich halte es kaum noch aus bis morgen.»

Mechthild lächelte. «Dein Sohn ist schon unterwegs, eben vorhin ist er los. Eigentlich sollte es eine Überraschung werden.» Sie erhob sich. «Kann ich dich allein lassen, ohne dass du gleich im Haus herumgeisterst? Ich sollte mal wieder zu Hause nach dem Rechten sehen.»

«Geh nur. Ach, Mechthild, ich bin so froh, wenn wir alle wieder beieinander sind. Was glaubst du, wann werden sie hier sein?»

«Nachmittag wird es schon werden, bis sie alles aufgeräumt und gepackt haben. Bis dahin ruh dich aus und versuch zu schlafen.»

Doch an Schlaf war vor Aufregung nicht zu denken. Kaum hörte sie von unten die Haustür ins Schloss fallen, versuchte sie aufzustehen. Sie wollte für die Heimkehrer etwas zu essen bereiten, den Tisch hübsch richten, vielleicht ein paar Herbstblumen aus dem Garten holen.

Bis zum Fenster schaffte sie es noch gut, dann ergriff sie ein so starker Schwindel, dass sie sich an der Stiege zum Dachboden festhalten musste. Sie atmete langsam und tief durch, stieß dabei die Fensterladen weit auf. Die kühle Luft tat gut. Bald würde es Winter werden, bis dahin war noch viel zu tun: Vorräte mussten besorgt und haltbar gemacht werden, Brennholz geschlagen, neue Hühner angeschafft, ihr Feldstück in der Vorstadt bestellt werden.

Sie hatte keine Vorstellung davon, wie es draußen aussah, in dieser Stadt, die da vor ihr so friedlich unter dem blassblauen

Herbsthimmel lag. Aber ganz gleich, wie schlimm es die Menschen hier getroffen hatte – von nun an würde es wieder aufwärtsgehen, das spürte sie.

In diesem Moment erschallten die Kirchenglocken, als wollten sie mit ihrem kraftvollen Läuten diesen Gedanken unterstreichen. Zugleich war ihr, als hörte sie von den Gassen Jubelgesänge und fröhliche Musik. Sie zog sich ihr frischgewaschenes Kleid über, das ihr um Schultern und Hüften viel zu weit geworden war, tapste auf etwas unsicheren Füßen hinaus auf den Treppenaufgang, dann Stufe für Stufe nach unten. Die Küche fand sie blitzblank aufgeräumt, nur ein Krug mit frischem Wasser und zwei Becher standen auf dem Tisch. Als sie die Tür zur Vorratskammer öffnete, wurde ihre Zuversicht denn doch um einiges gedämpft. Bis auf einen Topf mit in Essig und Senf eingelegten Früchten, einem Laib Brot und einem Säckchen Hafergrütze war das Regal leer. Viel war das nicht für eine Horde hungriger Mäuler.

Nun gut – sie würde die Grütze zusammen mit den Früchten kochen und im Garten nachsehen, ob sich nicht noch etwas Frisches dazu fand. Nachdem sie eine Zeit lang auf der Küchenbank verschnauft hatte, weichte sie die Hafergrütze ein, schlüpfte in ihre Holzpantinen, legte das Gartenmesser in den kleinen Weidenkorb und trat hinaus auf den Hof. Das Glockengeläut hatte aufgehört, aber in ihren Ohren hallte es nach wie in alten Zeiten, als sie noch regelmäßig die Gottesdienste besucht hatten und das Läuten sie bis nach Hause begleitete.

Noch etwas anderes drang jetzt an ihr Ohr, als sie sich anschickte, zu ihrem Gemüsebeet zu gehen. Ihr war, als klopfte jemand zaghaft gegen das Hoftor. Ein Kind vielleicht oder ein Bettler. Oder auch ein Dieb, der sich vergewissern wollte, ob jemand zu Hause sei.

Sie hielt inne. «Mechthild?»

Niemand antwortete. Sie musste sich getäuscht haben. Da klopfte es erneut.

Schon zog sie das Messer aus dem Korb und hielt es fest in der Faust. «Wer da?», fragte sie mit Entschlossenheit in der Stimme. Ihr Herz schlug schneller, als sie auf das Hoftor zuging. Sie schob den Riegel zurück und öffnete das Tor einen schmalen Spalt weit.

Vor ihr stand Esther.

Clara glaubte fest, ihr Geist spiele ihr einen Streich, und brachte kein Wort über die Lippen. Das Messer glitt ihr zu Boden, sie wich zurück. Wenn sie jetzt die Hand ausstreckte, würde sich die Erscheinung gewiss in Luft auflösen.

Die Frauengestalt in dem zerschlissenen wollenen Umhang und dem dunklen Tuch um den Kopf sah sie unsicher an.

«Darf ich hereinkommen?»

«Esther?», flüsterte Clara.

«Ja, Gevatterin, ich bin's.»

Allmählich begriff Clara, dass Esther Grünbaum leibhaftig vor ihr stand. Auch wenn sie sich sehr verändert hatte. Die Ereignisse hatten aus dem freundlichen Nachbarmädchen eine ernste junge Frau gemacht, ihr Gesicht wirkte erschöpft und von Entbehrungen gezeichnet, die Augen waren dunkel umschattet. Sie trug einen Reisesack auf dem Rücken, vor der Brust hielt sie unter dem dicken Stoff etwas verborgen.

«Wo – wo kommst du her?», stotterte Clara. Sie bückte sich nach dem Messer und schloss das Hoftor hinter ihnen.

«Aus den Waldbergen, aus einem Dorf bei Villingen.»

«Aber wieso – was war mit Straßburg – und überhaupt …» Sie schüttelte den Kopf und verstand gar nichts mehr. Unter dem Mantelstoff begann sich etwas zu regen.

«Nur ein Schlückchen Wasser und eine ruhige Ecke zum Stillen vielleicht», sagte Esther leise. Sie schien Mühe zu haben, die Augen offen zu halten.

Ungläubig sah Clara, wie der Mantel sich teilte und in Esthers Armen ein Kind zum Vorschein kam, ein winziger Säugling von höchstens acht Wochen.

«Ist das dein Kind?»

«Ja. Sie heißt Lea.»

Das Kind hob an zu wimmern.

«Ach herrje – ein so kleines Kind – in diesen Zeiten.» Clara gelang es nur schwer, sich zu fassen. «Jetzt aber rasch ins Haus.»

Sie schob Esther vor sich her in die Küche. Dort streckte sie die Arme aus. «Gib mir das Kindchen. Zieh den Mantel aus und setz dich dort auf die Bank.»

Als Clara das kleine Bündel entgegennahm, hatte sie endlich das Gefühl, wieder in die Wirklichkeit zurückgefunden zu haben. Aus den zusammengeschlagenen Tüchern schaute sie ein rosiges Gesichtchen mit großen dunkelblauen Augen an, bevor sich der Mund wieder zum Weinen verzog. Clara fühlte sich mit einem Mal gesund und stark wie nie.

«Gleich, kleine Lea, gleich. Lass deine Mutter nur erst mal Luft holen. Dann kriegst du was.» Sie wiegte den Säugling hin und her, und ein Gefühl von Glück und Dankbarkeit durchflutete sie plötzlich.

«Was für ein Wunder», murmelte sie.

Das Weinen wurde leiser. Mit dem Kind an ihrer Schulter holte Clara das Brot aus der Kammer.

«Iss und trink erst mal. Du bist sicher ganz verhungert.»

Gehorsam schenkte sich Esther Wasser ein und brach vom Brot ab. Sie kaute langsam und ohne Gier. Dabei starrte sie auf die Maserung der Tischplatte. Die kleine Lea schien wieder eingeschlafen. Jetzt zog Clara ihr sachte das Tuch vom Kopf und strich über den hellen Flaum.

Esther sah auf. «Meine Familie – die Freiburger Juden … Sie sind alle tot, nicht wahr?»

Clara schrak zusammen.

«Ja. Das heißt, nein. Eli und Jossele nicht.»

«Eli und Jossele? Wo sind sie?» Esthers Augen begannen zu leuchten.

«Hier bei uns. Wir haben sie aufgenommen damals. Es geht ihnen gut. Auch euer Familienschatz ist nicht verloren. Dein Vater hat ihn in unsere Obhut gegeben.»

Lautlos begann Esther zu weinen.

«Weine nur, mein Kind.» Clara setzte sich neben sie auf die Bank. «Es ist furchtbar, was seinerzeit geschehen ist. Vielleicht hat Gott uns deshalb mit dem Großen Sterben heimgesucht.»

Sie suchte nach weiteren Worten des Trostes, fand aber keine. Schließlich legte sie Esther die Hand auf den Arm.

«Jetzt ruh dich aus. Ich bringe dich nach oben, dort kannst du dein Kind stillen und ein wenig schlafen. Und wenn du wieder wach bist, wirst du deine beiden Brüder wiedersehen.»

Esther nickte und erhob sich. Während sie die Treppe zu den Schlafkammern hinaufstiegen, Clara noch immer mit dem Säugling im Arm, fragte Esther:

«Warum sind sie nicht hier, Eli und Jossele? Warum bist du ganz allein im Haus?»

«Es ist wegen der Seuche. Die Kinder haben den Sommer im Wald verbracht, zusammen mit einem Freund von Benedikt. Aber jetzt ist alles vorbei. Heut kommen sie zurück.»

«Dann haben sie die Seuche gut überstanden?»

«Ja, dem Herrgott sei Dank.»

«Auch – Benedikt?»

Clara nickte und öffnete die Tür zu Benedikts Schlafkammer. Müde setzte sich Esther auf den Bettrand und zog sich Schuhe und Gewand aus. In ihrem dünnen Leinenhemd sah sie noch zarter und zerbrechlicher aus.

Sie strich über das Kopfkissen. «Ist das sein Bett?»

«Ja. Jetzt leg dich hin und nimm dein Kindchen zu dir.»

«Ein bisschen schlafen wäre schön. Es war sehr weit von Villingen hierher.»

Esther schlüpfte unter die Decke, nahm Lea entgegen und legte sie sich an die Brust. Ohne die Augen zu öffnen, fand der Säugling die Quelle seiner Nahrung und saugte mit seiner ganzen Kraft. Eine Zeit lang war nur noch leises Schmatzen zu hören.

«Wohnt Benedikt bei euch?», fragte Esther, ohne die Augen von ihrer Tochter zu lassen.

«Bei mir. Heinrich hat die Pestilenz nicht überlebt.»

«Das tut mir sehr leid, Gevatterin.»

«Ach Esther, ich bin nicht mehr die Jüngste und werde ihn bald wiedersehen dort oben, so Gott es will. Aber du, du hast das Leben noch vor dir, du und dein kleines Mädchen …» Sie brach ab.

Was redete sie da nur für wirres Zeug? Sie unterdrückte ein Seufzen und fügte leise hinzu: «Du ahnst nicht, wie glücklich ich bin, dass du heimgekehrt bist.»

«Ich bin nicht heimgekehrt, Gevatterin. Ich wollte mich nur von meiner Familie verabschieden, an dem Ort, an dem sie umgekommen ist. Ich werde bald weiterziehen, noch vor dem Winter.»

«Und Benedikt? Bist du nicht auch wegen ihm gekommen?»

Ein Anflug von einem Lächeln zeigte sich um Esthers Lippen. Anstelle einer Antwort fragte sie: «Hat er denn keine Braut?»

«Nein. In seinem Herzen hat nie eine andere Platz gefunden.»

Clara las erst Freude, dann Enttäuschung in ihrem Gesicht.

«Aber warum ist er nicht gekommen an jenem Tag? Warum hat er sein Wort gebrochen?»

«Das hat er nicht. Es ist meine Schuld, dass er zu spät kam. Ich hatte ihn zurückgehalten, am Morgen eurer Verhaftung.»

Esther nickte ernst. «Dafür hast du mein Leben gerettet. Obwohl ich damals nichts lieber wollte als sterben.» Sie strich dem schlafenden Kind über die Wangen. «Jetzt bin ich dir dankbar dafür, dass ich lebe.»

Clara setzte sich zu ihr auf den Bettrand.

«Benedikt hatte von alldem nichts gewusst. Dass ich dich aus dem Gefängnis geholt habe und du nach Straßburg gegangen bist. Ich wollte, dass er dich vergisst.» Vor Scham stiegen ihr die Tränen in die Augen. «Kannst du mir das verzeihen?»

Jetzt lächelte Esther tatsächlich, ein glückliches Lächeln, wie es Clara schien. Eine Felsenlast war ihr vom Herzen genommen, und sie fuhr nach einem Augenblick des Schweigens fort:

«Erst als wir hörten, dass man auch in Straßburg gegen die Hebräer gehen würde, hatten wir ihm gesagt, wohin du geflohen warst. Er war sofort losgeritten, kam aber auch dieses Mal zu spät. Die Scheiterhaufen hatten schon gebrannt. Danach war er nicht mehr derselbe.»

Sie nahm Esthers Hand und drückte sie fest.

«Soll ich dich allein lassen, oder magst du mir erzählen, wie du aus Straßburg entkommen konntest?»

«Bleib noch einen Augenblick. Ich will es dir erzählen.»

Kapitel 35

An den Weg von Freiburg nach Straßburg kann ich mich kaum erinnern. Zwei Tage war ich unterwegs, ohne Rast und ohne zu essen. Wie in einem Traum. Die Nacht hatte ich in einer Feldscheuer verbracht, halb wach, und bin dann weiter, immer allein. Einmal haben mir drei Burschen aufgelauert, aber ich konnte mich am Ende wehren und kam mit Hilfe des Allmächtigen davon. In Straßburg dann stand ich irgendwann vor dem Haus von Salomon ben Ariel. Seine Familie hatte mich herzlich aufgenommen und getröstet. Man hatte mir eine eigene kleine Kammer gegeben, wo ich endlich ungestört weinen konnte. Zwei Wochen war ich dort oder auch ein bisschen länger.»

Esther machte eine Pause, dann fuhr sie fort, erst stockend, schließlich in raschen Sätzen, als wolle sie sich diesen Abschnitt ihres Lebens nun endgültig von der Seele reden.

Sie und Uri ben Salomon hatten vor dem Hausvater ihre Heiratsvereinbarung erneut feierlich bekräftigt. Man hatte sich in der Straßburger Gemeinde in Sicherheit gewiegt, weil doch die Ratsherren hinter ihren Juden standen. Aber dann war der schwarze Tag gekommen. Wer sich nicht taufen lassen wollte, wurde abgeholt, am Tag vor dem Schabbat, und auf den Kirchhof getrieben. Nur die Schwangeren und die kleinsten Kinder wurden verschont.

«Auch in unser Haus kamen am Morgen die Büttel, bewaffnet und mit großem Gepolter. Ich lag auf dem Bett in meiner

Kammer, fühlte mich krank und musste fortwährend spucken. Seit einigen Tagen schon. Als einer der Büttel mich holte und zu den anderen in die Stube schleppte, stellte sich Uris Mutter schützend vor mich. ‹Das Mädchen ist guter Hoffnung, ihr dürft ihr nichts antun.› Uris verdutzten Blick dabei werde ich nie vergessen. Dann hat man mich fortgebracht, nur mit dem, was ich auf dem Leib trug, und einem warmen Wollmantel von Uris Mutter. Ins Haus der städtischen Hebamme, wo noch ein paar andere jüdische Frauen warteten. Die Hebamme befragte und untersuchte mich und bestätigte zu guter Letzt meine Schwangerschaft. Ich weiß bis heute nicht, ob Uris Mutter mich retten wollte oder tatsächlich erkannt hatte, dass ich Lea unter dem Herzen trug.»

Esther zog ihr schlafendes Kind fest in die Arme und küsste es zärtlich.

«Und dann?», fragte Clara.

«Gemeinsam mit drei anderen schwangeren Frauen hat man mich noch am selben Tag bis vor das Tor gebracht. Verabschieden durfte ich mich von niemandem, und so habe ich Uri und seine Familie nie wiedergesehen.»

Immer nach Norden seien sie miteinander marschiert, auf der Handelsstraße nach Frankfurt, hatten in Schafställen oder im Wald übernachtet. Nur selten war ihnen von einer mitleidigen Seele Obdach und ein warmes Essen vergönnt worden. Eine der Frauen, eine Ärztin mit Namen Hadassah, hatte davon gehört, dass in Heidelberg der Kurfürst und Pfalzgraf Ruprecht jüdischen Flüchtlingen Schutz gewähre, so auch denen aus der heiligen jüdischen Gemeinde Speyer, die dort dem Morden wenige Wochen zuvor hatten entkommen können. Es hieß, einige hätten sich sogar in ihren Häusern selbst verbrannt, bevor man sie zur Hinrichtung geholt hatte, und ein paar wenige hätten fliehen können. Esther hatte fortan ihre ganze Hoffnung darangesetzt, in Heidelberg ihren Bruder Jochai wiederzusehen, hatte zum Herrn gebetet, dass er zu den Überlebenden gehören möge.

Doch als sie zum Ende des Hornungs endlich ihr Ziel erreicht hatten, musste Esther erfahren, dass Jochai tot war. Niemand aus ihrer Familie hatte also überlebt! Wäre sie nicht guter Hoffnung gewesen, hätte sie Hand an sich gelegt. Aber der Gedanke an ihr Kind ließ sie auch diesen Schmerz überwinden.

Bis zum Frühsommer blieb sie in Heidelberg. Zusammen mit der hochschwangeren Hadassah hatte sie im Hause einer Rabbinerfamilie ein Zimmer gefunden. Es war ein freundlicher, heller Raum mit einem großen Fenster, durch das man an manchen Tagen das Rauschen des Neckarflusses hören konnte. Die Heidelberger Juden, die unter dem Schutz ihres Pfalzgrafen unbehelligt ihrem Gewerbe wie ihren Riten und Gebräuchen nachgehen durften, unterstützten die Neuankömmlinge, wie sie es nur vermochten. So hatten sie und Hadassah keine Not zu leiden. Bald schon brachte die Ärztin ein gesundes Mädchen zur Welt, und Esther hatte dabei sein dürfen.

Nach nur drei Monaten indessen hatte diese friedliche Zeit in der kleinen Residenzstadt ihr Ende gefunden. Als ganz plötzlich die Pestilenz ihre ersten Opfer forderte, begannen auch hier die Bürger gegen die Juden zu gehen. Esther und Hadassah, die beschlossen hatten, zusammenzubleiben und einander in ihrer schwierigen Lage beizustehen, mussten erneut ihr Bündel packen und zogen in ein Dorf nahe dem kurpfälzischen Städtchen Sinsheim, wo sie bei einem jüdischen Viehhändler Aufnahme fanden.

Esthers Leib rundete sich in dieser Zeit schon auffällig, und sie war heilfroh, Hadassah als Ärztin und junge Mutter zur Seite zu haben. Ihre Weggefährtin war eine ruhige, beherzte Frau – ohne sie hätte Esther wohl kaum all die seelischen und körperlichen Strapazen überstanden. Mit Hadassahs Hilfe brachte sie denn auch zur Mitte des ersten Herbstmonats ihr Kind zur Welt, ein wenig zu früh und unter qualvoll langen und heftigen Wehen.

«Als Lea in meinen Armen lag», sagte Esther, und ihre Stimme klang jetzt wieder müde und erschöpft, «da wusste ich, warum ich hatte weiterleben sollen.»

«Warum bist du dann später fort aus dem Dorf?»

«Weil es für unser Volk keine Ruhe gibt», entgegnete sie bitter. «Vielleicht hätte ich dort bleiben mögen, in diesem Ort inmitten von sanften Hügeln mit seinen Obstbaumwiesen, kleinen Wäldern und fruchtbaren Feldern. Zumal diese Gegend von der Seuche weitgehend verschont geblieben war. Nicht aber von Menschen, die unser Volk vernichten wollen. Im nahen Sinsheim fing es an, dann ging es auch gegen die wenigen Juden auf den Dörfern. Als irgendwelche Mordbrenner versuchten, das Haus unseres Gastgebers in Brand zu stecken, wurde uns klar, dass wir wieder fortmussten. Hadassah wollte endgültig weg aus den süddeutschen Landen. Zunächst in die Reichsstadt Regensburg, wohin sich schon viele unserer Glaubensgenossen geflüchtet hatten und wohin auch jetzt einige Sinsheimer Juden aufbrachen. Hadassah kannte dort einen Vetter ihres Mannes, der sie und ihr Kind bis über den nächsten Winter aufnehmen würde. Von Regensburg wollte sie weiterziehen nach Osten, in die Wiener Judenstadt. Der Herzog von Österreich nämlich ist uns Juden sehr freundlich gesinnt. Und danach für immer nach Krakau, ins Königreich Polen.» Sie machte eine kurze Pause. «Der Abschied von Hadassah ist mir sehr schwergefallen. Sie war mir eine Freundin geworden.»

«Du hättest mit ihr gehen können.»

«Sie hatte versucht, mich zu überreden. Aber seit Lea auf der Welt war, wusste ich, dass ich noch einmal nach Freiburg zurückmusste. An die Todesstätte meiner Familie, um endgültige Gewissheit zu bekommen, was mit ihnen geschehen war. Und zurück zu dir. Um dir zu sagen, dass du nicht umsonst die Gefahr auf dich genommen hattest, mir zu helfen, und um dir zu danken.»

«Auch wegen Benedikt?», fragte Clara leise.

«Ja. Auch wegen ihm.»

Sie schloss die Augen, und Clara glaubte sie schon eingeschlafen, als Esther fortfuhr zu erzählen.

Da im Rheintal allerorten die Pestilenz wütete, hatte sie beschlossen, den beschwerlichen Weg entlang der Höhen des Schwarzwaldgebirges zu nehmen. Ihre kleine Lea war nach der Geburt erstaunlich schnell zu Kräften gekommen, auch dank der medizinischen Kenntnisse ihrer Freundin, und so hatte sie sich in Gottes Hand begeben und war losgewandert, ganz allein mit ihrem Säugling. Zwei Wochen hatte sie gebraucht, hatte sich unterwegs als junge Christenwitwe ausgegeben. Bis nach Villingen war sie gekommen und dann mit ihrer Kraft am Ende gewesen. Bei einer alten Bauersfrau hatte sie schließlich Zuflucht gefunden, und die gute Seele hatte das wenige, das sie besaß, mit ihr geteilt. Von ihr hatte sie auch erfahren, wie heftig die Seuche unten im Rheintal gewütet hatte und dass viele Bürger herauf in die Waldberge geflüchtet seien.

«Da hab ich kaum noch schlafen können. Hab immerzu nur gedacht, ob ihr wohl noch am Leben seid. Habe zum Ewigen – unserem Herrn – gebetet …»

Ihre letzten Worte waren kaum noch zu verstehen. Sie war eingeschlafen.

Clara liefen die Tränen über das Gesicht. Vorsichtig, um Esther und das Kind nicht zu wecken, breitete sie die Decke über ihnen aus und verließ so leise als möglich die Kammer.

Auf der Außentreppe hörte sie von der Gasse her aufgeregte Kinderstimmen. Ihr Herz machte einen Sprung vor Freude, und sie musste an sich halten, nicht die Treppe hinunterzurennen. Da schob sich das Tor auch schon auf, und allen voran schoss Kathrin, ihre Jüngste, auf sie zu. Sie jauchzte vor Glück, als Clara sich niederbeugte und sie in die Arme schloss, wurde zur Seite gedrängt von Michel, Eli und Jossele, die ihre Mutter mit demselben Überschwang bestürmten. Clara bekam fast keine Luft mehr.

«Meine Kinder», stieß sie hervor, «meine geliebten Kinder.» Und damit meinte sie ebenso die beiden Grünbaumknaben wie ihre eigenen.

«Jetzt lasst doch unsere Mutter los», tadelte Benedikt streng und strahlte dennoch über das ganze Gesicht. Zusammen mit seinem alten Freund Daniel hatte er als Letztes den Hof betreten. «Sie ist noch ganz schwach.»

«Überhaupt nicht, mein Junge. Jetzt bin ich wieder gesund. Ganz und gar gesund.» Clara erhob sich und wandte sich an Johanna. «Meine Große, meine tapfere Johanna …»

Tränen erstickten ihre Stimme, als sie ihre Älteste umarmte. Auch Johanna weinte vor Glück. Das Mädchen war ganz mager geworden, wie die anderen Kinder auch.

Nur widerstrebend machte sich Clara los. Sie reichte Daniel, der verlegen abseitsstand, die Hand.

«Ich weiß gar nicht, wie ich dir danken soll. Ohne dich hätten meine Kinder das alles nicht durchgestanden.»

Daniel winkte ab. «Gott hat seine schützende Hand über uns gehalten, sogar über mich alten Mann.»

«So wollen wir ihm nachher alle miteinander danken», sagte Clara und trat zu Benedikt. «Da ist so unendlich viel, wofür wir zu danken haben.»

Dann fiel sie auch ihrem ältesten Sohn in die Arme.

«Jetzt sind wir alle wieder beisammen – was für ein Geschenk!»

Jemand zupfte an ihrem Rock. «Ich hab Hunger», hörte sie Michel sagen. «Stell dir vor, Mutter, der Daniel hat einen Hasen geschossen, und Äpfel und Birnen haben wir unterwegs auch gesammelt.»

«Du hast recht. Da stehn wir hier im Hof herum, als hätten wir kein Haus mit Tisch und Bänken und einem warmen Herd.» Ihr Blick fiel auf Michels bloße Füße unter seinem Leinenkittel, die schon rot vor Kälte waren.

«Du hast ja nicht mal Schuhe an!»

«Die hat jetzt der Eli. Mir sind sie zu eng. – Ich bin nämlich ganz viel gewachsen!», fügte er stolz hinzu.

Benedikt hob ihn in die Höhe und setzte ihn sich auf die Schultern. «Du Prahlhans! Und jetzt rein mit euch ins Warme.»

«Ach herrje!» Clara schlug sich gegen die Stirn. «Ich hab ganz vergessen, den Haferbrei zu kochen.»

«Lass nur.» Johanna nahm ihre Mutter bei der Hand und führte sie hinter den ausgelassenen Kindern ins Haus zurück. «So schnell verhungern wir nicht. Du ruhst dich aus, ich mach das Essen.»

So voller Leben war ihre kleine Küche schon lange Zeit nicht mehr gewesen. Während sich Johanna sogleich am Herd zu schaffen machte und Benedikt zu trinken einschenkte, zwängte sich Clara zwischen Daniel und ihren Kindern an den Tisch.

«So hört doch einmal her», versuchte sie den Tumult zu übertönen. Dabei blieb ihr Blick an ihrem Ältesten haften. «Ihr müsst leise sein, wir haben nämlich Besuch, und der schläft.»

«Wer soll das sein?», fragte Benedikt verwundert.

«Die Engel haben uns jemanden geschickt.» Sie holte tief Luft. «Du wirst es nicht glauben, Benedikt – es ist Esther.»

Der Lärm rundum verstummte. Benedikt erbleichte, für kurze Zeit sprach niemand ein Wort.

Schließlich fragte der kleine Jossele: «Wer ist Esther?»

«Unsere Schwester, du Dummkopf!», entgegnete Eli. «Sie ist vom Himmel zurückgekommen, mit den Engeln. Ist sie jetzt durchsichtig?», fragte er Clara.

«Nein, mein Kleiner. Sie war nicht im Himmel droben, nur ganz weit weg.»

«Wo ist sie?» Benedikt brachte nur ein heiseres Krächzen heraus.

«Oben in deiner Kammer. Geh nur hinauf, aber sei leise.»

Clara sah ihm nach, wie er mit wankenden Schritten die Küche verließ. Von dem Kind hatte sie ihm nichts gesagt. Dabei war sie sich inzwischen sicher, dass die kleine Lea ihre Enkelin war.

Es dauerte einen Augenblick, bis sich Benedikts Augen an das Halbdunkel in seiner Schlafkammer gewöhnten. Er kniete vor dem Bettrand nieder. Sein ganzer Körper zitterte. Esther hatte sich die Decke bis zur Nasenspitze hochgezogen, ihr Haar breitete sich in dunklen Wellen über dem Kopfkissen aus. Sie schlief.

Benedikt wagte nicht, sie zu berühren. Da bewegte sich

etwas neben ihr unter der Decke, doch es war nicht Esther. Ein winziges Gesicht wandte sich ihm zu, mit großen, offenen Augen.

Im Halbschlaf zog Esther den Säugling fester an sich. «Schlaf noch ein bisschen, meine Kleine.»

Benedikt war fassungslos. Die Frau, die er liebte und die er tot gewähnt hatte, war wieder bei ihm. Lebendig und aus Fleisch und Blut lag sie vor ihm, und sie hatte ein Kind! Er streckte die Hand nach dem Säugling aus.

«Esther», flüsterte er dabei, und es klang fast wie eine Frage.

Sie erwachte und sah ihn an. Stumm tastete sie nach seiner Hand und hielt sie fest umklammert.

«Esther», wiederholte er, setzte sich an den Bettrand und barg seinen Kopf an ihrer Schulter. Er roch den vertrauten Duft ihrer Haut, spürte die Wärme ihrer Hand in seiner. Endlich begann er zu weinen.

So verharrten sie dicht beieinander, Benedikt, Esther und das Kind, bis der Säugling zu wimmern anfing. Benedikt richtete sich auf.

«Du bist mir so oft erschienen, tags wie nachts, und ich dachte immer, aus dem Totenreich. Und jetzt bist du leibhaftig bei mir und lebst – wie kann das alles sein?»

«Das erzähle ich dir später.» Sie legte sich das Kind an die Brust. «Ich bin so froh, bei dir zu sein, Benedikt.»

Verwirrt und glücklich zugleich beobachtete er, wie der kleine Mund an Esthers Brust zu saugen begann.

«Aber – warum hast du plötzlich ein Kind?»

Esther lächelte. «Das musst du dich schon selber fragen!»

«Mein Kind?»

«Ja. Deine Tochter Lea. Unsere Tochter. Und sie sieht dir jetzt schon ähnlich.»

Kapitel 36

Schneller als erwartet fand die geisterhafte Stadt wieder ins Leben zurück. Die gelben Pestkreuze an beinahe jedem dritten Haus waren entfernt, aus den Werkstätten war wieder der Taktschlag der Arbeit zu vernehmen, und noch vor Wintereinbruch wurden die beschädigten oder aufgelassenen Häuser instand gesetzt. Der Bürgermeister mit seiner Familie war alsbald schon wie aus dem Nichts wieder aufgetaucht, wenig später kehrte auch der Schultheiß mitsamt dem Stadtpfarrer und der gräflichen Familie aus dem Fürstenbergischen zurück sowie etliche tot gewähnte Ratsherren. Gleichwohl hatte die Stadt viele Mitglieder der Obrigkeit an die Seuche verloren, oft mitsamt ihren Familien, von den vielen hundert Bürgern und Hintersassen gar nicht zu reden.

Dafür setzte nun ein Strom an Zuwanderern ein, hier wie anderswo am Oberrhein. Überall in den von der Seuche verheerten Städten durften sich Bauersleute als Taglöhner oder Knechte niederlassen, um die Arbeitskraft der Pestopfer zu ersetzen; fremde Bettler wurden nicht mehr verjagt, sondern zusammen mit den Hausarmen vor die Stadt geschickt, um dort die brachliegenden Felder urbar zu machen; die Zünfte lockerten ihre rigiden Arbeitsbestimmungen; Brautpaare durften eher heiraten. Selbst entflohene Gesetzesbrecher und Fahrende wurden angeworben, mit der Aussicht auf Straffreiheit und Wohnrecht.

Im Winter dann, der sich bis über den Jahreswechsel milde

gab, hatte die Stadt zwar noch immer weniger Bewohner als vor dem Großen Sterben, doch zeigte sich das in diesem Fall als ein Vorteil, so knapp wie das Angebot an Nahrungsmitteln auf dem Markt war. Immerhin hatte sich der Rat endlich dazu durchgerungen, den städtischen Kornspeicher zu öffnen und verbilligtes Brot auszugeben.

Handel und Handwerk kamen also wieder in Gang, nicht zuletzt, weil es Arbeit in Fülle gab und weil viele Überlebende Grund und Vermögen geerbt hatten. Mancher ehemalige Junker Ärmlich von Habenichts sah sich nun als wohlhabender Bürger, die alteingesessenen Patrizier und Kaufherren erweiterten ihre Wohnhäuser oder ersetzten sie durch wahre Paläste.

Nur der Werkplatz der Kirchenbauhütte blieb, wie jeden Winter, verwaist. Benedikt fertigte fortan gegen Stücklohn Tag für Tag Bausteine für reiche Pfeffersäcke, eine eintönige und stumpfsinnige Arbeit. Und dennoch war er der glücklichste Mensch unter Freiburgs Himmel. Mit der ersten Frühlingswärme nämlich würden sie sich in ein neues Leben aufmachen, Esther, er und die kleine Lea, dieses Wesen, das ihm das Schicksal so unverhofft geschenkt hatte. Seine Lea mit den Grübchen in den Wangen, den runden dunkelblauen Augen, dem blonden Flaum auf dem Schädel. Seine Tochter, die ihn mit ihrem Lächeln zu Tränen rühren konnte, die mit ihren winzigen Händen seine Finger umklammerte, als wolle sie ihn nie wieder loslassen.

Sie würden in eine andere Stadt ziehen, wo niemand sie kannte, wo sie neu beginnen konnten, ohne dass Esther immer wieder qualvoll an das Schicksal ihrer Familie erinnert würde. Schon kurz nach ihrer Ankunft war sie in das Tucher'sche Haus Zum Rosbaum gezogen, um dort als Dienstmädchen zu arbeiten. Zumindest nach außen hin. Mit ihrem Drittteil von

Moisches Familienschatz – den Rest würde Clara wie ihren Augapfel hüten und für Eli und Jossele bewahren – war sie nämlich fast schon reich zu nennen.

Das Ganze war Mechthilds Einfall gewesen. Auf diese Weise würde man jeglichem Gerede zuvorkommen. Dass das Judenmädchen Esther Grünbaum nach Freiburg zurückgekehrt sei, dazu noch mit einem Bankert im Arm, war nämlich längst wie ein Lauffeuer durch die Gassen gegangen. Und über den Grund ihrer Rückkehr, über eine heimliche Liebe wurde hinter vorgehaltener Hand ebenfalls eifrig spekuliert. In Gegenwart von Mechthild oder Clara wagte allerdings niemand laut das Wort zu erheben. Denn was die beiden Frauen während der Pestmonate an schier Übermenschlichem geleistet hatten, würde ihnen keiner in der Stadt je vergessen.

Diese Wintermonate waren für Benedikt, trotz allen inneren Glücks, eine Durststrecke, sah er seine kleine Familie doch viel zu selten, und dann zumeist umringt von einer Horde tobender Kinder. Aber nicht zuletzt hatte Esther selbst für ihren Auszug gestimmt. In einem der wenigen Augenblicke, die sie für sich allein hatten, hatte sie ihm gesagt, dass sie es ohnehin nicht länger ausgehalten hätte in der Webergasse, nur durch eine Hauswand getrennt von ihrem einstigen Elternhaus. Und darüber hinaus sei auch die Versuchung zwischen ihnen beiden zu groß, so nah beieinander. Denn noch seien sie nicht Mann und Frau.

«Aber wir sind Mann und Frau! Wir haben ein Kind zusammen», hielt Benedikt dagegen. Sie saßen Hand in Hand auf dem Bettrand, in Kathrins alter Wiege zu ihren Füßen lag Lea und schlief.

Esther drückte ihm einen flüchtigen Kuss auf die Wange. «Denkst du denn, bei uns ist es viel anders als bei euch? Die

Freuden zwischen Mann und Frau sind nur in der Ehe erlaubt.»

«Dann ist unser Kind also auch in deinem Glauben in Sünde geboren?»

«Nein, nein, so ist es nicht. Ich hab in Heidelberg viel mit dem Rabbiner gesprochen. Ein Kind ist bei uns immer ein Segen, es trägt niemals die Sünden seiner Eltern in sich. Lea ist zwar nicht in der Ehe gezeugt, aber deshalb noch lang kein Bastard. Da du als Vater sie anerkennst, ist sie auch kein illegitimes Kind. Sie hat also einen rechtmäßigen Vater und wird später dieselben Rechte und Pflichten haben wie ihre Geschwister.»

Esther hatte sich so in Eifer geredet, dass ihre Wangen gerötet waren. Gerührt zog Benedikt sie an sich und küsste ihren schönen Mund. «Du willst sagen: wie ihre zahlreichen Geschwister.»

Mit der Rechten knöpfte er ihr Gewand auf, mit der Linken zeichnete er die Linie ihres Halses, ihres Schlüsselbeins, ihrer Schultern nach und ließ seine Lippen dieser Linie folgen.

Lachend schob Esther ihn fort von sich. «Mit den Geschwistern wirst du dich gedulden, bis wir verheiratet sind. Und dazu musst du zuallererst Hebräisch lernen.»

«Sag bloß, du traust mir das nicht zu.» Er versteckte sein Gesicht in ihrem weichen Haar. «Ich würde alles tun, damit ich bei dir sein darf.»

«Du musst 613 göttliche Gebote kennen. Nicht nur zehn.»

«Ich würde auch tausend lernen.» Er ließ sie los und lächelte sie triumphierend an. «Ob du es glaubst oder nicht – eines kenne ich. Das wichtigste.» Er straffte die Schultern. «Deshalb verlasse der Mann seine Familie und seine Mutter und folge seiner Frau, auf dass sie ein Fleisch werden. Da staunst du, nicht wahr?»

Er küsste den Ansatz ihrer Brüste.

«Ich weiß sogar, dass im jüdischen Glauben die Ehe ein Ort der Sinnesfreude ist und dass Mann und Frau nicht nur zur Fortpflanzung einander beiwohnen. Ich weiß mehr über deinen Glauben, als du denkst!»

Während er versuchte, ihr das Gewand abzustreifen, hielt sie seine Hand fest. «Du wirst beschnitten werden.»

Benedikt zuckte unwillkürlich zusammen.

«Wie garstig du sein kannst.» Er knöpfte ihr Kleid wieder zu. «Nun gut, halten wir uns an die Gesetze unseres Glaubens. – Aber küssen dürfen wir uns?», fragte er leise.

«Darüber habe ich den Rebbe nicht befragt.»

«Dann dürfen wir», beschied Benedikt und näherte sich ihrem Mund. Sie schüttelte lachend den Kopf, öffnete dann die Lippen und erwiderte seinen Kuss. Ganz fest hielten sie einander in den Armen, küssten und streichelten sich zärtlich, bis Lea erwachte. Benedikt hob seine kleine Tochter vorsichtig aus der Wiege heraus und legte sie Esther in die Arme.

«Was ist mit Eli und Jossele – sollen wir sie mitnehmen?», fragte er.

Esther lächelte.

«Genau das hat mich deine Mutter gestern auch schon gefragt. Aber die beiden gehören zu ihr. Und zu deinen Geschwistern. Jossele weiß nicht mal mehr, dass ich seine Schwester bin. An unsere Eltern kann er sich nicht erinnern. Vielleicht ist das ja am besten so.» Ihr Gesicht wurde ernst. «Was ist mit dir? Wird es dir nicht das Herz brechen, deine Heimatstadt zu verlassen?»

«Nein. Weil wir dann endlich beisammen sein werden als Mann und Frau. Und weil ich dich mehr liebe als alles auf der Welt. Dich und unsere Lea.»

«Hör zu, Benedikt, wir müssen es deiner Mutter endlich sagen.»

«Was?»

«Dass wir nicht in irgendeine Nachbarstadt ziehen. Sondern nach Krakau. Und dass es ein Abschied für immer sein wird.»

Von jenem Augenblick an, als Clara in Lea ihr Enkelkind erkannt hatte, wusste sie, dass sie ihren ältesten Sohn verlieren würde. Benedikt und Esther waren einander versprochen. Gott der Allmächtige hatte die beiden wieder zusammengeführt, und zwar nicht im Tod, sondern mitten im Leben. Dass das Schicksalsrad sie nun aber bis ins ferne Königreich Polen mitnehmen würde, schmerzte sie mehr, als sie ertragen konnte.

Sie saß in der Küche und wartete auf Mechthild, auf dass sie sie abholen komme. Alle zusammen wollten sie Benedikt und Esther bis vor das Obertor bringen, wo das Fuhrwerk wartete. Im Auftrag eines Freiburger Handelsmannes brachte es Tuche nach Ulm, bis dorthin würden sie mitfahren können.

Einen einzigen, höchst lächerlichen Versuch hatte Clara unternommen, um den Abschied zu verhindern. Sie hatte Pfarrer Cunrat aufgesucht, der sich seit seiner Rückkehr sichtlich mühte, die Gemeinde der Gläubigen zurückzugewinnen, und ihn kurz und bündig gefragt, ob er ihren Sohn mit Esther Grünbaum vermählen würde.

«Nun ja, meine liebe Tochter, es ist nie zu spät. Unser Herrgott liebt alle seine Schäfchen.» Väterlich und voller Güte hatte er ihr die Hand auf die Schulter gelegt. «Ich würde sie trauen, trotz dieses Kindes, das in Sünde geboren ist. Sofern das Judenmädchen und sein Bankert sich taufen lassen.»

Sie werde mit ihrem Sohn reden, hatte sie rasch erwidert und das Kirchenschiff verlassen. Aber Benedikt war ihr zuvorgekommen. Am selben Tag hatte er ihr eröffnet, er werde zum Judentum übertreten. Da war ihr fast das Herz stehengeblieben.

«Juden bleiben immer Juden», hatte er erklärt. «Selbst wenn sie unter Zwang getauft werden. Christen hingegen können zum jüdischen Glauben übertreten, auch wenn es sehr schwer ist. Aber wir werden schon einen Rebbe finden. Und unsere Lea ist ohnehin Jüdin, da sie von einer jüdischen Mutter geboren ist. Da ist nichts zu rütteln.»

Dann hatte er sie in den Arm genommen und beteuert, wie sehr er sie liebe. In jener Nacht hatte sie nur geweint und im Morgengrauen gewusst: Es war richtig, was ihr Junge tat. Sie musste ihn ein für alle Male loslassen.

Ungeduldig traten die beiden kräftigen Schimmel auf der Stelle. Sie wollten los, hinaus in den frischen, klaren Morgen. Der kühle Ostwind verhieß bestes Reisewetter.

Zum dritten und letzten Mal umarmte Clara ihren Sohn.

«Gebt nur ja gut auf den Schmuck und auf das Silber acht!», flüsterte sie ihm ins Ohr. «Dass kein Fremder davon erfährt und euch hernach ausraubt.»

«Keine Angst, Mutter. Wir haben alles so gut in unseren Sachen versteckt, dass wir es wahrscheinlich selbst nicht mehr wiederfinden.»

Er löste sich von ihr und sah ihr tief in die Augen.

«Ich danke dir – für alles.»

Dann kletterte er zu seiner künftigen Frau auf die hintere Ladefläche. In einer Lücke zwischen den schweren Tuchballen und Säcken hatten sie es sich mit dem Kind halbwegs bequem gemacht.

«Können wir?», rief der Fuhrmann ihnen zu.

«Nein, wartet noch.»

Esther öffnete die Schließe ihrer Halskette und reichte sie Clara über die Wagenbrüstung.

«Zum Andenken an mich und meine Familie.»

Clara kannte das silberne Kettchen. Es entstammte dem Familienerbe der Grünbaums, und Esther hatte es die letzten Wochen ununterbrochen getragen. Eine kunstvolle Silberschmiedearbeit, mit einem Anhänger, auf dem ein Hexagramm eingraviert war. Die Hebräer nannten das Zeichen Davidstern, weil es einst König David beschützt hatte.

«Es bringt Glück und wird dich vor allem Übel bewahren», fügte Esther hinzu. «Friede sei mit dir!»

«Danke, mein Kind», erwiderte Clara gerührt. «Gott schütze euch auf all euren Wegen. Vor allem meine kleine Lea.»

Ihre Stimme erstarb, und sie warf einen letzten liebevollen Blick auf den schlafenden Säugling. In diesem Augenblick ruckte das Fuhrwerk an. Johanna und die Kinder rannten ein gutes Stück nebenher, winkten und riefen Abschiedsgrüße, während Clara neben ihrer Freundin stand und glaubte, sie müsse sterben vor Trennungsschmerz.

Schon rumpelte das Fuhrwerk über die Brücke, wurde kleiner und kleiner, sodass Benedikt, Esther und das Kind in ihrem Schoß bald nicht mehr zu erkennen waren. Claras Hand umschloss fest das silberne Amulett, bis der Schmerz in ihrem Innern allmählich nachließ.

«Da fährt er dahin, mein Ältester. Und mein erstes Enkelkind gleich mit. Fort für immer.»

Mechthild legte ihr den Arm um die Schultern.

«Ja, die Jungen haben ihr eigenes Leben. Aber du wirst noch mehr Enkel haben. Und mit Eli und Jossele hast gleich noch zwei Kinder dazubekommen. Ist dir überhaupt aufgefallen, dass die beiden dich heut zum ersten Mal Mutter genannt haben?»

Clara nickte unter Tränen.

«Was hältst du davon», Mechthild hakte sich bei ihr unter und führte sie zum Stadttor zurück, «wenn ich mein Haus verkaufe und wir zusammenziehen? Den Erlös, der mir vom Verkauf bleibt, teilen wir uns.»

«Du willst zu mir ziehen? In mein einfaches kleines Haus?»

«In dein einfaches kleines Haus. Es wird uns an nichts fehlen.»

Über den Waldbergen schob sich die Sonne in den Himmel.

«Ein schöner Gedanke.» Clara wischte sich die Tränen aus dem Gesicht.

«Dann lass es uns gleich heute angehen», sagte ihre Freundin, «du wirst sehen: Das Leben geht weiter.»

Nachwort der Autorin

Im Urkundenbuch der Stadt Freiburg findet sich für den 23. Januar 1349 der Eintrag: *do wurden alle die juden, die ze Friburg in Brisgouwe in der stat waren, verbrannt, ane (ohne) kint und tragent frouwen, umb das gros mort und missetat, so sü under einander angeleit hatten.*

Die große Missetat, von der hier die Rede ist, steht für die grauenvolle Heimsuchung durch die Pest. Als Schuldige, als Verursacher der todbringenden Seuche glaubte man hier wie anderswo die jüdischen Mitbürger entlarvt zu haben. Giftbeutel hätten sie in die Brunnen gelegt und damit die tödlichen Dämpfe ausgelöst. So jedenfalls lauteten allerorten die Geständnisse – unter grausamster Folter erpresst.

Das Große Sterben, von den Chronisten bald schon «Schwarzer Tod» genannt, hatte in den Jahren 1348–1352 fast ganz Europa erfasst und nach heutigen Schätzungen rund 25 Millionen Opfer gefordert. Ein Drittel der europäischen Bevölkerung war ausgelöscht worden von einer Krankheit, die man bislang nicht gekannt hatte, gegen die man keinerlei Hilfe wusste bzw. gegen die althergebrachte Therapien wie Aderlass und Kräuterheilkunde, Einläufe oder Brechmittel, ja selbst Zaubersprüche, Amulette und Bußprozessionen wirkungslos blieben. Dieser ersten großen Pestwelle seit der Antike folgten später weitere Epidemien in allen Teilen der Welt, bis endlich um 1900 die Entdeckung des Pestbazillus und seiner Übertragung die Wende im Kampf gegen die Seuche einläutete.

Die betroffenen Menschen des Spätmittelalters folgten ihren eigenen, für uns heute recht abstrus anmutenden Erklärungsmustern. Ärzte und Heilkundige glaubten fest an die antike Pesthauch-Theorie, an sogenannte giftige Miasmen, die durch Atmen in den Körper dringen und die inneren Organe faulen lassen würden. Diese verpestete Luft entstünde durch Erdbeben und Unwetter, durch Ausdünstungen aus Erdspalten und stehenden Gewässern. Astronomen und Gelehrte vermeinten überdies Ursachen in unheilvollen Konstellationen der Gestirne und atmosphärischen Störungen zu erkennen. Die Kirche schließlich sah die Pestilenz als Gottesfluch, als Strafe für die Sündhaftigkeit der Menschheit, bald schon als Vorbote des Antichristen und damit des Weltenendes. Von da aus war es nur noch ein kleiner Schritt zu einer allumfassenden, allen einleuchtenden Ursachenbestimmung: Die Juden, als Werkzeug des Teufels, hätten die Pest über die Lande gebracht, hätten in einer Weltverschwörung allerorten die Brunnen und Quellen vergiftet, um die Christenheit auszulöschen.

Mit diesem Giftvorwurf hatte man ein Argument gefunden, das sich nun ebenso rasch ausbreitete wie die Pest selbst und das der sozial und religiös ausgegrenzten Minderheit der Juden zum tödlichen Verhängnis wurde. Schon lange hatte man sie einer Verschwörung gegen die Christenheit verdächtigt. Ausgestattet mit Bildung und vielerlei Kenntnissen gerade auch in der Medizin, hielt man sie ohne Zögern für fähig, ein derartiges Gift zu bereiten und gezielt auszustreuen. Der in seiner Gesamtheit absurde Gedanke der Brunnenvergiftung bestand also aus einzelnen Komponenten, die jede für sich durchaus glaubhaft waren.

Dass der Einzelne wie die menschliche Gemeinschaft dazu neigt, sich einen Sündenbock zu suchen, ist in der Geschichte nichts Neues. Auch dass man zu Pestzeiten auf die Juden als Sündenböcke zurückgriff, ist hinreichend bekannt. Weit weniger bekannt hingegen ist, dass man die Juden mordete, *bevor* die Seuche die eigene Region überhaupt erreicht hatte. Einer dieser populären Irrtümer der Geschichte ist es, zu glauben, dass erst das unermessliche Leid, das die Große Pest über die Menschen brachte, die Gesellschaft in jenen psychischen und physischen Ausnahmezustand geraten ließ, in dem Mitleid und Menschlichkeit verlorengingen. Auch waren es nicht irgendwelche fanatisierte Christen wie die Geißlerbruderschaften oder die wandernden Bettelmönche, die den braven Bürger zum Morden erst aufgestachelt hätten. Die Reihenfolge war vielmehr fast immer umgekehrt: Man ging gegen die Juden als vermeintliche Brunnenvergifter an, ehe es ein einziges Pestopfer gab. Die Flagellanten dann tauchten zumeist erst kurz vor Ausbruch der Seuche auf (und brachten die Pest nicht selten mit sich!), bis am Ende die eigene Stadt, das eigene Dorf von der Pestwelle überrollt wurde. «Die Juden werden hingerichtet, und die Pest kommt hernach trotzdem», beschreibt es der Altgeselle Daniel in meinem Roman.

Zudem handelte es sich weder in Freiburg noch bei den meisten anderen Pogromen um spontane Massenerhebungen des Pöbels. Schon Wochen vor dem Morden hatten sich die oberrheinischen Städte Basel, Straßburg und Freiburg untereinander beraten und waren übereingekommen: Die unfassbare, tödliche Bedrohung, die sich gleich einer Flutwelle von Frankreich und Italien her auf Süddeutschland zuwälzte, sei nur abzuwenden, indem man die Urheber außer Gefecht setze. So begann nicht nur am Oberrhein, sondern in ganz Deutschland die mit Abstand größte Judenverfolgung des Mittelalters, deren Ausmaße mit der Vernichtung von über 350 jüdischen

Gemeinden und Abertausenden Toten nur noch durch den Holocaust übertroffen werden sollten.

Die Judenpogrome des Jahres 1349 sind demnach nicht als Folge der Großen Pest zu sehen, sondern als Ausdruck der Angst vor ihr. Doch reicht diese Erklärung aus für die massenhafte Vernichtung einer kleinen Minderheit? In den Städten am Oberrhein lebten die Juden schließlich seit über zweihundert Jahren in enger Nachbarschaft mit den Christen, gingen unbehelligt ihrem Glauben wie ihren Geschäften nach. Sie konnten sich frei bewegen, mussten sich keinen gelben Ring auf die Kleidung nähen oder sich sonst einem Kleiderzwang unterwerfen. (Entgegen landläufiger Meinung gehörten der spitze Judenhut wie auch der gestutzte Vollbart oder der Schleier bei den Frauen zur selbstgewählten Tracht. Die stigmatisierende Kennzeichnung durch Kleiderzwang und gelben Ring, wenn auch bereits 1215 von Papst Innozenz III. ausdrücklich verordnet, setzte sich erst später, um 1380, durch.)

Die Freiburger jüdische Gemeinde war im Gegensatz zu den traditionsreichen jüdischen Gemeinden in Speyer, Worms und Mainz oder auch zu jener im benachbarten Straßburg eher klein. An die hundert Männer, Frauen und Kinder lebten vor der Großen Pest im Bereich der heutigen Weber- sowie Wasserstraße, wo sich ihre Synagoge befand. Und wie anderswo auch verdienten viele von ihnen ihr Brot als Münzwechsler und Geldverleiher.

Nicht allein durch die drohende Pestwelle fand diese Zeit des friedlichen Nebeneinanders ihr Ende. Schon seit 1340 erlebte die Zähringerstadt, nach langer wirtschaftlicher Blütezeit durch Handel, Handwerk und Silberbergbau, einen Abschwung, der mit sozialen Spannungen verbunden war. Die Erzvorkommen schwanden, die Grafen von Freiburg brachten die Stadt mit ihrer Verschwendungssucht an den Rand des Ruins, das selbstbewusst gewordene zünftische Handwerk begann gegen die Misswirtschaft ihrer Stadtherren sowie gegen das alte Stadtpatriziat aufzubegehren. Dabei kippte auch die Stimmung gegen die Juden. Wie schon zuvor in Basel und hernach in Straßburg wurden die Freiburger Juden gefangen genommen, grausam gefoltert und schließlich bis auf wenige Ausnahmen verbrannt. Die Freiburger jüdische Gemeinde war vernichtet.

Auf welcher Grundlage nun konnte dieser systematisch geschürte Hass gegen die Juden überhaupt gedeihen? Über Jahrhunderte waren sie als ausgegrenzte, aber auch gebildete und selbstbewusste religiöse Minderheit wirtschaftlich sehr erfolgreich gewesen, war es ihnen immer wieder gelungen, aus jeder Situation das Bestmögliche zu machen. Durch ihre Rolle als Kreditgeber hatten sie eine wichtige Bedeutung für die städtische wie überregionale Wirtschaft. Die Kehrseite der Medaille: Man schmähte sie als überheblich, geldgierig und rücksichtslos.

Dabei hatten sich die Juden diese Rolle nicht ausgesucht. Wegen des christlich-bruderschaftlichen Charakters der Zünfte blieb ihnen das Handwerk verwehrt; sie durften kein Land bebauen, kein Bürgerrecht erwerben und damit auch kein Amt bekleiden. Selbst der Handel war ihnen weitgehend verboten. So blieb ihnen nur die Spezialisierung auf freie Berufe wie Arzt oder Trödler, auf besondere Bereiche des Handels (etwa mit Vieh, Gold und Juwelen) und ganz besonders auf das Geldgeschäft, sprich: auf den Geldverleih. Letzteres nämlich war den Christen durch das kirchliche Zinsverbot verwehrt. Dass die jüdischen Darlehensgeber mitunter unnachgiebig auf ihre Zinszahlungen bestanden, hatte seinen Grund auch in den enormen Steuern, die ihnen vor allem für die Gewährung von Schutz abverlangt wurden. Gleich dreifach mussten sie in der Regel Abgaben leisten: an die Stadt, an den jeweiligen Landesherrn und an den König.

Nicht zuletzt diese Fähigkeit, sich anzupassen, zu improvisieren und selbst unter widrigsten Umständen wirtschaftlich erfolgreich zu sein, machte die Juden bei breiten Bevölkerungsschichten zur Zielscheibe von Neid und Hass. Claras Mann Heinrich sagt an einer Stelle des Romans: «Wären die Juden in Basel und anderswo arm und hätte keiner Schulden bei ihnen, würden sie nicht brennen müssen.» Ich folge hier dem historischen Zitat von Jakob Twinger von Königshofen, einem Chronisten des Spätmittelalters, der über die Ereignisse in Straßburg schreibt: *wan werent sü arm gewesen und werent in die landesherren nüt schuldig gewesen, so werent sü nüt gebrant worden* – frei übersetzt: «Wenn sie arm gewesen wären und ihnen die Grundherren nichts geschuldet hätten, so wären sie nicht verbrannt worden.»

Vermögen und Geldverleih waren das eine, Konkurrenzkampf und soziale Umschichtungen in einer zunehmend instabil werdenden Gesellschaft das andere. Nachdem das Zinsverbot an Bedeutung verlor und sich immer mehr Christen in den Geldhandel drängten, sollten die Juden auch aus diesem letzten lukrativen Betätigungsfeld ausgeschaltet werden. Und vor dem Hintergrund der Handwerkeraufstände gegen das alte Patriziat ließ sich vielerorts der Aufruhr gegen die Juden für die eigenen Interessen verwenden.

War die Pest also nur eine willkommene Ausrede für das grauenvolle Morden? In fast allen Fällen lassen sich seitens der Obrigkeit Planung und Organisation erkennen, die auf dem Judenhass breiter Bevölkerungsschichten aufbaute und als Hauptziel die Schuldenbefreiung hatte. Am lautesten riefen jene nach Blut, die bei Juden verschuldet waren oder die in ihnen eine lästige Konkurrenz sahen. Und beim Volk, beim «Pöbel», waren die jahrhundertealten religiösen Ressentiments gegenüber den Juden auf fruchtbaren Boden gefallen. Zwar hatte Papst Clemens VI. in einer Bulle vom 1. Oktober 1348 noch ausdrücklich gegen die Brunnenvergiftungsvorwürfe Stellung bezogen, doch damit kam er zu spät: Auf der Grundlage des von der Kirche geförderten Judenhasses, als Frucht all jener Schauergeschichten über Hostienschändung und Ritualmorde an Kindern, über Christusmord und Weltverschwörung wurde auch der Fabel von der Brunnenvergiftung bereitwillig Gehör geschenkt – zumal in einer Zeit, in der sich die Menschen zunehmend verunsichert und bedroht fühlten, wo traditionelle Werte verlorengingen, sich das Ende des statischen Mittelalters bereits ankündigte.

Was trotz aller wirtschaftlichen, sozialen und psychologischen Erklärungsversuche bleibt, ist ein Rest an Fassungslosigkeit über die Abgründe der menschlichen Seele, über die Möglichkeit des Bösen im Menschen. Zugleich drängt sich uns Heutigen ein Vergleich mit dem Völkermord an den Juden während des Nationalsozialismus zwingend auf. Im Gegensatz zu seinen mittelalterlichen Vorfahren allerdings hatte der Mensch des 20. Jahrhunderts eine Kultur des Humanismus und der Aufklärung hinter sich – was den historischen Betrachter noch weitaus mehr schaudern lässt.

Astrid Fritz
(weitere Informationen zum Thema unter www.astridfritz.de)

Glossar

Aborterker – erkerartiger Abtritt (Toilette) an der Außenseite von Wohntürmen und Burgen

Aderlassmännchen – Darstellung menschlicher Figur mit medizinischen und astrologischen Aspekten zum Aderlass

Alraune, Alraunmännchen – giftige Heilpflanze, die seit der Antike auch als Zaubermittel gilt. Die Wurzel erinnert an eine menschliche Gestalt, daher auch Alraunmännchen

Ammanmeister – höchstes Amt im Straßburger Magistrat

Angelusläuten – Morgen-, Mittags- und Abendläuten der Kirchenglocken, bei dem das Angelusgebet gebetet wurde. Zugleich für Bürger Einteilung des Tages

Antoniusfeuer – auch Brotseuche: qualvolle, oft tödliche Krankheit nach Genuss von durch Mutterkornpilz vergiftetem Getreide. Im Mittelalter recht häufig

artes liberales – lat.: freie Künste. Die sieben Studienfächer Grammatik, Rhetorik, Dialektik, Arithmetik, Geometrie, Musik und Astronomie bildeten das Grundstudium der mittelalterlichen Universität

Au – alter Name für Fischer- und Gerberau in Freiburg

Aussatz, Aussätziger – Lepra, an Lepra Erkrankter. Die Aussätzigen (auch Feldsieche, Sondersieche) wurden wegen der hohen Ansteckungsgefahr in Leprosen- oder *Gutleuthäusern* vor den Toren der Stadt isoliert

Baar – Landstrich zwischen Südschwarzwald und Schwäbischer Alb

Badschurz, Badehr – etwa knielanges, leichtes Badehemd
balbieren – veraltet: barbieren, rasieren
Bankert – Bastard, uneheliches Kind
Bauhütte – siehe *Hütte*
Baumöl – Olivenöl
Beginen – religiöse Laienbewegung frommer Frauen, stark karitativ orientiert. Ursprünglich keinem Orden unterworfen, ohne Klausur
Bergregal – landesherrliches Hoheitsrecht über mineralische Bodenschätze
Blutgericht – auch Hochgericht, Halsgericht: traditionell vom Landesherrn ausgeübt (Grafengericht), bei Mord, Totschlag und blutigen Verwundungen
Bossen – natürliche Unebenheiten von (unbehauenen) Mauersteinen
bossieren – grobes Behauen von Natursteinen zu Quadern
Brachmonat – alter Name für Juni
Breisgau – Landschaft rund um Freiburg, zwischen Oberrhein und Schwarzwald
Bruch – mittelalterliche Badebekleidung der Männer, eine Art Slip, knapper Lendenschurz
Brunnenstube – Einfassung einer Quelle zur Gewinnung von Trinkwasser. In Freiburg unterhalb des Brunnbergs (Bromberg) beim heutigen Waldsee
Brunzkachel – süddt.: Nachttopf
Bub, Bube – ursprünglich für Knecht, Handlanger, bald schon synonym für Schelm, Spitzbub
Buchmedizin – gelehrte Medizin; im Mittelalter wurde streng getrennt nach akademischer (innerer) Medizin eines Medicus oder Physicus und der handwerklich-praktischen (Chirurgie) von Wundarzt, Bader und anderen Heilkun-

digen, die in den Augen der studierten Ärzte nur niedrige Dienstleistung verrichteten

Bühne – süddt.: Dachboden, Heuboden, Speicher

Bulle – Erlass, Urkunde. Hier päpstliche Bulle vom 26. 9. 1348: Papst Clemens VI. sieht sich als Schutzherr der Juden und verbietet unter Drohung der Exkommunikation, Zwangstaufen an Juden vorzunehmen, sie ohne Gerichtsverfahren zu morden und ihre Habe zu rauben

causa malefica – volkstümliches Latein: Ursache des Übels

Chanukka – jüdisches Lichterfest im Winter

Chirurgus – Wundarzt; siehe auch *Buchmedizin*

Christoffelstor – nördliches Stadttor der Innenstadt, an der Stelle des heutigen Siegesdenkmals

Consultation – ärztliche Untersuchung und Beratung

Davidstern – nach dem biblischen König David: Hexagramm mit religiös-magischer Bedeutung, war im Mittelalter ein Talisman für Muslime, Christen und Juden gegen Dämonen und Gefahren. Seit dem 16. Jh. Symbol für das Judentum

Delinquent – Missetäter, Verbrecher

Deuchel – auch Teuchel: Holzröhren aus Baumstämmen für mittelalterliche Wasserleitungen. In Freiburg gibt es heute noch die «Deicheleweiher», wo das Holz gelagert wurde

Dies irae – Anfang eines mittelaltlichen Hymnus vom Jüngsten Gericht, als Teil der Totenmesse gesungen

Ecclesia – gr.-lat.: Kirche

Edelfreie – Adlige, Freiherren

Eretz Israel – das Land Israel, verheißenes Land

Erntemonat – alter Name für August

examinieren – hier: verhören

Exkommunizierung – Kirchenbann, Ausschluss aus der Kirchengemeinschaft

Fahrnis – bewegliches Gut oder Vermögen

Fialen – spitzer, türmchenartiger Aufsatz auf Pfeilern in der gotischen Architektur, meist mit *Krabben* und *Kreuzblume* verziert

Fischmarkt – zentraler Platz in Freiburg, heute Bertoldsbrunnen

Folianten – großformatige, schwere Bücher

Fragstatt – Folterkammer

Frauenhaus – alte Bezeichnung für Freudenhaus, Bordell. Städtische Frauenhäuser standen meist unter Aufsicht des Scharfrichters

Fronfasten – vierteljährliche Fastentage; diese Tage waren auch wichtige Zahlungstermine

Gabenbereitung – Teil der heiligen Messe, bei dem Hostien und Wein als Opfergaben dargebracht werden

Galen, Galenus von Pergamon – griechischer Arzt (129–216). Seine Lehre von den vier Elementen Feuer, Erde, Luft und Wasser sowie die Viersäftelehre galten bis weit über das Mittelalter hinaus (siehe *Säftelehre*)

Gamskugel – auch Bezoar: rundliche Objekte im Verdauungstrakt von Wiederkäuern, insbesondere bei Gämsen und Wildziegen. Diesen Kugeln wurden wundersame Kräfte zugeschrieben

Gebende – mittelalterliche Kopfbedeckung für verheiratete Frauen: leinenes Band, um Ohren und Kinn geschlungen, ergänzt um ein Stirnband, das häufig mit einer Borte verziert war

Gerechtigkeit – Lizenz (z. B. für eine Badstube)

Gerichtslaube – siehe *Ratsstube*

geschworen – vereidigt, amtlich

Goi (Plural *Gojim*)*; goisch* – Nichtjude; nichtjüdisch

Grempel – süddt.: Krempel, alter Kram, unwichtige Angelegenheit

Grempler – Trödler, Kleinhändler

Grind – ansteckende Hautinfektion, oft aufgrund mangelnder Hygiene

Große Gass – heute: Kaiser-Joseph-Straße. War damals Haupt- und Marktgasse mit zahlreichen Verkaufsständen

großgoschert – prahlerisch, angeberisch

Gugel – Mode des 13.–15. Jh.s: Kapuze an breitem Schulterkragen, mit Kapuzenzipfel bis über den Rücken

Gült, Gülte – Abgabe, Pachtzins, Rente (von: gelten)

Gutleuthaus – siehe *Aussatz.* In Freiburg befand sich das Gutleuthaus (Leprosenhaus) auf dem Zwickel Kronenstraße/Basler Straße

Haus zur kurzen Freud – Freiburger Bordell (alte Bezeichnung: Frauenhaus) in der nördlichen Neuburgvorstadt, nahe dem heutigen Karlsplatz

Hausarme – ortsansässige Arme, die im Gegensatz zu Fremden ein Anrecht auf Almosen und Fürsorge hatten

Herbstmonat – *erster, zweiter, dritter H.*: alte Namen für September, Oktober, November

Herrenbrot – Weißbrot

heuer – süddt.: dieses Jahr

Heumonat – alter Name für Juli

Hintersasse – Einwohner, der zwar den Schutz der Stadt genießt, aber kein Bürgerrecht hat

Holderstock – Holunderstrauch

Holztrippen – Schuhuntersatz, um das kostbare Schuhwerk vor Straßenkot zu schützen. Mit einem Ledersteg am Fuß gehalten und durch zwei untergelegte Klötzchen erhöht

Hübschlerin – Prostituierte

Hundezahn – Steinmetzeisen mit zwei Spitzen

Hütte – auch Kirchen-, Münster- oder Dombauhütte: Organisationsform des gotischen Kathedralenbaus als Werkstattverband. Wichtigste Komponente war, neben anderen Gewerken, die Steinmetzbruderschaft, die gegenüber den städtischen Zünften ihre eigene, überregionale Ordnung hatte

Ingredienzien – Zutaten, Bestandteile

Ite missa est – Entlassung zum Ende der heiligen Messe

Jahrzeitmesse – jährliche Seelenmesse für einen Verstorbenen, gegen Schenkung/Stiftung an die entsprechende Kirche

Jauchart – auch Juchert: altes Flächenmaß für Acker-, Reb- und Waldland, entspricht Tagwerk

Jeschiwa (Plural: *Jeschiwot*) – Talmudhochschule, siehe *Talmud*

Johanni – Datumsangabe: 24. Juni

Judenauflauf, Judenschlagen – historische Bezeichnung für Judenpogrom

Judenregal – mittelalterliches, königliches/kaiserliches Hoheitsrecht (*Regal*), das die Juden als «Schutzjuden» gegen Bezahlung unter den Schutz des Herrschers stellte. Dieser käufliche Schutz wurde häufig an Fürsten und Landesherren verliehen

Kapitell – mit Ornamenten ausgeformter Abschluss einer Säule

Karbunkel – Eiterbeule

Karmesinrot – kostbarer Farbstoff aus der Karminlaus

Kirchenbauhütte – älterer Begriff für Münsterbauhütte, siehe *Hütte*

Kirchenpfleger – siehe *Pfleger*

Kirchenschaffner – siehe *Schaffner*

Klöpfel – hammerähnliches Schlagwerkzeug der Steinmetze

Körpersäfte – siehe *Säftelehre*

koscher – hebräisch: rein, geeignet, erlaubt. Betrifft die jüdischen Speisegesetze, vor allem bezüglich tierischer Produkte

Krabbe – stilisierte Blattknospe aus Stein als Schmuckelement der Gotik

Kreuzblume – Schmuckelement der Gotik: in Kreuzform angeordnetes Blattwerk aus Stein, oft als Krönung eines Turms oder Giebels

Kreuzbruder – in Freiburg: Kirchenwächter

Laubwerkmacher – Steinmetz für Schmuckelemente wie *Fialen*, *Krabben*, *Maßwerke*, *Kreuzblumen*

Ledigsprechung – Erhebung in den Gesellenstand; allg.: von etwas freisprechen

Lenzmonat – alter Name für März

Lettner – Trennmauer zwischen lateinisch sprechendem Klerus und Laien, genutzt für die Lesung und das Evangelium. Davor meist der Volksaltar mit Kreuzigungsgruppe

Levante – Orient, Morgenland

Lichtgaden – obere Seitenwandfläche einer mehrschiffigen Kirche, mit Fenstern durchbrochen

Lichtmess – Datumsangabe: 2. Februar (Mariä Lichtmess)

livores venena – krankmachende Säfte; siehe *Säftelehre*

Lombarden – (italienische) Pfandleiher

Mariä Himmelfahrt – Datumsangabe: 15. August

Mark – Währungsgewichtseinheit im Mittelalter: Aus 1 Mark Silber wurden 256 Pfennige geschlagen

Maßwerk – filigrane Unterteilung von Fensteröffnungen in der Gotik, nach geometrischen Mustern

Matula – Uringlas für die Harnschau, die im Mittelalter neben dem Pulsmessen wichtigstes Mittel zur medizinischen Diagnose war

Medicus – gelehrter, studierter Arzt, siehe auch *Buchmedizin*

Meisterknecht – Als Meisterknecht (auch: Kunstdiener) konnte sich der Steinmetzgeselle vom Meister in den Entwurfs- und Konstruktionskenntnissen vervollkommnen oder sich als Bildhauer ausbilden lassen.

Membrum virile – medizinisch für männliches Glied

Mercatores – reiche Kauf- und Handelsleute, im Gegensatz zu den «institores», den Krämern

Metze – veraltet für: Dirne, loses Mädchen

Mi-Parti – Mode im 14. und 15. Jh.: Kleidung hälftig in verschiedenen Farben oder Mustern

Miasmen – giftiger Pesthauch. Die Miasmentheorie ist aus der antiken Viersäftelehre (siehe *Säftelehre*) abgeleitet. Sie war auch Laien geläufig

Michaelis, Michaelistag – Datumsangabe: 29. September

Mischna – Sammlung religiöser Vorschriften des Judentums, Basis des *Talmud*

Neuburg(vorstadt) – nördliche Vorstadt des alten Freiburg, historisch entspricht sie dem Gebiet nördlich des Siegesdenkmals

Nothelfer – im katholischen Glauben: 14 Schutzheilige für die verschiedensten Nöte und Gefahren

Obere Au – im Mittelalter Ansammlung von ca. 20 Häusern vor dem heutigen Schwabentorplatz

Obertor – älterer Name für Schwabentor

Offizin – Verkaufsraum einer Apotheke

Palas – mehrstöckiges Hauptgebäude (Wohnhaus) der mittelalterlichen Burg

Paradies – Teil der historischen Schneckenvorstadt mit Badstube und Mühle, auf dem Gelände des heutigen Kollegiengebäudes IV

Parlier – Sprecher der Steinmetzbruderschaft (frz.: parler). Daher rührt der Name der berühmten Steinmetz- und Baumeisterfamilie Parler aus Schwäbisch Gmünd

Paternoster – Vaterunser-Gebet; auch synonym für kurze Zeitspanne

peinliche Befragung – Folter, Tortur

Penitenz tun – veraltet: öffentlich Buße tun

Pessach – eines der zentralen Feste im Judentum, das an den Auszug aus Ägypten erinnert

Pestilenz – historisches Synonym für Pestseuche. Auch: Großes Sterben, Sterbensläuf(t)e. Der Begriff «Schwarzer Tod» kam erst nach der Epidemie von 1348/49 auf

Pfeffersäcke – spöttisch für reiche Kaufherren, Patrizier

Pfleger – hier: amtlicher Verwalter/Treuhänder des Vermögens von Kirchen, Stiftungen, Spitälern aus den Reihen des Rats der Stadt

Pfründe – Einkommen aus einem (kirchlichen) Amt

Pfründner – hier: Spitalinsasse, der sich durch Vermögen/Stiftung einen Platz im Spital erkauft hat, wo ihm Unterkunft, Verpflegung und medizinische Versorgung garantiert sind

Physicus – gelehrter, studierter Arzt, siehe auch *Buchmedizin*

Predigervorstadt – westliche Vorstadt des alten Freiburg (westlich Unterlinden und Rotteckring), mit Gärten und Badstuben

Priesterpfründe – von reichen Bürgern gestiftetes Priesteramt

Rabbi, Rabbiner – religiöser Titel im Judentum für gelehrten Meister; geistlicher Leiter, Lehrer und Seelsorger der jüdischen Gemeinde

Ratsstube – Der Freiburger Rat tagte damals im Gebäude der sog. «Gerichtslaube», im Hof des heutigen Alten Rathauses. Was hingegen im Mittelalter Gerichtslaube genannt wurde, war eine offene Laube am Fischmarkt (Bertoldsbrunnen), als öffentliches Stadt- und Marktgericht

Rebbe – siehe: *Rabbi*

Rebleute – Winzer, Weinbauern

Recipe! – lat.: Nehmt! Hieraus entwickelte sich für Arzneien der Begriff «Rezept»

Regal – landesherrliches (ursprünglich königliches) Hoheitsrecht; siehe auch *Bergregal*, *Judenregal*. Regalien konnten beliehen und verliehen werden

Regelschwestern – Ordensfrauen, die in religiöser Gemeinschaft (Regelhaus) lebten

Regimen sanitatis – mittelalterlicher Gesundheitsratgeber

Reißboden – Bauwesen: glatte Bodenfläche oder Holzplattform, auf die vor Ort die Konstruktionszeichnung übertragen wird

Reliquienmonstranz – kostbares Schaugefäß für Reliquie (Körperteil oder Gegenstand eines Heiligen)

reponieren – Medizin: an Ort und Stelle zurücklegen, einrenken

Riss – technische Zeichnung, Bauzeichnung

Säfte, Säftelehre – hier: Viersäftelehre der Antike (Humoralpathologie, von Humor = Feuchtigkeit), die bestimmend war für die Medizin des Mittelalters. Krankheiten entstehen, wenn die vier Säfte Blut, Schleim, schwarze und gelbe Galle nicht mehr in ausgewogenem Verhältnis zueinander stehen

Sankt Justin – Datumsangabe: 1. Juni

Sankt Margarethen – Datumsangabe: 13. Juli

Sankt Veit – Datumsangabe: 15. Juni (auch: Sankt Vitus)

Sarazenen – arabischer Volksstamm. Früher gleichbedeutend für Muslime

Schabbat, Schabbes, Sabbat – im Judentum der siebte Wochentag, der Ruhetag, an dem keine Arbeit verrichtet werden soll. Er dauert von Sonnenuntergang des Freitags bis Eintritt der Dunkelheit am Sonnabend

Schaffner – hier: Geschäfts- und Rechnungsführer von Einrichtungen wie Kirchen, Spitälern, Stiftungen. Dem jeweiligen Pfleger unterstellt

Scharwache, Scharwächter – städtischer Wacht- und «Polizei»-Dienst, wahrgenommen durch Bürger oder besoldete Stadtknechte

Schatzung – Besteuerung, Einzug direkter Steuern

Scherenstuhl – Klapp-, Faltstuhl

Schickse – jiddisch: Christenmädchen (auch abfällig)

Schindanger, Schindacker – Platz, auf dem vom Schinder (Abdecker) Tierkadaver gehäutet und verscharrt wurden; auch Begräbnisstätte für Menschen, denen die christliche Bestattung verwehrt wurde

Schmonzes – jiddisch: Unsinn

Schneckenvorstadt – historische Handwerkervorstadt in Freiburg zwischen Martinstor und Dreisam

Schranne – Bank/Theke zum Warenverkauf (auch: Getreidemarkt, Kornhaus)

Schultheiß – Gemeindevorsteher von Dorf oder Stadt mit niederer Gerichtsgewalt. In der Regel vom Landesherrn eingesetzt

Schultheißengericht – Stadt- bzw. Dorfgericht, in der Regel für geringe Vergehen. Gegensatz *Blutgericht*

schwarzgallig – melancholisch, schwermütig

Schwindsucht – historischer Name für Tuberkulose oder Krebs

Sensenmann – allegorischer Name für den Tod

Siechenmutter – auch Siechenmeisterin: im Spital für Pflegedienstleitung und Krankenverwaltung zuständig. Meist Frau des Spitalmeisters

Sodomie – im Mittelalter für Sexualpraktiken, die nicht der Fortpflanzung dienten und damit widernatürlich waren

Sondersieche – siehe *Aussatz*

Spanne – altes Längenmaß von etwa 0,2 Meter (Spanne zwischen Daumen- und Kleinfingerspitze)

Spezereien – alte Bezeichnung für Gewürzwaren

Spießglas – Gips

Spitalschaffner – siehe: *Schaffner*

Spitzwecken – Brötchen

Sterbensläuf(t)e – Seuche, Pest

Stockwärter – Gefängniswärter

Strebewerk – zentrales Konstruktionselement gotischer Kirchen, bestehend aus Strebepfeilern und Strebebögen

Synagoge – jüdisches Gottes- und Gemeindehaus. Hier auch: allegorische Figur in mittelalterlichen Kirchenbauten

Tachles reden – jiddisch: Klartext reden

Talmud – Schriftwerk des Judentums: umfangreiche rabbinische Auslegung der *Thora*

Theriak – bis in die Neuzeit gebräuchliches, opiumhaltiges Allheilmittel, das aus 70 unterschiedlichen Stoffen zusammengebraut war. Enthielt neben pflanzlichen Stoffen auch Substanzen wie Entenblut, Vipern- und Krötenextrakte

Thora – die ersten fünf Bücher der Bibel, als Grundlage des jüdischen Glaubens

Tiegel – Gefäß

Tobel – auch Dobel: schluchtartiges Wald- oder Gebirgstal

Traufgasse – enger Gang zwischen giebelständigen Häusern, der gerade ausreichte, um Vieh hindurchzutreiben. Diente auch als Abfluss zur Straße hin

Tromlosengasse – heutige Wasserstraße. Zusammen mit Weberstraße historischer Wohnbereich der Freiburger Juden

Tunika – im Gegensatz zum Römischen Reich, wo die Tunika in erster Linie ein Untergewand war, wurde sie im Mittelalter als kurzes Obergewand getragen

Ungeld, Ungelt – Verbrauchssteuer, ähnlich der heutigen Umsatzsteuer, auf Güter des täglichen Bedarfs wie Getreide, Wein, Bier, Fleisch und Salz. Wurde auf den Märkten und an den Stadttoren eingezogen

Untertor – heute: Martinstor

Venenschlagen – Aderlass

Versehgang – Gang des Priesters zum Sterbenden, betont öffentlich

Vesper – kirchliches Abendgebet

Vierundzwanzig – Organisationsform des Freiburger Rats der Stadt im 14. Jh., entsprechend der Anzahl der Ratsherren

Wasserspeier – Ausflüsse der Dachentwässerung, meist als höchst phantasievolle Figuren gestaltet

Wecken – Brötchen

Weidemonat – alter Name für Mai (auch Winnemonat, in neuerer Zeit fälschlich als «Wonnemonat» gedeutet)

Werkleute – Handwerker der Kirchenbauhütte

Winkelheiler, Winkel- und Stümperärzte – ungelernte, selbsternannte Heiler

Wintermonat – alter Name für Januar

Wolfshöhle – historische Bezeichnung der Gassen unterhalb des Freiburger Schlossbergs (nun Herren- und Konviktstraße)

Wollschläger – reinigten und lockerten die Wolle vor der Weiterverarbeitung durch Schlagen

Wundarzt – heilkundiger Lehrberuf, eng verwandt mit Bader und Barbier. Siehe auch *Buchmedizin*

Zähringer – schwäbisches Herrschergeschlecht, gründete im Mittelalter zahlreiche Städte, u.a. Freiburg im Breisgau, Offenburg, Villingen, Bern, Fribourg/Schweiz

Zimmet – veraltet: Zimt

Zores – jiddisch: Ärger, Schwierigkeiten, Bedrängnis

Zwerchpfeife – kleine Querflöte

Zwinger – befestigter Vorhof mit gesonderten Toren vor Stadtmauern und Stadttoren, zur besseren Verteidigung